MICHAEL DIBDIN
Così fan tutti
Schwarzer Trüffel

Così fan tutti

Aurelio Zen, strafversetzt von Rom nach Neapel, betrachtet seine Arbeit eher als komische Oper frei nach Mozart denn als Kampf für Ruhe und Ordnung. Obwohl er als Chef des verrufenen Hafenkommissariats genug zu tun hätte, gelingt es ihm einfach nicht, seinem lasterhaften Lebenswandel zu entsagen. Aurelio hat weit Wichtigeres zu tun, als sich um Verbrecher zu kümmern: Seine Vermieterin Valeria lockt mit ihren Reizen, ihre süßen Töchter sind auch nicht ohne, seine Frau will Geld und Scheidung, und seine Geliebte in Rom ist schwanger. Doch in Neapel findet gerade eine politische Säuberungsaktion statt, und irgend jemand scheint das allzu wörtlich zu nehmen, denn in alarmierender Zahl verschwinden dubiose Geschäftsmänner, korrupte Politiker und bekannte Mafiosi von der Bildfläche. Plötzlich wird Aurelio selbst fast entführt und in eine brisante, hochpolitische Affäre verwickelt ...

Schwarzer Trüffel

Nachdem durch einen Mordfall in einem Wein- und Trüffelbauerndorf im Piemont die Herstellung des exzellenten »Barbaresco« gefährdet scheint, ist Aurelio Zen die letzte Hoffnung eines römischen Weinkenners. Das Opfer ist nämlich kein Geringerer als der größte Weinbauer des Ortes, der einflußreiche Aldo Vincenzo; und Hauptverdächtiger ist sein eigener Sohn Manlio. Nach einem heftigen Streit soll es zu der grausamen Tat gekommen sein, da sich Manlio den Heiratsplänen seines Vaters widersetzt hatte. Aldo selbst hatte vor dreißig Jahren seine spätere Frau Chiara ihrem Liebhaber Gianni ausgespannt, um das Weingut ihrer Familie in seinen Besitz zu bringen. Könnte sich Gianni nach all den Jahren an Aldo gerächt haben?

Autor

Michael Dibdin, geboren 1947, ging in Schottland und Irland zur Schule. Nach Studienjahren in England und Kanada lehrte er mehrere Jahre an der Universität von Perugia. Hier entstand auch die Idee für seine später preisgekrönte Krimiserie mit dem italienischen Kommissar Aurelio Zen. Michael Dibdin lebt mit seiner Frau in Seattle.

Von Michael Dibdin außerdem lieferbar:
Entführung auf Italienisch (44578) · Vendetta (44711) · Himmelfahrt (44892) · Insel der Unsterblichkeit (43355)

Michael Dibdin

Così fan tutti
Schwarzer Trüffel

Zwei Romane in einem Band

GOLDMANN

Die Originalausgabe von
»Così fan tutti« erschien unter demselben Titel,
die von »Schwarzer Trüffel«
unter dem Titel »A Long Finish«,
beide bei Faber and Faber, London.

Umwelthinweis:
Alle bedruckten Materialien dieses Taschenbuches
sind chlorfrei und umweltschonend.

Der Wilhelm Goldmann Verlag
ist ein Unternehmen der Verlagsgruppe Random House GmbH

Einmalige Sonderausgabe Juni 2003
»Così fan tutti«
Copyright © der Originalausgabe 1996 by Michael Dibdin
Copyright © der deutschsprachigen Ausgabe 1997
by Wilhelm Goldmann Verlag, München,
in der Verlagsgruppe Random House GmbH
»Schwarzer Trüffel«
Copyright © der Originalausgabe 1998 by Michael Dibdin
Copyright © der deutschsprachigen Ausgabe 1999
by Wilhelm Goldmann Verlag, München,
in der Verlagsgrupppe Random House GmbH
Umschlaggestaltung: Design Team München
Umschlagfoto: Wolf Huber
Druck: Elsnerdruck, Berlin
Made in Germany · Titelnummer: 13343

ISBN 3-442-13343-2
www.goldmann-verlag.de

Così fan tutti

Aus dem Englischen von
Ellen Schlootz

Für Katherine,
fedel quanto bella

Ah, chi mai fra tanti mali,
chi mai può la vita amar?
Lorenzo Da Ponte: *Così fan tutte*

La scena si finge in Napoli

Wäre an dem betreffenden Morgen jemand in der Via Greco aufgewesen, dann hätte er folgendes beobachtet.

Die Sonne hatte gerade den Dachrand der fünfstöckigen Häuser in der Via Martucci erfaßt und das nun scharfkantige Licht veränderte in wenigen Sekunden die ganze Szene, so wie Theaterbeleuchtung plötzlich das Bühnenbild zur Geltung bringt. Jedes Ding, gleich wie profan, wurde von dem sanften, aber intensiven Leuchten umschmeichelt und mit einer besonderen Bedeutung versehen.

Die Zuschauer, wären denn welche dagewesen, hätten zweifellos jedes auf diese Weise ins Rampenlicht gerückte Ding genau betrachtet und sich gefragt, welche Rolle es wohl in dem Stück, das gleich beginnen würde, einnehmen mochte. Zum Beispiel jener Baum an der Straßenecke, der einen klar umrissenen Schatten auf die genarbten schwarzen Pflastersteine wirft – ist er reine Dekoration, nur ein Teil des Bühnenbilds, oder wird er eine wichtige Rolle in dem Drama spielen, gar zu einer Art Figur werden, vielleicht als Schauplatz des berühmten Duetts der Verführung und Hingabe im zweiten Akt, das wohl jedem Musikliebhaber bekannt ist?

Ebenso die Gebäude, die so intensiv und zugleich liebevoll von dem immer heller werdenden Licht hervorgehoben werden – tragen sie nur zum Lokalkolorit bei oder wird jedes von ihnen, wenn der Vorhang schließlich fällt, dem Zuschauer als Stätte der Bedrohung oder Zuflucht vertraut geworden sein? Die Eingänge sehen ganz echt aus, doch die Fassaden könnten genausogut gemalte Kulisse sein, die ihre Zweidimensionalität durch übertriebene Liebe zum Detail auszugleichen versucht.

Andere Teile des Bühnenbilds scheinen weniger problematisch. So sind beispielsweise die zahlreichen Mülltonnen sicher programmatisch für die angeblich »radikal« neue Inszenierung. Ebenso wie die Autos, die in Zweier- und Dreierreihen entlang der Via Greco geparkt sind und aus ihr quasi einen Parkplatz machen, mit nur einer schmalen freien Spur in der Mitte für den Verkehr, und eindeutig die Absicht des Regisseurs dokumentieren, daß dies das *heutige* Neapel sein soll, ein Netzwerk von politischen, sozialen und ökonomischen Gegebenheiten, das sich stark von dem malerischen, eher universellen Schauplatz unterscheidet, der dem Komponisten und seinem Librettisten vorschwebte, und damit einen erfrischend modernen Seitenhieb auf das offen gesagt ziemlich banale ursprüngliche Konzept abgibt – obwohl die Musik natürlich göttlich ist.

Doch trotz all dieser cleveren Einfälle kann eine leere Bühne nur begrenzt das Interesse fesseln. Es bedarf menschlicher Akteure, um Dramatik zu erzeugen. Und da, nach einer perfekt bemessenen Verzögerung, kommen sie auch schon.

Es wird jedoch sofort klar, daß es sich nur um Statisten handelt, quasi um eine mobile Erweiterung des Bühnenbilds, die sich der Regisseur als Einlage ausgedacht hat, bevor die eigentliche Handlung beginnt. Entsprechend dem harschen Realismus, der das Ganze prägt, tragen sie die Kluft von Müllarbeitern – blaue Overalls, dicke Handschuhe und Stiefel. Hinter einem großen orangen Wagen mit der Aufschrift *Commune di Napoli* bewegen sie sich zielstrebig die Via Strozzi entlang, entleeren die zahlreichen Mülltonnen und Plastiksäcke, bevor sie nach rechts in eine kleinere Seitenstraße abbiegen.

Und jetzt tritt auch endlich einer der Hauptdarsteller auf, nicht durch einen der Hauseingänge, sondern über eine Rampe, die geschickt zwischen zwei Bahnen des Bühnenhintergrundes versteckt ist, die ein modernes Wohnhaus auf der linken Seite der Via Greco darstellen, das ein Stück die Anhöhe hinauf gegenüber der hohen Tuffwand liegt, hinter der sich weiter oben die Gärten einer imposanten Villa erheben.

Obwohl er offensichtlich einer der Stars ist, wirkt er unscheinbar. Trotz der selbst um diese frühe Stunde bereits milden Luft ist er in einen teuer aussehenden Mantel gehüllt, dazu trägt er Lederhandschuhe und einen karierten Schal. In einer Hand hält er einen Diplomatenkoffer, in der anderen ein Schlüsselmäppchen. Mit großen Schritten geht er auf die parkenden Autos zu und betätigt eine elektronische Fernbedienung, die an seinem Schlüsselbund hängt. Eines der Fahrzeuge – ein silbergrauer Alfa Romeo – reagiert mit mehrfachem Aufleuchten der Blinklichter und begeistertem Hupen.

Und jetzt geschieht etwas Merkwürdiges, etwas, das genauso unheimlich wie mühelos scheint wie der Wechsel in eine andere Tonart. Um zu seinem Auto zu kommen, muß der Mann an dem orangen Fahrzeug vorbei, das gerade auf die Müllcontainer neben dem Wohnhaus zusteuert, aus dem er herausgekommen ist. Doch da stellen sich ihm plötzlich zwei der Arbeiter in den Weg, die neben dem Müllwagen durch die schmale Spur laufen, die die parkenden Autos freigelassen haben.

Statt in eine der Lücken zwischen den Autos zu treten, geht der Mann unbeirrt weiter geradeaus und zwingt die beiden Arbeiter im blauen Overall, ihm Platz zu machen. Das tun sie auch, als ob sie die Aura von Macht, die den Mann umgibt, spüren würden, die Aura, die ihn zu jemandem macht, dem man sich beugen muß und nicht entgegenstellen darf. Einer von ihnen tritt zur Seite zwischen den silbergrauen Alfa und das Auto dahinter, einen ramponierten Fiat Uno. Der andere bleibt stehen und wartet anscheinend darauf, daß der Müllwagen an ihm vorbeifährt, damit er hinter ihm hergehen kann und nicht mehr im Weg ist.

Da passiert das Merkwürdige. Denn als der männliche Hauptdarsteller an dem ersten Statisten im blauen Overall vorbeigeht, dreht dieser sich um und hält plötzlich etwas in der Hand, das in einer der vielen Taschen seines Overalls versteckt gewesen sein muß. Es sieht aus wie eine zusammengerollte Zeitung, zweifellos *L'Unità* oder *Il Manifesto* oder sonst ein Blatt, das sich den

Kämpfen und Zielen des Proletariats verschrieben hat und damit wunderbar zur platten Neuinterpretation des Regisseurs paßt. Mit merkwürdig eleganten Gesten schwingt der Arbeiter die Zeitung hinter dem Mann im Mantel, als ob er nach einer Fliege schlagen wolle, die diesem um den Kopf schwirrt. Im selben Augenblick, wenn auch ohne erkennbare kausale Verknüpfung, gerät der Mann ins Taumeln, als ob er über die vorstehende Kante eines der schwarzen Pflastersteine gestolpert sei, die immer eine Gefahr darstellen, selbst in diesem relativ wohlhabenden Stadtviertel.

Zum Glück kommt der andere Arbeiter, der jetzt auf einer Höhe mit dem Heck des immer noch fahrenden Müllwagens ist, gerade rechtzeitig hinzu, um den stürzenden Mann aufzufangen und damit zu verhindern, daß er sich ernsthaft verletzt. Die Geste scheint zunächst auf einen Kompromiß in der bisherigen Intention des Regisseurs hinzudeuten, als ob er sagen wolle, daß die Menschen trotz aller ideologischen Klüfte, die sie anscheinend trennen, im Grunde gut sind – ein Kompromiß, der, wie die eine Hälfte der Zuschauer fürchtet und die andere insgeheim hofft, auf etwas hinauslaufen wird, das letztere als menschliche Wärme begrüßen und erstere als schwach und sentimental kritisieren wird.

Wie um diese Hypothese zu stärken, wirft der erste Arbeiter nun seine Zeitung beiseite, wo sie mit einem lauten metallischen Klirren auf die Pflastersteine fällt, und beugt sich hinunter, um das Opfer bei den Füßen zu fassen. Ohne ein Wort zu sprechen, heben die beiden den Mann hoch und lassen ihn einen Augenblick an Schultern und Waden gepackt schlaff in der Luft hängen. In diesem Moment ist der unaufhaltsam weiterfahrende Müllwagen an ihnen vorbei. Mit einem einzigen knappen Schwung schmeißen sie den reglosen Körper über die Ladekante, wo er verschwindet.

Während der erste Arbeiter den Schraubenschlüssel aufhebt, der in der Zeitung steckte, drückt sein Kollege einen grünen Knopf an einem Kästchen, das am Heck des Wagens angebracht ist. Mit lautem Getöse beginnt sich der massive Schieber zu senken. Der obere Teil und die Seiten sind total verdreckt, doch die gewölbte untere Kante hat durch die ständige Abnutzung einen wunderbar silbrigen Glanz erhalten. Unaufhaltsam bewegt sich der Schieber in den Bauch des Wagens. Der Lärm der kraftvollen Maschinerie übertönt alle Geräusche, die man sonst vielleicht hören könnte.

An dieser Stelle gibt es eine willkommene komödiantische Einlage, weil nämlich die Füße des Mannes über der Ladekante des Müllwagens auftauchen. Mit ihren auf Hochglanz polierten geschnürten Halbschuhen und den rot-schwarz-karierten Sokken, über denen ein kleines Stück nacktes weißes Bein zu sehen ist, beginnen sie ein wildes Tänzchen zu vollführen, immer hin und her wie Puppen im Kasperletheater – möglicherweise eine spitzfindige Anspielung auf die *Commedia dell'arte*, die bekanntlich ihren Ursprung in dieser Stadt hat.

Der Schieber ist mittlerweile unter heftigem Rütteln, das den ganzen Wagen erschüttert, zum Stillstand gekommen. Einer der Arbeiter läuft hinüber, drückt einen weiteren Knopf an dem Schaltkästchen, so daß der Schieber wieder ein Stück hoch geht, während sein Kollege die vorwitzigen Gliedmaßen nach unten drückt und so zum Verschwinden bringt. Dann senkt sich der Schieber wieder nach unten und vollendet diesmal seine Arbeit. Er packt allen Müll, der im Wagen gelandet ist, und preßt ihn zu einer kompakten Masse, in der die einzelnen Teile kaum voneinander zu unterscheiden sind.

Die Arbeiter in den blauen Overalls klettern auf die Plattform am Heck des orangen Wagens und geben dem Fahrer ein Zeichen. Dieser fährt sofort los, ungeachtet der überlaufenden Müllcontainer neben dem modernen Wohnblock, aus dem der Mann im Mantel gekommen war. Das Fahrzeug donnert die in sanften Windungen absteigende Straße hinunter und verschwindet dann links um die Ecke. Einige Sekunden ist sein Motor noch leise in der Ferne zu hören, dann ist alles wieder still.

Wäre an dem betreffenden Morgen jemand in der Via Greco

aufgewesen, dann hätte er dies beobachtet. Und es waren tatsächlich mehrere Leute auf: ein alter Mann, der sich in dem Licht, das durchs Fenster fiel, rasierte, um Strom zu sparen; eine alleinerziehende Mutter, die die ganze Nacht wach geblieben war, weil ihr Baby Bauchschmerzen hatte; ein zehnjähriges Kind, das die Wäsche auf einem Flachdach hoch über der Straße abhängte; und ein Stadtstreicher, der mit Erlaubnis des Besitzers in einem der parkenden Autos geschlafen hatte. Aber merkwürdigerweise meldete niemand von ihnen den außergewöhnlichen Zwischenfall, den sie gerade beobachtet hatten, der Polizei oder den Zeitungen, noch erwähnten sie ihn einem Familienangehörigen gegenüber, mit Ausnahme von Signora Pacca, der Mutter, die in dieser Nacht nicht zum Schlafen gekommen war. Sie erzählte die ganze Geschichte am folgenden Abend mit leiser Stimme ihrem Vater beim Essen. Er lächelte und nickte und murmelte ab und zu »Tatsächlich?« oder »Erstaunlich!« Doch Signor Pacca war stocktaub, und sonst war niemand im Zimmer.

Von den anderen sagte niemand ein Sterbenswörtchen über das, was sie gesehen hatten, obwohl die Angelegenheit schon bald zu einer Sache von nationaler Tragweite wurde. Als hätten sie eine stillschweigende Übereinkunft getroffen, verhielten sich alle wie Opernbesucher, die – wie es sich in bestimmten Kreisen gehört – zu spät gekommen waren und die Ouvertüre verpaßt hatten.

La causa è amore

»Gesualdo doch nicht!«

»Sabatino? Niemals!«

Der Mann, der sich gegen die Theke lehnte, lächelte reserviert, ja beinahe herablassend und schwieg.

»Mamma hat Sie dazu angestiftet, stimmt's?« fragte die ältere der beiden Schwestern mit wissendem Blick.

Der Mann hob vielsagend die Augenbrauen.

»Sie hat mir natürlich von ihren Sorgen erzählt. Wiederholt und zu diversen Anlässen, wie ich zugeben muß. Aber ich teile ihre Sorge nicht.«

»Worum geht's Ihnen denn?« entgegnete die jüngere Schwester prompt.

Statt zu antworten, hob der Mann die Hand, um den Barmann herbeizuwinken.

»Ich glaube, ich könnte noch einen Kaffee vertragen. Was ist mit Ihnen beiden? Hier gibt's angeblich das beste Gebäck in der Stadt.«

»Ich kann wirklich nicht.«

»Ich sollte wirklich nicht . . .«

Der Mann lächelte wieder.

»Genau was Ihre Freunde nach Meinung Ihrer Mutter sagen werden, wenn sich die passende Gelegenheit ergibt.«

Er wandte sich an den Barmann.

»Zwei *sfogliatelle* für die Damen und für mich noch einen Kaffee.«

Die ältere Schwester starrte ihn wütend an. Sie war groß für eine Neapolitanerin, hatte aber die typische teigige Haut, feurige dunkle Augen und sehr feines schwarzes Haar, das sie kurz geschnitten trug. Sie hatte ausgeprägte Gesichtszüge mit einem auffallend festen, entschlossenen Mund und einer langen geraden Nase.

»Es ist mir ganz egal, ob das Ihre Idee war, Dottor Zembla, oder die von Mamma«, erklärte sie. »Jedenfalls ist das ein leicht durchschaubarer, sinnloser und zugleich widerwärtiger Versuch, die Gefühle, die Gesualdo und ich füreinander hegen, zu untergraben, Gefühle, wie sie Leute Ihrer Generation überhaupt nicht mehr empfinden können und deren Stärke und Reinheit sie infolgedessen auch nicht verstehen. Wenn ich gemein wäre, würde ich vielleicht sagen, daß Ihre Unfähigkeit zu solchen Empfindungen die Ursache für den Neid und die Boshaftigkeit ist, die hinter diesem widerlichen Versuch stecken, unsere armen Freunde in Mißkredit zu bringen.«

Aurelio Zen schüttelte den Kopf.

»Sie haben viel zuviel Phantasie, Signorina Orestina. Mein Interesse an dieser Sache ist rein finanziell.«

»*Pronti, dottore!*« rief der Barmann und stellte den Kaffee und die beiden muschelförmigen Blätterteigtaschen auf die Marmortheke.

»Wieso spielt Geld bei der Sache eine Rolle?« fragte die jüngere Frau und sah auf den Teller vor sich. Sie wirkte sanfter und weniger imposant als ihre Schwester. Ihre Haare waren länger und heller, ihre Haut blasser und ihre Figur molliger.

»Wessen Geld?« erkundigte sich Orestina unverblümt.

Zen nippte an dem glühendheißen Kaffee, der in einer Tasse serviert wurde, die mit heißem Wasser aus der Espressomaschine vorgeheizt worden war.

»Das Ihrer Mutter«, sagte er.

»Aha!«

»Lassen Sie mich Ihnen ihre Meinung erklären...«

»Die kennen wir nur zu gut«, entgegnete die jüngere Frau. »Sie hält Sabatino und Gesualdo für Schläger, Verbrecher, Gangster, Drogendealer und weiß der Himmel noch was!«

»Gewiß, Signorina Filomena! Das steht außer Frage. Doch in einem Punkt sind Ihre Mutter und ich anderer Meinung. Sie glaubt nicht, daß die beiden wirklich in Sie verliebt sind. Nicht nur verschwenden Sie beide – um Ihre Mutter zu zitieren – Ihre Schönheit, Ihren Verstand und Ihre gute Erziehung an zwei nutzlose Individuen, sondern – noch viel schlimmer – die beiden amüsieren sich nur mit Ihnen und werden nach neuer Beute Ausschau halten, sobald sie bekommen haben, was sie wollen.«

»Das ist ja eine bösartige Unterstellung!« rief Filomena. Ihre grünen Augen waren feucht. »Sabatino ist immer so lieb und aufmerksam zu mir, und er nimmt große Rücksicht auf meine Gefühle. Mamma hat kein Recht zu behaupten, daß er mich nicht liebt. Sie ist bloß eifersüchtig.«

»Gesualdos einziges Verbrechen ist, daß seine Eltern arm waren und im falschen Teil der Stadt lebten«, beteuerte ihre

Schwester. »Es ist wirklich eine Schande, daß Mamma ihn deswegen verurteilt. Er ist der beste, aufrichtigste, netteste und offenste Mann, den ich je getroffen habe, und viel mehr wert als diese eingebildeten, unverschämten und verzogenen Typen, mit denen sie uns am liebsten verheiraten würde!«

Aurelio Zen trank seinen Kaffee aus und langte nach seiner Jackentasche. Doch dann hielt er mit gerunzelter Stirn inne und schüttelte die Finger, als ob er einen Krampf hätte.

»So sehe ich das auch«, antwortete er. »Deshalb ist es doppelt schade, daß Sie nicht bereit sind, die Treue der beiden auf die Probe zu stellen. Also werden Ihre Mutter und ich möglicherweise lange warten müssen, um festzustellen, wer von uns gewonnen hat.«

»Gewonnen?« ereiferte sich Orestina. »Was gewonnen?«

»Wollen Sie etwa sagen, daß Sie mit Mamma eine Wette über unser künftiges Glück abgeschlossen haben?« fragte ihre Schwester. »Wie können Sie es wagen, so etwas zu tun? Als ob unser Schicksal nichts weiter als ein Pferderennen oder ein Fußballspiel wäre!«

Aurelio Zen zuckte die Achseln.

»Ich wollte doch nur beweisen, daß Ihre Mutter unrecht hat. Aber da Sie nicht mitspielen wollen...«

Filomena konnte sich nicht mehr zurückhalten und schnappte sich eine der *sfogliatelle*.

»Und warum sollten wir mitspielen?« fragte sie. »Was springt für uns dabei heraus?«

»Zunächst mal eine Reise nach London.«

»London?«

»Natürlich müssen wir dafür sorgen, daß Ihre plötzliche Abreise plausibel erscheint. Und was ist schon Merkwürdiges dabei, wenn zwei Literaturstudentinnen kurz vor dem Examen nach England fahren, um ihre Sprachkenntnisse aufzufrischen?«

»Ich wollte immer schon mal nach London«, murmelte Orestina wehmütig.

»Dann ist das Ihre Chance«, bemerkte Zen mit breitem Grinsen. »Und wenn Sie dieses Angebot ablehnen, meine Damen, muß ich annehmen, daß Sie sich trotz aller inbrünstigen Beteuerungen Ihrer Freunde gar nicht so sicher sind, wie Sie behaupten.«

»Sabatino würde mich nie betrügen!« sagte Filomena.

»Ich vertraue Gesualdo wie mir selbst!« erklärte Orestina.

»Ich hab' ein sehr gutes Pauschalangebot gefunden«, fuhr Zen fort. »Flugtickets, ein nettes Hotel im Zentrum, großzügige Rabatte in ausgewählten Geschäften, Clubs und Diskos. Sie müßten allerdings mit der Alitalia fliegen, aber ein Kollege von mir kennt jemanden, der beim Bodenpersonal am Flughafen arbeitet, und der könnte dafür sorgen, daß Sie nicht in der Economyklasse zu fliegen brauchen.«

Die jüngere Frau wischte sich die Kuchenkrümel von ihrem üppigen Busen.

»Wann würden wir denn fliegen?«

»Sofort. Dann können Sie noch zwei Wochen drüben bleiben, bevor Sie hier zu Ihren Prüfungen antreten müssen.«

»Kommt überhaupt nicht in Frage«, sagte Orestina.

»Ich muß erst mit Sabatino darüber sprechen«, sagte Filomena.

Zen faßte sich an die Stirn.

»Um Gottes willen! Der Witz bei der Sache ist doch, daß die beiden nicht wissen, daß es sich um einen Test handelt.«

»Aber ich erzähle Sabatino immer alles!« jammerte die jüngere Schwester und fing wieder an zu weinen.

»Hören Sie!« sagte Zen. »Wenn Sabatino und Gesualdo tatsächlich solche Muster an Tugendhaftigkeit sind, wie Sie behaupten, was haben Sie dann zu verlieren? Sie bekommen nicht nur einen wunderbaren Urlaub in London, ohne was dafür zu bezahlen, sondern erhalten auch die Chance, ein für allemal zu beweisen, daß diese jungen Männer trotz all ihrer Fehler Ihre Zuneigung verdienen und würdig sind, Sie zu heiraten. Kurz gesagt, Sie haben die Chance zu beweisen, daß Ihre Mutter unrecht hat, und das auch noch auf deren Kosten!«

Einen Augenblick herrschte Schweigen.

»Wieviel?« fragte Orestina.

Zen lächelte sie unbefangen an.

»Was meinen Sie?«

»Sie haben vorhin zugegeben, daß Ihr Interesse an der Sache rein finanziell ist. Also, um wieviel geht es?«

Zen gestikulierte mit der linken Hand wild in der Luft herum.

»So um die hunderttausend? Ich hab' den genauen Betrag vergessen. Das Geld ist auch gar nicht so wichtig. Ich hab' das eigentlich nur vorgeschlagen, um die ganze Angelegenheit ein bißchen pikanter zu machen.«

Orestina nickte.

»Ich verstehe. Vielleicht können wir diese ›Angelegenheit‹ ja noch ein bißchen mehr für Sie würzen, Dottor Zembla. Ich schlage Ihnen eine Nebenwette um den gleichen Betrag zwischen uns dreien vor. Wenn Sie gewinnen, zahlen wir Ihnen jede noch fünfzigtausend zu den hunderttausend von Mamma dazu. Wenn Sie verlieren, teilen Filomena und ich uns den Pott, hunderttausend Lire für jede von uns. Was halten Sie davon?«

Aurelio Zen runzelte die Stirn und schien einen Augenblick mit sich zu ringen. Dann streckte er den Arm aus, ergriff Orestinas zierliche, aber erstaunlich muskulöse Hand und schüttelte sie heftig.

»Was werden Sie denn mit Ihrem Gewinn machen?« fragte er.

Filomena klatschte in die Hände. Die Vorfreude stand ihr ins Gesicht geschrieben.

»Ich werde Sabatino einen Abend groß ausführen!« rief sie begeistert. »Erst gehen wir ins Kino, dann irgendwo schick essen, und dann tanzen wir die ganze Nacht durch. Das wird ein Abend, den wir nie vergessen, selbst wenn wir mal so alt sind wie Sie, Don Alfonsetto!«

Zen wandte sich an die ältere Schwester.

»Und Sie, *Signorina*?«

»Ich tu's auf mein Sparkonto«, antwortete sie kühl.

»Sie können offenbar gut mit Geld umgehen«, bemerkte Zen. »Wie Ihr Vater.«

»Lassen Sie unseren Vater aus dem Spiel!« blaffte Orestina.

Sie nahm den Rest der Blätterteigtasche, den ihre Schwester bereits beäugt hatte, packte ihn in eine Papierserviette und steckte ihn in die Tasche.

»Und jetzt müssen wir los, sonst kommen wir zu spät in die Uni.«

Aurelio Zen legte beiden eine Hand auf den Arm.

»Und erzählen Sie ja nichts Ihren Freunden! Sonst ist unsere Abmachung hinfällig.«

»Ich *brauche* Gesualdo gar nichts zu erzählen«, antwortete Orestina verächtlich.

»Genau!« pflichtete Filomena ihr bei. »Sabatino weiß immer schon, was ich ihm sagen will. Wir sind perfekt aufeinander eingestimmt. Es ist schon fast mystisch, wie gut wir uns verstehen.«

Aurelio Zen sah die beiden Schwester an – so verschieden, und doch so gleich, so selbstbewußt, und doch so verletzlich. Einen Moment spürte er ein gewisses Bedauern, fast ein Schuldgefühl, wegen dem, was er tat. Dann schüttelte er den Kopf, zahlte, nahm beide am Arm und führte sie hinaus in das gleißende Sonnenlicht, das Stadt und Bucht überflutete.

Bella vita militar

Im Gegensatz zur angenehmen Wärme in den Straßen war es in der Funicolare-Station dunkel wie in einer Höhle. Die Luft war kühl, roch leicht nach Öl und Moder, und es zog. Ein Paar junger Ratten spielte zwischen den Schienen Fangen. Die Kabel waren bereits in Bewegung und glitten wie silbrige Schlangen über die Laufschienen. Wenige Sekunden später tauchte die Bahn unten aus dem Dunkel auf, bewegte sich langsam den Hang hinauf und kam sanft abgebremst an dem abschüssigen Bahnsteig zum Stehen.

Zen stieg in den mittleren Wagen, dessen Boden wie eine

Treppe in Stufen abfiel, und schlug seinen *Il Mattino* auf. Die Überschriften wirkten eindeutig angestaubt, weil es sich um die Fortsetzung von Geschichten handelte, über die bereits Anfang der Woche berichtet worden war – der Streit über den künftigen Standort eines Stahlwerks in Bagnoli; die Pläne des Bürgermeisters, bestimmte Maßnahmen beizubehalten, die man unter Zeitdruck eingeführt hatte, um die Stadt vor Beginn des G-7-Gipfels zu säubern; das Verschwinden eines ehemaligen Ministers der Regionalregierung, gegen den wegen angeblicher Verbindungen zum organisierten Verbrechen ermittelt wurde.

Die morgendliche Rush-hour war längst vorbei und der Zug fast leer. Hauptsächlich Studenten waren unterwegs und einige ältere Damen, die zu den Einkaufsstraßen um die Via Toledo wollten. Theoretisch hätte Zen seit mindestens anderthalb Stunden im Büro sein müssen, doch das schien ihn nicht im geringsten zu kümmern. Wieder irrte seine Hand zur Jackentasche, als ob er etwas suchte. Es war jetzt zwei Wochen, drei Tage und zehn Stunden her, daß er seine letzte Zigarette geraucht hatte, aber alte Gewohnheiten sind hartnäckig. Das Verlangen nach Nikotin hatte sich erstaunlich schnell gelegt, aber bei bestimmten alltäglichen rituellen Handlungen – wie bei einer Tasse Kaffee oder wenn er die Zeitung las – merkte er, wie er nach der Geisterpackung *Nazionali* griff, deren verlockenden Ruf er immer noch leise zu hören glaubte.

Auf halber Strecke den Hang hinunter beschrieb die Bahn eine Schleife, um den entgegenkommenden Zug vorbeizulassen. Auf der mit Graffitis übersäten Betonwand des Tunnels konnte Zen in schwarzen krakeligen Buchstaben den Slogan STRADE PULITE – »Saubere Straßen« – ausmachen. Das klang wie eine Anspielung auf die Maßnahmen gegen behördliche Korruption, die unter dem Motto »Saubere Hände« die politische Kaste, die Italien seit dem Krieg regiert hatte, zu Fall gebracht hatten. Aber es war schwer zu verstehen, wie das mit den »Sauberen Straßen« gehen sollte, besonders wenn man aus der Endstation der Funicolare in die schmutzigen, überfüllten und chaotischen Gassen des Stadtteils Tavoliere trat, wo das allmorgendliche Markttreiben in vollem Gange war.

Zen ging auf das grimmig wirkende, klobige Castel Nuovo zu, überquerte den breiten Boulevard, der am Meer entlangführte, und wartete an der gegenüberliegenden Straßenbahnhaltestelle auf die nächste Bahn. Theoretisch hätte er mit dem Bus von zu Hause zum Hafen fahren können, mit einmal Umsteigen an der Piazza Municipio, aber angesichts der Unberechenbarkeit des öffentlichen Verkehrssystems der Stadt zog Zen es vor, die Funicolare und die Straßenbahn zu benutzen und den Rest zu Fuß zu gehen. Bushaltestellen in Neapel waren rein symbolische Einrichtungen, die ohne Vorwarnung verlegt werden konnten, was auch häufig geschah, und die ohnehin keine Garantie dafür boten, daß jemals ein Fahrzeug auftauchte. Aber wenn Gleise existierten, so mußte doch, sagte sich Zen, früher oder später irgendwas kommen.

Außerdem hatte er keine Eile. Ganz im Gegenteil! Zum ersten Mal in seiner beruflichen Laufbahn war Aurelio Zen sein eigener Boss, soweit man das bei der Polizei überhaupt sein konnte. Wenn er zu spät kam oder früher ging oder überhaupt nicht auftauchte, konnte das nur auffallen, wenn ihn einer seiner Mitarbeiter verpetzte. Und er hatte alles daran gesetzt, um sicherzugehen, daß es in ihrem eigenen Interesse war, dafür zu sorgen, daß das nie passierte.

Eine der ersten Auswirkungen von Zens Versetzung nach Neapel, sogar noch vor seiner Ankunft, war die hastige Beendigung diverser gewinnbringender und seit langem bestehender Unternehmungen, die von der Polizeistation im Hafen getätigt wurden – sehr zum Leidwesen aller Beteiligten. Diese Entscheidung war auf einer Dringlichkeitssitzung widerwillig von Management und Mitarbeitern getroffen worden. Es war das erste Mal, soweit man sich erinnerte, daß jemand von außerhalb zum Chef des Hafenkommandos ernannt wurde. Und das nicht irgendwer, sondern ein ehemaliger Beamter der berühmten Criminalpol, die direkt dem Ministerium in Rom unterstellt war.

Daß ein solcher Überflieger zu einem niederen Routinejob in den Süden versetzt wurde, konnte nur eines bedeuten – darin waren sich alle einig. Eine Säuberung war angeordnet worden, und dieser Zen – der Name klang noch nicht mal italienisch – sollte sie mit schonungsloser Härte durchführen. Einzig merkwürdig bei der Sache war, weshalb man sich ausgerechnet ihre kleinen Betrügereien vorgenommen hatte, wo doch, wie allgemein bekannt war, sehr viel größerer und schwerwiegenderer Mißbrauch getrieben wurde. Aber das war vielleicht genau der Punkt, hatte jemand zu bedenken gegeben. Die Leute im Ministerium wagten sich nicht an die großen Namen heran, mit denen sie zu eng verbunden waren und in deren Schuld sie standen, deshalb schickten sie, um den Anschein zu erwecken, überhaupt was zu tun, einen ihrer Vollstreckungsbeamten und ließen ihn in viertrangigen Aktivitäten herumrühren, in die sie nicht verstrickt waren.

Als erstes hatte Zen seine neuen Kollegen davon überzeugen müssen, daß das nicht der Fall war. Das hatte sich als eine der schwierigsten Aufgaben erwiesen, vor der er je gestanden hatte. Nachdem er mehr als drei Wochen lang keinerlei Fortschritt erzielen konnte, entschloß er sich zu etwas für ihn völlig Untypischem, etwas, das so sehr seiner Natur widersprach, daß er bis zur letzten Minute mit sich rang, ob es denn auch wirklich ein weiser Schritt wäre. Schließlich machte er es nur, weil er keine andere Wahl hatte. Er beschloß, ihnen die Wahrheit zu sagen.

Da er wohl kaum zu diesem Zweck die ganze Truppe zusammenrufen konnte, wählte er bewußt den feindseligsten und renitentesten seiner Untergebenen aus, einen gewissen Giovan Battista Caputo. Caputo war ein drahtiger, energiegeladener Mann Anfang Dreißig mit spitzem Gesicht, Hakennase, einem üppigen schwarzen Schnurrbart und einem Mund voller scharfer weißer Zähne, die er bis zum Zahnfleisch fletschte, wenn er eins seiner seltenen, leicht bedrohlich wirkenden Lächeln aufsetzte. Er sah aus, als ob er die Gene aller Völker, die jemals um den Golf herum ihre Blütezeit hatten, in sich vereinigen würde – etruskische

Händler, griechische Siedler, römische Playboys, barbarische Piraten und spanische Imperialisten. Wenn er Caputo auf seine Seite ziehen könnte, sagte sich Zen, dann besäße er nicht nur den Schlüssel zu seinem neuen Arbeitsplatz, sondern zur ganzen Stadt.

»Sie fragen sich alle, was ich hier tue«, erklärte er lapidar, als Caputo in seinem Büro erschien.

»Das geht uns nichts an«, lautete die trotzige Antwort.

»Ich werd's Ihnen trotzdem sagen. Setzen Sie sich.«

»Ich möchte lieber stehen.«

»Ist mir scheißegal, was Sie möchten. Ich befehle Ihnen, sich hinzusetzen.«

Caputo gehorchte steif.

»Die Antwort auf die Frage, die ich gerade gestellt habe, ist sehr einfach«, fuhr Zen fort. »Ich habe selbst um diese Versetzung gebeten.«

Bei der Wirkung, die diese Worte auf Caputo hatten, hätte Zen genausogut den Mund gehalten haben können.

»Sie glauben mir nicht«, bemerkte Zen.

»Das geht uns nichts an«, wiederholte Caputo stur.

»Und es ist völlig klar, warum Sie das nicht tun«, fuhr Zen unbeirrt fort. »Warum sollte sich jemand freiwillig aus der Hauptstadt auf einen Posten in einer Provinzstadt versetzen lassen, wo er keine Familie hat, keine Freunde, und auch den Dialekt nicht spricht? Und dann noch nicht mal zur Haupt-Questura, sondern auf eine aussichtslose Stelle beim Hafenkommando.«

Caputo sah Zen zum ersten Mal an, gab aber immer noch keinen Kommentar ab. Zen nahm ein Päckchen *Nazionali* heraus und bot seinem Untergebenen eine an. Dieser schüttelte den Kopf.

»Die Antwort auf diese Frage ist nicht ganz so einfach«, sagte Zen und stieß eine Rauchwolke aus. »Um ein klassisches Bild zu verwenden, ich mußte mich zwischen Szylla und Charybdis entscheiden. Ich hatte mir Feinde im Ministerium gemacht, mächtige Feinde. Ich wußte, daß sie mich auf meiner bisherigen Stelle nicht weiterarbeiten lassen würden, und fürchtete, sie würden versuchen, mich strafzuversetzen. Meine einzige Chance lag darin, ihnen zuvorzukommen, indem ich selbst um eine Versetzung bat. Ich hab' mir die Liste mit den freien Stellen angesehen und mich für diese hier entschieden. Den richtigen Rang hatte ich ja, um diese Abteilung zu leiten, und da es sich im Grunde um eine enorme Degradierung handelt, konnten meine Feinde nicht einschreiten, ohne sich selbst zu verraten. So habe ich die Niederlage zwar hinnehmen müssen, aber zu meinen Bedingungen, nicht zu ihren.«

»Wer sind Ihre Feinde?« flüsterte Caputo, der jetzt ganz Ohr war.

»Politische.«

»Rechts oder links?«

Zen lächelte herablassend.

»Das ist doch kein Thema mehr, Caputo. Heutzutage sind wir alle in der Mitte. Und meine Feinde stehen der Mitte ungefähr so nahe, wie das nur möglich ist. Zu dem Zeitpunkt, von dem ich rede, war einer von ihnen der Innenminister persönlich.«

Caputo bekam große Augen.

»Sie meinen...?«

»Allerdings.«

Caputo leckte sich nervös die Lippen.

»Ich glaub', ich möchte jetzt doch eine Zigarette«, sagte er.

Zen schob das Päckchen über den Schreibtisch.

»Das ist die Erklärung, weshalb ich hier bin«, sagte er. »Und es erklärt auch mein absolutes Desinteresse an dem Job hier. Diese Versetzung habe ich mir erzwungenermaßen als kleinstes Übel ausgesucht, aber ich bin nicht im mindesten engagiert und fühle mich in keinster Weise verantwortlich. Ich bin überzeugt, daß Sie und Ihre Kollegen absolut in der Lage sind, Ihre Aufgaben in angemessener Weise zu erfüllen, und mein einziger Wunsch ist es, Ihnen dabei freie Hand zu lassen, ohne jede Einmischung oder Kontrolle. Kurz gesagt, tun Sie einfach so, als wäre ich nicht da, und machen Sie so weiter wie bisher. Habe ich mich klar ausgedrückt?«

Caputo fletschte grinsend seine Haifischzähne.

»Ja, Sir.«

»Es geht mir lediglich darum, daß nichts passiert, was unerwünschte Aufmerksamkeit auf diese Dienststelle lenken und meinen Feinden einen Vorwand liefern könnte, mich auf die Schlachtfelder von Sizilien oder in irgendein gottverlassenes Nest in den Bergen zu versetzen. Ich bin überzeugt, daß ich mich auf Ihre Erfahrung und Diskretion verlassen kann, Caputo, damit so etwas nicht passiert. Was alles übrige betrifft, das überlasse ich ganz Ihnen. Je weniger ich über die Dinge Bescheid weiß, um so lieber ist mir das.«

Caputo nickte forsch und stand auf.

»Gibt es sonst noch was, Sir?«

Zen wollte schon den Kopf schütteln, da fiel ihm etwas ein.

»Ich hätt' ganz gern einen *cappuccino scuro*. Nicht zu heiß, mit viel Schaum und ohne Kakao.«

Er lehnte sich zurück und sah auf die Uhr an der Wand. Es dauerte keine fünf Minuten, da klopfte es an der Tür und ein uniformierter Polizist trat mit einem Tablett ein, auf dem ein Glas Mineralwasser, eine Auswahl an frischem Gebäck und der *cappuccino* standen.

Von da an erschien jeden Morgen, zehn Minuten nachdem Zen gekommen war, ein solches Tablett in seinem Büro. Für eine Weile war das alles. Dann stand etwa drei Wochen nach seinem Gespräch mit Caputo eines Tages ein großer Karton in einer Ecke des Raumes. Er enthielt fünfzig Stangen *Nazionali*, also insgesamt 10 000 Zigaretten. Zen nahm drei Stangen mit nach Hause und verstaute den Rest in den leeren Schubladen seines Aktenschrankes.

Danach änderten sich die Dinge schlagartig. Er wurde von allen respektvoll, aber freundlich gegrüßt, und seine Bitten und Befehle wurden eiligst ausgeführt, manchmal noch bevor ihm richtig bewußt war, daß er sie überhaupt ausgesprochen hatte.

Normalerweise erschien er jeden Morgen gegen elf, falls er nichts Besseres vorhatte, und ging kurz vor dem Mittagessen wieder. Heute hatte er jedoch Valeria zu sich nach Hause eingeladen, deshalb wollte er nur pro forma im Büro erscheinen, um dann auf den Markt zu gehen, und nach Lust und Laune einzukaufen.

Autos, Lieferwagen und Lkws bewegten sich träge auf der abgeteilten Spur, die eigentlich für die Straßenbahn reserviert war, in der Praxis aber von allen als Ausweichstrecke für die verstopfte Via Cristoforo Colombo benutzt wurde. Ab und an starteten die städtischen *vigili* einen Überraschungsangriff und fingen an, Strafzettel zu verteilen. Doch solche Aktionen fanden nur sporadisch statt und waren rein symbolisch, sozusagen das Säbelrasseln einer Kolonialmacht, die wußte, daß sie den Kampf gegen die einheimische Bevölkerung nicht gewinnen konnte, dies aber nicht offen zugeben wollte.

Auf einer Seite des Passagierterminals am Dock hinter Zen hatte die weiße Terrenia-Fähre, die am Morgen aus Sardinien gekommen war, festgemacht. Auf der anderen lag ein schnittiges graues Kriegsschiff, das eine Flagge führte, die ihm bekannt vorkam, die er aber nicht einordnen konnte. Weiter hinten, an einem der Außendocks, prangte auf einem riesigen Flugzeugträger unverkennbar die Fahne der Vereinigten Staaten.

Ein gedämpftes Sirren der eingelassenen Schienen kündigte die Ankunft einer leicht antiquierten Straßenbahn an, die schwankend aus dem Tunnel unter dem Monte di Dio gerumpelt kam. Zen faltete seine Zeitung zusammen und wartete geduldig, bis sich die Bahn mit traurigem Geklingel durch den dichten Verkehr zur Haltestelle gequält hatte. Zehn Minuten später stieg er an der Piazza del Camino vor einem der Haupteingänge zum Hafen aus. Er ging durch das offene Tor und nickte flüchtig einem der bewaffneten Wachposten zu, der einen Salut andeutete.

Zen überquerte den asphaltierten Innenhof und ging dann nach rechts auf das vierstöckige Gebäude zu, das die Abteilung der *Polizia dello Stato* beherbergte. Deren Aufgabe war es, dem

Gesetz im Bereich des Hafens Geltung zu verschaffen. Der größte Teil dieser Enklave war ebenso wie der angrenzende Teil des Stadtzentrums während des Krieges von alliierten und deutschen Bombenangriffen dem Erdboden gleichgemacht worden, nur das Polizeirevier war wundersamerweise verschont geblieben. Dank seiner maßvollen Proportionen, der stabilen Bauweise und der traditionellen Materialien stach es unter den architektonischen Monstrositäten, die es umgaben, als ein Musterbild von Anmut und Charme einer längst vergangenen Zeit hervor.

Die Größe des Gebäudes stand im Widerspruch zur bescheidenen Zahl der dort beschäftigten Personen, da es zu einer Zeit errichtet worden war, als der Hafen sehr viel mehr Bedeutung hatte als heute, wo sich nach endlosen Arbeitskämpfen ein großer Teil des Betriebs weiter südlich nach Salerno verlagert hatte. Parterre und erste Etage waren die einzigen Stockwerke, die offiziell in Gebrauch waren. Die zweite Etage wurde lediglich als Abladeplatz für verstaubte Akten und kaputte Möbel benutzt. Das oberste Stockwerk wirkte um diese Tageszeit ebenso ausgestorben, doch sobald die Nacht hereinbrach, wurde es zu einer der lebhaftesten Lokalitäten der ganzen Gegend. Dann wimmelte es dort von Seeleuten, die aus irgendeinem Grund keinen Passierschein hatten, der ihnen erlaubte, die Hafenenklave zu verlassen. Doch Zen bemühte sich wohlweislich, nichts davon mitzubekommen, auch nichts darüber zu wissen, wie die Prostituierten, die dort arbeiteten, an den Wachen am Tor vorbeikamen, und schon gar nichts über die Schmuggelware und die illegalen Substanzen, die angeblich ebenfalls in diesen Räumen den Besitzer wechselten.

Er ging durch die offene Tür, erwiderte den Gruß von drei uniformierten Männern, die lässig in der Eingangshalle herumstanden, und stieg die Treppe zu seinem Büro im ersten Stock hinauf. Das Trio unterbrach diskret seine Unterhaltung, bis er den Treppenabsatz erreicht hatte, und nahm sie dann in gedämpftem Tonfall wieder auf. Das Gemurmel erfüllte das kühle, schattige Treppenhaus wie das leise Summen von Bienen.

Tutti due fan ben la loro parte

Er war noch nicht ganz eine Minute in seinem Büro, da klopfte es an der Tür.

»Herein!« rief Zen überrascht und zugleich erfreut, daß sein *cappuccino* heute so schnell kam.

Doch in der Tür erschien Giovan Battista Caputo. Er wirkte ungewöhnlich gedämpft.

»Entschuldigen Sie die Störung, Chef. Kann ich Sie einen Augenblick sprechen?«

Zen winkte ihn mit einer matten Handbewegung herein.

»Letzte Nacht gab's Ärger«, verkündete Caputo, während er hereinkam und die Tür schloß.

»Mmm?«

»Wir haben zur Zeit ein paar Kriegsschiffe hier liegen, einen amerikanischen Flugzeugträger und eine griechische Fregatte. Einige Seeleute von dem Flugzeugträger waren gestern abend in dieser Bar am Passagierterminal.«

Zen nickte. Er hatte dieses Lokal vor ein paar Wochen besucht, als Caputo ihn kurz durch den Dockbereich geführt hatte, damit es so aussah, als würde Zen in seinen neuen Job eingearbeitet. Die fragliche Bar, so hatte man ihm zu verstehen gegeben, wurde von dem gleichen Konsortium betrieben, das auch für die diversen Phantomgeschäfte verantwortlich war, die im Obergeschoß des Polizeigebäudes abliefen. Und außerdem lieferte die Bar eine absolut legale Fassade, um potentielle Kunden abchecken zu können, bevor man ihnen Einlaß ins Allerheiligste gewährte. Es war nur ein winziges Lokal, dem es aber trotzdem gelang, der absolut tristen *stazione marittima* ein bißchen Leben und Farbe zu geben.

Das Bemerkenswerteste an dem Laden war eine große Neonreklame im Fenster, auf der in Englisch stand: Mix Drinks. Laut Caputos Bericht über den Zwischenfall in der vergangenen Nacht hatte eine Gruppe amerikanischer Seeleute diese Aufforderung offenbar wörtlich genommen und eine unglaubliche Menge und Vielfalt an Weinen, Bieren, Schnäpsen und Likören in sich hineingeschüttet, bevor sie schließlich aufbrachen, um die Stadt zu erkunden. Alles ging gut, bis sie auf eine andere Gruppe Seeleute stießen, die gerade zu der griechischen Fregatte zurückkehrten.

»Einer der Amerikaner kommt aus einer griechischen Familie«, erklärte Caputo, »und versuchte, mit ihnen zu reden. Aber anscheinend ist sein Griechisch nicht mehr so gut, oder vielleicht war er auch nur zu betrunken. Jedenfalls, was auch immer er gesagt haben mag, für die Griechen klang es wie eine Beleidigung. Es kam zu einer Schlägerei, bei der die Griechen den kürzeren zogen.«

»Mmm«, wiederholte Zen und betrachtete seine Fingernägel.

»Als die Griechen zu ihrem Schiff zurückkamen und sich herumsprach, was passiert war, machten sich ein paar von ihnen auf, um Rache zu nehmen. Sie stießen auf einen Mann in amerikanischer Uniform und fingen an, ihn herumzuschubsen. Noch bevor sie wußten, wie ihnen geschah, hatte er ein Messer gezogen und zwei von ihnen niedergestochen. Einer unserer Männer kam gerade aus der Bar, wo er Aussagen über den ersten Zwischenfall aufgenommen hatte, und nahm den Angreifer sofort fest.«

Zen gähnte ausgiebig.

»Also wirklich, Caputo, ich glaube kaum, daß Sie mich wegen einer solchen Sache belästigen müssen.«

»Hätte ich auch nicht, Sir, wenn nicht folgendes passiert wär'. Wir haben die Amerikaner informiert, daß ein Mitglied ihrer Besatzung verhaftet wurde, und sie haben zwei Offiziere vorbeigeschickt, um ihn zu identifizieren. Und nun wird die Sache heikel. Es stellte sich nämlich heraus, daß dieser Mann, den wir verhaftet haben, keiner von ihren Leuten ist.«

Ein Achselzucken von Zen.

»Na und?«

Caputo seufzte.

»Hören Sie, Chef, Sie haben doch deutlich zu verstehen gegeben, daß Sie nicht wollen, daß hier was passiert, was Sie kompromittieren und Ihren Feinden in Rom einen Vorwand liefern könnte, Ihnen zu schaden, oder etwa nicht?«

»Mmm?«

»Diese Sache scheint sich zu genau so etwas zu entwickeln, fürchte ich. Einer der griechischen Seeleute wurde schwer verletzt und befindet sich immer noch in kritischem Zustand. Der griechische Konsul hat offiziell Beschwerde eingelegt, und die Amerikaner sind nicht allzu glücklich darüber, daß wir jemanden, der sich als ein Mitglied ihrer Besatzung ausgab, in einen angeblich abgesicherten Bereich gelassen haben. Ich hab' heute morgen schon dreimal den Questore am Telefon beschwichtigen müssen...«

»Verdammt! Was haben Sie ihm erzählt?«

»Ich hab' gesagt, Sie wären unterwegs, um persönlich weitere Nachforschungen anzustellen. Aber er klang nicht sehr erfreut. Ich glaube, Sie sollten ihn so bald wie möglich zurückrufen.«

»Ich weiß noch nicht mal seine Nummer.«

Caputo sagte sie ihm. Zen nahm den Hörer ab.

»Bleiben Sie hier«, bat er Caputo, der sich diskret zurückziehen wollte. »Ich brauch' vielleicht Unterstützung.«

Obwohl er angeblich unbedingt mit Zen über den Fall reden wollte, ließ der Polizeichef der *provincia di Napoli* ihn über zehn Minuten warten, bevor er mit ihm zu sprechen geruhte. Doch als er es schließlich tat, wurde Zen unmißverständlich klar, daß Caputo den Ernst und die Dringlichkeit der Situation bestimmt nicht übertrieben hatte.

»Soweit ich weiß, sind Sie neu hier in der Stadt«, bemerkte der Questore mit einer sanften, ruhigen Stimme, die wirkungsvoller war als jeder laute Versuch der Einschüchterung. »Das ziehen wir natürlich in Betracht. Ich weiß noch, daß ich mich damals gefragt habe, ob es eine weise Entscheidung war, diesen Posten mit Ihnen zu besetzen. Neapel ist eine einzigartige Stadt, die ein Außenstehender in vieler Hinsicht nur schwer oder überhaupt nicht verstehen kann.«

Zen hielt den Hörer fest umklammert und wünschte, er hätte nicht aufgehört zu rauchen.

»Doch dann hab' ich mir gesagt, daß es ja schließlich nur darum geht, den Hafenbereich zu kontrollieren, eine relativ einfache und routinemäßige Aufgabe. Ich nahm an, daß ein Mann mit Ihrer angeblichen Erfahrung sehr wohl dazu in der Lage sein müßte, selbst wenn man Ihre mangelnde Kenntnis der Stadt in Betracht zieht. Aber schon wenige Monate nach Ihrer Ankunft bahnt sich nun ein größerer internationaler Zwischenfall an mit allem, was dazu gehört. Die Leute müssen ja meinen, sie hätten es hier mit irgendeinem Drecksnest in der Dritten Welt zu tun, wo sich Banden betrunkener Seeleute und einheimischer Schlägertypen Messerstechereien am Kai liefern. Wir haben viel Zeit und Geld dafür verwendet, das Image von Neapel in der Welt zu verbessern, und unsere Bemühungen sind mit der G-7-Konferenz belohnt worden. Jetzt drohen Sie mit Ihrer Nachlässigkeit und Unfähigkeit diese ganze Arbeit wieder zunichte zu machen!«

»Meine Männer können unmöglich überall zugleich sein«, wandte Zen mit matter Stimme ein.

»Diese Schlägerei hat noch keine fünfzehn Meter vom Hauptpassagierterminal stattgefunden«, sagte der Questore. »Wenn Sie nicht mal diesen Bereich ordentlich überwachen lassen können, was *können* Sie denn dann? Wie dem auch sei, jetzt ist es ohnehin zu spät. Jetzt geht es darum, diese Ermittlungen in kürzester Zeit zu einem angemessenen Abschluß zu bringen, der alle betroffenen Parteien zufriedenstellt und beruhigt. Ich brauche Sie doch wohl nicht daran zu erinnern, daß es sich dabei um zwei unserer wichtigsten NATO-Partner handelt. Was für Fortschritte haben Sie gemacht?«

»Was für Fortschritte wir gemacht haben?«

Zen sah verzweifelt zu Caputo.

»Nun ja, das für die Tat verantwortliche Individuum...«

Caputo hob die Arme und überkreuzte sie an den Handgelenken.

»... ist in Haft.«

Caputo fuhr mit einem Finger über seine geschlossenen Lippen, als ob er an einem Reißverschluß zöge.

»... aber hat sich bis jetzt geweigert zu reden.«

Jetzt lief Caputo im Zimmer hin und her, beschattete mit einer Hand seine Augen und blickte nach allen Seiten.

»Meine Männer sehen sich gründlich am Schauplatz des Verbrechens um...«, fuhr Zen fort.

Nun tat Caputo so, als ob er etwas auf seine linke Hand schriebe.

»... und nehmen die Aussagen von Zeugen auf.«

»Was für Anhaltspunkte haben Sie?«

»Was für Anhaltspunkte wir haben?«

»Müssen Sie denn alles wiederholen, was ich sage? Ja, Anhaltspunkte! Theorien, Ideen, Vermutungen. Irgend etwas, was auch nur ein winziges Licht auf diesen Zwischenfall werfen und was ich dem Präfekten mitteilen könnte, damit er es nach Rom weiterleitet.«

Caputo stellte sich vor den Schreibtisch, hob einen Arm und streckte drei Finger in die Luft.

»Zur Zeit verfolgen wir drei Theorien«, antwortete Zen gelassen. »Erstens, daß der Täter...«

Er sah zu Caputo, der O-beinig durch das Zimmer watschelte, die Hände wie Klauen in die Hüften gestützt.

»... ein Cowboy ist«, folgerte Zen.

»Ein *was*?«

Caputo schüttelte vehement den Kopf. Zen deckte die Sprechmuschel zu.

»*Amerikaner!*« zischte Caputo.

»... daß er Amerikaner ist«, erklärte Zen dem Questore.

»Aber die Marinebehörde der Vereinigten Staaten hat doch ausdrücklich erklärt, daß der Mann nicht zu ihnen gehört!«

»Genau!« entgegnete Zen. »Nach dieser Theorie ist der Verdächtige ein Undercover-Agent der CIA, der den Auftrag hatte, einen der griechischen Seeleute umzubringen, und zwar den Sohn eines einflußreichen kommunistischen Politikers.«

Er sah triumphierend zu Caputo, der begeistert die Daumen in die Luft streckte.

»Und die zweite Theorie?« meldete sich der Questore nach einer kurzen Pause, die erkennen ließ, daß er sich offenbar Notizen machte.

»Die zweite...«

Caputo hatte sich in ein kleineres, zierlicheres und flinkeres Individuum verwandelt, das sich mit übertriebener Natürlichkeit durch den Raum bewegte, verstohlen von einer Seite zur anderen blickte, und dessen Hände ab und zu wie aus eigenem Willen nach rechts oder links schossen.

»... lautet, daß der Mann ein gewöhnlicher Taschendieb ist«, fuhr Zen fort, »der sich als amerikanischer Seemann verkleidet in den Hafen eingeschlichen hatte. Er hat versucht, die Griechen anzuschnorren, und als die aufgrund des falschen Eindrucks, er wäre Amerikaner, handgreiflich wurden, hat er ganz typisch reagiert und ein Messer gezogen.«

»Diese Theorie gefällt mir nicht so sehr«, antwortete der Questore mit neutraler Stimme. »Sie wirft ein schlechtes Licht auf die Stadt. Was ist mit der dritten Theorie?«

»Die dritte?« wiederholte Zen. »Ah, *die* wird Ihnen gefallen.«

Er starrte hilflos zu Caputo, der fröhlich herumtänzelte, mit den Händen die Konturen eines üppigen Busens andeutete und die Falten eines unsichtbaren Rocks glättete.

»Nach dieser Theorie war der Mann in Wirklichkeit eine Frau«, informierte Zen seinen Vorgesetzten.

»Eine Frau?«

»Eine Prostituierte. Wir versuchen sie natürlich aus dem Hafen fernzuhalten, aber...«

»Sie werden doch wohl in der Lage sein, das Geschlecht des inhaftierten Individuums zu bestimmen?« fragte der Questore mit eisiger Stimme.

»Sein Geschlecht? Ja, natürlich.«

Caputo zeichnete rasch ein riesiges männliches Glied in die Luft.

»Es ist ein Mann. Daran besteht kein Zweifel.«

»Aber Sie haben mir doch gerade erklärt, daß Sie die Theorie verfolgen, es wäre eine Prostituierte!«

Zen zögerte einen Augenblick.

»Ganz genau, eine Prostituierte, die als Transvestit anschafft.«

»Aber er war als *Mann* gekleidet!«

»Äußerlich schon. Aber er trug weibliche Unterwäsche.«

Der Questore schwieg einen Augenblick.

»Mit anderen Worten . . .?«

»Mit anderen Worten, er war ein Mann, als Frau verkleidet, die wiederum als Mann verkleidet war.«

»Aber das ist doch absurd!«

»Oh, es gibt durchaus eine Nachfrage für so etwas«, antwortete Zen in weltmännischem Ton. »Nur leider hatte er diesmal seine Kundschaft falsch eingeschätzt. Sie fingen an, auf ihn einzuschlagen, und er zog in Notwehr sein Messer. Aber wie dem auch sei, alles deutet darauf hin, daß es sich hier ganz banal um ein Verbrechen aufgrund einer Verwechslung handelt. Ich sorge dafür, daß Sie innerhalb der nächsten zwölf Stunden einen vollständigen Bericht auf Ihrem Schreibtisch haben . . .«

Zen brach ab, weil er sah, daß Caputo wie wild gestikulierte. Er hielt Daumen und Zeigefinger der linken Hand hoch und ließ die rechte Hand darum kreisen.

». . . oder spätestens in vierundzwanzig Stunden«, folgerte Zen.

»Ich werde das, was Sie mir gesagt haben, an die betroffenen Parteien weitergeben«, erklärte der Questore kurz und knapp. »Aber lassen Sie sich gesagt sein, wenn innerhalb des von Ihnen genannten Zeitraums keine befriedigende Lösung gefunden ist, werden Sie dafür zur Verantwortung gezogen und nicht ich. Ich bin nicht bereit, Sie in diesem Fall zu decken, und bedaure, daß meine Abteilung zu überlastet ist, um einen unserer Mitarbeiter zu schicken, damit er bei Ihnen für Ordnung sorgt. Deshalb hoffe ich, daß Sie diese Angelegenheit mit äußerster Priorität behandeln.«

»Darauf können Sie sich verlassen, Sir.«

Zen legte auf und wandte sich an Giovan Battista Caputo.

»So weit, so gut«, bemerkte er und streckte sich genüßlich. »Sie haben bis morgen Zeit, irgendwas zusammenzustricken.«

Caputo machte ein langes Gesicht.

»Und was ist mit Ihnen, Chef? Wollen Sie denn den Verdächtigen noch nicht mal vernehmen?«

»Ich fürchte, das ist unmöglich«, antwortete Zen und griff nach seinem Mantel. »Ich hab' bereits was vor, was ich beim besten Willen nicht absagen kann. Da fällt mir übrigens ein, Sie haben nicht zufällig irgendwelche Beziehungen zur Oper? Eine Bekannte von mir hat gesagt, Sie würde gerne hingehen, und ich hab' versprochen, sie einzuladen. Doch als ich bei der Theaterkasse anrief, hat man mir gesagt, sämtliche Aufführungen seien einen Monat im voraus ausverkauft.«

Caputo brummte verständnisvoll.

»Ich seh' mal, was ich machen kann.«

Amico Don Alfonso

»Aber du bist sicher, daß es funktioniert?«

»Wenn Liebe im Spiel ist, ist überhaupt nichts sicher.«

Ein kurzes Schweigen.

»Zwei Wochen ist keine sehr lange Zeit.«

»Je kürzer, desto besser. Abwesenheit macht verliebte Herzen noch verliebter. Wenn die beiden einen ganzen Monat weg wären, könnten die Jungs anfangen, richtig sentimental zu werden.«

Ein längeres Schweigen. Natürlich war es nicht wirklich still, noch nicht mal so weit oben auf dem Vomero in einer dieser steilen, stufigen Gassen, die selbst für die wagemutigsten oder verzweifeltsten neapolitanischen Autofahrer unzugänglich sind. Von den Straßen unten an den Hängen, die zur Bucht abfallen, ertönte, wenn auch gedämpft, eine Kakophonie von Autohupen, jede auf einer leicht anderen Tonhöhe, eine stark rhythmische städtische Symphonie, deren Taktart sich jeder Bestimmung entzog. In dieses Medley mischte sich noch das rauhe, abgehackte Bellen des zotteligen, halbwilden Hundes, der auf dem flachen Dach angekettet war, das die Kuppel von Santa Maria del Petraio umgab, vermutlich um Einbrecher abzuschrecken. Und alles wurde überlagert von dem Geschrei einiger Jungen, die unten auf den Stufen Fußball spielten, ein rasches und anstrengendes Spiel, dessen Hauptschwierigkeit darin bestand, den Ball daran zu hindern, auf Nimmerwiedersehen in einem der zahlreichen, von Mauern umgebenen Gärten zu verschwinden oder in einem Schwung die ganzen 287 Stufen der *salita* herunterzuschießen bis zu der Stelle, wo sie die gepflasterte Straße kreuzte, die in weiten Kurven den Hang hinaufführte.

Am dramatischsten waren die in bestimmten Abständen auftauchenden Flugzeuge, die sich im Landeanflug auf Capodichino befanden, ungeheuer große, ohrenbetäubend laute und unberechenbare Erscheinungen, die so dicht vorbeizufliegen schienen, daß man glaubte, sie berühren zu können. Und trotz allem wirkte die Terrasse, auf der sie saßen, wie eine Oase der Ruhe und des Friedens, ein Refugium, das auf wundersame Weise von all der Hektik und dem Streß der Stadt um sie herum abgeschieden war.

Es als Terrasse zu bezeichnen, war eigentlich ein bißchen übertrieben. Im Grunde war es nur ein Stück geteertes Flachdach, der nicht bebaute Teil eines Stockwerks, das man vor zwanzig Jahren illegalerweise auf das Haus gesetzt hatte, um das ursprüngliche Gebäude in zwei Wohnungen umwandeln zu können. In dem Aufbau waren Küche und Badezimmer untergebracht, während Wohn- und Schlafzimmer ein Stockwerk tiefer lagen. In der Küche war zwar eine kleine Eßecke, doch jetzt im Sommer zog Aurelio Zen es vor, seine Mahlzeiten draußen einzunehmen, an einem alten Tisch mit Marmorplatte im Schatten einer grün-weiß gestreiften Markise.

Das Schweigen, das immer noch zwischen ihm und seinem Gast herrschte, war keineswegs unangenehm, und keiner von beiden zeigte den Drang, es zu brechen. Es war ein tiefes, behagliches Schweigen, so schrankenlos und allumfassend wie das diffuse Sonnenlicht, das alles um sie herum einhüllte, oder auch der leichte Lufthauch, der unbekümmert vor sich hinwehte. In weiter Ferne war die Halbinsel Sorrent in vagen Umrissen zu erkennen, wie auf einem alten Druck, der von der Sonne verblichen ist. Über der imposanten Mauer, die das Kloster San Martino umgab, ragte die Spitze des Vesuv auf. Und rechts von ihnen lag Capri, fast völlig im Dunst verschwunden, wie eine flüchtige Erinnerung. In der Meerenge zwischen Halbinsel und Insel bewegte sich ein Schiff, ein dunkler kantiger Block, der am Horizont zu schweben schien. Vielleicht die Fähre, die Zen am Morgen gesehen hatte und die jetzt auf dem Weg nach Sizilien war oder sogar noch weiter südlich nach Malta oder Tunesien.

»Schließlich mußten wir ja *irgendwas* unternehmen«, sagte die Frau, die neben Aurelio Zen saß, als hätte sie gerade einen längeren inneren Disput beendet.

»Natürlich mußten wir das«, stimmte er träge zu. »Wie auch immer die Wahrheit über die beiden aussehen mag, sie sind gewiß nicht die Sorte Männer, die du dir als Umgang für deine Töchter wünschst. Über ihre Familien weiß man nichts, sie verkehren mit Leuten, die bekanntermaßen Kriminelle sind, treiben sich häufig in den übelsten Gegenden der Stadt herum, haben keine erkennbare Einkommensquelle, schmeißen aber reichlich mit Geld um sich...«

»Ganz zu schweigen davon, daß sie auch noch gut aussehen und charmant sind«, fügte Valeria hinzu.

Zen nickte bedächtig.

»In der Tat eine tödliche Mischung, die die Maßnahmen, die wir ergreifen, voll und ganz rechtfertigt.«

»Ja, aber wird es funktionieren?«

Sie hatten sich rein zufällig auf einer Party im britischen Konsulat kennengelernt. Zen hatte seine Einladung über einen Beamten bekommen, dem er geholfen hatte, einen Ring auffliegen zu lassen, der illegale asiatische Einwanderer auf Frachtschiffen, die zwischen Neapel und Liverpool verkehren, nach Großbritannien einschmuggeln wollte. Valeria hingegen war dort dank ihrer Freundschaft zu der Frau irgendeines Politikers im Wirtschaftsministerium der Regionalregierung, der eine geschliffene, nichtssagende und endlose Rede gehalten hatte, wie sie solche Funktionäre jederzeit und zu jedem Anlaß abspulen können, sei es eine Konferenz zum soundsovielten Geburts- oder Todestag von X, die Einweihung eines neuen Gebäudes, ein bilaterales Abkommen, ein kulturelles Ereignis, eine Ausstellung oder Gedenktafel zu, von, in oder über Y.

Der Sinn jener Zusammenkunft bestand – soweit Zen das erkennen konnte – darin, billigen Sekt zu trinken, an aufwendig belegten Kanapees zu knabbern, die gern auseinanderfielen, und sich so laut wie möglich mit Leuten zu unterhalten, die man entweder bereits kannte oder die einen unbedingt kennenlernen wollten. Damit hatte Zen, ein Niemand, der niemanden kannte, eindeutig schlechte Karten. Er fragte sich gerade, wie schnell er sich mit Anstand zurückziehen könnte, als seine ›gute Beziehung‹ auftauchte und ihn quer durch den Raum schleifte, um ihn mit Signora Valeria Squillace bekannt zu machen.

Der Engländer war ein stämmiger jovialer Typ, rauh aber herzlich, der erst kürzlich aufgrund einer verrückten Laune der Bürokratie nach Neapel versetzt worden war, nach vielen Jahren der Arbeit in Finnland, dessen eigenartige Sprache er anscheinend soweit gemeistert hatte, wie es für einen Ausländer überhaupt möglich ist. Sein Italienisch war allerdings noch ziemlich rudimentär, und Zen sprach praktisch kein Englisch – geschweige denn Finnisch. Ihre offiziellen Kontakte waren über einen Dolmetscher gelaufen, aber jetzt waren sie auf sich gestellt. Zu allem Überfluß war es voll und laut, außerdem war Signora Squillace auf einem Ohr leicht schwerhörig und zu eitel, ein Hörgerät zu tragen.

So mußte Zen, als er schließlich mit ihr allein war, feststellen, daß seine neue Bekannte irrtümlich glaubte, er hieße Alfonso Zembla und wolle ein Haus mieten. Zunächst wartete er auf eine passende Gelegenheit, die Sache richtigzustellen, gab es jedoch schließlich auf. Es hatte ja eh keine Bedeutung. Er hatte kein Interesse an einer dauerhaften Wohnung in Neapel, und außerdem gab es keinen Grund zu der Annahme, daß er die Frau je wiedersehen würde. Sie war Mitte Vierzig, groß, hatte eine gute Figur, hellbraune Augen, wellige schwarze Haare, die mit einzelnen Silbersträhnen durchsetzt waren, und einen ausdrucksvollen Mund, der ständig ein ironisches Lächeln zu unterdrücken schien.

Das alles reichte jedoch nicht aus, Zen zu ermuntern, eine nähere Bekanntschaft mit ihr zu suchen, noch hatte Valeria Squillace die geringste Andeutung gemacht, daß ein derartiger Versuch willkommen wäre. So war er völlig überrascht, als sie ihn zwei Tage später in dem Hotel anrief, in dem er damals wohnte. Sie erinnerte ihn an ihre Begegnung, erklärte, daß sie seine Telefonnummer von ihrem gemeinsamen Bekannten beim Konsulat bekommen hätte und entschuldigte sich, daß sie ihn privat störe und brachte dann ihr Anliegen vor.

»Sie arbeiten doch bei der Polizei, Dottor Zembla. Ich habe da ein persönliches Problem, bei dem Sie mir vielleicht helfen könnten. Als Gegenleistung wäre ich bereit, Ihnen befristet ein kleines Haus, das mir in der Nähe von San Martino gehört, zu einem sehr günstigen Preis zu vermieten.«

Zen lag auf dem Bett, unbekleidet bis auf die Socken, und sah sich einen japanischen Zeichentrickfilm an, in dem Kinder mit riesengroßen Augen im Nahkampf gegen böse Feinde kämpften, deren Augen heimtückisch klein waren.

»Was für ein Problem?« fragte er vorsichtig und zapte auf den nächsten Kanal, wo ein übergewichtiger Schmierenkomödiant mit falschen Haaren ein 64teiliges versilbertes Besteck zum Verkauf anbot.

»Das möchte ich lieber nicht am Telefon besprechen«, antwortete seine Anruferin schüchtern. »Wäre es vielleicht möglich, daß wir uns kurz treffen, vielleicht morgen?«

Sie verabredeten sich für den folgenden Nachmittag in der Bar von Zens Hotel. Am nächsten Morgen im Büro fragte er

Giovan Battista Caputo, ob er irgendwas über die Familie Squillace wüßte. Caputo verzog angestrengt nachdenkend das Gesicht.

»Der Name kommt mir irgendwie bekannt vor«, sagte er. »Ich mach' mal ein paar Anrufe.«

Nach fünfzehn Minuten kehrte er mit dem Ergebnis seiner Bemühungen zurück. Manlio Squillace, der *capofamiglia*, war vor zwei Jahren an einem Herzinfarkt gestorben, nachdem man ihn wegen »finanzieller Unregelmäßigkeiten« festgenommen hatte. Er war ein bekannter Unternehmer gewesen, der in den sechziger und siebziger Jahren mit Grundstücksspekulationen ein Vermögen gemacht hatte und dem man vielfältige Beziehungen zum organisierten Verbrechen nachsagte. Er hinterließ seine Frau Valeria und zwei Töchter, Orestina und Filomena.

Letztere waren – wie Zen am Nachmittag erfuhr – das Problem, über das Signora Squillace nicht am Telefon hatte sprechen wollen. Anfang Zwanzig, waren sie im letzten Semester ihres Sprachstudiums. Mit ihrem Aussehen und ihrer Ausbildung, ganz zu schweigen von den Beziehungen ihrer Familie, hätten sie jeden jungen Mann aus gutem Hause und mit ausgezeichneten Berufsaussichten bekommen können.

»Statt dessen werfen sie sich zwei Gangstern an den Hals!« jammerte Valeria Squillace über ihrem *cappuccino* und einem Brioche. »Manchmal fürchte ich, daß es im Blut liegen muß, daß sie es irgendwie von ihrem Vater geerbt haben. Nicht daß er ein Verbrecher war, natürlich nicht, aber bei seinen Geschäften mußte er sich mit allen möglichen Leuten zusammentun, und davon muß irgendwas auf Orestina und Filomena abgefärbt haben. Oder wie erklären Sie sich sonst, warum die beiden sich auf diese Ganoven einlassen?«

Zen schien die Erklärung ziemlich naheliegend, aber er hielt es für unklug, das zu sagen. Statt dessen fragte er Signora Squillace, wie er ihr helfen könnte.

»Das schlimmste ist, daß ihnen offenbar nicht mal klar ist, in was sie da hineingeraten«, antwortete sie. »Jedesmal, wenn ich sie darauf anspreche, werfen sie mir Snobismus und Vorurteile vor. Natürlich habe ich keinen Beweis, daß die beiden Verbrecher sind, aber ich spüre es einfach in meinen Knochen.«

Sie sah Zen an.

»Wenn Sie mal im Strafregister nachsehen könnten, Don Alfonso, vielleicht würden Sie da etwas Konkretes finden, etwas, das den beiden die Augen öffnen würde, bevor es zu spät ist.«

Neugierig geworden und amüsiert zugleich, hatte Zen zugestimmt. Am nächsten Tag schickte er eine Routineanfrage an die Questura und bat um Informationen über Troise, Gesualdo und Capuozzo, Sabatino. Das Ergebnis war – gelinde gesagt – unerwartet. Zuerst kam eine schriftliche Antwort per Fax, aus der hervorging, daß zu diesen Namen keine Unterlagen existierten. Angesichts der Tatsache, daß die Polizei praktisch über jeden Mann, jede Frau und jedes Kind im Land ein Dossier führte, selbst wenn darin nur stand, ob man bei jeder lokalen und nationalen Wahl seine Gesetzespflicht erfüllt und gewählt hatte, war die Tatsache, daß die Namen dieser Männer überhaupt nicht auftauchten, an sich schon eine Art negativer Beweis, daß irgendwas nicht stimmte.

Doch was dann passierte, schien endgültig zu bestätigen, daß Signora Squillaces Befürchtungen nicht übertrieben waren. Es kam nämlich ein Anruf von einem Beamten aus der Eliteabteilung *Divisione Investigativa Antimafia*. Dieser erklärte, er habe routinemäßig eine Kopie von Zens Anfrage erhalten, da die beiden Namen auf einer Liste mutmaßlicher Bandenmitglieder stünden, die die DIA schon seit längerem überwache, und wollte wissen, wieso die Hafenpolizei auf sie aufmerksam geworden sei. Zen erfand eine vage, aber plausible Geschichte und versprach, eventuelle weitere Informationen der DIA mitzuteilen, bevor er selbst etwas unternahm.

Bei einem zweiten Treffen, diesmal zum Mittagessen in einem Restaurant unterhalb des Castel dell'Ovo, hatte er Valeria Squillace mitgeteilt, was er herausgefunden hatte. Merkwürdigerweise schien sie dieser Beweis, daß ihre schlimmsten Befürchtungen eingetreten waren, beinahe zu beruhigen. Die Frage war nur, was man jetzt tun sollte.

»Warum verbieten Sie Ihren Töchtern nicht einfach, sich mit ihnen zu treffen?« hatte Zen vorgeschlagen.

Valeria hatte nur traurig gelächelt.

»Sie kennen sich in diesen Dingen nicht aus, Don Alfonso. Die Mädchen würden einfach nicht auf mich hören. Sie sind verliebt, oder glauben es zumindest. Das ist für die jungen Leute heutzutage ein Freibrief, alles zu tun. Außerdem könnte es, was die Männer betrifft, die Sache nur noch verschlimmern. Gangster nehmen nie ein Nein als Antwort hin, selbst wenn sie gar nicht so interessiert sind. Für die ist das eine Frage des Prinzips.«

Seit diesem steifen Sondierungstreffen in La Cantinella war einiges passiert. Rückwirkend betrachtet war der Wendepunkt wahrscheinlich gewesen, daß Zen sich bereit erklärt hatte, das Rauchen aufzugeben. Valerias verstorbener Mann hatte sechzig Zigaretten pro Tag geraucht, und Zigarettengeruch erweckte bei ihr, wie sie erklärte, immer noch irritierende Erinnerungen. Zu seiner eigenen Überraschung hatte Zen bloß mit den Schultern gezuckt und gesagt: »In Ordnung.« Es war ein weiteres Beispiel dafür, wie sehr er sich seit seinem Umzug nach Neapel verändert hatte. All seine Gewohnheiten und Eigenarten erschienen ihm plötzlich als etwas Provisorisches, als dekoratives Beiwerk, das mit Entscheidungen zu tun hatte, die er irgendwann aus längst vergessenen Gründen getroffen hatte und die genausowenig ein Teil von ihm waren wie seine Kleidung. Irgendwann hatte er angefangen zu rauchen, jetzt würde er aufhören. Warum nicht?

Diese Entscheidung hatte dazu geführt, daß er die noch übriggebliebenen 320 geschmuggelten Päckchen *Nazionali* dem alten Signor Castrese von gegenüber schenkte, aber sie hatte sich gelohnt. Noch nie hatte Zen eine derartige Beziehung zu einer Frau gehabt, warm, freundschaftlich, locker, vertraut, aber vollkommen asexuell. So wäre es wohl gewesen, eine Schwester zu haben, dachte er, während sie unter der grün-weißen Markise gemütlich nebeneinander in Liegestühlen saßen. Auf dem Tisch zwischen ihnen lagen noch die Reste des einfachen Mahls, das Zen auf dem Heimweg besorgt hatte – mehrere kalte *antipasti*, ein halbes Krustenbrot und ein bißchen *insalata Caprese*.

Allerdings hatten sie immer noch ihre Meinungsverschiedenheiten, vor allem, wenn es um den Erfolg des Plans ging, den Zen sich ausgedacht hatte, um Valerias Töchter von ihren unpassenden Freiern zu trennen.

»Aber wird es funktionieren?« wiederholte sie. »Das ist die Frage.«

»Natürlich wird es«, antwortete Zen träge.

Sie schüttelte den Kopf.

»Ich finde es nicht richtig, so mit ihren Gefühlen zu spielen. Sie sind doch so liebe Mädchen. Ich erinnere mich noch, als sie Babys waren...«

»Aber jetzt können sie Babys *bekommen*. Und es ist deine Aufgabe, dafür zu sorgen, daß es mit der richtigen Person und unter den richtigen Umständen passiert.«

»Du bist so logisch, wie alle aus dem *Norden*! Das Leben ist aber nicht so einfach.«

Sie sah auf ihre Uhr.

»Ich muß gehen. Die Mädchen kommen in einer halben Stunde nach Hause. Ich möchte sie nicht anlügen müssen, wo ich gewesen bin.«

»Das wichtigste ist jetzt, dafür zu sorgen, daß sie nicht versuchen, einen Rückzieher zu machen. Geh mit ihnen einkaufen, laß sie sich passende Klamotten aussuchen mit allem, was dazugehört. Und besorg auch einen Stadtplan und Reiseführer von London.«

Valeria seufzte.

»Aber was ist mit den Männern? Ich versteh' immer noch nicht, wie du sie in so kurzer Zeit dazu kriegen willst, untreu zu werden.«

»Überlaß das nur mir. Aber vergiß nicht, mir den Schlüssel für die Wohnung im Untergeschoß dazulassen. Ach ja, und hast du diese Fotos mitgebracht, um die ich dich gebeten habe?«

Valeria Squillace gab ihm beides, und Zen führte sie die Treppe hinunter zur Haustür. Die Fußballspieler hatten sich verzogen, und die steilen Basaltstufen waren menschenleer. Hinter dem vergitterten Fenster auf der anderen Seite der Gasse beobachtete der Kater von Don Castrese sie mißtrauisch.

»Kurz vor dem Abflug der Mädchen werde ich ein Treffen unserer vier jungen Liebenden arrangieren«, erklärte Zen Valeria. »Aber es ist ganz wichtig, daß sie sich bis dahin nicht mehr sehen. Wenn Sabatino und Gesualdo erfahren, was los ist, und anfangen, auf die Mädchen einzureden, könnte das den ganzen Plan verderben.«

Valeria nickte.

»Ich werde mit ihnen zu ihrer Tante nach Salerno fahren. Die beiden versprechen schon seit Wochen, sie zu besuchen, und das ist *die* Gelegenheit.«

Sie sah Zen an.

»Wir sehen uns dann also Dienstag abend«, sagte sie leichthin.

»Was ist denn mit den Nachbarn? Der Pförtner sieht mich ganz bestimmt kommen und gehen, und dann weiß es im Nu das ganze Haus.«

Valeria machte eine wegwerfende Handbewegung.

»Ich hab' ihm erzählt, daß ich einen Cousin aus Mailand erwarte, der hier ein paar Wochen geschäftlich zu tun hat. Damit und mit einem saftigen Trinkgeld von dir müßte die Sache eigentlich geregelt sein.«

Zen nickte lächelnd.

»*A presto, allora.*«

»*Arrivederci*, Don Alfonso.«

Due delinquenti

Ungefähr zur gleichen Zeit, als Zen und Valeria sich in einer stillen Gasse am Hang des Vomero voneinander verabschiedeten, mit nur einem Kater als Zeugen, betraten die beiden Männer, die

Gegenstand ihres Gespräches gewesen waren, begleitet von Sirenengeheul und den rauhen Rufen der Straßenhändler, einen Laden in Spaccanapoli. Im Laden gab es Bier und Wein sowie sehr sättigende Kleinigkeiten wie Reiskugeln mit geschmolzenem Mozzarella in der Mitte, mit Käse und Schinken gefüllte *calzone* und öltriefende Kartoffelkroketten mit reichlich Käse überzogen.

Die ältere Frau hinter der Theke trug zum allgemeinen Lärm noch bei, indem sie gerade lautstark eine Bestellung in die Küche brüllte, wo ihr Mann mit einem Jungen im Teenageralter in der glühenden Hitze von Öfen schuftete, die so groß wie steinerne Särge waren. Dann sah sie die beiden Männer, die soeben hereingekommen waren, und ihr Gesicht wurde demonstrativ ausdruckslos.

»Ist Giosuè da?« fragte der ältere der beiden. Er trug eine Designerhose und einen eng anliegenden Pullover, der seine muskulöse Figur gut zur Geltung brachte.

»Eh, oh!« rief die Frau nach hinten. »Und die *pizzette*?«

Der andere Mann griff über die Theke und nahm sich eine der goldbraunen Reiskugeln, die auf einem Teller gestapelt lagen. Er trug Jeans und eine ordentlich gebügelte Sportjacke über einem Hemd mit offenem Kragen.

»Gut«, sagte er anerkennend, während er in die *arancia* biß.

»Was wollt ihr?« fragte die alte Frau.

»Ein großes Hörnchen mit Pistazie und Schokolade«, erwiderte der erste Mann mit einem genauso starken Dialekt wie sie. »Ach ja, und noch ein Bällchen Himbeer, was soll der Geiz.«

»Wir haben kein Eis.«

Der Mann wirkte schockiert.

»Kein Eis?«

Er wandte sich an seinen Begleiter.

»Die haben kein Eis, und die haben keinen Giosuè. Was zum Teufel haben die denn?«

Der andere schluckte einen Happen Reis herunter, bevor er antwortete.

»Die haben Probleme«, sagte er kopfschüttelnd.

Die alte Frau verzog das Gesicht.

»Eh, Probleme! Natürlich haben wir Probleme, und zwar reichlich!«

Der erste Mann schnipste ihr den Zeigefinger ins Gesicht.

»Ach, aber ihr habt Probleme, von denen ihr noch gar nichts wißt. Vielleicht habt ihr auch Eis, ohne es zu wissen.«

»Vielleicht haben sie auch Giosuè«, warf der andere ein.

In diesem Augenblick kam der Mann der Frau aus der Küche und wischte sich die Hände an einem schmutzigen Handtuch ab. Wie seine Frau war auch er schon sehr alt, und der Nachbarjunge, der in der Küche aushalf, war zu jung, um in einer solchen Situation eine Hilfe zu sein. Früher hätte er solches Gesindel mühelos aus seinem Laden geworfen, aber heute ging das nicht mehr. Das wußte er, und sie wußten das auch.

»Gesualdo! Sabatino!« rief er mit vorgetäuschter Begeisterung. »Wie geht's?«

Der ältere musterte ihn mit einem kurzen, ausdruckslosen Blick.

»Das mußt du schon Giosuè fragen«, sagte er. »Er ist derjenige, der weiß, wie's geht.«

Der alte Mann zuckte entschuldigend die Achseln.

»Eh! Ich hab ihn schon lange nicht mehr gesehn.«

»Wie lange?« fragte Gesualdo.

»Muß mindestens 'ne Woche her sein. Er hat auch nichts gesagt. Ist einfach nicht mehr gekommen.«

»Vielleicht ist ihm der Appetit vergangen«, sagte Sabatino und schnappte sich eine *calzone*.

»Wer weiß?« antwortete der alte Mann, der sich immer noch ganz mechanisch die Hände an dem Handtuch abwischte. »Am Essen kann's nicht liegen. Das ist doch in Ordnung, oder? Euch scheint's jedenfalls zu schmecken.«

Gesualdo sah sich gelangweilt und angeekelt im Laden um.

»Klar schmeckt's uns. Es schmeckt uns sogar gut. Das Problem ist, daß es im Grunde allen scheißegal ist, was wir mögen und was nicht. Kümmert sie einfach nicht. Eine Schande, aber ist halt so. Die kümmert nur, was jemand anders mag. Und ich kann dir versichern, daß es dem nicht gefallen wird, wenn wir ihm sagen, daß Giosuè hier in den letzten Tagen nicht aufgekreuzt ist. Besonders, wenn sich herausstellt, daß er's doch getan hat. Das würde ihm überhaupt nicht gefallen. Ganz und gar nicht.«

Der alte Mann nickte heftig.

»Es ist wahr, ich schwör's! Ich hab' ihn nicht gesehn und auch nichts von ihm gehört. Wenn ich was hör', laß ich's euch sofort wissen.«

»Tu das«, sagte Gesualdo. »Sonst könnten deine Versicherungsprämien in schwindelerregende Höhen steigen. Stimmt's, Sabatì?«

»Stimmt«, bestätigte der andere, den Mund voll *calzone*. »Weißt du, wir haben zwei Sorten von Prämien. Niedriges Risiko und hohes Risiko nennen wir das in unserem Gewerbe. Bisher wurde dieser Laden immer unter niedriges Risiko eingestuft, aber wenn sich herausstellt, daß ihr nebenher Eis verkauft, müßten wir ihn vielleicht neu einstufen.«

»Eis ist eine sehr instabile Masse«, bemerkte Gesualdo ernst. »Wenn man nicht ordnungsgemäß damit umgeht, kann das zu katastrophalen Ergebnissen führen. Weißt du noch, was mit Ernestos Werkstatt hier in der Straße passiert ist? Es hat so stark gebrannt, daß man nicht mehr feststellen konnte, wie viele Marokkaner er dort zusammengepfercht hatte. Und wir hatten das Glück, daß seine Versicherung gerade abgelaufen war.«

Er wandte sich an seinen Begleiter.

»He, Sabatì! Frißt du immer noch? Wir müssen ein paar Anrufe machen. Komm, laß uns gehn!«

Die Männer traten auf die belebte Straße hinaus und ließen den alten Mann und seine Frau allein. Die arbeiteten still vor sich hin und vermieden es, sich in die Augen zu sehen.

Senza amor, non senza amanti

»Halten Sie hier an.«

Der Fahrer drehte sich um.

»Sie haben doch wohl nicht vor, es hier im Wagen mit ihr zu treiben? Das würd' Sie einiges kosten.«

Aurelio Zen musterte ihn kühl.

»Ich zahl' genau das, was auf dem Taxameter steht, wenn wir zurück sind.«

»Eh, *dottore*! Was soll ich denn machen, während Sie zugange sind? Auf der Straße rumstehen und mir in der Kälte den Tod holen? Ganz zu schweigen davon, daß man mich überfallen könnte. Das hier ist nämlich eine gefährliche Gegend.«

Plötzlich kam ihm ein Gedanke.

»Es sei denn, Sie wollen, daß ich bleibe. Ist es das, *duttò*? Wollen Sie, daß ich zusehe, während Sie ...«

Zen stieg aus dem Taxi, ließ die Tür auf und ging zu dem offenen Feuer aus Obstkistenbrettern, das an der Straßenecke brannte. Eine der beiden Prostituierten, die dort standen, eine Brünette mit langen schlanken Beinen, nahm von einem Stapel, der neben dem Feuer aufgeschichtet war, immer neue Bretter und schob sie in die Flammen. Die andere, eine vollbusige Blondine, beobachtete Zen mit deutlich abschätzendem Blick.

»Guten Abend, meine Damen«, sagte er.

Die Brünette richtete sich auf und sah ihn mit amüsiertem Gesichtsausdruck an.

»Was für ausgezeichnete Manieren!« rief sie begeistert. »Ihnen auch einen wunderschönen guten Abend, *cummendatò*.«

»Was können wir für Sie tun?« fragte die andere. »Hunderttausend für 'ne schnelle Nummer im Auto, oder hundertfünfzig für 'ne Stunde woanders, Minimum zwei Stunden. Und nur diese Woche haben wir ein ganz besonderes Angebot. Sie können uns beide mit zwanzig Prozent Rabatt haben.«

Zen zückte seinen Ausweis.

»Ich bin von der Polizei.«

Die Brünette klimperte mit den Wimpern.

»Das macht nichts. Wir ficken jeden.«

»Ich möchte Ihnen einen Vorschlag machen«, fuhr Zen fort. »Können wir irgendwo reden?«

»Sie wollen darüber *reden*?« rief die Blonde mit vorgetäuschtem Entsetzen. »Ich glaub', dann passen wir. Das ist uns zu abartig.«

Zen öffnete ein anderes Fach seiner Brieftasche und zog zwei Geldscheine heraus. Er gab jeder Prostituierten einen.

»Hier ist eine kleine Anzahlung. Wenn Ihnen mein Vorschlag nicht gefällt, können Sie es als Entschädigung für Ihre Zeit und Mühe behalten. Wenn er Ihnen gefällt, ist noch viel mehr zu holen.«

Die Brünette hob den Rock, was noch mehr umwerfend langes Bein zum Vorschein brachte, und steckte den Geldschein in ihren Straps. Dann flüsterte sie der Blonden etwas auf Dialekt zu. Nach einem raschen Wortwechsel wandte sie sich wieder an Zen.

»Ungefähr vier Blocks von hier ist 'ne Bar. Da können wir reden.«

Zen zeigte auf das Feuer.

»Was ist mit Ihrem Platz? Möchten Sie, daß jemand darauf aufpaßt?«

Die Blonde lächelte.

»Das dürfte nicht nötig sein.«

»Nicht nach dem, was mit dieser Neuen passiert ist, die versucht hat, sich hier reinzudrängeln, als wir mal ein Wochenende nicht da waren«, erklärte die Brünette, während sie zu dem wartenden Taxi hinübergingen. »Sie humpelt immer noch ziemlich stark, hab' ich gehört.«

»Und wissen Sie was?« warf die Blonde ein. »Das Miststück macht jetzt mehr Kohle als vorher. Über Geschmack läßt sich halt nicht streiten.«

»Oder über mangelnden Geschmack.«

Die Bar war ein großes, anonymes Lokal in der Nähe des

Bahnhofs, in dem sich um diese Stunde nur ein paar späte Reisende aufhielten sowie eine Gruppe von Eisenbahnern, ein Trupp Straßenkehrer und eine übel zugerichtete aufgedunsene Frau unbestimmten Alters, die Zens Begleiterinnen mit einem durchdringenden Blick musterte, der sowohl Neid als auch Verachtung enthielt.

Zen bestellte sich einen Pfefferminztee, die Brünette einen Espresso und die Blonde einen heißen Kakao. Die einzingen Tische waren von den Reisenden und der feindseligen älteren Frau besetzt. Deshalb suchten sie sich eine ruhige Ecke neben einer Glastheke, in der sich ein paar traurige Sandwiches auf Metallplatten wellten.

»Wir sollten uns vielleicht vorstellen«, erklärte die Brünette ganz unvermittelt. »Ich heiße Libera.«

»Iolanda«, murmelte die Blonde und starrte in ihr ausladendes Dekolleté, als ob sie dort Bestätigung suchte.

Zen zögerte einen Augenblick.

»Alfonso Zembla«, sagte er schließlich.

»Wie sieht denn Ihr Vorschlag aus, Signor Zembla?«

Zen nahm den Teebeutel aus seiner Tasse.

»Kurz gesagt, ich möchte, daß Sie zwei junge Freunde von mir verführen.«

Libera trank ihren Kaffee in zwei großen Schlucken aus.

»Sie sind jung, sagen Sie?«

»Mitte Zwanzig.«

»Gutaussehend?«

»Nicht schlecht.«

»Wohlhabend?«

»Stinkreich.«

Iolanda seufzte gedehnt.

»Wo ist denn der Haken bei der Sache? Man sollte doch meinen, daß die Mädels sich nur so um sie reißen.«

Mit gespreiztem kleinen Finger führte Zen seine Tasse an den Mund.

»Der Haken ist, daß sie bereits verliebt sind. Und treu. Musterbilder an Hingabe und Beständigkeit. Seit sie ihre *fidanzate* kennen, hat keiner von ihnen eine andere Frau auch nur angesehen.«

Die beiden Prostituierten warfen sich fragende Blicke zu.

»Und was haben Sie damit zu tun?« fragte Libera.

Zen drehte den Kopf und spuckte neben sich.

»Das Verhalten dieser beiden Musterknaben geht mir schon seit Monaten auf den Sack!« ereiferte er sich. »Sie sind wie diese heuchlerischen Politiker, mit denen wir neuerdings geschlagen sind, die behaupten, sie wären eine neue Sorte Männer, sauber, ehrlich und nicht korrumpierbar, im Gegensatz zu den alten Arschlöchern, die das Land schon regiert haben, als sie selber noch in die Windeln schissen. Das macht mich ganz krank! Gesualdo und Sabatino behaupten, sie wären nicht wie andere Männer, die ständig nach was Neuem und Knackigem Ausschau halten. Gott bewahre! Ihre Liebe ist die einzige, die den Namen verdient, das reinste und vollkommenste Gefühl, das die Welt je erlebt hat und das ewig andauern wird etcetera etcetera.«

»Wie süß!« rief Iolanda und legte eine Hand auf ihre Brust.

»Das mögen Sie ja so sehen, *Signorina*«, entgegnete Zen, »aber mir und den anderen Jungs steht das bis hier oben. Also haben wir uns einen kleinen Plan ausgedacht. Die Mädchen, nach denen die beiden so verrückt sind, sind für eine Weile verreist, und da wollen wir ihr ganzes wunderbares Gerede auf die Probe stellen.«

Libera lächelte nachdenklich.

»Das klingt ja spannend. Jedenfalls viel phantasievoller als unsere normale Arbeit.«

»Aber bringt das auch genausoviel?« fragte Iolanda. »Man muß ja schließlich von irgendwas leben.«

Zen trank einen Schluck Tee und betrachtete die beiden.

»Ich kann Ihnen fünfhunderttausend sofort anbieten und noch mal das gleiche, wenn Sie Erfolg haben.«

»Für zwei Wochen arbeiten?« empörte sich die Blonde. »Da verdienen wir ja schon in ein paar Nächten auf der Straße mehr!«

»Nicht, wenn ich Sie wegen Prostitution, Steuerhinterziehung und Verführung eines Minderjährigen hoppnehme«, entgegnete Zen lächelnd.

»Was für ein Minderjähriger?«

Er zuckte die Achseln.

»Läßt sich leicht einer finden. In der Stadt wimmelt's nur so von käuflichen Minderjährigen.«

Iolanda schob sich nervös die Haare zurück.

»Find' ich nicht sehr nett von Ihnen, daß Sie uns drohen.«

Zen lachte unaufrichtig.

»War nur ein Scherz! Wenn Sie sich der Herausforderung nicht gewachsen fühlen, find' ich auch leicht jemand anders. Aber Sie sind eindeutig die umwerfendsten Frauen, die ich bisher gesehen hab'. Wenn das jemand hinkriegt, dann Sie.«

Er zog die beiden Fotos heraus, die Valeria ihm vorhin gegeben hatte, auf denen sich jeweils eins der Paare selbstbewußt vor einem sonnenbeschienenen Strand in Pose wirft.

»Da können Sie sich mal die Konkurrenz angucken«, sagte er.

Die beiden Prostituierten sahen sich die Fotos genau an.

»Gott, diese Haare!« rief Iolanda.

»Und diese Klamotten!« fügte Libera hinzu.

»Diese gräßlichen Ohrringe!«

»Diese Pose!«

»Die brauchten eindeutig 'ne Freundin, die sich um sie kümmert...«

»Und mal mit ihnen einkaufen geht.«

»Aber die Typen sind ja wirklich süß!«

»Was für eine Verschwendung!«

Libera sah Zen an.

»Abgemacht«, sagte sie.

»Das mit dem Geld ist also kein Problem?«

Iolanda schniefte hochmütig.

»Es geht nicht ums Geld.«

»Es ist ein Akt der Nächstenliebe«, erklärte Libera. »Mitansehen zu müssen, wie sich zwei so knackige Typen zwei so biederen *figlie de mamma* an den Hals schmeißen...«

»Es wird mir ein Vergnügen sein, denen zu zeigen, was eine richtige Frau ist!« sagte Iolanda.

»Aber wie soll das im einzelnen ablaufen?« fragte Libera.

Zen sah sich vorsichtig nach allen Seiten um und begann mit leiser Stimme seinen Plan zu erklären. Nicht, daß irgendwer mitgehört hätte. Die Bar war inzwischen noch leerer geworden. Die Reisenden waren zu ihren Zügen gegangen, die Eisenbahner hatten sich wieder an die Arbeit gemacht und die städtischen Arbeiter waren gerade auf dem Weg nach draußen, offenbar weil ein Piepser, den einer von ihnen an der Brusttasche seines Overalls stecken hatte, losgegangen war. Nur die ältere Hure saß noch zusammengesunken an ihrem Tisch und starrte mißmutig in ihr Glas Wein.

Die Straßenkehrer stiegen in ihren orangen Wagen, der noch ein Stück die Hauptstraße entlangfuhr, bevor er in eine Seitenstraße voll tiefer Schlaglöcher bog. Abgesehen von den Scheinwerfern des Fahrzeugs kam das einzige Licht von den offenen Feuern der Prostituierten, die auf dem Bürgersteig standen. Zumindest eine von ihnen schien Kundschaft zu haben. Eine große Limousine stand mit laufendem Motor gegenüber ihrem Platz am Bordstein. Aus dem Fahrerfenster winkte ein Mann der dünnen, zierlichen Frau, die an der Straßenecke gegen die Wand lehnte. Mit einer seltsamen Geste, halb Heben des Arms, halb Achselzucken, ging sie zum Wagen rüber.

Ungefähr fünfzig Meter dahinter stand noch ein Auto am Straßenrand, Motor und Scheinwerfer ausgeschaltet. Es hätte sich auf den ersten Blick um ein weiteres Stelldichein handeln können, das jedoch bereits über die Verhandlungsphase hinaus war. Einem aufmerksamen Beobachter wäre allerdings aufgefallen, daß sich in dem Wagen nur ein Insasse befand, und der saß kerzengerade hinter dem Lenkrad und blickte gebannt geradeaus. Nur gelegentlich warf er einen Blick in den Rückspiegel. Als der Müllwagen auftauchte, schaltete er die Zündung ein und trat dreimal auf die Bremse. Hinter ihm leuchtete kurz das Fernlicht auf.

Inzwischen hatten die dürre Prostituierte und ihr potentieller Kunde das Vorgeplänkel beendet. Sie stieg auf den Rücksitz des Wagens – irgendeine ausländische Luxuskarosse – der darauf sofort losfuhr. Die Straße war völlig leer, und der Müllwagen hätte reichlich Platz zum Überholen gehabt. Aber unerklärlicherweise zog er nicht hinüber auf die andere Straßenseite, sondern rammte mit einem heftigen Stoß und lautem metallischen Knirschen das Heck des Wagens.

Schreiend vor Wut und wild mit den Armen gestikulierend stieg der Fahrer der Limousine aus. Es handelte sich um einen Mann mittleren Alters, konventionell mit Anzug und Mantel bekleidet. Offenkundig war er schockiert und fuchsteufelswild zugleich, wozu er auch allen Grund hatte. Schon eine oberflächliche Prüfung des Schadens machte deutlich, daß sehr teure Karosseriearbeiten nötig sein würden. Die Müllwagencrew, es waren insgesamt drei Männer, stieg ebenfalls aus dem Führerhaus.

»Was soll denn der Scheiß?« rief der erste Mann erbost. »Wollen Sie mir etwa weismachen, Sie hätten mich nicht gesehen? Wenn ihr Arschlöcher nichts weiter als euren Job verliert, könnt ihr euch glücklich schätzen!«

Und so wetterte er noch eine ganze Zeitlang. Als er schließlich innehielt, um Luft zu holen, beugte sich einer der drei vertraulich zu ihm.

»Ich kann verstehen, wie Sie sich fühlen, *dottore*. Es war eindeutig unser Fehler, das ist gar keine Frage. Andererseits wäre es für Ihren Ruf sicher nicht gerade günstig, wenn bekannt würde, daß Sie sich mitten in der Nacht in einer solchen Gegend herumtreiben. Sollten wir deshalb nicht versuchen, eine für alle Beteiligten zufriedenstellende Lösung zu finden?«

Der Fahrer der Limousine setzte zu einer vernichtenden Antwort an, hielt dann jedoch inne, weil er sich der Logik seines Gegenübers nicht entziehen konnte. In Neapel wußte jeder, daß ein Mann mit einem schicken Auto nachts nur aus einem Grund in diese Gegend kam. Seine Frau würde nicht allzu glücklich darüber sein, ihre einflußreiche Familie auch nicht, ganz zu schweigen von seinen sogenannten »Verbündeten« in der Politik. Und die Presse hätte ihre helle Freude an dieser Geschichte, besonders wenn eine seiner früheren Liebesdamen auf die Idee käme, sich eine hübsche Prämie zu verdienen, und von einem seiner exotischeren Wünsche berichtete, den sie nur widerwillig gegen ein saftiges Honorar erfüllt hätte.

Der Müllarbeiter warf einen vielsagenden Blick auf die Frau, die in der Limousine wartete, dann deutete er auf das Heck des Müllwagens.

»Lassen Sie uns dort rübergehen, *dottore*«, flüsterte er. »Ich möchte Ihnen einen Vorschlag machen, mit dem Sie bestimmt zufrieden sein werden, aber es sollte keiner mithören.«

Auf dem Rücksitz des Wagens trommelte die Prostituierte gelangweilt mit den Fingerspitzen auf ihre übereinandergeschlagenen Beine. Was manche Männer so antörnt. Sie hatte geglaubt, sie hätte alles gehört und das *meiste* auch schon gemacht, aber der da hatte Ideen. Darauf wäre sie niemals gekommen. Aber schließlich war er ja bereit, dafür zu zahlen, und sein Auto – sie streichelte über die Ledersitze – bewies, daß er das nötige Kleingeld hatte. Diese Nacht würde sie mehr verdienen als die ganze restliche Woche. Vielleicht könnte sie sich sogar mal ein paar freie Tage gönnen und etwas mehr Zeit mit den Kindern verbringen.

Sie drehte sich um, als der orange Wagen dröhnend den Motor anließ, losfuhr, um die Ecke bog und verschwand. Kurz darauf fuhr ein weiteres Auto an ihr vorbei und bog in dieselbe Straße, irgendein kleines einheimisches Kompaktauto, das man mit der gepolsterten und teuer riechenden Limousine nicht in einem Atemzug nennen durfte, in der sie darauf wartete, daß ihr Kunde zurückkam, nachdem er diesen ärgerlichen Unfall geregelt hatte, und mit ihr zu der Wohnung fuhr, die er angeblich in der Nähe hatte und wo alle erforderlichen Gerätschaften bereitstanden.

Bloß, er kam nicht wieder. Und als sie sich nochmals umsah, schien die Straße völlig leer zu sein. Zögernd stieg sie aus dem

Auto. Es war niemand zu sehen. Einen Augenblick spürte sie so was wie Erleichterung, daß ihr das Ganze nun doch erspart blieb. Doch dann fiel ihr das Geld ein, dessen Verlust besonders bitter war, weil sie es in Gedanken bereits ausgegeben hatte.

Aber was war mit dem Auto? Niemand, egal wie reich er war, würde eine solche Kiste einfach stehenlassen, selbst mit einen stark beschädigten Kotflügel nicht. Ihr Kunde mußte mit den Straßenkehrern mitgefahren sein, um einen Abschleppwagen zu holen. Typisch, daß er einfach abhaute, ohne ihr zu sagen, was los war. Sie war ja schließlich nur eine Hure.

Erst jetzt fiel ihr der Schlüsselbund auf, der an der Lenksäule baumelte. Offenbar war er so wütend und schockiert über den Unfall gewesen, daß er nicht mehr an den Schlüssel gedacht hatte, sondern einfach losgerast war und sie mit einer ausländischen Luxuskarre von etwa sechzig Millionen Lire allein gelassen hatte.

Sie öffnete die Tür, setzte sich hinters Lenkrad und ließ den Motor an, der gehorsam zu schnurren begann. Die Frau saß da, und ihre Gedanken rasten. Der Eigentümer des Wagens hatte sie bestimmt noch nie zuvor gesehen, und wenn sie eine Zeitlang nicht an ihren Platz kam, würde er sie auch nicht finden können. Und das Auto könnte sie genauso effizient verschwinden lassen. Natürlich würde man sie beim Preis übers Ohr hauen, aber trotzdem könnte sie mit den Kindern ein Jahr von dem Erlös leben, vielleicht sogar länger. Das Schicksal hatte ihr das große Los beschert. Es nicht anzunehmen, wäre undankbar und dumm und könnte nur Unglück bringen.

Mit einem leicht kratzenden Geräusch der hinteren Reifen fuhr der Wagen los. Seine Lichter verschwanden rasch in der Ferne. Einen Augenblick später war die Straße völlig verlassen. Das einzige Zeichen, daß überhaupt kürzlich jemand an dieser Stelle gewesen war, war ein orangefarbenes Plakat, anscheinend achtlos in den Rinnstein geworfen. STRADE PULITE verkündete in großen schwarzen Lettern die Überschrift, darunter irgendein Logo, unter dem der kühne Slogan stand: »Ein Neuer Anfang für eine Neue Stadt«.

Un uom nascosto

Hatte Aurelio Zen seine Arbeitszeit während der Woche schon so weit reduziert, daß dies gerade noch den Anschein einer beruflichen Tätigkeit aufrechterhielt, so waren ihm seine Wochenenden absolut heilig. Überstunden gab es für ihn keine mehr. Wegen eines dringenden Falls aus dem Schlaf gerissen zu werden oder private Verabredungen absagen zu müssen, gehörte der Vergangenheit an.

Der Fehler war gewesen, in seine Heimatstadt Venedig zurückzukehren. Durch frühere Rückschläge bereits arg gebeutelt, hatten ihn seine dortigen Erlebnisse endgültig gebrochen. Der Gipfel des Ganzen war, daß der Lokalpolitiker, der im Mittelpunkt von Zens Fall stand, nicht nur ungeschoren davonkam, sondern die Regionalpartei, die er anführte, kurze Zeit später aus ihrer provinziellen Randexistenz trat und ins Herz der Regierung rückte, als Teil einer bunt gemischten Gruppe bisher unerprobter und deshalb unbelasteter Persönlichkeiten und politischer Gruppierungen, die sich unter dem lauten und forschen Slogan »Vorwärts, Italien!« zusammengeschlossen hatten.

Auch das einzige positive Ergebnis der ganzen Sache war nicht dazu angetan gewesen, Zens berufliches Engagement zu fördern. Die amerikanische Familie, für die er diesen Nebenjob in Venedig gemacht hatte, hatte sich zunächst zwar geweigert, die versprochene Belohnung zu zahlen, weil die Mörder nicht vor Gericht gestellt worden waren. Doch als Zen drohte, einen Teil dessen, was er über die Kriegsverbrechen eines ihrer Verwandten herausgefunden hatte, publik zu machen, hatten sie sofort nachgegeben und bereitwillig ein Honorar bezahlt, das erheblich höher gewesen war als die ursprünglich vereinbarte Summe.

Dennoch war Zen verbittert und mit einem Gefühl der Niederlage nach Neapel gekommen. Dem hatte er zunächst entgegenzuwirken versucht, indem er einfach so tat, als sei er eigentlich gar nicht dort. Er ließ sich ab und zu pro forma im Büro sehen und verbrachte die übrige Zeit im Hotel, wo er einen günstigen Preis für ein Einzelzimmer jeweils von Montag bis Donnerstag ausgehandelt hatte. Jeden Freitag fuhr er mit dem Zug zurück nach Rom, blieb bis Montag und fuhr dann mit dem Frühexpress zurück nach Neapel.

Allerdings war die Situation zu Hause auch nicht gerade ideal. Die meisten seiner Freunde und Bekannten hatten irgendwie mit seinem früheren Job bei Criminalpol zu tun, und wenn er sie traf, mußte er zwangsläufig daran denken, wie zielsicher er seine eigene Degradierung betrieben hatte. Und dank einer opportunistischen Tändelei in Venedig, die sehr unklug und – wie alles, was er dort getan hatte – von Anfang an zum Scheitern verurteilt gewesen war, war mit Tania Biacis nun offenbar auch endgültig Schluß.

Also war Zen weitgehend auf die Gesellschaft seiner Mutter angewiesen, die alles, was südlich von Rom lag, als abgrundtiefen Sumpf aus Laster und Verdorbenheit betrachtete und Neapel als eines der schlimmsten Sündenbabel überhaupt. Daß ihr Sohn gerade dorthin versetzt worden war, war Anlaß endlosen Bedauerns und Klagens. Als er ihr gestand, er habe selbst um die Versetzung gebeten, schloß sie, er müsse den Verstand verloren haben. (Eine Bemerkung von ihm, daß sein Vater gar nicht tot sei, bestätigte diesen Eindruck noch.) Von da an verhielt sie sich merkwürdig besorgt und reserviert zugleich.

Dann begannen die Dinge sich unmerklich zu verändern. Das erste Anzeichen dafür war, daß er seltener nach Rom zurückkehrte und nicht mehr so lange dort blieb. Doch das ausschlaggebende Ereignis war, daß Valeria Squillace ihm das Haus auf der Salita del Petraio anbot. Dieses Haus sollten Orestina und Filomena einmal bekommen, wenn sie ihre Ausbildung abgeschlossen hatten und mit jungen Männern verheiratet waren, die die Familie akzeptierte. Doch da es im Augenblick nicht danach aussah und vielleicht auch als zarten Hinweis an ihre Töchter, hatte Signora Squillace Wort gehalten und Zen das Obergeschoß vermietet, zwar auf ein Vierteljahr befristet, aber mit der Möglichkeit zu verlängern, und das zu einem erheblich günstigeren Preis, als er im Hotel bezahlte.

Selbst nachdem er eingezogen war, hatte es eine Zeitlang gedauert, bevor er die Wohnung als etwas anderes betrachtete als einen Ort zum Schlafen. Doch auch das änderte sich nach und nach. Er fing an, die Möbel nach seinen Bedürfnissen umzustellen, hängte ein paar Bilder ab, die ihm auf die Nerven gingen, und schmuggelte sogar ein paar Sachen aus der Wohnung in Rom, um sein neues Zuhause hübscher und zweckmäßiger zu machen. Seine Besuche dort wurden immer seltener und ihm immer lästiger. Schließlich waren sie nur noch eine leidige Pflicht, die ihm alsbald sogar einmal im Monat zuviel war. Wenn seine Mutter nicht gewesen wäre, so wurde ihm irgendwann klar, wäre er überhaupt nicht mehr hingefahren.

Überrascht stellte er fest, daß ihm Neapel gefiel. Anders als bei seinem ersten Aufenthalt dort als junger aufstrebender Polizeibeamter, der eine blendende Karriere vor sich hatte; damals war Neapel für ihn nur eine von mehreren größeren Provinzstädten gewesen, eine Station auf dem Weg nach Rom. Jetzt mochte er die Stadt um ihrer selbst willen, für das, was sie war, nicht für das, was sie für ihn tun konnte. Er war sogar richtig begeistert von dieser Stadt, von der er erwartet hatte, daß sie ihn wahnsinnig machen würde. Er liebte den Lärm, die vielen Menschen, den Verkehr, das Chaos, die penetrante Art und Unverwüstlichkeit der Leute, ihren angeborenen Sinn für Toleranz, ihr Verhandlungsgeschick und Durchhaltevermögen. Und am meisten wußte er seine Anonymität mitten in einer Stadt zu schätzen, der vollkommen egal war, woher er kam, was er tat oder wer er überhaupt war.

Da Zen nie dazu gekommen war, die Annahme seiner neuen Vermieterin zu korrigieren, sein Name sei Alfonso Zembla, stand dieser Name nun auf dem Mietvertrag und erschien auch schließlich an der Klingel neben der Haustür. Teils um Verwirrung zu vermeiden, teils aus einer Laune heraus, hatte er beschlossen, diesen Namen tatsächlich zu führen. Er kannte niemanden in

Neapel, und niemand kannte ihn. Warum sollte er nicht das Pseudonym annehmen, das das Schicksal ihm beschert hatte? Es würde den radikalen Bruch zwischen seinem alten und seinem neuen Leben markieren, ebenso zwischen seiner beruflichen Rolle und seinem Privatleben. Und es würde außerdem dafür sorgen, daß letzteres privat blieb. Bei der Arbeit würde er weiterhin Aurelio Zen sein, ein notorischer Bummelant. In allen übrigen Bereichen seines Lebens würde er Alfonso Zembla werden, dessen Persönlichkeit und Eigenarten zur Zeit noch faszinierend vage waren.

Als an diesem Morgen das Telefon klingelte, saß Zen gerade draußen auf der Terrasse, trank Kaffee, genoß die Sonne und plante sein Wochenende. Um zehn sollte der Schreiner, ein Neffe von Don Castrese, kommen und ihm einen Kosten- und Zeitplan – vor allem Zeitplan – für die Verlängerung der Regale im Wohnzimmer machen. Danach würde er in sein Stammrestaurant gehen, und dann, wenn ihm danach war, durch die Sträßchen um die Via Duomo schlendern und nach einer Nachttischlampe als Ersatz für das bronzene Ungetüm suchen, das er in den hinteren Teil eines Schrankes verbannt hatte. Nach so viel hektischer Aktivität wäre ein langsamer Start in den Sonntag angesagt, zum Beispiel mit einem Besuch in dem Café am oberen Ende der Treppe, das so wunderbares Gebäck hatte. Danach ein Spaziergang im Garten des nahegelegenen Klosters San Martino, gefolgt von einem gemütlichen Mittagessen in einem der guten Restaurants am Wasser, bevor er sich zu dem Rendezvous begab, bei dem Orestina und Filomena Squillace ihren unerwünschten Liebhabern schonend ihre unmittelbar bevorstehende Abreise beibringen sollten.

Deshalb war Zen fassungslos und bestürzt, als er das Telefon abnahm und die Stimme von Giovan Battista Caputo hörte, der ihm erklärte, er müsse »dringend« im Büro erscheinen. Die Frist, die er der Questura genannt und dann völlig vergessen hatte, war so gut wie abgelaufen und nach den Worten seines Vertreters war man in dem Fall kein bißchen weitergekommen.

»Der Schweinehund sitzt einfach da und grinst uns an! Wir haben alles versucht – Prügel und gute Worte – aber nichts funktioniert.«

Damit erschöpften sich offenbar Caputos Vernehmungskünste. Wenn Zuckerbrot und Peitsche versagten, wußte er nicht mehr weiter.

»Aber heute ist Samstag!« protestierte Zen. »Sie wollen mir doch wohl nicht erzählen, daß der Questore heute arbeitet?«

»Nicht persönlich«, antwortete Caputo, »aber Piscopo. Sie ist seine Vertreterin und ein richtiger Feldwebel. Sie hat bereits zweimal angerufen und gefragt, ob wir weitergekommen sind.«

»O Gott, was ist nur mit diesem Land los? Arbeit ist doch nicht alles. Ich hab' schließlich auch noch mein eigenes Leben zu leben.«

»Eh, eh! Ich auch, Chef, das können Sie mir glauben. Aber dieser Fall hat viel Staub aufgewirbelt, und bevor wir den nicht untern Teppich gekehrt haben oder uns eine Möglichkeit eingefallen ist, wie wir die Sache jemand anders aufs Auge drücken können...«

Er endete mit einem ausdrucksvollen Schweigen. Zen seufzte tief.

»Na schön. Ich komme, so schnell ich kann.«

Er drückte die Gabel herunter und rief Pasquale an, den Taxifahrer von gestern abend, der ihm seine Karte gegeben hatte, nachdem er 10 000 Lire Trinkgeld bekommen hatte.

»Wenn Sie einen Wagen brauchen, *dottore*, rufen Sie einfach mein Mobiltelefon an, und sofern ich frei bin, können wir diesen ganzen Unsinn vergessen«, hatte er mit einer verächtlichen Geste auf den Taxameter und das Logo des Taxiunternehmens gesagt.

Zen war nicht überrascht, als er hörte, daß Pasquale tatsächlich frei war, weil er ganz klar den Eindruck gewonnen hatte, daß dieser sich auch alle Mühe gab, frei zu bleiben, um seine zweifellos lange Liste von »besonderen Kunden« bedienen zu können, auf der Zen jetzt auch stand. Er versprach, in fünf Minuten oben an der Salita del Petraio zu sein.

Das war er auch, oder zumindest in fünfzehn Minuten, was in Neapel auf dasselbe herauskommt.

»Wie rechnen Sie denn diese ganzen Privatfahrten mit Ihrer Firma ab?« fragte Zen, während sie die S-Kurven des Boulevards Richtung Küste hinunterfegten.

»Ich laß die in Ruh, *dottore*, und die lassen mich in Ruh. Und der Kunde profitiert! Nehmen Sie zum Beispiel den Taxameter. Wenn Sie über die Firma anrufen, muß ich genau die Kilometer vorweisen, die der gewünschten Fahrt entsprechen. Nun ist der Taxameter eine nördliche Erfindung, die sicher wunderbar zu den Lebensbedingungen jener Kultur paßt. *Ma cca' stamme a Napule, duttò!* Der Taxameter kann nur gerade Linien messen, und die sind in Neapel nie die kürzeste Entfernung zwischen zwei Punkten.«

»Er mißt einfach die Länge einer Fahrt«, wandte Zen gelassen ein. »Wie kann eine bestimmte Strecke kürzer sein, wenn der Taxameter abgestellt ist?«

»Weil hier nichts klar bestimmt ist, *duttò*. Um alles wird gestritten. Nehmen Sie zum Beispiel diese Fahrt. Es gibt hundertachtundzwanzig Möglichkeiten, vom Vomero zum Hafen zu kommen, die absolut illegalen nicht mitgerechnet. Also, wenn ich nun die Uhr anhätte, welche würde ich wählen?«

Zen zuckte die Achseln.

»Ich kenn' mich in der Stadt noch nicht so richtig aus.«

»Das *weiß* ich doch!« entgegnete Pasquale triumphierend. »Deshalb würde man mit Ihnen die direkteste, am wenigsten intelligenteste und langsamste Strecke fahren, nämlich zum Meer runter und dann am Ufer entlang. Wissen Sie, wie lange das um diese Tageszeit dauern würde? Mindestens eine halbe Stunde! Aber das könnte mir ja egal sein. Solange die Uhr läuft, verdien' ich mein Geld.«

Immer noch ununterbrochen redend, überfuhr er ohne mit der Wimper zu zucken eine rote Ampel und bog dann scharf nach links in eine fast senkrecht abfallende Gasse mit Kopfsteinpflaster.

»Aber sobald wir uns auf einen Preis geeinigt haben, liegt es in meinem Interesse, Sie so schnell wie möglich an Ihr Ziel zu bringen. Also werd ich, statt im Stau festzusitzen, während der Taxameter läuft, sämtliche Register ziehen und mir das Hirn nach Abkürzungen und Alternativen zermartern – kurz gesagt, ich werde mein ganzes Wissen und meine ganze Erfahrung einbringen, und das alles für Sie, *duttò*!«

Das Taxi schoß in eine breitere Straße. Pasquale kurbelte sein Fenster herunter. In der Ferne hörte Zen ganz leise das nervtötende Geheul eines Krankenwagens. Pasquale schien kurz in die Luft zu schnüffeln, dann bog er nach rechts in eine schmale Straße.

»Außerdem ist die Zentrale der Firma ständig besetzt«, fuhr er beinah nahtlos fort. »Manchmal braucht man zehn bis zwanzig Minuten, um durchzukommen. Der Chef stellt da nur Nichten und Cousins von ihm ein, und davon gibt's einfach nicht genug, wenn viel los ist. Zum Glück kenn' ich zufällig jemand, der mit Mobiltelefonen zu tun hat, und der hat mir den Apparat mit allem Drum und Dran geliefert, alles unglaublich günstig. Ich wär' ja blöd gewesen, das nicht auszunutzen.«

An der Kreuzung zweier verstopfter Straßen in der Nähe des ehemaligen Königspalastes überfuhr er eine weitere rote Ampel. Die Sirene war inzwischen lauter zu hören.

»Da fällt mir gerade ein, *duttò*, ich kann Ihnen so was zu den gleichen Bedingungen besorgen, wenn Sie Interesse haben. Sie sind doch bei der Polizei, oder? Ich hab' gehört, wie Sie das gestern abend den beiden Huren erzählt haben.«

Zen sah auf die wachsamen, intelligenten Augen des Mannes im Rückspiegel. Das Taxi bremste auf Kriechtempo ab, als der Krankenwagen hinter ihm auftauchte und die Autos mit Blaulicht und Sirene zwang, ihn durchzulassen. Doch sobald er vorbei war, gab Pasquale wie verrückt Gas und schoß in den Windschatten des davonrasenden Krankenwagens.

»Ich bin kein richtiger Polizist«, antwortete Zen. »Das hab' ich den beiden Mädels nur erzählt, um sie zu beeindrucken.«

»Ganz egal. Sie werden trotzdem feststellen, daß es unverzichtbar ist, beruflich wie auch privat.«

»Ist das wirklich eine gute Idee?« fragte Zen, während sie fast Stoßstange an Stoßstange dem ständig nach rechts und links ausweichenden Krankenwagen hinterherdonnerten.

»Eine gute Idee? Nur hundertzwanzigtausend für das Gerät, brandneu, koreanisches Fabrikat, fünf Jahre Garantie plus die niedrigsten Bereitstellungsgebühren...«

Zen wollte etwas sagen, hielt jedoch inne, weil er mit Entsetzen feststellte, daß Pasquale nicht vor sich auf die Straße sah, wo der Krankenwagen gerade heftig bremste, sondern seinen Fahrgast anschaute.

»Glauben Sie mir, *duttò*, das ist nicht nur praktisch, sondern absolut notwendig«, rief der Taxifahrer. »Das kann einem sogar das Leben retten!«

Parla un linguaggio che non sappiamo

So setzte Aurelio Zen also zum ersten Mal an einem Wochenende einen Fuß in seine nominelle Arbeitsstelle. Das Gebäude wirkte noch öder und ausgestorbener als sonst, besaß praktisch nur noch symbolischen Status – ein bloßes Zeichen für die sinnlose Allgegenwart des Staates. Daß Zen sich auf besonders vertrackte Weise selbst wie ein Schwindler vorkam, wie jemand, der gezwungen ist, sich selbst zu spielen, machte die Sache auch nicht gerade besser. Deshalb war er richtig erleichtert, als er Giovan Battista Caputo mit seinem eisigen Grinsen und den Raubvogelaugen forsch den Flur entlangstolzieren sah.

»Die Questura hat schon wieder angerufen. Ich hab' gesagt, Sie wären wegen einer dringenden Besprechung im Ministerium nach Rom gefahren und würden erst heute abend zurückerwartet.«

Zen nickte und schob die Tür seines deprimierend großen und leeren Büros auf.

»Und der Gefangene?«
»Der hat endlich den Mund aufgemacht.«
»Ah!«
»Aber nur, um zu sagen, daß er kein Italienisch spricht.«
»Was *spricht* er denn?«
»Englisch, behauptet er jedenfalls.«
Mit einem tiefen Seufzer hängte Zen Hut und Mantel auf.
»Bringen Sie ihn her«, forderte er Caputo auf. »Und seine ganzen Sachen, seine Klamotten, alles, was er bei sich hatte. Und bringen Sie mir auch den Bericht von dem Beamten, der ihn festgenommen hat.«
»Der liegt auf Ihrem Schreibtisch, Chef.«
Während er darauf wartete, daß Caputo den Gefangenen aus dem Zellenbereich nach oben brachte, überflog Zen den Bericht. Er war beeindruckend präzise und detailliert wie ein Eisenbahnfahrplan – für jedes kleinste Ereignis war die Zeit bis auf die Minute angegeben, jede Entfernung bis auf den letzten Zentimeter gemessen – und vermutlich genauso zuverlässig. Wirklich interessant war nur, daß die griechischen Seeleute sich dieses Opfer nur deshalb ausgesucht hatten, weil er der erste Amerikaner war, der ihnen über den Weg lief, dem sie sich körperlich gewachsen fühlten, und daß der Mann überfallen wurde, als er den Dockbereich *verlassen* wollte und offenbar auf dem Weg zum Haupttor war. Der Wachposten hatte nicht sagen können, wann der Mann gekommen war. Durch den Flugzeugträger im Hafen waren den ganzen Abend amerikanische Seeleute ein und aus gegangen, und der Posten hatte sie einfach durchgewunken.

Zen schaute auf, als Caputo den Gefangenen hereinbrachte. Obwohl dieser nicht sehr groß war, wirkte er alles andere als mickrig. Er hatte muskulöse Arme und Beine, einen straffen Bauch und einen kräftigen Oberkörper. Seine kupferfarbene Haut war überall mit schwarzen Haaren bedeckt außer auf dem Kopf, der verblüffend kahl war. Er trug Handschellen, Unterhose und -hemd, sonst nichts. Caputo stieß ihn ohne Umschweife Zen gegenüber auf einen Stuhl und warf einen schwarzen Plastiksack auf den Schreibtisch. Zen starrte den Gefangenen an, der offenbar mit großem Interesse den Putz an den Wänden betrachtete.

»Man hat mir gesagt, Sie sprechen kein Italienisch«, bemerkte er und beobachtete die Augen des Mannes.

Eine geraume Zeit herrschte Schweigen.

»*Spik only Ingleesh*«, antwortete der Gefangene schließlich und starrte immer noch konzentriert auf ein Stück Wand neben einem der drei Fenster.

Zen stieß einen weiteren tiefen Seufzer aus. Wie allen Italienern war ihm dank eines Gesetzes der qualvolle Kontakt mit gesprochenem Englisch erspart geblieben – dank eines Gesetzes, das ursprünglich die Faschisten erlassen hatten, das jedoch, wie so viele andere, nie aufgehoben worden war und laut dem Filme und ähnliche Dinge, die öffentlich gezeigt wurden, italienisch synchronisiert werden mußten. Andererseits hatte er allerdings schon einiges an Englisch mitbekommen, da er mehrere Jahre heimlich mit einer Amerikanerin namens Ellen befreundet gewesen war.

»Oh, yes, I'm the great pretender«, sagte er, »adrift in a world of my own. I seem to be what I'm not, you see. Too real is this feeling of makebelief...«

»*Only spik Ingleesh.*«

Angesichts dieser neuartigen Vernehmungsmethode riß Caputo staunend die Augen auf. Offenbar war er von den ungeahnten sprachlichen Fähigkeiten seines Vorgesetzten beeindruckt. Zen sprang von seinem Stuhl auf, ging um den Schreibtisch herum und baute sich vor dem Gefangenen auf.

»I wonder, wonder who, who wrote the book of love?« fragte er. »Who wrote the book of love?«

»*Only Ingleesh.*«

»Who was that man? I'd like to shake his hand. He made my baby fall in love with me.«

Es war erstaunlich, an wie viele Lieder er sich von diesen lauten, feucht-fröhlichen Partys erinnern konnte, die Ellen immer Anfang Juli für ihre in Italien lebenden amerikanischen Freunde gegeben hatte. Schade, daß er hier nicht richtig losschmettern konnte. Sein angenehm heller Bariton war damals sehr bewundert worden. Die Amerikaner verstanden es, sich zu amüsieren!

»Ingleesh only spik.«

Zen drehte sich schmollend auf dem Absatz herum wie ein Künstler, der nicht den gebührenden Beifall erhalten hat.

»Bringen Sie ihn weg!« befahl er Caputo.

Während der Gefangene zur Tür geführt wurde, riß Zen den Sack mit dessen persönlichem Eigentum auf und schüttete den Inhalt auf den Schreibtisch. Seine Kleidung bestand aus ein Paar schwarzen Schuhen, einem hellblauen Hemd und einer Uniform der US-Marine. Außerdem befanden sich in dem Sack eine Lederbrieftasche, einige Münzen, ein Schlüsselbund, das Messer – ein gefährliches Ding mit einer langen, versenkbaren Klinge, die rasiermesserscharf war – und ein leichtes rechteckiges Kästchen aus grauem Plastik mit Schlitzen und Rillen, fast so wie eine überdimensionale Tonbandkassette. In einer Vertiefung war auf einem Stück Pappe ein metallener Kontaktstreifen angebracht.

»Ich nehme an, das ist alles auf Fingerabdrücke untersucht worden«, rief er hinter Caputo her, der sich in der Tür umdrehte.

»Außer denen des Verdächtigen haben wir noch einige andere gefunden. Wir lassen sie gerade durch den Computer laufen, aber vor nächster Woche werden wir nichts davon hören.«

Zen nickte vage, sah dabei jedoch nicht Caputo an, sondern den Gefangenen. Der hatte im Hinausgehen den Kopf zum Schreibtisch gewandt und starrte mit seinen glühenden schwarzen Augen auf einen einzigen Gegenstand und das mit einer Intensität, als ob er das Plastik zum Schmelzen bringen wollte.

Während Caputo den Mann in seine Zelle zurückbrachte, ging Zen die einzelnen Kleidungsstücke durch. Die Uniform war solide gemacht und gut geschnitten. Für ihn sah sie ziemlich echt aus, außer daß sie keine Etiketten oder sonstigen Anhaltspunkte enthielt, die etwas über die Herkunft aussagten. Hemd und Schuhe waren in Italien hergestellt. In die Schuhsohlen war der Name Gucci eingeprägt.

»Das sind nachgemachte«, bemerkte Caputo, der gerade wieder ins Zimmer kam. »Das sieht man an der Position des Logos und den unordentlichen Nähten an der Ferse. Die kriegt man für dreißigtausend in der Piazza Garibaldi. Ich kann sie Ihnen für zwanzig besorgen«, fügte er automatisch hinzu.

Zen hielt die graue Plastikkassette hoch.

»Waren da irgendwelche unbekannten Fingerabdrücke drauf?« fragte er.

Caputo kam herüber, nahm den Bericht, den Zen vorhin überflogen hatte, und blätterte einige Seiten durch.

»Auf einer Seite war ein Teilabdruck von einem Daumen, auf der anderen ein klarer Zeigefinger und ein leicht verschwommener Mittelfinger.«

Zen klopfte den Rhythmus eines der Songs, die er vorhin zitiert hatte, mit einer Kante der Kassette auf den Schreibtisch.

»Also gut, Caputo, Sie müssen drei Sachen für mich erledigen. Erstens, bringen Sie diese Uniform zu unseren amerikanischen Verbündeten. Ich bin ziemlich sicher, daß sie ebenfalls gefälscht ist, aber wir müssen ganz sichergehen.«

Er hielt die Kassette hoch.

»Zweitens, versuchen Sie herauszukriegen, wie wir die unbekannten Fingerabdrücke mit denen von der Besatzung des Flugzeugträgers vergleichen können. Deren Fingerabdrücke müssen irgendwo zu Identifikationszwecken gespeichert sein. Geben Sie ihnen deutlich zu verstehen, daß wir niemanden verdächtigen, sondern die Fingerabdrücke einzig zu dem Zweck brauchen, ihre Leute auszuschließen.«

»Und drittens?« fragte Caputo verkniffen angesichts dieser umfangreichen Aufgaben, die ihm ein Teil seines Wochenendes stehlen würden.

Zen lächelte.

»Ah, das ist eine amüsantere Sache. Ich möchte, daß Sie ein

Team von Männern zusammenstellen, die den Gefangenen rund um die Uhr schikanieren, vierundzwanzig Stunden am Tag.«

Caputo hustete nervös.

»Entschuldigen Sie, wenn ich widerspreche, Chef, aber ich glaube, wir kommen auf die Tour bei dem Scheißkerl nicht weiter. Der ist knallhart. Um den kleinzukriegen, müßten wir ganz extreme Methoden benutzen, und die würden zwangsläufig Narben und innere Verletzungen hinterlassen, ganz zu schweigen von dem Risiko, daß der Kerl einem unter den Händen wegstirbt.«

Zen verzog überlegen die Lippen.

»Ich glaube, wir verstehen uns nicht so ganz, Caputo. Ich rede von verbaler Schikane.«

Caputo sah ihn völlig verblüfft an.

»Aber der spricht doch nur Englisch!«

»Das einzige Englisch, was der spricht, ist ›only spik Ingleesh‹. Ich möchte wetten, daß er genauso neapolitanisch ist wie Sie. Ihre Aufgabe ist, das zu beweisen. Teilen Sie ein paar Männer ein, die abwechselnd da runtergehen und ihn auf Dialekt beschimpfen. Die sollen ihm erzählen, seine Mutter würde es mit den Hunden von arabischen Teppichhändlern treiben und so Sachen. Es geht darum, ihn dazu zu kriegen, daß er reagiert. Ganz egal, was er von sich gibt, wichtig ist nur die Tatsache, daß er versteht, was man zu ihm sagt. Okay?«

Caputo lachte gehässig.

»Dafür spann ich Santanna ein. In solchen Sachen ist er ein Virtuose.«

»Lassen Sie ihn bearbeiten, bis er zusammenbricht und irgendwas von sich gibt. Dann möchte ich, daß Sie ihn *richtig* bearbeiten. Ich brauche einen Namen, eine Adresse, irgendwas, was wir an die Questura weiterleiten können, damit wir diesen Scheißkerl endlich vom Hals kriegen.«

Er ging auf die Tür zu.

»Und wenn *la Piscopo* noch mal anruft?« fragte Cáputo.

Zen lächelte verkniffen.

»Dann sagen Sie ihr, ich würde in Rom einem wichtigen Hinweis nachgehen.«

Caputo zwinkerte ihm übertrieben zu.

»Ach ja, bevor ich es vergesse, ich hab' diese beiden Karten für Sie bekommen.«

Er gab Zen einen Briefumschlag.

»Mein Schwager ist Bühnenarbeiter am San Carlo und bekommt für alle Stücke Freikarten. An dem hier war er zufällig nicht sehr interessiert, also wenn Sie was mit den Karten anfangen können...«

Zen steckte den Umschlag lässig ein.

»Danke, Caputo. Wenn diese leidige Geschichte hier erledigt ist, würd' ich meinen, daß Sie mal ein bißchen Urlaub verdient haben. Wie wär's so mit zwei Wochen? Dann hätten Sie etwas Zeit für Frau und Kinder und könnten sie für die vielen unvorhergesehenen Überstunden entschädigen.«

Caputo machte ein finsteres Gesicht.

»Da komm' ich lieber arbeiten! Aber ich hab' da so ein paar kleinere Geschäfte laufen, um die ich mich mal persönlich kümmern müßte. Sie wissen schon, wie das ist.«

»Das ist das Problem in diesem Land«, pflichtete Zen ihm bei, während er die Plastikkassette in seiner Manteltasche verschwinden ließ. »Wenn man nicht alles selber macht, passiert überhaupt nichts.«

Soldati d'onore

Ungefähr zur gleichen Zeit, als Aurelio Zen sein Büro verließ, angeblich um nach Rom zu fahren, betraten zwei andere Polizisten einen auf den ersten Blick ähnlichen Raum in einem Gebäude am Fuße des Vomero in der Nähe der Via Francesco Crispi, etwa einen halben Kilometer von Zens Haus entfernt, jedenfalls für fliegende Krähen oder rollende Fußbälle. Der Raum wirkte genauso übertrieben groß, ebenso karg, enthielt die gleichen funktionalen Möbel und strahlte die gleiche Mischung aus chaotischem Durcheinander und unpersönlicher Ordnung aus.

Damit hörten jedoch die Ähnlichkeiten auf. Hier prangte auf jedem Schreibtisch ein schicker neuer Olivetti-Computer, die alle untereinander und mit jeder Menge ebensolcher Workstations im ganzen Land vernetzt waren. Um ein Abhören zu verhindern, wurden die Telefongespräche über das militärische Kommunikationssystem mit digitaler Kodierung geführt. Die Fensterscheiben waren kugelsicher, gegen Sprengstoffanschläge geschützt und enthielten eine spezielle Metallegierung, die elektronische Lauschangriffe erschweren sollte.

Denn das hier war die örtliche Zentrale der *Divisione Investigativa Antimafia*, einer Eliteeinheit, die aus handverlesenen Angehörigen der *Carabinieri*, der Polizei und der *Guardia di Finanza* bestand und mit dem Ziel geschaffen worden war, das organisierte Verbrechen zu bekämpfen. Die Bemühungen des bisherigen Regimes in dieser Hinsicht waren ja, gelinde gesagt, immer etwas zweifelhaft gewesen, und einer seiner prominentesten und illustresten Gestalten drohte zur Zeit der Prozeß wegen des Vorwurfs, er sei, wie viele schon lange vermutet hatten, der ›Mann der Mafia in Rom‹ gewesen.

In einer ihrer ersten Amtshandlungen hatte die neue Regierung deshalb der DIA eine erstaunlich hohe Summe in den Rachen geschmissen, um den Unterschied zwischen der unklaren und zögerlichen Haltung ihrer Vorgänger und der eigenen kühnen Entschlossenheit zu demonstrieren, nach dem Motto, neue Besen kehren gut. Ob die Politiker diese Entschlossenheit allerdings auch beibehalten würden, war natürlich eine andere Frage, und eine, über die die beiden Männer, die sich leise in einem Büro im dritten Stock unterhielten, schon oft diskutiert hatten.

Allerdings nie am Arbeitsplatz, und sei es noch so leise. Denn Gerüchten zufolge war das Gebäude, als man es renovierte, um die diversen technologischen Wunderwerke zu installieren, die es jetzt besaß, auch mit hochempfindlichen Mikrophonen ausgestattet worden, die angeblich selbst das leiseste Flüstern in

jeder Ecke, auf jedem Flur oder in jedem Zimmer aufnehmen konnten, einschließlich der Toiletten. Es hatte sogar Witze über einen Beamten in der Abteilung gegeben, der wegen der legendären Lautstärke seiner Darmtätigkeit berühmt war. Es hieß, er würde »jede Menge Wind für sich in Rom machen«.
Bisher hatte zwar niemand die Existenz eines solchen Überwachungssystems beweisen oder widerlegen, geschweige denn sagen können, wer genau Zugang zu den Aufzeichnungen haben könnte. Doch die vorherrschende Meinung war, lieber nicht über potentiell heikle Themen zu diskutieren, solange man im Gebäude war. Darüber brauchen sich die beiden Männer jedoch keine Sorgen zu machen, denn sie reden nur über ihre Arbeit, und zwar über eine neue Akte, die sie über einen gewissen Ermanno Vallifuoco angelegt haben, der gerade von seiner Familie als vermißt gemeldet wurde, nachdem er von einer Fahrt in die Stadt nicht zurückgekehrt war, wo er sich angeblich mit zwei Geschäftspartnern in einem berühmten Hotel auf der Via Partenope hatte treffen wollen.
Das Problem ist, daß beide »Partner« behaupten, den fraglichen Abend ganz woanders verbracht zu haben, der eine in einem Restaurant (zehn Zeugen) und der andere zu Hause (vierzehn Zeugen, von denen fünf nicht direkt mit der Familie verwandt sind), und daß beide bestreiten, überhaupt mit Vallifuoco verabredet gewesen zu sein. Was die DIA auf diesen Fall aufmerksam gemacht hat, ist die Tatsache, daß es sich um das dritte derartige Verschwinden in ebenso vielen Wochen handelt und zwei der mutmaßlichen Opfer erfolgreiche hiesige Geschäftsmänner mit Verbindungen zur Camorra sind und der dritte ein prominenter Lokalpolitiker.
Attilio Abate, der erste, der verschwunden war, war eines Abends mit seinem Hund in der Nähe seiner Villa in Baia spazierengegangen und nicht zurückgekommen. Das Tier, eine Dogge, war ebenfalls verschwunden. Abate galt als einer der reichsten Männer der Stadt. Ihm gehörte eine Firma, die bedeutende Regierungsaufträge über die Lieferung von Militärunifor-

men, Bettwäsche und ähnlichem ergattert hatte. Zunächst vermutete man, daß es sich um eine Entführung handelte, obwohl keine Lösegeldforderung gestellt wurde. Dann verschwand zehn Tage später der zweite Mann.

Luca Della Ragione war ein prominentes Mitglied der Mitte-Links-Koalition gewesen, die die Region Campania bis zu den jüngsten Umwälzungen regiert hatte. Nach dem Erdbeben, das 1980 die Inlandsregion Irpinia verwüstet hatte, floß reichlich Geld aus nationalen und internationalen Quellen, doch aus dem einen oder anderen Grund erreichte ein beträchtlicher Teil dieser großzügigen Spenden nie die Zehntausende von Menschen, die zitternd in behelfsmäßigen Zeltstädten hockten, sondern verschwand einfach von den Konten der Regierung. Seitdem munkelte man, Luca Della Ragione habe dafür gesorgt, daß dieser finanzielle Zaubertrick reibungslos über die Bühne ging, und wisse auch, wo die verschwundenen Gelder seien. Vermutlich würde diese Angelegenheit nun für immer im dunkeln bleiben, da er ebenfalls verschwunden war. Er hatte eines Morgens ganz früh den modernen Apartmentblock in der Via Greco, in dem er wohnte, verlassen, um sich vor einem Gerichtstermin mit seinem Anwalt zu besprechen, und war nie mehr gesehen worden. Sein Auto fand man in der Straße, die Alarmanlage ausgeschaltet, die Türen unverschlossen. Doch trotz ausgedehnter Suche und Ermittlungen hatte man keine weitere Spur von Della Ragione gefunden. Und nun stand ein dritter Name auf dieser exklusiven Liste...

»Wir sollten uns mal ein bißchen umhören«, sagte einer der beiden Männer, ein aggressiv aussehender Typ mit dichten pechschwarzen Haaren und der Figur eines Mittelgewichtsboxers.

»Ich hab' schon ein paar Fühler ausgestreckt«, antwortete der andere. Er war kleiner und zierlicher, drahtig gebaut und hatte etwas leicht Wildes an sich. Auf dem linken Wangenknochen hatte er eine Narbe, und in seinem lockigen hellbraunen Haar war bereits eine kahle Stelle zu sehen.

»Und?«

»Nichts. Niemand hat was gehört, oder falls doch, dann reden sie nicht darüber. Aber ich hatte ehrlich gesagt den Eindruck, daß sie genauso vor einem Rätsel stehen wie alle anderen. Nur daß sie sich natürlich mehr Sorgen machen.«

Keiner der beiden Beamten war in Uniform. Sie waren völlig unterschiedlich gekleidet. Der Kleinere trug Jeans, Turnschuhe und ein Jeanshemd mit offenem Kragen. Sein Kollege hatte einen sehr teuren Anzug an, dazu ein Seidenhemd mit Krawatte und schwarze geschnürte Halbschuhe, die makellos glänzten.

»Irgendwer muß was wissen«, sagte er.

»Falls Ermanno nicht sein eigenes Verschwinden inszeniert hat...«

»Aber dann muß ihn immer noch jemand verstecken.«

»Aber nicht unbedingt jemand, den wir kennen. Er stand unter richterlicher Aufsicht, ebenso wie Abate und Della Ragione. Wie sie hatte auch er ein Interesse daran, sich unauffällig zu verhalten, bis...«

Er verstummte und sah zur Wand. Die beiden Männer tauschten einen verstehenden Blick.

»Bis sich die Situation stabilisiert hat«, schlug der Elegante vor. »Und es gibt noch eine Menge anderer Leute, die ein Interesse daran haben, die richterlichen Ermittlungen in ihren Fällen zu verzögern, bis...«

»Bis sich die Situation stabilisiert hat«, folgerte sein Kollege mit einem Nicken. »Ganz genau. Und in dem Fall haben wir keine Chance, irgend etwas Brauchbares herauszufinden. Man kann nicht beide Seiten gegen die Mitte ausspielen, wenn sie die Mitte *sind*.«

Eine Zeitlang herrschte Schweigen.

»Marotta scheint ebenfalls verschwunden zu sein«, sagte der Mann in dem Lacoste-Hemd beiläufig. »Glaubst du, da könnte eine Verbindung bestehen?«

Der andere wirkte skeptisch.

»Kann ich mir nicht vorstellen. Marotta ist doch eigentlich nur so eine Art Laufbursche. Die anderen gehören den oberen Rängen des Gaetano-Clans an, Befehls- und Versorgungsebene. Ich könnte mir schon vorstellen, weshalb man sie aus dem Verkehr ziehen wollte, aber Marotta? Der weiß nicht genug, um für jemand eine Gefahr darzustellen, außer für sich selbst. Sie würden ihn einfach übergeben und ihn im eigenen Saft schmoren lassen.«

Ein weiteres Schweigen.

»Vallifuoco war häufig bei Prostituierten«, murmelte der Mann im Anzug beinah zu sich selbst.

»Und?«

»Vielleicht war er letzte Nacht auch dort, als er angeblich zu dem Geschäftsessen wollte.«

Sein Kollege dachte einen Augenblick darüber nach.

»Vielleicht. Wir sollten uns auch mal um das Auto kümmern. Er fuhr einen ganz neuen Jaguar, sehr auffällig.«

»Eine der Nutten, mit denen ich gesprochen hab', meinte, er hätte einen sehr speziellen Geschmack. Fesseln, Peitschen, ein bißchen Blut, solche Sachen. Anscheinend hat er jedesmal eine andere Frau benutzt. Er hat ihnen die Augen verbunden und sie zu einer Wohnung gebracht, die er irgendwo nicht weit vom Bahnhof hatte und wo er die Ausrüstung für diese Sitzungen aufbewahrte. Alle konnten sich ziemlich gut erinnern, wie es drinnen aussah, aber keine von ihnen hatte eine genaue Vorstellung, wo es war.«

»Vielleicht versteckt er sich dort.«

»Ich fang' jedenfalls damit an. Und du?«

Der andere zuckte die Achseln.

»Ich dachte, ich seh' mich mal nach dem Wagen um. Der ist schwerer zu verstecken als ein Mann. Bringt zwar vermutlich nichts, aber jedenfalls vergeht die Zeit dann schneller.«

Wieder sahen sich die beiden verstehend an.

»Ich wünschte, ich wüßte, was da los ist!« rief der Mann im Anzug entnervt.

Der andere zuckte erneut die Achseln.

»Wir müssen halt abwarten. Vielleicht ist es ja sogar was

Gutes, wer weiß? Vielleicht ein Meinungswechsel. Auf der Managementebene sozusagen.«

Sie standen beide auf.

»Also dann bis morgen«, sagte der Elegante.

»Viel Erfolg.«

»Ebenfalls.«

Giochiamo!

»Es ist also wirklich schön?«

»Es hat durchaus seine Reize.«

»Bleibst du jetzt für immer dort?«

»Was heißt denn für immer? Ich weiß nur, daß ich in ein paar Jahren in Rente gehen kann, und dann noch ein paar Jahre...«

»Du warst doch sonst nicht so morbid, Aurelio.«

»Schieb es auf Neapel. Dort stinkt's nach Sterblichkeit.«

»Ich dachte, da stinkt's nach ranzigem Öl und schlechter Kanalisation.«

»Das kommt letztlich auf dasselbe raus.«

Sie saßen an einem Ecktisch in einem Restaurant in der Nähe des Hauptbahnhofs von Rom. Es hieß *Bella Napoli*, deshalb wohl Gilberto Nieddus einleitende Frage. Sie hatten das ganze Lokal für sich, aber das war so ungefähr das einzig Positive. Die Dekoration – Muscheln, Mandolinen, staubige Flaschen mit ungenießbarem Wein, Fischernetze und naturgetreue Wandmalereien vom Vesuv und der Bucht – war ziemlich penetrant, und das Essen konnte einen in keinster Weise dafür entschädigen. Gilberto hatte vorgeschlagen, sich an die Pizza zu halten, weil sie die ganz bestimmt nicht versauen könnten.

»Hast du denn was rausgekriegt?« fragte Zen, während er einen weiteren Bissen Pizza nahm, der eindeutig bestätigte, daß man auch die versauen konnte.

Gilberto Nieddu trank einen Schluck Bier und zündete sich eine Zigarette an.

»Das ist ein Witz! Als du mich aus Neapel angerufen hast, hab' ich gedacht, es ging um was ganz Ausgefallenes. Also hab' ich rumtelefoniert. Das bedeutete natürlich, daß ich mich verkleiden und in die Bar schleichen mußte. Dann mußte ich jemand aufstöbern, der die richtigen Geräte hat, um das abspielen zu können, was du bringen würdest.«

Er lehnte sich zurück und zog zufrieden an seiner Zigarette.

»Und?« drängte Zen nervös.

»Das bedeutete, daß ich Rosa sagen mußte, wo ich hinging. Mein Anwalt hat mir nämlich unmißverständlich eingeschärft, daß ich auf keinen Fall das Haus verlassen darf, ohne genau zu sagen, wo ich hingehe und wann ich ungefähr dort sein werde. Offenbar sind schon einige Leute in meiner Situation einfach von der Straße aufgegriffen und gezwungen worden, sich auf einen Handel einzulassen, bevor ihre Familie oder ihr Anwalt überhaupt wußten, was los war...«

»Aber du hast doch Rosa nichts von mir erzählt?« fiel Zen ihm ins Wort.

»Natürlich nicht! Wir haben doch alle unsere kleinen Problemchen, Aurelio. Du nimmst Rücksicht auf meine und ich auf deine.«

Das stimmte zwar irgendwo, aber eigentlich waren ihre Probleme nicht miteinander vergleichbar. Bei Zen ging es darum, heimlich nach Rom zu kommen, ohne seine Mutter zu besuchen. Seit Signora Zen zu einer Art ehrenamtlichen Großmutter für die Nieddu-Kinder geworden war, mußte er sich mit Gilberto Nieddu treffen, ohne daß dessen Frau das mitbekam. Denn wenn Rosa von Zens Besuch erfuhr, würde Giustiniana das unweigerlich auch tun, und er würde seines Lebens nicht mehr froh.

Gilbertos Probleme waren sehr viel ernsterer Natur. Doch obwohl der Sarde einer seiner ältesten Freunde war, konnte Zen sich eine gewisse Schadenfreude kaum verkneifen. Seit seinem Abschied von der Polizei hatte Nieddu sich ein gutgehendes Geschäft im Bereich elektronischer Überwachung aufgebaut, das auf Industriespionage spezialisiert war. Er hatte sich keine Gelegenheit entgehen lassen, sich vor Zen mehr oder weniger offen mit seinem Erfolg draußen in der »wirklichen Welt« zu brüsten, womit er zu verstehen geben wollte, daß Zen träge und ohne jeden Unternehmensgeist sei, wenn er sich weiter in seinem sicheren, aber aussichtslosen staatlichen Job abrackerte, wo es doch im privaten Bereich für Leute, die genügend Initiative besaßen, soviel zu holen gab.

Aber Gilberto war die Großsprecherei vergangen. Ein ehemaliger Kunde seiner Firma Paragon Security war den Richtern, die unter dem Wahlspruch *Mani Pulite* der Korruption zu Leibe rücken wollten, im Zusammenhang mit einer Ausschreibung für die Verbreiterung einer Autobahn in der Lombardei aufgefallen. Im Verlauf eines längeren Verhörs hatte einer der betroffenen Lokalpolitiker enthüllt, daß zusätzlich zu der in dem erfolgreichen Angebot genannten Summe noch mehrere Milliarden Lire privat den Besitzer gewechselt hätten.

Für die Behörden war bei dieser Angelegenheit von besonderem Interesse, wie der fragliche Unternehmer es geschafft hatte, so gut über die Angebote der Konkurrenz informiert zu sein, sowie über die Schmiergelder, die die anderen Firmen zu zahlen bereit gewesen waren, gegen die jetzt, dank der Beschlagnahmung seiner umfangreichen Unterlagen, ebenfalls ermittelt wurde. In dieser Situation hatte der Unternehmer keine Skrupel gehabt, einen kleinen Fisch wie Nieddu den Richtern zum Fraß vorzuwerfen, in der – wie sich zeigte vergeblichen – Hoffnung, sie für eine Weile zu beschwichtigen.

Da es genauso mühsam und riskant war, Wanzen zu entfernen wie welche anzubringen, waren sie immer noch da. Die Behauptungen des Unternehmers wurden für wahr befunden und gegen Paragon Security selbst ermittelt. Unglücklicherweise hatte Gilberto Nieddu, abgesehen von den diversen illegalen Dienstleistungen, die er anbot, auch noch seine Steuererklärung frisiert. Danach hatte er nämlich kaum mehr als Aurelio Zens bescheidenes Staatssalär verdient. Doch die Summe, die seine Klienten gezahlt hatten, war ungefähr zehnmal so hoch. Natürlich waren die Richter sehr neugierig zu erfahren, wie er diese Diskrepanz erklärte.

»Meine einzige Hoffnung ist Wojtyla«, sagte Gilberto mit jammervoller Stimme, als er seinen Freund an diesem Nachmittag an der Stazione Termini traf.

Zen sah ihn entsetzt an.

»Wie soll der dir denn helfen?«

»Indem er stirbt. Es gibt immer eine Amnestie, wenn ein neuer Papst gewählt wird. Jeder, der wegen eines nicht gewalttätigen Verbrechens fünf Jahre oder weniger abzusitzen hat, kommt raus. Mein Anwalt – der übrigens schon ungefähr die Hälfte von dem Geld eingesackt hat, das ich beiseite geschafft hatte, damit die Richter nicht drankommen – meint, daß ich mit fünf bis sieben Jahren wegkommen könnte minus der Zeit, die ich bereits vor dem Prozeß gesessen hab'. Also muß man genau kalkulieren. Wenn ich zum Beispiel sechs Jahre kriege plus neun Monate Haft vor dem Prozeß, dann will ich, daß der dicke Pole drei Monate nach meiner Verurteilung abkratzt. Wenn ich hingegen nur fünf kriege, sollte er am besten auf der Stelle tot umfallen. Es wird eh langsam Zeit. Rosa und ihre Freundinnen wollen schon zum Islam übertreten. Sie meinen, da würden die Frauen weniger unterdrückt.«

Er trank noch einen Schluck Bier und zündete sich eine weitere Zigarette an.

»Andererseits könnte es natürlich sein, daß der Fall nie vor Gericht kommt. Zur Zeit scheint es erfreulicherweise ein politisches Vakuum an der Spitze zu geben. Die Leute erkennen allmählich, daß diese ›Saubere Hände‹-Mentalität außer Kontrolle zu geraten droht. Diese Art von inquisitorischem Moralismus ist unserer Kultur völlig fremd. Außerdem müßte man, wenn man es konsequent durchführte, achtzig Prozent der Bevölkerung einsperren!«

»Und auf die Tour für die übrigen zwanzig Prozent Jobs als Gefängniswärter schaffen«, fügte Zen hinzu. »Wer behauptet eigentlich, daß Planwirtschaft nicht funktioniert?«

Doch ernsthaft betrachtet war Nieddus Situation alles andere als beneidenswert. Zwar war er noch in Freiheit, doch sein Büro war versiegelt worden, sein Vermögen beschlagnahmt, und sein Geschäft, das er so mühsam über all die Jahre aufgebaut hatte, war über Nacht ruiniert. Er konnte jeden Moment verhaftet werden, und bis dahin lebte er völlig zurückgezogen, von seinen ehemaligen Freunden und Kollegen gemieden, und wartete darauf, daß das Beil niederging.

»Rosa tut ihr möglichstes«, bemerkte er mit rührseliger Stimme, »aber manchmal kann sie einfach nicht mehr. Unsere größte Sorge ist, wie sich das auf die Kinder auswirken wird. Ehrlich gesagt, wenn deine Mutter nicht ab und zu eingesprungen wäre, hätten wir das überhaupt nicht durchgestanden. Sie ist ein richtiges Juwel!«

»Gewiß«, sagte Zen in neutralem Tonfall.

Nieddu zog eine graue Plastikkassette aus der Jackentasche und schob sie über den Tisch.

»Und?« fragte Zen.

Nieddu rollte die Augen zur Decke.

»Es ist nur ein Videospiel! Eine von diesen Kassetten, die man kauft und in so ein Gerät schiebt, das man an den Fernseher anschließt. Klar, daß du so was nicht weißt. Du hast ja keine Kinder.«

Zen streckte träge die Hand aus und nahm sich die Zigarettenpackung, die auf dem Tisch lag.

»Das ist alles? Nur ein Spiel?«

»Was hast du denn erwartet?« fragte Nieddu.

Sein Freund zuckte die Achseln.

»Ich weiß nicht.«

»Warum interessierst du dich denn so sehr dafür?«

Zen machte eine ausweichende Geste.

»Das ist eine lange Geschichte.«

Er nahm sich eine Zigarette aus der bereits offenen Schachtel.

»Darf ich?«

Nieddu, der keine Ahnung hatte, daß Zen angeblich das Rauchen aufgegeben hatte, machte eine ermunternde Handbewegung.

»Dann erzähl mir mal was über das Spiel«, sagte Zen und schob seine ungenießbare Pizza beiseite.

»Was gibt's da schon zu sagen? Es ist wie alle anderen. Personal und Szenerie mögen zwar wechseln, doch es geht immer um dasselbe. Man versucht, das System zu besiegen, auf immer höhere Ebenen zu kommen und möglichst viele Punkte und Gefangene zu machen.«

Zen rauchte schweigend und nickte schläfrig.

»Hört sich wie die Geschichte meines Lebens an«, murmelte er.

»In diesem Fall bist du ein einsamer Bulle, der eine Stadt zu säubern versucht, die der Mob übernommen hat. Du mußt all die schönen Frauen beschützen, an die die bösen Kerle ranwollen, und natürlich deinen eigenen Rücken decken. Das ist zumindest das Anfangsszenario. Ich hatte nicht die Zeit rauszufinden, was passiert, wenn man über die erste Ebene hinauskommt.«

»Ach, ich glaub' kaum, daß einer von uns das jemals schaffen wird«, bemerkte Zen geheimnisvoll.

»Du hast mir immer noch nicht erzählt, warum dich das so sehr interessiert«, erinnerte Nieddu ihn.

Zen seufzte.

»Jemand ist im Hafen in eine Messerstecherei geraten. Wir wissen nicht, wer er ist oder was er da wollte. Ich hatte gehofft, daß das hier uns weiterhelfen könnte.«

Nieddu reagierte überraschend interessiert auf diese belanglose Geschichte.

»Er hatte diese Spielkassette bei sich?«

»Genau.«

»Kam er gerade in den Hafen oder wollte er raus?«

»Er wollte raus.«

»Lagen zu der Zeit dort ausländische Schiffe? Besonders japanische oder amerikanische?«

Zen runzelte die Stirn.

»Worauf willst du hinaus, Gilberto?«

Nieddu entspannte sich ganz plötzlich und brach in sein typisches ansteckendes Lachen aus.

»Du hast ja ganz recht! Es gibt keinen Grund, weshalb ich für dich die Arbeit machen sollte. Ich hab' eh schon genug Probleme am Hals.«

Zen hielt die graue Plastikkassette hoch.

»Du glaubst, die sollte ins Land geschmuggelt werden? Warum sollte jemand das tun, wenn man die in jedem Laden kaufen kann?«

Nieddu stand auf.

»Tja, das ist die Frage. Wie dem auch sei, ich muß gehen. Ich hab' Rosa versprochen, daß ich nicht so spät komme.«

Er nahm seine Brieftasche heraus und machte umständlich Anstalten zu zahlen, doch Zen stieß sie weg, als auch er sich erhob.

»Das ist doch das mindeste, was ich für deine Hilfe tun kann, Gilberto. Ich wünschte nur, ich könnte was gegen deine wirklichen Probleme tun. Vielleicht kann ich jemanden in Neapel dazu kriegen, San Gennaro zu bitten, sich für dich einzusetzen. Er soll sehr tüchtig sein.«

Gilberto Nieddu fing wieder an zu lachen.

»Ich glaube übrigens, daß vielleicht schon ein Wunder geschehen ist.«

Zen sah ihn neugierig an.

»Wie meinst du das?«

Nieddu zuckte die Achseln.

»Ach, ich weiß nicht. Ich hab' nur das Gefühl, daß mein Schicksal sich sehr bald wenden wird.«

Die beiden Männer blickten sich undurchdringlich an. Zen wandte sich zur Tür, dann drehte er sich noch einmal um.

»Kann ich noch eine Zigarette haben?«

Nieddu reichte ihm das Päckchen.

»Auch ein Streichholz?« fügte Zen hinzu. »Ich hab' meine offenbar zu Hause vergessen.«

Nieddu lachte wieder, diesmal jedoch deutlich genervt.

»Irgendwann vergißt du noch mal deinen Kopf, Aurelio!«

I due creduli sposi

Ein anderer Abend, ein anderes Restaurant. Hier wurden ebenfalls neapolitanische Spezialitäten serviert, aber hier hatte man nicht den Versuch gemacht, ein typisches Ambiente zu schaffen, um die Stadt so heraufzubeschwören, wie sie in den verklärten Augen der anderswo Lebenden angeblich war: bunt, chaotisch, schäbig und fröhlich. Denn dieses Lokal *war* in Neapel, genauer gesagt in Posillipo, einem der schönsten und exklusivsten Viertel in der Bucht. Es lag im Schatten von Palmen und Zitronenbäumen auf der Spitze einer kleinen Landzunge mit Blick aufs Meer.

An einem Tisch direkt am Geländer in der äußersten Ecke der Terrasse saßen Gesualdo Troise und Sabatino Capuozzo und blickten mit eindeutigem Unbehagen um sich.

»Schickes Lokal«, sagte Sabatino, »aber sicher auch schicke Preise.«

Gesualdo zuckte die Achseln.

»Daran werden wir uns wohl gewöhnen müssen. Die Mädchen sind halt so aufgewachsen, für die ist so was selbstverständlich.«

»Witzig, wenn man bedenkt, wo das Geld herstammt.«

Ein überaus korrekter Kellner in gestärkter Jacke erschien an ihrem Tisch. Trotz ihrer tadellosen Anzüge und Krawatten beäugte er sie mit beinah unverhohlener Verachtung, da ihm genauso wie ihnen selbst bewußt war, daß sie hier nicht hingehörten. Gesualdo teilte ihm kurz angebunden mit, daß sie auf Bekannte warteten. Der Kellner entfernte ein unsichtbares Staubkorn von der makellosen Tischdecke und warf es kurzerhand über das Terrassengeländer.

»*Siente, cumpagne mije*«, murmelte Sabatino.

Angesichts dieser ungewohnten Vertraulichkeit fuhr der Kellner erstaunt herum. Dann sah er die Pistole. Sie steckte in einem

Schulterholster und war gerade eben zu erkennen, weil Sabatino sich absichtlich so weit vorgebeugt hatte, daß sein Jackett etwas aufsprang.

»Diese Bekannten sind junge Damen aus einer sehr angesehenen Familie«, erklärte Sabatino ihm mit ernster Stimme. »Wir möchten, daß sie einen schönen Abend haben, ist das klar?«

»Selbstverständlich«, antwortete der Kellner wie ein Roboter.

»Vielleicht essen wir was, vielleicht auch nicht, aber wir möchten von allem das Beste. Ordentliche Qualität, prompte Bedienung und kein Scheiß. Wenn der Abend ein Erfolg wird, werden wir es Ihnen nicht vergessen.«

»Noch weniger, wenn er's nicht wird«, fügte Gesualdo hinzu.

Der Kellner nickte hektisch.

»Keine Sorge, Sir. Ich werde mich um alles persönlich kümmern.«

Er entschwand eilig in die elegante umgebaute Villa hinter ihnen am Hang, in der sich die Bar und der Speisesaal befanden. Gesualdo seufzte laut.

»Das wird uns mal wieder einen Caravaggio kosten.«

Sabatino zückte seine Brieftasche, die prall mit 50 000-Lire-Scheinen mit dem Porträt dieses Künstlers gefüllt war.

»Wofür sollte ich es denn sonst ausgeben? Für Filomena ist mir nichts zu teuer. Für sie ist nur das Beste gut genug.«

Aus einer Seitentasche seiner Brieftasche nahm er einen Streifen ziemlich abgegriffener Paßfotos.

»Gott, ist sie hinreißend!« seufzte er.

Gesualdo zog eine Augenbraue hoch. Dann griff er in seine Jacke und zog eine in Pappe gerahmte Studioaufnahme in einem Plastikschuber heraus.

»Behauptet, für sie wäre nur das Beste gut genug, und dann spendiert er bloß zweitausend für einen Fotoautomaten. Das hier hat mich hunderttausend gekostet, aber es ist jede Lira wert.«

Er drehte das Foto zu seinem Freund.

»Ist sie nicht wunderschön?«

Sabatino lächelte ironisch.

»Wenn mir jemand vor einem Jahr gesagt hätte, wir würden hier sitzen und über Fotos von zwei Mädchen ins Schwärmen geraten, hätt' ich gesagt, er wär' verrückt.«
Gesualdo nickte.
»Ich hätte nie gedacht, daß mir so was passiert. Ich hab' immer geglaubt, so was gäb's nur im Film.«
»Und wenn ich mir vorstelle, sie hätten damals nicht diese Autopanne gehabt, dann hätten wir sie nie kennengelernt.«
»Oder wenn wir nicht diese Abkürzung genommen hätten, weil soviel Verkehr war. Weißt du noch, du wolltest nicht, daß ich verbotenerweise links abbiege. Und ich hab' gesagt: ›Wenn wir verhaftet werden, dann nicht wegen eines Verkehrsdelikts!‹«
»Du wolltest aber nicht anhalten und ihnen helfen, den Reifen zu wechseln. ›Das könnte eine Falle sein‹, hast du gesagt. ›Mit so was legen die ständig Touristen rein.‹«
Gesualdo seufzte.
»Doch in dem Moment, wo ich aus dem Wagen stieg und sie dort stehen sah, wußte ich, das war's. Für immer.«
»Ich auch«, stimmte Sabatino zu.
Der überschwengliche Ausdruck schwand ganz plötzlich aus Gesualdos Gesicht.
»Außer daß ihre Mutter niemals einverstanden sein wird, daß sie Typen wie uns heiraten.«
»Es muß furchtbar für sie sein, daß sie sich nur heimlich mit uns treffen können.«
»Und es ist schrecklich, daß wir sie die ganze Zeit anlügen müssen und sie nicht unseren Eltern und unseren Freunden vorstellen können. Ich war schon fast soweit, alles sausenzulassen.«
Sabatino sah ihn erstaunt an.
»Du meinst die Mädchen?«
»Natürlich nicht!« antwortete Gesualdo empört. »Die Arbeit, meine ich. Einfach alles hinschmeißen und mich um einen ganz normalen Job bemühen.«
Sabatino lächelte ihn an.

»Nach einer Woche kämst du um vor Langeweile. Und dann darfst du das Geld nicht vergessen.«

Gesualdo nickte.

»Da hast du wohl recht. Noch ein paar Jahre, dann können wir was Anständiges machen.«

»Filomena hat gesagt, sie würde mich sofort heiraten, auch ohne Zustimmung ihrer Mutter.«

»Das hat Orestina mir auch gesagt. Aber du weißt doch, daß wir das nicht können. Nicht bei dem Risiko, das wir jeden Tag eingehen.«

»Und das sie dann mittragen müßten. Erinnerst du dich, als der Bruder von Don Fortunato in Ungnade fiel? Sie kamen nicht an ihn ran, also haben sie seine Schwester, seine Frau und seinen ältesten Sohn umgebracht.«

»Bleibt uns also nichts anderes übrig, als es durchzustehen und zu hoffen, daß die beiden auf uns warten.«

Er sah auf seine Uhr.

»Wo bleiben sie überhaupt? Sie sollten längst hier sein.«

Wie auf ein Stichwort hin drangen mehrere Stimmen aus dem Restaurantgebäude. Die beiden Männer drehten sich erwartungsvoll um, doch die einsame Gestalt, die aus der Tür der Villa trat, war ein Mann. Mit zielstrebigen, aber gemächlichen Schritten kam er zu dem Tisch herüber, an dem Gesualdo und Sabatino saßen.

»Guten Abend, meine Herren.«

Sein Akzent war hart und fremd. Die beiden Männer sahen ihn mißtrauisch an.

»Signor Gesualdo?« fragte der Mann und sah Sabatino an.

Gesualdo stand auf.

»Das bin ich«, sagte er barsch.

»Ach, entschuldigen Sie! Dann müssen Sie Signor Sabatino sein«, sagte der Mann. »Gestatten Sie, daß ich mich vorstelle. Alfonso Zembla, ein Freund der Familie Squillace. Darf ich?«

Er setzte sich. Nach kurzem Zögern tat Gesualdo das gleiche. Der Neuankömmling hob entschuldigend die Hände.

»Es tut mir leid, daß ich mich Ihnen so aufdränge«, sagte er verlegen. »Ich möchte ja nicht stören, aber... Es ist schwierig, einen Anfang zu finden. Sehen Sie, Ihre Freundinnen... Ich fürchte, ich habe schlechte Nachrichten.«

Gesualdo langte mit einer Hand über den Tisch und packte den Fremden am Arm.

»Sind sie tot?«

»Nein.«

»Verletzt?«

»Nein.«

»*Schwanger?*« hauchte Sabatino.

»Das auch nicht. Sie haben nur gerade erfahren, daß sie ein Stipendium für einen Englischkurs an einer Schule in London bekommen haben. Zwei andere Studentinnen mußten in letzter Minute absagen, und Orestina und Filomena waren die nächsten auf der Liste. Aber sie müssen noch heute abend abreisen.«

»Heute abend?« riefen beide Männer entsetzt.

Aurelio Zen nickte ernst.

»Sie müssen sich morgen früh für den Kurs einschreiben. Das bedeutet, daß sie den letzten Flug heute abend kriegen müssen.«

Völlig sprachlos sah Sabatino zu Gesualdo, dann wieder zu Zen.

»Heißt das, sie sind schon fort? Können wir ihnen nicht mal auf Wiedersehen sagen? Wo sind sie?«

»Sie warten draußen in dem Taxi, das sie zum Flughafen bringen soll. Sie hatten Angst, es Ihnen selbst zu sagen, weil sie fürchteten, daß Sie wütend werden könnten. Deshalb haben sie mich gebeten, es zu tun.«

Zen sah auf seine Uhr.

»Es sind noch ein paar Minuten Zeit. Ich geh' sie jetzt holen, ja?«

Ohne eine Antwort abzuwarten, drehte er sich um und gab dem Kellner, der die ganze Zeit im Eingang des Restaurants herumgelungert hatte, ein Zeichen. Dann stand Zen auf und zog sich diskret zurück. Als er die Tür zum Gebäude erreichte, erschienen Orestina und Filomena – schlicht, aber teuer gekleidet. Sie trugen modische Mäntel im Military-Style.

»Kein Wort über unsere Wette!« murmelte Zen.

Die beiden Frauen rauschten schweigend an ihm vorbei. Zen setzte sich drinnen an die Bar und bestellte sich einen Aperitif, den er genüßlich schlürfte, während er die hell erleuchtete Szene draußen auf der Terrasse beobachtete.

Seite an Seite näherten sich die Frauen dem Tisch, an dem ihre Liebhaber saßen. Sie wirkten nervös und unentschlossen. Die beiden Männer standen auf und traten ihnen mit einem Ausdruck von Verwirrung, Bestürzung und Selbstmitleid entgegen. Einen Augenblick sagte niemand etwas, dann begann jedes Paar rasch aufeinander einzureden, die Männer fragend und klagend, die Frauen erklärend und rechtfertigend. Einzelne Ausrufe kamen durch die offene Tür, getragen von einer Brise, die betörend nach Kräutern und Blumen duftete.

». . . so plötzlich . . .«

». . . erst heute erfahren . . .«

». . . so eine gefährliche Stadt . . .«

». . . nicht schlimmer als hier . . .«

». . . ohne Freunde, ohne Familie . . .«

». . . können sehr gut auf uns aufpassen . . .«

». . . überfallen oder ausgeraubt, oder sogar . . .«

». . . in einer sehr sicheren Gegend im . . .«

». . . sehe ich dich so lange nicht . . .«

». . . nur ein paar Wochen . . .«

Schließlich verstummten alle. Die Männer zogen ihre Liebsten an sich, die Frauen beugten sich vor, um geküßt zu werden. Vom Parkplatz ertönte eine unangenehm laute Hupe.

»Das muß für uns sein!« rief Orestina und befreite sich aus Gesualdos Umarmung. »Wir müssen los.«

Sie hörte sich schockiert an, als ob ihr die ganze Tragweite der Abreise erst jetzt so richtig bewußt geworden wäre. Zen ging auf die Terrasse hinaus.

»Los, Mädels! Das Taxi wartet!«

Die beiden jungen Paare nahmen sich schützend in die Arme.

»In dreißig Minuten schließt der Flugschalter«, drängte Zen. »Pasquale hat gesagt, er kann nicht garantieren, daß Sie rechtzeitig da sind, wenn Sie nicht sofort aufbrechen.«

Gesualdo drückte Orestina fest an sich.

»Versprich mir, daß du jeden Tag anrufst.«

»Natürlich!« antwortete sie.

»Ruf mich jeden Tag zweimal an, wenn du kannst«, bat Sabatino Filomena.

Während Zen vom Eingang des Restaurants aus zusah, fühlte er sich hin und her gerissen zwischen dem Bedürfnis, über die Heftigkeit ihrer Gefühle zu lachen, und einer unerklärlichen Melancholie, die so gar nicht zu dieser Situation zu passen schien, die er schließlich selbst eingefädelt hatte.

Erst als die beiden Frauen sich endlich aus den Armen ihrer Geliebten gelöst hatten und sich zum Gehen wandten, begriff Zen, daß er nicht einfach Zeuge einer rührseligen Szene zwischen vier völlig mit sich selbst beschäftigten, jungen Leuten war, die sich für ein paar Wochen trennen mußten. Denn obwohl das keinem bewußt war, verabschiedeten sie sich nicht bloß für eine Weile voneinander, sondern sie waren dabei, etwas zu verlieren, etwas unendlich Intimes und Kostbares, und das für immer.

Un poco di sospetto

Gesualdo und Sabatino saßen ganz still an ihrem Tisch und starrten auf den Boden, als ob sie unter Schock stünden. Sie waren immer noch da, als Aurelio Zen zurückkam, nachdem er Orestina und Filomena zum wartenden Taxi begleitet hatte.

»Wo sind sie?« murmelte Sabatino erschrocken aufblickend.

»Sie sind weg«, erklärte ihm Zen.

»Es kommt alles so plötzlich!« rief Gesualdo.

Er schien mit sich selbst zu reden. Zen setzte sich zwischen die beiden.

»Reißt euch zusammen, Jungs! Deshalb geht doch die Welt nicht unter. Es könnte sogar sein Gutes haben.«

»Was Gutes?« sagte Gesualdo aggressiv. All seine Gefühle brachen aus ihm heraus. »Und was spielen Sie bei dieser Sache überhaupt für eine Rolle?«

Zen gab jedem eine der Karten, die er mit dem Namen Alfonso Zembla hatte drucken lassen.

»Wenn ihr heute abend zwischen neun und zehn bei mir vorbeikommt, werde ich es euch erzählen. Und ich kann euch auch sagen, wie ihr euch ganz leicht bei der Mutter eurer beiden Süßen beliebt machen könnt.«

Die Männer steckten die Karten ein, aber es war offensichtlich, daß sie mit ihren Gedanken ganz woanders waren. Niemand sagte etwas. Im Osten quälte sich ein Flugzeug mühsam in den blaßblauen Himmel über der Stadt. Seine Motoren dröhnten mächtig angesichts der scheinbar unmöglichen Aufgabe, ein so gewaltiges Gewicht in die Lüfte zu heben. Gesualdo und Sabatino folgten ihm mit ihren Blicken, als ob sie dafür sorgen wollten, daß ihm nichts passiert. Das Flugzeug stieg immer höher in den stillen, klaren Himmel über dem ruhigen Wasser der Bucht. Seine Lichter blinkten hell vor dem kräftiger werdenden Blau der zunehmenden Dämmerung, dann drehte es langsam ab und flog in einem weiten Bogen über die schattenhaften Umrisse von Halbinsel und Inseln nach Norden.

Gesualdo stand auf, Sabatino ebenfalls. Ohne ein Wort zu Zen zu sagen, gingen sie über die Terrasse ins Restaurant. Zen schnipste mit den Fingern nach dem Kellner.

»Noch einmal dasselbe«, bestellte er. »Und ein Telefon.«

Als das Telefon gebracht wurde – eins mit einer langen weißen Schnur – rief er Valeria an.

»Sie sind unterwegs«, sagte er.

»Wie ist es gelaufen?«

»Die beiden Jungs schien es schwer zu treffen, aber das könnte für uns von Vorteil sein. Leute, die ihre Gefühle übertrieben darstellen, ändern sie meist auch sehr schnell.«

Draußen vor dem Restaurant gingen Gesualdo und Sabatino zu ihren Autos.

»Ich kann es immer noch nicht glauben«, sagte Sabatino und schüttelte ganz langsam den Kopf.

»Vielleicht, weil es nicht wahr ist«, wandte Gesualdo ein.

Sabatino blieb abrupt stehen und starrte ihn an.

»Was soll das heißen?«

Achselzucken.

»Ich weiß nicht. Aber irgendwie glaub' ich das nicht. Die Mädchen reisen einfach ab, ohne uns vorher Bescheid zu sagen, angeblich um einen Englischkurs zu machen. Woher sollen wir wissen, wo sie hin sind?«

»Wir können sie anrufen«, sagte Sabatino.

Gesualdo schüttelte den Kopf.

»Sie haben doch keine Telefonnummer dagelassen, oder? Und auch keine Adresse. Nur den Namen einer Schule, von der wir noch nicht mal wissen, ob sie überhaupt existiert.«

»Filomena hat aber doch gesagt, sie würde mich zweimal am Tag anrufen!« protestierte Sabatino.

»Ja, aber von wo? Sie könnten sonstwo sein, hier oder im Ausland. Das Ganze könnte ein Trick sein, um sie unserem Einfluß zu entziehen. Da hat bestimmt ihre Mutter die Finger drin. Und diesen Alfonso Zembla find' ich einfach widerlich. Wo kommt der überhaupt her?«

»›Ein Freund der Familie‹, hat er gesagt. Ich hab' Filomena noch nie seinen Namen erwähnen hören. Und was macht der überhaupt hier in Neapel? Mit diesem Akzent muß er doch irgendwo aus dem Norden kommen.«

Er nahm die Karte heraus, die Zen ihm gegeben hatte, und sah sich die Adresse an.

»Meinst du, wir sollten hingehen?« fragte er seinen Freund.

»Natürlich. Wenn das Ganze eine abgekartete Sache ist, dann weiß dieser Zembla darüber Bescheid. Vielleicht können wir's aus ihm rauskitzeln. Er schien mir nicht allzu helle zu sein.«

Sabatino schloß sein Auto auf.

»Vielleicht geht uns einfach ein bißchen die Phantasie durch«, sagte er mit einer aufmunternden Geste der rechten Hand. »Das ist das Problem, wenn man in diesem Job arbeitet. Irgendwann glaubt man, daß alle Leute so link sind wie die, mit denen wir zu tun haben.«
»Ich hoffe, du hast recht.«
Sabatino stieg in sein Auto.
»Ich fahr' zu Dario, 'ne Runde Karten spielen, und um mich wegen dieser anderen Geschichte ein bißchen umzuhören. Willst du mitkommen?«
Gesualdo schüttelte den Kopf.
»Ich bin verabredet.«
»Privat oder geschäftlich?«
»Geschäftlich. Ich komm gegen neun vorbei und hol' dich ab.«
»Sei vorsichtig.«
»Du auch.«
Gesualdo fuhr vom Parkplatz auf eine steile schmale kurvige Straße, die einige hundert Meter den Hang hinauf in die Hauptstraße mündete. Dort bog er nach rechts und ließ den Wagen die mit Kopfsteinen gepflasterte Küstenstraße hinunterrollen. Die grandiose Aussicht, die man von dort über die Bucht hatte, war schon so manchem Fahrer zum Verhängnis geworden. Bis Mergellina ging es bergab, dann fuhr er eine Weile am Meer entlang, passierte den Park der Villa Communale und gelangte dann wieder in die Innenstadt.
In Posillipo, diesem Ghetto, in dem die Reichen und Mächtigen schon seit über zweitausend Jahren ihren Reichtum und ihre Macht zur Schau stellten, hatte Gesualdo sich unbehaglich gefühlt, wie ein Eindringling. Die schockierende Nachricht von der Abreise der Mädchen hatte bestens zu den anderen unterschwelligen Botschaften gepaßt, die er aufnahm, eine Art weißes Rauschen, das diese Gegend produzierte, bestehend aus dem gehorsamen Schnurren der Luxusautos, den leisen Gesprächen zwischen Leuten, die nie ihre Stimme zu erheben brauchten, um gehört zu werden, der stillschweigenden Ausgrenzung derer, die

nicht dazugehörten, und dem sanften Plätschern eines zahmen, respektvollen Meers.

Doch sobald er in den ohrenbetäubenden Lärm der willkürlich verlaufenden Straßen eintauchte, fühlte er sich wieder zu Hause, mitten in den Eingeweiden der Stadt, die er so gut kannte. Von der Piazza dei Martiri bog er in ein Tor in der Mauer eines *palazzo* aus dem neunzehnten Jahrhundert. Innen führte eine Betonrampe steil hinunter in eine riesige Höhle, die so verzweigt war, daß man sie nicht mit einem Blick erfassen konnte. Die gewölbte Decke, die man in der Düsternis nur schwach erkennen konnte, mußte fünfzehn Meter hoch sein. Von der Rampe erstreckte sich der unterirdische Raum noch zweimal so weit, wie er hoch war, nach hinten. Er war unregelmäßig in der Form und wurde von Mauern aus nacktem Stein unterteilt, die man als Stützen für die Straßen und Häuser auf dem Hügel darüber stehengelassen hatte.

Gesualdo bugsierte sein Auto in eine Lücke in einer Reihe von Fahrzeugen, die dort gegen Gebühr von Büroangestellten und anderen Pendlern geparkt wurden. Doch im Gegensatz zu diesen ging er nicht dorthin zurück, wo er hergekommen war, nämlich zu der Treppe, die auf die Straße führte, sondern in die andere Richtung, in die tiefsten Tiefen dieses unterirdischen Parkplatzes. Die Erde war mit einer dicken Staubschicht bedeckt von dem weichen vulkanischen Tuff, aus dem Wände, Boden und Decke dieser riesigen künstlichen Höhle waren, einer von vielen, die unter der ganzen Stadt lagen.

Die Griechen hatten als erste erkannt, daß die erstarrte Lavaschicht unter ihrer neuen Stadt Neapolis leicht auszuhöhlen und zu bearbeiten war, aber dennoch stabil genug, um nicht einzustürzen. Sie und später dann die Römer nutzten dies, um ein kompliziertes System von unterirdischen Aquädukten, Reservoirs, Straßentunneln und Lagerräumen für Getreide, Öl und andere Güter anzulegen. In diesen Tiefen war es immer kühl und die Luftfeuchtigkeit konstant.

Doch die Blütezeit der unterirdischen Stadt begann mit der

spanischen Eroberung. In einem der ersten Versuche, einheitliche Vorschriften für bestimmte Gebiete innerhalb der Stadtmauern durchzusetzen, hatten die Invasoren vorsorglich die Einfuhr von Baumaterial besteuert. Als Reaktion darauf begannen die Einwohner, die alten Tunnel und Höhlen wieder zu öffnen, diesmal als geheime Steinbrüche, um mit dem Tuff ihre Häuser zu vergrößern oder neue zu bauen. Daß sie damit genau die Häuser unterhöhlten, die sie bauten, erschien offenbar niemandem komisch.

Der Teil der Höhle, durch den Gesualdo nun ging, verengte sich immer mehr zu einem überdimensionalen Gang, der zwar nicht mehr als drei Meter breit, aber sogar noch höher als der Hauptraum der Höhle war. Nach unten hin war der Gang verbreitert worden, vermutlich um Platz zu schaffen für die Fahrzeuge, deren Reifenspuren sich in dem feinen Staub am Boden abzeichneten. Der Gang endete vor einer zweiflügeligen rostigen Eisentür, hinter der offenkundig eifrig gearbeitet wurde. Man hörte Bohren, Schmirgeln und Hämmern. Ab und zu belebten Lichtblitze von unglaublicher Helligkeit das Dunkel.

Gesualdo drückte einen Knopf neben der Tür. Nach geraumer Zeit murmelte eine gedämpfte Stimme dahinter etwas Unverständliches. Gesualdo beugte sich vor und drückte sein Gesicht gegen das Metall.

»Roberto schickt mich«, rief er.

Es folgte wieder ein längeres Schweigen. Dann hörte man, wie ein Riegel zurückgeschoben wurde, und das Gesicht eines Mannes erschien in der Öffnung zwischen den beiden Türen. Er trug eine Schweißerbrille, durch die er den Eindringling argwöhnisch musterte.

»Es geht um ein Auto«, sagte Gesualdo.

Troppo vero

Beim ersten Klingeln des Telefons nahm Zen an, es wäre dienstlich. Nach seiner Rückkehr vom Treffen mit Gilberto Nieddu in Rom war er kurz am Hafen vorbeigegangen und hatte die graue Kassette bei dem diensthabenden Beamten, einem jungen Mann namens Pastorelli, hinterlassen, der Zen aber nur knapp gegrüßt und sich sofort wieder einem Mickymausheft zugewandt hatte, das aussah, als wäre es auf schlecht recyceltem Toilettenpapier gedruckt. Nachdem für Zen sichergestellt war, daß das Videospiel wieder bei den anderen Sachen des Verdächtigen in dem Plastiksack lag, war er so unauffällig gegangen, wie er gekommen war.

Indem er fast den ganzen nächsten Tag nicht zu Hause war, hatte er vermieden, irgendwas über den Fortschritt – oder wahrscheinlich eher mangelnden Fortschritt – des Falles zu erfahren, mit dem er sich angeblich von früh bis spät beschäftigte. Ihm war zwar klar, daß dieses Kopf-in-den-Sand-stecken keine Methode war, Probleme zu lösen, sondern eher ein Zeichen von Unreife und ein Ausweichen vor der Realität. Aber wohin, so fragte er den fiktiven Spötter, hatten ihn all sein klares Denken und seine unermüdliche Energie gebracht? Nach Neapel, lautete die Antwort; und als er erst mal in Neapel ...

Irgendwann mußte er allerdings nach Hause, um zu sehen, wie die neuen Mieterinnen in der Erdgeschoßwohnung zurechtkamen. Das tat er gerade, als das Telefon läutete. Getreu seiner Maxime, was ich nicht weiß, macht mich nicht heiß, beschloß er, das Gespräch dem Anrufbeantworter zu überlassen. Erst einige Zeit später, als er mal wieder in seine eigene Wohnung ging, auf der Suche nach ein paar dekorativen Gegenständen, die den Einfluß einer weiblichen Hand in der unteren Wohnung vortäuschen sollten – und auch um einige persönliche Dinge zu entfernen, die mehr über ihn verraten könnten, als er Fremden gegenüber preisgeben wollte – machte er sich die Mühe, die Nachricht abzuhören.

»Du warst also gestern hier in der Stadt und hast es noch nicht mal für nötig befunden deine arme Mutter zu besuchen die du hier hängengelassen hast wie einen alten Mantel den du nicht mehr brauchst jetzt wo du dich im sonnigen Süden häuslich niedergelassen und dir sicher irgendeine Schlampe aufgegabelt hast wie damals in Venedig Rosalbas Tochter die falls du es vergessen hast zufällig mein Patenkind ist abgesehen von allem anderen was dich zu ihrem Großpaten macht aber das hat dich natürlich nicht gehindert dich an sie ranzumachen und Tania abzuservieren die ich gerade in mein Herz geschlossen hatte und mir vorstellen konnte daß sie eines Tages den Platz deiner armen Frau Luisella übernehmen würde die übrigens gerade für eine Woche in Rom ist und sich sogar die Mühe gemacht hat mich zu besuchen im Gegensatz zu so manchen Leuten obwohl du sie vor fünfzehn Jahren im Stich gelassen hast wie du alle Frauen in deinem Leben im Stich läßt einschließlich deiner Mutter die doch wohl ein bißchen Rücksicht verdient hätte wenn man bedenkt daß es dich überhaupt nicht geben würde wenn ich dich nicht all die langen Monate in meinem Bauch getragen hätte und das auch noch im Krieg mit der Knappheit an Lebensmitteln und der Angst und wo mein Mann einfach so verschwunden ist von dem du das vermutlich hast obwohl das keine Entschuldigung wäre und ich sehe überhaupt nicht ein daß ich für etwas bestraft werden soll unter dem ich damals weiß Gott genug gelitten habe statt dessen versteckst du dich hinter diesem Anrufbeantworter was dir Feigling mal wieder ähnlich sieht während ich hier auf meine alten Tage einsam und ungeliebt in einer fremden Stadt sitze wo keiner da ist der sich um mich kümmert... *sola, perduta, abbandonata!*«

Das war die Version auf Band. Als er sie zurückrief, erhielt Zen noch eine Zugabe, der eine weitschweifige Erklärung voranging, wie sie von seinem Besuch durch Rosa Nieddu erfahren hatte, der »es aus Versehen rausgerutscht war«, als sie heute morgen die Mädchen vorbeibrachte, damit sie Gilberto zum Flughafen fahren konnte, und wie sie zuerst gar nicht glauben konnte, was sie da gehört hatte, und Rosa dann so getan hatte, als hätte sie es nicht gesagt, und schließlich doch alles zugegeben hatte, und dann wären sie beide in Tränen ausgebrochen und hätten sich gegenseitig in die Arme genommen.

»Ach ja, die weibliche Mafia ist mal wieder am Werk!« murmelte Zen, der sich in Östrogen ertränkt fühlte wie in einem billigen Parfum.

Zum Glück hörte seine Mutter nicht zu.

»Dann kam Luisella vorbei, um zu sagen, sie müsse dich unbedingt erreichen wegen der Scheidung...«

»Was? Ich hab' sie seit zehn Jahren nicht mehr gesehen! Wir leben doch schon wer weiß nicht wie lange nicht mehr zusammen...«

»Aber du bist immer noch mit ihr verheiratet, Aurelio, und jetzt hat sie jemand anders kennengelernt und möchte Kinder kriegen, bevor es zu spät ist. Ich hoffe, ich hab' nichts verkehrt gemacht, aber ich hab' ihr erzählt, daß du so viel Geld von dieser amerikanischen Familie bekommen hättest, daß du sicher mit allem einverstanden wärst, was ihr Anwalt vorschlägt.«

»Hast du den Verstand verloren, Mamma?«

»Am frühen Abend kam dann Tania und da hab' ich ihr natürlich erzählt daß du extra hierherkommst um mit deinem Freund Gilberto über Videospiele zu plaudern und es noch nicht mal für nötig befindest deine arme Mutter zu besuchen die du hier hängengelassen hast wie einen alten Mantel den du nicht mehr brauchst jetzt wo du in den sonnigen Süden gezogen bist und dich dort häuslich niedergelassen hast...«

Und so ging es noch eine Zeitlang weiter. Als es Zen schließlich gelang, ihren Redefluß zu unterbrechen, kriegte er prompt den nächsten Schlag verpaßt.

»Dann hat Tania mir die große Neuigkeit erzählt. Du rätst nie, was passiert ist!«

»Ich nehme an, sie will mich heiraten, damit sie sich wieder von mir scheiden lassen kann und das Geld von den Amerikanern in die Finger kriegt, von dem du ihr ganz bestimmt auch erzählt hast.«

»Sie möchte dich tatsächlich heiraten, Aurelio, aber nicht wegen deinem Geld. Sondern wegen dem Kind.«

»Was für ein Kind?«

»Deins natürlich! Sie ist schwanger.«

Bei seinem ersten Aufenthalt in Neapel vor vielen Jahren hatte Zen in einem besonders unerfreulichen Mordfall ermittelt, bei dem man einen Informanten auf einen Tisch gefesselt und ihm den Schädel mit einer Bohrmaschine perforiert hatte. So ähnlich, wenn auch in deutlich abgemilderter Form, kam Zen sich jetzt auch vor. Er überschlug im Kopf rasch mehrere Daten, Orte und Zeiten und kam zu dem Schluß, daß es durchaus möglich war.

»Du hast ihnen doch wohl nicht gesagt, wo ich bin? Gib ihnen bloß nicht diese Nummer! Sag ihnen noch nicht mal, daß ich in Neapel bin!«

»Warum sollte ich ihnen das nicht sagen? Luisella ist deine Frau und Tania die Mutter deines Kindes – meines Enkelkindes. Sie gehören zur Familie, Aurelio.«

»Um Himmels willen, Mamma! Sie versuchen doch nur, an mein Geld zu kommen, jetzt, wo ich endlich mal welches hab'. Frauen sind doch alle gleich!«

»Sprich nicht in diesem Ton mit mir, Aurelio! Das wäre alles nicht passiert, wenn du den Anstand besessen hättest, mich zu besuchen, als du in der Stadt warst. Ich erwarte weiß Gott nicht viel, nur alle paar Wochen mal ein paar Minuten von deiner Zeit. Ist das denn zuviel verlangt?«

Die langjährige Erfahrung mit Verhören hatte Zen ein genaues Gefühl dafür gegeben, wann und wie man den Spieß umdrehen mußte.

»Warum kommst du denn nicht mal hier runter?« schlug er vor.

Der klagende Redefluß versiegte. Statt dessen herrschte schockiertes Schweigen.

»Nach Neapel?« fragte seine Mutter schließlich mit flüsternder Stimme. »Bist du verrückt?«

»Es ist nicht so schlimm, wie immer behauptet wird, Mamma. Ich war angenehm überrascht von...«

»Erst verschleppst du mich in den Süden, und jetzt erwartest du, daß ich nach Afrika ziehe!«

»Nicht um hier zu wohnen, natürlich. Aber vielleicht könntest du mal ein paar Tage hier...«

»Wenn überhaupt, dann zieh' ich wieder nach Venedig. Weniger als jetzt kann ich dich ja wohl kaum noch sehen, und wenn ich schon ganz alleine leben muß, dann kann ich es genausogut dort tun, anstatt hier...«

Und so ging es noch fünf Minuten weiter. Während Zen zuhörte, wurde ihm zum ersten Mal klar, wie sehr er bereits zum Südeuropäer geworden war. Er sah jetzt alles mit anderen Augen, dieses ganze trübe, unerfreuliche Zeug, das hochkochte wie der Schlamm, den ein Motorboot aufwühlt, das durch einen schmalen Kanal düst – nämlich mit den klaren, unversöhnlichen Augen eines Südländers. Das alles gehörte zu einer anderen Geschichte, einem anderen Leben, und ging ihn nichts mehr an.

Trotzdem spielte er den braven Sohn und versicherte seiner Mutter, daß er häufiger anrufen und sie auch besuchen würde, sobald der äußerst wichtige und dringende Fall, an dem er gerade arbeitete, ihm die Zeit dazu ließ. Er erzählte ihr außerdem, daß er sie gern hätte und sie vermißte und nie mehr nach Rom kommen würde, ohne sie zu besuchen, egal wie eilig er es hätte, weil sie ihm wichtiger als alles andere auf der Welt wäre. Er sagte alles das, was sie hören wollte, dann hängte er ein und ging zur Steckdose, um die Schnur aus der Wand zu reißen. Er konnte das Telefon während seiner Abwesenheit eh nicht hier lassen. Das hätte ihm gerade noch gefehlt, daß Gesualdo und Sabatino Anrufe für jemanden namens Zen entgegennahmen.

Doch bevor er die Leitung unterbrechen konnte, klingelte es wieder. Das ist Mamma, dachte er, die noch mehr Schmus hören will. Die Aussicht ließ ihm das Herz in die Hose sinken, doch es hatte keinen Sinn, so zu tun, als wäre er nicht da.

»Ja?«

»Guten Abend, *dottore*. Hier ist Pastorelli.«

»Was gibt's?« blaffte Zen ihn an.

»Entschuldigen Sie vielmals die Störung, *dottore*. Ich weiß, daß wir strengste Anweisung haben, Sie auf keinen Fall zu Hause zu belästigen, aber ich kann Giovan Battista... ich meine Inspektor Caputo... nicht erreichen. Er ist irgendwo unterwegs, sagt seine Frau, und sie weiß nicht, wann er...«

»Und?«

»Nun ja, wir haben hier ein kleines Problem. Es geht um diesen Fall mit der Messerstecherei mit diesem Griechen in der Nacht vom...«

»Ist er gestorben?«

»Wer?«

»Der Grieche!«

»Nein, nein. Das heißt, ich weiß es nicht. Wir haben nichts Neues über seinen Zustand gehört.«

»Warum, zum Teufel, stehlen Sie mir dann die Zeit, Pastorelli? Wenn Sie sich einsam fühlen, dann gehen Sie rauf und plaudern mit den Nutten.«

»Es geht um den Gefangenen, *dottore*.«

»Was ist mit dem Gefangenen?«

»Er ist weg.«

»Weg?« brüllte Zen. »Wer hat seine Entlassung verfügt?«

»Niemand, *dottore*. Er ist abgehauen.«

Come? Perché? Quando? In qual modo?

Pasquale hatte seinen Dienst beendet, nachdem er die Squillace-Töchter am Flughafen abgesetzt hatte. Er entschuldigte sich wortreich bei Zen, daß er ihn nicht persönlich fahren könne, versprach aber, herumzutelefonieren und jemand Verläßlichen zu schicken, um seinem Kunden die Demütigung zu ersparen, wie ein Niemand, der keine Beziehungen in der Stadt hat, bei einem Taxiunternehmen anrufen zu müssen. Bevor er ging, erklärte Zen dem zahnlosen Don Castrese von gegenüber, daß er am Abend Freunde erwarte, sich aber eventuell verspäten könnte. Er hinterließ einen Schlüssel mit der Anweisung, zwei junge Männer namens Gesualdo und Sabatino hereinzulassen.

Das von Pasquale geschickte Taxi wartete in der Via Cimarosa auf Zen. Die Fahrerin, eine stämmige, tough aussehende, wortkarge Frau unbestimmten Alters bestätigte sein Fahrziel und schwieg dann, bis sie im Hafen ankamen. Es war das erste Mal, daß Zen seinen Arbeitsplatz nach Einbruch der Dunkelheit aufsuchte, und er war überrascht, wie anders alles aussah. Die Fensterläden im Obergeschoß des Polizeigebäudes waren zwar alle geschlossen, doch hier und da drang Licht durch die Ritzen, und Diskomusik vermischt mit Stimmen und Gelächter wehte durch die sanfte Abendluft nach unten.

Pastorelli, ein kleiner, ernst aussehender junger Mann mit permanent besorgtem Gesichtsausdruck wartete sichtlich nervös in der Eingangshalle. Zen bemühte sich in keinster Weise, die Verlegenheit des Mannes zu lindern oder auf seine Erklärungen und Entschuldigungen einzugehen, sondern führte ihn einfach nach oben in sein Büro, als ob es für ihn ganz normal wäre, um diese Zeit dort zu sein. Erst als er sich hinter seinem Schreibtisch niedergelassen hatte, geruhte er, das Wort an seinen Untergebenen zu richten.

»Als diensthabender Beamter sind Sie persönlich für die Einhaltung aller gesetzlichen Bestimmungen sowie die Gewährleistung eines angemessenen Maßes an Sicherheit verantwortlich.«

Zen nahm den Hörer ab.

»Ich bin der Meinung, wir könnten hier vielleicht sogar einen Präzedenzfall schaffen. Sie wissen ja, wie schwer es ist, bei der Polizei rausgeschmissen zu werden. Man hat zwar schon oft versucht, Leute loszuwerden, aber meistens endet das Ganze mit einer Degradierung oder Versetzung. Aber wenn ich jetzt bei der Questura anrufe und melde, daß Sie nicht nur seit längerem darüber hinwegsehen, daß hier im Haus ein Puff betrieben wird, sondern auch noch den Verdächtigen, der im Mittelpunkt des wichtigsten Falles steht, den diese Abteilung je hatte, vor Ihrer Nase haben entkommen lassen, dann bin ich ziemlich sicher, daß Sie bereits morgen auf der Straße stehen – oder sogar selbst im Gefängnis sitzen.«

Pastorelli wurde deutlich blaß, sagte aber nichts.

»Andererseits bin ich mir gar nicht so sicher, ob das überhaupt in meinem eigenen Interesse ist«, fuhr Zen fort und legte den Hörer wieder auf. »Also müssen wir uns vielleicht doch die Chance entgehen lassen, ins Buch der Rekorde zu kommen, und uns mit der üblichen Vertuscherei begnügen. Wo ist Caputo?«

»Auf dem Weg, Sir. Seine Frau hat ihn verständigt, und er hat angerufen und gesagt, er wäre so schnell wie möglich hier.«

Zen nahm das Päckchen *Nazionali* heraus, das er an diesem Tag gekauft hatte, und zündete sich eine an.

»Überzeugend lügen kann man nur auf der Grundlage der Wahrheit«, bemerkte er philosophisch. »Wenn ich hier stillschweigend ein Vertuschen dulde, will ich nicht, daß die Sache auffliegt, weil man mir irgend etwas Entscheidendes verheimlicht hat. Deshalb werden Sie mir jetzt ganz genau erzählen, was passiert ist, Schritt für Schritt, ohne etwas auszulassen.«

Pastorelli nickte ernst.

»Ich hab' um fünf meinen Dienst angetreten«, begann er.

»War der Gefangene da noch da?«

»Ich hab' nicht nachgesehen. Die Nachtschicht ist immer sehr ruhig...«

Er verstummte, als ein besonders deftiges Lachen aus dem Obergeschoß die Nacht zerriß.

»Fahren Sie fort«, sagte Zen.

»Dem Gefangenen wurde vorschriftsmäßig um halb acht das Essen heruntergebracht. Pasta, Hühnchen, Brot, ein halber Liter Wein.«

»Bloß daß der Gefangene beschloß, heute abend auswärts zu essen.«

Pastorelli sah auf den Boden.

»Als Armando nicht zurückkam...«

»Wer ist Armando?«

»Bertolini, Sir. Er hat diese Woche mit mir zusammen Nachtschicht. Er hatte dem Gefangenen sein Tablett gebracht. Gegen acht wollte ich einen Kaffee trinken gehen, also hab' ich ihn gesucht, damit er sich an den Empfang setzt. Die Flure und Büros im ersten Stock waren alle dunkel, und ich wußte, daß er bestimmt nicht nach oben gegangen...«

»Kommen Sie zur Sache, Pastorelli! Wo war er?«

»In der Gefängniszelle, Sir. Mit Handschellen ans Gitter gefesselt und mit abgerissenen Streifen von seinem Unterhemd geknebelt. Seine Uniform war weg.«

Zen verdrehte die Augen zur Decke.

»Er hat gesagt, als er mit dem Essen herunterkam, habe der Gefangene sich auf dem Boden seiner Zelle gewälzt, als ob er große Schmerzen hätte, und behauptet, man hätte ihn vergiftet. Bertolini wußte, daß das ein sehr wichtiger Fall war, und natürlich hört man immer mal wieder Gerüchte, daß Leute, die zuviel wußten, im Gefängnis vergiftet worden sind, deshalb hat er irgendwie den Kopf verloren...«

»Und statt sich mit Ihnen in Verbindung zu setzen, ist er schnurstracks reingegangen, um erste Hilfe zu leisten, doch in dem Moment erholte sich der Gefangene wundersamerweise wieder und schlug unserem Armando den Nachttopf über den Kopf, stimmt's?«

»Nein, Sir. Es war ein Hocker.«

Ein irres Blitzen erschien in Zens Augen.

»Ach so, ein Hocker! Das ändert natürlich alles.«

»Tatsächlich?« fragte Pastorelli mit verblüfftem Gesicht.

Zen setzte ein fürchterliches Grinsen auf.

»Wissen Sie, Pastorelli, Sie erinnern mich an bestimmte Zeichentrickfiguren. Nämlich an diese liebenswerten, doofen, vermenschlichten Nagetiere. Falls Sie schließlich doch gefeuert werden, können wir bestimmt eine einsame alte Dame finden, die Sie gern als Haustier halten wird.«

Er trat seine Zigarette auf dem Boden aus.

»Der Gefangene hat also Bertolini gefesselt und seine Uniform genommen. Wie ist er rausgekommen?«

»Sir?«

»Sie waren von dem Moment an, als Bertolini mit dem Essen runterging, bis Sie ihn suchen gingen, auf Ihrem Posten am Empfang. Ist das korrekt?«

»Ja, Sir.«

»Hat in dieser Zeit jemand das Gebäude betreten oder verlassen?«

»Nein, Sir.«

»Ich nehme an, daß Sie so schlau waren, inzwischen das Gebäude zu durchsuchen, um festzustellen, ob er sich nicht irgendwo versteckt.«

»Ja, aber . . .«

Pastorelli zögerte.

»Spucken Sie's aus«, befahl ihm Zen.

Doch in diesem Augenblick ging die Tür schwungvoll auf und Giovan Battista Caputo erschien. Mit strahlendem Gesicht schwenkte er eine Zeitung.

»Wir sind aus dem Schneider, *dottore*!«

Er legte die Zeitung auf Zens Schreibtisch.

»Der *Mattino* von morgen«, sagte er. »Man kann ihn schon ziemlich früh kriegen, wenn man weiß wo.«

Er fuhr mit seinem dicken Zeigefinger über die Schlagzeile.

Der politische Terrorismus kehrt zurück verhieß sie, und in etwas kleineren Buchstaben stand darunter: Neue Organisation hinter dem geheimnisvollen Verschwinden Prominenter?

In den Text waren drei Fotos eingefügt, eines deutlich größer. Sie zeigten drei Männer, alle über fünfzig und alle mit Anzug und Krawatte. Einer duckte sich vor der Kamera, einer war entspannt lächelnd auf einer Party zu sehen, und der Mann auf dem größten Foto starrte unbewegt in die Kamera, als ob man ihn zu dieser Porträtaufnahme genötigt hätte.

Zen überflog rasch den Artikel. Offenbar hatten die örtlichen Medien ein Kommuniqué von einer bisher unbekannten Gruppe namens *Strade Pulite* erhalten, die behauptete, für das kürzliche Verschwinden von drei stadtbekannten Persönlichkeiten aus Wirtschaft und Gesellschaft verantwortlich zu sein:

Zwei Jahre nach den vielversprechenden politischen Ereignissen ist klar, daß sich außer den Namen nichts geändert hat. Die Arbeit der Richter und Ermittler wird weiter auf Schritt und Tritt behindert und blockiert. Die Liste der wegen Kriminalität und Korruption Angeklagten wird immer länger, doch bisher ist keiner von ihnen vor Gericht gestellt, geschweige denn verurteilt und bestraft worden. Kurz gesagt, es wird wie üblich verzögert und vertuscht, während die Schuldigen weiter auf den Straßen unserer Stadt herumlaufen, als freie Männer!
Da das Gesetz ihnen nichts anhaben kann – oder nichts anhaben will, haben wir beschlossen, das Gesetz in unsere Hände zu nehmen. Drei besonders skandalöse Beispiele für die Fäulnis in unserer Stadt sind bereits beseitigt worden: Attilio Abate, Luca Della Ragione und Ermanno Vallifuoco. Ihr Schicksal und Verbleib sind ebenso unerheblich wie bei jedem anderen Stück Müll. Es reicht zu wissen, daß sie die Straßen unserer Stadt nicht mehr verschmutzen.
Aber unsere Arbeit hat gerade erst begonnen. Es gibt noch sehr viel mehr Unrat, den wir uns vornehmen müssen. Wir wissen, wer diese Leute sind. Das weiß jeder Neapolitaner, der sich mit der traurigen Geschichte unserer Stadt in den letzten Jahren beschäftigt hat. Es sind die Männer, die durch die Leiden der Erdbebenopfer von 1980 reich und fett geworden sind, die Männer, die das Geld völlig verdorben hat, das die Christdemokraten verteilt haben, um ihren Handlanger Cirillo aus den Klauen seiner Entführer zu befreien, die Männer, deren Habgier und Arroganz unsere Stadt überall auf der Welt zu einem Synonym für öffentli-

che und private Korruption, Verschwendung und Inkompetenz gemacht haben.

Viele Jahre haben sie ungestraft das Gesetz mißachtet, weil sie sich des Schutzes ihrer Verbündeten in Rom sicher waren. Berlusconi hat versprochen, einen neuen Anfang zu machen und gründlich aufzuräumen, aber wie immer war das nur ein neuer Beweis dafür, daß »alles sich ändern muß, damit sich nichts ändert«. Und bisher hat es das auch nicht. Aber jetzt *werden* sich die Dinge ändern! Dafür haben wir gesorgt und werden es auch weiter tun. Unsere Feinde – und das sind die Feinde jedes vernünftigen Neapolitaners – können uns nicht entwischen. Wir erledigen unsere Arbeit genauso unsichtbar wie die Männer, die unsere Straßen kehren und unseren Müll beseitigen. Im Grunde ist unsere Aufgabe die gleiche wie ihre, nämlich die Stadt makellos gereinigt ihren Bürgern zurückzugeben, damit sie wieder stolz darauf sein können. *Strade Pulite per una città pulita!*

Zen schob die Zeitung von sich.

»›Saubere Straßen für eine saubere Stadt.‹ Das ist ein guter Slogan. Hört sich so an, als wäre eine Zelle der Roten Brigaden zu einer PR-Firma gegangen und die hätte ihnen geraten, sie sollen die marxistische Phrasendrescherei sausenlassen und sich ein paar flottere Sprüche zulegen.«

Er sah Caputo an.

»Aber was hat das mit uns zu tun?«

»Das gibt uns mehr Zeit, *dottore*. Irgendein ausländischer Seemann, der im Hafen niedergestochen wurde, wird doch völlig nebensächlich angesichts einer ausgewachsenen terroristischen Kampagne mit dem Ziel, die liebsten und teuersten Freunde unserer Lokalpolitiker verschwinden zu lassen.«

Zen nickte.

»Da haben Sie vermutlich recht.«

Dann wandte er sich wieder Pastorelli zu, der sich eindeutig unbehaglich fühlte.

»Sie wollten mir gerade was erzählen, als Caputo reinkam. Schießen Sie los.«

»Nun ja, Sir, die Sache ist die, ich hab' das Gebäude durchsucht, wie ich Ihnen gesagt habe. Den Gefangenen hab' ich nicht gefunden, aber ich habe festgestellt, daß sich jemand an seinen Sachen zu schaffen gemacht hat.«

»Was?«

»Sie haben mir doch gestern abend diese Videokassette gegeben und gesagt, ich soll sie zu seinen anderen Sachen legen. Genau das hab' ich gemacht, doch als ich dort in dem Zimmer nachgesehen habe, war das ganze Zeug über den Boden verstreut. Das heißt bis auf die Kassette.«

Zen stützte seinen Kopf in die Hände und starrte auf den Schreibtisch.

»Auf welchem Weg kommen die Kunden von diesem Etablissement da oben rein und raus?« fragte er. »Offensichtlich ja nicht durch den Haupteingang.«

»Auf einer Seite ist eine Feuerleiter«, rückte Caputo heraus. »Sie liegt ziemlich abseits, und wir haben ausgezeichnetes Sicherheitspersonal an der Tür. Es hat noch nie Probleme...«

»Was ist mit dem normalen Eingang über die Haupttreppe?«

»Der ist für diese Klientel absolut gesperrt. Es besteht keine Gefahr, daß jemand auf diese Weise in das Gebäude kommt.«

»Es interessiert mich nicht, wie jemand reinkommen könnte«, fuhr Zen ihn an. »Mich interessiert, wie jemand rauskommen könnte. Jemand in Polizeiuniform.«

Caputo guckte grimmig.

»Ich seh' mal nach«, sagte er und machte Anstalten zu gehen.

»Nein! Ich brauche Sie hier. Sie sehen nach, Pastorelli. Aber sagen Sie mir erst noch, wer alles weiß, daß der Gefangene entflohen ist?«

Pastorelli runzelte die Stirn.

»Nun ja, Bertolini natürlich. Dann ich und Sie...«

»Außer uns und Bertolini, Sie Idiot!«

»Niemand.«

»Sind Sie sicher?«

»Ich habe Sie und Giova... Inspektor Caputo angerufen. Sonst niemand.«

»Okay, gehn Sie.«

Mit einem Ausdruck grenzenloser Erleichterung floh Pastorelli aus dem Raum. Zen wandte sich an Caputo.

»Als Sie neulich den Gefangenen in mein Büro gebracht haben, haben Sie auf dem Weg hierher seine Sachen geholt, stimmt's?«

Caputo runzelte die Stirn.

»Woher wissen Sie das?«

»Weil Sie sicher keine Lust hatten, das Zeug erst zur Zelle und dann wieder zurück zu schleppen. Und weil der Gefangene aus diesem Grund wußte, wo seine Sachen waren.«

Caputo setzte sein breites Grinsen auf.

»Ja natürlich. Also ist diese Kassette wichtig?«

Zen starrte geistesabwesend vor sich hin.

»Nach meinen Informationen eigentlich nicht. Aber wenn der Gefangene seine Wiederergreifung riskiert, um das Ding mitzunehmen, dann sieht es wohl so aus, als hätte sich da jemand geirrt.«

Er sah Caputo an.

»Ich brauche einen Arzt.«

Caputo bekam große Augen.

»Fühlen Sie sich nicht gut?«

»Nicht für mich, für den Gefangenen.«

Caputo riß die Augen noch weiter auf.

»Aber, *dottore*, der Gefangene ist verschwunden!«

Zen setzte seinen geistesabwesenden Gesichtsausdruck wieder auf.

»Trotzdem braucht er einen Arzt. Ich bin sicher, daß Ihnen jemand Geeignetes einfällt, Caputo. *Un medico di fiducia.* Jemand, den Sie ohne Einschränkung empfehlen können. Kapiert?«

»Selbstverständlich!«

»Jemand, bei dem man sich darauf verlassen kann, daß er alles

Notwendige tut«, führte Zen weiter aus, »selbst wenn sich die erforderlichen Maßnahmen als nicht ganz korrekt erweisen. Und vor allem jemand, der auf jeden Fall Schweigen darüber bewahren wird.«

Caputos raubtierhaftes Grinsen wurde noch breiter.

»Für die entsprechende Gegenleistung, *dottore*, würde dieser Kerl eine Abtreibung an der Jungfrau Maria vornehmen. Aber machen Sie sich wegen dem Geld keine Sorgen. Er schuldet mir noch ein oder zwei Gefallen, und das macht ihn nervös. Er wird froh sein, helfen zu können.«

Zen lächelte Caputo freundlich an.

»Hab' ich Ihnen eigentlich schon mal gesagt, wie wohl ich mich hier fühle?« murmelte er.

Sulla strada

Später am selben Abend in der Via Duomo. Diese Straße, die vom Hafen aus fast direkt nach Norden verläuft, ist schnurgerade und relativ breit, verglichen mit den anderen Straßen der Stadt, doch um diese Uhrzeit war sie verstopft wie ein defektes Abflußrohr. Die auf beiden Seiten in Zweierreihen geparkten Fahrzeuge ließen den fahrenden Autos nur zwei schmale Spuren, auf denen sich in beiden Richtungen eine Schlange gebildet hatte. Derweil bahnten sich die Fußgänger, die kleinen Herren dieses steinernen Dschungels, ihren Weg durch die hilflos hupende und ständig die Motoren aufheulen lassende Masse wie durch die eindrucksvollen, aber bedeutungslosen Überreste einer überlegenen, aber ausgestorbenen Kultur.

Doch ein Auto schien trotz allem voranzukommen. Es war irgendein offenkundig teures, ausländisches Fahrzeug, das leuchtendrot lackiert war. Allerdings standen auch viele Volvos, BMWs und Mercedes im Stau, Stoßstange an Stoßstange mit so unerwünschten Leidensgenossen wie dreirädrigen Handkarren von Straßenhändlern, alten Fiats 500, die zum dritten Mal die

100 000 Kilometer vollmachten, und der üblichen Menge verbeulter Autos sowie Bussen, Taxis, TIR-Lastwagen – und sogar einem Müllwagen. Was das Gedränge vor dem Luxusgefährt ein wenig auflockerte, war das blinkende Blaulicht auf dem Dach und die offizielle Polizeikelle, die mit Nachdruck aus dem Fahrerfenster geschwenkt wurde.

Auf diese Weise schob sich die rote Limousine mit ganzen fünfzehn Stundenkilometern durch den Verkehr und bog dann südlich der Kathedrale abrupt nach links in eine schmale Seitenstraße, ohne das Einfahrt-Verboten-Schild zu beachten. Ein Stück weiter blieb sie vor einem siebenstöckigen Haus stehen, das wie alle anderen aussah, und hupte mehrmals kräftig. Oben gingen Fenster und Vorhänge auf, doch der Fahrer hielt weiter den Finger auf seiner penetrant fordernden Hupe. Schließlich erschien an einem Fenster im zweiten Stock ein junger Mann. Er gab dem Fahrer des Wagens ein Zeichen. Dieser winkte zurück, und die Hupe verstummte.

»Wer ist das?« fragte der zweite Mann, der in der Wohnung an einem Tisch saß, auf dem Spielkarten lagen.

»Gesualdo. Ich muß weg.«

»Arbeit?«

Der erste Mann zuckte die Achseln.

»Oh, Sabatì! Gerade als ich mal anfange zu gewinnen! Was für eine beschissene Ausrede!«

»Wir müssen jemanden überprüfen. Du kannst ja mitkommen, wenn du willst. Dann fahren wir hinterher hierher zurück und beenden das Spiel.«

Sein Spielpartner zögerte einen Augenblick.

»Wo denn?«

Sabatino nahm eine Visitenkarte heraus.

»Via Cimarosa.«

»Wow! Ihr Kerle bringt's ja echt zu was.«

Sie liefen die schmale steile Treppe hinunter auf die Straße, wo inzwischen drei Autos Nase-an-Nase vor der roten Limousine standen, die die Durchfahrt blockierte.

»Hallo, Dario!« rief der Fahrer. »Wer hat dir denn gesagt, daß du mitkommen sollst?«

Eines der wartenden Autos hupte beharrlich. Dario blieb stehen und starrte den nervenden Fahrer mit zusammengekniffenen Augen an.

»Das ist eine Einbahnstraße!« brüllte der Mann. »Machen Sie sofort den Weg frei! Das ist ein schwerer Verstoß gegen die Straßenverkehrsordnung!«

Mit provozierend gemächlichen Schritten schlenderte Dario zu dem Wagen und erklärte dem vorlauten Schreihals, daß sie ohne weiteres noch einen weiteren Verstoß draufsetzen könnten, indem sie seinem Auto, wenn nicht sogar seiner Person, einen Schaden zufügen würden, der nur durch langwierige und teure professionelle Hilfe behoben werden könne. Derweil bewunderte Sabatino – anerkennende Pfiffe ausstoßend – die rote Limousine.

»Wo hast du denn den Schlitten her?«

Gesualdo lächelte.

»Gehört einem Freund von einem Freund. Aber das eigentlich Interessante ist, wie *der* daran gekommen ist.«

Sabatino sah ihn fragend an, doch in dem Moment kam Dario zu ihnen zurück. Offenbar hatte er dem Fahrer, der so leichtsinnig gewesen war, die Straßenverkehrsordnung im Alleingang durchsetzen zu wollen, genügend Angst eingejagt. Gesualdo sagte nichts mehr, sondern setzte mit aufheulendem Motor zurück in den immer noch anhaltenden Stau auf der Via Duomo. Dann langte er mit dem Blaulicht aus dem Fenster, stellte es aufs Dach, schaltete es ein und gab Dario die Polizeikelle.

»Wink ein bißchen damit rum.«

Dario sah ihn skeptisch an.

»Hältst du das für eine gute Idee?«

»Das wirkt wahre Wunder. Probier's doch mal aus.«

»Aber stell' dir mal vor, wenn irgendwelche Freunde von uns gerade unterwegs sind. Sie könnten auf die Idee kommen, daß du ein Bulle bist...«

Gesualdo lachte sarkastisch.

»Wenn ich die das nächste Mal sehe, Dario, werd' ich ihnen sagen, daß du sie für blöd genug hältst, zu glauben, wenn ich wirklich ein Bulle wäre, würd' ich das offen rumposaunen.«

Dario zuckte die Achseln.

»Da hast du vermutlich recht.«

Kurz vor der Piazza Amore beugte sich Sabatino aus dem Fenster und nahm das Blaulicht vom Dach.

»Tu die Kelle rein!«

»Was ist los?« fragte Dario.

Sabatino deutete mit dem Finger. Im Stau auf der Gegenspur stand ein *richtiges* Polizeiauto mit zwei Uniformierten.

»Das hätte uns gerade noch gefehlt, daß die anfangen, sich für uns zu interessieren«, murmelte Gesualdo nervös.

Glücklicherweise nahm ein großer oranger Lastwagen den beiden Polizisten die Sicht, deshalb hatten sie ihre falschen Kollegen nicht bemerkt. Überhaupt wirkten sie ziemlich gleichgültig. Sie hatten noch nicht mal Blaulicht und Sirene eingeschaltet, um sich einen Weg durch das Verkehrschaos zu bahnen. Offenbar machte es ihnen nichts aus, sich im gleichen Kriechtempo wie das gemeine Volk fortzubewegen. Außer den beiden uniformierten Beamten saß noch ein Mann in Zivil ganz allein auf dem Rücksitz. Es sah so aus, als wolle er aus dem Auto steigen, vielleicht weil ihm klargeworden war, daß er zu Fuß schneller vorankäme.

Doch als der rote Jaguar vorbeifuhr, begann sich die Fahrzeugkolonne auf der Gegenfahrbahn plötzlich zu bewegen und dann sogar zu beschleunigen. Einen Augenblick schien es, als sei irgendwo ein Stopfen gezogen worden, und alles würde jetzt glattgehen. Doch dann kam das Ganze ohne jede Vorwarnung wieder quietschend zum Stillstand. Der Müllwagen blieb abrupt stehen. Seine Bremslichter tauchten das Polizeiauto in einen unheimlichen rötlichen Schein. Der uniformierte Fahrer wollte auf die Bremse latschen, doch da er sich immer noch mit seinem Kollegen auf dem Beifahrersitz unterhielt, erwischte er statt dessen die Kupplung. Das Polizeiauto knallte gegen die Ladeklappe des Lastwagens, allerdings nicht so heftig, daß ernsthafter Schaden entstanden wäre. Trotzdem rutschte der Zivilist auf der Rückbank der Länge nach hinter die Vordersitze, während die beiden Polizisten, die natürlich nicht angeschnallt waren, nach vorne schossen und mit der Stirn gegen die Windschutzscheibe beziehungsweise das Lenkrad knallten.

Der Mann auf dem Beifahrersitz erholte sich als erster. Er sah zu dem Fahrer, dem Blut aus der Nase lief.

»So ein Arschloch!« brüllte er. »Dem zerquetsch' ich die Eier wie Tomaten!«

Er stieg aus dem Auto und ging mit großen Schritten auf das Führerhaus des Lkws zu, offenkundig ein Fahrzeug des städtischen Fuhrparks. Doch als er gut die Hälfte des Weges zurückgelegt hatte, öffnete sich schwungvoll die Tür des Führerhauses. Drei Männer in Overalls sprangen heraus und bauten sich nebeneinander vor ihm auf.

Was als nächstes passierte, ist unklar. Der Polizist hat vielleicht versucht, etwas zu sagen, aber daran konnte sich niemand erinnern. Das einzige, an das sich die Leute erinnerten – die wenigen, die nicht gerade in eine andere Richtung geguckt hatten oder deren Sicht von einem Fahrzeug verstellt gewesen war – waren die Schüsse, dieses kurze plötzliche Trommelfeuer, »das von überall her gekommen sein könnte«. Fast alle hatten gesehen, wie der Polizist stürzte und die Schützen davonrannten und ihren Wagen stehenließen, erinnerten sich an Schreie, Panik und allgemeine Verwirrung. Dagegen schien niemand bemerkt zu haben, wie der Mann in Zivil sich aus dem hinteren Teil des Polizeiautos mühte und so schnell er konnte eine schmale Gasse hinunterlief, während seine mit Handschellen gefesselten Arme steif vor seinem Körper hin und her schwangen.

Due bizzarre ragazze

Dank des geschickten Gebrauchs von Polizeikelle und Blaulicht, was nicht nur erlaubte, die Verkehrsregeln zu mißachten, sondern auch diejenigen einzuschüchtern, die ähnliche Ambitionen hatten, war der rote Jaguar inzwischen bereits mehr als einen halben Kilometer weiter. Gesualdo hatte auf diese Weise voll seiner Leidenschaft für massives Beschleunigen frönen können, sowie für Notbremsungen, atemberaubende Beinahezusammenstöße, kontrolliertes Schleudern und all die anderen Techniken, die die Chaostheorie über städtisches Fahren bereithält.

Doch das alles schien die Laune der beiden Männer vorne im Auto in keinster Weise verbessert zu haben. Das kurze Aufflackern männlicher Kameradschaft war wieder erloschen, und geblieben war nur ein mißmutiges, angespanntes Schweigen. Gesualdo und Sabatino schienen beide in eine stumpfe Apathie verfallen zu sein, die von häufigen Seufzern unterstrichen wurde, was ihren Fahrgast verwunderte und ein wenig beunruhigte. Vielleicht war es ein Fehler gewesen, mich selber einzuladen, dachte Dario De Spino.

Mittlerweile kannte er die beiden Männer seit fast einem Jahr, mußte sich jedoch immer wieder eingestehen – allerdings nur insgeheim, niemals anderen gegenüber, denn Wissen war sein Geschäft – daß das, was er nicht über sie wußte, bei weitem das überwog, was er über sie wußte. Sabatino hatte er als ersten kennengelernt, als er nämlich versucht hatte, ihn in einer Bar aufzureißen! Es wurde zwar rasch klar, daß Sabatì keine derartigen Neigungen hatte, doch es stellte sich heraus, daß er und Gesualdo gern mit Dario herumzogen und allen möglichen Blödsinn mitmachten – und daß die beiden Beziehungen zu einigen sehr wichtigen Leuten hatten.

Zu genau *was* für Leuten hatte Dario nie so richtig feststellen können, obwohl er auch das vor keinem Menschen zugeben würde. Ganz im Gegenteil, die Bekanntschaft mit Gesualdo und

Sabatino hatte sein eigenes Image in bestimmten Kreisen deutlich verbessert, und zwar in Kreisen, wo die richtigen Beziehungen den Unterschied zwischen einem gelungenen Deal und einer absoluten Pleite – oder etwas noch viel Schlimmerem – bedeuten konnten.

Deshalb geschah es auch nicht aus reiner Uneigennützigkeit, daß Dario die Stimmung seiner Freunde mit allen Mitteln verbessern wollte. Die Welt, in die er geboren worden war und in der er lebte, war reich an Anzeichen, Auspizien und Omen. Man brauchte sie nur falsch zu interpretieren und man war tot, oft im wahrsten Sinne des Wortes. Vielleicht litten die Jungs nur an einer Magenverstimmung, oder vielleicht hatte sie jemand, Gott bewahre, mit dem bösen Blick belegt. Wie dem auch sei, er mußte es herausfinden, und zwar schnell.

»Wie laufen denn die Geschäfte bei euch so?« fragte er etwas zu fröhlich. »Ich hab' grad' ein bißchen Vertriebsarbeit für einen der Großen im Pharmaziebereich gemacht.«

Eine kleine Andeutung, daß auch er Kontakte zu wichtigen Leuten hatte, deren Identität er selbstverständlich nicht preisgeben durfte, konnte ja nicht schaden. Im übrigen war es nur ein einmaliger Deal gewesen, bei dem es um ein paar Kilo ging, die ein Freund von einem Freund – in der doppelten Bedeutung des Wortes – besorgt hatte und die über diverse schwule Diskos vertrieben werden sollten, bei denen man sich auf die Diskretion der Klientel verlassen konnte.

Keine Reaktion.

»Was für ein Leben!« fuhr er fort. »Man ist Tag und Nacht auf den Beinen, rast von einem Ende der Stadt zum anderen, das Telefon klingelt ununterbrochen, man versucht, den Bestand genau zu kontrollieren, doch Gott steh dir bei, wenn du einen Verkauf vermasselst. Das einzig Gute ist der Schwund, der automatisch beim Transportieren und Umpacken entsteht.«

Immer noch keine Reaktion. Dario beugte sich zwischen die beiden Vordersitze.

»Hier, Jungs. Das wird euch aufmuntern.«

Gesualdo wandte den Blick nicht von der Straße. Sabatino sah kurz auf das Plastiktütchen mit kristallinem weißen Pulver auf Darios ausgestreckter Hand und schlug es mit einer heftigen Handbewegung weg.

»Was machst du denn da?« brüllte Dario und hob das Tütchen vom Boden auf. »Das ist reiner Koks!«

Das Schweigen von den Vordersitzen wurde nur noch beharrlicher.

»Was, zum Teufel, ist denn los mit euch?« fragte Dario.

Die einzige Antwort war ein tiefer Seufzer von Gesualdo.

»Was ist los?« fragte Dario.

»Nichts!«

»Ist was schiefgegangen?«

»Hör endlich auf!« fuhr Gesualdo ihn an.

Dario beugte sich erneut vor und sah auf die Straße vor ihnen. Jetzt war er richtig beunruhigt. Wenn das Auto langsam gefahren wäre, hätte er die Tür aufgemacht und wäre abgehauen. Doch so wie dieser Wahnsinnige raste, hatte er keine Chance dazu.

»Gesuà! Sabatì! Um Gottes willen, was ist passiert?«

»Was Privates«, murmelte Sabatino.

Der Jaguar fuhr mit quietschenden Reifen um eine Ecke direkt auf einen entgegenkommenden Bus zu. Mit einer blitzschnellen Drehung des Handgelenks schoß Gesualdo durch eine Lücke auf der anderen Fahrbahn.

»Unsere Freundinnen sind fortgefahren«, murmelte Sabatino.

Dario starrte ihn an, dann lachte er erleichtert los.

»Das ist alles? Sie kommen doch wieder.«

»Vielleicht.«

»Wo sind sie denn hin?«

»Nach London, zum Studieren.«

»Die Glücklichen! Dann kommen sie mit allen möglichen Zeugnissen und Bescheinigungen zurück und kriegen einen Superjob.«

»Hier doch nicht«, antwortete Sabatino trübsinnig. »Irgendwo oben im Norden, da wo's die Klassejobs gibt.«

»Oder vielleicht lernen sie in London jemand kennen und kommen überhaupt nicht zurück«, sagte Gesualdo.

Dario brach erneut in Gelächter aus.

»In dem Fall seid ihr die Glücklichen!«

Sabatino drehte sich um.

»Was soll das denn heißen, du Idiot?«

Dario zuckte theatralisch die Achseln und zwinkerte mit den Augen.

»Es gibt doch genug andere Frauen.«

»Aber nicht solche wie Orestina und Filomena.«

»Was ist denn so Besonderes an denen?« fragte Dario. »Eine Frau ist so gut wie die andere, da sie alle nur für eines taugen. Aber das tut ja nichts zur Sache. Die werden schon zurückkommen, und eh' ihr euch verseht, steckt ihr bis zum Hals in Hypothekenzahlungen und Kreditkartenabrechnungen, ganz zu schweigen von einem Stall voller Gören. Das ist vielleicht eure letzte Chance, mal über die Stränge zu schlagen. Also warum versucht ihr euch nicht ein bißchen zu amüsieren, statt euch und eurer Umgebung das Leben zur Hölle zu machen?«

»Uns amüsieren?« wiederholte Sabatino ungläubig.

»Genau! Vergnügt euch und nehmt, was ihr kriegen könnt. Wie es eure Herzallerliebsten in London sicher auch machen werden.«

Gesualdo brachte das Auto quietschend zum Stehen und drehte sich wütend zu Dario um.

»Wag es bloß nicht, die beiden reinsten und treuesten Frauen zu beleidigen, die je gelebt haben! Du hast ja keine Ahnung, was ihre Familie ihnen schon für einen Druck gemacht hat, weil sie sich mit so Typen wie uns abgeben.«

»Das macht vermutlich euren besonderen Reiz aus«, bemerkte Dario zynisch. »Wenn ihr zwei *guagliune per bene* wärt, wär' das nie was geworden. Kurz gesagt, ihr seid die interessantesten Männer, die sie je hier kennengelernt haben. Aber in London? Glaubt ihr, die würden euch die ganze Zeit nachweinen und sich Gedanken um euch machen? Erzählt mir doch nichts! Frauen müssen immer im Mittelpunkt stehen. Wenn ihr ihnen nicht die nötige Aufmerksamkeit schenken könnt, werden sie jemand anders finden, der das tut. Also solltet ihr das gleiche Spielchen spielen.«

Doch Gesualdo war bereits aus dem Auto gestiegen und Sabatino gleich hinterher. Die vorderen Türen knallten mit unmißverständlicher Entschiedenheit zu.

»Wartet auf mich!« rief Dario.

»Wir haben hier was Privates zu erledigen«, erklärte Gesualdo ihm kühl. »Entweder wartest du, oder sieh zu, wie du nach Hause kommst.«

Er verschwand mit Sabatino über eine Steintreppe, die zwischen mit Laub bewachsenen Mauern steil nach unten führte. Dario sah ihnen einen Augenblick hinterher, dann zuckte er die Achseln und zündete sich eine Zigarette an. Dabei fiel ihm ein Taxi auf, das auf der anderen Straßenseite stand und offenbar gerade seinen Fahrgast absetzte. Dario ging hinüber und fing an, mit der Fahrerin zu verhandeln, einer kühlen und sachlichen Frau irgendwo in den Fünfzigern.

»Oh!«

Dario sah sich um. Das ›Oh‹ war von dem Fahrgast gekommen, der gerade aus dem Taxi gestiegen war.

»Eh?« erwiderte Dario.

Der Mann kam näher und starrte Dario aufdringlich an.

»Vielleicht könnte ich Sie gebrauchen.«

Er war groß und hager, hatte ein blasses Gesicht, graue Augen und eine schmale keilförmige Nase. Dario lachte abschätzig.

»Tut mir leid, aber Sie sind zu alt.«

»Es würde sich für Sie lohnen.«

»Ich mach's nicht für Geld.«

Sie sahen sich an.

»Hey!« rief die Fahrerin. »Wollen Sie nun mitfahren oder was?«

Dario betrachtete sie arrogant.

»Nicht mit Ihnen«, sagte er.

Es folgte ein kurzer, aber blumiger Wortwechsel über gleichgeschlechtliche Sexualpraktiken und den besonderen Charme älterer Frauen, worauf das Taxi donnernd davonbrauste. Dario sah den Fremden an.

»Was wollen Sie?« fragte er.

»Jemanden, dem ich vertrauen kann.«

Dario lachte kurz.

»Ist das alles?«

Der Mann holte einige größere Geldscheine hervor sowie eine Visitenkarte auf den Namen Alfonso Zembla. Beides gab er Dario.

»Ich wohne gleich hier den Hang hinunter. Ihre Freunde Gesualdo und Sabatino sind gerade auf dem Weg zu meinem Haus.«

»Wer sagt denn, daß das meine Freunde sind?«

»Ich hab' Sie zusammen mit dieser roten Limousine ankommen sehen. Feines Auto. Sie schienen nicht allzu begeistert über Ihre Gegenwart zu sein, wenn ich ganz ehrlich sein soll, trotzdem lassen sie Sie mit einem Auto von etwa fünfzig Millionen Lire allein, das Sie stehlen oder demolieren könnten. Wer außer Freunden würde so etwas tun?«

Dario zuckte die Achseln.

»Also?« fragte er.

Zen zögerte einen Augenblick.

»Könnte der Grund für die schlechte Laune der beiden weniger mit Ihnen als mit der Tatsache zu tun gehabt haben, daß ihre Freundinnen heute verreist sind?«

Dario verzog das Gesicht.

»O Gott!« sagte er.

»Sie machen wohl Theater deswegen?«

»Man könnte meinen, es wär' das Ende der Welt. Wir wissen zwar alle, daß Heteros sich total in Beziehungen verrennen können, aber so was wie die beiden hab' ich noch nie erlebt. Als ich gewagt hab' vorzuschlagen, daß vielleicht ein bißchen mehr Flexibilität angesagt sei, beschuldigten sie mich, ihre geliebten

Fotzen schlechtzumachen, und forderten mich auf, zu Fuß nach Hause zu gehen!«

Zen nickte. Dann nahm er Dario am Arm und führte ihn über die Straße zur Treppe.

»Es wird also offenbar höchste Zeit, daß jemand den beiden eine Lektion erteilt, und ich glaube, Sie sind der richtige Mann dafür. Nach dem, wie die Sie behandelt haben, wäre das sicher befriedigend und außerdem lukrativ.«

»Was haben Sie sich denn vorgestellt?«

»Ich bin ein Freund der Familie Squillace. Dort ist man entsetzt darüber, daß die beiden Töchter mit so Gesindel wie Ihren Freunden den Bund fürs Leben schließen könnten, und man ist bereit, einiges dafür zu zahlen, um das zu verhindern. Wie es der Zufall will, ist die Wohnung unter meiner soeben an zwei junge Damen vermietet worden, die gerade erst hier angekommen sind und – wie soll ich es sagen – verzweifelt einen Beschützer suchen, der ihnen helfen kann, sich zurechtzufinden. Und sie sind nicht sehr wählerisch, wie das im einzelnen funktionieren soll.«

Dario nickte hastig.

»Wollen Sie die mit Gesualdo und Sabatino verkuppeln?«

»Ganz genau. Das Problem ist nur, daß Ihre Freunde wissen, daß ich auf Seite der Squillaci stehe, deshalb trauen sie mir nicht. Und da kommen Sie ins Spiel. Ich brauche Sie als Vermittler, jemand der die Situation im Auge behält, eventuell aufkommende Schwierigkeiten bereinigt und alles dransetzt, daß sich unsere schmachtenden Liebhaber Hals über Kopf in jemand Neues verlieben. Wenn Sie das schaffen, wird die Familie Squillace Sie reichlich entschädigen.«

Er verstummte, als sie einen kleinen Platz auf halber Höhe der Treppe erreichten, von wo aus man auf das Meer blicken konnte. Positionslichter funkelten in der samtenen Unendlichkeit der Nacht.

»Diese Nachbarinnen von Ihnen«, begann Dario. »Sind sie jung? Hübsch? Wissen sie, wie man jemand anmacht?«

»Sie haben alles, was eine Frau braucht, um einen Mann

verrückt zu machen. Aber kommen Sie doch einfach mit und überzeugen sich selbst. Mein Haus ist gleich da unten.«

Dario zuckte die Achseln.

»Warum nicht?«

Als erstes hörten sie die Musik. Geschmeidig und einschmeichelnd schallte sie zu ihnen herauf, rhythmisch, aber gleichzeitig beunruhigend, ein langgezogenes Melisma, das zwischen den Tonarten jonglierte, ohne sich jemals für eine zu entscheiden. Je näher sie kamen, desto lauter wurde die Musik, die von den hohen Mauern der Gasse widerhallte. Dann war das Haus zu sehen. Die Wohnung im Untergeschoß war strahlend hell erleuchtet, Fensterläden und Fenster weit aufgerissen, und diese merkwürdige orientalische Musik plärrte nach draußen.

»Hey, *ragazze!*« rief Zen laut.

Zwei Köpfe erschienen gleichzeitig am Fenster, rechts ein blonder und links ein brünetter.

»Ich möchte euch Dario De Spino vorstellen«, fuhr Zen fort. »Wenn einer was für euch tun kann, dann er.«

Aufgeregtes Gekreisch von oben.

»Wie wunderbar!«

»Es geht doch nichts über Freunde!«

Zen schloß die Haustür auf. Die Mitteilung, die er dort hinterlassen hatte, war nicht mehr da.

»Was halten Sie davon?« fragte er De Spino, während sie die Treppe hinaufstiegen.

»Das sind die merkwürdigst aussehenden Geschöpfe, die ich je gesehen hab'! Und dieser Akzent! Wo zum Teufel kommen die her?«

»Aus Albanien.«

»Albanien!«

»Sie sind Anfang des Jahres dort abgehauen. Haben irgendwem ein Vermögen gezahlt, damit er sie nach Bali rüberschmuggelt. Aber dort gab's keine Arbeit. Deshalb sind sie nach Neapel gekommen, um hier ihr Glück zu versuchen.«

»Wieso sprechen sie denn Italienisch?«

»Vom Fernsehgucken. Offenbar hat man den Empfang nie richtig gestört.«

Er drückte die Tür zur unteren Wohnung auf. Dario De Spino trat ein und starrte mit großen Augen die beiden Frauen an, die vor ihm standen. Sie waren im Stil der späten Sechziger angezogen, was sicher in der Subkultur von Tirana gerade der letzte Schrei war: ärmellose Tops aus Polyester, extrem kurze Miniröcke und weiße Stiefel, die bis zu den Waden reichten. Ihre Haare waren lang und glatt, das Make-up primitiv, aber reichlich aufgetragen.

Zen rieb sich die Hände und wandte sich wieder zur Tür.

»Ich werd' euch drei jetzt alleine lassen, damit ihr euch besser kennenlernen könnt.«

»Ich bin Libera«, sagte die Brünette und ging auf Dario De Spino zu. »Und das ist Iolanda. Wir freuen uns sehr, Sie kennenzulernen. Wir sind gerade erst in der Stadt angekommen und kennen hier keine Menschenseele.«

»Wenn wir nur Kontakt zu den richtigen Leuten kriegen könnten«, seufzte Iolanda. »Leute mit Beziehungen. Es ist so schwer für zwei Mädchen ganz allein, ohne die Hilfe von Freunden und Familie . . .«

Die Stimmen wurden immer leiser, als Zen zu seiner eigenen Wohnung hinaufging. Die Tür stand auf und das Licht war an, aber es war offenbar niemand da. Dann stieg er die Wendeltreppe hoch, die zum Dachaufbau führte, und da standen sie auf der Terrasse, rauchten und starrten auf die blinkenden Lichter eines vorbeifliegenden Flugzeugs. Angesichts der Verspätungen, die in Capodichino an der Tagesordnung waren, konnte das sogar noch die Maschine sein, der ihre Liebsten ihr Leben anvertraut hatten.

Che figure interessanti

Als Aurelio Zen zwanzig Minuten später die Treppe hinauf und dann durch die Straße ging, die zu dem *palazzo* aus der Zeit der Jahrhundertwende führte, in dem Valeria Squillace wohnte, hatte er das Gefühl, daß er seinen Auftrag geschickt begonnen, wenn auch noch keineswegs abgeschlossen hatte. Dario De Spino auf die Gehaltsliste zu setzen war eindeutig ein ausgezeichneter Einfall gewesen, und die entscheidenden Verhandlungen mit Gesualdo und Sabatino waren viel glatter gelaufen, als er befürchtet hatte.

Zunächst waren die beiden Männer »Alfonso Zembla« gegenüber äußerst mißtrauisch gewesen und hatten ihm viele Fragen gestellt, über sein Leben, seine Arbeit, seinen Aufenthalt in Neapel und seine Beziehung zur Familie Squillace. Ganze zehn Minuten lang hatten sie ihn wie zwei Polizisten verhört, während Zen ihnen eine Mischung aus belanglosen Tatsachen, Halbwahrheiten und glatten Lügen aufgetischt hatte. Ja, er stamme aus dem Norden, aus Venedig. Er arbeite als Zollbeamter im Hafen von Neapel, und er wäre ein entfernter Verwandter väterlicherseits von Valeria Squillace.

Was sein plötzliches Interesse am Schicksal von Orestina und Filomena betraf, so erklärte er, daß er für die Mädchen eine Art Onkel geworden wäre, dem sie Dinge anvertrauten, die sie ihrer Mutter nie erzählen würden. Er verstünde zwar die Zweifel und Befürchtungen letzterer hinsichtlich dieser doppelten Liaison, hielte sie jedoch für unbegründet. Deshalb wolle er Gesualdo und Sabatino die Chance zu geben, sich bei der Mutter der Mädchen in ein gutes Licht zu rücken, und zufällig böte sich gerade jetzt dazu die passende Gelegenheit.

Aus reiner Nächstenliebe, so erklärte er, habe Signora Squillace sich auf einen Hilfeappell für die albanischen Flüchtlinge gemeldet, die zur Zeit in Scharen nach Italien kamen, auf der Suche nach Arbeit und einer besseren Zukunft. Die Nonnen, die für diesen Appell verantwortlich waren, beherbergten und versorgten bereits mehrere Hundert dieser Flüchtlinge in den eigenen Gebäuden, doch da der Bedarf ihre Möglichkeiten überstieg, hatten sie zahlreiche wohlhabende Familien in der Stadt um Hilfe gebeten, so auch die Familie Squillace, die schon in der Vergangenheit auf ähnliche Appelle positiv reagiert hatte.

Zen ließ vage anklingen, daß irgendein dunkles Geheimnis Signora Squillace bewog, ein leerstehendes Mietobjekt, das ihr gehörte, vorübergehend bedürftigen Fällen zu überlassen, die die Nonnen aussuchten. Erst nachdem sie das getan hatte, hatte sie in der Zeitung gelesen, daß einige dieser angeblichen »Flüchtlinge« in Wirklichkeit Kriminelle und Prostituierte wären, die Albanien verlassen hätten, um sich der Strafverfolgung zu entziehen, und jetzt ihr Gewerbe in Italien weiterbetrieben.

Ihre Befürchtungen waren zu einem gewissen Grad dadurch zerstreut worden, daß sie wußte, daß er, Alfonso Zembla, im Haus war und ein Auge auf alles werfen würde. Unglücklicherweise wäre an seiner Dienststelle eine ganz außergewöhnliche Situation eingetreten, was bedeute, daß er eine Zeitlang sehr viel außer Haus sein würde, und das bereits ab heute abend...

»Was für eine Situation?«

Die Frage kam von Gesualdo. Er sprach in einem trockenen, beinah ironischen Tonfall, als ob er die Antwort bereits wüßte. Er würde tatsächlich einen ausgezeichneten Vernehmungsbeamten abgeben, dachte Zen.

»Eine Undercover-Operation«, antwortete Zen. »Mehr kann ich nicht sagen. Es ist alles streng geheim.«

Mit Genugtuung stellte Zen fest, daß die beiden Männer einen vielsagenden Blick tauschten. Er hatte seine berufliche Tarnung teilweise gewählt, um seine Anwesenheit im Hafen zu erklären, sollten sie davon erfahren, teilweise aber auch, um ihnen einen weiteren Anreiz zu geben, auf seine Bitte einzugehen. Denn wenn sie ihr Geld so verdienten, wie er vermutete, könnte die Aussicht, einen Verbündeten beim Zoll zu haben, eine starke Verlockung darstellen.

Jetzt wurde es Zeit, die weiteren Vorteile herauszustellen, die sie zu erwarten hatten.

»Ich möchte Signora Squillace sagen können, daß ich das Haus in sicheren Händen gelassen hab' und sie sich keine Sorgen zu machen braucht, es könnte als Bordell oder noch Schlimmeres genutzt werden. Auf diese Weise schlagen wir zwei Fliegen mit einer Klappe. Ich kann mich auf meinen Job konzentrieren, während Sie beide das Verdienst erwerben, das Eigentum der Familie Squillace gegen den Einfall muslimischer Horden zu verteidigen.«

»Wir können doch nicht die ganze Zeit hier rumsitzen«, wandte Sabatino ein. »Wir müssen schließlich auch arbeiten.«

»Das ist kein Problem. Die Hauptsache ist, daß Sie nachts hier sind und ab und zu nach dem Rechten sehen, wenn es Ihre anderen Verpflichtungen erlauben. Ich nehme an, daß Ihre Familien Sie für ein paar Tage entbehren können. Das ist alles, bis diese Ausnahmesituation an meiner Dienststelle vorbei ist...«

Es war noch eine ganze Zeit hin und her gegangen, beide Seiten hatten versucht, sich gegenseitig durch vorgeschobene Argumente einzuwickeln, doch schließlich stimmten die beiden Männer, wenn auch etwas widerwillig, Zens Vorschlag zu. Er hatte ihnen kurz die Wohnung gezeigt, sie auf so Kleinigkeiten hingewiesen wie den heiklen Gashahn und die Sicherung, die durchknallte, wenn man mehr als ein elektrisches Gerät gleichzeitig benutzte, und sie ermahnt, die Tür zweimal abzuschließen, wenn sie weggingen, und alle Lichter auszuschalten. Dann nahm er die Reisetasche, die er bereits gepackt hatte, und verschwand, bevor sie es sich anders überlegen konnten.

Ein paar Wochen zuvor, als sie zum ersten Mal diese Idee durchgespielt hatten, hatte Valeria gesagt, wenn er sich schon so für die Familie einsetzte, wäre das mindeste, was sie tun könnte, ihm ein Dach über dem Kopf zu besorgen. Er hatte angenommen, daß sie an ein Hotelzimmer dachte, doch als das Thema erneut aufkam, hatte sie darauf hingewiesen, daß sie doch, wo ihre Töchter nicht da waren, zwei unbenutzte Schlafzimmer hätte, und er könne gern bei ihr wohnen.

Zen war keinen Augenblick auf die Idee gekommen, daß hinter dieser Einladung etwas anderes als Zweckdienlichkeit stehen könnte und vielleicht die Art von Sparsamkeit, für die reiche Familien berüchtigt waren. Wenn man die Kosten für die Londonreise ihrer Töchter bedachte, ganz zu schweigen von Zens Nebenkosten, die Valeria ebenfalls bereit war zu tragen, käme sie damit auf mehrere Millionen Lire. Da war es doch ganz natürlich, daß sie die zusätzlichen Hotelkosten für ihren Mitarbeiter sparen wollte.

Erst als Valeria ihn an der Tür begrüßte, kam Zen eine andere Möglichkeit in den Sinn. Sie drängte sich ihm regelrecht auf, zumindest ihren enormen und atemberaubend sichtbaren Busen, der sich gegen seine Rippen schmiegte, als Valeria sich zum gewohnten – und, wie er immer angenommen hatte, rein konventionellen – Küßchen auf die Wange vorbeugte. Ihr Kleid aus schwarzer Rohseide, das vorne und hinten sehr tief ausgeschnitten war, überließ der Phantasie gerade genug, um Interesse zu wecken. Ein verführerisches Parfum, dezent, aber zu Kopf steigend, vervollständigte die diskrete Aufforderung.

»Wie ist es denn gelaufen?« fragte sie, während sie die Tür hinter Zen verriegelte und seine Tasche nahm.

»Ganz ausgezeichnet, perfekt, großartig, keine Probleme«, plapperte er unzusammenhängend.

Valeria setzte ein Lächeln auf, das er noch nie gesehen hatte, als ob jemand ein zerbrechliches Familienerbstück von vielen Lagen Seidenpapier befreit hätte.

»Du bist wunderbar!« sagte sie.

Die Wohnung der Squillaces hätte kaum einen größeren Gegensatz zu dem Gebäude bilden können, in dem sie lag, ein schwerfälliges und düsteres Bauwerk, das aussah, als hätte man es aus abgelehnten Plänen für ein Museum, einen Bahnhof oder ein Opernhaus zusammengesetzt. Seine sinnlosen und protzigen Dimensionen deuteten auf die Ambitionen und die Unsicherheit erst kürzlich erworbenen Reichtums, statt auf wirkliche Macht und Dauerhaftigkeit, ein Eindruck, der noch von der großen

Menge und der schlechten Qualität schmückenden Beiwerks verstärkt wurde, die die bei Ungebildeten häufige Furcht vor Schlichtheit und Asymmetrie verriet.

Aber in der Wohnung war alles freundlich, hell, sparsam möbliert und luxuriös, aber mit viel Stil. Der mailändische Charakter dominierte. Es gab Schränke aus weißem Acryl mit Beschlägen aus unbearbeitetem Holz, viele Regale und Tische aus Glas und Stahl sowie langgestreckte niedrige Coucheelemente. Auf dem blanken Parkettboden lagen hier und da Orientbrücken, die hellgrauen Wände wurden von einigen großen, modernen Ölgemälden aufgelockert.

»Als Manlio noch lebte, hatten wir häufig Gäste, deshalb brauchten wir soviel Platz«, sagte Valeria, als sie den Salon betraten, der etwa zehn Meter lang war und sich über die gesamte Breite der Wohnung erstreckte. Er war in einen Eß- und in einen Sitzbereich unterteilt. Die vereinzelten Lichter, die durch die offenen Fenster in einer schier endlosen Weite zu sehen waren, ließen vermuten, daß man tagsüber eine wunderbare Aussicht hatte.

Valeria führte Zen zu einer Ecke der großen Couch und setzte sich neben ihn.

»Aber jetzt hat es keinen Sinn mehr umzuziehen«, fuhr sie fort. »Sobald die Mädchen verheiratet sind, geh' ich wieder in meine Heimat zurück.«

»Wo ist das?«

»Ferrara.«

Er sah sie überrascht an.

»Ich hab' gar nicht gewußt, daß du aus dem Norden bist.«

»O doch, und ich fühle mich auch so. Ich bin nur wegen Manlio hier runtergezogen. Für die Mädchen ist es natürlich was anderes. Sie sind hier geboren und aufgewachsen. Sie fühlen sich hier zu Hause.«

»Wie hast du denn deinen verstorbenen Mann kennengelernt?« fragte Zen höflich.

»Auf einer Hochzeit. Er war Trauzeuge, ich eine der Brautjungfern. Der Bräutigam war ein Vetter von Manlio, der für ihn gewisse geschäftliche Dinge in der Emilia-Romagna regelte. Zwei Wochen später hat Manlio mir einen Heiratsantrag gemacht.«

Sie sah Zen forschend an.

»Jetzt weiß ich, wer es ist!« rief sie urplötzlich und legte Zen eine Hand auf den Arm.

»Wer was ist?«

»Ich wußte die ganze Zeit, daß du mich an irgendwen erinnerst, mir fiel bloß nicht ein, an wen. An Orlando natürlich! Ihr könntet Zwillinge sein. Irgendwo hab' ich ein Foto, ich zeig's dir.«

Sie stand auf, um es zu holen, doch in dem Moment klingelte das Telefon, ein angenehmes Plätschern. Der Anruf war nicht für Zen, obwohl sich einige Leute gerade verzweifelt bemühten, ihn zu erreichen. Doch sein Telefon war außer Betrieb, und er hatte wohlweislich niemandem gesagt, wo er war.

Valeria telefonierte eine Zeitlang, offensichtlich sprach sie mit ihren Töchtern in London. Zen fiel auf, daß sie eine gute Figur hatte, aber er war immer noch nicht interessiert. Keine romantischen Verwicklungen mehr. Außerdem fühlte er sich sehr wohl in der Rolle, die er hier in Neapel zu spielen begonnen hatte, der Rolle des abgeklärten Beobachters, der mit sarkastischem Vergnügen die Torheiten der anderen betrachtet, aber zu schlau und zu zynisch ist, sich selbst darin zu verstricken.

Sie drehte sich zu ihm, merkte, daß er sie anstarrte, und lächelte ganz unerwartet.

»Morgen früh sieht alles bestimmt besser aus, mein Schatz. Außerdem muß ich jetzt Schluß machen, es hat geklingelt. Versuch, ein bißchen zu schlafen, und ruf mich morgen wieder an. Tschüs!«

Sie hängte ein und schlenderte zu Zen zurück.

»Wie gefällt es ihnen denn in London?« fragte er.

»Sie sagen, die Stadt sei genauso schmutzig wie Neapel, der Verkehr noch schlimmer, es gäbe noch mehr Bettler, und es würde regnen und sei kalt.«

»Aber sie werden durchhalten?«

»Filomena hat offenbar ein bißchen Heimweh. Sie war schon immer die schwächere von beiden. Sie ist sehr launig. Aber Orestina ist aus härterem Holz geschnitzt. Und Filomena wird schließlich das tun, was ihre Schwester beschließt.«

Sie stand lächelnd vor ihm.

»Möchtest du vielleicht etwas trinken? Einen Tee? Oder einen Schlummertrunk?«

»Ein Tee wäre wunderbar. Und dann muß ich sehen, daß ich ein paar Stunden Schlaf kriege. Ich arbeite zur Zeit an einem ziemlich wichtigen Fall und muß früh aufstehen.«

»Hat das was mit dieser *Strade-Pulite*-Geschichte zu tun?« fragte Valeria und steuerte auf das andere Ende des Raumes zu.

»Nein, nein. Damit hab' ich nichts zu tun.«

Er stand auf und folgte ihr durch den Eßbereich in eine luxuriös ausgestattete Küche.

»Ich weiß zwar nicht, wer dahintersteckt«, bemerkte Valeria, während sie einen Kessel mit Wasser füllte, »aber ich wünsche ihnen viel Glück. Die Leute, die sie angeblich entführt haben, sind genau die, mit denen der arme Manlio jahrelang zusammengearbeitet hat, denen er wie seiner eigenen Familie vertraut hat, und die ihn dann im Kampf gegen die Richter allein gelassen haben, ohne auch nur einen Finger für ihn zu krümmen!«

Sie stellte den Kessel auf den Herd.

»Da fällt mir ein, ich wollte dir doch dieses Foto zeigen. Komm mit!«

Sie führte ihn in ein kleines Zimmer, das mit einem Schreibtisch, einem Aktenschrank und ein paar Bücherregalen ausgestattet war. Die Luft roch leicht nach Zigarrenrauch.

»Das war Manlios Arbeitszimmer«, sagte Valeria. »Ich brauche den Platz nicht, deshalb hab' ich alles so gelassen, wie es war, beziehungsweise das, was übriggeblieben ist. Die *Guardia di Finanza* ist gekommen und hat alles mitgenommen.«

Sie drehte sich um und zeigte auf ein großes gerahmtes Foto, das an der Wand hinter dem Schreibtisch hing.

»Das hier.«

Das Foto zeigte eine gutgelaunte Gruppe von Männern, die offenbar in einem Restaurant saßen. Es waren ungefähr zehn Personen, alles Männer, alle sahen in die Kamera, und alle lachten oder lächelten.

»Siehst du den Mann da in der Mitte?« sagte Valeria und zeigte mit einem kräftigen Finger darauf, an dem mehrere Ringe prangten. »Der da am Kopfende des Tisches sitzt? Das ist Orlando Pagano. Er ist hier zwar ein bißchen dicker, als ich ihn in Erinnerung hatte, aber findest du nicht, daß er genauso aussieht wie du?«

Zen kniff gehorsam die Augen zusammen. Es war schon eine gewisse Ähnlichkeit da, allerdings war der Mann auf dem Bild fülliger und dunkler als Zen.

»Das hier ist Manlio«, fuhr Valeria fort und zeigte auf einen anderen Mann. »Und das ist eines der mutmaßlichen Opfer dieser *Strade-Pulite*-Gruppe, Ermanno Vallifuoco.«

Vallifuoco war ein selbstzufriedener korpulenter Mann mit dem Ausdruck unumstößlicher Gelassenheit. Manlio Squillace war schlanker und zierlicher. Er hatte einen schmalen Schnurrbart und funkelnde Augen. Zen beugte sich vor und sah sich das Foto genau an.

Plötzlich ertönte von nebenan ein unheimliches Geräusch, ein langgezogenes, immer lauter werdendes Heulen, wie ein primitiver Klagelaut.

»Der Kessel!« sagte Valeria und eilte aus dem Zimmer. »Magst du auch ein Stück Kuchen? Ich hab' ihn selbst gebacken, nach einem alten Rezept aus Ferrara.«

Zen antwortete nicht. Er starrte immer noch auf das Foto, allerdings weder auf das berühmte Terrorismusopfer noch auf den kürzlich verstorbenen Signor Squillace. Seine ganze Aufmerksamkeit galt einem Mann, der offenbar – nach seiner Entfernung vom Kopfende des Tisches zu urteilen – zu den weniger wichtigen Gästen gehört hatte, eine Nebenfigur, die man eingeladen hatte, um diese ausgelassene Runde illustrer Unterwelttypen zu vergrößern. Er hatte den Kopf stark nach links drehen müssen, um in die Kamera gucken zu können, und wurde trotzdem noch teilweise von seinem Nachbarn verdeckt. Aber es war genug von seinem Gesicht zu sehen, um keinen Zweifel daran zu lassen, daß es niemand anders war als der Mann, der vor einigen Tagen den griechischen Seemann niedergestochen hatte und dann auf mysteriöse Weise aus seiner Zelle auf dem Polizeirevier verschwunden war.

Sogno o son desto?

Die elegante Nüchternheit, die in den »öffentlichen« Bereichen der Squillace-Wohnung zur Schau gestellt wurde, verschwand gänzlich, sobald man in die Privaträume der Familie kam, die eine erstaunliche Menge an geschmacklosen High-Tech-Geräten enthielten. Da gab es so Spielereien wie Mickymaustelefone, automatisch spülende Toiletten, Lampen mit Fernbedienung und eine Sammlung interaktiver Opern auf CD-ROM.

Deshalb war Zen, als er am nächsten Morgen ins Bad ging, nicht sonderlich überrascht, in der Duschkabine einen wasserdichten Minifernseher vorzufinden. Eine solche Idee kam ihm idiotisch und unwiderstehlich zugleich vor – wir mögen zwar nicht mehr die Männer sein, die unsere Väter waren, aber jedenfalls konnten die nicht in der Dusche Fernsehen gucken –, und er machte das Gerät an und war mitten in den Lokalnachrichten. Durch das Rauschen des Wassers und diverse andere Geräusche, die er beim Waschen machte, dauerte es eine Weile, bis er auf die Geschichte aufmerksam wurde, die die Moderatorin mit der umwerfenden Frisur vorlas.

»... ging nach dem Aufprall auf den Lastwagen zu, als mehrere Männer – die Schätzungen variieren, wie viele es genau waren – aus dem Wagen sprangen und das Feuer eröffneten. Der Beamte wurde auf der Stelle getötet. Die Angreifer liefen in das angrenzende Forcella-Viertel und ließen ihr Fahrzeug stehen.

Ein weiterer Beamter, der in dem Polizeiauto gesessen hatte, blieb unverletzt, doch in dem ganzen Durcheinander ist vermutlich ein Gefangener, den sie transportierten, entkommen. Eine Suche wurde eingeleitet, doch bisher sind alle Versuche, die Urheber dieses brutalen Verbrechens aufzuspüren, erfolglos gewesen. Der Name des Opfers war Armando Bertolini, neunundzwanzig Jahre, wohnhaft in Fuorigrotta, verheiratet, ein . . .«

Valeria Squillace schraubte gerade die Kaffeemaschine zusammen, als sie eine Erscheinung hatte. Ein nackter Mann, triefend naß, raste an der Küche vorbei den Flur hinunter. Die *caffetiera* fiel ihr aus der Hand und landete unsanft auf ihrem Fuß. Kaffeepulver verteilte sich über den Fußboden. Auch als der Schmerz nachließ, wußte sie immer noch nicht, was sie von der Sache halten sollte. Einen Augenblick fragte sie sich, ob sie das Ganze vielleicht nur geträumt hatte. Doch die Seifenwasserspritzer auf dem Parkett, ganz zu schweigen von dem Schmerz in ihrem Fuß, waren eindeutig real.

In Filomenas Zimmer, in dem er geschlafen hatte, suchte Zen verzweifelt nach dem Telefon. Es hatte die Form eines rosa Plastikkaninchens. Wenn man sich die Ausstattung des Zimmers vor Augen führte, war es schwer verständlich, daß Filomena Squillace auch nur annähernd alt genug sein könnte, ihrer Mutter einen Grund zur Sorge zu geben. Überall lagen Stofftiere und irgendwelcher bunter Krimskrams herum, der mit Aufklebern von Zeichentricktieren und Babys mit weit aufgerissenen Augen beklebt war. Der einzige Hinweis auf Sexualität waren mehrere Poster, auf denen angestrengt blickende junge Männer abgebildet waren, die sich redlich bemühten, weniger gesund auszusehen, als sie in Wirklichkeit waren.

Zen saß nackt auf der Bettkante, drückte mehrere Knöpfe auf der Brust des Kaninchens und hielt dann den Kopf des Tieres an sein Ohr. Es klingelte eine ganze Zeitlang, bis sich jemand mit einem zögernden »*Si?*« meldete.

»Wer ist da?« fragte Zen in das Gitter auf dem Bauch des Kaninchens.

»Wer ist am Apparat?«

»Ist da die Hafenpolizei?«

»Sie müssen sich verwählt haben.«

Das war gut möglich, da die Tasten geschickt als Knöpfe auf dem Anzug des Kaninchens kaschiert waren. Zen murmelte eine Entschuldigung und wollte gerade einhängen, da sagte die Stimme am anderen Ende: »Sind Sie das, *dottore?*«

»Hier ist Aurelio Zen. Wer ist da?«

»Gott sei Dank. Hier ist Caputo.«

»Warum, zum Teufel, melden Sie sich denn nicht richtig?«

»Ich hab' gedacht, es wär' vielleicht die Questura. Die haben die ganze Nacht versucht, Sie zu erreichen.«

Es klopfte leise an der Tür, doch Zen hörte es nicht.

»Wann ist das passiert?« fragte er.

»Gestern abend, als wir Pas... den Gefangenen ins Krankenhaus fuhren. Wir hatten einen kleinen Auffahrunfall mit diesem Müllwagen. Bertolini ist ausgestiegen, um denen die Hölle heiß zu machen, da springen diese Kerle plötzlich aus dem Wagen und durchsieben ihn mit Kugeln. Ich hab' Verstärkung angefordert...«

»Und Pastorelli?«

»Der ist abgehauen. Ich hab' noch nichts von ihm gehört.«

Die Tür ging auf, und Valeria Squillace kam mit einer Tasse Kaffee herein.

»Okay, hören Sie, Caputo«, sagte Zen. »Ich komme so schnell ich kann. Bis dahin bleiben alle Vereinbarungen, die wir gestern getroffen haben, bestehen. Verstanden?«

Valeria sah ihn mit einem leichten unbeweglichen Lächeln an. Vielleicht ist er so was wie ein Nudist, dachte sie, obwohl er eigentlich nicht der Typ dafür ist.

»Gehen Sie auf keine Einzelheiten ein«, fuhr Zen fort. »Leiten Sie von jetzt an alle Fragen an mich weiter.«

Er stellte das Kaninchen wieder auf den Nachttisch und sah Valeria an. Erst da wurde ihm bewußt, daß er nackt war.

»Ich hab' noch keine Zeit gehabt, mich anzuziehen«, erklärte er entschuldigend. »Einer meiner Männer wurde gestern abend bei einer Schießerei getötet. Ich bin ziemlich erschüttert.«

Valeria stellte den Kaffee auf eine Kommode direkt neben der Tür. Sie trug einen dicken elfenbeinfarbenen Bademantel. Nach dem zu urteilen, was an Schulter, Bein und Oberkörper zu sehen war, hatte sie nichts darunter an.

»Wie furchtbar«, sagte sie mit demselben starren Lächeln.

Zen versuchte gar nicht erst, verspätet seine Genitalien zu bedecken, aber natürlich war Valeria sorgsam bedacht, auf keinen Fall auch nur annähernd in diese Richtung zu gucken. Trotzdem hatte sie irgendwie den Eindruck, daß ein bestimmtes Körperteil deutlicher vorstand als in dem Moment, als sie ins Zimmer gekommen war. Ob das nun tatsächlich der Fall war oder nicht, die bloße Vorstellung reichte aus, um sie heftig erröten zu lassen, was den Kontrast zwischen ihrem Körper und dem lose darum gewickelten Kleidungsstück, das nur von einem einfachen Knoten gehalten wurde, noch betonte. Das machte die Sache nur noch schlimmer, und als sie das nächste Mal »nicht« hinsah, war kein Zweifel mehr möglich.

Schließlich rettete sie das Telefon, das von den diversen Anschlüssen überall im Haus zu piepsen, tuten, klingeln und summen anfing. Valeria löste sich aus ihrer Erstarrung, gleichzeitig verschwand die Röte aus ihrem Gesicht. Sie drehte sich rasch um und machte die Tür hinter sich zu. Zen gab sich einen Ruck und begann, sich anzuziehen.

Als er zehn Minuten später den Salon betrat, war dieser von Sonnenlicht durchflutet, das durch die offene Balkontür ins Zimmer strömte. Valeria, die nun ebenfalls züchtig gekleidet war, beugte sich über die Brüstung. Ein leichter Wind zerzauste ihr Haar.

»Guten Morgen«, sagte sie, als sie ihn sah. »Hast du gut geschlafen?«

»Danke, sehr gut«, antwortete er und ging damit auf ihren Hinweis ein, daß dies ihre erste Begegnung an diesem Morgen war.

»Das war Orestina. Offenbar hat der gestrige Abend besser geendet, als er angefangen hat. Sie haben ein paar Leute kennengelernt, die sie zu einem sogenannten ›Rave‹ eingeladen haben. Ich weiß zwar nicht genau, was das ist, aber sie scheinen sich jedenfalls amüsiert zu haben.«

Vom Balkon hatte man eine grandiose Aussicht über die Stadt bis zur Küste bei Pompeji und auf den vor sich hin brütenden Vesuv. Eine berauschende Mischung von Düften, die mit den ersten Sonnenstrahlen aus den Gärten und Terrassen unter ihnen emporstieg, hüllte sie ein. In mittlerer Entfernung konnte Zen deutlich die Kräne und Lagerhäuser im Hafen erkennen. Und der graue Klotz ein wenig links davon, das war die Questura.

»Wie schön, daß überhaupt jemand das tut«, sagte er resigniert.

Cara semplicità, quanto mi piaci

Das Greco, am Fuße der Via Chiaia, schien Dario De Spino das richtige Lokal für seine Zwecke. Die leicht angestaubte Eleganz eines *gran caffè*, der Hauch von Geschichte und Tradition, die Kellner in ihren gestärkten Uniformen, ganz zu schweigen von der Aussicht auf den ehemaligen Königspalast und das Opernhaus San Carlo – all das sollte diese beiden Puppen, die in irgendeiner wanzenverseuchten Bruchbude in Hoxhas Albanien aufgewachsen waren, so beeindrucken, daß sie rasch die Höschen runterlassen würden. Sie würden glauben, sie seien gestorben und in den Himmel gekommen.

Nicht daß Dario ihnen selbst ans Höschen wollte, obwohl er durchaus schon mal Abstecher zum anderen Geschlecht gemacht hatte, sowohl um seine Flexibilität zu beweisen, als auch um sich zu bestätigen, daß er mit seiner Art besser dran war. Aber seine Ressourcen in dieser Hinsicht waren bereits völlig erschöpft mit Mohammed da draußen in Portici – was auch noch zu allem Überfluß jeweils eine halbe Stunde Fahrt hin und zurück bedeutete – und den gesellschaftlichen Verpflichtungen hier in der Stadt. Bei seinen vielfältigen Geschäftsinteressen war es wichtig, mit einer Menge Leute auf gutem Fuß zu stehen, von denen etliche sicher eingeschnappt wären, wenn er ihnen nicht ab und zu Avancen machte.

Nein, Darios Interesse an den *albanesi* war, wie er unumwunden zugeben würde, rein geschäftlicher Natur. Und unter diesem Gesichtspunkt war der Ausflug schon jetzt ein Erfolg. Selbst in den bizarren Klamotten, die sie aus dieser stalinistischen Hölle mitgebracht hatten, erregten sie reichlich Aufmerksamkeit auf der Straße. Wenn Dario erst mal mit ihnen in diesem Ausbeuterbetrieb in der Via Spagnoli gewesen war und ihnen ein paar von den nachgemachten Designerklamotten verpaßt hatte, die dort mit der heißen Nadel zusammengenäht wurden, würde er einen Viehstock brauchen, um die jungen Hengste in Schach zu halten. Es konnte auch nichts schaden, wenn die beiden mal sahen, unter welchen Bedingungen Kinder, junge Frauen, Mütter und alte Weiber in diesen stickigen *bassi* von morgens bis abends per Hand oder auf der Maschine nähten, und das für einen Stückpreis, der der Gipsmadonna an der Wand blutige Tränen in die Augen treiben würde. Falls sie mit Darios Vorschlag, wenn er ihn dann endgültig formuliert hatte, nicht einverstanden sein sollten, könnte er sie immer noch ganz sanft an die Alternative erinnern.

Aber das war vorläufig noch Zukunftsmusik. Zunächst einmal wollte er ihnen die Vorstellung austreiben, die ihnen dieser Alfonso Zembla in den Kopf gesetzt hatte, daß nämlich ihre Rettung langfristig gesehen bei Gesualdo und Sabatino läge. Der Witz war, ihnen zu beweisen, daß er eine viel wichtigere und viel angesehenere Persönlichkeit sei, und angesichts seines tatsächlichen Rufs mußte man das sehr vorsichtig angehen. Was ein weiterer guter Grund für die Wahl des teuren Caffè Greco war, da es dort äußerst unwahrscheinlich war, daß sie jemandem begegneten, den er kannte, oder – was noch peinlicher gewesen wäre – jemandem, den er nicht kannte oder von dem er vergessen hatte, daß er ihn kannte, der sich aber nur zu gut an ihn erinnerte.

Hier war das Risiko einer derart peinlichen Begegnung sehr gering. Als er die Mädchen in das Lokal führte und sie sich in den antiken Spiegeln mit den kunstvollen Rahmen sahen, kriegten sie vor Staunen kaum den Mund zu. An einem Ende der Marmortheke redete ein eleganter Herr in einem edlen, wenn auch leicht altmodisch geschnittenen Anzug auf zwei jüngere Untergebene ein, die selbst jeweils für eine Million Lire Klamotten trugen. Dario wählte mit Bedacht einen Moment, in dem keiner der drei in seine Richtung sah, und nickte dann ehrerbietig.

»*Buon giorno, cummendatò!*« murmelte er. »*Comme state? Sto' bbuono, grazzie.*«

Dann wandte er sich mit selbstsicherer Miene seinen beiden Schützlingen zu.

»Einer der wichtigsten Männer im Regionalparlament. Wenn Vitale niest, ist die halbe Stadt erkältet. Ich würd' euch ja gern vorstellen – er ist ein großer Bewunderer weiblicher Schönheit, selbst in seinem Alter noch – aber ich kenne die beiden, die mit ihm zusammen sind, und kann mir vorstellen, worüber sie reden. Morgen wird es in sämtlichen Zeitungen stehen, aber im Augenblick ist Diskretion angesagt. Also, starr nicht!«

Letzteres galt Libera, die einen der jüngeren Männer mit einer Direktheit begaffte, die Dario ihrer unverdorbenen Unschuld zuschrieb. Wer weiß, vielleicht hatte er hier sogar zwei Jungfrauen an der Hand! Nach allem, was man so hörte, hatten die Albaner einen Sittenkodex, verglichen mit dem die Sizilianer frivol wirkten. Liberas unbefangener Augenkontakt hatte jedenfalls eine beachtliche Wirkung auf den Auserwählten. Der hörte nämlich dem alten Blödmann – wer auch immer das sein mochte – jetzt bestenfalls noch mit einem halben Ohr zu. Einem vorbeigehenden Kellner steckte Dario derweil einen 5000-Lire-Schein zu.

»Geben Sie das dem Barmann. Mein Name ist De Spino. Er soll mich wie einen Stammkunden behandeln, aber mit Respekt.«

Die Mädchen konnten das zwar hören, aber natürlich verstanden sie den neapolitanischen Dialekt genausowenig wie

Dario Albanisch. Und das Ergebnis war in der Tat sehr befriedigend.

»Dottor De Spino!« rief der Barmann, als sie auf ihn zukamen, mit dem perfekten Ausdruck ehrerbietiger Freundlichkeit im Gesicht. »Wie schön, Sie mal wieder zu sehen. Und in Begleitung so reizender junger Damen! Was darf ich Ihnen servieren?«

Sie bestellten Kaffee in verschiedenen Variationen, alle genauestens beschrieben nach Stärke, Menge, Wärme und ob mit, und wenn ja, mit wieviel Milch und Schaum. Dieses Ritual nahm fast eine Minute in Anspruch, dann kam De Spino zum eigentlichen Thema.

»Ja«, sagte er sinnierend, als ob ihm der Gedanke gerade erst gekommen wäre, »ich könnte euch so vielen Leuten vorstellen, die wirklich zählen, die zur Spitze der Gesellschaft gehören. Während diese beiden Jungs über euch... Sie sind ja ganz nett, aber offen gesagt, in den Häusern, von denen ich spreche, würde man sie noch nicht mal reinlassen.«

»Ich dachte, das wären Freunde von dir«, antwortete Iolanda keck.

Dario De Spino setzte ein weises, weltmännisches und leicht ironisches Lächeln auf.

»Ein Mann wie ich muß mit allen möglichen Leuten verkehren«, murmelte er und wedelte mit der Hand, um den Grad an gesellschaftlicher Flexibilität anzudeuten, über den er verfügen mußte. »Manche von ihnen halten sich für meine Freunde. Wenn ich ihnen diese Illusion lasse, dann nur, weil das meinen Zwecken dient.«

Ein zutiefst herablassendes Achselzucken.

»Gesualdo und Sabatino sind mir in verschiedener Hinsicht nützlich. Ihr müßt verstehen, das sind Leute aus der Unterschicht, und sie bewegen sich ganz frei und natürlich in diesem Milieu. Außerdem haben sie Beziehungen zu einem der mächtigsten Verbrecherclans der Stadt. Deshalb sind sie äußerst nützlich, wenn es darum geht, bestimmte... Unternehmungen zu erleichtern.«

Die Wirkung, die diese Worte auf seine Zuhörerinnen hatte, hätte er sich kaum besser wünschen können.

»Du meinst, das sind *Gangster*?« stieß Libera mit offenem Mund hervor.

Dario sah sie gequält an, als ob er sie sanft für ihre krasse Ausdrucksweise zurechtweisen wollte.

»Jeder in Neapel ist mehr oder weniger ein Gangster, meine Liebe. Es ist immer nur ein gradueller Unterschied. Soweit ich weiß, haben Sabatino und Gesualdo beide noch nicht ihre Bluttaufe...«

»Bluttaufe?« wiederholte Iolanda entsetzt.

»Ein Spezialbegriff«, entgegnete Dario und betrachtete seine Fingernägel. »Ich meine, daß sie, soweit ich weiß, noch niemanden umgebracht haben. Zumindest nicht während der Arbeit. Ihr Privatleben ist natürlich eine ganz andere Sache. Aber es ist gar keine Frage, daß sie sehr enge Beziehungen zu einigen Personen haben, deren Aktivitäten – wie soll ich es ausdrücken? – von großem Interesse für die Behörden sind.«

Er lächelte entschuldigend.

»Aber genug über die beiden! Was mich interessiert, seid ihr und eure Probleme. Die Frage ist, wie gehen wir jetzt weiter vor?«

Das brauchte er nicht genauer auszuführen. Die verzagten Gesichter seiner Begleiterinnen zeigten deutlich, daß ihnen ihre Situation nur allzu klar war. Gestern abend waren nämlich ihre Versuche, einen Kontakt zu den beiden jungen Männern herzustellen, die gerade über ihnen eingezogen waren, erbärmlich gescheitert.

Libera hatte den ersten Schritt getan. Sie war an der Tür der oberen Wohnung erschienen und hatte mit der altbewährten Feststellung »Entschuldigen Sie, aber wir haben kein Licht« Gesualdo um Hilfe gebeten.

Gesualdo hatte Sabatino gerufen. Die beiden Männer waren heruntergegangen, hatten den Sicherungskasten gesucht und den Hebel wieder umgelegt, den De Spino mit Absicht verstellt hatte.

Als sie, nachdem das Licht wieder funktionierte, ihren Freund sahen, schnappten sie überrascht nach Luft.

»Was, zum Teufel, machst du denn hier?« fragte Sabatino.

»Ihr seid ja nicht die einzigen, die überall in der Stadt Freunde haben«, antwortete Dario mit erhobenen Händen. »Darf ich vorstellen. Das ist Iolanda . . .«

»Und ich bin Libera«, sagte die Brünette. »Wir sind so froh, Sie kennenzulernen. Wir sind gerade erst in Neapel angekommen und suchen verzweifelt Arbeit.«

»Wir würden alles tun, um nur nicht wieder zurück nach Albanien zu müssen«, jammerte Iolanda. »Alles!«

»Die beiden hier kennen alle möglichen Leute«, warf De Spino ein. »Hab' ich recht, Jungs? Ich bin sicher, daß sie euch nur zu gern in dieser Situation – wie man so sagt – unter die Arme greifen werden.«

Aber Gesualdo und Sabatino hatten überhaupt nicht begeistert gewirkt. Ganz im Gegenteil, sie waren so schroff gewesen, daß es schon fast an Unhöflichkeit grenzte, und hatten sich sofort wieder nach oben zurückgezogen, nachdem sie sehr deutlich zu verstehen gegeben hatten, daß sie absolut nichts mit den Bewohnerinnen der unteren Wohnung und deren Problemen zu tun haben wollten.

»Ich hab' so schon genug am Hals!« hatte Gesualdo gesagt, als De Spino kam, um ein Wort für seine Schützlinge einzulegen. »Für dich mag das zwar schwer zu verstehen sein, Dario, aber manche Leute müssen halt arbeiten. Und im übrigen dachte ich, ich hätte dir im Auto klargemacht, daß ich im Augenblick emotional erschüttert bin.«

»Außerdem«, sagte Sabatino, »wie würde es denn aussehen, wenn wir uns noch am selben Tag, an dem unsere *'nnammurate* die Stadt verlassen haben, zwei alleinstehende Frauen aufhalsen, egal wie unschuldig das auch sein mag.«

Vergeblich hatte Dario De Spino sie davon zu überzeugen versucht, daß ihre Skrupel im neuen Italien der Neunziger lächerlich seien, wo man mit so abgegriffenen Vorstellungen vom

Leben als einem ständigen Guerillakrieg zwischen den Geschlechtern endlich Schluß gemacht hatte.

»Warum nimmst du sie denn nicht unter deine Fittiche?« hatte Gesualdo entgegnet. »Du kennst genauso viele Leute wie wir, und dein Ruf wird ganz bestimmt nicht darunter leiden, wenn du dich mit zwei illegalen Einwanderinnen mit Beinen bis zum Kinn abgibst.«

Tatsächlich hatte Dario bereits beschlossen, daß er genau das tun würde, aber alles zu seiner Zeit. Zunächst wollte er die Provision kassieren, die die Familie Squillace zu zahlen bereit war, falls es ihm gelang, ihnen Gesualdo und Sabatino vom Hals zu schaffen, was wiederum bedeutete, daß er die beiden mit Libera und Iolanda verkuppeln mußte. Die Frage war nur wie.

»Sie sind so kalt!« beklagte sich Iolanda, nahm eine Zigarette aus ihrer Handtasche und sah sich hilflos um. Sofort kam der junge Mann, den sie vorhin angestarrt hatte, mit ausgestrecktem Feuerzeug in der Hand angesprungen. Offenbar wäre er gern ein bißchen geblieben, aber De Spino sah ihn auf eine Weise an, daß er sich sogleich wieder zu seinen Leuten verzog.

»Alle anderen italienischen jungen Männer, die wir bisher kennengelernt haben, waren ganz begeistert von uns«, bemerkte Iolanda. »Aber diese beiden...«

Plötzlich blitzten Liberas Augen auf.

»Sie sind doch nicht... wie sagt man?... sie sind doch nicht etwa *schwul*?«

»Sie sind so normal wie ihr oder ich«, versicherte ihnen Dario, ohne mit der Wimper zu zucken. »Sie lassen sich nur zu sehr von ihren privaten und beruflichen Verpflichtungen ablenken. Das Problem ist, wie man ihr Interesse wecken kann.«

Iolanda trank ihren Kaffee aus und stellte ihre Tasse mit lautem Klirren ab.

»Vielleicht sollten wir's mal mit einem kleinen Selbstmordversuch probieren«, sagte sie.

Passi subito!

Im nachhinein war ihm klar, daß es reichlich Hinweise auf das gegeben hatte, was dann geschah, aber wie so oft, erkannte Zen sie erst, als es zu spät war.

Um nicht den Argwohn von Pasquale zu erwecken, der ihn als Alfonso Zembla, einen kleinen Angestellten der Hafenbehörde, kannte, hatte er diesen gebeten, ihn vor der Hauptpost abzusetzen, und war dann um die Ecke auf die Piazza Matteotti gegangen. Wie so viele Straßen und Plätze in Italien, war diese Piazza mehr als einmal umbenannt worden, erst kürzlich wieder, um dieses berühmteste Opfer der faschistischen Ära zu ehren. In diesem Fall stellte die Umbenennung zugleich einen symbolischen Akt der Wiedergutmachung dar, denn der fragliche Platz ist genau der, den Matteottis Gegner als Zentrum ihrer Administration gewählt hatten, und wird von den monumentalen Gebäuden gesäumt, die damals errichtet worden waren, um die Bedürfnisse des neuen Italiens zu befriedigen und seine Macht zu verherrlichen.

Ähnliche Gebäude findet man überall im Süden, selbst in kleinen und scheinbar unbedeutenden Städten. Anderswo war Mussolini den Leuten vor allem als absolut einzigartige Persönlichkeit erschienen, völlig anders als jeder, der vor ihm auf der politischen Bühne agiert hatte. Egal, ob man ihn unterstützte oder gegen ihn war, seine Neuartigkeit war unbestreitbar. Doch für die Leute im Süden war Mussolini eine vertraute Gestalt, ein *capo*, der die brutalsten Horden der Stadt anführte, und erbarmungslos jeden beseitigte, der sich ihm in den Weg stellte; ein Mann, der Respekt, Furcht und widerwillige Bewunderung forderte und auch bekam. Die ihn unterstützten, wurden beschützt, die das nicht taten, wurden vernichtet.

Das war ein Code, der sich allen Menschen im Süden tief in die Gene geprägt hatte, und nach jahrzehntelangem hohlen Geschwätz und dünkelhafter Vernachlässigung seitens der Verfechter der liberalen Demokratie war es eine Wohltat, endlich jemanden zu haben, der den ganzen Quatsch sein ließ und sagte, wie es wirklich war, nämlich so, wie sie wußten, daß es schon immer gewesen war und auch immer sein würde. Und sie wurden belohnt, denn der Duce hielt seinen Teil des Abkommens. Als Dank für die überwältigende Unterstützung, die sie südlich von Rom erhielten, rotteten die Schwarzhemden jede andere Art von Banditentum aus, unter der die Gegend seit Jahrhunderten gelitten hatte. Investitionen flossen in den Süden, Arbeitsplätze wurden geschaffen und die säkularen Tempel des neuen Regimes begannen sich zu erheben. Besondere Aufmerksamkeit galt den Polizeigebäuden. Die *Polizia dello Stato* war eine Schöpfung Mussolinis, der den *Carabinieri* mit ihren royalistischen und elitären Traditionen immer mißtraut hatte.

Als es darum ging, ein angemessenes Präsidium für den faschistischen Polizeichef zu errichten, der nach dem Quästor im antiken Rom benannt war, scheute man keine Kosten. In Neapel war dabei ein Gebäude entstanden, das aussah wie eine monströse Vergrößerung eines Granitblocks aus irgendeinem Aquädukt oder Amphitheater. Dieser perspektivische Trick könnte zumindest teilweise schuld daran gewesen sein, daß Zen die Hinweise nicht erkannte, bis es zu spät war. Gefesselt vom Anblick dieser Stein gewordenen Macht achtete er zuwenig auf die Personen in seiner unmittelbaren Umgebung. Zum Beispiel auf den Bettler, dessen linker Arm malerisch unter seinem Hemd baumelte und dessen ausgemergeltes, unrasiertes Gesicht mitleiderregend an die christlichen Gefühle der Passanten appellierte. Oder auf die Straßenkinder, die *scugnizzi*, die in ständig wechselnden Formationen von geordnetem Chaos über den breiten Bürgersteig schwärmten. Und auf einen dürren Mann Ende Zwanzig, der auf der gegenüberliegenden Straßenecke seinen Motorroller aufheulen ließ und scheinbar tatenlos in die Gegend sah, als ob er auf einen Freund oder eine Freundin wartete.

Das waren die einzelnen Elemente, doch erst im nachhinein konnte Zen sagen, wie sie ineinandergriffen und was der Zweck der ganzen Maschinerie war oder wie das Signal aussah, das sie in Gang setzte. Alles geschah sehr schnell. Zunächst blockierten ihm die *scugnizzi*, die ausgelassen Fangen spielten, ganz plötzlich den Weg. Während er darauf wartete, daß sie sich wieder zerstreuten, rückte ihm der Bettler auf den Leib und flehte ihn mit einer unzusammenhängenden Geschichte um ein Almosen an. Zen wollte gerade seine Brieftasche zücken, als er, zusammen mit dem Bettler, erneut von den Straßenkindern umringt wurde, von denen keins älter als zwölf Jahre war. Sie schwirrten um sie herum wie ein Schwarm Stare und stießen seltsame hohe Schreie aus. Irgendwas flog über Zens Kopf auf den Mann mit dem Motorroller zu, und im selben Augenblick kniff ihm jemand kräftig in den Hintern.

Er fuhr empört herum, doch der Übeltäter war bereits wieder in der Gruppe der Kinder untergetaucht, die gerade quer über die Piazza in die umliegenden *bassi* rasten, um dort spurlos in den abgerissenen Mietskasernen und winzigen Gassen zu verschwinden. Mit einem resignierten Achselzucken drehte Zen sich um, um die Sache mit dem Bettler zu regeln, doch der war ebenfalls verschwunden. Er wollte schon weitergehen, als ihn der Lärm eines aufheulenden Motors aufblicken ließ, und dann sah er den Bettler, der sich unerklärlicherweise mit *beiden* Händen am Sozius festhielt, während die Maschine um die Ecke donnerte und verschwand. Erst in dem Moment stellte Zen fest, daß noch etwas weg war – seine Brieftasche.

Der uniformierte Polizist, der mit einer Maschinenpistole im Arm vor der Questura stand, stritt mit heftigem Schulterzucken ab, irgendwas gesehen zu haben, als ob er zu verstehen geben wollte, daß solche Zwischenfälle häufig vorkamen, meist durch Verschulden des Opfers, und in jedem Fall viel zu banal waren, um seine Aufmerksamkeit zu verdienen. Zen wollte schon den Vorgesetzten herauskehren, um zumindest die Befriedigung zu haben, den Mann katzbuckeln zu sehen, doch da fiel ihm ein, daß in der gestohlenen Brieftasche unter anderem sein Dienstausweis war.

Schon bald wurden noch weitere schwerwiegende Konsequenzen des Verlustes der Brieftasche offenkundig. Ohne einen handfesten Beweis, daß Zen tatsächlich derjenige war, der er behauptete zu sein, wollte der Wachposten am Ende der Eingangshalle ihn nicht in den oberen Bereich des Gebäudes lassen, zu dem nur hochrangige Staatsdiener Zutritt hatten und der deshalb für die Öffentlichkeit gesperrt war. Es nutzte Zen auch nichts, daß die einzige Art Ausweis, die er noch bei sich hatte, eine kleine Schachtel mit Visitenkarten war, die ihn als Alfonso Zembla identifizierten.

»Aber ich bin in einer hochoffiziellen Angelegenheit hier!« beteuerte er dem Wachposten. »Man hat die ganze Nacht versucht, mich zu erreichen. Lassen Sie mich mal kurz oben anrufen, dann wird man Ihnen das bestätigen.«

Als ob er ihm einen ungeheuren Gefallen täte, deutete der Wachposten lässig auf den Hausapparat hinter sich. Die Zentrale meldete sich, und Zen wurde mit dem Büro von Vice-Questore Piscopo verbunden. Die stellvertretende Polizeichefin selbst war nicht zu erreichen, aber einer ihrer Untergebenen bestätigte, daß man niemanden ohne entsprechenden Ausweis vorlassen könne.

»Aber das ist doch lächerlich!« platzte Zen los.

»Es ist möglicherweise Ihrer Aufmerksamkeit entgangen, daß eine neue Terrorgruppe in der Stadt operiert, der bereits drei Bürger zum Opfer gefallen sind«, antwortete die Stimme in eisigem Tonfall. »Für alle Behörden gilt laut Erlaß des Ministeriums höchste Sicherheitsstufe. Ohne Ausnahme.«

Unter dem herablassenden Blick des Wachpostens legte Zen den Hörer wieder auf und zog sich in die Mitte der riesigen Eingangshalle zurück, um darüber nachzudenken, was er als nächstes tun sollte. Seit seiner Ankunft in Neapel hatte er sich große Mühe gegeben, jeglichen Kontakt mit der Questura zu vermeiden, deshalb gab es im ganzen Gebäude niemanden, der ihn auch nur vom Sehen kannte und sich für ihn verbürgen konnte. Er könnte zwar Caputo herzitieren, aber es war niemand da, der im Hafen für ihn einspringen konnte. Und da die Questura wegen der Attentate der *Strade Pulite* unter höchster Sicherheitsstufe stand, war keineswegs gewährleistet, daß das bloße Wort eines niederen Beamten ausreichen würde, die Verantwortlichen davon zu überzeugen, daß Zen tatsächlich würdig war, in das innere Heiligtum der Macht vorgelassen zu werden.

Er ging immer noch im Kopf die eine oder andere Möglichkeit durch, als er plötzlich spürte, daß jemand hinter ihm stand.

»Haben Sie ein Problem, *duttò*?«

Der Sprecher war klein, zierlich und adrett und hätte irgendwo zwischen vierzig und sechzig sein können. Er trug ein merkwürdiges Sammelsurium an Kleidungsstücken, denen man ansah, daß sie schon lange in Gebrauch, aber sorgfältig gepflegt waren; einen alten grauen Anzug mit Weste, ein verknittertes weißes, bis zum Kragen zugeknöpftes Hemd, einen grünen Pullover mit V-Ausschnitt und dazu einen offenen Kamelhaarmantel, der von Alter oder Feuchtigkeit fleckig geworden war. Die Hände des Mannes steckten in weißen Baumwollhandschuhen. In der linken Hand hielt er einen alten, aber tadellos geformten Filzhut, in der rechten ein kleines Elfenbeinkästchen. Mit einem behandschuhten Finger schnipste er den silbernen Verschluß hoch, und ein Stapel Visitenkarten kam zum Vorschein. Unter resigniertem Seufzen nahm Zen sich eine. In elegantem Reliefdruck stand darauf: »Professore Gennaro Esposito: Zauberer, Astrologe, Hellseher.«

»Ich glaub' nicht an Zauberei«, sagte Zen.

Das Elfenbeinkästchen schnappte zu und verschwand.

»Nur um mich vorzustellen«, antwortete Professor Esposito ganz ruhig. »Ich praktiziere ohnehin kaum noch. Der Konkurrenzkampf ist heutzutage sehr hart, und wenn man nicht im Fernsehen wirbt, nimmt einen niemand ernst. Aber darum geht es jetzt nicht. Die Frage ist, was kann ich für *Sie* tun?«

Zen sah den Mann verdrießlich an.

»Überhaupt nichts, falls Sie mich nicht auf magische Weise in den vierten Stock zaubern können.«

»Zu wem?«

»Zur Stellvertreterin des Questore. Einer gewissen Piscopo.«
Der Professor rollte eindrucksvoll die Augen.
»Ah!«
Zen nickte.
»Das ist wohl auch für einen Zauberer im Ruhestand unmöglich.«
Die Handschuhe machten eine wegwerfende Bewegung.
»Wir sind hier in Neapel, *duttò*. Alles ist unwahrscheinlich, aber nichts unmöglich. Selbst der Preis hält sich im Rahmen. Ich kann Ihnen zwei Möglichkeiten anbieten. Die erste kostet Sie dreißigtausend und dauert etwa eine Stunde, vielleicht mehr, vielleicht weniger, je nachdem, wer gerade Dienst hat. Wenn Sie sich allerdings für den Expreßservice entscheiden, bring' ich Sie schneller da rauf, als Sie die Treppen hochsteigen könnten. Das kostet zwar fünfzig, lohnt sich aber.«
Zen lächelte matt.
»Das glaub' ich Ihnen gern. Nur leider kann ich Ihre Dienste nicht in Anspruch nehmen. Ich steh' nämlich nur deshalb dumm hier rum, weil man mir gerade meine Brieftasche gestohlen hat, und da war mein Ausweis drin und alles an Geld, was ich dabei hatte.«
Der Mann betrachtete Zen mit neu erwachtem Interesse.
»Sind Sie etwa Polizist, *duttò*? In dem Fall kann ich Ihnen den Berufsrabatt anbieten. Fünf Prozent vom Normalpreis, zehn beim Expreßservice.«
»Ich hab's trotzdem nicht.«
»Kein Problem.«
Die behandschuhten Finger schnellten vor, streiften Zens Handgelenk und verschwanden mit seiner Uhr.
»Sie gestatten, *duttò*, die behalte ich als Sicherheit.«
Der Mann wandte sich ab und mischte sich unter die Scharen von Menschen, die im Gebäude ein und aus gingen, Schlange standen und sich gegenseitig anrempelten. Zen schaute hilflos um sich. Erst seine Brieftasche, und jetzt auch noch seine Uhr. Er sollte lieber gehen, solange er noch ein Hemd am Leib hatte. Aber

er schien unfähig, sich zu bewegen. Trotz seiner sarkastischen Bemerkungen über die magischen Kräfte des Professors war es fast so, als hätte ihn jemand verzaubert.

»Hier entlang, *duttò*!«

Er drehte sich um. Professor Esposito winkte ihm vom Kontrollpunkt am Ende der Halle zu, wo man Zen vorhin den Eintritt verwehrt hatte. Er ging zwischen den vielen Menschen hindurch auf den ausdruckslosen Wachposten zu, der sich in keinster Weise anmerken ließ, daß er ihn jemals gesehen hatte. Sein Führer brachte ihn zu drei nebeneinanderliegenden Aufzügen und steckte einen Schlüssel in den rechten. Die Türen glitten auf.

»Der Privataufzug des Questore«, flüsterte Esposito konspiratorisch und führte Zen hinein. »Der fährt direkt zum Obergeschoß. Wie ich schon sagte, Sie sind schneller oben, als Sie die Treppen hochsteigen könnten!«

La sorte incolpa

»Nein, das ist nicht das Problem. Das Problem ist, daß Sie einfach Pech haben.«

Die Worte wurden – der Stimmlage nach zu urteilen – von einer Frau gesprochen, die eine Uniform trug. Sie rauchte eine kurze Zigarre und trug eine dunkle Brille. Das große Zimmer war düster, die Fensterläden geschlossen.

»Jeder kann mal Pech haben«, antwortete Zen.

Vice-Questore Piscopo klopfte auf ihre Zigarre und ließ ein gutes Stück Asche in den Metallaschenbecher auf ihrem Schreibtisch fallen.

»Einmal schon«, antwortete sie. »Sogar mehrere Male. Aber in dieser Sache steckt eine Logik wie in allem anderen auch. Ausnahmen bestätigen nur die Regel. Rein statistisch betrachtet haben Sie sich als Pechvogel erwiesen.«

Sie nahm ein Blatt aus dem Aktenordner, der vor ihr lag.

»Hier gibt es ein bestimmtes Muster, *dottore*, das ich längst erkannt hatte, bevor ich von Ihrem jüngsten Problem erfahren habe – ich meine, daß Sie sich Ihre Brieftasche haben stehlen lassen. Ein Muster, nach dem ich diesen Zwischenfall in gewisser Weise hätte vorhersagen können.«

Kurzes Schweigen.

»In Mailand verhaften Sie fälschlicherweise einen Mann für den Tondelli-Mord, der, nachdem er zwanzig Jahre später aus dem Gefängnis entlassen wird, versucht, Sie umzubringen. In Rom »klären« Sie ganz allein die Moro-Entführung – nur leider zu spät, um das Opfer zu retten. Das gleiche passiert zwei Jahre später in Perugia mit der Familie Miletti. In Sardinien zimmern Sie eine Lösung für die Burolo-Morde zurecht, die Ihren Kontaktpersonen im Palazzo Sisti genehm ist – die dann innerhalb eines Jahres oder so von der politischen Bühne verschwinden. Und als ob Sie unbedingt das Ausmaß Ihrer Unfähigkeit beweisen wollten, stellen Sie als nächstes absurde Behauptungen über einen führenden Regionalpolitiker auf, der mittlerweile Bürgermeister von Venedig und außerdem ein enger Vertrauter unseres Ministers ist. Und jetzt das hier.«

Zen schwieg. In den zehn Minuten, seit man ihm Zugang zu dem Zimmer gewährt hatte, hatte Vice-Questore Piscopo kein Wort zu dem vorliegenden Fall gesagt. Es war, wie ihm jetzt klar wurde, ein Fehler gewesen, den Diebstahl seiner Brieftasche zu erwähnen. Er hatte das eigentlich nur getan, um zu erklären, weshalb er nicht früher gekommen war, doch das Ergebnis war, daß er als unfähig und hilflos dastand und nur die Meinung bestätigte, die sich seine Vorgesetzten offenbar längst ganz allgemein über seine Leistungen gebildet hatten. Als Piscopo dann schließlich auf den Vorfall vom vergangenen Abend zu sprechen kam, stimmte ihre Interpretation völlig mit der bisher vertretenen Linie überein.

»Aufgrund unserer Ermittlungen können wir die Möglichkeit eines geplanten Angriffs ausschließen. Die Mörder, die in dem gestohlenen städtischen Fahrzeug saßen, wußten nicht, daß der Streifenwagen mit Ihren Männern hinter ihnen war, bis sich der Unfall ereignete, der an sich schon absolut unvorhersehbar war.«

Zen starrte auf die reflektierenden Brillengläser.

»Wer war das?« fragte er.

»Die Schützen?«

Eine weitere Geste, die andeutete, daß dieser Fall bereits unter der umfangreichen Rubrik *merkwürdige Sachen, die passieren, wenn Aurelio Zen im Spiel ist*, abgelegt worden war.

»Nach Zeugenaussagen waren vier bis acht Männer in dem Müllwagen. Sie trugen alle blaue Overalls wie ganz normale städtische Arbeiter, aber wir haben das gesamte Personal der Städtischen Müllabfuhr befragt und sind der Meinung, daß keiner von ihnen was damit zu tun hat. Der Wagen selbst wurde vor zwei Monaten aus dem städtischen Depot entwendet.«

Die Vertreterin des Questore paffte an ihrer Zigarre.

»Damit bleibt die Frage, was Ihre Männer überhaupt dort taten.«

Zen merkte, wie er sich verkrampfte. Die Uniform der Frau, sehr ungewöhnlich bei einer Person von so hohem Rang, gab ihm das Gefühl, genauso nackt zu sein wie am Morgen, als Valeria ins Zimmer gekommen war.

»Vor drei Tagen«, begann er umständlich, »gab es im Hafen eine Messerstecherei...«

»Das ist mir nur zu bewußt, *dottore*! Seitdem stehen wir unter dem permanenten Druck, den Fall zu lösen.«

Zen nickte, als ob sie eine Gemeinsamkeit eingeräumt hätte.

»Gestern klagte der Gefangene – der immer noch nicht identifiziert werden konnte und sich geweigert hatte, irgendeine Aussage zu machen – über heftige Bauchschmerzen. Ich rief einen Arzt...«

»Sie waren *im Dienst?*«

Die Frage triefte vor Ironie.

»Selbstverständlich. Die Tragweite des Falls erforderte eindeutig, daß ich alle anderen Belange beiseite schob und mich ganz der Aufgabe widmete, eine Lösung zu finden, ungeachtet persönlicher Bedürfnisse oder bürokratischer Vorschriften.«

»Und trotzdem haben wir mehr als achtundvierzig Stunden vergeblich versucht, Sie zu erreichen. Ihre Untergebenen haben es zweifellos meisterhaft verstanden, Sie zu decken, aber ich muß gestehen, daß wir alle den Eindruck hatten, daß Sie Ihre Pflichten – wie soll ich sagen? – ausgesprochen locker sehen.«

»Unglücklicherweise ist mein Telefon zu Hause zur Zeit außer Betrieb«, antwortete Zen. »Ich hab' bei der SIP angerufen, aber Sie wissen ja, wie das ist, wenn man am Wochenende einen Techniker braucht.«

»Der Gefangene hat also über Bauchschmerzen geklagt, und Sie haben einen Arzt gerufen.«

»Genau.«

»Einen Polizeiarzt?«

Zen zögerte kurz.

»Es stand keiner zur Verfügung. Und da der Gefangene ganz offensichtlich starke Schmerzen hatte und angesichts der großen Bedeutung dieses Falles habe ich einen normalen Arzt gerufen, der sofort kommen konnte. Er bestätigte, daß der Gefangene an Magen-Darm-Beschwerden litt und dringend ins Krankenhaus müsse. Er hat dies in einer schriftlichen Diagnose festgehalten, von der ich Ihnen umgehend eine Kopie zukommen lassen werde. Ich habe sofort die Verlegung des Gefangenen unter Aufsicht zwei meiner erfahrensten Beamten angeordnet und ihnen befohlen, ihn ins Krankenhaus zu bringen und an seinem Bett zu bleiben, bis der notwendige Eingriff durchgeführt worden sei. Während sie diesen Auftrag erfüllten, ereignete sich der Überfall.«

Vice-Questore Piscopo nickte und rauchte, rauchte und nickte.

»Also wissen wir nicht nur immer noch nichts über den Hauptverdächtigen und wichtigsten Zeugen in einem Fall von immenser internationaler Tragweite, sondern besagtes Individuum ist auch noch aus der Haft entflohen.«

Sie breitete theatralisch die Arme aus.

»Wie würden Sie das denn nennen, *dottore*, wenn nicht Pech?«

»Einen sorgfältig geplanten und erbarmungslos durchgeführten Hinterhalt«, antwortete Zen. »Mit der Absicht, den Gefangenen zu befreien, bevor er zum Reden gebracht werden konnte.«

Piscopo schnaubte verächtlich.

»Warum sollte jemand für einen messerschwingenden Gewaltverbrecher einen Hinterhalt planen?«

Jetzt war Zen an der Reihe, ironisch den Überraschten zu spielen.

»Mir war ja nicht klar, daß es Ihnen gelungen ist, ihn zu identifizieren, *dottoressa*. Allerdings, wenn er, wie Sie andeuten, vorbestraft ist, dann ist es sehr merkwürdig, daß wir keine positive Antwort auf unsere Anfrage nach Identifizierung der Fingerabdrücke und des Fotos bekommen haben.«

»Natürlich habe ich ihn nicht identifiziert. Ich wollte lediglich...«

»Es gibt natürlich noch eine andere Möglichkeit«, fuhr Zen fort, »die sowohl den Hinterhalt als auch das Fehlen von Unterlagen erklären würde.«

»Und die wäre?«

»Dieser Mann ist kein einsamer Hafendieb, wie alle angenommen haben, sondern er hat eine enge Verbindung zu einem der mächtigsten Clans des organisierten Verbrechens hier in der Stadt.«

Es folgte ein langes Schweigen, im Laufe dessen Piscopos Brille anscheinend noch undurchsichtiger wurde.

»Zu welchem?«

Ihre Stimme klang hart und schneidend wie ein Diamant.

»Ermanno Vallifuoco«, antwortete Zen.

Die Polizistin zog an ihrer Zigarre und blies eine dichte blaue Rauchwolke in die Luft.

»Ermanno Vallifuoco ist aus dem Verkehr gezogen worden.«

»Ja, ich hab' davon gelesen.«

Schweigen. Vice-Questore Piscopo knüllte den Ausdruck mit den markanten Punkten in Zens Karriere zusammen und warf ihn in einen metallenen Papierkorb.

»In gewisser Weise hätten Sie sich die Hand geben können«, erklärte sie. »Ermanno Vallifuoco repräsentierte das alte Neapel, so wie Sie, Dottor Zen, das alte Italien repräsentieren.«

»Und bin ich auch ›aus dem Verkehr gezogen‹ worden?«

Der Mund unter den dunklen Brillengläsern lächelte nicht.

»Leider nicht ganz so effektiv.«

Le cose che han fatto

»Das hat sie gesagt?«

»Genau das waren ihre Worte.«

»Und du glaubst ihr?«

Ein Achselzucken.

»Warum hat dann Orestina mir nichts davon gesagt?«

»Filomena sagt, sie haben geschworen, uns nichts davon zu erzählen«, erklärte Sabatino. »Es ist ihr einfach so rausgerutscht, als wir heute morgen miteinander telefoniert haben. Sie klang ein bißchen erschöpft und aufgewühlt – offenbar sind sie fast die ganze Nacht aufgewesen –, und sie hat gesagt, sie könne mich nicht belügen.«

Gesualdo, der am Steuer saß, bog unnötig scharf nach links ab.

»Ach, kann sie nicht?«

Sabatino sah seinen Partner überrascht an.

»Was spricht denn dagegen?«

»Und diese kleinen Biester haben das mitgemacht?« brüllte Gesualdo, um sein fürchterlich lautes und dissonantes Gehupe zu übertönen, das dem Gehirnamputierten am Steuer des Wagens vor ihnen galt, der fast einen Unfall verursacht hätte, indem er ganz plötzlich und ohne jede Vorwarnung an einer Ampel hielt.

»Für sie bedeutete es einen kostenlosen Trip nach London«, bemerkte Sabatino in versöhnlichem Ton. »Außerdem hat Filomena gesagt, sie wußten, daß sie uns vertrauen könnten, also war es eh egal.«

»*Strunze 'e mmerda! Chi t' 'a date 'a patente?*«

Das zu dem Fahrer vor ihnen, der immer noch die Straße blockierte, obwohl die Ampel bereits vor einigen Nanosekunden auf Grün umgeschlagen war.

»Orestina hat dir also nichts davon erzählt?« fragte Sabatino.

Obwohl ihnen ein Bus entgegenkam, scherte der rote Jaguar aus und donnerte an dem Störenfried vorbei.

»Wir haben über andere Sachen geredet«, antwortete Gesualdo aggressiv.

»Zum Beispiel?«

»Das geht dich einen Scheißdreck an.«

»Ach, *solche* Sachen...«

Zwei Blocks weiter endete die flotte Fahrt des Jaguars in den verstopften Straßen, die zur Piazza Garibaldi führen, und dem Marktgewühl um den Hauptbahnhof.

»Wer hat das eingefädelt?« fragte Gesualdo. »Dieser Alfonso Zembla nehm' ich an.«

Sabatino machte eine lässige Handbewegung, ganz der gnädige Verkünder vertraulicher Informationen.

»Er hat nichts damit zu tun. Offenbar ist das alles das Werk ihrer Mutter. Sie meint, daß die Mädchen einfach nur in die Vorstellung verliebt wären, zum ersten Mal verliebt zu sein, und wenn sie ein paar Wochen weg wären, würden sie uns vergessen. Aber es ist wohl genau andersrum gelaufen...«

Kurze Pause.

»... zumindest was Filomena betrifft. Sie hat gesagt, sie vermißt mich so sehr, daß sie die ganze Nacht nicht schlafen konnte.«

Vorsichtig nach Polizei Ausschau haltend, befestigte Gesualdo das blinkende Blaulicht auf dem Dach und begann, sich durch den Stau zu schlängeln.

»Und was ist mit dir?« fragte er aggressiv. »Hast du denn deiner treuen Penelope erzählt, daß wir in ein Haus mit zwei albanischen Sexbomben gezogen sind, die bereit sind, Zitat, alles zu tun, um voranzukommen, Zitat Ende?«

Sabatino zuckte die Achseln.

»Nun ja, nein...«

»Warum nicht?«

»Sie würde das nicht verstehen. Du weißt doch, wie Frauen sind.«

Gesualdo schüttelte den Kopf.

»Ganz im Gegenteil.«

Sie fuhren um die Piazza herum und dann in das ärmliche Viertel hinter dem Bahnhof.

»Merkwürdig, daß Orestina sich dir nicht anvertraut hat«, murmelte Sabatino vor sich hin.

»Noch merkwürdiger, daß du dich Filomena nicht anvertraut hast«, schoß Gesualdo zurück.

»Das ist keine Frage des Vertrauens! Ich hab' mir nichts vorzuwerfen.«

»Bis jetzt.«

Sabatino sah seinen Partner an.

»Was soll das heißen?«

Gesualdo hielt den Jaguar am Bordstein an.

»Nun ja, jetzt wo wir wissen, daß das Ganze nur ein Trick ist...« Er schnaubte.

»Was ändert das denn?«

Keine Antwort.

»Hier ist es also?« fragte Sabatino schließlich.

Gesualdo öffnete die Wagentür.

»Ja«, sagte er. »Hier ist es.«

Sie überquerten die Straße und gingen in eine der wenigen Mietskasernen, die den Krieg und den anschließenden Wiederaufbau überlebt hatten. Drinnen führte eine steile Treppe auf einen schäbigen, aber blitzsauberen Flur mit einem offenen Fenster, das auf einen kleinen Hof hinausging. Hinter einer der beiden Türen weinte beharrlich ein Kind. Gesualdo klopfte gegen das massive Holz.

»Wer ist da?« rief eine Frau.

Gesualdo räusperte sich zurückhaltend.

»Guten Morgen, *signora*. Entschuldigen Sie die Störung. Ich bin ein Freund von Roberto.«

Er sah kurz zu Sabatino, bevor er hinzufügte: »Es geht um ein Auto.«

Dove sia nessun lo sa

Auf der Ausstellungsplattform in der riesigen Eingangshalle der Polizeiwache stand ein Lorbeerkranz von der Größe eines Traktorreifens gegen eine Wand gelehnt, die ganz fleckig von dem Staub war, der sich in dem narbigen Putz gesammelt hatte. Rote Bänder und die italienische Flagge flankierten ein grobkörniges Foto von Armando Bertolini als jungem Rekruten in Uniform. Auf der Karte darunter stand: »Unserem gefallenen Kollegen, mehr in Trauer als in Wut, die Beamten und Männer des Hafenkommandos.«

Das Gebäude war absolut ruhig und scheinbar menschenleer. Zen ging nach oben und brüllte Caputos Namen. Seine Stimme hallte hohl wider. Dann waren eilige Schritte von oben zu hören, und die schlanke, aber männliche Gestalt seines Untergebenen erschien auf dem Treppenabsatz.

»Was geht hier vor?« fragte Zen, leicht schnaufend von der Anstrengung des Treppensteigens. »Hier ist es so tot wie auf einem Provinzbahnhof in Kalabrien.«

Caputo nahm eine von Trauer gezeichnete, unterwürfige Haltung an.

»Die meisten haben heute freigenommen, Chef. Unter den gegebenen Umständen schien das nur natürlich. Alle sind schockiert darüber, was dem armen Armando passiert ist. Selbst oben ist geschlossen.«

»Wovon reden Sie?« fragte Zen, der gerade den Treppenabsatz erreicht hatte, mit pfeifendem Atem. »Man hat mir zu verstehen gegeben, daß das obere Stockwerk dieses Gebäudes nicht benutzt wird.«

Caputo nickte.

»Aber heute wird es noch weniger benutzt.«

»Die haben das Bordell geschlossen? O Gott!«

»Als Zeichen des Respekts, *dottore*. Allerdings nur für eine Nacht, und montags ist normalerweise eh nicht viel los.«

»Freut mich zu hören, daß der Geist des Pragmatismus hier immer noch vorherrscht, Caputo.«

Er nahm Caputo mit in sein Büro. Als die Tür hinter ihnen zufiel, drehte er sich um und sah seinem Untergebenen in die Augen.

»Also los, was ist wirklich passiert?«

Caputo öffnete den Mund, schloß ihn wieder und zuckte die Achseln.

»Wie ich Ihnen schon am Telefon erzählt hab', Chef, fuhren wir friedlich durch die Gegend, kümmerten uns um niemanden und suchten nach einer passenden Gelegenheit, Pastorelli scheinbar entkommen zu lassen...«

»Nein, ich meine, was *wirklich* passiert ist.«

»Hab' ich Ihnen doch schon erzählt, Chef! Diese Kerle in dem Müllwagen sind rausgesprungen und haben Bertolini niedergeschossen, bevor einer von uns...«

»Sie hören mir nicht zu, Caputo!«

Auf Zens maskenhaftem Gesicht spiegelten sich die merkwürdigsten Gefühle wider.

»Zum letzten Mal, was ist wirklich passiert?«

Caputo starrte Zen wie hypnotisiert an.

»Wirklich?« flüsterte er, als ob er den tabuisierten Namen einer Gottheit aussprechen würde.

Schweigen, Achselzucken.

»Man munkelt, daß es vermutlich ein Killerkommando von einem der Clans war und daß die das städtische Fahrzeug als Deckung benutzt haben. Als der Unfall passierte, sahen sie ihre Operation in Gefahr und beschlossen, die Initiative zu ergreifen.

Oder sie sind ganz einfach nur in Panik geraten. Mehr hab' ich nicht rauskriegen können. Niemand scheint was Genaues zu wissen. Es ist sehr merkwürdig.«

Zen fixierte Caputo noch eine Zeitlang schweigend. Dann wandte er sich abrupt ab.

»Und die Sache mit der Messerstecherei?«

Caputo lebte sofort auf.

»Da hat sich was getan, Chef! Die Amerikaner haben sich bei mir gemeldet. Sie haben die Person identifiziert, deren Fingerabdrücke auf dieser Kassette waren.«

»Ausgezeichnet! Wer ist es? Ich muß sofort mit ihm reden.«

»Sein Name ist John Viviani. Aber es gibt ein Problem.«

»Ein Problem?«

Caputos Grinsen verschwand genauso schnell, wie es gekommen war.

»Sein Schiff ist letzte Nacht ausgelaufen.«

»Ach so.«

»Aber das eigentliche Problem ist, dieser Viviani ist nicht an Bord.«

»Wo ist er denn?«

»Das weiß niemand.«

Es kostete Zen weitere fünf Minuten, die ganze Geschichte zu erfahren. Leutnant zur See John Viviani, ein junger Offizier auf dem Flugzeugträger, hatte am gestrigen Tag Landgang erhalten mit der Auflage, bis spätestens drei Uhr nachmittags zu seinem Schiff zurückzukehren. Als das Schiff dann um sechs Uhr morgens ablegte, war Viviani immer noch nicht zurück. Man vermerkte ihn als unerlaubt fehlend und gab seine persönlichen Daten an die zuständigen Behörden weiter, aber bisher hatte man noch keine Spur von ihm gefunden.

»Was ist mit Pastorelli?« fragte Zen.

»Der hat sich endlich gemeldet. Er hat die Handschellen mit dem Schlüssel abgekriegt, den wir ihm gegeben haben, und ist zu Hause untergetaucht.«

»Na schön. Wir machen folgendes. Der Mord an Bertolini ist

nicht unsere Sache. Darum kümmert sich die Questura. Was die Messerstecherei betrifft, so bleiben wir bei unserer Linie. Der Gefangene wurde ins Krankenhaus transportiert, als sich völlig unvorhersehbar ein Überfall ereignete, bei dem er spurlos entkommen konnte. Unsere Ermittlungen dauern an, und wir können im Augenblick nichts dazu sagen. Verstanden?«

Ein rasches Nicken.

»Verstanden, Chef.«

»Ich werde einige, äh, parallele Nachforschungen anstellen.«

Doch das erwies sich als gar nicht so einfach. Als Zen nämlich nach unten kam, mußte er feststellen, daß vor dem Haupteingang der Polizeiwache ein Mann stand, den er noch nie gesehen hatte. Er trug einen Kampfanzug und hatte eine Maschinenpistole in der Hand. Unbeeindruckt von Zens herrischem Auftreten verlangte er, dessen Ausweis zu sehen.

»Ich bin Vice-Questore Aurelio Zen, Leiter dieser Dienststelle. Und wen hab' ich vor mir?«

»Landi, Proculo«, antwortete der Mann. »Anti-Terror-Einheit.«

Er deutete mit dem Kopf auf einen vor dem Gebäude geparkten Jeep, in dem vier Männer in gleicher Montur und ebenfalls bewaffnet saßen.

»Angesichts der Bedrohung, die der gestrige Überfall darstellt,« fuhr Landi fort, »sind wir bis auf weiteres hierhin abkommandiert worden, mit dem strikten Befehl, niemanden rein- oder rauszulassen, der sich nicht ordnungsgemäß ausweisen kann.«

In einer einzigen Sekunde hatte Zen das ganze Ausmaß der Situation erfaßt. Die Questura hatte die Macht übernommen. Sein kleines Reich, so wie es bisher gewesen war, existierte nicht mehr.

Er ging wieder nach oben und klopfte an eine Bürotür. Drinnen führte Giovan Battista Caputo gerade ein angeregtes Telefongespräch in Dialekt. Zen stellte sich ohne jede Absicht vor ein Anschlagbrett an der Wand und kam sich plötzlich wieder wie ein Fremder vor, ein Eindringling, mit dem niemand etwas zu tun haben will. Es dauerte eine ganze Weile, bis er sein Selbstmitleid so weit überwunden hatte, um zu merken, was er da ansah. Das Anschlagbrett war mit diversen offiziellen Mitteilungen gespickt, die sich auf Ereignisse bezogen, um die sich die örtliche Polizei zu kümmern hatte. Nach der Farbe des Papiers zu urteilen, hingen die meisten schon ziemlich lange.

Doch zwei Mitteilungen waren neu, gerade erst von der Questura herausgegeben. Auf einer war ein Foto des entkommenen Messerstechers, mit der Warnung, daß er als bewaffnet und gefährlich anzusehen sei. Auf der anderen war ein Militärfoto von Viviani, John, einem US-Marineoffizier, der als vermißt galt, weil er sich nicht bei seinem Schiff gemeldet hatte. Es zeigte einen adrett aussehenden jungen Mann Anfang Zwanzig mit offenem Gesichtsausdruck, Bürstenschnitt und dem argwöhnischen Blick von jemand, der härter und kompetenter wirken will, als er sich eigentlich fühlt. Zen nahm beide Blätter vom Brett, faltete sie ordentlich und steckte sie in die Tasche.

»Sparen Sie sich die Mühe, Chef!« erklärte ihm Caputo, der gerade den Hörer auflegte. »Diese Typen tauchen immer wieder auf, nachdem sie sich ein paar Tage in der Stadt herumgetrieben haben, wenn sie ausgenüchtert sind oder kein Geld mehr haben.«

»Ich muß hinten rum raus«, sagte Zen. »Wie unser Gefangener.«

Caputo zog nur leicht eine Augenbraue hoch.

»Kein Problem.«

Zen ging zum Schreibtisch und wählte eine Nummer.

»Ich komm' nach Hause«, sagte er.

»Nach Hause?« fragte Valeria.

»Ich brauch' ein bißchen Geld. Man hat mir die Brieftasche gestohlen. Hast du etwas Bargeld da? Ich geb's dir zurück.«

»Wie wär's mit einem Mittagessen?«

Zögern.

»Nur wenn du Hunger hast«, fügte Valeria hinzu.

Zen lächelte.

»Ich hab' immer Hunger.«
»Ganz die Sorte Mann, die mir gefällt.«

Una donna che non val due soldi

Das dachte die Hure in der Via Francesco Proscopi 53c über keinen der beiden jungen Männer mit den harten Augen und durchtrainierten Körpern, die sich auf so unverschämte Weise Zutritt zu ihrer Wohnung verschafft hatten.

Zunächst mal gefiel ihr nicht, daß sie sie eine Hure nannten, schon gar nicht vor Daniele, der das Wort sofort aufgeschnappt hatte und es nun stolz durch die Wohnung posaunte, wie er es zweifellos später auch durch die ganze Nachbarschaft tun würde: *Puttà! Puttà!«*

Und noch weniger gefiel ihr, daß sie Robertos Namen benutzt hatten, um sich Einlaß zu verschaffen, wo doch schon nach wenigen Sekunden – aber leider zu spät – klar war, daß sie keinerlei Verbindung zu diesem örtlichen Schieber und Drahtzieher hatten, außer daß sie seinen Namen kannten. Wußte der liebe Himmel, zu wem die Beziehungen hatten. Sicher zu jemand Mächtigem, sonst hätten sie nicht gewagt, sich auf diese arrogante Weise aufzuspielen. Da steckte in jedem Fall ein großes Tier dahinter, aber sie wollte lieber nicht zuviel darüber nachdenken, wer das sein könnte.

Doch all das wurde völlig bedeutungslos verglichen mit dem, was als nächstes passierte. Sie hatte zugegeben, daß sie den Wagen in das unterirdische Depot gebracht hatte, das von Lorenzo geführt wurde, der den Laden für Roberto leitete, der wiederum alle möglichen Sachen für ...

»Wo hast du ihn her?« fragte einer der Männer.

Er war derjenige, vor dem sie die ganze Zeit am meisten Angst gehabt hatte – fälschlicherweise, wie sich herausstellte. Denn sie hatte gerade das wiederholt, was sie auch zu Lorenzo gesagt hatte – »Ich hab' ihn auf der Straße stehen gesehen, nicht abgeschlossen, und der Schlüssel steckte im Zündschloß« – da schnappte sich der andere Mann, auf den sie bisher nicht sonderlich geachtet hatte, Daniele, der gerade immer noch »*Puttà!*« schreiend an ihm vorbeilief, hob ihn hoch und setzte ihn sich auf die Knie. Dann nahm er, immer noch lächelnd, eine Pistole heraus und zielte damit auf den Hinterkopf des Jungen, den er so spielerisch festhielt, daß Daniele nicht merkte, was los war.

»*Puttà!*« schrie er ermutigt von dieser willkommenen männlichen Aufmerksamkeit. »*Puttà!*«

»Um Gottes willen, Sabatino!« zischte der andere Mann laut genug, daß man es hören konnte.

So läuft das also, dachte sie, der gute und der böse Bulle. Nicht daß die beiden Bullen wären, natürlich nicht, aber das Muster war das gleiche.

»*Oh, puttà!*« rief derjenige, der Sabatino hieß. Er ahmte die Stimme ihres Sohnes nach und grinste von einem Ohr zum anderen. »Wo hast du ihn her?«

Wenn es darauf eine einfache Antwort gegeben hätte, hätte sie sie ihnen gesagt. Aber die gab es nicht. Sie hatte die Nachrichten gesehen und wußte jetzt, wer der Besitzer des Wagens war. Und sie wußte – oder besser gesagt, wußte ebensowenig wie alle – was aus ihm geworden war. Sie wußte nur, daß irgendeine Gruppe von Terroristen in die Sache verwickelt war, und daß der schlanke, grausame, unbekannte junge Mann auf der anderen Seite des Zimmers soeben den Hahn des Revolvers, der auf das Genick ihres Sohnes zeigte, gespannt hatte. Seine ausdruckslosen Augen bohrten sich in sie wie der Schwanz eines Kunden, der ihr unheimlich war.

»Von einem Kunden!« platzte sie heraus.

»Wann?«

»Freitag nacht.«

»Wer war das?«

»Weiß ich nicht! Ich hab' ihn kaum gesehn.«

»*Puttà!*« kreischte Daniele fröhlich.

Seine Mutter fing an zu weinen. Zum ersten Mal wirkte das

Kind beunruhigt. Sabatino schob die Pistole wieder unter seine Jacke.

»Geh draußen spielen«, sagte er.

Daniele sah seine Mutter an, die nickte.

»Aber keine Tricks!« warnte der andere Mann.

Die Frau breitete die Arme für ihren Sohn aus, der auf sie zugelaufen kam.

»Geh Tante Clara besuchen«, forderte sie ihn auf. »Aber sag nichts von diesen beiden Männern hier.«

»Wie immer?« fragte Daniele mit heller Stimme.

Seine Mutter seufzte und nickte ernst.

»Wie immer.«

Daniele drehte sich tapfer um, offenbar froh, nützlich zu sein. Er ging hinaus, machte die Tür hinter sich zu, wie immer, und ließ seine Mutter mit den fremden Männern allein.

»Ich hatte ihn noch nie gesehen«, sagte die Frau. »Er hatte sehr... ungewöhnliche Wünsche. Aber der Preis war okay, deshalb hab' ich zugestimmt. Ich stieg in sein Auto, und wir wollten gerade zu ihm fahren, als dieser Unfall passierte.«

»Unfall?«

Das fragte der andere Mann, dessen Namen sie nicht kannte.

»Ein Lastwagen ist uns hinten draufgefahren«, antwortete sie achselzuckend. »Einer von diesen orangen, die den Müll abholen. Mein Kunde stieg aus, um sich mit dem Fahrer rumzustreiten. Danach hab' ich ihn nicht mehr gesehen.«

»Na hör mal!« fuhr Sabatino sie höhnisch an.

Es war nicht zu sagen, was passiert wäre, wenn nicht das Handy von dem anderen Mann angefangen hätte zu klingeln. Mit verärgerter Miene klappte er es auf, drehte sich um und fing leise an zu sprechen, damit niemand mithören konnte. Das brachte die beiden aus dem Rhythmus und gab ihr die Chance nachzudenken, nicht daß sie eine Vorstellung gehabt hätte, wie sie die nutzen sollte.

»Hat das noch jemand mitbekommen?« fragte der Mann, der sich Sabatino nannte, mehr um sie daran zu hindern mitzuhören, was sein Partner sagte, als in der Hoffnung auf eine positive Antwort.

»Nein, ich war die einzige an diesem ...«

Sie runzelte die Stirn und verstummte.

»Das ist ja merkwürdig!«

»Was ist merkwürdig?« lautete die schroffe Antwort.

Sie sah ihn an. Das war der entscheidende Augenblick. Jetzt würden sie sie entweder umbringen oder nicht. Zumindest war Daniele in Sicherheit.

»Zwei andere *femmenielli* arbeiten normalerweise auf der Ecke gegenüber. Aber wissen Sie was? Die letzten zwei Nächte sind sie nicht dagewesen. Da hab' ich noch gar nicht drüber nachgedacht. Sie sind einfach verschwunden wie ...«

Der andere Mann ließ sein Handy zuschnappen und stand auf.

»Komm, wir gehen!«

Sabatino runzelte die Stirn.

»Was ist los?«

»De Spino. Wir sollen sofort kommen.«

Sie gingen zur Tür. Dort drehte sich der Mann, der nicht Sabatino hieß, noch einmal um und starrte die Frau in aller Ruhe an.

»Zu niemandem ein Wort von dieser Sache, oder wir kommen wieder. Wenn nicht deinetwegen, dann wegen deinem Kind.«

Sie setzte sich zitternd hin, als die Tür hinter den beiden zufiel. De Spino, dachte sie. Ihr fiel niemand mit diesem Namen ein außer Dario. Aber der war nur ein kleiner Schieber und Betrüger. Es war ja ein Witz, sich vorzustellen, daß so jemand zwei rücksichtslose Ganoven wie diese beiden dazu bringen könnte, alles stehen und liegen zu lassen und angerannt zu kommen. Das mußte ein anderer De Spino sein. Die alte Ordnung brach zusammen, und neue Männer, von denen sie nie gehört hatte, hatten nun das Sagen. Sie hatte den Anschluß an die Entwicklung verpaßt, an das neue Italien. Bald würde sie niemand mehr wollen, noch nicht mal auf der Straße.

Erst da wurde ihr bewußt, daß die beiden Männer nichts von

dem Geld gesagt hatten, das Lorenzo ihr für den Wagen gegeben hatte. Ein Lächeln breitete sich langsam auf ihrem müden Gesicht aus. Vielleicht wurde es Zeit, Großmutter in Avellino zu besuchen. Sie beklagte sich doch immer, daß sie Daniele nie zu sehen kriegte. Da oben in den Bergen würden sie eine Zeitlang sicher sein, und dann war dieser ganze Zwischenfall hoffentlich in Vergessenheit geraten.

Qualche cosa di nuovo

Es war noch keine zwei Uhr, als Zen die Wohnung von Valeria Squillace verließ, gut gesättigt nach mehreren Tellern *pasta e ciceri*, ein Festmahl aus einfachen Zutaten: dicke Kichererbsen in reichlich Öl gebraten mit Nudeln unter einer Schicht geriebenem alten Parmesan. Die geheiligte Tradition der Mittagspause mochte zwar weiter im Norden allmählich verkommen, wo die Leute bei der Arbeit hastig Sandwiches herunterschlangen wie die Amerikaner, aber hier in Neapel wurde die herkömmliche dreistündige *ora di pranzo* immer noch weitgehend respektiert. Draußen auf der Straße war es ruhig, die Flure und Treppen im Haus menschenleer. Deshalb war Zen überrascht, als er feststellte, daß der Pförtner schon wieder an seinem Platz war.

Er hatte bereits eine unangenehme Begegnung mit diesem Zerberus hinter sich, der offenbar seine Aufgabe äußerst ernst nahm. Als Zen vor etwa einer Stunde hereinwollte, war der Mann aus seinem hölzernen Wachhäuschen im Flur gesprungen und hatte ihn mit überheblicher Skepsis gefragt, was er dort zu suchen habe. Wie vereinbart erklärte Zen, er sei Signora Squillaces Cousin aus Mailand und habe ein paar Tage geschäftlich in der Stadt zu tun. Der Pförtner rief oben an, um sich zu vergewissern, daß Dottor Zembla tatsächlich dort bekannt war und erwartet wurde, und erst dann hatte er ihn mit offensichtlichem Widerwillen ins Haus gelassen.

Deshalb war ihm der Anblick des Pförtners, der auf dem Flur

patrouillierte, zunächst ganz und gar nicht willkommen. Aber sofort wurde klar, daß sich die Haltung dieses Aufpassers drastisch geändert hatte. Vielleicht hatte er auch ein gutes Mittagessen gehabt, vielleicht hatten ein paar Gläser Wein ihn milder gestimmt. Jedenfalls grüßte er Zen respektvoll, ja sogar freundlich, und begleitete ihn unter diversen nett gemeinten Platitüden über das Wetter persönlich zur Haustür.

Zen hatte Pasquale angerufen, bevor er hinunterging, und der vertraute gelbe Fiat Argenta wartete bereits am Straßenrand. Der Pförtner beeilte sich, die hintere Tür für Zen aufzureißen und zierte sich fürchterlich, das Trinkgeld anzunehmen, das ihm für seine Dienste angeboten wurde. Dann schloß er die Tür hinter dem plötzlich hochgeehrten Gast von Signora Squillace und sah zu zwei jungen Männern hinüber, die auf der anderen Straßenseite in einem roten Alfa Romeo saßen. Der Fahrer, der einen weißen Pullover trug, dessen Ärmel er hochgeschoben hatte, so daß seine tätowierten Arme zum Vorschein kamen, sagte etwas zu seinem Beifahrer, der eine dunkle Brille und ein Lacoste T-Shirt trug und sofort die Zeitschrift weglegte, in der er gelesen hatte. Der Pförtner nickte einmal ernst und bedächtig.

Im Taxi griff Pasquale nach hinten und reichte seinem Fahrgast eine blaue Plastiktüte mit der Aufschrift »Spielwaren Carmignani – Seit 1883«.

»Keine Sorge, *duttò*. Das ist kein Spielzeug.«

Zen öffnete die Tüte und sah eine Schachtel darin liegen. Darauf war ein Foto von einem Handy.

»Schon?« sagte er erstaunt.

»Klar! Wir machen ein Geschäft, wir liefern die Ware.«

Zen seufzte.

»Leider kann ich es Ihnen nicht bezahlen, Pasquale. Mir wurde vor der Questura die Brieftasche geklaut, und ich komm' erst morgen zur Bank. Ich mußte mir schon von einer Bekannten Geld leihen, um andere Schulden zu bezahlen.«

»*Gesù, Gesù!* Vor ein paar Jahren hätte ich nur ein paar Anrufe zu machen brauchen, und ihre Brieftasche wäre innerhalb einer

Stunde wieder da gewesen, ohne daß eine einzige Lira gefehlt hätte. Aber das war noch in den alten Zeiten, bevor sie Don Raffaele eingesperrt haben. Heutzutage ist alles chaotisch. Kein Respekt, keine Organisation! Ich hör' mich mal um, *duttò*, aber ich fürchte, Ihr Geld können Sie vergessen.«

»Das Geld ist nicht so wichtig. Das schlimmste ist, da war auch mein Polizeiausweis drin, und ohne den . . .«

Er verstummte, als er merkte, was ihm da rausgerutscht war.

»Sie sind also doch bei der Polizei«, rief Pasquale triumphierend. »Das hab' ich mir gedacht.«

Zen machte eine verlegene Geste.

»Ich wollte nicht . . . daß Sie sich irgendwie gehemmt fühlen. Manchmal, wenn die Leute wissen, daß man Polizist ist, sind sie weniger bereit, einem bestimmte Dienste anzubieten, die nicht so ganz astrein sind.«

Pasquale legte einen Gang ein.

»Sehr rücksichtsvoll von Ihnen, *duttò*. Ich weiß Ihre Diskretion zu schätzen. Ihr Ausweis ist also auch weg. Ist das alles?«

»Alles? Es dauert Monate, bis ich einen neuen kriege.«

Das Taxi fuhr mit quietschenden Reifen los.

»*Ma quante maje?*« fragte Pasquale rhetorisch. »Höchstens ein paar Tage.«

Zen lachte.

»Sie haben es offenbar bisher erfolgreich vermieden, allzuviel mit Bürokratie zu tun zu haben, Pascà. Von dem Tag an, wo ich einen Ersatzausweis beantrage, dauert es mindestens . . .«

»Vierundzwanzig Stunden, *duttò*! Vielleicht sogar weniger, hängt davon ab, wieviel die zu tun haben. Ich brauch' natürlich ein Foto.«

Kurzes Schweigen.

»Sie wollen mir einen gefälschten Ausweis besorgen?«

Pasquale nahm beide Hände vom Lenkrad und drehte sich empört um.

»Eine Fälschung? Glauben Sie, ich würde Ihnen eine Fälschung andrehen? Die Dinger sind echt, *duttò*, vom Original nicht zu unterscheiden. Handgemacht in Aversa, von wahren Künstlern in ihrem Fach. Der Druck, das Papier, der Stempel – alles echt! Ein Kunstwerk, das noch authentischer ist als das Original!«

»Wieviel?«

»Über Geld können wir später reden«, sagte Pasquale großzügig und warf einen Blick in den Rückspiegel. »Denken Sie doch nur an den ganzen Ärger, den Sie sich ersparen.«

Das tat Zen.

»In Ordnung«, sagte er und hielt die Plastiktüte hoch. »Aber ich hab' schon dafür bei Ihnen Schulden.«

Pasquale zuckte die Achseln.

»Innerhalb von achtundvierzig Stunden ist so gut wie bar auf die Hand. Danach muß ich vielleicht ein bißchen Zinsen nehmen, um meine Ausgaben zu decken. Aber wenn Sie einen Kredit aufnehmen wollen, kann ich Ihnen den zu den besten Konditionen in der ganzen Stadt verschaffen. Welchen Namen hätten sie denn gern auf dem Ausweis?«

Während sie den Vomero hinunterrasten, antwortete Zen, sein eigener Name wäre schon ganz in Ordnung. Dann erwähnte er die andere kleine Sache, in der er hoffte, daß Pasquale ihm helfen könnte. Doch Pasquale hörte offenbar Zens Geschichte über einen vermißten amerikanischen Seemann nicht mit der üblichen Aufmerksamkeit zu. Seine Antworten klangen unkonzentriert und mechanisch, und er sah ständig in den Rückspiegel. Auch sein Fahrstil war ungewöhnlich chaotisch. So bremste er einige Male scheinbar unmotiviert, bog in letzter Sekunde in Seitenstraßen ab und umrundete mehrmals einen Kreisverkehr.

»Haben Sie einen Geleitschutz, *duttò*?« fragte er schließlich.

»Was für einen Geleitschutz?«

»Zwei Männer, die uns in einem roten Alfa folgen. Drehen Sie sich nicht um!«

Zen schüttelte den Kopf.

»Hmm«, sagte Pasquale.

Sie fuhren am Meer entlang zur Via Partenope, wo Pasquale

ganz abrupt vor einem der Luxushotels mit Blick auf die Bucht anhielt.

»Steigen Sie hier aus«, erklärte er Zen. »Tun Sie so, als ob Sie mich bezahlen. Dann gehen Sie ins Hotel und laufen durch die Eingangshalle zum Hinterausgang. Dort warte ich auf Sie.«

Verwirrt, aber gehorsam stieg Zen aus und tat so, als würde er Pasquale Geld durch das Fenster reichen. Auf der anderen Straßenseite hatte ein roter Alfa Romeo auf gleicher Höhe mit ihnen angehalten. Zen betrat das Hotel, während Pasquale davondonnerte, ohne ein wartendes Paar zu beachten, das dringend zum Flughafen wollte. Hinter der Drehtür führte ein breiter Läufer durch die marmorne Eingangshalle, in der zahlreiche nachgemachte antike Stühle standen, die ziemlich unbequem aussahen. Ein Portier in Livree kam auf ihn zu. Zen gab ihm einen 10 000-Lire-Schein und zeigte nach draußen, wo der junge Mann mit der dunklen Brille und dem Lacoste-Shirt gerade versuchte, zwischen den rasenden Autos hindurch die Straße zu überqueren.

»Dieser kleine Stricher will mich erpressen«, flüsterte Zen. »Er droht, es meiner Frau zu erzählen, wenn ich ihm nicht doppelt soviel zahle, wie wir vereinbart haben. Könnten Sie bitte dafür sorgen, daß er mich nicht weiter belästigt?«

»Kein Problem, Sir«, antwortete der Mann zuvorkommend. »Aber wenn Sie sich in Zukunft bitte an die Rezeption wenden würden. Dort kann man Ihnen jemanden besorgen, der unter Garantie diskret ist, und das rund um die Uhr; mit Zimmerservice, falls erwünscht.«

Während Zen zu den Aufzügen weiterging, stellte sich der Portier dem jungen Mann in dem Lacoste-Shirt in den Weg, der jetzt mit großen Schritten auf die Drehtür zukam. Doch anstatt vor dieser eindrucksvollen Gestalt ehrfürchtig zurückzuweichen, blieb der Eindringling nur kurz stehen und flüsterte dem Mann etwas ins Ohr. Die Wirkung war verblüffend. Der Portier schien sichtlich zu schrumpfen, wie ein Ballon, der Luft verliert. Sein Blick wurde glasig, und es sah aus, als hätte er seine Gliedmaßen nicht mehr unter Kontrolle.

Der junge Mann ließ ihn einfach stehen, lief an der Rezeption vorbei und bog rasch um die Ecke Richtung Treppen und Aufzüge. Der rechte Lift stand zur Benutzung bereit, doch der linke fuhr laut Leuchtanzeige gerade an der zweiten Etage vorbei und hielt dann auf der dritten an. Der junge Mann raste so schnell die Treppe hinauf, daß er von den flachen, mit Teppich ausgelegten Stufen immer vier auf einmal nahm.

Gleich neben den Aufzügen und den Treppen hing ein beleuchtetes grünes Schild mit der Aufschrift »Notausgang« an der Decke. Dahinter war eine geschlossene Tür mit einem Metallriegel. Auf der anderen Seite der Tür stand Aurelio Zen und sah die schmale Gasse hinter dem Hotel entlang. Am anderen Ende der Gasse bog soeben ein gelbes Taxi der Marke Fiat von der Hauptstraße ab.

»Was meinen Sie, wer das ist, *duttò*?« fragte Pasquale, sobald sie wieder unterwegs waren.

»Keine Ahnung. Vermutlich haben die mich mit jemand verwechselt. Jedenfalls haben wir sie dank Ihrer Geschicklichkeit abgehängt. Ach ja, wie ich bereits sagte, hab' ich noch einen Auftrag für Sie.«

Er gab Pasquale das Plakat von John Viviani, das er sich vorhin vom Anschlagbrett der Polizei genommen hatte.

»Dieser Mann wird seit gestern vermißt. Machen Sie Kopien von dem Foto und verteilen Sie es an so viele Kollegen wie möglich. Wenn ihn irgendwer erkennt oder sogar mitnimmt, soll er sich auf jeden Fall melden. Ich werd' ihn gut dafür entschädigen.«

Pasquale nickte geistesabwesend.

»Alles klar, *duttò*. Trotzdem würd' ich gerne wissen, wer die beiden Typen in dem Alfa waren.«

Mißtrauisch beäugte er ein Auto, das ihnen entgegenkam. Es war ebenfalls rot, und die beiden Männer darin waren jung und sahen verwegen aus. Doch bei dem Auto handelte es sich um irgendein schickes ausländisches Modell, die Männer waren anders angezogen und außerdem fuhren sie mit hoher Geschwindigkeit in die entgegengesetzte Richtung und zeigten keinerlei Interesse an dem gelben Taxi.

Stelle, un bacio?

»Aber es hat doch funktioniert, oder etwa nicht?«

»Sicher hat's das! Wenn du sie mit den Füßen über den brennenden Gasherd gehalten hättest, hätte es auch funktioniert. Verdammt noch mal!«

»Die Frau hatte ganz offensichtlich Angst.«

»Kann ich ihr nicht verdenken, wenn ein Verrückter ihrem Sohn eine Pistole an den Kopf hält.«

»Herrgott, Gesuà! Ich meine, sie hatte Angst zu reden, Angst, in die Sache hineingezogen zu werden. Deshalb hab' ich etwas getan, was ihr noch mehr angst machte, und es hat funktioniert. Und der Junge hat überhaupt nicht gemerkt, was los war. Er hat alles für ein Spiel gehalten.«

Gesualdo schüttelte schweigend den Kopf.

»Seit wann bist du eigentlich so pingelig damit, wie wir vorgehen?« fragte Sabatino. »Und im übrigen sollten wir auch nicht mit diesem verdammten Jaguar herumfahren. Der ist so auffällig wie ein Karnevalswagen, und außerdem wissen wir, daß er heiß ist. Wir wollen doch wohl nicht, daß uns jemand mit dem Anschlag auf Vallifuoco in Verbindung bringt.«

»Ganz im Gegenteil, genau das wollen wir.«

Sabatino zuckte die Schultern und starrte aus dem Fenster.

»Sie hat von einem Müllwagen gesprochen, oder?« sagte er schließlich.

»Was?«

»Das Fahrzeug, das sie von hinten gerammt hat, bevor Don Ermanno die Chance hatte, das gleiche oder schlimmeres mit ihr anzustellen. Die haben den Schaden übrigens prima ausgebessert.«

»Lorenzo stellt nur die besten Leute ein. Muß er auch, angesichts seiner Kunden und der Reparaturzeiten. Aber was ist denn mit dem Müllwagen?«

»Zweierlei. Erstens, was zum Teufel hatte ein Trupp von der städtischen Müllabfuhr um diese Zeit dort zu suchen? Diese Kerle machen pünktlich um sechs Uhr Feierabend, wenn sie überhaupt zur Arbeit erscheinen.«

Gesualdo dachte schweigend darüber nach.

»Und zweitens?«

»Diese Schießerei gestern abend auf der Via Duomo«, sagte Sabatino. »Der sind wir selbst nur um ein Haar entwischt. Verdammtes Schwein gehabt. Wir müssen, kurz bevor es passiert ist, an der Stelle vorbeigefahren sein. Jedenfalls war da auch ein Müllwagen im Spiel.«

»Und?«

»Wie nennt sich denn diese neue Terrorgruppe?«

Gesualdo schnipste mit den Fingern.

»›Saubere Straßen‹. Da könnten wir auf einer heißen Spur sein!«

Er runzelte die Stirn.

»Aber wir werden nicht die einzigen sein. Die Polizei muß zu dem gleichen Schluß kommen. Es ist zu offensichtlich.«

»Ja, es ist einfach *zu* offensichtlich«, murmelte Sabatino. »Ich frag' mich warum.«

Gesualdo schien nicht zuzuhören.

»Und statt dieser Sache nachzugehen und so gut wir können mitzumischen, müssen wir alles liegen- und stehenlassen, um bei Dario Händchen zu halten«, sagte er, während er den Wagen oben an den Scalini del Petraio abstellte.

Sabatino stieg seufzend aus dem Auto.

»Du hast den Anruf entgegengenommen, Gesuà. Wenn ich dran gewesen wär, hätt' ich ihm gesagt, er soll sehen, wie er klarkommt.«

»Er klang so verzweifelt. Hat gesagt, es ginge um Leben und Tod.«

»Wenn er uns verarscht, ist er dran.«

Sie rannten drei Stufen auf einmal nehmend die Treppe hinunter, über einen Platz, auf dem ein Junge hinter einem entlaufenen Huhn herjagte, und dann weiter das letzte steile Stück bis zu ihrem derzeitigen Zuhause. Dario De Spino stand vor der Tür und rieb sich nervös die Hände.

»Gott sei Dank, daß ihr da seid!« faselte er aufgeregt. »Sie haben gesagt, sie wollen sich umbringen! Ich hätte ja die Polizei holen können, aber ich dachte, es wär' euch sicher nicht recht, wenn die hier rumschnüffeln. Außerdem sind ihre Papiere nicht in Ordnung, und ich möchte die Sache nicht noch schlimmer machen.«

»Von wem redest du?« fragte Gesualdo.

»Von euren Nachbarinnen im ersten Stock natürlich!«

Sabatino fluchte laut.

»Deswegen hast du uns herzitiert? Laß sie sich doch umbringen, wenn sie das unbedingt wollen.«

»Die werden sich natürlich nicht umbringen!« blaffte Gesualdo. »Alles dummes Gerede. Dein Problem, Dario, ist, daß du keine Ahnung von Frauen hast.«

»Von solchen bestimmt nicht«, antwortete De Spino leicht pikiert. »Albaner sind nicht so flexibel wie wir. Bei denen ist alles düster und schicksalhaft, da geht's immer um Blut und Eingeweide. Um ganz ehrlich zu sein, die jagen mir eine Heidenangst ein.«

»Das ist dein Problem«, erwiderte Sabatino. »Du hast beschlossen, sie unter deine Fittiche zu nehmen. Wenn die plötzlich hysterisch werden, mußt du sehn, wie du damit fertig wirst. Damit haben wir nichts zu tun.«

De Spino schüttelte bedauernd den Kopf.

»Ihr wollt euch doch bei der Familie Squillace einschmeicheln, indem ihr ein Auge auf das Haus werft. Was glaubt ihr denn, wie das aussieht, wenn sich zwei illegale Einwanderinnen unter euren Augen hier umbringen, eh?«

Genervt schob sich Gesualdo an ihm vorbei.

»Wenn wir schon einmal hier sind, können wir auch gleich mal nach dem Rechten sehen.«

Er ging voraus die Treppe hinauf und klopfte an die Tür der unteren Wohnung. Niemand öffnete. Er drückte die Klinke herunter, doch die Tür war abgeschlossen. Sabatino beugte sich aus dem Fenster am Ende des Flurs. Von dort lief ein schmaler Sims zu dem Balkon vor dem hinteren Schlafzimmer. Mit einer Miene, als ob derart waghalsige Unternehmen für ihn selbstverständlich wären, kletterte er aus dem Fenster und spazierte über den Sims. Dann schwang er sich über die Balkonbrüstung und sah in das Fenster.

»Heiliger Strohsack!«

»Was ist da los?« fragte Gesualdo.

»Schlag die Tür ein!« brüllte Sabatino eindringlich und kletterte durch das Fenster wieder in den Hausflur.

Sie drückten mit den Schultern dagegen, doch als das nichts nützte, zog Gesualdo seine Pistole und durchschoß das Schloß. Dann trat er die Tür auf, lief durch die Diele und riß die Tür zum Schlafzimmer auf. Libera und Iolanda lagen ausgestreckt auf dem Boden. Beide hatten ein blankes Stück Kabel mit der Hand umklammert, dessen anderes Ende in einer Steckdose steckte. Ihre Augen waren geschlossen, die Münder weit aufgerissen und die Zungen herausgestreckt.

Gesualdo ging vorsichtig um die reglosen Körper herum und zog die Kabel aus der Wand, deren anderes Ende immer noch fest von den Fingern der Opfer umklammert wurde. Er öffnete ihnen gewaltsam die Hände und stellte fest, daß sie innen ganz schwarz waren. Derweil fühlte Sabatino nach dem Puls.

»Die hier lebt noch!« sagte er über Libera gebeugt.

Gesualdo legte eine Hand auf Iolandas Busen und beugte sich dann herunter, um ihr mit der Mund-zu-Mund-Beatmung wieder Leben einzuhauchen. Sabatino tat das gleiche mit Libera. Erst nach längerer Zeit begannen die Opfer schwache Lebenszeichen von sich zu geben. Sofort verdoppelten die beiden Männer ihre Anstrengungen. Sie hockten rittlings auf den auf dem Rücken liegenden Frauen und massierten ihnen kräftig den Brustkorb.

Dario De Spino hatte die ganze Zeit von der Tür aus zugesehen. Aus irgendeinem Grund schien er die Luft anzuhalten, mit dem Ergebnis, daß er ganz rot im Gesicht wurde.

Possibil non par

Professor Esposito hatte sich mit Aurelio Zen auf der Piazza del Duomo verabredet, doch als Pasquale seinen Fahrgast dort absetzte, war der Professor nirgends zu sehen. Pasquale war skeptisch, ob er überhaupt jemals wieder auftauchen würde.

»Ihre Uhr hat doch bestimmt – wieviel? – drei-, viermal soviel gekostet, wie Sie ihm schulden. Warum sollte er ein Pfand eintauschen wollen, das mehr wert ist, als der Kredit, den er dafür gegeben hat?«

Dieses Urteil wurde mit dem Ernst und der Selbstsicherheit eines Ökonomen abgegeben, der erklärt, warum die Finanzpolitik der Regierung zum Scheitern verurteilt ist. Zen hatte dieser zwingenden Logik nichts entgegenzusetzen, beschloß aber trotzdem, eine Viertelstunde zu warten. Bevor er Pasquale fahren ließ, nahm er das Handy aus der Schachtel und wählte als Test seinen Anrufbeantworter an, der für das aus dem Verkehr gezogene Telefon die Gespräche entgegennahm.

Es gab zwei Nachrichten. Die erste war von Gilberto Nieddu, der ihn bat, »in einer äußerst dringenden Angelegenheit« anzurufen. Die zweite war von einer gewissen Luisella, die nur sagte, sie würde sich noch mal melden. Zen schaltete das Handy aus und wollte es schon wieder einpacken, da wurde ihm bewußt, wer Luisella war. Er schloß die Augen und stieß einen Fluch aus.

»Was ist los, *duttò*?« fragte Pasquale besorgt.

»Dieses Ding bringt Unglück«, murmelte Zen und hielt das Handy hoch.

»Ich kann es gegen ein anderes umtauschen, wenn Sie wollen. Aber was ist genau das Problem?«

»Meine Exfrau hat mich gerade angerufen.«

»Ach so!« sagte Pasquale, als ob jetzt alles klar wäre. »Das hat nichts mit dem Telefon zu tun, *duttò*. Das ist der Mond.«

»Der Mond?«

»Wir haben diese Nacht Vollmond.«

Zen zuckte die Achseln.

»Aber das gibt es doch jeden Monat, Pasquale. Ich hab' seit sieben Jahren nichts mehr von meiner Frau gehört. Warum ausgerechnet jetzt?«

»Weil wir gleichzeitig Sonnenwende haben, *duttò*. Wenn Sonnenwende und Vollmond auf einen Tag fallen, dann ist selbst San Gennaro überfordert.«

Nachdem er diese Weisheit von sich gegeben hatte, fuhr Pasquale los, um das Bild von John Viviani unter seinen *tassisti*-Kollegen zu verteilen. Professor Esposito war immer noch nicht aufgetaucht, deshalb wählte Zen Gilberto Nieddus Nummer in Rom, beziehungsweise die Nummer einer Druckerei am Stadtrand, die einem entfernten Verwandten von Nieddu gehörte, den dieser in harten Zeiten unter dem Motto »Sarden gegen den Rest der Welt« einspannte.

Zen hinterließ eine Nachricht und seine Nummer bei diesem Mittelsmann und blieb am Apparat, bis er mit Nieddu verbunden wurde.

»Aurelio! Gott sei Dank, daß du anrufst.«

Nach der Stimme seines Freundes zu urteilen, war dessen Nachricht offenbar keine Übertreibung gewesen.

»Was ist passiert?«

»Es geht um deine Mutter, Aurelio. Ich möchte dich ja nicht unnötig beunruhigen, aber . . . nun ja, sie scheint nicht zu Hause zu sein.«

Hinter Zens Rücken ertönte ein Hupkonzert, das den Blechbläsern einer Big Band alle Ehre gemacht hätte.

»Das ist unmöglich! Sie geht nie aus dem Haus, außer um eure Kinder zu besuchen.«

»Genau. So sind wir überhaupt auf die Idee gekommen, daß was nicht stimmt. Sie sollte heute morgen zu uns kommen, aber als ich sie abholen wollte, hat niemand aufgemacht. Dann kam Maria Grazia, die Haushälterin, und wir sind zuammen in die Wohnung gegangen. Sie war leer, Aurelio. Keine Giustiniana, keine Nachricht, nichts. Ich hatte gehofft, daß du vielleicht weißt, wo sie ist.«

Zen spürte, wie ihm schwindlig wurde.

»Hör mal, ich kann jetzt nicht nach Rom kommen. Morgen vielleicht, ich weiß nicht. Kannst du dich nicht ein bißchen umhören? Frag den Pförtner, die anderen Leute im Haus...«

»Ich wünschte, das könnt' ich, Aurelio, aber ich muß ins Ausland fliegen. Geschäftlich. Meine Maschine geht in zwei Stunden von Fiumicino.«

»Aber du hast mir doch erzählt, du hättest deinen Paß abgeben müssen.«

»Ach ja, noch eine Sache«, sagte Nieddu mit merkwürdig angestrengter Stimme. »Erinnerst du dich noch an dieses Videospiel, wegen dem du mich gefragt hast?«

»Was ist damit?«

»Ich hab' eben festgestellt, daß es irgendeine Verwechslung gegeben hat. Offenbar hab' ich dir eine andere Kassette zurückgegeben. Da, wo ich das Ding getestet hab', lag ein ganzer Haufen von dem Zeug rum. Ich muß wohl die falsche eingesteckt haben.«

»Soll das ein Witz sein? Mein Gott, Gilberto! Wo ist denn das Original?«

»Mach dir keine Sorgen, das ist in sicheren Händen. Ich muß jetzt Schluß machen, Aurelio. Ich hoffe, daß deine Mutter sich bald meldet. *Ciao!*«

Das Gespräch wurde unterbrochen. Verzweifelt wählte Zen noch einmal die Nummer in Rom, aber es ging niemand mehr ran. Er versuchte es gerade bei Gilberto zu Hause, als er eine Gestalt bemerkte, die auffällig dicht neben ihm stand. Professor Esposito verneigte sich höflich.

»Sie hatte ich schon abgeschrieben«, sagte Zen schroff. Die Nachricht vom Verschwinden seiner Mutter hatte ihn offenbar mehr schockiert, als ihm zunächst bewußt gewesen war. Er stellte sich vor, daß sie den Verstand verloren hatte, ganz unmerklich, so wie eine Staubflocke vom Wind durch ein offenes Fenster getragen wird. Genau in diesem Augenblick könnte sie vor sich hin plappernd durch die verkehrsreichen Straßen der Hauptstadt irren oder durch die Parks, in denen sich Drogenabhängige herumtrieben, und Fremde ansprechen in der Illusion, sie wäre wieder in ihrem heimischen Venedig, wo alles sicher war und jeder jeden kannte.

»Wir waren doch verabredet«, bemerkte der Professor in verblüfftem, aber auch leicht verletztem Ton.

»Der Taxifahrer, der mich hierher gebracht hat, meinte, Sie würden bestimmt nicht kommen. ›Die Uhr ist viel mehr wert, als Sie ihm schulden‹, hat er zu mir gesagt. ›Warum sollte er sie zurückgeben wollen?‹«

Professor Esposito verzog schmerzlich das Gesicht.

»Dann muß er ein gewöhnlicher und ignoranter Mensch sein. Natürlich hätte ich aus dieser Transaktion kurzfristig einen Profit erzielen können, indem ich Ihre Uhr behalte, aber um den Preis, Sie als potentiellen Kunden zu verlieren und dem guten Namen zu schaden, den ich mir so mühevoll in all den Jahren aufgebaut habe.«

Zen nickte vage, hörte aber nicht zu. Er mußte seine Mutter finden, aber auch den entkommenen Gefangenen – und vor allem mußte er den US-Marineoffizier finden, der sich unerlaubt von seinem Schiff entfernt hatte. Wenn das, was Gilberto ihm über dieses Videospiel erzählt hatte, auch nur annähernd stimmte, dann war John Viviani möglicherweise in tödlicher Gefahr.

»›Mache dir nie unnötig einen Feind und versäume keine Gelegenheit, einen Freund zu gewinnen‹«, bemerkte Professor Esposito mit salbungsvoller Stimme, »›denn Feinde können dir schaden und Freunde helfen dir auf ungeahnte Weise und in Situationen, in denen du es am wenigsten erwartest.‹ Francesco Guicciardini.«

Er schob die Hand in seine Manteltasche, zog eine Uhr heraus und gab sie Zen.

»Mir ist zufällig aufgefallen, daß sie die Tendenz hat, nachzugehen. Deshalb habe ich mir erlaubt, sie einem Freund von mir zu zeigen, der sie gründlich gereinigt hat. Dann dachte ich, Gennà, Gennà, was hast du da gemacht? Hätte der *dottore* die Uhr denn nicht selber reparieren lassen, wenn er wollte, daß sie richtig geht? Und wenn er das nicht getan hat, kann das nur bedeuten, daß er will, daß sie nachgeht, damit er immer eine Entschuldigung hat, wenn er zu spät zu einer dienstlichen oder privaten Verabredung kommt. Und jetzt hast du ihm alles verdorben. Was bist du doch für ein Idiot, Gennaro!«

Zen dankte dem Professor für seine glänzenden und einfühlsamen Überlegungen, versicherte ihm aber, daß er einfach nie dazu gekommen sei, die Uhr reparieren zu lassen. Dann gab er ihm das Geld, das er ihm schuldete. Der Professor verneigte sich erneut.

»Sie haben meine Karte«, sagte er. »Wenn Sie wieder mal ein kleines Problem haben, wissen Sie, wo Sie mich finden können.«

»Eigentlich . . .«

Professor Esposito war sogleich ganz aufmerksam.

»Ja?«

Zen schüttelte den Kopf.

»Ach, nichts.«

Keiner von beiden rührte sich.

»Auf Ihrer Karte«, sagte Zen schließlich, »wurden auch diverse Dienstleistungen . . . äh . . . übernatürlicher Art erwähnt.«

»Ja.«

»Schließt das auch das Auffinden verschwundener Personen ein?«

Bisogna consolarle

Nachdem sich die Mund-zu-Mund-Beatmung als wirkungsvoll erwiesen hatte, war Gesualdo entschlossen, einen Arzt kommen zu lassen, der die Frauen untersuchen sollte, und danach einen

Krankenwagen, um sie ins Krankenhaus zu bringen, »damit wir sie los sind«. Aber schon der Vorschlag löste eine weitere Krise aus.

»Dann schneid' ich erst ihr die Kehle durch!« schrie Libera, schnappte sich ein Brotmesser und hielt es Iolanda an den Hals. »Und dann mir!«

»Das sind bestimmt die Nachwirkungen von den Stromstößen«, erklärte Dario De Spino den beiden anderen Männern. »Sie stehen sozusagen immer noch unter Schock.«

Libera fuchtelte mit dem Messer herum, als ob sie aus der feuchten Nachmittagsluft eine Skulptur herausschneiden wollte.

»Keine Ärzte, keine Krankenhäuser!« fauchte sie drohend. »Keine Behörden! Keine Papiere!«

»Die würden uns bloß abschieben«, erklärte Iolanda mit etwas ruhigerer Stimme. »Und zu Hause sperren sie uns in ein Konzentrationslager! Da kommt keiner je lebend raus.«

»Lieber einen schnellen und ehrenhaften Tod hier!« brüllte Libera und schwang das Messer.

»Okay, Mädels, okay!« sagte Sabatino breit grinsend und hob die Hände zum Zeichen der Kapitulation. Er zweifelte nicht, daß diese verrückten Albanerinnen durchaus in der Lage wären, ihre verrückten Drohungen in die Tat umzusetzen. Er erinnerte sich noch gut an die Geschichten, die sein Vater früher erzählte, über Blutfehden oben in den Bergen bei Avellino, Dinge, die heute niemand mehr für möglich halten würde. Dabei war das gerade mal fünfzig Jahre her und nur wenige Autostunden von der Stadt entfernt.

»Wir können das nicht riskieren«, flüsterte er Gesualdo zu. »Wenn die beiden sich die Kehle durchschneiden, wird es hier von Bullen wimmeln. Dann wären wir für mindestens ein Jahr aus dem Verkehr gezogen, und dir ist doch wohl klar, was das für unsere Beförderungsaussichten bedeuten würde. Es gibt genug ehrgeizige junge Arschlöcher, die nur zu gerne unseren Platz einnehmen würden.«

Gesualdo zuckte genervt die Achseln.

»Wenn du es sagst.«

Sabatino wandte sich den beiden Frauen zu.

»Eh, kein Problem!« erklärte er mit einem strahlenden Lächeln. »Wir vergessen einfach, daß das je passiert ist, okay? Und wenn wir euch, im Rahmen des Möglichen, irgendwie helfen können, dann sagt es uns, und wir werden uns darum kümmern. Ihr bleibt jetzt erst mal hier ...«

»Und du«, sagte Libera, ließ mit lautem Klirren das Messer fallen und nahm seine Hand, »bleibst auch hier.«

Sabatino sah erst sie an, dann Gesualdo.

»Vielleicht sollte tatsächlich einer von uns lieber noch eine Weile hierbleiben, um sie zu beruhigen«, sagte er rasch im Dialekt. »Du machst dich wieder an die Arbeit, Gesuà. Ich komme nach, sobald ich hier weg kann. Es wird bestimmt nicht lange dauern, aber in so einem Fall sollte man auf Nummer Sicher gehen.«

Sein Partner starrte ihn einen Augenblick an, auf eine Weise, die alles oder nichts hätte bedeuten können.

»Wie du meinst, Sabatì«, sagte er tonlos.

Als er sich zum Gehen wandte, stellte er fest, daß Iolanda vor ihm stand und ihn wie gebannt anstarrte. Er zögerte kurz, als ob er erwartete, daß sie etwas sagte. Dann eilte er mit einem ungehaltenen oder erleichterten Schulterzucken hinaus. Libera sah Iolanda an und machte eine ruckartige Bewegung Richtung Tür. Mit mißmutigem Gesicht ging Iolanda hinter Gesualdo her.

Dario De Spino hustete dezent.

»Wenn ihr mich bitte einen Augenblick entschuldigt, ich muß einen dringenden Anruf machen. Erinnerst du dich noch an Don Giovà? Eine seiner Eroberungen will, daß ich ihrem Sohn einen Job auf den Zigarettenschmuggelbooten besorge.«

Als Sabatino ihn ansah, tippte Dario mit einem Finger seitlich an seine Nase und fügte im Dialekt hinzu: »Viel Spaß!«

»Was hat er da gesagt?« fragte Libera, als De Spino die Tür hinter sich zugezogen hatte und sie allein waren.

»Er hat gesagt, ich soll mich um dich kümmern«, sagte Sabatino.

»Und wirst du das?«

Sabatino machte eine verlegene Geste.

»Ich kann ja nicht viel tun, aber . . .«

»Dario hat doch einen gewissen Don Giovanni erwähnt«, plapperte Libera weiter. »Vielleicht könnte der uns helfen.«

»Nein, nein, der ist erledigt.«

»Erledigt?«

»Er war mal ein wichtiger Mann hier in der Stadt, aber er war auch ein großer Schürzenjäger. Das war sein Untergang.«

Libera seufzte laut.

»Ach, es ist alles sinnlos! Da sitzen wir nun, meine Schwester und ich, in einem fremden Land gestrandet, und es ist niemand da, der uns hilft. Wir haben keine Arbeit, kein Geld, keine Chance. Unsere letzte Hoffnung war, daß du und dein Freund Mitleid mit uns haben würdet.«

Sabatino zuckte die Achseln.

»Eh, eh! Das Leben ist heutzutage überall hart.«

Libera wandte sich ab und biß sich auf die Lippen.

»Du bist so kalt! Ich bin verzweifelt, und du lachst mich nur aus.«

Sabatino nahm ihre Hand.

»Ich lache dich nicht aus.«

Sie sahen sich lange in die Augen. Dann machte Libera vorsichtig ihre Hand los.

»Worte sind billig.«

»Ich meine das wirklich!« beharrte Sabatino. »Was glaubst du denn, weshalb ich mir soviel Mühe gegeben hab', Gesualdo loszuwerden? Er ist sicher kalt. Aber das sind wir nicht alle und ich ganz bestimmt nicht. Ich will dir helfen. Ich will, daß du glücklich bist!«

Er rieb sich die Finger, mit denen er ihre Hand gehalten hatte. Sie schienen mit etwas klebrigem Schwarzem verschmiert zu sein, das irgendwie vertraut roch, Farbe oder Schuhcreme . . .

»Beweis es«, sagte Libera und starrte ihn herausfordernd an.

Sabatino nahm einen Schlüsselbund aus der Tasche, machte einen Schlüssel ab und gab ihn Libera. Sie starrte darauf, als ob sie so etwas noch nie gesehen hätte.

»Was ist das?« fragte sie.

»Ein Schlüssel natürlich.«

Libera sah ihm in die Augen.

»Ja, aber wofür?«

Sabatino griff in seine Jacke und zog einen Stift heraus. Dann nahm er Liberas Hand, drehte sie und schrieb etwas auf die samtige Haut ihres Handgelenks.

»Komm heute abend zu dieser Adresse«, sagte er, »dann wirst du es feststellen.«

Che loco è questo?

Professor Espositos große, knochige Gestalt war ein vertrauter Anblick in den Gassen nördlich der Via Sapienza, wo man ihn mit einer Mischung aus Ehrfurcht und Spott betrachtete. Jeder wußte irgendeine Geschichte über die legendären Fähigkeiten des *prufessò* zu berichten, sowohl in alltäglichen als auch in übernatürlichen Dingen. Sei es, daß es darum ging, die Gewinnzahl in der Lotterie vorherzusagen, ein verschwundenes Testament durch direkte Kommunikation mit dem Verstorbenen zu finden, dem nutzlosen Neffen von irgendwem (der aber trotzdem *pate 'e figlie*, eine Familie – Gott steh ihnen bei – zu ernähren hatte) einen sicheren Job bei der Stadt zu verschaffen oder Karten für Neapels großes Spiel gegen Juventus zu besorgen, das schon seit Monaten ausverkauft war. Einer Geschichte zufolge hatte der Profesor einmal sogar ein Kind wieder zum Leben erweckt, das Rattengift geschluckt hatte, einfach indem er mit einem Magnet über den reglosen Körper fuhr!

Die äußere Erscheinung des Professors hingegen war eine Zielscheibe allgemeinen Spotts, vielleicht vermischt mit einer Spur von Furcht. Weiter im Norden wäre er wegen seiner Größe nicht sonderlich aufgefallen, doch hier hatte sie, unterstrichen noch von seiner außergewöhnlichen Hagerkeit, zur Folge, daß man ihn schon fast als Mißgeburt betrachtete, was sich in den Spitznamen widerspiegelte, die wie Kaugummi an ihm zu kleben schienen, nämlich Spaghettistange, Stelzenläufer, Leuchtturm und Nummer neunundzwanzig. Letzteres bezog sich auf die Zahl beim örtlichen Bingo, die im Volksmund *tumbulella*, »die Quelle allen Übels« hieß, eine Anspielung auf das männliche Geschlechtsorgan.

An diesem Tag jedoch rief Professor Espositos Gang durch die schmalen, überfüllten Gassen dieses Teils von Spaccanapoli noch mehr Aufruhr hervor als sonst.

»*Mamma bella d' 'o Carmine!*« rief eine alte Frau, die geschmuggelte Zigaretten von einem Tablett auf ihrem ausladenden Schoß verkaufte. »Der Professor hat sich verdoppelt!«

Auf den ersten Blick mochte das tatsächlich so aussehen, denn neben ihm ging ein anderer Mann, der genauso groß und fast ebenso dünn war. Sie waren auch gleich angezogen. Beide trugen lange Mäntel und graue Filzhüte, und ihre Schritte – lang und eilig für hiesige Verhältnisse – marschierten im Gleichklang.

»Ein verloren geglaubter Bruder?« sinnierte der Schuster, der von seiner Arbeit vor der Einzimmerwohnung aufblickte, in der fünf Kinder lärmend Fangen spielten.

»Warum nicht? In Neapel gibt's doch reichlich Findlinge!« bemerkte sein Kunde und spielte damit auf die ursprüngliche Bedeutung des Namens Esposito an.

Doch als der Professor schließlich seine eigene Wohnung auf dem dritten Stock einer Mietskaserne über einem Secondhand-Buchladen erreichte, stellte er seinen Begleiter der Frau dort, die ebensogut seine Schwester wie seine Frau oder seine Mutter sein konnte, als Don Alfonso Zembla vor. Dann schickte er sie kurzerhand mit der Anweisung fort, daß er für niemanden zu sprechen sei.

»Noch nicht mal für Riccardo?« fragte die Frau.

»Am allerwenigsten für Riccardo!« entgegnete der Professor

und kreuzte dabei an jeder Hand zwei Finger gegen den bösen Blick.

Sobald die Frau gegangen war, begann er Fensterläden und Fenster zu schließen, so daß der Raum in ein Halbdunkel getaucht wurde.

»Verkleiden brauche ich mich ja wohl nicht«, bemerkte er quasi zu sich selbst.

Sein Besucher sah ihn irritiert an.

»Verkleiden?«

Der Professor öffnete eine große Truhe in einer Ecke des Zimmers und zog ein langes Gewand aus purpurrotem Satin heraus.

»Da gehört auch noch ein Hut und Stiefel dazu«, sagte er. »Das ist ganz nützlich, wenn man mit *popolino*, mit gewöhnlichen Leuten zu tun hat, die leichtgläubig und ignorant sind. Bei einem Mann wie Ihnen braucht man solche billigen Tricks nicht.«

»Ich verstehe nicht, warum das eine Rolle spielt«, wandte sein Besucher ein. »Wenn Sie zu einem Ergebnis kommen, werden Ihre Kunden an Ihre Fähigkeiten glauben, mit oder ohne Verkleidung. Wenn nicht, dann nützt auch ein Kostüm nichts.«

Mit einem leichten Kopfschütteln schloß der Professor die Truhe.

»Bei allem Respekt, *dottore*, hier verraten Sie ein vollkommenes Unverständnis dieser Wissenschaft gegenüber, die keine Wissenschaft im Sinne Newtons ist, sondern eine, wenn Sie mir den Ausdruck gestatten, post-einsteinsche! Was für eine bestimmte Person in einer bestimmten Situation gilt, muß nicht notwendigerweise für dieselbe Person in einer anderen Situation gelten oder für eine andere Person in derselben Situation, und noch viel weniger, wenn beides anders ist.«

Er zündete eine Öllampe an, stellte sie auf den Tisch und bedeutete seinem Besucher, sich an ein Ende zu setzen.

»Wenn irgendein ungebildeter Markthändler zu mir kommt und mich in meinem jetzigen Aufzug sieht, wird er denken, das ist kein Zauberer und kein Hellseher, das ist ein Buchhalter oder

Lehrer. Er wird nicht glauben, was ich ihm erzähle, also wäre es reine Zeitverschwendung, ihm überhaupt was zu erzählen. Das Ganze wäre von Anfang an zum Scheitern verurteilt. Bei Ihnen jedoch ist es genau umgekehrt. Es hat keinen Sinn, daß ich mich verkleide und allen möglichen Hokuspokus veranstalte, weil Sie dann denken würden, dieser Mann ist offensichtlich ein Schwindler, sonst würde er diesen ganzen Unsinn nicht zu machen brauchen. Hab' ich recht?«

Zen nickte. Der Professor setzte sich an das andere Ende des Tisches.

»Sehr gut. Also, was können Sie mir denn über das verschwundene Individuum erzählen? Haben Sie ein Foto oder noch besser irgendeinen Gegenstand, der ihm oder ihr gehört? Ein Kleidungsstück, Schmuck...«

»Ich hab' nur das hier.«

Er nahm die Vermißtenanzeige von dem entkommenen Gefangenen heraus und reichte sie über den Tisch.

»Ich weiß noch nicht mal den Namen des Mannes...«, begann Zen.

»Aber ich.«

Zen starrte Professor Esposito an, der mit finsterem Gesicht das Foto betrachtete.

»Sein Name ist Giosuè Marotta, auch als *'o pazzo* bekannt.«

»›Der Verrückte‹?«

»Eher ›der Witzbold‹, obwohl Don Giosuè eigentlich nichts besonders Amüsantes an sich hat. Er brüstet sich damit, daß er über hundert Männer umgebracht hat. Achtzig kommt der Sache vermutlich näher, aber seine Technik ist bemerkenswerter als die bloße Zahl. Er arbeitet mit allen möglichen Mitteln, doch seine Spezialität ist die Garrotte. Es wird behauptet, er kann die Prozedur bis zu fünfzehn Minuten ausdehnen.«

Zen starrte ihn an.

»Sie meinen, dieser Mann ist bekannt?«

Professor Esposito zuckte die Achseln.

»Berüchtigt, in gewissen Kreisen.«

»Aber wir hatten ihn tagelang in Haft und waren nicht in der Lage, ihn zu identifizieren!« wandte Zen energisch ein. »Wir haben seine Fingerabdrücke und dieses Verbrecherfoto an die Questura geschickt. Die sagten, sie hätten nichts über ihn.«

»Natürlich nicht. Diese Leute sind keine Politiker oder Filmstars. In den Kreisen, die ich eben meinte, verhält sich Ruhm umgekehrt proportional dazu, wieviel über einen bekannt ist, besonders offiziell. Bei den Spitzenleuten – wie Don Gaetano oder Don Fortunato – ist nichts weiter bekannt als Geburtstag und Geburtsort, und die sind beide höchstwahrscheinlich falsch.«

Zen bestätigte die Argumentation mit einem Nicken.

»Haben Sie eine Ahnung, wo dieser Marotta jetzt ist?« fragte er.

Der Professor starrte lange auf das Foto. Draußen auf der Straße war durch die Kakophonie von Autohupen, Rufen, Pfiffen und aufheulenden Motoren hindurch das dreimalige Krähen eines einsamen Hahns zu hören. Drinnen im Zimmer war alles still bis auf das Summen einer Fliege, die in der warmen Luft über der Lampe kreiste. Plötzlich geriet sie ins Trudeln, fiel in einer Spirale herunter und landete mit dem Rücken auf dem Verbrecherfoto von Giosuè Marotta, wo sie schwach mit den Beinen zappelte.

»Im Hades.«

Die Stimme schien aus großer Ferne zu kommen.

»Sie meinen Hölle?« fragte Aurelio Zen mit gerunzelter Stirn.

Längere Zeit herrschte Schweigen.

»Das ist das beste, was ich daraus machen kann«, sagte Professor Esposito seufzend. »Die Bilder sind sehr schwach. Ein guter Empfang ist fast unmöglich ohne ein Bezugsobjekt, also etwas, was von der persönlichen Aura der Person durchdrungen ist. Aber ich sehe ihn irgendwo tief unter der Erde, wo Flammen lodern und unzählige Gestalten herumlaufen. Kennen Sie *Das Jüngste Gericht* oben auf dem Capodimonte? Oder vielleicht ist Ihnen die römische Kopie von Michelangelo vertraut? In dem kurzen Einblick, den ich hatte, hätte Don Giosuè eine der Figuren ganz unten auf dem Bild sein können.«

Zen bemühte sich nicht, seine Enttäuschung zu verbergen.

»Das hilft mir nicht viel.«

»Einmal kommt vielleicht der Tag, wo das alles einen Sinn ergibt«, antwortete der Professor höflich und legte das Foto wieder auf den Tisch. »Darf ich Ihnen eine kleine Erfrischung anbieten?«

Zen zögerte einen Augenblick.

»Eigentlich hab' ich noch jemand, den ich unbedingt finden muß.«

»Da haben Sie aber Glück, *dottore*. Diese Woche gebe ich als einmaliges Angebot auf die zweite Beratung dreißig Prozent Rabatt. Wer ist es denn diesmal?«

»Meine Mutter. Aber ich habe kein Foto, keinen persönlichen Gegenstand von ihr, gar nichts.«

Der Professor lächelte.

»Stehen Sie auf und kommen Sie her.«

Zen gehorchte. Professor Esposito öffnete die beiden mittleren Knöpfe am Hemd seines Kunden und steckte den kleinen Finger seiner rechten Hand in Zens Bauchnabel.

»Wenn es um Ihre Mutter geht«, bemerkte er und konzentrierte sich mit geschlossenen Augen, »reichen Sie als Bezugsobjekt vollkommen aus.«

Cor di femmina

»Was ist denn mir dir los?« fragte Libera, als Iolanda hereinkam und – wie ihre Kollegin taktvoll hinzufügte – aussah wie eine aus einem Pissoir gefischte Zigarettenkippe.

»Kümmer dich um deinen eigenen Dreck!« lautete die wütende Antwort.

»Das geht mich schon was an«, erinnerte Libera sie. »Wir müssen beide rumkriegen, sonst kriegen wir kein Geld.«

»Wenn's dir nur um das Geld geht, das kannst du dir gleich in die Haare schmieren!« brüllte Iolanda, warf sich auf das Sofa und zog die Beine an.

»Worum sollte es mir denn sonst gehen?« fragte Libera unschuldig.

»Ach, vergiß es! Gesualdo ist durch und durch anständig.«

Libera legte den Kopf schräg und nickte bedächtig.

»Nicht die winzigste Spur von Interesse?«

»Verdammt gar nichts. Möchtest du die Geschichte hören?«

»Ich bin ganz Ohr, Schätzchen!«

Sie hockte sich auf den Rand des Sofas. Iolanda seufzte tief.

»Ich hab' ihn draußen auf der Treppe eingeholt und hab' ihm die übliche rührselige Geschichte erzählt. Hab' so getan, als würd' ich weinen, wär' nervös und kriegte keinen Ton raus, die ganze Palette.«

»Gut gemacht. Und?«

»Erst hat er so richtig die harte Tour geritten. Hat gesagt, er könnte mir nicht helfen, das sei nicht sein Problem, aber De Spino würde uns sicher was besorgen. ›Ich kann mir vorstellen, an was dieser widerliche Typ da denkt‹, hab' ich zu ihm gesagt. ›Willst du meine Schwester und mich zwingen, auf die Straße zu gehen?‹«

»Schon allein die Vorstellung!« murmelte Libera.

»Das schien ihn ein bißchen zu erweichen. Ich meine, er ist eigentlich ein wirklich netter Kerl. Deshalb ist es ja so hart.«

Sie blickte gedankenverloren vor sich hin. Liberas Kiefermuskeln traten deutlich hervor.

»Du wirst dich doch wohl nicht in ihn vergucken?« sagte sie anzüglich.

Iolanda warf ihr einen wütenden Blick zu.

»Red doch nicht so 'nen Scheiß!«

»Schon gut, Schätzchen, schon gut. Nun mach dir doch nicht gleich ins Höschen. Also, was ist passiert?«

Iolanda seufzte wieder.

»Er hat gesagt, wir täten ihm sehr leid. Daraufhin hab' ich ihm erklärt, er solle sich sein Mitleid in die Haare schmieren. Und er hat gesagt...«

»Ja?«

»Er hat gesagt, es wär' nicht nur Mitleid.«

Libera bekam ganz große Augen.

»Tatsächlich?«

»Also hab' ich weitergeredet und mich absolut lächerlich gemacht. Ich hab' ihm erzählt, ich hätte vom ersten Augenblick an gewußt, daß zwischen uns irgendwas wär' und daß ein so gutaussehender Mann nicht kalt und egoistisch sein könnte, bla, bla, bla. Und dann hat er mir eine Rede gehalten.«

»Worüber?«

»Daß er verlobt wär' und niemals etwas machen würde, was seiner zukünftigen Frau und Mutter seiner Kinder wehtun könnte. Dann hat er sich auf dem Absatz umgedreht und ist ohne ein Wort oder einen Blick gegangen, als ob ich ein Stück Hundescheiße wär'...«

Sie fing an zu weinen.

»Und jetzt telefoniert er wahrscheinlich mit diesem Miststück in England und jault ihr die Ohren voll, wie schön und lieb und weiblich sie doch wär'...«

Tränen liefen ihr die Wangen herunter und tropften auf ihre Bluse. Libera umarmte sie kurz und tätschelte ihr den Rücken.

»Mach dir nichts draus, Süße. Da kommst du schon drüber weg.«

»Was ist denn mit deinem? Die gleiche Geschichte, nehm' ich an. Schweine! Sie sind alle gleich!«

Libera betrachtete ihre Fingernägel.

»Nun ja, vielleicht doch nicht *alle*.«

»Wie meinst du das?« fuhr Iolanda sie an.

Libera warf ihre Haare zurück und lachte durchtrieben.

»Ach, nichts Besonderes.«

Iolanda starrte sie durchdringend an. Ihre Tränen waren versiegt.

»Du erwartest, daß ich dir glaube, er hat sich in dich verguckt?« fragte sie mit einem rauhen Lachen. »Na klar. Und du hast vermutlich auch gerade deine Periode bekommen. Ein weiteres Wunder von San Gennaro!«

Libera zuckte bescheiden die Achseln.

»Ab und zu passiert schon ein Wunder.«

»Hör auf, mich zu verarschen!« brüllte Iolanda. »Wir wollen die Sache doch mal ganz klar sehen. Es besteht keine Chance, daß die beiden sich von solchen wie wir rumkriegen lassen.«

»Da hast du vermutlich recht«, antwortete Libera. »Aus dem Grund muß er mir auch das hier gegeben . . .«

Sie präsentierte den Schlüssel, der an einer Kette um ihren Hals hing, und die Adresse, die auf ihr Handgelenk geschrieben war. Iolanda starrte stumm darauf.

»Dieses Arschloch«, sagte sie schließlich.

Sie rollte sich vom Sofa und ging mit raschen Schritten zur Tür.

»Wo gehst du hin?« fragte Libera mit besorgter Stimme.

»Zurück auf die Straße! Da kann ich zumindest einen ehrlichen Kunden bedienen und mir ehrlich mein Geld verdienen.«

Libera lief hinter ihr her und hielt sie fest.

»Bist du verrückt? Willst du das Geld wegwerfen, das Zembla uns versprochen hat, wo wir es schon praktisch in Händen halten?«

»Mir reicht's, verstehst du? Dieses ganze blöde Gerede über Liebe macht mich wahnsinnig.«

Sie warf sich wieder auf das Sofa und brach in Tränen aus.

»Ich geh' Dario holen«, sagte Libera und steuerte auf die Tür zu. »Dem fällt bestimmt was ein. Bleib da!«

»Ich bin völlig fertig«, murmelte Iolanda vor sich hin. »Und es gibt niemand, dem ich mich anvertrauen oder den ich um Rat fragen kann, absolut niemand. Sich in einen Kunden zu vergucken! So eine Schande! Ganz Neapel wird sich über mich kaputtlachen.«

Sie richtete sich auf und schniefte laut.

»Aber das wird nicht passieren. Ich werde diesen Mistkerl

einfach vergessen, ihn für immer aus meinem Gedächtnis löschen...«

Ihr Gesicht verzog sich, und sie fing schon wieder an zu weinen.

»Bloß das kann ich nicht! Egal was ich mache, ich muß immer an ihn denken. Wo ich auch hinseh', seh' ich sein Gesicht.«

Die Tür ging auf und Libera kam mit Dario De Spino herein, der in der oberen Wohnung ein Nickerchen gemacht hatte.

»Ich höre, hier gibt's ein kleines Problem«, sagte er mit aufmunterndem Lächeln.

»Verpiß dich, du Arschloch!« schrie Iolanda.

»Also bitte, beruhigen Sie sich, *signorina*. Deine Schwester hat mir erzählt, daß sie's geschafft hat, Sabatino rumzukriegen, aber daß du anscheinend keinen Eindruck auf Gesualdo machst. Ist das richtig?«

Mit ohnmächtigem Wutgeheul versteckte Iolanda ihren Kopf unter den Sofakissen.

»Nimm das doch nicht so persönlich, Schätzchen«, sagte Libera mit einer lässigen Geste. »Du glaubst doch nicht allen Ernstes, daß irgendein Mann einer Frau wie mir widerstehen kann? Ich möchte ja nicht prahlen, aber... nun ja, es ist halt einfach eine Tatsache, daß einige von uns haben, was man braucht, während andere...«

»Du Miststück!« kreischte Iolanda und schleuderte einen Aschenbecher nach ihrem Kopf.

Libera trat gerade rechtzeitig zurück, und das Geschoß flog an ihr vorbei aus dem Fenster.

»*Grazzie assaje, duttò*«, rief eine ältere Männerstimme aus dem Haus gegenüber. »Erst die Zigaretten und jetzt den Aschenbecher. Wirklich zu freundlich. Aber hören Sie, rufen Sie mich doch nächstes Mal bitte einfach an, dann komm ich's mir selbst abholen, einverstanden?«

»Aber meine Damen!« sagte De Spino mit beruhigender Stimme. »Wir wollen doch nicht wegen einem kleinen Rückschlag alles ruinieren. Macht euch keine Sorgen, wir können diesen kleinen Betrug immer noch unter Dach und Fach bringen, bevor ich eine ... äh ... dauerhafte Beschäftigung für euch finde.«

Un ladroncello

Gesualdo knöpfte sich gerade einen kleinen *scippatore* und Taschendieb vor, als Sabatino ihn entdeckte. Das Ganze hatte damit begonnen, daß Gesualdo Ciro daran erinnerte, daß er mit seinen Zahlungen für die nicht ganz legale Intervention im Rückstand sei, die ihn vor einem Aufenthalt in Poggioreale bewahrt hatte, nachdem er bei einer Undercover-Operation der *Carabinieri* erwischt worden war, mit der man das Stadtzentrum vor der G-7-Konferenz hatte säubern wollen.

Unter Druck gesetzt – diskret ein Knie im Schritt, ein kurzes, spielerisches Sichtbarwerden der Pistole im Holster und ein unbarmherziges Funkeln in den Augen des Fragestellers – hatte Ciro zugegeben, daß tatsächlich eine beträchtliche Diskrepanz bestehe zwischen den damals vereinbarten Bedingungen (sechs Monate lang 100 000 Lire pro Woche) und den tatsächlich geleisteten Zahlungen (seit zwei Monaten 0 Lire pro Woche). Doch das sei nicht seine Schuld, beteuerte er, es liege am Markt.

»Man hatte uns reiche Beute versprochen, sobald die Politiker weg wären! Dann sollten die Touristen wieder kommen, haben die gesagt. Die Stadt würde zu einem wichtigen Reiseziel werden, ihr schlechter Ruf eine Sache der Vergangenheit, stimmt's? Und weißt du was? Es ist schlimmer denn je! Weil die so hart durchgegriffen haben, als die hohen Tiere hier waren, mußten alle hinterher ihre verlorenen Einnahmen ausgleichen. Es gab massenhaft Überfälle auf offener Straße, die ausländische Presse verbreitete Schauergeschichten, und jetzt ist fast niemand mehr in der Stadt, der sich auszurauben lohnt! Es tut mir leid, Gesuà, aber ich kann wirklich nicht mehr tun. Wir leben in einer Marktwirtschaft, wie man so schön sagt. Wenn die Zeiten schlecht sind, müssen wir halt alle den Gürtel enger schnallen.«

Gesualdo grinste ihn an.

»Das brauchst du noch nicht mal selbst zu tun, Ciro. Wenn du nämlich nicht bis Ende der Woche mit dem Geld anrückst, werden wir dir den Gürtel enger schnallen. Und zwar so eng, daß dir die Lunge wie eine Kaugummiblase aus dem Mund guckt und am anderen Ende das Gedärm in deine Hose rutscht.«

»Ihr kriegt das Geld, kein Problem! Gebt mir nur ein paar Tage Zeit. Die Geschäfte ziehen langsam wieder an. Wenn die Bullen nicht so ein Theater darum gemacht hätten, die Straßen zu säubern, wäre alles wunderbar.«

Gesualdo nickte.

»Apropos, was hast du darüber gehört?«

Der Dieb ließ seinen frettchenhaften Blick in alle möglichen Richtungen schweifen.

»Worüber?«

»Über ›Saubere Straßen‹.«

Ciro zuckte hastig die Schultern.

»Nichts. Absolut nichts.«

Gesualdo fuhr mit dem Zeigefinger seitlich an Ciros Kehle entlang.

»Ich dachte nur, ich erwähne es mal«, sagte er beiläufig. »Denn wenn du was hörst, könnte das vielleicht im Hinblick auf die Rückstände, über die wir gerade gesprochen haben, von Vorteil sein. Es geht sozusagen um ein paar Löcher im Gürtel. Der *capo* ist ein bißchen sauer wegen dieser Sache. Don Ermanno war schließlich ein enger Verbündeter von ihm.«

Ciro wirkte immer verängstigter und verwirrter.

»Aber...« begann er, besann sich jedoch eines Besseren.

»Aber was, Ciro?«

»Nichts.«

Gesualdo lachte herzlich, als ob das ein Witz wäre, und umarmte den Dieb. Ciro stieß ein lautes Stöhnen aus, das fast in Gesualdos Gelächter unterging, und sank kraftlos auf das Kopfsteinpflaster. Gesualdo packte ihn fröhlich an den Ohren und zog ihn wieder auf die Füße.

»Um Himmels willen!« stöhnte der Dieb.

»Für alles gibt es eine Zeit, Ciro«, bemerkte Gesualdo freundlich. »Zeit zu leben und Zeit zu sterben, Zeit zu reden und Zeit, den Mund zu halten. Jetzt ist Zeit zu reden.«

Ciro nickte.

»Es ist bloß – verzeih mir, ich bin offensichtlich schlecht informiert – aber man hat mir erzählt – ich will ja nicht respektlos sein...«

Gesualdo starrte in das schweißüberströmte Gesicht des Mannes.

»Was hat man dir erzählt, Ciro?«

»Ich hab' es nicht geglaubt, verstehst du? Keine Sekunde lang, aber...«

»Was hat man dir erzählt?«

Ciro schluckte heftig.

»Gestern abend beim Kartenspielen hat Emiddio 'o Curtiello gesagt, daß Don Gaetano – Gott schütze ihn – das Ganze abgesegnet hätte.«

Er trat zurück mit dem Blick eines Spielers, der seinen Einsatz gemacht hat und nun auf das Urteil des Glücksrades wartet. Gesualdo sah ihn eine Zeitlang ganz ruhig an. Dann verzog er sein Gesicht zu einem Lächeln und nickte.

»Besorg uns das Geld bis Freitag«, sagte er.

»Bis Freitag? Gesù, kannst du mir nicht wenigstens bis Sonntag Zeit lassen, Gesuà?«

Plötzlich schien ihm ein Gedanke zu kommen. Er griff in die Tasche, zog einen laminierten Ausweis heraus und gab ihn Gesualdo.

»Hier, den hab' ich heute morgen direkt vor der Questura geklaut!«

Als er den Blick in Gesualdos Augen bemerkte, fügte er hastig hinzu: »Der Typ hatte so gut wie kein Geld bei sich, aber das Ding da ist echt. Keine von diesen billigen Fälschungen, die die in Aversa produzieren.«

Gesualdo warf einen verächtlichen Blick auf die Plastikkarte in Ciros Hand. Dann erstarrte er plötzlich, schnappte sich den Ausweis und sah sich die Aufschrift und das Foto genauer an.

»Behalt ihn als Zeichen meines guten Willens!« bot Ciro ihm an, darauf erpicht, wieder etwas Oberwasser zu gewinnen. »Du brauchst nur das Foto auszutauschen, und schon bist du Vice-Questore h.c. Eh, Gesuà? Also ich muß jetzt los. *Ciao!*«

Bevor Gesualdo reagieren konnte, war er auf sein Motorrad gesprungen und donnerte davon. Sabatino, der vor wenigen Minuten aufgetaucht war und die Begegnung von einer Bar auf der anderen Straßenseite aus beobachtet hatte, kam zu seinem Partner herüber.

»Du hast ihm wohl mächtig Angst eingejagt«, sagte er locker.

Ohne zu antworten gab Gesualdo die Plastikkarte Sabatino, der völlig schockiert darauf starrte.

»So eine Scheiße!« murmelte er.

Che strepito!

Aurelio Zen schlenderte die Via Chiaia entlang über die Kuppe zwischen dem Monte di Dio und den unteren Hängen des Vomero und folgte dann dem sanften Anstieg der eleganten Via Filangieri. Er ging langsam und registrierte mit einem reservierten Lächeln auf den Lippen die Myriaden von Dramen und Komödien, die sich um ihn herum entfalteten, ohne daß er etwas damit zu tun hatte.

Als die Straße einen Knick nach links machte und zur Via dei Mille wurde, blieb er stehen, um sich die Uhr anzusehen, die Professor Esposito ihm zurückgegeben hatte. Das hatte er bereits mehrmals getan, weil er feststellen wollte, ob es wirklich seine Uhr war. Selbst nach einer weiteren Begutachtung hatte er immer noch gewisse Zweifel. Fabrikat, Stil und allgemeines Aussehen waren zwar mit seiner Uhr identisch, trotzdem fühlte sie sich irgendwie anders an als die Uhr, die er so viele Jahre getragen hatte und die ursprünglich seinem Vater gehört hatte. Das könnte natürlich bloß eine Folge der Reinigung und Reparatur sein, die der Freund des Professors kostenlos durchgeführt hatte.

Ein elegantes junges Paar ging dicht an ihm vorbei, jeder auf einer Seite. Beide sprachen angeregt in ein Handy. Vielleicht redeten sie ja miteinander, überlegte er, die ultimative Yuppie-Beziehung. Aber jetzt konnte er diese Spielchen mitspielen.

»Valeria? Aurelio Zen.«

»Wer?«

»Alfonso Zembla, meine ich.«

»Was ist das für ein Krach.«

»Ich komme gerade an einem Stand vorbei, der Bootleg-Kassetten verkauft. Einen Augenblick mal... Hallo? Hallo?«

»Hallo?«

»Ah, da bist du ja. Ich rufe von meinem neuen Handy aus an. Die Stadt ist voller stiller Ecken, stelle ich gerade fest.«

»Gut, daß du dich meldest, Alfonso. Hier hat eben jemand angerufen, der dich sprechen wollte.«

»War das meine Mutter?«

»Wie bitte?«

»Meine Mutter. Sie ist verschwunden.«

»Nein, es war ein Mann. Er hat seinen Namen nicht genannt, aber er ruft noch mal an.«

»Ich bin zu einem *mago* gegangen und hab' ihn gefragt, wo sie wär'. Er hat mir erzählt, ich würde von den Drei Furien verfolgt.«

»Was für Furien?«

»Er hat einen Finger in meinen Nabel gesteckt und hatte eine Vision von den Erinnyen. Hast du schon mal was von denen gehört? Das sind weibliche Gottheiten, die Verbrechen gegen nahe Verwandte bestrafen. Der Professor hat offenbar eine klassische Ader. Eine weitere vermißte Person, nach der ich ihn gefragt habe, hat er nämlich im Hades aufgespürt.«

»Hast du vielleicht Fieber, Alfonso?«

»Mir geht es gut. Du hast doch wohl nicht vergessen, daß wir heute abend in die Oper gehen?«

»Natürlich nicht. Wenn du nicht rechtzeitig hier bist, treffen wir uns im San Carlo.«

»In Ordnung. Und hör mal, wenn jemand für mich anruft, gib ihm bitte die Nummer von meinem Handy. Hast du einen Stift?«

»Selbst wenn es deine Mutter ist?«

»Vor den Furien gibt es kein Entkommen, hat der Professor gesagt.«

Auf der Piazza Amadeo, in der Nähe der unteren Station der anderen Funiculare auf den Vomero, ging er in ein Café und bestellte ein Bier. Er hatte vor, kurz im Haus an den Scalini del Petraio vorbeizuschauen, um festzustellen, ob es seinen angeheuerten Profis gelungen war, die *innamorati* der Squillace-Töchter irgendwie zu beeindrucken.

Gesualdo wird das Problem sein, dachte er. Sabatino wirkte wie jemand, den man mit einiger Überredung zu fast allem kriegen könnte, und ganz bestimmt ins Bett, aber sein Partner hatte jene frömmelnde Fassade, hinter der sich massenhaft ungelöste Zweifel, Konflikte und Doppeldeutigkeiten verbargen. So wie er sich verhielt, hätte man meinen sollen, er hätte die Liebe erfunden, während sich alle anderen in den vergangenen tausend Jahren mit schäbigen Imitationen zufriedengegeben hatten.

Aber was wäre, wenn Zen gerade in dem Moment hereinplatzte, wo Iolanda oder Libera – er wußte nie, welche welche war – gerade erfolgreich dieses Muster an Rechtschaffenheit verführte? Das könnte alles ruinieren und Gesualdo den geeigneten Vorwand liefern auszusteigen. Vielleicht sollte er erst De Spino anrufen und die Lage abchecken. Vielleicht hatte er ihn ja bei Valeria zu erreichen versucht. Nein, das konnte nicht sein. De Spino wußte nicht, daß er zur Zeit dort wohnte. Das wußte eigentlich niemand. Bloß daß es offenkundig doch jemand wußte.

Ein weiteres ungelöstes Rätsel, dachte Zen, während er zahlte und in das lärmende Verkehrschaos auf der Piazza hinausging. Warum war plötzlich alles so kompliziert? Noch vor einer Woche war sein Leben genauso gewesen, wie er es sich immer gewünscht hatte, ruhig, angenehm und vorhersehbar. Und jetzt schien selbst die kleinste Kleinigkeit ungewiß, als ob er plötzlich dem gleichen Schicksal unterworfen wäre wie Teile der Stadt selbst, dieser unmerklichen, aber ständigen seismischen Bewegung, die die stärksten Fundamente unterhöhlte und jedes Gebäude instabil machte.

Er stand gerade für eine Fahrkarte in der düsteren höhlenartigen unteren Station der *Funicolare di Chiaia* an, da sein Fahrtausweis mit dem übrigen Inhalt seiner Brieftasche verlorengegangen war, als irgendwo in seiner Nähe ein unangenehmes elektronisches Piepen losging. Ganz in seiner Nähe, ja es schien direkt *aus* ihm zu kommen. Er starrte nervös an seinem Körper hinunter, als könnte er sich plötzlich in einen Roboter mit stählernen Gliedmaßen und geölten Gelenken verwandelt haben.

»Eh, *signore*, tun Sie uns allen doch bitte einen Gefallen«, sagte die ältere Frau vor ihm in der Schlange. »Wenn Sie nicht drangehen wollen, stellen Sie's doch freundlicherweise ab. Meiner Meinung nach haben diese verdammten Dinger das ganze zivilisierte Leben ruiniert. Heutzutage kann man nicht mehr essen gehen, ja noch nicht mal in die Oper, ohne sie zu hören. Früher wurde es als ungehörig betrachtet, überhaupt ans Telefon zu gehen, wenn man mit jemandem redete, aber heute...«

Zen entschuldigte sich betreten, während er das Telefon herauskramte.

»Ja?« bellte er aggressiv aus lauter Überkompensation.

»Hier ist Pasquale, *duttò*. Wo sind Sie?«

»Auf dem Heimweg. Ich meine, was bis vor kurzem...«

»Wo genau?«

»Piazza Amadeo.«

»Okay, machen Sie jetzt folgendes. Nehmen Sie den Zug zur Piazza Cavour. Ich warte draußen auf Sie. Um diese Zeit sind Sie so schneller dort, als ich bei dem ganzen Verkehr bei Ihnen sein könnte. Außerdem sind wir dann auch gleich mehr oder weniger in der richtigen Gegend.«

»Nichts für ungut, Pasquale, aber würden Sie mir vielleicht freundlicherweise erklären, was das Ganze soll?«

»Ihr vermißter Amerikaner, *duttò*. Er wird nicht länger vermißt.«

Questa è costanza

»Der ist natürlich gefälscht.«

»Muß er sein.«

»Merkwürdig, sich so einen Namen auszusuchen. Klingt noch nicht mal italienisch.«

»Sind allerdings dieselben Initialen.«

»So verraten sich diese Leute oft. Erinnerst du dich noch an Vito Gentile? Hat sich eine komplett falsche Persönlichkeit zusammengezimmert, nachdem er aus Procida ausgebrochen war. Nur zwei Dinge brachte er nicht über sich zu ändern, das Dorf, in dem er geboren war, und den Mädchennamen seiner Mutter. Und auf die Tour haben sie ihn geschnappt.«

Das Gespräch fand in einer *Vini e Cucini* in einer Seitenstraße nördlich der Via Tribunali statt; gekachelte Wände, eine billige elektrische Uhr, ein großes gerahmtes Foto von einem verstorbenen Verwandten. Trübes Licht drang durch die Gardine vor einem Fenster hoch oben in der Stirnwand. Darunter, wie in der Tiefe eines leer gepumpten Swimmingpools, stand eine Theke mit drei Weinfässern aus Holz. Der Literpreis war jeweils mit Kreide auf den Faßboden geschrieben. Hinter der Theke war eine Durchreiche zu der winzigen Küche, wo Teller trockneten und die Gemüter sich erhitzten.

Gesualdo und Sabatino saßen an einem der beiden langen Tische, zwischen ihnen die Reste eines Imbiß. Der einzige weitere Gast war ein betrunkener älterer Mann mit langen fettigen Haaren und riesigen Koteletten, der offenbar endlose Schichten Kleidung unter einem sehr edlen und anscheinend neuen Mantel trug. Vor ihm stand ein Glas Weißwein, eine leere Halbliterkaraffe und eine Ansammlung von Kippen, aus denen er den Tabak entfernte, um sich eine neue Zigarette zu drehen.

»Reines Mohair, *duttò*!« rief er mit heiserer Stimme, als er sah, wie Gesualdo seinen Mantel beäugte. »Die neue Herbstkollektion von Versace.«

»Okay, also was haben wir bisher?« fragte Sabatino rhetorisch. »Alfonso Zembla, angeblich ein Angestellter im Staatsdienst, trägt einen gefälschten Ausweis mit sich herum, mit dem er sich als hochrangiger Polizist ausgeben kann.«

»Im Geschäft würde so ein Mantel mindestens zweihunderttausend kosten, vielleicht sogar drei«, sagte der Betrunkene und stürzte den Rest von seinem Wein hinunter. »Und das nur, wenn man Ihnen Rabatt gibt.«

»Außerdem hat er sich große Mühe gegeben, uns zu überreden, in seinem Haus zu wohnen«, bemerkte Gesualdo. »Wir haben die ganze Zeit angenommen, daß er in dieser Hinsicht die Wahrheit sagt und kein Interesse an uns hat oder irgendeine Ahnung, wer wir sind. Vielleicht haben wir uns da ja geirrt. Vielleicht ist das Ganze nur ein Täuschungsmanöver.«

»Bestimmt nicht, *duttò*!« sagte der Betrunkene. »Ein Täuschungsmanöver, ich bitte Sie. Mit dem gleichen Recht könnten Sie sagen, ein Bugatti wär' nur ein Auto. Das hier ist kein Mantel, das ist ein stilistisches Statement!«

»Ein Täuschungsmanöver wofür?« fragte Sabatino mit plötzlich hellwachem Blick.

»Er ist warm, aber leicht, schick, aber solide, ein zeitlos klassisches Kleidungsstück, das perfekt zu jedem Anzug paßt, der jetzt oder in Zukunft Ihre Garderobe zieren mag«, erging sich der Betrunkene überschwenglich schwärmend in der leeren Kneipe. »Und was den Preis angeht...«

»Das macht mir ja gerade Sorgen«, erklärte Gesualdo Sabatino.

»Kann ich mir vorstellen, *duttò*! Zweihunderttausend, denken Sie, vielleicht sogar mehr. Brandneu, nie getragen außer von meiner Wenigkeit, was jedoch nicht zählt, weil ich ihn streng genommen gar nicht trage, sondern nur vorführe. Ihre Sorgen sind durchaus verständlich, aber unbegründet, weil ausgerechnet heute der Preis für dieses Kleidungsstück auf *neunzigtausend Lire* gesenkt wurde!«

»Wenn er sich unbedingt als Vice-Questore ausgeben wollte, muß es eine ziemlich ernste Sache sein«, bemerkte Sabatino.

Gesualdo nickte.

»Außerdem muß er Beziehungen haben. Wer auch immer diesen Ausweis gemacht hat, war ein echter Profi. Wenn wir nicht selbst im Geschäft wären, hätte ich ihn vermutlich nicht als Fälschung erkannt.«

»Eine Fälschung«, entgegnete der Betrunkene empört. »Das ist keine Fälschung, *duttò*. Das ist eine für authentisch befundene Kopie eines Versace-Originals, direkt hier in Neapel hergestellt in einem der besten Ausbeuterbetriebe! Das ist keine Fälschung, aber für achtzigtausend ist er zweifellos geschenkt.«

»Kurzum«, sagte Gesualdo. »Ich meine, wir sollten versuchen, etwas mehr über diesen Don Alfonso Zembla alias ›Aurelio Zen‹ herauszukriegen.«

»Vielleicht sollten wir als erstes mal seine Telefongespräche abhören«, schlug Sabatino vor.

»Warum nicht? Ich werde Giocchino gleich daran setzen. Wir brauchen nur seine Nummer, aber die krieg' ich leicht von Signora Squillace, indem ich so tu', als wär' ich jemand anders. Apropos, Orestina hat mich heute nachmittag angerufen. Ich hab' ihr gesagt, ich hätte vor rüberzufahren.«

Sabatino runzelte die Stirn und schüttelte den Kopf.

»Wohin?«

»Nach London.«

»Reine Zeitverschwendung, *duttò*, bei allem Respekt«, erklärte der Betrunkene und zündete sich triumphierend seine endlich fertiggestellte Zigarette an. »Ob London, Tokio, Paris oder New York – da finden Sie nichts, was Sie hier nicht billiger kriegen können. Aber wenn Ihnen der englische Look vorschwebt, tu' ich noch einen schönen Burberry-Schal dazu, echt Lambswool.

Siebzigtausend zusammen und keine Verpackungskosten, keine Sprachprobleme und keine Verzögerungen am Flughafen.«

Gesualdo beugte sich über den Tisch und sah Sabatino in die Augen.

»Wenn ich dir jetzt was erzähle, schwörst du mir beim Grabe deiner Mutter, daß du es niemandem weitersagst?«

»Lassen Sie ihn auf was anderes schwören, *duttò*«, riet der Betrunkene. »Mütter haben nicht mehr soviel zu sagen wie früher.«

Sabatino starrte seinen Partner mit großen Augen an.

»Was ist denn los, Gesuà?«

Gesualdo sah auf die Tischplatte.

»Ich bin verliebt«, murmelte er. »Und das nicht nur in Orestina.«

»Guglielmo, mehr Wein!« brüllte der Betrunkene. »Oh, Gugliè!«

Sabatinos Lächeln bekam einen ironischen Touch.

»Du meinst, du hast dich in Iolanda verguckt?«

»Ich muß zugeben, daß ich sie anziehend finde«, antwortete Gesualdo steif, als ob er diese Vertraulichkeit bereits bedauerte. »Aber dadurch wird sich nichts ändern. Ich habe mich Orestina gegenüber verpflichtet, und das werde ich auch einhalten. Das ist mehr als ein persönliches Problem, es ist eine politische Entscheidung. Wenn es irgendeine Hoffnung für dieses Land geben soll, müssen wir endlich anfangen, Verantwortung zu übernehmen und unsere Versprechen zu halten. Das ist die einzige Möglichkeit, ein neues Italien aufzubauen.«

»Du hörst dich an wie ein Sprecher der *Strade Pulite*«, bemerkte Sabatino mit einer gewissen Bösartigkeit.

»Ich persönlich bin für die Faschisten oder wie auch immer die sich heutzutage nennen«, warf der Betrunkene ein. »Aber das Wichtigste ist, jemand an die Macht zu kriegen, der was auf die Reihe kriegt. Um nur ein einfaches Beispiel zu nennen, wenn man die Chance hat, heute eine unglaublich echt aussehende Versace-Kreation für sechzigtausend Lire zu bekommen, wird man sie doch nicht nächsten Monat für hunderttausend wollen, hab' ich recht?«

»Hier geht's ums Prinzip«, antwortete Gesualdo prüde. »Egal was passiert, ich werde Orestina nicht betrügen. Ganz gleich, wie sehr ich in Versuchung sein mag, ich werde mich immer unter Kontrolle haben.«

»Das glaubst du doch wohl selbst nicht«, sagte Sabatino mit einem zynischen Grinsen. »Ich liebe Filomena genausosehr wie du Orestina liebst, und ich kann es kaum erwarten, sie wiederzusehen. Aber bis dahin hab' ich vor, mich zu amüsieren.«

»Vergessen Sie nur nicht, die Ware vor dem Empfang genau zu begutachten«, laberte der Betrunkene. »Es ist nicht alles so, wie es auf den ersten Blick erscheint, besonders hier in Neapel nicht.«

»Wie meinst du das?« fragte Gesualdo.

Sabatino zuckte die Achseln.

»Ich hab' Libera den Schlüssel von meiner Wohnung in Mergellina gegeben. Wir treffen uns heute abend dort.«

»Was?«

»Warum denn nicht? Filomena wird das niemals erfahren. Es ist so, als ob es niemals passiert wäre.«

Gesualdo sah ihn eine Zeitlang schweigend an, dann gab er ein lautes Schnauben von sich.

»Nun ja, das ist deine Sache.«

Die Tür zur Straße ging auf, und ein junger Mann trat ein. Jegliche Konversation verstummte sofort. Der Eindringling ging bis in die Mitte des Raumes und blickte leicht benebelt, aber freundlich um sich.

»*Vino?*« fragte er und schwenkte eine 50 000-Lire-Note.

Der Betrunkene wurde sofort aufmerksam.

»Du willst was trinken?« fragte er auf Englisch. »Vielleicht auch was essen? Setz dich! Irgendwann später erzähl' ich dir dann vom Krieg. Oh, Gugliè! *Addò cazzo staje? Puortace 'n'ato litro 'e chellu bbuono, pecchè ccà ce sta 'n'amico mije ca è arrivate mo' dall'America ca se sta murenne 'e sete!*«

Vi par, ma non è ver

Dario war ratlos. Das war besonders beunruhigend für einen Mann, der sich rühmte, immer zu wissen, was war und wer dahintersteckte, selbst in den seltenen Fällen, in denen er nicht direkt oder indirekt in eine Sache verwickelt war. Aber jetzt war es nicht nur so, daß er weder Gesualdo noch Sabatino erreichen konnte, sondern er bekam allmählich das unbehagliche Gefühl, daß alles, was in letzter Zeit passiert war, nur vom *eigentlichen* Geschehen hatte ablenken sollen, das ganz woanders stattfand. Kurz gesagt, er hatte das Gefühl, daß er, Dario De Spino, in diesem Fall nicht besser dran war als die armen Schweine, die er normalerweise ausnahm, Leute, die dumm genug waren zu glauben, sie wüßten, was los sei, weil sie die Nachrichten verfolgten.

Seine beiden Freunde hatten auf seine Anrufe nicht reagiert. Der einzige, den er hatte auftreiben können, der irgendwas über ihren Verbleib wußte, war Ciro Soglione, ein Liebhaber von großen Motorrädern, vollbusigen Blondinen und den Brieftaschen anderer Leute. Doch selbst Ciro war auffallend wenig hilfsbereit und sagte nur, daß er Gesualdo am Nachmittag kurz in Forcella getroffen hatte und letzterer versucht hatte, ihm »Druck zu machen«.

»Dem hab' ich rasch ein Ende gesetzt«, fuhr Ciro lässig fort. »Gesualdo ist zwar ein guter Kerl, das wissen wir doch alle, aber wenn man sich auf der Straße keinen Respekt verschafft, dann kann man gleich einpacken, was? Ich hab' ihm gezeigt, daß er mich nicht einfach rumkommandieren kann, und als er daraufhin einlenkte, hab' ich ihm gesagt, er soll sich nicht immer so aufregen. ›Oh, Gesuà‹, hab' ich gesagt, ›du mußt viel lockerer werden, Junge!‹ Aber es hatte keinen Sinn, er war einfach nur stinksauer. Was ist denn da los? Macht sein Mädchen mit andern rum oder was? Manche Typen kommen so verdammt abgeklärt daher, und dann lassen sie sich von Frauen rumkommandieren! Ich kapier' das nicht.«

Seit er sie kennengelernt hatte, hatte Dario schon häufiger erlebt, daß Gesualdo und Sabatino für einige Stunden und manchmal sogar für mehrere Tage untertauchten. Er hatte immer angenommen, daß das mit ihrer Arbeit zu tun hatte, nach der er sich wohlweislich nie genauer erkundigt hatte. Es gab Dinge, über die man reden konnte, und Dinge, über die man es nicht konnte. Dario respektierte die Privatsphäre der beiden und erwartete, daß sie das gleiche auch bei ihm taten. Außerdem hatte er den Eindruck, daß sie mit Dingen zu tun hatten, die eine Nummer zu groß für ihn waren. Bei manchen Sachen war es selbst für Dario De Spino besser, nicht zu wissen, was los war, und noch viel weniger, wer dahintersteckte.

Doch am meisten Sorge machte Dario etwas, was der Dieb gesagt hatte, bevor sie sich trennten – oder eher das, was er *nicht* gesagt hatte. Ciro hatte sich auf dem Sitz seines Motorrads rumgedreht und mit wissendem Lächeln gerufen: »Was ist denn mit diesen *Strade Pulite*-Typen, eh?« Als ob das eine Fußballmannschaft oder so was ähnliches wäre.

Und das war alles gewesen, bis auf das Röhren des davonbrausenden Motorrads. Dario war tief in Gedanken versunken weitergegangen. Was sollte diese alberne Anspielung auf die »Saubere Straßen«-Gruppe. Es mußte was mit Gesualdo zu tun haben, sonst hätte Ciro sich klarer ausgedrückt. Statt dessen hatte er es bewußt einfach so hingeworfen, vage, aber vielsagend, gleich nachdem sie über ihren gemeinsamen Bekannten gesprochen hatten. Das konnte nur eines bedeuten. Er wollte zu verstehen geben, daß Gesualdo irgendwie mit den Terroristen zu tun hatte, die drei prominente Lokalgrößen hatten »verschwinden lassen«, zu denen Dario geschäftliche Beziehungen gehabt hatte. Und wenn Gesualdo in die Sache verstrickt war, dann war Sabatino es auch.

Wieder mal fragte sich Dario De Spino, wie gut er diese beiden jungen Männer eigentlich kannte. Nicht daß es je so ausgesehen hätte, als ob es da viel zu wissen gäbe. Er hatte sie immer für absolut typische junge Ganoven mittelschweren Kalibers gehalten, vielleicht ein bißchen cleverer und etwas zurückhaltender als so manche, aber in keinster Weise außergewöhnlich. Wenn sie das nämlich wären, hätte Dario nie Kontakt zu ihnen bekommen. Sie waren so umgänglich und so tüchtig, wie man es von Leuten erwartete, die die Sorte Leute kannten, die sie vorgaben zu kennen, und die an den Transaktionen beteiligt waren, bei denen sie behaupteten mitzumischen. Natürlich waren sie abgeklärt und zweifellos auch zu eiskalter Brutalität fähig, wenn die Umstände es erforderten, aber im Grunde waren sie nur zwei durchschnittliche neapolitanische Jungs, die versuchten, es zu was zu bringen, um gut leben zu können. Ganz bestimmt keine *Terroristen!* Diese Vorstellung war einfach lächerlich. Der Süden mochte ja seine Probleme haben, aber ideologischer Fanatismus hatte noch nie dazu gehört. Die Leute hier unten waren viel zu schlau, um ihre Zeit damit zu verschwenden, die Welt verändern zu wollen. Sie versuchten, ihr Leben so gut es ging zu meistern, jeder auf seine Weise. Die Geschichte hatte sie gelehrt, was mit denjenigen passiert, die das nicht tun.

Trotzdem blieb dieses Gefühl, das Dario zwar nicht erklären konnte, dem er aber gelernt hatte zu vertrauen, eine fast körperliche Empfindung, daß nicht alles so war, wie es schien. Er stürzte sich in das pulsierende Leben rund um den Forcella-Markt, grüßte Freunde wie Feinde, aß eine Pizza und trank ein Bier, schloß diverse Deals auf eine Ladung Mikrowellenherde und CD-Player ab, die in Kürze bei einem Frachter über Bord gehen würden, sackte drei Freikarten für das große Spiel am Sonntag ein, begutachtete die unterschiedlichsten an ihm vorbeikommenden Hintern und Bizepse, nahm ein paar billige nachgemachte Gucci-Artikel mit, über die die Albanerinnen sich sicher sehr freuen würden, und sprach mit mehreren Leuten über Möglichkeiten, die beiden langfristig in Positionen unterzubringen, die ihnen Sicherheit und verschiedene zusätzliche Leistungen brachten und Dario eine angemessene Anerkennung im voraus sowie einen prozentualen Anteil an den künftigen Geschäften.

All das nahm mehrere Stunden in Anspruch, doch am Ende war dieses merkwürdige Gefühl immer noch da, ein stechender Schmerz in den Eingeweiden, den man zunächst als ein Zwicken abtut, das vorübergeht, aber schließlich für ein Symptom von etwas Ernsterem hält. Dario streichelte gedankenverloren das rote hornförmige Amulett, das an einer goldenen Kette um seinen Hals hing, ein Mittel gegen den bösen Blick. Angesichts der Vorschläge, die er gerade durchdiskutiert hatte, war er verständlicherweise nur ungern bereit, sich die beiden Mädchen sowie die lukrativen Einkünfte, die sie sofort und in Zukunft versprachen, durch die Lappen gehen zu lassen.

Andererseits war ihm sehr wohl bewußt, daß *ragazze* und *ragazzi* nicht getrennt werden durften, besonders in diesem Fall nicht. Und was letztere betraf, so sagte ihm alles, woran er glaubte und was er für sein tagtägliches und langfristiges Überleben brauchte, daß er bei nächstbester Gelegenheit sehen sollte, daß er von hier wegkam, ohne eine Nachsendeadresse zu hinterlassen. Wiederum andererseits – was man in diesem Geschäft nicht alles berücksichtigen mußte! – hatte er nicht den geringsten Beweis dafür, daß irgendwas nicht in Ordnung war.

Kurz gesagt, Dario stand vor einem Dilemma, das jedem Neapolitaner vertraut ist. Die Vernunft sagte ihm eines, der Instinkt etwas anderes. Der daraus resultierende Kampf war kurz, schmerzvoll und – trotz lebenslanger Übung und jahrhundertealter Tradition – auf merkwürdige Weise erniedrigend, auch wenn am Ergebnis nie ein echter Zweifel bestanden hatte.

Bisogna pigliarlo

Wie so vieles in Neapel war auch die *Metropolitana* nicht ganz das, was man sich unter dem Namen vorgestellt hätte. Gewiß, eine richtige Untergrundbahn war im Bau – und das schon so lange, wie die meisten Menschen zurückdenken konnten. Eines schönen Tages würde sie vielleicht sogar eröffnet, doch bis dahin wurde der Name wie ein falsches Designer-Etikett einer Strecke des nationalen Eisenbahnnetzes angeheftet, die zufällig zwischen den westlichen und östlichen Vororten der Stadt verlief, und zwar durch einen jüngeren Abschnitt des komplexen und nur teilweise kartographisch erfaßten Systems von Tunneln, Wasserreservoirs und unterirdischen Steinbrüchen, das unter der ganzen Stadt lag.

Und Zen war auch nicht völlig überrascht, als er, nachdem er Pasquale schließlich vor dem Bahnhof auf der Piazza Cavour traf, feststellen mußte, daß die Nachricht, daß John Viviani »nicht länger vermißt wird«, etwas euphemistisch war.

»Ich hab' den Anruf gekriegt, als ich gerade mit einem Touristenpaar auf dem Weg vom Flughafen in die Stadt war«, erklärte ihm Pasquale. »Normalerweise hätte ich mit ihnen die Rundfahrt über Pozzuoli gemacht, dazu der tarifliche Aufpreis von hundert Prozent, Zuschlag für Übergepäck, Autobahngebühren plus Bearbeitungskosten sowie zwanzig Prozent Trinkgeld – also alles in allem etwa hunderttausend. Aber als ich gesehen hab', daß es um Sie ging, *duttò*, hab' ich die beiden glimpflich davonkommen lassen.«

»Erinnern Sie mich dran, daß ich Sie dafür entschädige, Pasquale. Wenn das so weitergeht, muß ich vielleicht doch noch den Kreditrahmen in Anspruch nehmen, von dem Sie gesprochen haben.«

Pasquale winkte lässig ab, um zu demonstrieren, daß es völlig unnötig, ja sogar ein bißchen vulgär war, so etwas zu erwähnen.

»›Ich bin sicher, daß er's war‹, hat Fortunato zu mir gesagt. ›Ich kann mich an das Gesicht erinnern. Und er war eindeutig ein Ausländer, sprach kein Wort Italienisch.‹ Er hatte das Flugblatt von Decio am Taxistand an der Piazza Dante bekommen, und er brauchte nur einen Blick draufzuwerfen, um den Fahrgast wiederzuerkennen, den er gerade in der Via Tribunali abgesetzt hatte. Natürlich wissen wir nicht, wo der Kerl jetzt steckt, aber irgendwann wird er bestimmt wieder ein Taxi nehmen, und dann sind wir bereit.«

»Das heißt, wenn er überhaupt noch am Leben ist«, bemerkte sein Fahrgast verdrießlich.

»Warum sollte er nicht mehr am Leben sein? Es sei denn, er säuft sich zu Tode. Fortunà hat gesagt, er wär' vorhin schon ziemlich hinüber gewesen.«

»Na prima. Er ist also betrunken, kennt sich nicht aus, spricht die Sprache nicht und wedelt wahrscheinlich in einer der gefährlichsten Gegenden der Stadt mit einem Packen Geldscheine herum. Außerdem könnte es gut sein, daß die Mafia ihm an den Kragen will.«

Pasquales Augen verengten sich im Rückspiegel.

»Moment mal, *duttò!* Ich hab' gedacht, das hier wär' eine rein private Angelegenheit. Wenn ein kollektives Interesse an dem Kerl besteht, dann will ich nichts damit zu tun haben.«

»Ich bin mir da nicht sicher. Ich hab' bloß erfahren, daß ein bestimmter Artikel, für den Viviani möglicherweise als Kurier fungiert hat, versehentlich gegen einen anderen vertauscht wurde. Deshalb wäre es unter Umständen möglich, daß die betroffenen Parteien – fälschlicherweise natürlich – glauben, Viviani hätte ein falsches Spiel mit ihnen getrieben.«

Plötzlich ertönte parallel ein Gemisch von elektronischen Piepstönen. Beide Männer griffen nach ihren Handys und fingen gleichzeitig an zu reden.

»Guten Abend, Don Orlando«, sagte Zens Anrufer.

»Ich fürchte, Sie haben sich verwählt.«

»Nein, nein, ich hab' die Nummer von Signora Squillace persönlich bekommen, bei der Sie doch wohl im Augenblick wohnen. Soweit ich weiß, benutzen Sie zur Zeit auch einen anderen Namen. Ich werde selbstverständlich Ihre Wünsche in dieser Hinsicht respektieren.«

Es war eine reife, gewandte und vertrauenerweckende Männerstimme, wie von einem alten Freund oder einem Verwandten.

»Wer ist da?« fragte Zen.

»Unter den gegebenen Umständen ziehe ich es vor, bei einem Kommunikationsmittel, das notorisch unsicher ist, meinen Namen nicht zu nennen. Sagen wir mal so, ich habe in einer Angelegenheit von gemeinsamem Interesse Informationen für Sie und würde gerne mit Ihnen Kontakt aufnehmen. Ich rufe Sie heute abend an und nenne Ihnen nähere Einzelheiten.«

»Ich gehe heute abend in die Oper«, antwortete Zen automatisch.

»Tatsächlich? Ich hab' gehört, die Inszenierung wär' Mist, aber ein paar von den Stimmen sind ganz akzeptabel, besonders der Baß. *Buon divertimento.*«

»Ich glaube immer noch, daß hier ein Irrtum vorliegt. Mein Name ist nicht...«

Aber die Verbindung war unterbrochen.

»Wir haben ihn!« rief Pasquale und ließ den Motor an.

»Don Orlando?« murmelte Zen.

»Immacolata hat ihn vor fünf Minuten aufgesammelt. Es hätte gar nicht besser laufen können. Ich hab' ihr gesagt, sie soll mit ihm runter in den Ostteil fahren und ihn dort in einer Warteschleife halten, bis wir da sind. Bei einem Mann könnte der Typ ja auf die Idee kommen, Krach zu schlagen, aber bei *'a signora Igginz?* Niemals!«

In rasendem Tempo fuhren sie, immer wieder die Spur wechselnd, einen breiten Boulevard entlang.

»Wer?« fragte Zen beunruhigt. Ihm entzog sich mittlerweile nicht nur der Plot, auch die Namen der Darsteller waren ihm fremd.

»Das war der Name ihres verstorbenen Mannes«, erklärte Pasquale. »Ein ausländischer Soldat. Sie benutzt den Namen immer noch, weil sie das chic findet, aber niemand zieht sie deswegen auf. Mit Immacolata legt man sich nicht an.«

Sie bogen nach rechts ab in die finstere Gegend, wo Zen die beiden »Albanerinnen« angeworben hatte. An jeder Ecke flakkerten bereits die Feuer, und als sie näherkamen, zeichneten sich im Dunkeln Gestalten ab. Pasquale nahm das Telefon und wählte.

»Wie läuft denn die große Tour Neapel bei Nacht? Tatsächlich? Großartig. Wir überqueren gerade die Piazza Nazionale. Und du? Okay, wir treffen uns in der Via Laura. Du fährst an die Seite und tust so, als ob was mit dem Motor nicht stimmt. Ich halte an, um einer Kollegin zu helfen. Wir stellen fest, daß wir nichts machen können, dann setzen wir den Typ in meinen Wagen und fahren los. Was? *'Mmaculà mia*, wir wollen doch jetzt nicht über Geld reden! Nein, aber... Ich hab' dir mein Wort gegeben, daß... Hier geht's um...«

Seufzend schaltete er sein Telefon aus.

»Frauen! *La Igginz* mag zwar mehr Mumm haben als die meisten Männer, die ich kenne, aber sogar sie schuldet San Gennaro die Treue.«

»Wie das?« murmelte Zen zerstreut. Ihm war gerade ein Problem in den Sinn gekommen, an das er schon längst hätte denken müssen, etwas, das das ganze Unternehmen zu einer Farce machte.

»Das Blut, *duttò*!« rief Pasquale. »Jedesmal, wenn es sich verflüssigt, hat man Probleme. Und wenn es das nicht tut, dann sitzt man echt in der Scheiße.«

»Pascà.«

»*Duttò*.«

»Ich spreche kein Englisch.«

»Ich auch nicht.«

»Und trotz seines Namens spricht dieser Amerikaner kein Italienisch.«

»Die Familie von meinem Cousin in Amerika, die Kinder sprechen noch nicht mal mehr Dialekt, geschweige denn Italienisch.«

»Und wie werden wir uns verständigen?«

Pasquale machte eine ausladende Geste, für die er beide Hände vom Lenkrad nehmen mußte.

»Sie haben mir ja nicht gesagt, daß Sie mit ihm *reden* wollen!« protestierte er.

»Vorsicht!«

Pasquale machte einen heftigen Schlenker, um zwei Männern

in Polizeiuniform auszuweichen, die in der dunklen Straße standen.

»Eh, eh, der alte Trick! Die halten einen an, dann fallen sie über dich her und klauen dir das Auto. Aber auf die Tour erwischt ihr Pascà nicht, Jungs!«

»Gute Arbeit, Pascà. Diese Mützen hat man längst nicht mehr. Außerdem benutzen die ein ziviles Fahrzeug, was uniformierte Beamte nie tun.«

»Das ist mir nicht aufgefallen«, gab Pasquale zu. »Aber diese Straße ist eine Sackgasse. Hier kommt keiner hin außer Liebespaaren und Müllwagen, die zurück ins Depot fahren. Deshalb hab' ich diesen Ort für die Übergabe gewählt. Hier sind wir ungestört, und wenn der Amerikaner versucht wegzulaufen, kann er nirgends hin. Und wenn Sie ihn in die Mangel nehmen wollen, kenne ich auch dafür den richtigen Ort. Sie wollen ihn doch zum Reden bringen, oder?«

Zen seufzte.

»Ja, nur daß ich ihn nicht verstehen werde. Das war alles reine Zeitverschwendung.«

»Wenn man Zeit verschwenden könnte, *duttò*, wäre das Leben nichts weiter als eine Müllkippe«, antwortete Pasquale.

Zen schnaubte verächtlich.

»Ist es das denn nicht?«

Pasquale wies mit dem Daumen über die Straße zu einer Gruppe von flachen Betongebäuden, die von einem Stacheldrahtzaun umgeben waren.

»Sie meinen, wir warten gar nicht auf den Sensenmann, sondern auf diese Typen?«

Er brach in schallendes Gelächter aus.

»Dann würden wir ewig leben, *duttò*! Aber das ist unmöglich. Mit der Zeit ist das wie mit der Liebe und dem Wein. Man kann sie haben oder nicht haben, verlieren oder mißbrauchen, aber man kann sie nicht verschwenden.«

»Danke für die weisen Worte«, entgegnete Zen. »Das ändert aber nichts an der Tatsache, daß ich noch immer keinen Dolmetscher habe. Es sei denn, Sie erzählen mir jetzt, daß Ihre hochverehrte Immacolata auch noch zweisprachig ist.«

Wieder einmal überließ Pasquale das Taxi wie ein gut trainiertes Pferd sich selbst und sah seinen Fahrgast mit erstauntem Gesicht an.

»Wie um alles in der Welt sind Sie denn darauf gekommen, *duttò?*«

Mi confondo, mi vergogno

Er hätte niemals diesen zweiten Liter Wein trinken dürfen, aber der Typ war so überzeugend, er hatte seine Gefühle nicht verletzen wollen. Und im übrigen, mal ganz ehrlich, hätte er schon den *ersten* Liter nicht trinken dürfen. Nicht den vor dem zweiten, sondern den allerersten einer Serie, die zurückging... tja, das ist ein bißchen hart... jedenfalls verdammt weit zurück... vielleicht sogar zurück bis in die Plastilinzeit, als riesige Monstren wie Bronta (groß, warm, pflanzenfressend, freundlich, lieb, zärtlich, mütterlich) und Tranno (klein, aber bösartig, kalt, fleischfressend, sarkastisch, eine absolute Ausgeburt der Hölle) durch die Gegend streunten...

Wow! Laß uns doch mal den Schaden betrachten. Es ist nichts passiert, bis das Schiff anlegte, richtig? Abgehakt. Erst dann ging alles mit so beängstigender Geschwindigkeit den Bach runter. Besonders nachdem er die Knete tatsächlich in Händen hielt, ein fetter Packen Geldscheine, zerknittert, klebrig, stinkend, unverwüstlich, zeitlos, absolut korrupt und korrumpierend. Das hatte er nicht vorhergesehen. Die ganze Transaktion war ihm so unwirklich und abstrakt vorgekommen wie alles, was in dem Spiel selbst passierte, wo man immer wieder töten und sterben konnte, Opfer und Punkte sammeln, den verborgenen Schatz finden und dann das Spiel ausschalten und mit dem richtigen Leben weitermachen...

Von Anfang an war ihm dieser Deal wie ein Spiel vorgekommen, etwas das man so machte, wie es einem gerade einfiel. Wenn Pete nicht zu Weihnachten was von Knast gelabert hätte oder wenn Larrys Onkel nicht längere Zeit zu Besuch gewesen wäre wegen einem Steuerproblem oder so was ähnlichem, das er in der alten Heimat hatte ... Und vor allem wenn das Schiff nicht wegen der Bosnien-Krise ins Mittelmeer abkommandiert worden wäre ... Aber eins hatte zum anderen geführt, angefangen damit, daß Pete wenige Tage, bevor er seinen Schreibtisch räumen mußte, einen Prototyp des neuen Spiels aus der Firma mitgehen ließ, bis zu dem Moment, wo der Heide – wie zio Orlando genannt wurde – einen erstaunlich lukrativen Deal am Telefon vorschlug.

Damit blieb nur noch die Frage der Zustellung. Die ursprüngliche Idee war gewesen, daß Pete sich in ein Flugzeug setzen und das Ding persönlich abliefern sollte. Doch davon war man abgekommen, als die Firma feststellte, daß das Spiel verschwunden war, und die Sache durch negative Auslese mit einem der jüngsten und verbittertsten Opfer des innerbetrieblichen Stellenabbaus verknüpfte, mit Peter Viviani. Die Software-Entwickler mochten zwar alles Amerikaner sein, doch Geschäftsleitung und Kapital waren japanisch, und diese Typen ließen sich nicht verarschen. Das ursprüngliche Spiel, von dem der Prototyp eine verbesserte Fortsetzung war – dieselben Figuren, mehr Ebenen, bessere Graphiken und noch einiges andere coole Zeug – war weltweit etwa zweimillionenmal für um die dreißig Dollar das Stück verkauft worden. Von dem neuen erwartete man noch bessere Zahlen. Man brauchte keinen Abschluß in Mathematik, um sich auszurechnen, weshalb die Samurai nicht wollten, daß sich jemand einen Teil von dem Geschäft unter den Nagel riß, indem er drei Monate vor dem offiziellen Erscheinen ein praktisch identisches Produkt als Raubkopie zum halben Preis verkaufte.

Deshalb war es für Peter und auch für alle anderen Mitglieder des ausgedehnten Viviani-Clans zu riskant, persönlich den Kurier zu spielen. Die Firma wußte, daß kein Risiko bestand, daß das Spiel in den Staaten vervielfältigt wurde. Also mußte man den gestohlenen Prototyp so schnell wie möglich aus dem Land schaffen, um aus der Sache reichlich Kapital zu schlagen, bevor das Spiel legal zu kaufen war. Doch wo auch immer jemand aus dem großen Viviani-Clan hinreisen würde, wäre der örtliche Zoll bereits alarmiert, nötigenfalls auch kräftig bestochen. Sie wären nicht mal in der Lage, irgendwo einen Fliegenschiß einzuschmuggeln, geschweige denn ein Stück geraubtes geistiges Eigentum von der Größe eines Ziegelsteins, wie es Zi'Orlando ausdrückte. Das galt auch für jeden aus Neapel, den er rüberschicken könnte, um das Ding abzuholen.

Als John Viviani dann seinen Befehl zum Einschiffen erhielt, schien das die ideale Lösung. Als einer unter Hunderten von Besatzungsmitgliedern an Bord des Flugzeugträgers könnte er ohne aufzufallen an Land gehen, sich mit dem Kurier des Käufers treffen und die Kassette persönlich übergeben. Es war ein sauberer Deal, Ware gegen Bargeld, ohne Risiken und Lücken. Und vor allem blieb auf diese Weise das Geschäft in der Familie. Was sollte da schon schiefgehen?

Die Übergabe war auch ohne Zwischenfall verlaufen. Das einzige Problem war nur, daß der Kurier mit einiger Verspätung in die Bar gekommen war, in der sie sich treffen sollten. Um sich die Zeit zu vertreiben, hatte John ein paar – okay, vielleicht auch eher ein halbes Dutzend – von diesen grellbunten Likören bestellt, von denen eine reiche Auswahl auf dem Glasregal hinter der Bar stand. Es war das erste Mal, daß er einen Fuß in die Stadt setzte, aus der sein Großvater väterlicherseits um die Jahrhundertwende mit seiner Familie ausgewandert war, und natürlich war er aufgeregt. Jedes Geräusch, jeder Geruch, jedes Aroma, jeder aufgeschnappte Gesprächsfetzen in diesem rauhen Dialekt schien wunderbar exotisch und zugleich auf heimtückische Weise vertraut.

Die Anweisungen, die er von Zi'Orlando erhalten hatte, waren einfach und präzise gewesen. Wenn er das Geld in Empfang genommen hatte, sollte er sofort auf sein Schiff zurückkehren und es in seinem Spind verstecken. Er sollte nicht noch mal an

Land gehen und unter gar keinen Umständen das Hafengelände verlassen. Die Stadt, so hatte er ihn gewarnt, sei die reinste Räuberhöhle. Betrüger und noch Schlimmeres würden einen unschuldigen jungen Mann wie ihn mit Haut und Haaren verspeisen und die Reste wieder ausspucken.

Doch als der Kurier endlich auftauchte, in einer falschen Marineuniform, in der er wie das zu groß geratene Äffchen eines Leierkastenmanns aussah, kamen John diese Anweisungen inzwischen abwegig und lächerlich vor. Schließlich war er kein Kind mehr! Und diese dicken Bündel Geld, die ungeahnte Möglichkeiten verhießen, machten die Sache nur noch schlimmer. Die US-Währung war ihm immer solide, seriös und spießig vorgekommen. Die bekam man für miese Jobs und gab sie für Miete und Essen aus und für Kronen und Plomben. Diese italienischen Scheinchen waren ganz anders. Sie sahen schmierig und verführerisch aus, verwegen und unwirklich, wie die Chips, die man mit sagenhafter Leichtigkeit beim Spiel gewann und verlor. Wenn das Spiel zu Ende war, waren sie wieder wertlos, doch bis dahin konnte man praktisch alles dafür bekommen.

Und statt auf sein Schiff zurückzukehren, hatte John noch ein paar Drinks genommen und hatte sich dann auf den Weg in die andere Richtung gemacht, hinaus aus dem Hafen und hinein in die pulsierenden Straßen der Stadt. Was danach passiert war, wußte er nur noch vage. Er war sich noch nicht mal ganz sicher, wieviel Zeit seitdem vergangen war. Er erinnerte sich, daß er ziemlich kaputt in einem Hotelzimmer aufgewacht war und ihm dämmerte, daß er nicht zum Appell erschienen war und man ihn deshalb wohl als unerlaubt fehlend registriert haben würde. Dieser Gedanke hatte ihn in einen Zustand von Panik gestürzt, den er erst mit Hilfe fast einer ganzen Flasche Scotch hatte lindern können. Das Großartige an italienischen Bars war, daß sie einem um jede Tages- oder Nachtzeit harte Getränke servierten – sogar, wie in diesem Fall, um sieben Uhr morgens.

Danach wurden die Dinge wieder ziemlich verschwommen. An irgendeinem Punkt hatte er beschlossen, daß es nun reichte, und war zum Hafen hinuntergegangen, um wieder auf sein Schiff zu kommen. Dort mußte er feststellen, daß es bereits fort war. Diese Entdeckung hatte ihn in einen neuerlichen Zustand von Panik gestürzt, den er mit fast einer weiteren ganzen Flasche Scotch lindern mußte. Und das Üble an italienischen Bars war, daß sie einem um jede Tages- oder Nachtzeit harte Getränke servierten – sogar, wie in diesem Fall, um drei Uhr morgens. Danach hatte eins zum anderen geführt, und mittlerweile hatte er nichts mehr zu verlieren, bis auf den restlichen Packen dieser faszinierenden Währung natürlich, den man ihm vor wer weiß wie vielen Tagen für den Viviani-Clan drüben in den Staaten anvertraut hatte.

Das Bündel Scheine schien um einiges dünner, als es ursprünglich gewesen war, aber zumindest hatte er dafür was vorzuweisen. Diesen wunderbaren Mantel zum Beispiel. Was auch immer die Familie ansonsten gegen seine Zechtour sagen mochte – worüber er sich fast genausoviel Sorgen machte wie darüber, daß er nicht zum Appell erschienen war, melde mich ordnungsgemäß zum Dienst, *Sir!* – so würden sie doch zugeben müssen, daß er was von Schnäppchen verstand. Ein echter Versace, reines Mohair, aus der neuen Herbstkollektion, und das alles für nur 300 000 Lire! Das waren in Dollar... sagen wir 2000 Lire gleich ein Dollar, also teilt man durch... streicht die Nullen weg und dann sind's nur noch...

Aber die Nullen wollten sich nicht wegstreichen lassen. Sie kamen nicht nur immer wieder, sondern sie brachten auch noch ihre Freunde mit, eine Horde von rundlichen kleinen Männchen, die in Dreiergruppen herumliefen, die Arme untergehakt, und dieses Liedchen sangen, das ihm der alte Mann beigebracht hatte, der ihm den Mantel verkauft hatte, irgendein Marschlied. Natürlich hatte er den Text nicht verstanden, aber die Melodie war toll. Tolle Melodie, toller Wein, tolle Gesellschaft, ein toller Deal mit dem Mantel... Aber jetzt wurde es eindeutig Zeit, ins Hotel zurückzukehren und Ordnung in dieses Chaos zu bringen.

Apropos, wo zum Teufel waren sie überhaupt? Er hatte der

Taxifahrerin gesagt, sie solle ihn zu diesem Hotel an der Strandpromenade fahren, das beste Hotel in der Stadt, wie heißt es noch gleich, da, wo Clinton gewohnt hatte, als er zu dieser Konferenz hier war. Es würde vermutlich ein Vermögen kosten, aber was soll's? Zumindest wäre es bequem, vertraut und sicher, Gefühle die ihm irgendwie im Glanz und Elend der letzten, wer weiß wie vielen Stunden in der Stadt abhanden gekommen waren. »*Il meglio!*« hatte er ungeduldig zu der Taxifahrerin gesagt. »Bringen Sie mich zum besten Hotel!« Sie würde wissen, welches das beste war. Taxifahrer wußten so etwas. Aber wo auch immer das beste Hotel sein mochte, bestimmt nicht in dieser Gegend, in der sie jetzt waren und seit... und wer weiß wie lange schon, rumfuhren, offenbar immer wieder durch dieselben breiten, leeren Straßen, die von einem kalten bedrohlichen Licht grell erleuchtet wurden und wie ausgestorben wirkten.

Erst jetzt schwante ihm, was eigentlich schon längst hätte klar gewesen sein sollen, selbst für jemanden, der so unschuldig und – machen wir uns doch nichts vor – so ausgesprochen *dumm* war, wie John Viviani, das dämmerte ihm jetzt, die ganze Zeit gewesen war. Ganz klar führte man ihn in eine Falle, um ihn auszurauben, vielleicht sogar zu ermorden! Die gewitzt aussehende Frau am Steuer würde ihn so lange am Haken halten, bis die schweren Jungs kamen. Sie hatte ihn irgendwie merkwürdig angesehen, als sie ihn mitnahm, fast als ob sie ihn kennen würde. Dann hatte sie sofort mit ihrem Handy einen Anruf gemacht. Der Betrunkene in diesem Fastfood-Lokal mußte die ganze Sache angezettelt haben. Vielleicht war es keine so gute Idee gewesen, den ganzen Packen Bargeld rauszuziehen, als er den Mantel bezahlte. Aber jetzt konnte er eh nichts mehr daran ändern. Das Taxi fuhr zu schnell, als daß er hätte rausspringen können, und selbst wenn er es täte, könnte er sich in den unwirtlichen Straßen dieses häßlichen Industriegebietes nirgends verstecken. Der modernistische Monolith, den sie gerade auf der linken Seite umrundeten, war so leer wie eine Architektenskizze. Das Ödland rechts von ihnen war teilweise erschlossen, teilweise geräumt, ein paar alte

Industrieanlagen, Fabriken, deren Produkte niemand wollte, Schlachthöfe, ein abgezäuntes Grundstück, wo orangene Lastwagen in Reihen nebeneinander standen wie eingemottete Panzer...

Dann sah er plötzlich, wie als Antwort auf seine Gebete, ein Stück vor ihnen zwei Polizisten am Straßenrand. Sie hatten diese beleuchteten roten Kellen in der Hand, mit denen sie Autos anhielten. Das mußte eine dieser Routinekontrollen sein, die Zi'Orlando erwähnt hatte, angeblich um zu prüfen, ob alle Papiere in Ordnung waren, aber in Wirklichkeit, um rasch mal ein bißchen Geld zu kassieren, weil sie verdammt genau wußten, daß die Papiere nie in Ordnung waren. Doch das kümmerte ihn nicht. Wenn sie Schmiergelder wollten, würde er sie gerne bestechen. Egal, wieviel es kostete.

Aber zu John Vivianis großem Bedauern machten die beiden Männer in Polizeiuniform keine Anstalten, das Taxi anzuhalten. Ganz im Gegenteil, sie winkten es mit energischen Gesten durch, als ob sie es kaum erwarten könnten, die Straße wieder für sich zu haben. Diese scheinbare Nachlässigkeit glichen sie jedoch aus, als wenige Minuten später das nächste Fahrzeug auftauchte. Seiner plumpen Form und der orangen Farbe nach handelte es sich um einen städtischen Müllwagen, der ins Depot zurückkehrte. Von daher hätte man eigentlich erwarten sollen, daß er ebenso wie zuvor das Taxi durch die Straßensperre gewunken würde. Doch diesmal ging die rote Kelle hoch, die offizielle Hand wurde ausgestreckt, der Dienstrevolver gezogen und die Besatzung gezwungen auszusteigen.

Un disperato affetto

Auf den Scalini del Petraio war es bereits dunkel. Die Stufen waren holprig, eine schmale Gasse zwischen hohen, bröckligen Mauern, die von Laub überwuchert waren, nur schwach beleuchtet von einzelnen Lampen, deren gelbliche Lichtflecken die topographischen Unwägbarkeiten, die überall im Dunkeln lauerten, nur noch größer erscheinen ließen, sowie von dem Zwielicht der Unendlichkeit hoch oben, die von den sich kreuzenden Bahnen der Mauersegler und Fledermäuse bestimmt wurde. Erstere sausten hintereinander her, schossen plötzlich nach unten, flogen Spiralen und stießen fast zusammen, und das alles mit einer Hektik, die so stetig und gelassen war wie die von Elektronen. Letztere hielten unermüdlich ihren vorbestimmten Kurs ein, immer hin und zurück, wie die mechanischen Bewegungen bei einem frühindustriellen Produktionsverfahren, das anderswo längst durch moderne Technologien ersetzt worden ist, hier jedoch, wie so vieles andere, wegen fehlender Kapitalinvestitionen überlebt.

Scheinbar unbeeindruckt von alldem lief ein junger Mann mit raschen, ungeduldigen Schritten die Treppe hinunter. Vor einem Fenster auf der kleinen *piazetta*, wo die Gasse ein kurzes Stück eben wurde, bevor sie im letzten Teil noch steiler nach unten führte, saß ein alter Mann auf dem Balkon und sah in die Nacht hinaus, auf den Mond, der hinter dem Vesuv aufging und die schemenhaften Umrisse von Halbinsel und Inseln in der Bucht. Als die Schritte über die ausgehöhlten schwarzen Pflastersteine unter ihm klapperten, beugte er sich mit einem Ausdruck der Verwunderung im Gesicht nach vorn.

»*Arcangelo!*« murmelte er. »*Si tu?*«

Natürlich war er's nicht. Arcangelo war 1944 im Alter von zwei Jahren getötet worden; er wurde lebendig begraben, als eine Bombe ein sechsstöckiges Gebäude unten am Hafen einstürzen ließ. Der Mann, der über das Pflaster eilte und dann die zweite Treppe hinunterrannte, war Gesualdo, der die paar Sachen holen wollte, die er im Haus von Don Alfonso hatte, um diese ganze Episode aus seinem Leben zu löschen, als ob sie nie passiert wäre.

Genau das muß ich tun, dachte er, einfach von hier verschwinden und alles vergessen, was passiert ist, und mehr noch das, was nicht passiert ist. Sobald er dann ein paar Tage frei nehmen konnte, würde er versuchen, den Namen des Hotels rauszukriegen, in dem die Mädchen wohnten, und sich in ein Flugzeug setzen. Nur wenige Stunden später wäre er in London und würde an ihre Tür klopfen. Orestina würde öffnen in der Erwartung, daß es vielleicht das Zimmermädchen sei, das die Betten aufschlagen wollte, und statt dessen ...

Das waren seine Gedanken, als er den Schlüssel, den Don Alfonso ihm gegeben hatte, ins Schloß schob und energisch umdrehte. Wie es bei so billigen Kopien häufiger passiert – drei zum Preis von zwei an einem Stand auf dem Forcella-Markt – brach er ab, und ein ausgezacktes Ende blieb im Schloß stecken. Wütend und frustriert drückte Gesualdo mehrfach auf den Klingelknopf. Schließlich ging das Licht an, und Schritte kamen die Treppe herunter.

»Wer ist da?«

Die Stimme eines Mannes, die er nicht kannte.

»Polizei! Aufmachen!« brüllte Gesualdo.

Kurzes Zögern, dann ein Klicken, und die Tür ging auf. Darin stand Iolanda in einem langen Morgenmantel, der keusch bis zum Hals zugeknöpft war.

»Ach, du bist es«, sagte sie.

Gesualdo schob sich an ihr vorbei und lief die Treppe hinauf. Die Wohnung im Obergeschoß war genauso, wie er sie am Morgen hinterlassen hatte. Rasch suchte er seine Habseligkeiten zusammen und packte sie in die Segeltuchtasche, in der er sie auch hergebracht hatte. Als er sich umdrehte, stellte er fest, daß Iolanda ihn anstarrte.

»Du gehst«, sagte sie.

Gesualdo zog den Reißverschluß der Tasche zu und sah sich um, ob er nichts vergessen hatte. Mit atemberaubender Präzision spuckte Iolanda direkt vor seine Füße auf den gefliesten Boden.

»Feigling!«

Sie drehte sich um und ging hinaus. Na schön, dachte er, was kümmert's mich? Besser sie verachtet mich, als daß sie heulend und zeternd hinter mir herrennt. Aber trotzdem, ihn einen Feigling zu nennen! Was für eine Unverschämtheit! Was wußte sie schon über Feigheit oder Mut oder sonstwas? Was kümmerte es sie, was er durchgemacht hatte und wie schwer es für einen Mann war, das Richtige zu tun? Jetzt waren auch seine allerletzten Zweifel beseitigt. Miststück!

Mit der Tasche in der Hand ging er die Treppe hinunter. Vor der Tür zur unteren Wohnung wartete Iolanda auf ihn. Er ignorierte sie, doch sie trat ihm in den Weg. Noch einmal versuchte Gesualdo, sich an ihr vorbeizuschieben, doch diesmal wurde er mit beunruhigender Heftigkeit zurückgestoßen.

»Hör zu, was ich dir zu sagen habe«, erklärte sie ihm, »und dann geh, wenn du willst. Du magst vielleicht glauben, du kennst mich, aber das tust du nicht. Glaub nur ja nicht, daß ich hinter dir hergerannt komme wie deine anderen Frauen. Ich bin nicht so wie andere Frauen.«

Gesualdo stand einfach nur da, gebannt von ihrem starren funkelnden Blick. Erst als sie erneut den Mund aufmachte, merkte er, daß sie nicht mehr in gebrochenem Italienisch sprach, sondern in dem rauhen und markigen Dialekt, den auch er benutzte.

»Das hier ist alles eine Farce. Ich bin keine Albanerin. Ich bin keine Jungfrau, und ich suche auch keinen Job. Der Mann, dem dieses Haus gehört, hat die ganze Sache eingefädelt, um euch auszutricksen. Aber ich bin diejenige, die ausgetrickst wurde. Ich hab' mich verliebt. Ich weiß, daß es aussichtslos ist, aber das ist mir egal. Selbst wenn du gleich gehst und ich dich nie wiedersehen werde, muß ich mich jetzt ganz einfach so weit erniedrigen und dir sagen, daß ich dich liebe und dich immer lieben werde.«

Sie trat zurück, um ihm den Weg freizumachen. Einen Augenblick lang rührte sich keiner von beiden. Dann kam Iolanda auf ihn zu und strich ihm mit den Fingern ihrer linken Hand leicht über die Wange.

»Ich will alles sein, was du möchtest«, sagte sie. »Deine Freundin, deine Geliebte, sogar deine Frau.«

Gesualdo sah sie an. Sein Atem ging rasch, flach und stoßweise.

»Ich weiß nicht«, sagte er. »Ich weiß nicht, was ich tun soll.«
»Nimm mich einfach.«
Er ließ seine Tasche auf den Boden fallen und schlug die Hände vors Gesicht.

»Was hat das alles für einen Sinn?« fragte er mit verzweifelter Stimme. »Du weißt doch, daß du mit mir machen kannst, was du willst. Wir Männer sind doch alle gleich.«

Iolanda faßte ihn an den Handgelenken, zog ihm die Hände auseinander und küßte ihn flüchtig auf den Mund.

»Nicht *ganz* alle«, sagte sie.

Tanti linguaggi

»Welche Gegend?«

»*Come?*«

»Hackney.«

»Was heißt ›acne‹?«

»Abgedroschen. Banal. Einfach gestorben.«

»*Cosa dice?*«

»Nein, er ist in seinem Bett gestorben, obwohl ich zugeben muß, daß die Krays das Gerücht in die Welt gesetzt hatten. Zum Glück wurden sie gekascht, bevor was draus wurde, versteht ihr, was ich meine?«

Nach dem Gesichtsausdruck der anderen drei Personen am Tisch zu urteilen, lautete die Antwort auf diese Frage eindeutig »nein«.

»Sein 'erz 'at versagt!« rief Immacolata Higgins ungeduldig und griff sich an ihre imposante linke Brust.

»Wie Rimbaud«, murmelte John Viviani in betrunkener Rührseligkeit. »Als ich jung war, wollte ich auch mein Herz für die Kunst opfern. Leider stellte sich heraus, daß ich keine Ahnung von Kunst hatte.«

»Rambo?« fragte Aurelio Zen mit verzweifelter Simme. »*Cioè i film di quell'italo-americano, come si chiama...?*«

»Stallone, Silvestro«, antwortete Pasquale selbstgefällig. »*O cunuscevo 'a guaglione. 'A famiglia soja steve 'e casa propio 'e rimpetto a nuje.*«

»›Ich hab' ihn gekannt, als er noch ein kleiner Dreikäsehoch war‹«, übersetzte Immacolata für den Amerikaner. »›Seine Sippschaft wohnte nur ein paar Häuser weiter, Nummer vierundzwanzig. Vesty – so haben wir ihn damals genannt – war ein kleines dürres Kerlchen. Ich kann mich erinnern, daß ich ihm ab und zu heimlich was von meinem Eintopf gegeben hab', um den armen Kerl ein bißchen aufzupäppeln. Deshalb hat er auch so große Muskeln gekriegt, aber natürlich hab' ich noch nicht mal ein simples ›Dankeschön‹ bekommen, als er ein großer Star da in eurer Cinecittà wurde...‹«

»*Per l'amor di dio!*«

Alle vestummten. Zen blickte in die Runde.

»Bisher war diese Zusammenkunft ja ein riesiger Erfolg«, begann er.

»Absolut!«

»Ohne Quatsch!«

»Ihr Glas ist leer, *duttò*. Kellner!«

Zen machte ein finsteres Gesicht.

»Signora Higgins war so freundlich, uns mit der gesamten Geschichte ihres interessanten Lebens zu beglücken, angefangen mit der harten Jugend in dem Dorf in der Nähe von Aversa bis zu ihrer denkwürdigen und schicksalsschweren Begegnung mit einem jungen britischen Soldaten im Jahre 1944. Mit unermüdlicher Energie hat sie uns dann ausführlich von den Jahren ihres Exils in London berichtet, wo sie ihre ausgezeichneten Sprachkenntnisse erworben hat, bis sie schließlich nach dem vorzeitigen Tod ihres Mannes in die Heimat zurückgekehrt ist.«

»Ich hör' unheimlich gern Italienisch«, begeisterte sich John Viviani. »Das ist fast wie in die Oper gehen. Man kapiert nicht, um was zum Teufel es da geht, aber es hört sich echt cool an.«

»Toller Mantel!« bemerkte Pasquale.

La Igginz übersetzte.

»Hat mir 'n Typ in 'nem Weinlokal verkauft«, antwortete Viviani. »Ein echtes Versace-Modell, und raten Sie mal, was ich dafür bezahlt hab'? Nur dr... zweihunderttausend!«

»Man hat Sie übers Ohr gehauen! Ich hätte Ihnen zwei davon für...«

»*Basta, altrimenti impazzisco!*«

Alle starrten Zen an, der aufgestanden war.

»Wer ist dieser Typ überhaupt?« fragte John Viviani.

»'n Bulle«, antwortete Immacolata Higgins mit einer wegwerfenden Geste.

»Was?«

»Ein Polyp. Polente.«

Sie sah ihn gereizt an. Verstand dieser Ami denn seine eigene Sprache nicht? Pasquale sprang mit einer lebhaften Pantomime in die Bresche, in der er zeigte, wie jemand festgenommen wurde, Handschellen angelegt bekam und unter energischem, aber vergeblichem Protest abgeführt wurde.

»Er ist ein Cop?« fragte Viviani ungläubig.

»Allerdings«, antwortete Aurelio Zen durch das Medium der Witwe des britischen Soldaten. »Und du, mein Sohn, sitzt ganz schön in der Tinte.«

Viviani schüttelte den Kopf.

»Das ist ja zu verrückt.«

»Nach offiziellen Unterlagen sind Sie eine Schande für das Regiment und durch und durch verdorben, ein Deserteur, den man auf der Stelle erschießen soll, da gibt es überhaupt nichts zu deuteln.«

»Ich glaub' das einfach nicht!« ereiferte sich Viviani. »Der Kerl ist ein Betrüger! Sagen Sie ihm, er soll mir seinen Ausweis zeigen.«

Unglücklicherweise hatte Immacolata sich gerade an einem Stück Pizza verschluckt und war vorübergehend indisponiert, erholte sich allerdings rechtzeitig, um Aurelio Zens abschließende Bemerkungen zu verkünden.

»Jedoch angesichts der Tatsache, daß Ihr Großvater aus Neapel stammt und Sie deshalb sozusagen zur Familie gehören, bin ich bereit, die Vorschriften ein wenig zu beugen, ein Auge zuzudrücken und wegzusehen, wenn Sie das Ihre tun und Ihren Beitrag leisten. Kurz gesagt, eine Hand wäscht die andere.«

»Ist dieser Typ irgendwie pervers?« flüsterte Viviani.

Zen zog das Foto von dem entflohenen Gefangenen hervor und gab es ohne große Hoffnungen dem Amerikaner. Es war alles andere als klar, wieviel, wenn überhaupt etwas, John Viviani von dem bisherigen Gespräch begriffen hatte. Seine Italienischkenntnisse schienen aus ein paar Worten wie *vino* und *grazie* zu bestehen, und Immacolata Higgins' Englisch war ihm offenbar nicht viel weniger fremd. Andererseits hatte er nach einem anfänglichen Anflug von Panik, weil er wohl glaubte, er würde ausgeraubt, nichts dagegen gehabt, mit in diese Vorstadt-Pizzeria zu kommen und sich über der rot-weiß-karierten Tischdecke einem informellen Verhör zu unterziehen.

»Jetzt versteh' ich!« hatte er irgendwann gesagt. »Das Leben hier ist wie an der Westcoast, wie surfen. Entweder man reitet auf den Wellen oder man wird von ihnen zermalmt.«

Doch jetzt war diese ungezwungene Lockerheit plötzlich verschwunden. Viviani starrte auf das Foto von Giosuè Marotta, als ob er aus einem langen, unruhigen Schlaf erwachte, der Traum war verflogen und seine schlimmsten Befürchtungen wurden bestätigt. Er begann auf Englisch zu plappern, chaotische, unvollständige Sätze, die anscheinend auch für ihn keinen Sinn ergaben. Seine Übersetzerin hatte jedoch keine Probleme, das Wesentliche von Vivianis zusammenhangloser Schmährede herauszuhören und wiederzugeben.

»Er war es nicht!« rief Immacolata Higgins und drückte den Amerikaner an ihren gewaltigen Busen. »Er 'at's nicht getan! Er 'at Freunde, die gesehn 'aben, wie er's nicht getan 'at! Um Gottes willen, Sir, brechen Sie seiner armen alten weißhaarigen Mutter nicht das 'erz, indem Sie ihren einzigen Sohn in den Knast schikken! In Zukunft wird er ganz ehrlich sein, San Gennaro ist mein Zeuge. Und falls Sie irgendwelche Textilien oder maßgeschneiderten Sachen brauchen, Euer Ehren, brauchen Sie's nur zu sagen, verstehn Sie, was ich meine?«

Als sie schließlich verstummte, befreite Viviani sich aus ihrem ersatzmütterlichen Griff und wandte sich Aurelio Zen zu.

»Okay, worum geht's?« fragte er mit steinerner Miene.

»Sie werden mir alles erzählen, was Sie über diese Angelegenheit wissen – was, wann, wie, warum und mit wem – unverändert und ungekürzt, von Anfang bis Ende«, antwortete Zen. »Dafür werde ich der US-Marine mitteilen, daß man Sie aufgrund eines vertraulichen Hinweises wohlbehalten wiedergefunden hat, nur leider sind die Entführer, die Sie festgehalten hatten, entkommen.«

Dies wurde mehrere Male durch *la Igginz* gefiltert, bevor sich auf dem Gesicht des Amerikaners Verständnis, gefolgt von Ungläubigkeit und schließlich ungeheure Erleichterung zeigten.

»Das hört sich gut an«, sagte er.

Siete d'ossa e di carne, o cosa siete?

Das letzte bißchen Licht, ein grünliches Schimmern über der dicken Dunstschicht im Westen, war vom Himmel verschwunden. Die Nacht legte sich dunkel und stumm über die Stadt und nahm nicht nur die Sicht, sondern erstickte scheinbar auch alle Geräusche. Auf jeden Fall machten die drei Gestalten, die die Stufen der Salito del Petraio hinunterstiegen, so wenig Lärm, daß sie sogar fast den Kater von Don Castrese erschreckten, der draußen herumstreunte, weil er den schwachen, aber unverkennbaren Duft brünstiger Artgenossinnen aufgespürt hatte. Erst im letzten Augenblick warnte irgendein sechster Sinn ihn vor dem nahenden Trio, das in Dunkelheit und Schweigen gehüllt war. Behende sprang er auf ein Fenstersims und begann sich ausgiebig zu putzen, als ob er das bösartige Fluidum dieser Begegnung vertreiben wollte.

Die drei Fremden, die dem Kater in den Weg gekommen

waren, blieben vor dem gegenüberliegenden Haus stehen. Die Fensterläden auf der ersten Etage waren geschlossen, doch ein schwaches Licht drang durch die Schlitze, und gelegentlich durchbrach Gelächter die Stille der Nacht. Das obere Stockwerk hingegen war absolut dunkel und still, die Fenster standen auf, um frische Luft hereinzulassen.

»Hier ist es.«

Der Kater unterbrach sein zwanghaftes Putzen, als die Gestalt, die das gesagt hatte – sie war kleiner, breiter und älter als die beiden anderen – die Stufen zur Tür hinaufging und auf beide Klingelknöpfe drückte, da die Namensschilder im Dunkeln nicht zu lesen waren. Von weit weg ertönten eine Klingel und ein Summer und ließen einen weiteren Heiterkeitsausbruch im Inneren des Hauses verstummen. Einen Augenblick passierte gar nichts, außer vielleicht einiger leiser, unterschwelliger Schwingungen, die nur für Katzen wahrnehmbar sind. Dann flogen im ersten Stock die Fenster auf, und der Kopf eines Mannes erschien.

»Ja?« fragte er schroff.

»Wir wollen zu Aurelio Zen«, sagte eine weibliche Stimme unten aus der Dunkelheit.

»Zu wem?«

Der Name wurden von den beiden anderen im Chor wiederholt. Ein weiterer Kopf tauchte am Fenster auf, eine junge Frau Mitte Zwanzig mit langen Haaren und scharfen, lebhaften Zügen.

»Was ist hier los?« fragte sie den Mann neben sich.

»Hier wohnt niemand mit diesem Namen«, rief dieser nach unten.

Die drei Gestalten unten berieten sich kurz in einem unhörbaren Flüstern, dann sah die Frau, die als erste gesprochen hatte, zum Fenster hinauf.

»Zen, Aurelio«, sagte sie, jede Silbe übertrieben deutlich betonend.

»Sie sind im falschen Stück, Oma!« johlte die junge Frau am Fenster.

»Ich bin Aurelio Zen«, sagte eine neue Stimme.

Alle blickten zur oberen Etage des Hauses hinauf, wo ein junger Mann mit nacktem Oberkörper am Fenster erschienen war.

»Das ist er nicht!« rief eine der Frauen empört.

»Wenn er's nur wäre!« fügte eine andere hinzu.

»So gut hat er nie ausgesehen«, bemerkte die dritte, »selbst in dem Alter nicht.«

Der Mann am unteren Fenster beugte sich so weit hinaus, wie er konnte und reckte den Hals nach oben.

»Gesuà, was soll der Quatsch?«

Die drei Gestalten unten berieten sich erneut kurz.

»Wir gehen jetzt«, verkündete die linke.

»Aber wir kommen wieder«, fügte die auf der anderen Seite hinzu.

»Was hat dieser Mann in Aurelios Haus verloren?« fragte die kleinere in der Mitte.

Sie gingen weiter den Hügel hinunter, sich immer noch mit gedämpfter Stimme beratend, und waren bald im Dunkeln verschwunden.

»Vielleicht hätten wir ihnen sagen sollen, daß er in der Oper ist«, meinte Sabatino.

»Woher weißt du das denn?« fragte Libera.

Sabatino setzte ein überlegenes Lächeln auf.

»Weil ein Freund von uns zur Zeit all seine Telefongespräche abhört, meine Liebe. Es gibt bereits einige mysteriöse Dinge um unseren Don Alfonsetto. Das hier ist nur ein weiteres.«

Vom oberen Fenster war Gesualdos Stimme zu vernehmen.

»Wir hätten ihnen vielleicht folgen sollen, um festzustellen, wer sie sind ...«

»Nun ja, wenn du nichts Besseres zu tun hast, Gesuà ...«

»Was soll das heißen?«

»Bist du allein da oben?«

Es entstand eine Pause. Sabatino und Libera sahen sich an.

»Iolanda ist auch hier«, antwortete Gesualdo schließlich, als ob er eine offizielle Erklärung abgeben würde.

»In dem Fall«, sagte Sabatino lässig, »würd' ich vorschlagen, du vergißt deinen Übereifer und nutzt die Gunst der Stunde, wie ich es auch mit meiner Begleiterin tun werde.«

Mit ihrem typischen perlenden Lachen zog Libera ihn ins Zimmer und schloß das Fenster.

Eccoci alla gran crisi

Weiter oben auf dem Vomero, in der Via Cimarosa, waren die Straßen heller beleuchtet, und es waren immer noch ein paar Leute unterwegs. Dennoch umkreiste Pasquale den düsteren *palazzo*, der das Ziel seiner Fahrgäste war, so lange, daß diese schließlich unruhig wurden.

»Es hat doch keinen Sinn, den Fahrpreis in die Höhe treiben zu wollen, wenn der Taxameter noch nicht mal läuft«, bemerkte Valeria Squillace spitzfindig. Sie war nicht gerade angetan von Pasquale, den sie für gewöhnlich und zu vertraulich hielt.

»Pascà und ich haben ein informelles Abkommen«, schritt Aurelio Zen in diplomatischem Tonfall ein. »Der Fahrpreis wird nach einer im voraus abgesprochenen gleitenden Skala berechnet und ist innerhalb eines für beide Seiten akzeptablen Zeitraums zu zahlen, zuzüglich eventueller Zinsen und Bearbeitungsgebühren, stimmt's Pascà? Also warum zum Teufel bringen Sie uns jetzt nicht auf direktem Weg nach Hause?«

»Und was ist mit diesen beiden Schlägertypen, *duttò*?« fragte Pasquale. »Die wir heute nachmittag abschütteln mußten.«

Zen runzelte die Stirn. Die hatte er schon wieder völlig vergessen.

»Sie sind uns genau von diesem Gebäude aus gefolgt«, erinnerte ihn der Taxifahrer. »Und da sie uns bei diesem Hotel verloren haben, werden sie höchstwahrscheinlich wiederkommen und hier auf Sie warten. Die müssen irgendwo rausgefunden haben, wo Sie zur Zeit wohnen.«

»Sie haben zu viele Filme gesehen, Pascà.«

»Bestimmt nicht, *duttò!* Meine Frau hat mich einmal mit ins Kino geschleppt, damals in den fünfziger Jahren. Danach konnte ich wochenlang nicht schlafen. Selbst jetzt krieg' ich noch manchmal Alpträume deshalb.«

Er schlängelte sich weiter durch die kleinen Straßen und Gassen und starrte aufmerksam in die Autos, die wie Kraut und Rüben auf beiden Seiten parkten. Als er schließlich keinen Vorwand für eine noch längere Verzögerung fand, hielt er vor dem Haus. Zen stieg aus und hielt Valeria die Tür auf.

»Gute Nacht, Pascà.«

Der Fahrer kramte in seiner Tasche herum und gab dann Zen ein kleines zerbeultes ovales Döschen, das offenbar aus Silber war.

»Was ist das?« fragte Zen.

Pasquale zuckte die Achseln.

»Tragen Sie's die ganze Zeit bei sich. Gehen Sie noch nicht mal ohne es ins Bett, verstanden? Solange Sie es bei sich haben, kann Ihnen nichts passieren.«

Zen grinste breit, aber Pasquale meinte es zweifellos todernst.

»Kommst du jetzt, Alfonso?« fragte Valeria spitz.

Zen steckte das Döschen in die Tasche.

»Danke«, sagte er.

Das Taxi fuhr los und ließ Zen mit einem Gefühl des Grauens am Straßenrand zurück, das nichts mit Pasquales eingebildeten Mördern zu tun hatte. Das Gefühl wurde noch stärker, als er sich umdrehte und feststellte, daß Valeria Squillace ihn auf eine Weise anlächelte, die keiner Erklärung bedurfte. Aber es blieb ihm nichts anderes übrig, als ihr ins Haus zu folgen. Von der Decke der höhlenartigen Eingangshalle grinsten zahlreiche Gipsfiguren, die ihm noch nie aufgefallen waren, anzüglich auf ihn herunter; herumhüpfende *putti*, sich windende Herkulesse und üppige Junos, deren letztes Stück Gewand von ihren stark angeschwollenen Brustwarzen herunterzurutschen drohte.

»Was für ein wunderbarer Abend!« schwärmte Valeria. »Und diese Plätze, Alfonso! Die müssen ja ein Vermögen gekostet haben.«

Die Karten, die Giovan Battista Caputo gratis besorgt hatte, hatten sich als die besten im ganzen Theater erwiesen, genau in der Mitte des ersten Rangs. Zen zuckte lächelnd die Achseln.

»Für so ein Erlebnis ist nichts zu teuer«, antwortete er, obwohl ihm die Oper nicht gefallen hatte, eine fadenscheinige Geschichte und ziemlich altmodisch, mit einer schwachen Orchestrierung und keine großen Arien.

Hinter ihnen hielt mit großem Geschepper der Aufzug an. Zen öffnete das Schiebegitter und die Tür mit dem Glaseinsatz, führte Valeria hinein und setzte die klapprige Maschinerie in Bewegung, indem er ein Fünfzig-Lire-Stück in den Schlitz warf. Während sich der Aufzug in seinem schmiedeeisernen Käfig wie ein senkrecht stehender Sarg auf die Decke mit den sich windenden Nackten zubewegte, nahm Zen das silberne Döschen heraus, das Pasquale ihm gegeben hatte, und untersuchte es im gelblichen Licht der Birne an der Decke. Er drückte einen Verschluß an der Seite, und der Deckel sprang auf. Drinnen lag ein Wattebausch, an dem eine dunkelbraune Masse klebte. Er roch muffig und leicht süßlich, wie verdorbenes Fleisch.

»Was ist denn das?« fragte Valeria und rümpfte die Nase.

»Wahrscheinlich eine Reliquie von einem falschen Heiligen. Dein neuer Freund ist genau der Typ, der an so einen Unsinn glaubt.«

Zen zuckte die Achseln und steckte die Dose weg, als der Aufzug auf der vierten Etage zum Stehen kam.

»Hast du Hunger?« fragte Valeria, während sie die Wohnungstür aufschloß. »Ich hab' noch etwas *parmigiana di melanzane*, die ich aufwärmen könnte.«

Zen schüttelte den Kopf.

»Nein, danke. Ich hab' vorhin eine Pizza gegessen. Ich hätte allerdings nichts gegen einen kleinen Drink...«

Valeria öffnete eine Klappe in dem Einbauschrank, der eine ganze Wand einnahm. Dahinter stand eine Auswahl an Flaschen.

»Bedien dich. Der hier ist besonders gut. Ein Cousin von mir macht ihn aus Früchten von seinem Landgut. Wenn du mich einen Augenblick entschuldigst, ich möchte die Mädchen anrufen.«

Zen öffnete die edle, asymmetrische Karaffe, auf die sie gezeigt hatte. Der Inhalt war genauso klar wie das Gefäß und roch stark nach Kirschen. Er goß sich ein wenig davon in eins der klobigen Kristallgläser auf der Glasplatte darüber.

»Signorina Orestina Squillace, bitte«, sagte Valeria mit starkem Akzent auf Englisch in den Hörer. »*Squillace*. Ich versteh' nicht. Zimmer 302. Was? Das ist unmöglich! Sehen Sie bitte noch mal nach. Tatsächlich? Sind Sie sicher?«

Sie legte auf und wandte sich zu Zen.

»Das Hotel sagt, sie wären abgereist.«

»Was? Wo sind sie hin?«

Valeria massierte sich nervös die Finger.

»Das haben sie nicht gesagt. Vielleicht sind sie ja einfach nur in ein anderes Hotel gezogen oder für ein paar Tage irgendwo hingefahren, aber es ist merkwürdig, daß sie mir nicht Bescheid gesagt haben. Mein Gott, hoffentlich ist alles in Ordnung. Vielleicht hätten wir sie lieber doch nicht dahin schicken sollen. Wenn ihnen was passiert ist, würd' ich mir das nie verzeihen.«

Ungeachtet seiner Skrupel von vorhin, ging Zen zu ihr und nahm tröstend ihre Hand.

»Vielleicht haben sie angerufen, während wir in der Oper waren. Versuch, dich nicht aufzuregen. Es ist bestimmt alles in Ordnung.«

Sie drückte seufzend seine Hand. Ihre Blicke trafen sich. Zen trank rasch den restlichen Kirschlikör aus.

»Ausgezeichnet!« sagte er und entzog ihr seine Hand.

»Nimm dir noch was.«

»Mach' ich.«

»Und dann komm und setz dich zu mir.«

Sie dimmte das Licht und legte Musik auf.

»Erkennst du das?« fragte sie mit einem koketten Blick.

»Verdi?«

Valeria lachte mädchenhaft.

»Das ist das, was wir heute abend gehört haben, Dummerchen! Die Verführungsszene im zweiten Akt.«

Zen füllte das Likörglas bis zum Rand, trank die Hälfte und schenkte nach. Mit dem Glas in der Hand begann er durch das Zimmer zu kreisen, als ob er den Ausgang suchte.

»Komm, setz dich«, forderte Valeria ihn auf. »Du machst mich ganz nervös, wenn du hier so herumschleichst. Außerdem mache ich mir immer noch Sorgen wegen der Mädchen. Versuch mich ein bißchen abzulenken.«

Mit dem Gefühl, schnurstracks, aber unvermeidlich in sein Verhängnis zu laufen, setzte Zen sich von Panik erfüllt neben sie aufs Sofa. Trotz seines Alters und seiner Erfahrung gab es Situationen, mit denen er noch nie geschickt hatte umgehen können. Ein Angebot wie dieses abzulehnen, war so eine.

»Du hast geraucht«, bemerkte Valeria, als sie näher an ihn heranrückte.

»Nur eine einzige.«

»Hast du welche dabei?«

»Soll ich sie wegschmeißen?«

»Ich möchte eine haben.«

Er sah sie erstaunt an.

»Aber du hast mir doch erzählt, daß du nicht rauchst! Du hast mir gesagt...«

Sie lächelte charmant.

»Das war bloß ein Test, um festzustellen, ob ich irgendwelche Macht über dich habe. Im übrigen hab' ich früher geraucht wie ein Schlot. Manlio hat mich dazu gebracht, es aufzugeben. Er fand es häßlich bei einer Frau. Aber Manlio ist tot, und ich bin in der Stimmung, was Dummes zu machen.«

Zen reichte ihr sein Päckchen *Nazionali*.

»Ist allerdings nichts Besonderes«, sagte er entschuldigend.

»Ich brauche nichts Besonderes. Nur ganz schlichte und einfache Vergnügungen. Und wenn's ein bißchen rauh zugeht, ist mir das auch recht.«

Als Zen ihr sein Feuerzeug hinhielt, umfaßte sie seine Hand, obwohl die Flamme absolut ruhig war. Als er dann das Feuerzeug wieder in die Tasche steckte, berührten seine Finger das geheimnisvolle silberne Döschen, das Pasquale ihm unbedingt hatte leihen wollen. Zen rieb inbrünstig über das glatte Metall. Es müßte schon ein Wunder geschehen, um ihn aus dieser Situation zu retten.

Valeria beugte sich vor, so daß ihre linke Brust wie zufällig gegen Zens Jacke stieß, aus der im selben Moment ein elektronisches Piepsen ertönte, dessen Bedeutung er mittlerweile kannte.

Che sembianze! Che vestiti!

Die beunruhigende Wirkung der Sonnenwendnacht, ganz zu schweigen vom Vollmond, mochte ja Verwirrung unter Menschen und auch unter Katzen ausgelöst haben, doch draußen in Capodichino starteten und landeten die Flugzeuge dank ihrer fortschrittlicheren Ausstattung unbeirrt weiter. Was sehr erfreulich war für Concetta Biancarosa Ausilia Olimpia Immacolata Scarlatti, verheiratete Higgins, die, kurz nachdem die Besprechung in der Pizzeria beendet war, einen Fahrgast zum Flughafen bekommen hatte.

Nun lief sie in der Ankunftshalle herum, um unter den Passagieren eines internationalen Flugs, der laut Anzeigetafel soeben gelandet war, Ausschau nach potentiellen Kunden zu halten. Wenn sie sich mit ihrem Wagen draußen am Taxistand angestellt hätte, hätte sie genausogut gleich ohne Fahrgast zurück in die Stadt fahren können. Aber Immacolata war ja nicht von gestern und wußte sich auf mehr als eine Weise zu helfen, besonders wenn es darum ging, ihre sprachlichen Fähigkeiten nutzbringend einzusetzen.

Sie bezog in der Nähe der automatischen Türen Position, durch die die ankommenden Passagiere wieder die reale Welt betreten, und nahm das leidgeprüfte Aussehen einer neapolitanischen Matriarchin an, die auf ihre Verwandten wartet, die mit einem Flug kommen sollten, der bereits stundenlang, wenn nicht gar tagelang Verspätung hat. Ihre gebeugte Haltung, die stur verbissene Miene und der Ausdruck von trotziger Beharrlichkeit machten sie so unsichtbar wie die offiziellen Bekanntmachungen an den Wänden, die niemand las. »*Eh, 'a nonna*«, dachte jeder und sah weg. Das war auch gut so, denn wenn sie hier jemand auf Kundenfang erwischt und das dem Camorra-Clan gemeldet hätte, der den Taxiverkehr am Flughafen regelte und einen Anteil von den Einnahmen kassierte, dann wären die Konsequenzen vermutlich sehr einschneidend gewesen, sowohl gesellschaftlich als auch beruflich. Neapel war eine anstrengende Stadt für Leute im Rollstuhl.

Allmählich kamen die Passagiere von dem Flug, den sie sich ausgeguckt hatte, nacheinander heraus, doch bisher schien für sie nichts Passendes dabei. Und Immacolata hatte gelernt, genau auf den richtigen Kunden zu warten, bevor sie vorpreschte. Sie konnte nicht riskieren, mehr als einmal ihre Dienste anzubieten, also mußte es beim ersten Mal klappen. Ihre Geduld wurde in Form von zwei jungen Frauen belohnt, die einen Gepäckwagen mit teuer aussehenden Koffern schoben und ein wenig ängstlich um sich blickten. Eine von ihnen war mehr oder weniger konventionell gekleidet, allerdings mit diesem fatalen Mangel an Stil, aus dem die Engländer offenbar eine Tugend machten. Das Aussehen ihrer Begleiterin stellte einen anderen Aspekt dieses fremden Kulturcodes dar, von dem Immacolata selbst nach fast zehn Jahren hatte zugeben müssen, daß sie ihn nie knacken würde. Sie war größer und dünner und hatte ganz kurze schwarze Haare. In einem Nasenloch steckten zwei silberne Ringe, und am Hals hatte sie eine Tätowierung von einem Phantasiereptil. Ihre Jeans war an den Knien zerrissen, darüber trug sie ein Männerhemd, das bis an die Brüste, die offensichtlich in keinem BH steckten, aufgeknöpft war, und eine verwegen aussehende, schwarze Lederjacke, die mit reichlich Reißverschlüssen und anderen Accessoires aus Metall ausstaffiert war.

Auf den ersten Blick nicht unbedingt das, wonach Immacolata

gesucht hatte. Doch eine rasche Abschätzung der Schuhe der Frauen – immer sehr aufschlußreich – ergab, daß die beiden zusammen über eine Dreiviertelmillion Lire an den Füßen trugen. Ihr zögerndes Verhalten zeigte außerdem, daß sie nicht erwarteten, von jemandem abgeholt zu werden. Perfekt. Immacolata hängte sich an sie ran und ging dann ganz ungezwungen neben ihnen her, als ob sie nur eine weitere müde Reisende wäre, die zum Ausgang strömte.

»Entschuldigen Sie, meine Damen!« flüsterte sie in waschechtem Cockney. Die beiden Frauen blieben stehen und sahen sie erstaunt an.

»Sie suchen doch sicher wen, der Sie in die Stadt fährt«, fuhr Immacolata rasch fort und trieb sie vor sich her zur Tür. »Und vielleicht auch eine Unterkunft. Eine nettes, gemütliches Hotel, sicher und sauber, aber nicht zu teuer, ihr wißt schon, was ich meine. Genau so eins kenne ich. Vertraut euch Auntie Imma an, meine Lieben. Dann kann euch nichts passieren!«

Die Frauen verständigten sich stumm mit einem Blick. Dann wandte sich die größere von beiden wieder an Immacolata und sagte mit amüsiertem Grinsen:

»Das ist gut. Hier ist unser Gepäck.«

Oh bella improvvisata!

Als sie schließlich oben an der Treppe angekommen waren, was mußten sie da feststellen? Das Auto war weg.

Natürlich wußte jeder, daß es sehr leichtsinnig war, sein Auto in Neapel auf der Straße zu parken. Es war schon so schlimm, daß sich einige Versicherungen weigerten, egal zu welchem Preis, die volle Deckung zu übernehmen. Das galt noch mehr für ein ausländisches Luxusfahrzeug, und zweifellos aus diesem Grund hatte Don Ermanno seinen Jaguar mit diversen Diebstahlsicherungen ausstatten lassen, unter anderem mit Spezialschlössern und zwei Alarmanlagen.

Trotzdem war das Auto verschwunden. Das war besonders ärgerlich für Gesualdo und Sabatino, weil sie normalerweise an einen gewissen Respekt seitens des Gesindels, das solche Dinger drehte, gewöhnt waren. Außerdem würde es dieser plötzliche Mangel an Beweglichkeit sehr schwierig, wenn nicht gar unmöglich machen, den Auftrag auszuführen, dessentwegen sie sich widerwillig aus den Armen ihrer jeweiligen Eroberungen gerissen hatten und so schnell sie konnten die dunklen Scalini del Petraio hinaufgerast waren wie durch unendlich dünne und zarte Schichten schwarzen Satins.

Gesualdo hatte den Anruf entgegengenommen. Er hatte sich nackt aus dem Bett gerollt und in seinen Klamotten gewühlt, bis er das Telefon gefunden hatte.

»Wir haben gerade einen Treffer gelandet«, sagte eine Stimme.

»Auf welcher Leitung?«

»Zembla.«

»Laß mal hören.«

Es folgte ein von starkem Rauschen untermaltes Schweigen, dann waren zwei Stimmen zu hören.

»... erinnern Sie sich an unser Gespräch am frühen Abend. Jetzt bin ich in der Lage, Ihnen die Information zu geben, von der ich gesprochen habe.«

»Über was?«

»Über den Verbleib von Attilio Abate, Luca Della Ragione und Ermanno Vallifuoco.«

Längere Zeit herrschte Schweigen.

»Warum sollte mich das interessieren?«

Ein kaum hörbares Lachen, eher wie ein Luftzug, der die Vorhänge aufbauscht und die Kerzen zum Flackern bringt.

»Ich denke, daß wir beide die Antwort auf diese Frage kennen, Don Orlando. Entschuldigen Sie, ich meine natürlich Signor Zembla.«

Ein weiteres Schweigen.

»Ja, ich höre.«

»Wie ich bereits vorhin bemerkte, sind diese Telefone notorisch unsicher. Unter den gegebenen Umständen hoffe ich, daß Sie gegen ein persönliches Treffen nichts einzuwenden haben. Wenn Sie das Gebäude, in dem sich die Wohnung von Signora Squillace befindet, verlassen und in nördlicher Richtung zur Piazza degli Artisti gehen, werde ich mich an einer geeigneten Stelle bemerkbar machen.«

»Es ist sehr spät ...«

»Vielleicht später, als Sie denken. Deshalb ist diese Information so wichtig und so vertraulich.«

Vom Band kam nur noch ein Knistern, dann meldete sich Gesualdos Anrufer wieder.

»Das war's«, sagte er.

»Nummer des Anrufers?«

»Telefonzelle an einer Tankstelle auf der Autobahn.«

»Uhrzeit?«

»Vor sechseinhalb Minuten. Ihr solltet euch besser in Bewegung setzen.«

Und das hatten sie auch getan, obwohl Sabatino deutlichen Widerwillen gezeigt hatte. Er hatte sehr viel Spaß mit Libera gehabt, die sowohl willig als auch einfallsreich war und einige interessante Sachen kannte, die ihm noch nie untergekommen waren. Und bloß die Tatsache, daß Gesualdos Gefährtin sich weniger entgegenkommend gezeigt hatte, schien Sabatino noch lange kein Grund, sich um diese späte Stunde auf ein sinnloses Unterfangen einzulassen.

Aber Gesualdo machte ihm rasch klar, daß sie keine andere Wahl hatten. Denn nicht nur war Alfonso Zembla nicht das, was er zu sein schien, sondern es sah jetzt auch noch ganz danach aus, daß seine zweite Identität als »Aurelio Zen«, wie sie schon vermutet hatten, ebenfalls gefälscht war. Doch erst als Gesualdo gehört hatte, wie der anonyme Anrufer jenen mit Don Orlando ansprach, war ihm bewußt geworden, daß das onkelhafte, sanftmütige, leicht ungeschickte Individuum, das sich in ihr Leben eingeschlichen hatte, eine verblüffende Ähnlichkeit mit Don Orlando Pagano hatte, dem Kopf eines der führenden Clans der

Stadt, der kürzlich untergetaucht war. Seine Stimme hörte sich zwar absolut nicht neapolitanisch an, doch Don Orlando hatte mehrere Jahre auf Regierungskosten in der Nähe von Verona im Exil verbracht und konnte vermutlich glaubwürdig einen nördlichen Akzent nachmachen.

Als ob das noch nicht genug wäre, hatte der Anrufer ausdrücklich »wichtige und vertrauliche« Informationen über den Verbleib der drei angeblichen Opfer der *Strade-Pulite*-Gruppe versprochen. Wenn da auch nur ein Körnchen Wahrheit dran war, dann könnte sich möglicherweise eine fatale Sicherheitslücke innerhalb dieser geheimnisvollen Organisation aufgetan haben. Außerdem war das ganze Gespräch auf Tonband aufgenommen, zusammen mit Gioacchinos Aufforderung, sich »in Bewegung zu setzen«. Man würde ihnen nie verzeihen, wenn sie sich eine solche Chance entgehen ließen.

Die erste Etappe war schon schlimm genug gewesen, das überstürzte Anziehen, die ausweichenden Erklärungen, die wahnwitzige Jagd diese Stufen hinauf durch die dunkle Nacht. Trotz ihres ganzen sportlichen Trainings waren Gesualdo und Sabatino schon bald außer Atem. Und dann die Entdeckung, daß irgendein Hurensohn – irgendein Kretin ohne Beziehungen, irgendein kleiner Eigenbrötler, der bei keinem anerkannten Team unterkam – ihnen das Auto geklaut hatte und sie dadurch zwang, einen weiteren halben Kilometer oder mehr diese gräßliche Via Crucis hinauf zu laufen, stolpern und kriechen, nicht nur unter der körperlichen Anstrengung leidend, sondern viel mehr noch von der Furcht gequält, daß alles umsonst sei, daß es, bis sie dort ankämen, schon zu spät wäre.

Schließlich erreichten sie keuchend und schwitzend die dankenswerterweise flache und gerade Via Cimarosa. Niemand war zu sehen, keine ungewöhnlichen Aktivitäten, kein Anzeichen von irgendwas Interessantem. Sie gingen die Straße entlang, vorbei an mehreren Wohnblocks aus der Zeit um die Jahrhundertwende, die Haustüren sicher verriegelt, die Fenster hinter den geschlossenen Läden dunkel. Irgendwo auf einer Straße weiter unten am Hügel dröhnte das geschäftige Geräusch eines Motors. Plötzlich zog Sabatino Gesualdo mit einem kräftigen Ruck in den nächsten Hauseingang. Ein Stück vor ihnen war eine große, dunkle, hagere Gestalt in der Tür eines Gebäudes erschienen. Der Mann zögerte kurz, blickte um sich, dann trat er auf den Bürgersteig und ging mit festem Schritt nach Norden.

Al concertato loco

Aurelio Zen hingegen war bester Laune. Der Anruf, den er gerade bekommen hatte, schien tatsächlich für ihn zwei Probleme auf einmal zu lösen. Zum einen hatte er ihn aus seinem emotionalen Dilemma mit Valeria Squillace gerettet. Zum anderen, falls der anonyme Informant auch nur halbwegs die Wahrheit gesagt hatte – und was für ein Interesse sollte er haben, das nicht zu tun? –, könnte Zen in der Lage sein, der Questura nicht nur die Informationen zu liefern, die er John Vivani im Zusammenhang mit der Marotta-Messerstecherei entlockt hatte, sondern außerdem noch wesentlich zu einem entscheidenden Durchbruch in der Terrorismusgeschichte beitragen, die zur Zeit die ganze Nation beschäftigte. Nach einem solchen Coup würde er seine Arbeit wieder ganz locker angehen können, ohne irgendwelche Repressalien befürchten zu müssen.

Mit forschen Schritten ging er die menschenleere Straße entlang, mußte dabei jedoch ständig um die Autos herumkurven, die kreuz und quer auf dem Gehweg geparkt waren. Ein Wagen war so dicht gegen die Häuserwand gezwängt, daß er sich drehen und am anderen Ende vorbeigehen mußte. Da bemerkte er die beiden Männer, die etwa fünfzehn Meter hinter ihm waren. Er zögerte einen Augenblick, dann ging er in noch eiligerem Tempo weiter. An der nächsten Ecke bog er nach links, überquerte die Straße etwa auf der Hälfte des Blocks nach unten und sah sich dabei beiläufig um, als ob er gucken wollte, ob ein Auto kam. Die Männer waren immer noch da.

Ihm fiel Pasquales Warnung ein, die er so leichtfertig abgetan hatte, weil er mit anderen Problemen beschäftigt war. Die beiden sahen den Männern, die am Morgen vom Haus aus dem Taxi gefolgt waren, ziemlich ähnlich. Sie waren jung und fit und trugen die typische leger verwegene Kluft. An der Ecke bog er nach rechts und fing an zu laufen, bemüht, sowenig Lärm wie möglich zu machen. Die Straßen waren leer, die Fenster dunkel, und seine Verfolger hatten ihm den Rückweg zur einzigen Tür abgeschnitten, die für ihn offenstand.

An der nächsten Ecke drehte er sich wieder um. Einer der Männer war zu sehen, doch der andere war verschwunden. Vermutlich war er zurück ums Karree gelaufen, um ihm auch in dieser Richtung den Fluchtweg abzuschneiden. Die Tatsache, daß sie sich überhaupt nicht mehr bemühten, etwas zu verschleiern, machte erschreckend klar, was ihre Absicht sein mußte.

Doch dann, als bereits alles verloren schien, griff das Schicksal in Form eines Müllwagens ein, der seine nächtliche Runde fuhr. In dem Moment, wo er den Wagen sah, wurde Zen bewußt, daß das dumpfe Dröhnen des Motors schon seit einiger Zeit zu hören gewesen war. Ein paar der Arbeiter in blauen Overalls gingen neben dem Fahrzeug her. Was für ein Glücksfall! Selbst die skrupellosesten Killer würden vor so vielen Zeugen kaum einen Anschlag wagen. Voller Zuversicht ging Zen auf den ihm entgegenkommenden Wagen zu, den Arm zum Gruß erhoben.

Cose note, cose note!

Wäre in der betreffenden Nacht jemand in der Via Bernini aufgewesen, dann hätte er folgendes beobachtet.

Als der Mann in Hut und Mantel näher kam, den Arm zum Gruß erhoben, fuhr der orange Wagen langsamer und einige Arbeiter umringten ihn. Der Mann drehte sich um und zeigte nach hinten in die Richtung, aus der er gekommen war, als ob er auf irgend etwas oder irgend jemanden hinweisen wollte, aber es war niemand zu sehen. Gleichzeitig zog der Arbeiter, der hinter ihm stand, etwas aus einer der vielen Taschen seines Overalls und fuhr damit durch die Luft, als ob er nach einer Fliege schlagen wolle.

Im selben Augenblick, wenn auch ohne erkennbare kausale Verknüpfung, geriet der Mann im Mantel ins Taumeln, als ob er über die vorstehende Kante eines der schwarzen Pflastersteine gestolpert wäre, die immer eine Gefahr darstellen, selbst in diesem relativ wohlhabenden Stadtviertel. Zum Glück gelang es dem anderen Arbeiter, der jetzt auf einer Höhe mit dem Heck des immer noch fahrenden Müllwagens war, den stürzenden Mann aufzufangen und damit zu verhindern, daß er sich ernsthaft verletzte.

Nun warf der erste Arbeiter sein Werkzeug beiseite, wo es mit einem lauten metallischen Klirren auf die Pflastersteine fiel, und beugte sich hinunter, um das Opfer an den Füßen zu fassen. Ohne ein Wort zu sprechen, hoben die beiden den Mann hoch und ließen ihn einen Augenblick an Schultern und Waden gepackt schlaff in der Luft hängen. Inzwischen war der unaufhaltsam weiterfahrende Müllwagen an ihnen vorbei. Mit einem einzigen knappen Schwung schmissen sie den reglosen Körper über die Ladekante, wo er verschwand.

Während der erste Arbeiter den weggeworfenen Schraubenschlüssel aufhob, drückte der zweite einen grünen Knopf an einem Kästchen, das am Heck des Wagens angebracht war. Mit lautem Getöse begann sich der massive Schieber zu senken. Der obere Teil und die Seiten waren schmutzig und stumpf, doch die gewölbte untere Kante hatte durch die ständige Abnutzung einen wunderbar silbrigen Glanz erhalten. Unaufhaltsam bewegte sich der Schieber in den Bauch des Wagens. Der Lärm der kraftvollen Maschinerie übertönte alle Geräusche, die man sonst vielleicht hätte hören können.

An dieser Stelle passierte etwas Unerwartetes. Zwei junge Männer tauchten vor dem Müllwagen auf, einer fuchtelte mit einer Pistole herum, während der andere eindringlich in ein

Handy sprach. Der Bewaffnete schoß zweimal und erwischte zwei der Arbeiter im blauen Overall, dann stürmte er vorwärts und gab einen weiteren Schuß auf das Schaltkästchen ab, womit er den Schieber außer Betrieb setzte. Dann kletterte er auf den orangen Wagen, der gerade losfuhr.

Sein Partner hatte mittlerweile ebenfalls eine Pistole gezogen und zwang die übrigen Arbeiter, sich auf den Boden zu legen. Weit unten im Dickicht der Altstadt setzte lautes Sirenengeheul ein. Der Müllwagen vollführte nun eine so scharfe Wende, daß der erste Schütze fast vom Dach gefallen wäre, doch es gelang ihm, sich an einem Metallwulst festzuhalten, bis das Manöver vorbei war, dann schob er sich langsam auf dem Dach nach vorn, während der Wagen mit hoher Geschwindigkeit auf die Arbeiter zuhielt, die von seinem Partner mit der Pistole bedroht wurden.

Drei weitere Schüsse ertönten, die direkt durch das Dach des Führerhauses gefeuert wurden. Der Müllwagen ging durch wie ein wild gewordenes Pferd, schleuderte quer über die Straße und krachte gegen eine Anzahl parkender Autos, die seinen Vorwärtsdrang bis zu einem gewissen Grad bremsten, wenn auch mit erheblichen Kosten für die Besitzer, von denen nur wenigen gelungen war, diesen sturen Hurensöhnen in Mailand, die Neapel offenbar als eine Art Kriegsgebiet ansehen, eine Versicherung für ihr Fahrzeug abzuschwatzen. Die zahlreichen heftigen Zusammenstöße ließen den Schützen, der all diesen Schaden verursacht hatte, schließlich den Halt verlieren. Er landete auf dem Dach eines hellblauen Lancia, das unter seinem Gewicht wie ein Seidentuch nachgab, während der Müllwagen dröhnend in der Nacht verschwand.

Wäre in der betreffenden Nacht jemand in der Via Bernini aufgewesen, dann hätte er dies beobachtet. Und es waren tatsächlich viele Leute wach. Denn das einzige, was stärker ist als *omertà*, ist die Neugier, und diese Mischung aus Schüssen, Karambolagen, Schreien und Sirenen war einfach unwiderstehlich gewesen. Sie reckten die Köpfe aus den Fenstern und starrten von Balkonen und Dächern auf die Straße. Einige wenige

Unerschrockene setzten sogar vorsichtig einen Schritt vor die Tür.

Als er einen Mann in Uniform erblickte – ein Feuerwehrmann, der eine seiner Geliebten besucht hatte, wie sich später herausstellte – drückte der Schütze, der die Müllarbeiter in Schach gehalten hatte, diesem die Pistole in die Hand und bat ihn, sie solange weiter in Schach zu halten, bis die Polizei da war. Das Gejaule der Rettungswagen war inzwischen viel näher gekommen. Der Mann lief über die Straße zu seinem Partner, der auf dem Dach des Lancia saß, als ob er eine harte Nacht hinter sich hätte.

»Gesuà!« rief er. »Die Bullen sind gleich da! Laß uns um Gottes willen abhauen!«

La porta dell'inferno

Sein erster bewußter Gedanke war, daß dies der schlimmste Kater sein mußte, den er je gehabt hatte, von einem solchen Ausmaß und einer Intensität, wie er es nie für möglich gehalten hätte.

Der Gestank, um nur eine der vielen Widerwärtigkeiten zu nennen, war so schlimm, wie er es seit seinem siebten Lebensjahr nicht mehr erlebt hatte, als eine außergewöhnliche Flut in der venezianischen Lagune im Zusammenspiel mit einem geplatzten Abflußrohr die Toilette im Hause Zen in eine brodelnde Kloake verwandelt hatte, aus der die gesammelten Fäkalien der Nachbarschaft sprudelten, kaskadenartig die Treppe herunterliefen und sich in sämtliche Ecken der Wohnung verteilten. Doch selbst dieses unvergeßliche Ereignis war nichts weiter als eine Generalprobe in einem Provinztheater gewesen, verglichen mit dieser, dem neuesten Stand der Technik entsprechenden, keine Kosten scheuenden, quasi Weltklasseinszenierung, die jetzt seine Nase heimsuchte.

Aber auch seine anderen Sinne kamen auf ihre Kosten. Besonders seine Ohren waren einem unvorstellbaren Getöse ausgesetzt, fast so, als ob er während des Großen Triumphmarsches dieses Spektakels in der elektronisch verstärkten Baßtrommel gefangen wäre. Diese Annahme würde auch die absolute Dunkelheit erklären, die nur ab und zu durch kurze laserartige Blitze unterbrochen wurde, die durch seine Umgebung zuckten, ohne sie wirklich zu beleuchten, wie in einer Hightech-Lightshow, die das Publikum bei Laune halten soll, bis der Startenor schließlich auf die Bühne kommt, um *Nessun dorma* zu singen. War das ein weiterer Anhaltspunkt? Doch Schlafen, so sehnlichst gewünscht es auch sein mochte, kam eindeutig nicht in Frage.

Aber all das konnte immer noch nicht die rasenden Schmerzen an und in seinem Schädel erklären, und auch nicht den Geruch von Blut an seinen Fingern, den er wahrnahm, als es ihm endlich gelungen war, sie aus der zähen Masse herauszuziehen, die ihn von allen Seiten erdrückte, um die klebrige Stelle an seinem Hinterkopf abzutasten, und noch weniger die Tatsache, daß alles so heftig ruckte und schwankte, oder den sauren Nachgeschmack von Erbrochenem in seinem Mund.

Das letzte, woran er sich erinnern konnte, war, daß er Valerias Wohnung verlassen hatte, nachdem er anderthalb Gläser von dem Kirschlikör getrunken hatte, den ein Cousin von ihr »aus Früchten von seinem Landgut« herstellte. Allmächtiger Gott, was benutzte der denn für ein Insektenvernichtungsmittel? Zyanid? Oder waren in dem Alkohol irgendwelche illegalen Zusätze wie bei den Weinskandalen, die in Italien an der Tagesordnung waren?

Oder lag das Problem bei *ihm*? Verdrängte er etwas, das zu schrecklich war, um sich daran zu erinnern, etwas, das nicht einmal ausgesprochen werden durfte. Nur anderthalb Gläser? Das war ja lachhaft. Er mußte die ganze Flasche ausgetrunken haben und dann noch über die übrigen Vorräte im Schrank hergefallen sein. Wie diese amerikanischen Seeleute, die das Mix Drinks wörtlich genommen hatten, mußte er das Zeug in sich hineingekippt haben, als ob es kein Morgen gäbe, oder eher um jede Chance zunichte zu machen, daß es eins geben könnte.

Trotzdem war für ihn ein Morgen gekommen. Und als er sich gerade auf die altbewährte Art damit getröstet hatte, daß es nicht schlimmer werden könnte, trat programmgemäß genau dieses ein. Vor langer Zeit, vielleicht auch erst vor ein paar Sekunden, war es noch absolut undenkbar, daß das bisher Passierte übertroffen werden könnte. Doch nun stellte sich heraus, daß das ohne weiteres möglich war.

Wie es sich für gute dramatische Effekte gehört, schien alles zunächst besser, bevor es schlimmer wurde. Der entsetzliche Lärm verstummte fast völlig, keine zuckenden Lichtblitze mehr, die furchtbaren Erschütterungen klangen ab bis auf ein sanftes, konstantes Vibrieren. Nur der Gestank und der ekelhafte Geschmack im Mund blieben, doch selbst das schien inzwischen vertraut und erträglich. Und genau in diesem schwachen Moment, wo er anfing zu glauben, daß alles vielleicht doch gar nicht so schlimm sei, brach die Hölle los.

Oder sie brach vielmehr ein – nicht daß solche Haarspaltereien ihn sonderlich beschäftigt hätten, als sich die Fläche unter ihm plötzlich mit erstaunlicher Geschwindigkeit aufrichtete und sich in einem beunruhigenden und eigentlich unmöglichen Winkel neigte, der aber nichtsdestotrotz einen tieferen Sinn hatte, da Zen nämlich anfing, mit hilflos ausgestreckten Armen rückwärts zu rutschen. Sein enges Gefängnis zog sich zurück, während sich die Dunkelheit öffnete, um ihn als ein Teil von vielen, die in einem zielgerichteten Durcheinander nach unten fielen, in Empfang zu nehmen. Der endgültige Aufprall, als er dann endlich kam, war erstaunlich sanft.

Dove son?

»*Pronto?*«
　»*Dottore*, sind Sie das?«
　»Bin ich was?«
　»Sie sind am Leben?«

»Bin ich?«

Schweigen.

»Spreche ich mit Vice-Questore Aurelio Zen von der *Polizia dello Stato*, Dienstnummer 4723 Strich VZ Strich 798?«

»Jawohl, Sir!«

»Nennen Sie Ihren gegenwärtigen Aufenthaltsort!«

»Unbekannt.«

»Beschreiben Sie ihn!«

»Irgendeine Grube. Dunkel und still. Massenhaft glitschiges und stinkendes Zeug um mich herum.«

Zen nahm sein Feuerzeug heraus und entlockte ihm eine schwache, flackernde Flamme.

»In unmittelbarer Nähe eine, möglicherweise auch mehrere menschliche Leichen.«

»Brechen Sie die Verbindung nicht ab! Ich wiederhole, brechen Sie die Verbindung nicht ab. Wie lange wird Ihr Handy noch funktionieren?«

»Die Batterieanzeige blinkt bereits. Das bedeutet, noch fünf, vielleicht auch zehn Minuten Betriebsbereitschaft.«

»Vedammt! Ich glaube nicht, daß wir Sie so schnell finden. Schaffen Sie's allein, dort rauszukommen?«

»Nein.«

»Können Sie mir irgendeinen Hinweis auf Ihren Standort geben?«

»Nein. Aber machen Sie sich keine Sorgen, ich hab' immer noch die Dose von Pasquale.«

»Wie bitte?«

»Sie hat ein paar Beulen abgekriegt, aber ich nehm' an, daß der Zauber immer noch funktioniert. Ja, und noch was. Wenn Sie Zeit haben, bei Valeria vorbeizufahren, bringen Sie was von diesem Kirschlikör mit... Sie wissen doch, man kuriert einen Kater am besten, indem man mit dem anfängt, womit man aufgehört hat.«

Non mi fate più fare triste figura!

Es war fast vier Uhr morgens, als sie ihn endlich fanden. Bis dahin hatte die Batterie seines Handys zwar längst den Geist aufgegeben, aber eine der Kugeln, die Gesualdo in das Führerhaus des gestohlenen Müllwagens geschossen hatte, hatte die Ölleitung durchbohrt, und die Tropfenspur führte den Suchtrupp Schritt für Schritt in das Herz des Labyrinths, in die tiefe Grube, wo Aurelio Zen auf einem Abfallhaufen neben einer grauenhaft verstümmelten Leiche lag, so friedlich wie ein Kind mit seinem Teddybär im Bett. Er sah auf und blinzelte in die hellen Taschenlampen und Scheinwerfer.

»Da ist er!« rief eine Stimme.

»Und ist das da nicht Attilio Abate?«

»Nein, Abate liegt weiter drüben. Der da ist Vallifuocos Handlanger, wie hieß er noch gleich . . .?«

»Marotta. Und da liegt Don Ermanno persönlich!«

»Holt den Chef her! Das ist ja ein Riesenknüller.«

Strickleitern wurden heruntergelassen, und mehrere Männer kletterten in die Grube. Zen richtete sich auf. Er fühlte sich eindeutig nicht dem Anlaß entsprechend gekleidet. Fast alle anderen schienen Uniformen zu tragen und bewaffnet zu sein. Und er war nicht nur unbewaffnet und in Zivil, sondern außerdem noch von oben bis unten mit getrocknetem Erbrochenem beschmutzt.

Zu seiner Verwunderung wirkten die Eindringlinge eher besorgt als vorwurfsvoll. Zwei kräftige Typen im Kampfanzug hoben ihn auf eine Tragbahre, die dann unter heftigem Rucken und Stoßen, was ihn an den Aufzug im Haus von Valeria Squillace erinnerte, an den Rand der Grube gehievt wurde. Eine der wenigen Personen in Zivil, offenbar ein Arzt, untersuchte ihn und veranstaltete dann ein kleines Quiz mit ihm. Er stellte so witzige Fragen wie nach seinem Namen, nach Alter, Adresse und Herkunft, aber auch einige knifflige Sachen, zum Beispiel welches Jahr gerade war, den Namen des derzeitigen Premierministers, die Hauptstadt der Emilia-Romagna, die Nummern der Spieler von Juventus Turin und ihre Spielpositionen, die Traummaße von Moana Pozzi, den erlaubten Anteil von Trebbiano-Trauben im *Chianti Classico* und so weiter. Er konnte alle richtig beantworten – bis auf die zweite natürlich, eine bewußte Fangfrage, um Simulanten zu erwischen.

Nachdem man sich von Zens geistiger Zurechnungsfähigkeit überzeugt hatte, wurde er eiligst einem gedrungenen Mann in einem robusten Anzug vorgeführt, der offenbar das Manöver leitete. Er trug eine dunkle Brille und hatte ein tödliches Lächeln im Gesicht.

»Die ganze Operation muß bis ins kleinste Detail geplant werden!« erklärte er gerade seinen um ihn gescharten Untergebenen. »Nichts darf dem Zufall überlassen bleiben. Das ist unsere große Chance, diese Leute ein für allemal zu zerschmettern. Ich möchte, daß alles wie am Schnürchen läuft. Verstanden?«

Diese rhetorische Frage wurde mit begeisterter Zustimmung beantwortet.

»Piero? Sie kümmern sich um die Fernsehleute. Damit meine ich natürlich alle drei RAI-Kanäle, aber auch die führenden Unabhängigen und die Kabelanbieter. Den Raum vollpacken, für reichlich Verwirrung sorgen – die müssen richtig nach Enthüllungen lechzen. Ich möchte eine hektische Beleuchtung, viel Gedränge und Chaos, dann ein Schwenk auf die starke und sichere Darbietung auf dem Podium, um ein Gefühl von Ordnung und Kontrolle wiederherzustellen. Mario, Sie kümmern sich um die Printmedien. Bauen Sie sie als Zusatzinformation zur Fernsehberichterstattung ein, nutzen Sie die Wirkung des schwarz auf weiß Gedruckten. Dann lassen Sie *Corriere*, *Stampa* und *Repubblica* gesondert antreten für die ausführliche Hintergrundgeschichte.«

»Was ist mit dem *Mattino, dottore*?«

Trotz der dunklen Brille war der Blick des Mannes im Anzug eindeutig vernichtend.

»Mario, ich dachte, es wär' klar, daß wir hier von den *überregionalen* Blättern reden.«

»In Ordnung, Chef. Natürlich.«

»Setzen Sie die lokalen Zeitungen ins Bild, aber vorsichtig. Die werden schon glücklich sein, wenn sie nur die Reste vom Tisch aufpicken dürfen. Wir haben es hier nicht mit ein paar kleinen Provinzgangstern zu tun. Das ist ein weltbewegendes Ereignis von nationaler, ja sogar internationaler Tragweite, und ich möchte, daß es mit dem nötigen Respekt behandelt wird, verdammt noch mal!«

»Ganz recht, Chef.«

»In Ordnung, an die Arbeit.«

Der Mann im Anzug wandte sich Zen zu.

»Also dann, *dottore*, jetzt wollen wir darüber reden, was wir denen erzählen werden. Danach werden wir Sie duschen, rasieren und in saubere Klamotten stecken. Vielleicht sollten wir aber auch auf den abgerissenen, gerade der Hölle entronnenen Look setzen. Was meinen Sie? Es hängt für uns beide viel davon ab. Wir sollten es auf keinen Fall vermasseln.«

Forme giudiziarie

»Diese Operation hatte also schon begonnen, noch bevor die Mitteilung dieser Gruppe, die sich selbst *Strade Pulite* nennt, publik gemacht wurde?«

Die Frage kam von einem Mann in der ersten Reihe, der laut Namensschild ein Reporter der *International Herald Tribune* war. In Wirklichkeit war er jedoch ein Helfershelfer, den man unter das Publikum geschmuggelt hatte, »um eine wirkungsvolle und zügige Berichterstattung über dieses historisch bedeutsame Ereignis zu erleichtern«.

Der Questore, dessen Augen auch ohne die Brille, die er vorhin getragen hatte, nicht weniger dunkel und undurchdringlich waren, nickte kurz.

»Meine Beamten wußten seit mehreren Monaten von der Existenz dieser Terroristen. Und aus diesem Grund habe ich für die Versetzung eines bekannten Spezialisten vom Dezernat Criminalpol in Rom gesorgt...«

Er wandte sich Aurelio Zen zu, der ein kleines Stück schräg hinter ihm stand und in das Gewühl von Reportern, Kameras, Mikrophonen und Lichtern blickte.

»Um unsere Operation geheimzuhalten, wurde Dottor Zen offiziell auf einen Verwaltungsposten im Hafen von Neapel berufen. Dort erzielten wir unseren ersten Durchbruch mit der Verhaftung eines der Männer, deren Leichen heute entdeckt wurden, nämlich Giosuè Marotta.«

»Aber der wurde doch beschuldigt, einen griechischen Seemann niedergestochen zu haben?« fragte ein Fernsehreporter mit verblüfftem Stirnrunzeln.

»Genau! Marotta, bekanntermaßen ein Hitzkopf, war so unvorsichtig, in eine Rauferei mit ein paar ausländischen Seeleuten zu geraten, während er bei einer kleinen Schmuggelaktion, die mit dem vorliegenden Fall nichts zu tun hat, als Kurier fungierte. Das gab uns einen guten Vorwand, ihn zu verhaften, ohne unsere eigentliche Absicht zu erkennen zu geben und womöglich die Initiative zu verlieren. Doch seine Verbindung zu den *Strade Pulite*-Terroristen wurde auf tragische und dramatische Weise offenkundig, als nämlich eines ihrer Kommandos das Polizeiauto angriff, in dem er ins Krankenhaus gefahren werden sollte, und dabei einen unserer vielversprechendsten jungen Beamten erschoß, Ispettore Armando Bertolini.«

Einen Augenblick herrschte ehrerbietiges Schweigen.

»Aber wenn Sie von Anfang an über *Strade Pulite* Bescheid wußten, warum konnten Sie dann die drei anderen Opfer nicht schützen?« fragte eine weitere Stimme.

Der Questore hob einen Finger.

»Man muß hier unterscheiden zwischen dem Wissen von der Existenz der Gruppe und der genauen Kenntnis ihrer Ziele und möglichen Opfer. Dank unserer hervorragenden Arbeit war uns seit längerem von diesem fanatischen Wiederaufleben der *anni di piombo* bekannt, doch erst in den letzten Tagen waren wir in der Lage vorauszusagen, wann sie als nächstes zuschlagen würden.«

»Was können Sie uns über die Methode sagen, die sie bei ihren Anschlägen verwendeten?« wechselte der eingeschmuggelte Helfershelfer geschickt das Thema.

»Die war in allen Fällen die gleiche«, antwortete der Questore, als ob er von einem Teleprompter ablesen würde. »Ein Wagen der städtischen Müllabfuhr wurde unter Androhung von Waffengewalt gestohlen. Im vorliegenden Fall verkleideten sich die Angreifer als Polizisten, die eine routinemäßige Verkehrskontrolle durchführten. Zuvor war das auserwählte Opfer beobachtet worden, man hatte bestimmte Gewohnheiten festgestellt und eine günstige Zeit und einen passenden Ort ausgewählt. Dort wurde der Mann bewußtlos geschlagen und auf den Müllwagen geworfen, wo er von der Presse zu Tode gequetscht wurde. Das Ganze dauerte nur wenige Sekunden. Dann fuhr der Wagen zu einem verlassenen Fabrikgelände in der Gegend von Pendino, wo es Zufahrten zu einer Reihe von unterirdischen Steinbrüchen gibt. Dort wurden alle Opfer in der nicht mehr benutzten Zisterne abgeladen, wo wir sie heute gefunden haben.«

Eine Reporterin hob die Hand, und der Questore nickte ihr zu.

»Gegen drei der Opfer – nämlich Attilio Abate, Luca Della Ragione und Ermanno Vallifuoco – wurde wegen angeblicher Vergehen ermittelt, die von Bestechung über Steuerhinterziehung bis hin zu Verbindungen zum organisierten Verbrechen reichten«, bemerkte sie. »Giosuè Marotta hingegen war als Handlanger von Vallifuoco bekannt. Wie erklären Sie diese Wahl der Opfer? Was waren langfristig die Ziele der Terroristen?«

Der Questore setzte eine äußerst ernste Miene auf.

»Die Männer, die heute morgen verhaftet wurden, werden immer noch verhört, und wir hoffen, daß wir in Kürze präzisere Antworten auf Ihre Fragen haben. Doch das generelle Ziel scheint klar zu sein. Es stimmt schon, daß die Opfer diverser Vergehen angeklagt waren, aber wir dürfen nicht vergessen, daß diese Anschuldigungen nie von einem Gericht geprüft wurden. Ohne den Erkenntnissen der Untersuchungsrichter zuvorkommen zu wollen, würde ich doch meinen, daß es das Ziel dieser Terroristen war, dafür zu sorgen, daß es in diesen Fällen auch nie zu einem Prozeß kommen würde.«

»Sie meinen, das waren politisch motivierte Taten?« gab der eingeschmuggelte Helfershelfer das Stichwort.

»Ohne jeden Zweifel. Das war eine klassische Destabilisierungskampagne, wie wir sie in den letzten Jahren häufig erlebt haben. Kurz gesagt, es war das Werk ideologisch verbohrter Extremisten, die unbedingt beweisen wollten, daß der Rechtsstaat versagt hat und man nur noch mit direkten Selbstschutzmaßnahmen die ›Straßen‹ unserer Städte ›säubern‹ könnte. Und leider waren viele bereit, ihnen zu glauben, und forderten die Suspendierung ordnungsgemäßer gesetzlicher Vorgehensweisen und die Einrichtung von neuen, sogenannten ›Elite‹-Vollzugsbehörden, die unabhängig von der Polizei operieren und unseren demokratisch gewählten Vertretern in Rom keine Rechenschaft schuldig sind.«

Er lächelte.

»Ein nicht zu unterschätzender Triumph, den wir heute hier erzielt haben, ist, daß wir ohne den geringsten Zweifel bewiesen haben, daß gute altmodische Polizeiarbeit mit ihren ehrlichen und erprobten Methoden durchaus in der Lage ist, zu den gewünschten Ergebnissen zu gelangen, ohne Zuflucht zu solchen neuen und möglicherweise gefährlichen Experimenten nehmen zu müssen.«

»Wie haben Sie sie denn schließlich in die Falle gelockt, *dottore?*« fragte ein Reporter von RAI Uno.

»Dank der eifrigen und unermüdlichen Arbeit unserer Mitarbeiter hier und dem außergewöhnlichen Heldenmut des Beamten, den ich persönlich von Criminalpol angefordert hatte.«

Ein weiteres Nicken in Zens Richtung.

»Vor ein paar Tagen erfuhren wir, daß die Gruppe ihn trotz unserer strengen Sicherheitsmaßnahmen identifiziert hatte, daß ihnen bewußt war, welche Bedrohung seine Anwesenheit hier in Neapel für sie darstellte, und daß sie Vorbereitungen trafen, ihn zu beseitigen. Das habe ich Dottor Zen letzte Nacht in einer sehr späten Besprechung persönlich mitgeteilt. Ich erklärte ihm, daß ich ihm auf keinen Fall befehlen würde, mit einer Operation fortzufahren, bei der er sein Leben in große Gefahr brächte, doch wenn er von sich aus dazu bereit wäre, hätten wir die Chance, die Terroristen in eine Falle zu locken und das ganze Unternehmen ein für allemal zu zerschlagen. Mit Stolz kann ich verkünden, daß er angesichts dieser furchtbaren Wahl keinen Augenblick gezögert hat.«

Das Meer von Gesichtern wandte sich mit dem Ausdruck von Ehrfurcht und Bewunderung Zen zu. Blitzlichter flammten auf, Kameras surrten, Mikrophone wurden nach vorne geschoben.

»Der Questore ist zu freundlich«, sagte Zen mit einem verlegenen Schulterzucken. »Ich habe nur meine Pflicht getan, wie ich hoffe, und glaube, daß es auch jedes andere Mitglied der Truppe, der anzugehören ich stolz bin, in derselben Situation getan hätte. Aber wir sollten nicht den Beitrag eines einzelnen zu sehr herausstellen. Ein Erfolg wie dieser beruht nicht auf den Heldentaten einer Person, sondern auf Teamarbeit, Engagement, Disziplin und Leistungsfähigkeit. Lassen Sie mich hinzufügen, daß ich diese Tugenden nirgends so stark und effektiv im Einsatz erlebt habe wie hier in Neapel unter der inspirierenden Führung meines verehrten Vorgesetzten und Kollegen.«

»Wer sind denn diese Terroristen überhaupt?« rief jemand laut. »Haben sie irgendwelche Beziehungen zu anderen Organisationen im In- oder Ausland?«

Der Questore schüttelte den Kopf und hob die Hände.

»Wir sind mit unserer Zeit am Ende«, erklärte er entschieden. »Auf meine Männer und mich wartet noch viel Arbeit, bis wir die verbleibenden Fragen um diesen Fall geklärt haben. Und was Dottor Zen betrifft, so werden Sie doch sicher Verständnis dafür haben, daß er nach seinem heroischen Einsatz dringend Ruhe und Erholung braucht.«

Darauf rauscht der Questore mit seinem Gefolge aus dem Raum, die Reporter eilen davon, um die Informationen, die er ihnen gegeben, an die gespannt wartende Welt zu verbreiten, und all die Soldaten, Bediensteten, Seeleute, Hochzeitsgäste, Stadtstreicher und was sonst noch, die sich irgendwie hereingequetscht haben, ziehen sich nun zurück und lassen Aurelio Zen allein auf der kahlen, hell erleuchteten Bühne.

Finale

Allerdings nicht lange, denn fast im gleichen Augenblick klingelt es an der Tür und ein geschäftiges Treiben beginnt. Als erstes kommt das Essen, das von zwei strammen jungen Männern auf großen Tabletts über der Schulter die Treppe hinaufgetragen wird, die es dann unter Anleitung eines älteren Faktotums auf silbernen Platten arrangieren. Dieser ältere Mann zeichnet sich sowohl durch seine Uniform aus, die stärker gefältet und viel aufwendiger ist als die der beiden jüngeren, als auch durch den Ausdruck abgeklärter Würde, den er während der gesamten Veranstaltung beibehält und der in deutlichem Gegensatz zu der kaum verhüllten Panik steht, mit der seine Untergebenen ihre Arbeit verrichten.

Kurze Zeit später tauchen Flaschen mit *spumante* auf, die in zerstoßenem Eis gebettet sind, dazu meterweise schneeweißes gestärktes Leinen für die auf Böcken liegenden Tischplatten, die man rasch an einem Ende der Terrasse aufgebaut hat, um all diese Köstlichkeiten unterzubringen. Und das keine Minute zu früh, denn die Gäste beginnen bereits einzutrudeln. Als erstes kommt Valeria, die sich nur mit Mühe hat ausreden lassen, eine Auswahl an kleinen Speisen und Appetithäppchen mitzubringen, in der wohlmeinenden Absicht, dem armen Junggesellen aus der Patsche zu helfen, der sich spontan entschlossen hat, für die ganze

Besetzung eine Party zu geben. Jetzt wirkt sie beeindruckt und auch ein wenig verärgert, daß sie die Fähigkeiten des Gastgebers und die Fülle dessen, was er da auffährt, so sehr unterschätzt hat.

Doch diese Verstimmung hält nicht lange an. Wie sie Zen erzählt, haben ihre Töchter sich gemeldet und ihr versichert, daß alles in Ordnung sei, und nachdem diese Sorge zerstreut war, ist sie nun in guter Festlaune. Als nächstes erscheinen Pasquale und Immacolata Higgins, ersterer fast nicht wiederzuerkennen elegant dank einem sehr schönen Fast-Armani-Anzug mit allem Drum und Dran. *La Igginz*, die gerade den ganzen Tag, ganz zu schweigen von einem lukrativen Teil der Nacht, hinterm Steuer verbracht hat, trägt ein weniger schickes Ensemble, bei dem es offensichtlich mehr auf Bequemlichkeit als auf Stil ankommt. Das Ganze gekrönt von einem Paar knallgelben Plastiksandalen. Valeria Squillace beginnt sich noch besser zu fühlen.

Zen zieht das silberne Döschen hervor, das Pasquale ihm gegeben hat und das nach seinen Abenteuern noch ein wenig verbeulter ist, und erklärt, wie es ihm das Leben gerettet hat.

»Was ist denn nun das Geheimnis?« fragt er.

Pasquale zuckt die Achseln.

»Über so etwas sollte man bei einer solchen Festivität nicht reden, *duttò*. Das verlangt schon ein bißchen Respekt. Sagen wir mal so, jedes Jahr sondert der Leichnam eines gewissen Heiligen, der hier in Neapel aufbewahrt wird, eine Flüssigkeit ab, die der Priester mit Watte aufsaugt und an einige Auserwählte abgibt, die . . .«

Aurelio Zen sieht bereits so aus, als täte es ihm leid, daß er gefragt hat, doch zum Glück taucht jetzt Dario De Spino aus dem Inneren des Hauses auf, dessen Eingangstür aufgelassen wurde, um dem Gastgeber zu ersparen, jedesmal, wenn jemand klingelt, die Treppe rauf und runter laufen zu müssen. Dario, das sollte gesagt sein, hat lange und gründlich nachgedacht, bevor er überhaupt sein Kommen zusagte. Sein sechster Sinn riet ihm immer noch, daß es besser wäre, sich eine Zeitlang bedeckt zu halten, besonders bei einer Feier, zu der Gesualdo und Sabatino in jedem Fall eingeladen sein würden.

Dennoch war die Aussicht auf eine feudale Party mit reichlich freiem Essen und Alkohol eine starke Verlockung, und die schmeichelhaften Bitten der beiden Albanerinnen, die ihn persönlich angerufen hatten und beinah in Tränen ausgebrochen waren, als er zögerte, gaben schließlich den Ausschlag, wenn auch wider besseren Wissens. Er will nicht den Kontakt mit Iolanda und Libera verlieren, für die er immer noch Pläne hat, deren Aussicht auf Erfolg durch den Anblick, den die beiden bieten, nur bestätigt wird, wie sie mit einstudierter Weltgewandtheit selbstbewußt den Raum betreten, todschick in den Klamotten, die Dario ihnen über den Geschäftspartner eines Cousins eines Freundes von einem Freund eines Schwagers besorgt hat.

»Tolle Party, Don Alfonso!« ruft er laut und drückt damit auch die Meinung der übrigen Gäste aus, von denen jedoch bisher niemand so vulgär war, das auszusprechen.

Zen zuckt bescheiden die Achseln.

»Schließlich überlebt man ja nicht jeden Tag einen Mordanschlag.«

»Mord?«

»Wie?«

»Wann?«

»Wo?«

»Warum?«

Die Gäste, zu denen sich soeben auch Professor Esposito gesellt hat, drängen sich neugierig um Zen.

»Als ich heute morgen kurz nach Mitternacht«, beginnt er und wirft Valeria einen vielsagenden Blick zu, »auf dem Weg nach Hause war, traf ich auf einen Mülltrupp bei der Arbeit.«

Der Neuankömmling lacht.

»Unmöglich! Tut mir leid, *dottore*, aber da müssen Sie sich was Besseres einfallen lassen. Städtische Angestellte, die um diese Uhrzeit in Neapel arbeiten? Das gibt es nicht!«

Zen nickt lächelnd.

»Ganz genau, Professor. In Wirklichkeit waren es auch gar keine Müllmänner, sondern ein Killerteam von der Terrororganisation, die unter dem Namen *Strade Pulite* bekannt ist.«

»Augenblick mal!« wendet Dario De Spino ein, »ich hab' einen Bericht darüber im Fernsehen gesehen. Das ist zwar passiert, aber nicht Ihnen. Das war irgendein Polizist aus Rom, ein gewisser Aurelio ... ich kann mich nicht erinnern ... Aurelio ...«

»Zen«, sagt Gesualdo, der gerade mit Sabatino auf die Terrasse kommt. »Sein Name ist Aurelio Zen, und er ist Polizist.«

»Erzählen Sie doch keinen Unsinn!« ereifert sich Valeria. »Er heißt Zembla, nicht wahr, Alfonso?«

Sie ist wütend über das unerwartete Auftauchen der unpassenden Freier ihrer Töchter, obwohl Zen ihr erklärt hat, daß alles vorbei sei, daß sie sich bis über beide Ohren in die faszinierenden albanischen Immigrantinnen, die in der unteren Wohnung untergebracht waren, verliebt und die Squillace-Töcher völlig vergessen hätten, die weit fort in einem fremden Land waren und Gott sei Dank nicht ahnten, wie mühelos und schnell ihr Platz im Herzen ihres jeweiligen Liebhabers von einer anderen eingenommen worden war.

»Warum sollten Terroristen jemanden wie Sie umbringen wollen?« fragt Iolanda. »Die machen sich doch nur an die hohen Tiere, an Leute, die echt was zu sagen haben.«

Der majestätische Majordomus nähert sich, ein Telefon mit einer langen Schnur in der Hand.

»Für Sie, *cummendatò*«, sagt er und reicht Zen den Apparat.

»Hallo?«

»Aurelio?«

»Bist du's, Gilberto?«

»Ich wollte ... hören ob ... nach diesem ... Glückwunsch zu ...«

»Sprich bitte was lauter. Das hört sich ja so an, als ob du aus Rußland anrufen würdest!«

»Das tu' ich auch.«

»Was?«

»Deshalb hab' ich auch so schnell einen Paß bekommen, dank meiner Partner hier. Wenn man die richtigen Leute kennt, ist Moskau heutzutage sogar noch besser als Neapel. Jedenfalls gucke ich gerade hier im Hotel CNN, und da seh' ich doch tatsächlich dich!«

»Das haben die in Rußland gebracht?«

»Du bist weltberühmt, Aurelio! Und nachdem du diese Terroristengruppe zerschlagen hast, müssen die dir deinen alten Job zurückgeben, vielleicht sogar noch mit einer Beförderung.«

»Nun ja, ich weiß nicht so recht . . .«

»Deshalb schien es mir ein guter Zeitpunkt für ein kleines Bekenntnis.«

Zen schwenkt sein leeres Glas vor einem vorbeikommenden Kellner, der es mit perlendem Wein füllt.

»Als du mir dieses Videospiel gegeben hast«, sagt Nieddu mit zaghafter Stimme, »da war ich, wie du weißt, gerade an einem ziemlichen Tiefpunkt. Die Zeiten waren schwierig, nicht nur für mich, sondern auch für Rosa und die Kinder . . .«

»Ja?«

»Ich hab' dir ja gesagt, daß die Kassette, die ich dir zurückgegeben hab', eine andere war, als ich von dir bekommen hab'. Was ich dir allerdings nicht gesagt habe, das war kein Versehen.«

»Nicht?«

»Ich bin auch nur ein Mensch, Aurelio. Die Versuchung war zu groß. Das hätte jeder gemacht. Eine solche Gelegenheit darf man sich nicht entgehen lassen. Die erste Version von diesem Spiel wurde millionen-, ja milliardenfach verkauft! Und da hatte ich plötzlich einen verwendbaren Prototyp der Fortsetzung in der Hand, und das Monate bevor das Ding in die Läden kommen sollte! Kannst du dir vorstellen, was das bedeutet? Natürlich war ich nicht in der Lage, es selbst herzustellen und zu vertreiben, aber ich hatte gehört, daß sie hier im ehemaligen Ostblock die entsprechenden Möglichkeiten hätten sowie eine fortschrittliche und äußerst liberale Auffassung von Dingen wie Copyright. Also . . .«

Zen legt auf und reicht dem ernst blickenden Faktotum das Telefon zurück.

»Ich möchte keine weiteren Anrufe annehmen«, sagt er.

Der bezahlte Diener verbeugt sich schweigend und zieht sich zurück, als ob er schon sein ganzes Leben im Dienst der Familie stünde.

Derweil haben sich Gesualdo und Sabatino mit ihren jeweiligen Gefährtinnen zusammengetan, während die übrigen Gäste lautstark über die Identität ihres Gastgebers debattieren. Der Wortwechsel zwischen Pasquale und Professor Esposito zu diesem Thema ist von einer besonders farbigen und schöpferischen Rhetorik geprägt, die allerdings dem Objekt selbst verborgen bleibt, da er nicht bloß im Dialekt geführt wird, noch nicht mal in der Variante, die im Borgo San Antonio Abate verbreitet ist, sondern in einer Unterart der letzteren, einer Art Familienjargon, der nur von Personen eines bestimmten Alters und einer bestimmten sozialen Schicht aus ganz bestimmten Straßen im Schatten der dem Viertel seinen Namen gebenden Kirche gesprochen wird – und das nur in Augenblicken höchster Bewegtheit.

Das daraus resultierende Gespräch ist sowohl vom Wettstreit geprägt als auch in sich geschlossen, eine Bestätigung eines gemeinsamen Erbes, das Außenstehende nicht begreifen können, und gleichzeitig ein Kampf um Überlegenheit aufgrund von Kriterien, die nur der Gesprächspartner beurteilen kann. Es ist außerdem unglaublich lebhaft und laut und könnte bei Leuten, deren Ohren nicht auf die feineren Nuancen eingestellt sind, leicht den Eindruck erwecken, daß die beiden sich jeden Augenblick an die Gurgel gehen. Zen macht den Fehler, zu ihnen hinzugehen, um sie zu beruhigen, und steht sofort wieder im Mittelpunkt des Interesses. Er weicht Fragen aus, blockt Kommentare ab, gestikuliert wild und setzt die ganze Zeit ein zuversichtliches, scheinbar müheloses Lächeln auf, während er zu entwirren versucht, wer genau was weiß über was auch immer wem passiert ist.

Derweil steuern die jungen Leute, die sich selbst überlassen sind, wie in unausgesprochener Übereinkunft auf einen abgelegenen Teil der Terrasse zu, von wo aus man auf die steil nach unten laufenden Stufen blicken kann, auf die Ziegeldächer der gegenüberliegenden Häuser und auf die scheinbar wie eine Lawine hinunterstürzende Stadt, die aussieht, als ob sie zu Stein erstarrt wäre, als sie den Hügel hinunter auf die weite ebene Bucht zuraste. Die ausgelaugte Abendluft, die von einer intimen und anzüglichen Hitze durchdrungen ist, umweht das Quartett, das dort nickend und plaudernd zusammensteht und die umwerfende Aussicht auf eine großspurige und anmaßende Art ignoriert.

Obwohl ihre Worte nicht zu hören sind, sind die Gedanken, die sie übermitteln und verbergen, selbst für einen zufälligen Beobachter leicht zu entschlüsseln. Gesualdo ist verliebt in Iolanda. Seht nur, wie er sich vorbeugt und mit seinen Lippen ihr langes Haar streift, wie seine Augen immer wieder die ihren suchen und dann aufleuchten, wenn sich ihre Blicke treffen, und wie seine Hände die nur für ihn sichtbaren Konturen ihres Körpers respektvoll liebkosen.

Seine Geliebte hingegen ist schwieriger einzuschätzen. Ihre aufgeschlossene Art und der strahlende, entrückte Gesichtsausdruck vermitteln eine Botschaft, die in merkwürdigem Widerspruch zu ihrer körperlichen Anspannung und den verkrampften Gesten steht. Diese Ambiguität könnte auf verschiedene Weise erklärt werden, vom banalen »Liebt er mich wirklich?« bis zum vielsagenderen »Würde er mich immer noch lieben, wenn er wüßte...?« Doch was für eine Enthüllung das ist, die Iolanda so offensichtlich fürchtet, aber gleichzeitig auch wünscht, bleibt vorläufig noch unklar.

Der junge Mann links neben ihr, der sich mit einer atemberaubenden *disinvoltura* über die Terrassenumrandung beugt, stellt kein solches Problem dar. Er mustert Libera mit einer beunruhigend offenen Bewunderung, die von keiner Ambiguität getrübt ist, noch durch sie entschuldigt werden kann. »Ich hab' es gehabt«, sagen seine Augen, »und wenn es mir noch mal über den Weg liefe und nichts Besseres da wäre, würde ich es mir wieder nehmen.« So wenig sympathisch sich das auch anhören mag, so muß doch gesagt werden, daß Sabatino sicherlich der ungezwungenste und charmanteste der Vier ist. Wenn man dort wäre und mit einem Glas in der Hand die einzelnen Gäste betrachten würde, würde man auf ihn zugehen.

Doch wenn wir zum Objekt seiner schlüpfrigen Bewunderung kommen, dann droht gar nichts mehr zusammenzupassen. Die anderen drei zollen immerhin dem Objekt ihrer Begierde auf unterschiedlichste Weise Tribut, wenn auch mit unausgesprochenen oder unaussprechlichen Vorbehalten. Doch Libera... Sie sieht Sabatino noch nicht mal an, sondern Iolanda, und ihr durchdringender Blick drückt niemandem gegenüber Liebe aus, mit was auch immer für Einschränkungen und Vorbehalten behaftet, sondern absolute und ungeschminkte... nun ja, offen gesagt – *Zickigkeit*. Als ob Iolanda ihr Unrecht getan hätte, sie irgendwie übervorteilt hätte. Aber wie kann das denn sein? Libera ist ganz bestimmt nicht in Gesualdo verliebt. Warum sollte sie das kümmern? Was geht hier vor?

»Mannaggia 'a Madonna!«

Dieser Ausruf stammt von Sabatino. Nachdem er durch die schamlose Musterung der Vorzüge seiner Eroberung allen gesagt hat, was er sie wissen lassen wollte, blickt er jetzt in die Gasse hinunter, als ob er nach neuem Freiwild Ausschau halte. Und da kommt es auch schon in Gestalt von zwei jungen Frauen, die in der stillen erwartungsgeladenen Dämmerung die Treppe hinuntergehen. Sabatino starrt sie eine Zeitlang wie gebannt an, sein Gesicht zu einer Parodie der eben noch selbstgefälligen Maske verzerrt. Dann wirbelt er herum und starrt Gesualdo mit wilden Blicken an. Dieser ist jedoch ganz versunken in den nebulösen Traum einer jungen Liebe. Darauf läuft Sabatino an das andere Ende der Terrasse, wo Aurelio Zen vor einem verwirrten, aber immer noch aufmerksamen Publikum Reden schwingt, und flüstert ihm aufgeregt etwas ins Ohr.

»Unmöglich«, antwortet Zen in dem selbstbewußten Ton, den er auch für seine weitschweifigen Erklärungen benutzt hat.

»Sie sind unten am Haus!« schreit Sabatino, der seine Erregung nicht länger im Zaum halten kann. »Sie werden jeden Augenblick hier sein!«

»Was ist los?« fragt Valeria.

»Sieht aus, als wären deine Töchter zurückgekommen.«

»Unsinn! Ich hab' doch eben noch mit ihnen telefoniert, bevor ich hierher gekommen bin.«

»Was sollen wir bloß tun?« jammert Sabatino. »Sie werden jeden Augenblick hier sein! Wenn sie diese Albanerinnen hier finden...«

»Darüber würde ich mir keine Gedanken machen«, bemerkt Valeria mit genüßlicher Bosheit. »Sie sind sicher *sehr* verständnisvoll. Das sind Frauen in solchen Sachen doch immer.«

»Was für Frauen?« fragt Libera, die eben hinzugekommen ist.

Zen packt sie am Arm.

»Hol deine Kollegin, geht runter in mein Schlafzimmer, macht die Tür zu und kommt nicht raus, bis ich euch rufe. Aber gib mir erst einen von deinen Schuhen.«

Libera runzelt die Stirn.

»Einen Schuh von mir? Warum?«

»Weil ich dich dafür bezahle, *carina*«, antwortet Zen zuckersüß.

Libera zieht einen ihrer Schuhe aus und gibt ihn ihm.

»Fetischist.«

Dann dreht sie sich zu Iolanda um und stößt einen durchdringenden Pfiff aus.

»Gleich geht's ans Kassieren«, trällert sie spöttisch.

Ihre Kollegin ist eindeutig nicht sehr glücklich darüber, ihren inbrünstigen sprachlosen Dialog mit Gesualdo unterbrechen zu müssen, doch nach ein paar barschen Worten im Dialekt seitens Sabatinos überläßt er sie Libera, die sie ins Haus scheucht.

»Was treibst du da für ein Spiel?« faucht Valeria Zen an. »Ich *will*, daß meine Mädchen sie zusammen erwischen!«

»Wobei erwischen? Beim Besuch derselben Party? Was beweist das denn? Der Sinn der Sache war doch, dafür zu sorgen, daß sie *in flagrante* erwischt werden, aber da deine Töchter ohne Vorwarnung aufgetaucht sind, müssen wir halt improvisieren.«

»Ich glaube immer noch nicht, daß sie wirklich da sind. Der junge Delinquent muß phantasieren. Er steht vermutlich unter Drogen. Meine Mädchen würden doch niemals nach Neapel zurückkommen, ohne mir vorher Bescheid zu sagen.«

Trotzdem treten sie gerade in diesem Augenblick auf die Terrasse und sehen unsicher um sich.

»Ich werd' verrückt!« ruft Immacolata Higgins. »Wenn das nicht meine beiden jungen Damen von gestern abend sind. Tja, die Welt ist ja wirklich klein.«

Valeria Squillace betrachtet die gepiercte und tätowierte Erscheinung in schwarzem Leder.

»Bist du das etwa, Orestina?« fragt sie mit einer Mischung aus Besorgnis und Drohung.

»Wir sind ausgeraubt worden, Mamma!« schluchzt Filomena und läuft auf ihre Mutter zu. »Sie haben uns mit einem Messer bedroht und uns unser Geld, unsere Kreditkarten, einfach alles abgenommen. Es war furchtbar, einfach furchtbar!«

»Ich fand, es war ein faszinierendes Stück Straßentheater«, bemerkt Orestina herablassend. »Und sie waren sehr höflich. Das Messer war nur ein Requisit. Sie haben uns unsere Pässe und die Tickets für den Rückflug gelassen, und einer von den Typen hat mir diesen fantastischen Tätowierungsladen am Camden Lock empfohlen.«

Sie läßt Jacke und Bluse von der Schulter rutschen, worauf das volle Ausmaß der Tätowierung sowie eine beträchtliche Menge des umgebenden Fleisches zu sehen ist.

»Das ist ja widerlich!« erklärt ihre Mutter. »Wasch das sofort ab. Und steh hier nicht so halbnackt rum! Hast du denn gar kein Schamgefühl?«

»Das läßt sich nicht abwaschen, Mamma«, antwortet Orestina und rückt Jacke und Bluse zurecht. »Das ist ja der Witz dabei. Es ist eine Möglichkeit, den Körper zurückzugewinnen, ihn zu personalisieren...«

Valerias Schweigen ist einschüchternder als jede Antwort.

»Aber, Mamma, innerlich bin ich doch immer noch dieselbe!« wendet ihre Tochter mit einem leichten Anflug von Panik ein.

»Du scheinst das nicht zu verstehen, Orestina«, erwidert Valeria mit eisiger Stimme. »Für mich und alle anderen Leute meiner Generation gehörst du jetzt zum Abschaum.«

»Ich hab' ihr gesagt, sie soll es nicht tun!« jammert Filomena, deren quälende Panik nicht zu übersehen ist. »Ich hab' sie angefleht, es nicht zu tun! Aber sie hört ja nicht auf mich. Das hat sie noch nie getan und wird sie auch nie tun.«

»Natürlich hab' ich auf dein Gemautze gehört«, antwortet ihre Schwester verächtlich. »Was glaubst du denn, weshalb wir hier sind? Weil du, nachdem diese Typen uns ausgeraubt haben, wie üblich die neurotische *prima donna* gespielt hast. Du hast geheult und geschrien, daß du nicht mehr schlafen könntest, bevor du nicht wieder zu Hause bei deinem Teddy im Bett wärst.«

Filomena bricht in Tränen aus und umarmt ihre Mutter.

»Aber wie um alles in der Welt seid ihr so schnell hergekommen?« fragt Valeria sie. »Ich hab' doch erst vor einer Stunde mit euch in London gesprochen!«

»Da waren wir schon hier, Mamma«, antwortet Orestina, als ob sie mit einem Kind reden würde. »Wir sind letzte Nacht zurückgeflogen.«

»Letzte Nacht?«

»Das stimmt, *signora*«, schaltet sich Immacolata Higgins ein. »Ich hab' sie persönlich aufgelesen und zum *Sole Mio* gefahren. Kennen Sie das? Schönes Hotel, sehr gemütlich, absolut sauber, nie irgendwelche Probleme.«

»Ganz zu schweigen von einer fetten Provision für Immacolata, die dann auf der Rechnung als ›Städtische Aufenthaltstaxe‹ erscheint«, murmelt Pasquale, ohne mit jemand Bestimmtem zu reden.

»Warum seid ihr denn nicht nach Hause gekommen?« fragt Valeria Orestina. »Nicht daß ich unbedingt mit jemand gesehen werden will, der aussieht wie du, aber schließlich bist du immer noch meine Tochter, und ich kann dich nicht wegschicken.«

»Genau das wollte ich ja tun!« jammert Filomena. »Ich wollte nur noch nach Hause, aber sie hat mich nicht gelassen!«

Alle Augen sind auf Orestina gerichtet, die wiederum Gesualdo und Sabatino ansieht.

»Der Sinn der Sache war doch, die Treue unserer Liebhaber auf die Probe zu stellen«, sagt sie. »Wie könnte man das besser tun, als völlig unerwartet aufzutauchen?«

Sie lächelt kühl.

»Sie scheinen ja nicht gerade sehr glücklich zu sein, uns zu sehen.«

Filomena stellt Sabatino schmollend zur Rede.

»Warum sagst du denn nichts?« fragt sie. »Und warum siehst du mich so an?«

»Das ist sicher der Schock«, suggeriert Zen in einem Ton falscher *bonhomie*. »Und daß Ihre Mutter hier ist, macht die Sache auch nicht gerade leichter.«

Er bückt sich und hebt einen roten Lackschuh mit einem langen spitzen Absatz auf.

»Wem gehört der denn?«

»Der ist von Libera«, antwortet Dario De Spino. »Echt Gucci, zum herabgesetzten Preis wegen kleinen Fehlern, aber die sieht man nicht. Achtzig- bis hunderttausend, je nach Modell. Auch eine große Auswahl an Herrenschuhen vorhanden.«

Kurzes Schweigen.

»Und wer ist diese Libera?« fragt Orestina.

»Eine Freundin«, antwortet Zen mit törichtem Lächeln.

»Von wem?«

»Von allen! Libera mit Namen und *libera* im Wesen.«

Orestinas Lächeln wird deutlich frostiger.

»Und darf man diese faszinierende Person mal kennenlernen?«

»Aber sicher!« antwortet Valeria mit triumphierender Miene. »Sie ist unten im Schlafzimmer. Dort, wo Gesualdo und Sabatino seit eurer Abreise ihre Nächte verbracht haben.«

»Das ist nicht wahr!« schreit Filomena und weicht vor ihrer Mutter zurück.

Aurelio Zen schüttelt scheinbar verlegen den Kopf.

»Ich fürchte, es ist nur zu wahr. Aber Sie brauchen es mir nicht zu glauben. Warum gehen Sie nicht einfach rein und sehen selber nach?«

Gesualdo macht ein paar Schritte nach vorn, als ob er eingreifen wollte, aber Sabatino hält ihn zurück. Mit einem langen sehnsüchtigen Blick zu den beiden dreht Orestina sich um und marschiert ins Haus. Filomena folgt ihr auf den Fersen.

»Das war's dann wohl«, seufzt Sabatino.

Gesualdo schüttelt energisch den Kopf.

»Es spielt keine Rolle. Sie weiß, wie sehr ich sie liebe.«

»Ach ja«, antwortet Sabatino sarkastisch. »Laß dich von dieser punkigen Aufmachung nicht täuschen. Wie sie schon zu ihrer Mutter gesagt hat, innerlich ist sie immer noch dieselbe. Mach dir doch nichts vor, wir sind erledigt.«

Gesualdo sieht ihn erstaunt an.

»Ich hab' nicht von Orestina gesprochen!«

Die beiden wenden sich zur Tür, weil die Mädchen gerade zurückkommen. Man sieht ihnen an, daß sie absolut wütend sind.

»Wie *konntet* ihr?« fragt Orestina empört.

»Was für ein übler und gemeiner Trick!« fügt ihre Schwester hinzu.

»Ihr solltet euch schämen.«

»Ich wär' am liebsten auf der Stelle vor Verlegenheit *gestorben*! Bei zwei völlig fremden Menschen hereinzuplatzen, die sich gerade leidenschaftlich küssen!«

Zen blickt zu Valeria, dann wieder zu den Mädchen.

»Eh?« sagt er.

Bevor er die Chance hat, sich deutlicher auszudrücken, kommen zwei weitere Personen aus dem Haus. Die eine ist Libera, die wegen des fehlenden Schuhs auf eine recht reizende Art humpelt. In ihrer Begleitung ist ein Mann in etwa gleichem Alter, glatt rasiert und mit kurzen dunklen Haaren. Er wirkt attraktiv und elegant in einem altmodischen Anzug, der – wie damals üblich – ziemlich weit geschnitten ist.

»Wie schön zu wissen, daß man vermißt wird!« sagt er leise und ein wenig anzüglich. »Libera und ich hatten das Bedürfnis, einen Augenblick allein zu sein, und wir sind gar nicht auf die Idee gekommen, daß unsere Abwesenheit bemerkt werden könnte. Aber siehe da, man schickte uns Spione nach, um uns zu der Party zurückzuholen, deren Mittelpunkt wir offenbar sind. *Sehr* schmeichelhaft!«

Valeria marschiert schnurstracks auf ihn zu.

»Du bist kein Mann!« brüllt sie. »Du bist dieses andere Miststück, bloß verkleidet. Du hast dir einfach Sachen von Alfonso angezogen. Mich kannst du nicht reinlegen. Ich werde dich bloßstellen!«

Die angesprochene Person lächelt gelangweilt.

»Das klingt ja ganz lustig. Aber da Damen anwesend sind, sollten wir vielleicht diskret sein. Wenn Sie mit mir reingehen wollen, *signora*, liefere ich Ihnen gerne den unwiderlegbaren Beweis – wenn Sie möchten sogar den greifbaren Beweis –, daß ich tatsächlich bin, was ich zu sein scheine.«

Valeria zögert kurz. Dann strafft sie die Schultern.

»Na schön!«

Sobald Signora Squillace verschwunden ist, stürzt Sabatino auf Filomena zu und beginnt sie mit einer derartigen Hingabe zu umarmen und zu küssen, daß Libera beleidigt den Kopf in den Nacken wirft und irgend etwas Unverständliches vor sich hin murmelt. Orestina scheint darauf zu warten, daß Gesualdo das gleiche tut, doch es passiert nichts. Ja, er scheint sie kaum wahrzunehmen oder sonst etwas. Er steht einfach da und starrt auf die Tür, durch die Valeria Squillace und das Untersuchungsobjekt verschwunden sind. Orestina geht ein Stück auf ihn zu, bleibt dann stehen und starrt ihn an, als ob die Entfernung zwischen ihnen noch größer geworden wäre.

Als Valeria zurückkommt, sind all ihre Wut und ihre Entschlossenheit verraucht. Sie wirkt müde, alt und verwirrt.

»Er ist einer«, sagt sie kopfschüttelnd. »Kein Zweifel.«

Der auf diese Weise Bestätigte kommt nun ebenfalls aus dem Haus und macht sich den Gürtel zu. Obwohl er den Beweis für seine Behauptung angetreten ist, hat ihn das offenbar einiges gekostet. Er wirkt irgendwie fehl am Platz und teilnahmslos, sein Gesicht zeigt keine Regung, und von seinem weltmännischen Gehabe ist nicht mehr viel übriggeblieben. Seine Blicke irren nach allen Seiten, verharren nirgends, bis sie schließlich auf die von Gesualdo treffen. Die beiden Männer starren sich an, als ob um sie herum alles menschenleer und still wäre.

In Wirklichkeit ist die ganze Gesellschaft in Aufruhr.

»*Ma so' femmenielli, duttò!*« schreit Pasquale überrascht auf. »Sie meinen, Sie haben das nicht gewußt?«

Zen zuckt verlegen die Schultern.

»Sie standen mit den anderen Nutten da auf der Straße...«

»Und weshalb haben Sie sich keine von den anderen ausgesucht?« unterbricht ihn Pasquale. »Weil die nicht hübsch waren, stimmt's? Das waren *puttane vere*, zwar Frauen mit allem Drum und Dran, aber eben keine Traumfrauen. Sonst stünden sie nicht auf der Straße. Die Gutaussehenden sind Mädels mit Schwänzen, das weiß doch jeder!«

»Ich bin in diesen Dingen wohl nicht so ganz auf dem laufenden.«

Pasquale lacht.

»Sie sind so unschuldig wie ein Baby, *duttò*! Sie hätten mich um Rat fragen sollen, anstatt die Sache allein durchzuziehen.«

»Das spielt doch keine Rolle!« erklärt Valeria entschieden. »Wenn diesen beiden... was auch immer sie sein mögen... uns reingelegt haben, dann haben sie auch diese beiden Ganoven reingelegt, die die Frechheit haben zu glauben, ich würde sie meine Töchter heiraten lassen. Jetzt wissen wir, womit wir es zu tun haben! Die Tatsache, daß diese anderen Kreaturen nicht sind, was sie zu sein scheinen, ändert daran doch wohl gar nichts.«

Die Heftigkeit in ihrem Tonfall rüttelt Sabatino aus seiner

Träumerei. Er zieht einen laminierten Ausweis hervor und reicht ihn Valeria Squillace.

»Sie sind nicht die einzigen, die nicht ganz das sind, was sie zu sein scheinen«, entgegnet er leicht giftig.

Valeria sieht mit zusammengekniffenen Augen auf den Ausweis. Mittlerweile fällt es ihr schwer, ohne Brille zu lesen, und noch schwerer, das zuzugeben.

»Was soll das alles?« sagt sie und gibt den Ausweis Zen. »Irgendein offizielles Dokument, sieht aus wie...«

Zen starrt eine Zeitlang darauf. Dann nickt er bedächtig.

»Ich verstehe«, sagt er.

»Also ich nicht!« sagt Valeria. »Was geht hier vor? Wer sind diese Leute?«

»Laut diesem Ausweis ist der Freier deiner jüngeren Tochter ein Inspektor Nino Rocco von der *Divisione Investigativa Antimafia*.«

Sabatino nimmt einen zweiten Ausweis aus seiner Brieftasche.

»Und laut dem hier«, fährt er in dem gleichen nervösen Tonfall fort, »ist Ihr Mieter ein gewisser Dottor Aurelio Zen von der *Polizia Statale*.«

»Wer ist denn dann Alfonso Zembla?« fragt Valeria völlig verwirrt.

Pasquale reißt Sabatino Zens Ausweis aus der Hand.

»Eine billige Fälschung!« ereifert er sich. »Ich bin überrascht, daß Sie auch nur eine Sekunde davon getäuscht wurden.«

Er schiebt sich den Ausweis in den Ärmel und zieht gleichzeitig einen neuen heraus, der auf den ersten Blick identisch ist, und hält ihn hoch wie ein Priester, der eine geweihte Hostie präsentiert.

»Hier ist der echte, der dem *duttò* gestern leider gestohlen wurde, und den ich dank meines ausgedehnten Netzwerks von Kontakten wiedergefunden habe. Wie Sie sehen, geht daraus ohne jeden Zweifel hervor, daß er Dottor Alfonso Zembla ist.«

Valeria zeigt mit dem Daumen auf Gesualdo und Sabatino.

»Willst du mir etwa weismachen, daß diese beiden tatsächlich *Polizisten* sind?« fragt sie.

»Das waren wir«, antwortet Sabatino lakonisch.

Dario De Spino versteht nun endlich, warum er in letzter Zeit von diesen bösen Vorahnungen geplagt wurde. Zum Glück ist gerade sämtliche Aufmerksamkeit auf seine ehemaligen Komplizen gerichtet, diese beiden sympathischen jungen Männer, mit denen er sich angefreundet hatte, denen er vertraut und vor denen er geprahlt hat, und die nun vermutlich genügend Beweismaterial hatten, um ihn bis weit ins nächste Jahrhundert nach Poggioreale zu schicken. Dario schnappt sich eine Handvoll Häppchen und Gebäck als Wegzehrung, schleicht zur Tür und verschwindet, ohne ein Wort zu sagen.

»Aber du hast mir doch erzählt, daß sie in dem Ruf stünden, mit allgemein bekannten Verbrechern zu verkehren!« fährt Valeria Aurelio Zen an. »Du hast gesagt, sie hätten Beziehungen zu übelsten Kreisen innerhalb der Camorra...«

»Sie würden als Anti-Mafia-Undercover-Agenten nicht viel taugen, wenn sie das nicht hätten.«

Er wendet sich an die beiden jungen Männer.

»Ich verstehe allerdings immer noch nicht, warum Sie gerade jetzt mit der Wahrheit herausrücken. Monatelang haben Sie es niemandem erzählt, noch nicht mal Ihren Liebsten, und jetzt lüften Sie Ihr Inkognito vor Leuten, die Sie nicht kennen und denen Sie keinen Grund haben zu vertrauen.«

»Das haben wir alles Ihnen zu verdanken, *dottore*«, erwidert Gesualdo mit einer ironischen Verbeugung.

»Mir? Wieso?«

»Sie haben nicht mitbekommen, was ich vorhin gesagt habe«, antwortet Sabatino. »Wir *waren* bei der DIA, aber da sind wir nicht mehr.«

»Wir haben heute gekündigt, mit sofortiger Wirkung.«

Zen starrt sie an.

»Aber was hat das denn mit mir zu tun?«

Gesualdo lächelt.

»Was meinen Sie denn, *dottore*, weshalb Sie immer noch am Leben sind und nicht von der Presse dieses Müllwagens totgequetscht wurden?«

Zen zuckt die Achseln.

»Ich hab' zwar keine Ahnung von den Einzelheiten, aber offenbar war das Ganze eine lang geplante Undercover-Operation, um die Terroristen in die Falle zu locken. Der Questore hat gesagt, daß seine Männer mir gefolgt seien...«

»Wir wissen, was der Questore gesagt hat«, bemerkt Sabatino verbittert. »Wir haben die Show im Fernsehen gesehen. Sie haben eine gute Vorstellung gegeben.«

Zen sieht vom einen zum anderen.

»Wollen Sie damit sagen, daß es nicht wahr ist?«

»Sie wissen ganz genau, daß es nicht wahr ist!« erwidert Gesualdo scharf. »Diese ganze Geschichte, daß man Sie extra aus Rom geholt hätte, um die *Strade Pulite* zu infiltrieren...«

»Das war nur Augenwischerei, damit der Questore gut dasteht«, entgegnet Zen. »Aber wenn die Polizei mich letzte Nacht nicht gerettet hat, wer denn dann?«

»Wir.«

»Sie? Aber...«

»Wir hatten unsere eigenen Gründe, uns für Sie zu interessieren, Dottor Zen«, sagt Gesualdo. »Es fing damit an, daß wir erfuhren, jemand mit diesem Namen habe das Strafregister nach unseren Undercover-Decknamen abgesucht. Dann stoßen wir auf einen Polizeiausweis auf diesen Namen, doch mit dem Foto von jemandem, den wir als Alfonso Zembla kennen und der sich in letzter Zeit rein privat für unsere Aktivitäten interessiert hat. Deshalb haben wir Ihr Telefon anzapfen lassen und konnten so diesen interessanten Anruf mithören, den Sie letzte Nacht bekommen haben. Mit dem Ergebnis, daß wir rechtzeitig da waren, um Sie zu retten.«

»Danke«, murmelt Zen.

Sabatino lächelt sarkastisch.

»Unser eigentlicher Lohn war die Zerstörung von allem, worauf wir monatelang hingearbeitet haben. Jeden Tag haben wir unser Leben mit dem Wissen aufs Spiel gesetzt, daß ein kleiner Fehler oder ein unglücklicher Zufall bedeuten könnte, genauso zu enden wie dieses arme Schwein von Marotta, den sie zu Tode gefoltert haben, nicht daß er nicht hätte damit rechnen können.«

»Ich hab' Ihnen doch gesagt, daß er in der Hölle ist!« wirft Professor Esposito ein. »Ich war mir dessen sicher. Der Empfang war zwar schwach, aber es war ziemlich eindeutig.«

»Seit fast einem Jahr arbeiteten wir bei der DIA an einer detaillierten Untersuchung über die verschiedenen Fraktionen und Verbindungen innerhalb der Camorra-Clans«, erklärt Gesualdo mit matter Stimme. »Besonders interessierten uns die internen Zwistigkeiten aufgrund der riesigen Summen, die durch den Drogenhandel eingenommen wurden, sowie der äußere Druck, der durch den politischen Übergang zum sogenannten Neuen Italien entstand.«

»Aber was hat das denn alles mit diesen Terroristen zu tun?« will Zen wissen.

»Diese Terroristen haben nie existiert. Die Gruppe, die sich *Strade Pulite* nannte, war einfach ein Element im klassischen Machtkampf zwischen den gegnerischen Flügeln im Vallifuoco-Clan, das geschickt als politische Bewegung verkleidet wurde. Die junge Garde wollte die alte Führung eliminieren sowie einige Komplizen und Klienten, die zuviel wußten, was sich im neuen Justizklima als äußerst schädlich erweisen könnte.«

»Und als wir gerade genügend Anhaltspunkte beisammen hatten, um eine Anklage zu erheben, die vor Gericht würde bestehen können«, fuhr Sabatino fort, »da kommen Sie daher und treten als lebender Beweis dafür auf, daß dies ein Akt von fanatischen Ideologen war, der durch die großartigen Bemühungen der Polizei von Neapel vereitelt wurde! Wenn diese Idioten in der Questura von Anfang an ihre Arbeit vernünftig gemacht hätten, hätten wir überhaupt keine DIA gebraucht. Doch sobald sie aufgestellt worden war, hat der Questore versucht, ihre Autorität zu untergraben, und – dank Ihnen – hat er gerade einen größeren Sieg erzielt. Also, was zuviel ist, ist zuviel. Was hat es für einen Sinn, wenn Gesualdo und ich unser Leben riskieren und die Frauen verlieren, die wir lieben, und das alles für nichts und wieder nichts? Also haben wir darum gebeten, in den normalen Dienst zurückversetzt zu werden.«

Er wendet sich an Valeria.

»Und deshalb bitte ich Sie um die Hand Ihrer Tochter Filomena. Ich habe einen untadeligen Charakter, einen sicheren Job und gute Aufstiegschancen. Und außerdem, auch wenn das vermutlich für Sie keine Rolle spielt, sind wir wahnsinnig ineinander verliebt.«

»*Alla folia!*« bestätigt Filomena.

Valeria stößt einen tiefen Seufzer aus.

»Ich habe die Situation eindeutig falsch eingeschätzt. Das tut mir leid, obwohl der Fehler nicht bei mir, sondern bei Signor Zen liegt, oder was auch immer sein richtiger Name sein mag, der mir Informationen geliefert hat, die sich jetzt als völlig falsch erweisen. Selbstverständlich ziehe ich alle meine bisherigen Einwände zurück.«

Sie hebt ihr Glas.

»Auf meine Tochter Filomena und Signor Nino . . .«

»Rocco, *signora*.«

». . . und auf Orestina und, äh . . .«

Sie sieht Gesualdo fragend an, der wiederum zu Orestina sieht.

»Ich kann nicht. Es tut mir leid, aber ich kann nicht.«

Ein Lächeln erscheint auf Orestinas Lippen und verschwindet sofort wieder.

»Ist schon gut.«

Valeria Squillace sieht von einem zum anderen.

»Wäre vielleicht jemand so freundlich, mir zu sagen, was hier vorgeht? Ich möchte ja nur wissen, wer er wirklich ist.«

»Ich glaube, das hat er gerade selbst erst rausgefunden«, antwortet ihre Tochter mit demselben Anflug eines kurzen Lächelns.

Gesualdo geht hinüber zu den beiden Ex-Albanerinnen, die

schon die ganze Zeit am Rande dieser Feierlichkeiten stehen, von denen sie ausgeschlossen sind, und nimmt Iolandas Hand.

»Du siehst großartig aus. Eine Frau in Männerkleidung hat schon was sehr Aufregendes an sich.«

»Aber er *ist* doch ein Mann!« ereifert sich Valeria. »Ich hab' seinen . . .«

Orestina schlägt die Hände vors Gesicht.

»Um Himmels willen, Mamma!«

»Alte Leute sind ja so *vulgär*«, kommentiert ihre Schwester und umklammert Sabatino schützend.

»Wer ist hier alt?« ruft ihre Mutter wütend.

Aurelio Zen hebt die Hände.

»Vielleicht sollten wir mal versuchen, uns nicht so sehr damit zu beschäftigen, was für Körperteile die einzelnen Anwesenden haben oder nicht haben, sondern uns lieber Gedanken darüber machen, was sie damit vorhaben.«

»Darum geht's doch gar nicht!« beharrt Valeria. »Was immer diese beiden tun werden – und der bloße Gedanke daran bringt einen ja schon zum Schaudern –, es ist unnatürlich! Es beruht nur auf sexuellem Reiz. Das kann nicht von der Dauer sein . . .«

»*Aurelio!*«

». . ., wie die wirkliche Liebe zwischen Mann und Frau, die sich für ein Leben zusammenfinden . . .«

»*Aurelio!*«

». . ., um zu heiraten und Kinder zu kriegen, wie das von Gott vorgesehen ist!«

»*Aurelio!*«

Das hohl klingende Geheul scheint irgendwo aus dem Inneren des Hauses emporzusteigen. Professor Esposito bekreuzigt sich rasch.

»Die Furien!« murmelt er. »Die hab' ich auch prophezeit.«

Als die ungeladenen Gäste schließlich auftauchen, wird Professor Espositos Vorhersage anscheinend wirklich bestätigt. Nicht nur, daß es sich um drei Frauen handelt, sondern sie sind auch die reinsten Furien.

»Was denkst du dir dabei, die Haustür einfach so offenstehen zu lassen?« kreischt die mittlere Gestalt, die gedrungen und schon älter ist. »Und das in einer Stadt voller Schwarzer! Du wirst noch in deinem eigenen Bett ermordet!«

»Wie ich sehe, läßt du's dir ja gutgehen«, bemerkt die große Frau links von ihr mit Blick auf die silbernen Tabletts mit Appetithäppchen und auf die offenen Schampusflaschen. »Verantwortungslos und eigennützig wie eh und je, was?«

»Deine arme Mutter war halb wahnsinnig vor Sorge!« schaltet sich die dritte ein. »Du hättest doch zumindest ab und zu mal zu Hause anrufen können. Aber nein, du bist ja viel zu beschäftigt und viel zu wichtig, um dich mit so was abzugeben. Für wen hältst du dich eigentlich?«

»Sein Name ist Aurelio Zen«, rezitiert ein Chor von Stimmen hilfsbereit. »Und er ist Polizist.«

Zen wendet sich der versammelten Gesellschaft mit dem maskenhaften Grinsen eines Menschen zu, der soeben einen Anflug von Wahnsinn erlebt und festgestellt hat, daß das durchaus seine Reize hat.

»Darf ich vorstellen, meine Mutter Giustiniana, meine Exfrau Luisella und Tania Biacis, eine Bekannte aus Rom.«

»Du hast mir nie erzählt, daß du verheiratet warst!« bemerkt Valeria.

»Signora Squillace«, erklärt Zen den Neuankömmlingen mechanisch. »Gebürtig aus Ferrara, Witwe von Manlio Squillace aus dieser Stadt hier und Mutter von Filomena, frisch verlobt mit Signor Nino Rocco, und ihrer Schwester Orestina, kürzlich entlobt von Tizio oder Sempronio, der seinerseits ein Verhältnis mit einem Individuum begonnen hat, von dem wir mit Sicherheit nur wissen, daß er oder sie nicht aus Albanien stammt.«

Er wendet sich Gesualdo und Sabatino zu.

»Eines versteh' ich allerdings immer noch nicht...«

»Nur *eines*?« ruft der Chor. »Wie schön für Sie!«

»Wenn diese Saubere-Straßen-Leute nur hiesige Gangster waren, warum haben die dann versucht, mich umzubringen?«

»Sehn Sie?« blafft Signora Zen, während sie sich von einem vorbeikommenden Kellner ein Glas *spumante* schnappt. »Ich hab' doch gesagt, er würde noch mal in seinem eigenen Bett ermordet! Aber hört er jemals zu, wenn seine Mutter ihm was sagt?«

»Mir ging es genauso«, murmelt Luisella mitfühlend. »Er mußte immer recht haben.«

»Das Problem ist, daß er Angst hat, über seine Gefühle zu reden«, fügt Tania hinzu. »Ich habe versucht, ihn dazu zu bringen, sich mit dem Kind in ihm auseinanderzusetzen, aber es hatte keinen Sinn.«

Gesualdo drängt sich zu ihnen durch.

»Die Antwort auf Ihre Frage, *dottore*«, sagt er zu Zen, »lautet, die haben Sie mit jemand verwechselt, mit einer sehr mächtigen Persönlichkeit in den Clans namens Orlando Pagano, der seit einiger Zeit untergetaucht ist. Sie sehen ihm sehr ähnlich, und da Sie im Haus der Squillaces übernachtet haben ...«

»Mamma!«

Das kommt von Orestina, die schockiert wirkt.

»Don Orlando war ein enger Verbündeter von Manlio Squillace«, fährt Gesualdo mit einem gewissen hämischen Stolz fort. »Ja, nach unseren Recherchen geht die Verbindung sogar noch weiter zurück, nämlich auf Signora Valerias Vater, den Begründer des Textilkonzerns Caselli. Kurz nach dem Krieg hat Pagano ihn mit mehreren Textilherstellern hier in Neapel zusammengebracht, die ...«

Er bricht ab, weil Signora Zen ihn plötzlich am Arm packt.

»Caselli haben Sie gesagt?«

»Ganz recht, *signora*.«

»In Ferrara?«

»Genau.«

Die alte Dame schrumpelt wie ein Herbstblatt und fällt wortlos zu Boden. Hektik bricht aus, man gibt gute Ratschläge, Erste-Hilfe-Tips oder Hinweise auf traditionelle Hausmittel. Fast eine Minute lang wird Signora Zen erbarmungslos ins Gesicht geschlagen, gepufft und geschüttelt. Weinbrand wird durch ihre zusammengekniffenen Lippen gezwungen, während Pasquale das wunderwirkende Kästchen zwischen ihre Brüste drückt. Welche dieser fürsorglichen Maßnahmen sich als wirkungsvoll erweist, ist unklar, aber schließlich öffnet sie die Augen.

»Einen Priester! Ich muß eine Beichte ablegen.«
Die Gäste sehen sich bestürzt an.
»Um diese Uhrzeit?«
»Keine Chance.«
Professor Esposito packt Pasquale am Arm und zieht ihn beiseite. Die beiden beraten sich einen Augenblick flüsternd, dann verschwinden sie im Haus.
»Sie stirbt doch nicht wirklich?« jammert Zen mit von Panik erfüllter Stimme. »Ich komm' ohne dich nicht klar, Mamma. Bitte stirb nicht. Ich brauche dich, ich liebe dich.«
»Typisch«, kommentiert Tania bissig. »Sie soll am Leben bleiben, weil du sie brauchst. Was ist denn mit ihr? Meinst du nicht, daß sie selber nicht auch ganz gern lebt?«
»Männer sind ja solche Schweine«, stimmt Luisella ihr zu.
Pasquale kommt mit sehr gewichtiger Miene hereingeeilt.
»Ich habe Vater... äh, Beccavivi gerufen! Er wird jeden Augenblick da sein!«
Und tatsächlich erscheint in dem Augenblick eine große, dürre, in ein schwarzes Gewand gehüllte Gestalt in der Tür, eilt zu der leidenden Frau und kniet neben ihr nieder.
»Im Namen des Vaters und des Sohnes und des Heiligen Geistes«, intoniert die Gestalt mit näselnder Stimme. »Leg deine Beichte ab, mein Kind.«
Signora Zen fährt sich mit der Zunge über die bleichen Lippen.
»Ich habe viele Sünden auf dem Gewissen«, sagt sie, »aber die, die mich am meisten belastet, betrifft Aurelio, meinen Sohn.«
»Fahre fort, *figlia*.«
»Ich hatte mir geschworen, niemals die Wahrheit zu enthüllen, doch jetzt, wo ich den Tod nahen fühle, habe ich den Drang, es

zu tun. Geschehen ist alles in einer Woche, in der mein Mann Angelo unterwegs war. Er war Eisenbahninspektor und mußte oft tagelang auf Dienstreise. Einmal, Gott möge mir verzeihen, bin ich bei so einer Reise ein Stück mit ihm gefahren und habe die billige Fahrkarte benutzt, um meine Verwandten in Verona zu besuchen.«

Sie schnappt rasselnd nach Luft und bittet durch ein Handzeichen um Wasser, das prompt gebracht wird.

»Auf dem Rückweg war ich ganz allein. Die Fahrt schien ewig zu dauern, und ich begann ein Gespräch mit einem Mitreisenden in meinem Abteil. Es war ein Geschäftsmann aus Ferrara. So jemand wie er war mir noch nie begegnet. Angelo war zwar ein guter Mensch, aber er hat sich nie sehr für mich interessiert.«

»Das kenn' ich«, bemerkt Tania.

»Männer sind alle gleich«, fügt Luisella hinzu.

»Lorenzo nicht!« beharrt die reuige Sünderin. »Er war anders. Er gab mir das Gefühl, etwas Besonderes zu sein, aufregend und schön. Ich will mich ja nicht rechtfertigen, aber...«

»Hattest du eine fleischliche Beziehung zu dem Mann, mein Kind?« fragt die Priestergestalt.

Signora Zen lächelt zart.

»O ja.«

»Mehr als einmal, *figlia mia*?«

»Viele, viele Male!«

Das Lächeln schwindet allmählich.

»Als mein Sohn geboren wurde, hab' ich versucht, so zu tun, als ob er von Angelo wäre. Er gab mir nie einen Grund zu der Annahme, daß er mir nicht glaubte. Allerdings schien es ihn auch, ehrlich gesagt, nicht sonderlich zu interessieren.«

Tania und Luisella tauschen einen vielsagenden Blick.

»Und als Angelo in den Krieg ging und nicht mehr wiederkam, war es zu spät, es jemandem zu sagen. Wie sollte ich meinem Jungen beibringen, daß sein Vater nicht ein heroisches Opfer war, das im Kampf um sein Land gefallen war, sondern der Besitzer einer Textilfabrik, der mich sitzenließ, als ich schwanger wurde, obwohl er doch ein Vermögen machte, weil er den örtlichen Chef der Faschisten bestochen hatte und deshalb die Schwarzhemden mit Uniformen beliefern durfte...«

»Diese Vorwürfe wurden nie bewiesen!« fährt Valeria dazwischen. »Gewiß hat Papa rasch eine Menge Geld gemacht, aber damals mußte jeder sehen, wie er klarkam, und...«

Signora Zen zieht an dem schwarzen Ärmel.

»Vater...«

»Möchtest du, daß ich dir die Letzte Ölung erteile, mein Kind?«

Die reuige Sünderin schüttelt den Kopf.

»Ist noch...« haucht sie schwach.

»Ja?«

»Ist noch was von dem Weinbrand da?«

In diesem Augenblick landet eine Mücke auf Orestinas linkem Ohr, das bereits zweimal durchstochen wurde, um die Silberringe zu befestigen, die Teil des neuen Images sind, an dem Signora Squillace Anstoß genommen hat. Als sie unterschwellig dieses weitere Durchbohren spürt, schlägt sie nach dem Angreifer. Ein Ring mit einem Rheinkiesel, der an ihrem vierten Finger prangt, verhakt sich in den beiden silbernen Ohrringen. Das zarte Fleisch am Ohrläppchen wird ein wenig eingerissen, worauf Orestina diverse Ausdrücke ausstößt, von denen ihre Mutter wohlwollend angenommen hatte, daß sie sie gar nicht kennen würde.

In der Annahme, daß diese attraktive junge Frau, die angesichts der patriarchalischen Tyrannei und der Geschlechtsstereotypen so mutig ihre Unabhängigkeit behauptet hat, von einem der anwesenden Männer belästigt wird, eilt Tania Biacis ihr zu Hilfe und stößt dabei mit dem ältlichen Kellner zusammen, der Signora Zen gerade das gewünschte Getränk bringt. Die Flasche gerät ins Kippen, und bei dem Versuch, sie zu retten, wirft Gesualdo Immacolata Higgins um, die wiederum gegen Valeria fällt, die versucht, das Gleichgewicht zu halten, indem sie sich an ihrer Nachbarin Luisella Catallani verehelichte Zen festklammert. Das daraus entstehende Chaos fegt durch die gesamte

Gesellschaft wie ein Windstoß durchs hohe Gras und erwischt nach und nach jeden der Gäste, bis Filomena schließlich aus Versehen gegen Pasquales Musikantenknochen stößt, worauf dieser reflexartig mit dem Arm ausschlägt und dabei den großen schwarzen (wenn auch bei näherem Hinsehen im strengen Sinne nicht priesterlichen) Hut von Vater Beccavivi wegfegt, unter dem der kahle Schädel und die eindrucksvollen Augenbrauen von Professor Esposito zum Vorschein kommen.

Aurelio Zen räuspert sich wie jemand, der eine Rede halten will.

»Ein berühmter Philosoph hat einmal gesagt, daß alles zweimal passiert. Ein späterer Philosoph, der in meiner Jugend sogar noch berühmter war, inzwischen jedoch fast vergessen ist, meinte, sein Vorgänger hätte hinzufügen sollen, ›erst als Tragödie, dann als Farce‹. Ich bin kein Philosoph und kann nicht beurteilen, ob das für alle Ereignisse stimmt, aber meine Erfahrungen in letzter Zeit haben mich davon überzeugt, daß es auf mein Leben zutrifft. Und wenn Sie mir gestatten, zu dem Thema eine bescheidene Fußnote hinzuzufügen, dann möchte ich sagen, besser so als umgekehrt.«

Er betrachtet den Kreis von Verwandten, Freunden und Liebhabern um sich herum, der sich nun wieder völlig im Gleichgewicht befindet.

»Aber wie gesagt, das gilt nur für mein eigenes Leben. Eures wird, hoffe ich, sowohl frei von Tragödie als auch von Farce sein. Filomena und Sabatino werden ein treues und glückliches Paar abgeben und viele hübsche und nette Kinder haben. Gesualdo und Iolanda werden auf ihre, allerdings nicht weniger bewundernswürdige Art, ebenso glücklich sein, während Luisella und Tania weiter auf ihre Art ihr Unglück genießen werden. Orestina wird nach London zurückkehren und Libera auf die Straße, jede mit einer Mischung aus Erleichterung und Erregung. Pasquale, der Professor und Signora Higgins werden wie gewohnt ihre einzigartigen und unbezahlbaren Dienste anbieten, für die sie zu Recht berühmt sind.

Meine Mutter wird sich wieder völlig erholen und mir weiter die angenehme Illusion geben, daß sie ewig leben wird – allerdings nur, wenn ich sie brauche. Schließlich ist da noch Valeria, bei der, im nachhinein gesehen, ein wohlwollendes Schicksal mich davor bewahrt hat, die einzige Sünde zu begehen, gegen die ich mich immer immun geglaubt habe. Dafür bin ich wirklich dankbar, weil es mir erlaubt, ohne die Gefahr eines Mißverständnisses zu sagen, daß ich sie immer als die Schwester lieben werde, die ich nie gehabt habe.

Damit wäre ich bei mir selbst und meiner Vision von der Zukunft, die ich ziemlich klar vor mir sehe. Es wird...«

Doch seine Stimme, die schon seit einiger Zeit immer schwerer zu hören gewesen war, verliert sich nun endgültig in der wunderbaren Harmonie von Autohupen und Vogelgezwitscher, von plärrenden Fernsehern und kläffenden Hunden, schreienden Kindern und aufheulenden Motorrädern, Gelächter und lauten Stimmen, Möwen und Sirenen, als ob die ganze Stadt einen abschließenden Gesang anstimmen würde, der die üblichen Banalitäten ausdrückt: Sieh das Leben immer von der positiven Seite, laß dich von der Vernunft lenken, jede Wolke hat einen Silberstreifen, Lachen ist die beste Medizin...

Nur aus irgendeinem Grund – die berauschende Dämmerung, die würzige Luft, die angenehme Gesellschaft, der Wein – wirken sie überhaupt nicht banal, sondern klingen wie ewige Wahrheiten, wie ein tiefsinniger Widerhall all des Schreckens und Elends, das sich hier ereignet hat, ja als ob sie uns – wenn wir nur dazu bereit wären – lehren könnten, wie man lebt.

Anmerkung des Autors

Alle Kapitelüberschriften sind Da Pontes Libretto für die Oper entnommen, die dieser immer »Die Schule der Liebenden« genannt hat. Der weit bekanntere Titel wird nie übersetzt, ein sicheres Zeichen der Schwierigkeit, dies zu tun. Gleiches gilt für viele der Zitate, die den Kapiteln voranstehen. Die Übersetzungsversuche im Inhaltsverzeichnis sind als Annäherung an die hier vorliegende Geschichte zu verstehen, die nicht immer mit der des Originals identisch ist. Schließlich sei noch darauf hingewiesen, daß der Titel der Oper geschlechtsspezifisch ist, während die maskuline Form *tutti* niemanden verschont.

Bei dieser Gelegenheit möchte ich mich gern bei einigen Freunden in Neapel bedanken, besonders bei Michael Burgoyne und Gerardo Kaiser für ihre Gastfreundschaft und Hilfe.

Inhaltsverzeichnis

Der Schauplatz ist angeblich Neapel 7
Die Ursache ist Liebe 12
Schön ist das Soldatenleben 18
Beide spielen ihre Rolle gut 27
Freund Don Alfonso 34
Zwei Delinquenten 43
Ohne Liebe, aber nicht ohne Liebhaber .. 47
Ein Mann versteckt sich 56
Er spricht eine Sprache,
die wir nicht verstehen 63
Beamte und Gentlemen 69
Laßt uns spielen! 75
Die beiden naiven Liebhaber 82
Ein Hauch von Verdacht 88
Nur zu wahr 94
Was? Warum? Wann? Wie? 99
Auf der Straße 108
Zwei seltsame Mädchen 113
Was für interessante Gesichter 122
Wach' ich oder träum' ich? 130
So unschuldig! Ist das nicht süß? 134
Laßt ihn sofort rein! 141
Das Schicksal ist schuld 147
Was sie nur gemacht haben 152
Keiner weiß, wo er ist 155
Eine Frau, die nichts wert ist 160
Etwas Neues 164
Was, einen Kuß? 170

Es scheint unmöglich	174
Wir sollten besser tun, was sie wollen	178
Was ist das für ein Ort?	182
Das Herz einer Frau	187
Ein kleiner Dieb	192
Was für ein Lärm!	195
Das nenn' ich wahre Treue	199
Das glaubst du, aber es ist nicht wahr	204
Wir müssen ihn erwischen	207
Verwirrt und beschämt	213
Eine hoffnungslose Leidenschaft	219
So viele Sprachen	223
Seid ihr aus Fleisch und Blut, oder was?	227
Die Stunde der Wahrheit ist gekommen	230
Was für eine Aufmachung!	
Was für Klamotten!	235
Eine nette Überraschung	237
Am vereinbarten Ort	241
Das kennen wir doch schon!	242
Das Tor zur Hölle	245
Wo bin ich?	247
Laßt mich nicht so schlecht dastehen!	249
Die juristischen Formeln	251
Finale	256

Schwarzer Trüffel

Aus dem Englischen von
Martin Hielscher

FÜR PAT KAVANAGH

Später – als die Nachricht von dem, was passiert war, die Runde machte und eine Zeitlang, in den unterschiedlichsten Versionen, zum Gesprächsthema der ganzen Nation wurde – errichtete ein Fernsehteam eine Satellitenschüssel auf einer Lichtung am Hang hinter dem Anwesen der Faiganos, wobei man ein kleines Vermögen, zumindest in den Augen der Hiesigen, für die vorübergehenden Nutzungsrechte von ein paar Quadratmetern Land bezahlte, das so öde, so unfruchtbar, ja so ganz und gar nutzlos war, daß es auf der geistigen Landkarte der Einheimischen praktisch nicht mehr existierte. Die Leute kratzten sich am Kopf und murmelten: »Das haben sie bezahlt? Für *il Bric Liserdin*?«, wobei sie diese Absurdität nicht weniger zu schockieren schien als die Sache selbst.

Die Sache. So sprach man über die Ereignisse, als ob das alles nicht mehr mit ihnen zu tun hätte als die Metallschüssel, die die Fremden aus Mailand anschleppten und gegen eine dicke Gebühr im Gestrüpp dieses steilen Hanges aufstellten, wo sich unentwegt Felsbrocken an die Oberfläche arbeiteten wie Maulwürfe und den Boden immer noch unbrauchbarer machten, auf den die Vorfahren von Gianni und Maurizio so viel vergebliche Mühe verwendet hatten: Seine einzige Frucht waren und blieben die Steine, mit denen man die Terrassen auf der anderen Seite des Hügels anlegte, Weinberge in guter Lage.

Die Fernsehleute jedoch bevorzugten anscheinend – jedem

Naturgesetz zuwider – genau die Lage jenes dürren Streifen Ödlands mit Blick auf irgendeinen himmlischen Körper, der, für das nackte Auge unsichtbar, angeblich dort im Raum schwebte wie die Engel auf den Fresken der Dorfkirche, bewegungslos über dem rotierenden Erdball verharrte und den ganzen Klatsch der Dorfbewohner sammelte, ihr Geschwätz und ihre Ausflüchte, um alles wieder hinabzusenden, so daß sie sich später selbst dabei zusehen konnten, wie sie live am Ort der Tragödie interviewt worden waren.

Er selbst konnte natürlich nicht gefragt werden, auch später nicht. Der Mann, dem sie weit mehr bezahlt hätten als den Faigano-Brüdern, um ihn nach seinen Erlebnissen und entsprechenden Empfindungen zu fragen, mußte zusehen bei dieser Farce, mußte sich jeden Kommentar verkneifen und so tun, als wisse er nicht mehr als das, was er auf der Straße gehört und im Fernsehen gesehen hatte. Er war frustriert, und das nagte an ihm, quälte ihn wie Bauchschmerzen, verdarb ihm jede Freude und legte sich wie eine schwere Last auf all den anderen Kummer. Hätte irgend jemand etwas von seinem Zustand geahnt, so hätte das vielleicht helfen können, die späteren Ereignisse zu erklären – vielleicht sogar zu verhindern –, die, wenn auch auf ganz andere Art und Weise als *la cosa*, trotzdem zur einmaligen, traurigen Berühmtheit beigetragen hatten, zu der die Gemeinde inzwischen gelangt war.

Aber all das kam später. Damals nahm er nichts wahr als das schwache, trübe Licht im Osten, die fetten Lehmklumpen unter den Füßen, den Dunst, der aus dem Flußtal heraufquoll, und das eifrige Hecheln des Hundes, der gehorsam bei Fuß blieb. Er nahm dies und auch alles andere in seiner unmittelbaren Umgebung sehr intensiv wahr, als er zwischen den Rebstöcken den Hang hinaufging, in einer Hand einen großen Strauß weißer Blumen. Er hielt sich geduckt, um nicht über das rotbraune und goldene Laubwerk hinauszuragen, das aus uralten, durch intensives Beschneiden kurz gehaltenen Stümpfen sproß. Mit all dem Geld, das die Vincenzos verdienten, konnten sie die traditionellen Stangen für die Spalierdrähte durch Betonpfeiler ersetzen, die fein säuberlich über den ganzen Hang gesetzt waren wie die Reihen der Grabkreuze auf dem Soldatenfriedhof am Rande des Dorfes.

Er hatte seine Route sorgfältig gewählt. Zwar schützten ihn die Weinstöcke nur auf zwei Seiten vor Blicken, doch waren die entscheidend. Zu seiner Rechten lag die Straße, die den Hügelkamm entlang nach Alba führte. Seit er durch ein gut verborgenes Loch, das er in den Zaun geschnitten hatte, aufs Feld geschlüpft war, war nur ein einziger Wagen vorbeigekommen, der aber weitergefahren war, ohne die Geschwindigkeit zu drosseln. Die größere Gefahr lag auf der anderen Seite, wo auf einem Nachbarhang in etwa einer Meile Entfernung die Vincenzo-Villa mit den dazugehörigen Nebengebäuden lag. Wäre ihr Besitzer zu dieser Stunde schon wach gewesen und hätte beobachtet, wie der Dunst durch seine Weinstöcke trieb wie der Rauch einer Zigarre, so hätte er gut und gerne dort draußen etwas ausmachen können, das sich bewegte, und er wäre nach drinnen gegangen, um Fernglas und Gewehr zu holen. Selbst in fortgeschrittenem Alter war Aldo Vincenzos Sehschärfe noch ebenso legendär wie sein Mißtrauen und seine Unnachgiebigkeit. Doch der Eindringling war ziemlich sicher, daß an diesem Morgen noch niemand auf den Beinen war, denn er hatte nicht nur seinen Weg, sondern auch den Zeitpunkt sorgfältig bedacht.

Der Preis, den er für den Sichtschutz auf beiden Seiten durch die Rebstöcke zahlte, war die fast vollständige Schutzlosigkeit in die beiden anderen Richtungen, doch hatte er hier noch weniger Bedenken, unbeobachtet passieren zu können. In seinem Rücken fiel das Gelände ab zu einer Schneise für die Bahngleise, die so tief lag, daß in dieser Richtung nichts zu sehen war, mit Ausnahme der schwachen Silhouette von Palazzuole, das sich in der Ferne oben auf seinem Hügel aus dem Dunst erhob. Vor ihm, auf dem Bergkamm, lag ein kleiner, dichtbewaldeter Abhang, den man sich selbst überließ, ein kümmerliches, nach Norden gelegenes Stück Land voller Gestrüpp, das selbst Aldo für unkultivierbar hielt. Die Straße von Alba nach Acqui war eine einzige befestigte Kurve über diesen Hügel, so steil und eng, daß die Fahrer auch heute noch vom Gas gehen, herunterschalten und sich ernsthaft auf das Lenkrad konzentrieren mußten. Damals, 1944, hatte die Steigung die schwachen, überladenen und schwerfälligen Lastwagen beinahe zum Stehen gebracht, meist noch bevor der Fahrer den Baum bemerkt hatte, der quer über der Straße lag...

Damals, während sie warteten, hatte Angelin den Trüffel entdeckt. Sie beide waren an dieser Straßenseite stationiert worden, während sich die anderen tief im Wald versteckt hielten, der damals noch der Cravioli-Familie gehört hatte. Nun war auch er Teil von Aldos Reich, genau wie die dichten, ausgedehnten Weinberge jenseits der Straße.

Es war ein einfacher Plan gewesen. Die Mannschaft des republikanischen Konvois verließ Alba in aller Eile, nachdem es von den Partisanen eingenommen worden war. Sobald sie ausgestiegen waren, um die umgestürzte Birke aus dem Weg zu räumen, sollten die Männer auf dem Abhang darüber mit einem aufgebockten Maschinengewehr, das man vor einigen Wochen einer deutschen Einheit abgenommen hatte, einfach von rechts nach links alles niedermachen. Er und Angelin sollten jeden *fascisti* erschießen, der versuchte, sich auf ihrer Seite in die Wälder zu schlagen.

In der Zwischenzeit hatten sie nichts anderes zu tun, als zu warten. Die Menschen heutzutage hatten keine Ahnung, wieviel Zeit man damals mit Warten verbrachte. Sie dachten, Krieg sei immer bloß Gewehrfeuer und Explosionen, Sirenen und Schreie, aber in seiner Erinnerung waren es lange Phasen von Langeweile, die, wie eine Sommernacht durch einen Blitz, von Augenblicken heftigster Erregung unterbrochen wurden, die er bis dahin nie für möglich gehalten hätte. Damals war er fünfzehn gewesen und unsterblich. Der Tod war etwas, das anderen Menschen widerfuhr. Der Gedanke, getötet zu werden kam ihm ebensowenig in den Sinn wie der, daß er schwanger werden könnte.

Wie sich herausstellte, hatte er recht. Alles ging nach Plan, außer daß Angelin von einem Querschläger erwischt wurde, der das bißchen, was er an Gehirn gehabt hatte, über Mulch und Moos des Unterholzes verspritzte. Aber obwohl es niemand so direkt sagte, war Angelin entbehrlich, und in jeder anderen Hinsicht war der Hinterhalt lehrbuchmäßig geglückt. Mussolinis zähe Kämpfer waren in Sekundenschnelle niedergemäht worden – alle bis auf einen Jugendlichen, der seine Waffe wegwarf, stammelnd um sein Leben flehte und aus kurzer Entfernung liquidiert werden mußte.

Aber alles, was er während jener endlosen Wartezeit wahrgenommen hatte, war das fahle Licht gewesen, das durch die Bäume fiel, und die rauschende Stille, die nur durch das kratzende Geräusch gestört wurde, das sein Kamerad beim Graben machte. Angelin hatte ein kleines Messer mit einer kurzen Klinge angesetzt und höhlte gewissenhaft den Hang vor der Eiche aus, hinter der sie sich versteckt hielten. Schließlich ging ihm das Schaben auf die Nerven.

»Was machst du da?« flüsterte er gereizt.

Angelin lächelte ausdruckslos, beinahe spöttisch.

»Ich rieche was.«

Als Antwort hatte er einen Fluch gemurmelt. Es war nicht nur das Geräusch, das ihm auf die Nerven ging, es war die ganze Situation. Jeder wußte, daß Angelin gleich nach dem Dorftrottel kam, und es war Strafe genug, daß er dazu abgestellt worden war, ihm auf der anderen Straßenseite Gesellschaft zu leisten, wo sowieso nichts passierte. Er konnte sich schon vorstellen, was die anderen gesagt hatten, damals bei dem Vorbereitungstreffen, zu dem er nicht eingeladen worden war. »Stecken wir den Kleinen zu Angelin. Da kann er wenigstens keinen Schaden anrichten.« Sie hatten nie vergessen, daß er irgendwann einmal vor lauter Aufregung das Feuer bereits eröffnet hatte, noch bevor der Befehl dazu ergangen war, und dadurch beinahe die ganze Aktion gefährdet hatte. Letztlich war nichts schiefgegangen, aber einer der älteren Männer hatte einen groben Witz über vorzeitigen Samenerguß gemacht, und seitdem hatten sie ihn immer auf Distanz gehalten, wenn es um bewaffnete Einsätze ging. Niemand stellte seinen Mut in Frage, aber sie trauten seinem Urteilsvermögen nicht mehr.

Angelin hatte weitergegraben, hatte gekratzt und geschnüffelt, bis er einen Graben von etwa dreißig Zentimeter Breite in der weichen Erde am Fuß eines der Bäume ausgehoben hatte. Schließlich grub er einen dreckigen Klumpen aus, ein Knochen oder ein Stück Kreide vielleicht, säbelte eine Ecke davon ab und präsentierte sie, aufgespießt auf seine Messerspitze. »Weißer Diamant!« flüsterte er, so rührend auf Lob bedacht wie ein Trüffelhund auf die trockene, altbackene Brotkruste, mit der man ihn abspeisen würde, nachdem er dieselbe Arbeit verrichtet hätte.

In diesem Augenblick hörten sie die Geräusche des Konvois in der Ferne, hochtourige Motoren, die sich den Hügel aus dem Tanarotal hochkämpften. Später war natürlich keine Zeit mehr für Erklärungen gewesen. Die Lastwagen mußten gewendet werden, und Kisten voller Dokumente und Akten aus der Questura in Alba mußten aus- und wieder eingeladen werden, zusammen mit all den Waffen und der Munition, die sie der Eskorte hatten abnehmen können. Sie hatten Angelins Leichnam einfach zurückgelassen. Man konnte beim besten Willen nichts mehr für ihn tun. Es gab auch keine Möglichkeit mehr, die Kugel zu identifizieren, die sich durch seinen Hinterkopf gebohrt und sich dann irgendwo im Mulch eingegraben hatte. Sie alle wußten, daß Kugeln völlig außer Kontrolle querschlagen konnten. Vor allem aber wußten sie, daß der Lärm der Schießerei weithin hörbar gewesen sein mußte und daß sehr bald ein feindliches Sonderkommando anrücken würde, um die Lage zu klären.

Er kehrte erst im folgenden Jahr an den Ort des Überfalls zurück. Zu dem Zeitpunkt war der Krieg vorbei, und seine Opfer hatten allmählich den zu Stein gewordenen, vorbildhaften Status von Märtyrern und mythischen Helden angenommen. In der Kurve, dort, wo Angelin gestorben war – wenn auch auf der anderen Seite, als ob er am eigentlichen Kampfeinsatz teilgenommen hätte –, war ein Sockel errichtet worden, auf dem sein Name, ein Datum und die Worte standen: »Hier fiel er für Italien durch die Kugel eines barbarischen Feindes.« Ein verblichener Kranz in den Nationalfarben zierte das steinerne Mahnmal. Angelins Exkamerad hatte die Inschrift ohne jede Regung gelesen. Dann, nachdem er sich vergewissert hatte, daß ihn niemand beobachtete, stieg er in den Wald hinunter und begann zu graben.

Und das ging so über mehrere Jahre hinweg. In mancher Saison war die Ernte reichlich, in manchen nur spärlich, oder sie blieb ganz aus. So waren Trüffeln eben: kapriziös wie eine Frau und einfach unberechenbar. Es war ein Teil ihres großen Geheimnisses. Da er nicht die Nase des verstorbenen Angelin für ihren stechenden Geruch besaß – womit die Natur ohne Zweifel seine Mängel auf anderen Gebieten kompensiert hatte –, nahm er sich einen *tabui* zu Hilfe, einen der sorgfältig gezüchteten und abgerichteten Köter, die im Umkreis von zehn Metern jedes Exemplar eines *tuber magnatum Pico* auf Anhieb ausmachen können.

Die Ader, die Angelin auf diesem vernachlässigten Streifen Ödland am Rande des Gutes der Vincenzos entdeckt hatte, war nicht sein einziges Jagdgebiet, dennoch waren die Gewinne in den ersten Jahren gering. Er behielt ein paar der kleineren Knollen für den eigenen Gebrauch und verkaufte den Rest entweder an Zwischenhändler auf dem inoffiziellen Markt in den Seitenstraßen von Alba oder direkt an verschiedene Restaurants und Gourmets vor Ort. Wenn man bedenkt, daß die Kosten nur aus seiner Zeit bestanden, die im Grunde keinen Wert besaß, dann war der Verdienst ganz ordentlich. Zusammen mit dem einen oder anderen Gelegenheitsjob, Teilzeit-Transportarbeit und allen möglichen »Mädchen für alles«-Einsätzen brachte das genug ein, um bescheiden davon zu leben.

Dann trat, zunächst unmerklich, eine Veränderung ein. Eines der ersten Anzeichen dafür – und von seinem Standpunkt aus das schwerwiegendste – war der Stacheldrahtzaun, den Aldo Vincenzo um seinen Besitz herum errichtet hatte. Die Weine der Region hatten inzwischen einigen Ruhm erlangt und erzielten plötzlich Preise, die alles bislang Dagewesene übertrafen; die Trauben, aus denen man sie gewann, stiegen entsprechend im Wert. Man erzählte sich sogar, Aldo Vincenzo würde dem Beispiel einiger anderer Winzer der Gegend nacheifern, indem er seinen Sohn Manlio ein Fach namens »Weinbau« studieren ließ, was den meisten in der Gemeinde ebenso absurd vorkam, wie einen Jungen zur Universität zu schicken, um dort das Leben zu lernen.

Zur gleichen Zeit etwa, als die Weine der Langhe begannen, internationales Ansehen zu erlangen, und es ihm entsprechend schwermachten, an seinen geheimen Schatz weißer Trüffeln zu gelangen, hob der Markt für dieselben in noch überwältigenderem Maße und im buchstäblichen Sinne geradezu ab. Da Trüffeln ihren Geschmack schon nach wenigen Tagen verlieren, war bis dahin der größte Teil der Ernte vor Ort verbraucht worden. Nur kleine Mengen wurden mit der Bahn zu Hotels und Restaurants in anderen Gegenden Italiens exportiert, eine Handvoll auch nach Österreich, Frankreich und in die Schweiz. Dann begann die Ära der Luftfracht. »Weißer Diamant!« hatte Angelin gesagt, aber diese sprichwörtliche Metapher war bald schon Schnee von gestern. Gramm für Gramm ließ *la trifola* ungeschliffene Diamanten geradezu billig erscheinen. Internationale Händler wetteiferten miteinander, um an die kostbaren Knollen zu kommen und sie an ihre ungeduldigen Kunden in London, New York und Tokio zu versenden.

Es war ein Weltmarkt, aber die Versorgung war ausschließlich durch eine Region gewährleistet. Irgendein unerforschter russischer Hügel oder ein kambodschanisches Tal mochte vielleicht ähnliche Schätze bergen, aber weiße Trüffeln konnte man nicht züchten, und derzeit war die einzig verläßliche Quelle ein kleines Gebiet im südlichen Piemont rund um die Stadt Alba. Die Preise schossen in die Höhe, und die *trifolai* wurden noch zurückhaltender, was die genaue Lage ihrer bevorzugten Fundstelle betraf. Angelins Entdeckung wurde somit nur noch wertvoller. Denn niemand vermutete, daß dieses vergessene Stückchen Wald am Rande des Vincenzo-Anwesens eine Mine für den so begehrten weißen Diamanten sein könnte. Wie der

Hang, den die Faigano-Brüder später für ein kleines Vermögen an die Medien vermieteten, war es von der Landkarte gerutscht.

Sollte ihn allerdings irgend jemand dort graben sehen oder bemerken, daß der Stacheldrahtzaun, der eigentlich zum Schutz der Weinstöcke dort errichtet worden war, aufgeschnitten war, würde sich das alles blitzschnell ändern. Deshalb war er auch nicht während der Dunkelheit gekommen, der traditionellen Jagdsaison für die »Phantome der Nacht«, wie man die Trüffeljäger nannte. Nachts hätte er eine Fackel mitführen müssen, weithin sichtbar. Und die Leute in dieser Gegend waren von Natur aus neugierig. Alles geschah nach altehrwürdiger Ordnung und Regel. Jegliche Ausnahme war eine potentiell interessante Anomalie, die man zu beachten und an andere weiterzugeben hatte. Daher auch der Umweg, den er gewählt hatte, um sich der bewußten Stelle zu nähern, daher vor allem sein Timing.

Am Vorabend hatte die *Festa della Vendemmia* stattgefunden, die alljährlich am ersten Samstag im Oktober in Palazzuole gefeiert wurde. Der Tag der eigentlichen Weinlese variierte von Jahr zu Jahr und von Weinberg zu Weinberg, je nachdem, wie das Wetter gewesen war und welches Risiko der Erzeuger einzugehen bereit war für eine möglicherweise noch reifere Frucht. Aber das Datum der *festa* im Dorf war fest, wie die Exzesse und Rituale, die man damit verband. Am Samstag aßen und tranken alle und tanzten und tranken und flirteten und tranken und verfielen in Erinnerungen und tranken und wurden dann rührselig und nostalgisch und schwärmerisch. Das gesamte Dorf war bis weit nach Mitternacht auf den Beinen, man schlief bis spät in den nächsten Morgen hinein und hievte sich dann widerstrebend aus dem Bett, klammerte sich an seinen dicken Schädel, als wäre man tatsächlich krank im Kopf, und stolperte in die Kirche, um zum Gottesdienst zu gehen, der den göttlichen Segen auf das Ereignis herabflehen sollte, von dem praktisch ihr ganzes Leben auf die eine oder andere Weise abhing.

Und so wußte er, als er sich seinen Weg auf dem schlammigen Pfad zwischen den zwei Rebzeilen suchte, daß die Chance praktisch gleich Null war, daß irgend jemand, wie wachsam und mißtrauisch er auch immer sein mochte, an diesem besonderen Sonntagmorgen in dem diesigen Zwielicht vor Sonnenaufgang schon auf den Beinen war. Und während er sich bei der Feier am Vortag hatte sehen lassen – es nicht zu tun, hätte ihn unausweichlich ins Gerede gebracht –, hatte er dafür gesorgt, daß ein paar Gläser Wein sehr viel länger vorhielten, als es den Anschein hatte. Frisch und hellwach war er also um fünf Uhr morgens aufgestanden, bereit für *seine* jährliche, aber ganz private Zeremonie.

Er nannte dies in Gedanken »Blumen auf Angelins Grabstein legen«, obwohl das angebliche Opfer eines barbarischen Feindes natürlich nicht dort begraben war, wo es getötet worden war. Aber die Blumen waren echt: ein rührend kunstloser Strauß von weißen Chrysanthemen, den er am vorhergehenden Tag vor den Augen mehrerer Zeugen gekauft hatte. Er hatte ihnen erzählt, die Blumen wären für seine Mutter, hatte jedoch das Gespräch mit einem verlegenen Achselzucken beendet, an das man sich bestimmt erinnern würde, sollte man ihn tatsächlich erwischen und fragen, aus welchem Grund er sich an diesem Morgen auf dem Grundstück der Vincenzos aufgehalten habe. »Ich wollte lediglich meinem gefallenen Kameraden eine Ehre erweisen«, würde er sagen, und seine Stimme würde wegen der so lang unterdrückten Gefühle brechen. »Die Leute sagten, er sei einfältig, für mich aber war er ein Freund...«

Niemand, so glaubte er, würde es danach noch wagen, ihn weiter auszufragen. Seine offensichtliche Trauer würde für sich selbst sprechen, denn – so merkwürdig das auch scheinen mochte – er glaubte inzwischen selbst an diese Version. Und so war er eigentlich, als er an diesem Herbstmorgen durch den Weinberg schlich, gleichzeitig zwei ganz verschiedene Personen, die nach ganz unterschiedlichen Dingen suchten: zum einen war er ein wachsamer und skrupelloser Trüffeldieb, zum anderen war er ein ältlicher Veteran der Widerstandsbewegung, der einen toten Waffenbruder ehrte.

Da plötzlich bemerkte er, wie sich etwas vor ihm zwischen den Weinstöcken bewegte, an denen schwer die fetten blutroten Trauben hingen, aus denen der Barbaresco, für den diese Gegend berühmt war, gewonnen wurde. Und doch hätte auch jetzt noch alles gutgehen können. Er war immer schon ein Meister des schnellen und lautlosen Rückzugs gewesen, und er hätte sich leicht linker Hand durch die Weinstöcke schlagen und auf dem Weg, den er gekommen war, wieder davonmachen können. Aber Anna hatte die Witterung des Fremden bereits aufgenommen. Da sie angeleint war, konnte sie nicht vorpreschen, um auszumachen, was es war, und so begann sie – wie Hunde nun einmal sind – zu bellen. Die Gestalt, die sich zwischen den Weinstöcken versteckt gehalten hatte, richtete sich auf und wandte sich ihm zu.

»Was zum Teufel machst *du* denn hier?«

Er gab keine Antwort.

»Hast du nicht die Schilder am Zaun gesehen? Da steht ›Für Unbefugte Zutritt verboten‹. Weißt du, was das bedeutet, oder bist du obendrein auch noch Analphabet?«

Die Hündin stand zwischen ihnen und blickte von einem zum anderen, als ob sie unsicher wäre, auf welche Seite sie sich schlagen, wen sie verteidigen oder auf wen sie losgehen sollte.

Da ergriff der Mann, der sie mitgeführt hatte, die Initiative und ging mit langsamen, selbstsicheren Schritten weiter, in seiner rechten Hand die *sapet*, die deichselförmige Breithacke, mit der man Trüffeln ausgräbt.

Und so fing alles an.

Barolo, Barbaresco, Brunello. Ich bin Purist, Doktor Zen. Ich bin außerdem zufällig in der Lage, mir diese klassische Schlichtheit leisten zu können, ein absoluter Luxus der Menschen, die alles haben können, was sie wollen. Beim Wein genügen mir die drei Bs ebenso wie in der Musik.«

»Ich verstehe«, sagte Aurelio Zen, der nichts verstand oder sah außer den Kisten voller Flaschen, die weit in das Dunkel des riesigen, kalten, feuchten Weinkellers hineinreichten, dessen Deckengewölbe mit einem weißen Geflecht aus Salpeter überzogen war.

»Barolo ist der Bach unter den Weinen«, fuhr sein Gastgeber fort. »Kräftig, strukturiert bis ins Äußerste, ein bißchen streng, aber absolut elementar. Der Barbaresco ist wie Beethoven, der diese Eigenschaften übernimmt und sie in die einzigartigen Höhen subjektiver Leidenschaft und persönlichen Schmerzes erhebt. Und der Brunello ist wie Brahms, ein weicher, voller und romantischer Ausklang nach derart kraftvoller Intensität.« Aurelio Zen blieb die Notwendigkeit einer Antwort durch einen Hustenanfall erspart, der ihm im richtigen Moment die Sprache raubte.

»Wie lange haben Sie diesen Husten schon?« fragte der andere Mann mit allzu offensichtlich geheuchelter Besorgtheit. »Kommen Sie, lassen Sie uns wieder hochgehen.«

»Nein, nein, nur ein leichter Anflug von Grippe. Das bißchen Husten wird mich schon nicht umbringen.«

Zens Gastgeber warf ihm einen stechenden Blick zu. Auf jemanden, der ihn nicht sofort erkannte – von so jemandem hatte man allerdings noch nie gehört –, hätte er vielleicht unscheinbar wirken können: Er war sehr gepflegt und fit für seine etwas über sechzig Jahre und fiel hauptsächlich auf durch die teuren Stoffe, die ihn wie eine zweite Haut umhüllten, und durch ein Gesicht, dessen Runzeln und Falten nicht so sehr das tatsächliche Alter als vielmehr ein Erbe zu verraten schienen, als sei es bereits von zahllosen anderen berühmten und mächtigen Familienmitgliedern getragen worden, bevor es dem gegenwärtigen Besitzer vermacht worden war.

»Sie umbringen?« rief er. »Natürlich nicht!«

Mit einem unvermittelten Lachen ging er weiter voran in das Labyrinth unterirdischer Höhlen. Das einzige Licht kam von der kleinen Fackel, die er trug und die von rechts nach links schaukelte und dabei Stapel dunkelbrauner Flaschen beleuchtete, die von Schimmel und Staub überzogen waren.

»Ich bin auch in der Auswahl ein Purist«, verkündete er in dem gleichen belehrenden Tonfall. »Conterno und Giacosa für Barolo, Gaja und Vincenzo für Barbaresco. Und bis vor kurzem, ja bis sich all diese Unerfreulichkeiten ereigneten, Biondi Santi für Brunello. *Poco, ma buono* war schon immer mein Motto. Ich besitze ausgezeichnete Bestände von unschätzbarem Wert jeden Jahrgangs seit 1961, wahrscheinlich die beste Sammlung des legendären '58er und '71er im ganzen Land, ganz zu schweigen von solchen Verstiegenheiten wie einem Brunello aus meinem Geburtsjahr. Unter diesen außergewöhnlichen Umständen nehmen vertikale Proben eine geradezu klassische Strenge und Bedeutung an.«

Er drehte sich um und leuchtete Zen mit seiner Fackel ins Gesicht.

»Sie sind Venezianer. Sie trinken fruchtigen, frischen *vino sfuso* aus dem Friaul, der nicht länger als ein Jahr liegen darf. Sie müssen mich für verrückt halten.«

Ein weiterer, massiver Hustenanfall, der mit einem lauten Niesen endete, war die einzige Antwort. Der andere Mann faßte Zen am Arm.

»Kommen Sie, Sie fühlen sich nicht gut! Wir gehen zurück.«
»Nein, nein, nicht der Rede wert.«

Aurelio Zen gab sich ersichtlich Mühe, seine Probleme in den Griff zu bekommen.

»Sie sagten gerade, daß ich nichts vom Wein verstehe. Das ist natürlich wahr. Was ich jedoch wirklich nicht verstehe, ist der Grund, warum ich überhaupt hierherzitiert worden bin.«

Sein Gastgeber lächelte und zog eine Augenbraue nach oben.

»Aber das ist doch ein und dasselbe!«

Er drehte sich um und schritt den gefliesten Gang zwischen den Kisten davon. Da es um ihn herum immer dunkler wurde, hatte Zen keine andere Wahl, als ihm zu folgen.

Die Anweisung zu diesem Besuch in der römischen Villa des weltberühmten Film- und Opernregisseurs, dessen künstlerischem Ruhm lediglich die hartnäckigen Gerüchte über sein Privatleben das Wasser reichen konnten, war in Form einer Hausmitteilung zu ihm gelangt, die vor ein paar Tagen auf seinem Schreibtisch im Innenministerium gelegen hatte. »Im Hinblick auf eine mögliche parallele Ermittlung, die der Minister im Falle Vincenzo erwägt (siehe beiliegende Akte), werden Sie ersucht, am nächsten Freitag um 10.30 Uhr im Palazzo Torrozzo, Via del Corso, zu einer informativen Lagebesprechung bezüglich der Hintergründe zu erscheinen. Die Unterredung wird geleitet von ...«

Der Name, der dann folgte, tat seine volle Wirkung. Giorgio De Angelis, der einzige Freund, den Zen bei der Kriminalpolizei noch hatte, pfiff anerkennend, als er ihn über Zens Schulter hinweg las.

»*Mamma mia!* Darf ich auch kommen? Kriegen wir Autogramme? Damit könnte ich ein ganzes Jahr lang zum Essen gehen!«

»Ja, aber wer bezahlt die Rechnung?« hatte Zen gemurmelt, als würde er mit sich selbst sprechen.

Und genau das war die Frage, die sich auch jetzt wieder stellte, nun allerdings mit mehr Nachdruck. Jene fragwürdige Berühmtheit hatte Zen sicher nicht in seinen *palazzo* geladen, an diesen Ort unzähliger Feste, über die immer ausführlich berichtet wurde und die »zeigten, daß die uralte Tradition der Orgie noch nicht erloschen war«, nur um ihm seine Weinsammlung zu präsentieren. Irgendwann würde man zum Kern der Sache kommen, und in der Regel handelte es sich dabei immer um eine Drohung.

»Ich kann Ihren Standpunkt nachvollziehen«, dröhnte die Stimme seines Gastgebers aus der Dunkelheit vor ihm. »Ich bin an der Mündung des Po aufgewachsen, und wir haben den Fusel aus dieser Gegend – reichlich verdünnt, um ihn genießbar zu machen – als eine Art Medizin gegen unerwünschte Bakterien und als Verdauungshilfe getrunken. Aber vielleicht kann ich es Ihnen in einer anderen Form verständlich machen. Sie haben sicher irgendwann mal etwas gesammelt. Briefmarken, Schmetterlinge, Erstausgaben, Waffen, Abzeichen, Streichholzschachteln...«

»Was hat denn das mit Wein zu tun?«

Der berühmte Regisseur, der von seinen ebenso berühmten Freunden Giulio genannt wurde, blieb stehen und drehte sich um, wodurch Zen wieder ein wenig von dem schwachen Lichtstrahl gegönnt war.

»Der Gegenstand einer Sammlung ist so unwichtig wie die

Mengen, auf die man eine Algebraformel anwendet. Für den Sammler zählen einzig und allein die Auswahl und die Vollständigkeit. Es ist eine fast ausschließlich männliche Obsession, ein Ausdruck unseres Drangs, die Welt zu beherrschen. Frauen sammeln selten etwas anderes als Schuhe oder Schmuck. Und Liebhaber natürlich.«

Zen antwortete nicht. Sein Gastgeber wies mit der Fackel auf die gewölbte Decke aus Steinplatten.

»Salpeter! Wächst wie Moos auf den Gewölben. Wir befinden uns im Moment unter der Via del Corso. Junge Männer, vielleicht auch mein Sohn, rasen da mit ihren Autos herum, wie man es früher mit Pferden getan hat, aber nicht das leiseste Rauschen dieser sinnlosen Raserei kann uns hier unten erreichen. Der Wein schläft den Schlaf der Toten.«

»Ich hatte früher mal eine Eisenbahnkartensammlung«, bemerkte Zen.

Ein Lächeln huschte über Giulios Gesicht.

»Ich wußte es doch!«

Ein knisterndes Rascheln zwischen den Flaschen links von ihm ließ Zen zusammenzucken.

»Ratten«, sagte der berühmte Regisseur. »Was sagten Sie gerade?«

»Mein Vater...«

Zen zögerte, als hätte er den Faden verloren, und setzte dann noch einmal an.

»Er war bei der Bahn und brachte sie mir immer mit, kleine Pappfahrtkarten, auf die das Fahrziel, die Klasse und der Preis gedruckt waren. Am Ende hatte ich eine von jeder Strecke, sogar nach Verona, Rovigo, Udine und Triest...«

Er stockte wieder, schnippte dann mit den Fingern. »Von allen bis auf Bassano del Grappa! Ich weiß noch, daß jemand einen Witz machte, ich müßte mit Grappa noch warten, bis ich älter wäre. Ich habe das damals nicht verstanden. Ich war bloß ärgerlich darüber, daß in meiner Sammlung diese Lücke klaffte. Es schmerzte wie ein gezogener Zahn.«

»Ausgezeichnet! Perfekt! Dann werden Sie zweifelsohne verstehen, wie ich mich gefühlt habe, als ich von dieser schrecklichen Geschichte mit Aldo Vincenzo hörte.«

Zen runzelte die Stirn, wandte sich widerstrebend wieder der Gegenwart zu.

»Mit wem?«

Der berühmte Regisseur leuchtete mit seiner Fackel auf die Kisten in ihrer Nähe, griff nach einer Flasche und hielt sie Zen hin. Auf dem verblichenen Etikett stand: BARBARESCO 1964. VINIFICATO ED IMBOTTIGLIATO DAL PRODUTTORE A. VINCENZO.

»Aldo Vincenzo war einer der Winzer, dessen Weine ich vor mehr als dreißig Jahren dazu auserkoren habe, einen Platz in dem Weinkeller einzunehmen, den ich damals anzulegen beschloß«, erklärte er feierlich und legte die Flasche wieder so sorgfältig zu den anderen wie ein Baby in seine Wiege. »Und jetzt ist er tot, und sein Sohn ist im Gefängnis, und das alles kurz vor einer Weinlese, die vermutlich einen der besten Jahrgänge des Jahrhunderts hervorbringen wird! Das ist der Grund, warum man Sie ›hierherzitiert‹ hat, wie Sie es genannt haben.«

»Sie möchten Ihre Sammlung vervollständigen.«

»Ganz genau!«

»Um Ihre horizontalen Proben fortzusetzen.«

Sein Gastgeber warf Zen einen scharfen Blick zu, als wolle er aus seinem Gesicht ablesen, ob diese Bemerkung ironisch gemeint war.

»Das wäre durchaus denkbar«, antwortete er, »wenn man wirklich alle angebotenen Weine trinkt. Man geht natürlich bei einer *vertikalen* Probe ganz anders vor. Doch wie dem auch sei, sollten Sie die Vorstellung hegen, ich persönlich könnte in den Genuß unseres diesjährigen Jahrgangs kommen, sobald er seine volle Reife erlangt hat, dann vertrauen Sie auf die Langlebigkeit eines Methusalem – des Patriarchen, nicht der Flasche.«

Zen führte einen stummen Kampf mit einem krampfartigen Anfall in seinem Inneren, dann nieste er laut, wobei er seinen Speichel wie aus einer warmen Dusche über die Kisten um sich herum versprühte. Der berühmte Regisseur packte ihn wiederum am Arm und führte ihn nun endgültig auf demselben Weg zurück, den sie gekommen waren.

»Genug! Wir werden dieses Gespräch oben fortsetzen.«

»Mir geht's gut«, protestierte Zen. »Es ist nur diese Erkältung, die ich schon spüre seit...«

»Ich sorge mich nicht um *Sie!* Aber in einem Weinkeller zu niesen kann zur Folge haben, daß die Hälfte der Flaschen nach Kork schmeckt. So sagt man jedenfalls. Dasselbe gilt für die Anwesenheit einer menstruierenden Frau – schlichtweg unmöglich! Das ganze Geschäft mit Wein strotzt nur so von solchem Aberglauben. Ich glaube es und glaube es auch wieder nicht, aber bei einer Investition wie dieser kann ich es mir nicht leisten, ein Risiko einzugehen.«

Giulio verriegelte die wuchtige Tür, die in das Gewölbe führte, und ging voraus, eine lange Wendeltreppe hoch und schließlich durch einen Bogengang, der ins Erdgeschoß des *palazzo* führte. Sie kamen über eine ganze Reihe von Zimmern endlich ins Arbeitszimmer, dessen Wände bis unter die Decke voll mit Büchern waren und wo er Zen bei dessen Ankunft begrüßt hatte. Er bedeutete ihm, sich in den Sessel zu setzen, den er ihm bereits vorher zugewiesen hatte.

»Wie ich schon sagte, die Vorstellung, ich wollte den Vincenzo-Wein dieses Jahres – sollte es tatsächlich einen solchen geben – zu meinem eigenen Wohl sammeln, ist natürlich absurd. Wenn dieser Jahrgang auch nur halb so gut ist, wie ihm prophezeit wurde, darf man ihn die nächsten zehn Jahre nicht anrühren, erst nach weiteren zehn Jahren erreicht er seine Spitze. Dann werde ich, wenn ich nicht schon tot bin, ›ohne Zähne, ohne Augen, ohne Geschmack, ohne alles‹ sein, wie Shakespeare sagt.«

»Was kümmert es Sie dann?« fragte Zen und zündete sich eine Zigarette an, was einen weiteren heftigen Hustenanfall zur Folge hatte. Der andere Mann schaute ihn scharf an.

»Haben Sie Kinder, *dottore?*«

»Nein. Das heißt... doch. Eins.«

»Junge oder Mädchen?«

»Ein Junge. Carlo.«

»Wie alt?«

Es blieb lange still.

»Er ist noch ein Baby«, erwiderte Zen schließlich.

»Herzlichen Glückwunsch! Aber sie werden furchtbar schnell groß. Daher auch mein Interesse an den Vincenzo-Weinen aus diesem Jahr. Ich habe zwei Söhne, beide in der widerlichsten Phase ihrer Jugend. Im Moment halten sie mein Interesse an Wein für ein weiteres Beispiel für die Senilität ihres Vaters. Wenn sie überhaupt etwas trinken, dann irgendein obskures Importbier, obwohl zumindest Luca einige vielversprechende Anzeichen des echten *collezionista* zeigt, wenn er Trappistenbier mit limitierter Auflage und solchem Zeug nachjagt.«

Er machte sich an die umständliche Prozedur, eine mächtige Zigarre zu schneiden und anzuzünden.

»Ich glaube – ich *muß* glauben –, daß sie mit der Zeit mein Erbe schätzen, meine Weinsammlung vielleicht ins nächste Jahrtausend weiterführen und den Keller ausbauen werden, um ihn dann wiederum ihren Kindern zu hinterlassen.«

Eine triumphierende Wolke aus blauem Rauch.

»Aber das hieße, zu weit in die Zukunft zu schauen. Alles, was mich im Moment beschäftigt, ist diese Ernte! Wenn wir jetzt nicht handeln, werden die Trauben entweder an irgendeinen Konkurrenten verkauft oder so primitiv gekeltert, daß wir bloß einen billigen Abklatsch dessen bekommen, was ein Vincenzo-Wein sein kann und sein sollte.«

Aurelio Zen bemühte sich, angesichts dieser düsteren Prognose entsprechend betroffen auszusehen.

»Aber was kann ich denn da machen?« fragte er. »Wenn der Sohn schon verhaftet ist ...«

»Ich glaube nicht eine Sekunde daran, daß er es getan hat«, entgegnete der berühmte Regisseur aufgebracht.

Zen holte ein zerknülltes Taschentuch aus seiner Tasche und putzte sich die Nase.

»Dennoch hat man mir zu verstehen gegeben, die Carabinieri hätten ihre Ermittlungen abgeschlossen. Man hat gegen Manlio Vincenzo Anzeige erstattet, und der Fall ist an das Gericht gegangen. Ich sehe keine Möglichkeit für mich, noch irgendwie in das Verfahren einzugreifen, ja überhaupt nur reinzukommen.«

Sein Gastgeber stieß eine dicke Rauchwolke aus.

»Vielleicht sollten Sie sich mehr Sorgen darüber machen, wie Sie rauskommen«, sagte er.

Zen runzelte die Stirn.

»Raus? Sie meinen, raus aus diesem Haus hier?«

Zum ersten Mal schien Giulio anscheinend wirklich amüsiert zu sein.

»Nein, nein! Allem Anschein zum Trotz habe ich nicht vor, Sie in irgendeinem verborgenen Winkel meines Weinkellers einzukerkern. Dennoch könnte Sie ein durchaus vergleichbares Schicksal erwarten.«

Er musterte Zen scharf.

»Ich beziehe mich auf Ihre nächste Versetzung.«

»Das ist doch Sache des Ministeriums«, erwiderte Zen und zog an seiner Zigarette.

Wieder ein Lächeln, diesmal etwas vielsagender.

»Genau. Und im Hinblick darauf möchte ich Ihre Aufmerksamkeit auf einige Fakten lenken, die Ihnen bereits bekannt sind, sowie auf einen weiteren Tatbestand, der bislang vertraulich ist. Ich werde mich kurz fassen. Zum ersten ist der derzeitige Minister ein Mann der Linken. Viele seiner Freunde und Gefährten in der früheren kommunistischen Partei haben ihr Leben dem Kampf gegen das organisierte Verbrechen gewidmet. Einige wurden dabei ermordet.«

Ihre Blicke kreuzten sich.

»Außerdem sind Sie erst kürzlich wieder zur Kriminalpolizei zurückversetzt worden, nach Ihrer brillanten Heldentat in Neapel, wo Sie, wie das ganze Land erfahren konnte, daran beteiligt waren, die terroristische Vereinigung namens *Strade Pulite* zu zerschlagen.«

»Aber das war...«

»Ein großartiger Coup! Wirklich. All das ist Ihnen bekannt, *dottore*. Was Sie nicht wissen – was niemand außerhalb der unmittelbaren Umgebung des Ministers weiß –, ist die Tatsache, daß er im Begriff ist, einen Elitestab von altgedienten Beamten einzurichten, die nach Sizilien versetzt werden sollen, als Speerspitze für einen geplanten Feldzug gegen die Gruppe, die für den Tod seiner Kameraden verantwortlich ist.«

Giulio wedelte lässig mit der Hand.

»Das haben wir natürlich alles schon mal gehört, jedesmal, wenn ein Richter oder Polizeibeamter erschossen oder von einer Bombe zerfetzt wurde. Aber das war zu der Zeit, als die Mafia noch ihre Leute hier in Rom hatte, in den Kreisen der obersten Machthaber. Alle wußten, wie das System funktioniert. Jeder übereifrige Beamte, der so wirkte, als könnte er irgend etwas Effektives leisten, wurde versetzt oder getötet, die Regierung tat so, als würde sie durchgreifen, die Mafia tat so, als würde sie sich abschrecken lassen, und nach ein paar Monaten lief alles wieder wie gehabt.«

Er warf einen kurzen Blick auf Zen, der seinen Husten unterdrückte.

»Aber diesmal, so hat man mir versichert, wird es anders sein. Kampf bis zum bitteren Ende, ohne jedes Zugeständnis. Die Verbindungen der Mafia nach Rom sind alle abgeschnitten, und die neue Regierung will unbedingt zeigen, daß sie das einlösen kann, was ihre Vorgänger immer wieder versprochen haben. Mit dem Ergebnis, daß man begonnen hat, in den eigenen Reihen nach Beamten zu suchen, die bewiesen haben, daß sie erfahren sind, fähig und – sagen wir mal – unabhängig.«

Er unterbrach sich, um seine Zigarre wieder anzuzünden, wobei er die Spitze in respektvollem Abstand zur Flamme hielt. »Ihre Akte, *dottore* Zen, läßt erkennen, daß Sie in den Augen der früheren Regierung schwer kompromittiert sind. Unnötig zu erwähnen, daß diese Tatsache dazu geführt hat, daß Sie bei der neuen Führung ganz oben auf der Liste stehen. Berücksichtigt man außerdem Ihren offensichtlichen Scharfsinn und Ihre Effektivität, dann sind Sie der erste Kandidat für die neue Truppe.«

»Die wollen mich nach Sizilien schicken?« keuchte Zen.

Sein Gastgeber nickte.

»O ja. Ich fürchte, da kann man gar nichts mehr machen. Natürlich ist das auch ein gewaltiger Karrieresprung und bedeutet eine kräftige Gehaltserhöhung, aber Sie müssen auf jeden Fall in den Süden gehen. Die Frage ist nur noch, wann und wohin.«

Ein Augenblick lang sah Zen so aus, als würde er gleich in Tränen ausbrechen, aber alles, was er von sich gab, war ein weiteres gewaltiges Niesen.

»*Salute!*« sagte sein Gastgeber. »Da wir gerade davon sprechen, Sizilien ist erwiesenermaßen ein unbekömmliches Pflaster, besonders für frisch dorthin versetzte Polizeibeamte, die unter Umständen direkt in die Hauptstadt geschickt werden. Trifft man andererseits dagegen erst ein bißchen später ein, und die Kommandozentrale und alle Posten in Palermo sind bereits besetzt, dann wäre es durchaus möglich, sich eine Stelle in einem relativ angenehmen Ort zu sichern. Kennen Sie Syrakus? Eine antike griechische Siedlung in dem am wenigsten heimgesuchten Teil der Insel, die all den Charme und die Schönheit Siziliens besitzt, ohne so ermüdend... nun ja, *sizilianisch* zu sein.«

Zen sah auf, um den Blick seines Gesprächspartners einschätzen zu können.

»Welche Garantie können Sie mir geben?«

Ein schmerzgeplagter, fast schockierter Ausdruck erschien auf dem Gesicht des berühmten Regisseurs.

»Sie haben die Garantie meines Wortes, *dottore*.«

»Und welches Interesse haben Sie daran?«

»Ich dachte, ich hätte das schon hinreichend erklärt. Ich möchte, daß Manlio Vincenzo rechtzeitig aus dem Gefängnis entlassen wird, um den diesjährigen Wein machen zu können.«

»Auch wenn er seinen Vater ermordet hat?«

Ein Achselzucken.

»Wenn sich herausstellt, daß er unschuldig ist, um so besser. Aber nehmen wir einmal an, daß er Aldo wirklich umgebracht hat. Es ist absurd zu glauben, daß Manlio Vincenzo für irgend jemand sonst im Dorf eine Bedrohung ist. In der Zwischenzeit aber geht es um einen möglicherweise großartigen Wein – vielleicht *den* Wein des Jahrhunderts –, der all das Können und alle Aufmerksamkeit braucht, die nur Manlio gewährleisten kann.«

Er zuckte wieder mit den Achseln, diesmal etwas kräftiger.

»Was danach aus ihm wird, ist mir egal. Im Laufe eines Jahres können die Erben den Besitz neu organisieren, einen anderen Winzer einstellen oder an Gaja oder Cerretto verkaufen, die beide nur allzu froh wären, sich die Vincenzo-Weingärten unter den Nagel zu reißen. Aber zur Zeit ist Manlio mein einziger Ausweg. Und ich der Ihre.«

Zen saß da und versuchte, durch den Schleim hindurch zu atmen, der sich bis in seine Lunge gelegt hatte.

»Warum ich?« fragte er rundheraus.

Der berühmte Regisseur wedelte mit der Hand, die die Zigarre hielt, so daß verschlungene Rauchschwaden in der unbewegten Luft standen.

»Ich habe verschiedene Nachforschungen angestellt, innerhalb derer Ihr Name und Ihre Leistungen erwähnt wurden. Sehr vielversprechend, dachte ich. Sie scheinen intelligent zu sein, gerissen und effektiv, und störend erscheint mir lediglich Ihre bedauerliche Neigung, in bestimmten entscheidenden Momenten auf konventionelle Moralvorstellungen zu beharren – eine Schwäche, die – ich bedaure, das sagen zu müssen – Ihre Karriere behindert hat. Kurz gesagt, *dottore*, Sie brauchen jemanden, der Sie von sich selbst befreit.«

Zen sagte nichts.

»Als Gegenleistung für die Dienste, die ich angedeutet habe«, fuhr sein Gastgeber nahtlos fort, »biete ich mich selbst in dieser Eigenschaft an. Mir ist bekannt, daß Sie in der Vergangenheit von einer sehr einflußreichen Person protegiert wurden, die man mit der politischen Partei um den Palazzo Sisti in Verbindung bringt. Sein Name genießt nun unglücklicherweise längst nicht mehr den Respekt von einst. Das ist die

Gefahr, wenn man sich zu sehr dem Schutz von Politikern ausliefert, besonders im gegenwärtigen Klima. Sie kommen und gehen, aber Geschäft bleibt Geschäft. Wenn Sie mir diesen Dienst erweisen, *dottore* Zen, dann tue ich dasselbe für Sie. Und nicht zuletzt auch für Ihren Sohn. Wie hieß er noch mal?«

»Carlo.«

Der berühmte Regisseur beugte sich vor und starrte Zen so intensiv an, als würde er eine seiner typischen Kameraeinstellungen ausprobieren.

»Sind wir im Geschäft?«

Zen war vorübergehend außer Gefecht gesetzt durch einen weiteren Anfall.

»Unter einer Bedingung«, sagte er.

Der Mann, den seine Freunde Giulio nannten, runzelte die Stirn. Für gewöhnlich ließ er sich angeheuerten Handlangern vom Niveau eines Zen gegenüber nicht auf Bedingungen ein.

»Und die wäre?« fragte er mit bedrohlich samtiger Stimme.

Aurelio Zen schniefte laut und putzte sich erneut die Nase. »Daß ich zur nächsten Party, die hier stattfindet, eine Einladung bekomme.«

Einen Augenblick lang herrschte Schweigen, dann brüllte der berühmte Regisseur vor Lachen, ein Lachen, das sich tatsächlich echt anhörte.

»Angenommen!«

Als sie mit ihrer Mahlzeit fertig waren, schoben die drei Männer die Stühle zurück und begaben sich wieder an die Arbeit. Auf den ersten Blick wirkten sie so austauschbar wie Steinchen auf einem Brett. Gianni war eine Spur stämmiger als die anderen, Maurizio war bedeutend kahler, während Minot, der kleiner und zierlicher als die beiden Brüder war, einen pfiffigen Schnurrbart über seinen zynischen Lippen und den herabgezogenen Mundwinkeln trug. Doch ging ihre Ähnlichkeit noch viel weiter. Sie alle waren irgendwo zwischen fünfzig und achtzig, verbraucht von nicht enden wollender Arbeit und der ständigen Bedrohung zu verarmen, und sie alle trugen denselben stolzen, reservierten Ausdruck im Gesicht, der einen gemeinsamen Wesenszug verriet: die grimmige Entschlossenheit, sich nie wieder zum Narren halten zu lassen. Auch ihre Kleidung war mehr oder weniger identisch – dunkle, haltbare Strick- und Websachen, oft gestopft und geflickt, als ob die Kleidungsstücke neu beschrieben worden wären mit Geschichten, die nie erzählt werden würden.

Sie hatten schweigend gegessen, und die einzige Frau im Hause, Maurizios Tochter Lisa, ein Teenager, hatte sie bedient. Ihr Schweigen hielt an, als sie wieder im Weinkeller waren. Es war nicht jenes leere Schweigen, das bleibt, wenn alles gesagt ist, es war aber auch nicht jene entspannte Stille, die Intimität oder Vertrautheit voraussetzt und jedes Wort überflüssig macht. Ihr Schweigen war angespannt, voll unausgesprochener Gedanken, Tatsachen und Meinungen, auf die nicht angespielt wurde, eine gegenseitige Zurückhaltung gegenüber Dingen, die besser ungesagt blieben. Eine Situation, die nur durch ständige Aktivität entschärft werden konnte – indem man sich den Mund füllte. Oder Flaschen.

Das einzige Licht, das es hier gab, spendete eine Vierzigwattbirne, die an einem riesigen Balken mitten an der Decke hing, und auch das starb einen langsamen Tod, je tiefer man in den Keller vordrang, als ob es von all der Dunkelheit ringsumher erstickt werden würde. Die drei Männer arbeiteten dort unten wie am Fließband, und abgesehen von den entsprechend monotonen Geräuschen, die durch die Holzfässer an den Wänden gedämpft wurden, herrschte absolute Stille. Da es nichts gab, was ihn ablenken konnte, entfaltete sich der Geruch ungehindert – eine überwältigende Fülle von Duftnoten, die wie Pflanzen im Dschungel um die Vorherrschaft kämpften: Hefe, Schimmel, Alkohol, Feuchtigkeit, Obst, Fäulnis, Gärung. Ihr verschwenderischer Reichtum schuf ein olfaktorisches Klima, dessen Dimensionen die des Kellers offenbar sprengten. Die Konzentration dieses modrigen Gestanks war selbst für diesen Raum so hoch angereichert mit Gasen, daß man glaubte, jedermann müsse ersticken, und doch hielten die Lungen des Trios, das schweigend in dem düsteren Licht arbeitete, ihr stand.

Die Arbeitsteilung, zu der sie sich bereits vor Jahren entschlossen hatten, war seither unverändert geblieben. Gianni Faigano, der ältere der beiden Brüder, nahm die Flaschen vom Regal mit den Holzzapfen, auf die sie gesteckt wurden, um zu trocknen, nachdem sie gewaschen und sterilisiert worden waren. Er füllte jede mit einem Schwall Rotwein aus einem Plastikschlauch, der mit einem der Fässer verbunden war, dann reichte er sie an seinen Bruder weiter, der sie unter einen

Metallhebel mit einem Korken schob, den er in die Öffnung rammte. Maurizio reichte die Flasche schließlich an Minot weiter, einen Nachbarn, der jedes Jahr um diese Zeit kam, um bei der Arbeit zu helfen, und der die Etiketten und Kapseln anbrachte.

»Ich habe gehört, daß Bruno einen neuen Wagen hat«, sagte Gianni.

Seine Worte verhallten so schnell, daß sich ein paar Sekunden später schon keiner mehr sicher war, ob er tatsächlich etwas gesagt hatte oder ob nur ein Korken geknallt, vielleicht aber auch ein Magen geknurrt hatte. Mehr als ein Dutzend Flaschen ging von Hand zu Hand und wurde entsprechend abgefüllt, verkorkt und mit einem Etikett versehen. Über ihnen im Dunkeln saßen riesige Spinnen, zusammengekauert in ihren Netzen, und beobachteten die Männer.

»Einen von diesen Geländewagen«, erwiderte Maurizio. »Und noch dazu knallrot.«

Weitere sechs oder acht Flaschen wurden vom Trockenregal über den Einfüllschlauch zur Etikettierbank weitergereicht, bevor sein Bruder antwortete: »Er ist grün.«

Eine Weile ging alles seinen gewohnten Gang. Dann krabbelten die Spinnen plötzlich in die hinterste Ecke ihrer Spinnweben, rollten sich ein und waren ganz klein und still. Eine Flasche war zu Bruch gegangen, und spitze braune Glasscherben lagen verstreut auf dem ganzen Boden, auf den der vergossene Wein zungenförmige Landschaften malte.

»Jetzt habe ich aber von dieser dämlichen Streiterei die Nase voll«, sagte Minot.

Lange herrschte Schweigen. Niemand sprach oder bewegte sich. Dann füllte Gianni Faigano wieder eine Flasche ab, die Maurizio verkorkte und Minot reichte, der das Etikett draufklebte. Die Spinnen über ihnen krochen zu ihren Aussichtspunkten zurück und nahmen erneut ihre achteckige Observationsstellung ein, während die Flaschen wieder ihren geregelten Gang vom einem Ende des Kellers zum anderen aufnahmen.

»Weißt du, was mich dabei am meisten aufregt?« fragte Maurizio. »Aldo Vincenzo ist inzwischen eine nationale Berühmtheit! Es gibt von hier bis nach Kalabrien niemanden mehr, ob Mann, Frau oder Kind, der nicht schon mal seinen Namen gehört hat. Dabei hätte er verdient, wie ein Hund zu sterben – unbekannt, unbegraben und unbetrauert.«

»Wir haben den großen Fehler gemacht, uns von diesen Fernsehleuten dazu überreden zu lassen, daß sie ihre Apparate auf unserem Grund und Boden aufstellen können«, murmelte sein Bruder.

Minot strich sich mit verschmitztem Gesichtsausdruck über den Schnurrbart.

»Ihr habt ja nicht schlecht dabei verdient, wie man so hört«, sagte er. »Und im Grunde ist es auch ganz egal – hättet ihr eure Zustimmung nicht gegeben, hätten sie jemand anderen gefunden.«

»Wer immer es auch gewesen sein mag, er hätte den alten Scheißkerl einfach umbringen und es dabei belassen sollen«, schnauzte Maurizio zurück. »Kein Mensch hätte sich dann für die Sache interessiert.«

Sie waren jetzt bei den letzten paar Dutzend Flaschen angelangt, die alle für einige Restaurants in der Gegend und ein paar wenige Privatleute in Alba und Asti bestimmt waren, die den Wein der Brüder Faigano bereits über Jahre hinweg bestellten. Sie wußten, daß dieser Wein mindestens genausogut war wie der von Erzeugern, die das Glück hatten, Land zu besitzen, das unter die offiziell als *Denominazione di Origine Controllata* klassifizierte Region des Barbaresco fiel. Das Land, das

Maurizio und Gianni Faigano gehörte, war nur einen Steinwurf entfernt von dem der Vincenzo-Familie, doch lag es unglücklicherweise auf der falschen Seite des Flusses, der die Grenze der DOC-Zone markierte. Deshalb konnte ihr Wein auf dem freien Markt nur als Nebbiolo verkauft werden, der gerade ein Zehntel des Preises brachte.

»Ich bin heute morgen auf dem Markt dem *maresciallo* in die Arme gelaufen«, sagte Minot, der wieder eine fertige Flasche in eine Kiste legte. »Wißt ihr, was er mir erzählt hat? Anscheinend nimmt die Polizei eigene Ermittlungen auf. Und nicht nur das, sie schicken auch noch irgendein hohes Tier aus Rom hierher, das sie leiten soll.«

Die beiden Brüder wechselten einen kurzen Blick miteinander und wandten sich dann wieder ihrer Arbeit zu. Sie verlief ohne weitere Zwischenfälle, bis auf den Moment, als der Wein überlief und Gianni Faigano sich einen Fingernagel abriß, als er nach dem Zapfen griff. Minot steckte das abgetrennte Nagelstück ein.

»Das heb' ich mir als Glücksbringer auf!« scherzte er, als wollte er seinen kurzen, aber zornigen Ausbruch von vorhin wiedergutmachen.

Als die letzten Flaschen die Abfertigung durchlaufen hatten, erhoben sich die drei Männer, steif vom langen Sitzen.

»Das ist gar nicht typisch für dich, Minot, eine Flasche fallen zu lassen«, sagte Gianni und saugte an seinem verletzten Finger. »Du bist doch nicht nervös, oder?«

»Warum sollte ich das sein?«

Gianni lächelte.

»Ich frage mich das nur deswegen, weil du diese neuerlichen Ermittlungen im Fall *la cosa* erwähnt hast...«

»Ich bin nicht nervös, ich bin wütend!« fauchte Minot. »Als ob es nicht genügend echte Probleme gäbe, mit denen dieses

Land zu kämpfen hat. Da muß man nicht auch noch einen Bastard aus Rom schicken, der uns das Leben schwermacht.«

»Wo wir schon von Bastarden reden...«, sagte Maurizio.

Minot wirbelte zu ihm herum.

»Was zum Teufel soll nun das wieder heißen?«

Maurizio hob die Hände.

»Ich spreche von Bastarden tierischer Herkunft«, erklärte er, »von Hunden, von räudigen Promenadenmischungen ist hier die Rede.«

»Und?« fragte Minot. »Was haben die damit zu tun?«

Maurizio zögerte einen Augenblick lang.

»Am Tag, als Aldo starb, bin ich zufällig vors Haus gegangen, um mit etwas frischer Luft und einem rohen Ei wieder einen klaren Kopf zu bekommen.«

»Und?«

»Und ich hörte drüben auf dem Vincenzo-Anwesen einen Hund bellen.«

»Was redest du dauernd über Aldo Vincenzo? Laß den Dreckskerl doch in Frieden verfaulen!«

»Unbedingt. Nur wenn es weitere Ermittlungen geben sollte, müssen wir unsere Alibis aufeinander abstimmen.«

»Mein Alibi *ist* hieb- und stichfest.«

»Natürlich, Minot«, sagte Gianni ruhig. »Das wissen wir. Aber für einige Leute könnte es etwas ungünstiger aussehen, verstehst du? Für den Halter des Hundes, zum Beispiel.«

Minot drehte sich um, um ihm ins Gesicht sehen zu können.

»Du hast ihn erkannt?«

Gianni blickte seinen Bruder an.

»Geht ihr beiden doch schon mal nach oben. Ich mach' hier noch sauber und komme gleich nach.«

»Eine ausgezeichnete Idee«, sagte Maurizio. »Komm, Minot.

Nachdem du uns so geholfen hast, hast du zumindest einen ordentlichen Schluck verdient. Ich weiß nicht, was wir ohne dich täten, wirklich nicht.«

Dem vorangegangenen Schweigen folgte nun ein Wortschwall, der mindestens genauso erdrückend war. Aber Minot ließ sich mitziehen, und sie steuerten das große Wohnzimmer am Ende des Hauses der Brüder an, wo er sich ein Glas von dem Wein einschenken ließ, bei dessen Abfüllung er vor mehreren Jahren geholfen hatte. Maurizio stellte die offene Flasche auf den Tisch und setzte sich, wobei er den Kopf traurig schüttelte.

»Und all dies so schnell nach Chiaras Tod«, klagte er.

Minot schniefte.

»Glaubst du, daß es da einen Zusammenhang gibt?«

»Einige von uns glauben das«, erwiderte Maurizio mit einem Seufzen. »Es hört sich nach all dieser Zeit wahrscheinlich komisch an, aber Gianni hat es hart getroffen, als sie starb. In seiner Vorstellung war sie unsterblich.«

Minot starrte in seinen Wein und sagte nichts.

»Und gerade als er sich damit abgefunden hatte«, fuhr Maurizio Faigano fort, »passierte dies. Jedesmal, wenn jemand *la cosa* erwähnt, ist es für ihn, als sei Chiaras Grabstein geschändet worden.«

Minot streckte die Hand aus und ergriff mitfühlend Maurizios Arm.

»Entschuldige. Ich hab' nicht dran gedacht.«

Maurizio nickte betrübt. Nach einer Weile ließ Minot seinen Arm wieder los und trank noch einen Schluck Wein.

»Wie war das nun mit diesem Hund, den du in der Nacht, als es passiert ist, in Aldos Weinberg bellen gehört hast?«

Maurizio sah ihn an.

»Ach, das hat wohl nichts zu bedeuten. Ich konnte sowieso nichts sehen bei all dem Nebel, aber ich dachte, ich hätte das

Bellen erkannt. Du weißt ja, wie sehr sich Hunde unterscheiden.«

Die Tür öffnete sich und herein kam Gianni, ein breites Lächeln auf seinem zerknitterten, verschlafenen Gesicht.

»So, das wäre schon mal erledigt«, sagte er. »Wie ist der Wein, Minot?«

»*Discreto*«, lautete die vorsichtige Antwort. »Vielleicht hätte ich mehr für mich behalten sollen.«

Er blickte Gianni an, der eine lässige Handbewegung machte. »Wir können dir sicher noch ein paar Flaschen überlassen, als Gegenleistung für all deine Hilfe. Was, Maurizio?«

»Minot fragte gerade nach dem Hund.«

»Ach der! Das war vielleicht bloß ein Streuner. Wer weiß das schon?«

»Aber doch nicht bei all den Zäunen, die Aldo errichtet hat«, sagte Minot.

Gianni goß sich ein Glas Wein ein.

»Vielleicht hat jemand herausgefunden, wie man da durchkommt. Oder er hat dafür gesorgt. Ich weiß nur, daß Maurizio diesen *bastardin* drüben bellen gehört hat. Was ziemlich merkwürdig ist. Meines Wissens hat noch nie jemand Trüffeln auf Vincenzos Grundstück gefunden.«

Beide schwiegen für kurze Zeit.

»Also wessen Hund war es jetzt?« fragte Minot schließlich.

Er wußte ebenso wie sie, daß der Hund auf der Stelle identifiziert werden könnte. Alle Männer in der Langhe hatten in ihrem Alter entweder selbst einen Trüffelhund oder kannten jemanden, der einen hatte. Ihre Geräusche und Laute waren so vertraut wie die von Nachbarskindern.

»Ich dachte, es wäre Anna.«

»Beppes Hund?«

»Vielleicht hab ich mich getäuscht.«

Eine Weile tranken sie schweigend.

»Es gibt zwei Möglichkeiten, wie wir mit diesem Schnüffler aus Rom fertig werden«, sagte Gianni. »Entweder wir servieren ihm einen passenden Verdächtigen auf dem Silbertablett, oder wir halten einfach dicht.«

»Es *gibt* schon einen Verdächtigen«, gab Minot zu verstehen. »Aber wenn sie noch mal ganz von vorn anfangen, dann heißt das, daß sie nicht glauben, daß er's war.«

»Ich glaub's auch nicht«, sagte Maurizio. »Welcher Sohn würde so etwas mit seinem eigenen Vater machen? Und dann noch so ein Milchgesicht wie Manlio Vincenzo.«

»Das sind oft die schlimmsten, wenn sie bis zum äußersten gereizt werden«, bemerkte sein Bruder. »Jahr für Jahr schlucken sie alles runter, und dann rasten sie eines Tages aus. Und der Himmel weiß, wie sehr Aldo Manlio zugesetzt hat. Erinnert ihr euch noch, als er ihn an dem Abend bei der *festa* Schwuchtel und Tunte nannte und das in einer Lautstärke, daß man es im ganzen Saal hören konnte?«

Maurizio zuckte mit den Achseln.

»Es ist egal, was wir glauben. Wichtig ist, daß wir uns genau überlegen, was wir diesem Bullen aus Rom erzählen.«

»Oder was wir ihm nicht erzählen«, warf Minot ein.

»Oder beides«, sagte Gianni. »Wie im Krieg. Wißt ihr noch unser Motto? ›Erzähl ihnen irgendwas, solange du ihnen nur nichts erzählst.‹ Genau das müssen wir jetzt auch tun.«

Minot spülte seinen Wein hinunter.

»Ich habe nichts zu verbergen.«

»Ach, wirklich?«, fragte Maurizio mit einem sarkastischen Unterton. »Hast du eine gültige Lizenz, Trüffeln zu sammeln? Und was ist mit den Quittungen für all deine Geschäfte, falls sie wissen wollen, ob die Umsatzsteuer bezahlt wurde? Wobei du deine Einkünfte natürlich alle treu und brav auf deiner ...«

»Was hat denn das um Himmels willen damit zu tun? Zu dem Thema könnte ich den Bullen auch eine ganze Menge über euch zwei erzählen.«

Gianni Faigano nickte ernst.

»Genau das ist der Punkt. Wir hängen hier alle gemeinsam drin, genau wie im Krieg.«

»Nur daß man im Krieg wußte, wer auf welcher Seite stand. Und wir wußten, wofür wir kämpften.«

»Für unser Land, oder? Für das, woran wir glaubten. Und jetzt kämpfen wir eben für unsere Gemeinde.«

Maurizio seufzte.

»Eine Gemeinde, in der jemand einen alten Mann erstochen und ihm den Schwanz und die Eier abgeschnitten hat.«

Unerwartet brach Minot in Gelächter aus, bis ihm Tränen in die Augen traten, doch sein schallendes Lachen hatte einen leicht giftigen Unterton.

»Dieser Scheißkerl! Wenn der gewußt hätte, wie er mal enden würde...«

Gianni nickte.

»Tatsache aber ist, daß derjenige, der das getan hat, mitten unter uns lebt.«

»Hier bei uns im Dorf«, warf Maurizio ein, »wobei ich immer noch darauf warte, ob auch nur einer von ihnen ein Wort des Bedauerns für das Opfer ausspricht.«

»Jetzt heißt es: wir gegen sie«, sagte Gianni. »Was geschehen ist, ist geschehen. Es wird Zeit, daß wir unser Leben weiterleben.«

Minot nickte ernst.

»Du hast recht«, sagte er. »Es ist genau wie im Krieg.«

Gianni lächelte.

»Es ist, als hätten wir wieder Krieg. Und wir wissen, wer der Feind ist.«

Mit zitternden Fingern entblätterte Aurelio Zen das Heilmittel aus den vielen einzelnen Schichten seiner Verpackung, alle so dünn und durchsichtig wie Seidenpapier. Ein heftiger Regenschauer prasselte gegen die Fenster, während ein starker Wind jeden Spalt und jeden Riß des alternden Hotelgemäuers ausnutzte und durch Fensterläden und Vorhänge zog, als wolle er seine nicht greifbare, gegenwärtige Macht im Zimmer demonstrieren. Die alte gußeiserne Heizung gurgelte, prustete und zischte, machtlos gegen soviel aufdringliche und bösartige Feindseligkeit.

Wie kurz vorher schon klingelte das Telefon ein paarmal, um dann mit dem gleichen erstickten Piepston wieder stillzustehen. Zen kümmerte sich nicht darum, sondern löste geduldig mit der Klinge seines Taschenmessers eine letzte Knoblauchzehe aus ihrer Hülle. Die Knolle hatte ihm alles in allem elf Knoblauchzehen beschert. Einige der innersten waren zu klein, um sich damit abzugeben, aber die dicken Brummer weiter außen waren weit mehr als ein guter Ersatz für diese Wichte. Die zarten Häutchen lagen wie Papierschnipsel über den ganzen Tisch verstreut und bewegten sich träge in der andauernden Zugluft – ein Alptraum für jeden schnupfengeplagten Menschen.

Nachdem er seine Arbeit beendet hatte, schob Zen die Schalen zu einem Häufchen zusammen, das er zusammen mit dem Strunk, der ihn entfernt an die menschliche Schambehaarung erinnerte, in den Abfallkorb kippte. Draußen gellten Hupen, und immer wieder drangen laute, zornige Stimmen zu ihm herein. Der plötzliche Wetterumschwung – das wochenlang andauernde herrliche, spätsommerliche Wetter war plötzlich von einem kalten Wind und anhaltenden Regenfällen abgelöst worden – machte allen schwer zu schaffen. Doch gab es einen viel wesentlicheren Grund, weshalb die Nerven der Einheimischen derart angespannt waren: Mindestens die Hälfte der Einwohner der Stadt war, direkt oder indirekt, wirtschaftlich von der Weinernte abhängig. Bis vor kurzem hatte alles darauf hingedeutet, daß es sowohl qualitativ als auch quantitativ eine außergewöhnlich gute Ernte werden würde. Aber die Nebbiolo-Traube – und ausschließlich aus ihr wurden die besten Weine der Region gewonnen – saugte das Wasser auf wie Löschpapier. Das entsprechende Produkt wäre dünn, blass und wäßrig. Noch eine Woche wie diese und die gesamte Ernte wäre so minderwertig wie die unbedeutenden '92er oder '94er Jahrgänge. Noch ein paar Wochen mehr, und man könnte die Ernte komplett abschreiben, die gerade noch billigen Rotwein hergab, für Massenabfüllung und Vermarktung in Literflaschen taugte, nicht besser als der, der neben Aurelio Zens Ellbogen stand.

Für Zen wäre das keine Tragödie gewesen. Wie der berühmte Regisseur und Connoisseur, der für seine Versetzung nach Alba verantwortlich war, ihm erläutert hatte, wurde Wein nur in zweierlei Form vertrieben, jedenfalls soweit Zen davon betroffen war: *sincero* oder *sofisticato*. Letztere Kategorie umfaßte streng genommen alles, was nicht von einem Familienmitglied oder einem engen Freund mit den eigenen Händen und aus eigenen Trauben gewonnen wurde, und schloß mit ziemlicher Sicherheit alles ein, was in einer Flasche mit gedrucktem Etikett zum Verkauf in Läden und Supermärkten kam. Der Begriff *sincero* hingegen wurde nur solchen Weinen zugebilligt, die im Glas oder in der Karaffe in einigen wenigen sorgfältig ausgewählten Bars und Restaurants ausgeschenkt wurden, wobei man davon ausging, daß der Inhaber sie direkt von Winzern, die er kannte und denen er vertraute, bezog, und daß sie in keiner Weise geschönt waren.

Absehen davon, daß er kein Verständnis aufbringen konnte für die Probleme, die den Leuten von Alba so zusetzten, hatte Zen seine eigenen Gründe, sich miserabel zu fühlen. Was er in Rom noch als leichtes Kränkeln abgetan hatte, war inzwischen das blanke Elend, das alle Register zog und dem der Begriff »Erkältung« in keinster Weise gerecht wurde. Da er fast nie krank war, empfand Zen es als besonders schwer, damit zurechtzukommen. Er kannte eine Menge Leute, die zwar streng genommen keine Hypochonder waren, die aber ständig – mal mehr, mal weniger – unter irgendeinem Zipperlein zu leiden schienen, wobei jeder von ihnen über ein ganz persönliches Repertoire solcher geringfügiger Gebrechen verfügte. Sie hatten sich daran gewöhnt, ja, es war, als würden sie diesen Zustand beinahe begrüßen. Und vor allem waren sie echte Profis. Hier galt: Übung macht den Meister. Sie waren routinierte Patienten, versiert sowohl in der Kategorie Hausmittel als auch innerhalb der Schulmedizin. Sie behandelten Krankheiten wie einen alten, vielleicht ein wenig anstrengenden Freund, dessen Besuche aber in jedem Fall der Einsamkeit vorzuziehen waren, ganz abgesehen von dem Vorteil, daß sie eine wunderbare Entschuldigung für jede Mengen eigener Schwächen oder Fehler boten.

Für Zen jedoch war Krankheit ein Feind, von dem er nicht wußte, wie er ihn besänftigen oder unter Kontrolle bringen konnte, eine barbarische Horde, die ohne Vorwarnung einfiel und ein Leben unmöglich machte, bis sie ebenso plötzlich wieder verschwand, um woanders verheerenden Schaden anzurichten. Und wie Invasionen dieser Art so sind, entsprach diese besondere nicht nur der Angriffslust Attilas des Hunnenkönigs, sondern hätte auch zu keinem ungünstigeren Zeitpunkt hereinbrechen können.

Er war am Vorabend nach sechseinhalbstündiger Bahnfahrt aus der Hauptstadt in Alba eingetroffen. Er hatte die Stadt noch nie vorher gesehen, ja er hatte praktisch noch nie einen Fuß auf piemontischen Boden gesetzt, abgesehen von ein paar Ausflügen nach Turin während seiner Jahre bei der Questura in Mailand. Asti, die Provinzhauptstadt, wo er umgestiegen war, sagte ihm nichts bis auf den prickelnden, übertrieben süßen Schaumwein, der bei Hochzeiten gereicht wurde, wenn der Gastgeber zu geizig war oder sich zu wenig auskannte, um etwas Besseres anzubieten.

Dabei hatte Asti gestern abend um neun Uhr nicht im geringsten geprickelt, der Wind toste und fegte über den Bahnsteig, auf den der Regen prasselte wie flüssiger Hagel. Es war einer jener kundenfreundlichen Geniestreiche der Staatlichen Eisenbahnen, daß der Dieselzug mit den beiden Waggons, der die Nebenstrecke bis zum Zielbahnhof versorgte, auf einem Gleis wartete, das von dem Bahnsteig, an dem der Rom-Turin-Expreß eingefahren war, so weit wie nur irgend möglich entfernt war. Zitternd und atemlos, mit schmerzenden Gliedern und bangem Herzen packte Zen seine Reisetaschen und rannte durch die muffige, schlecht beleuchtete Unterführung, voller Panik, der Anschlußzug könnte fort sein, noch ehe er ihn erreicht hatte.

Er hatte sich umsonst gesorgt. Es dauerte noch ganze fünfzehn Minuten, bis der *automotrice* schließlich die Motoren anließ und sich auf der eingleisigen Strecke in Bewegung setzte, über den Tanaro in Richtung Süden nach Alba. Bald darauf fiel Zen in einen leichten, wirren und schniefenden Schlaf, aus dem er von einem Mitglied des Zugpersonals geweckt wurde, das ihm höflich mitteilte, die Endstation sei erreicht. Sein jäh unterbrochener Traum hatte ihn nach Neapel, seiner letzten Dienstreise, zurückversetzt, und als er sein Gepäck zusammenraffte und aus dem Zug stieg, war er auf die Massen, den Lärm, das pulsierende Chaos und das Durcheinander dieser Stadt gefaßt...

Er brauchte nicht lange, um seinen Irrtum zu erkennen. Die regennassen Straßen waren ebenso verlassen wie der kleine Bahnhof, der Taxistand leer, die Geschäfte und Häuser verriegelt und dunkel. Glücklicherweise stellte sich heraus, daß es bis zu seinem Hotel nur ein kurzes Stück zu laufen war, wo er dann allerdings noch einige Minuten lang die Klingel malträtieren mußte, um den Nachtportier zu wecken. Der schien nicht die geringste Ahnung zu haben, wer Zen war oder was er hier wollte, ja nicht einmal, daß das Etablissement, dem er vorstand, seine Existenz darauf begründete, Reisenden eine Bleibe anzubieten.

Aber all dies war nichts gewesen im Vergleich zum nächsten Morgen, als er sich schmerzlich bewußt wurde, daß es eine körperliche Herausforderung darstellte aufzustehen und ins Badezimmer zu gehen, was in etwa dem Versuch, die Antarktis zu durchqueren, gleichkam. Er zitterte, hatte Schmerzen, nieste, schniefte, hustete und stöhnte und fühlte sich vollkommen erschöpft und hilflos. Irgendwie schaffte er es zurück ins Bett und legte sich noch mal für einige Minuten hin, aus denen schließlich eineinhalb Stunden wurden, wie ein Blick auf die Uhr verriet. Als er schließlich, zwei Stunden später, wieder auftauchte, kroch er zum Telefon, rief den Zimmerservice an und bat um die Lieferung jener Zutaten, mit deren Zubereitung er nun begonnen hatte.

Diese Kur war eine alte Familientradition der Zens, ein geheimes Patentrezept, das ehrwürdig und ein wenig peinlich zugleich war, wenn man bedachte, daß es angeblich von einem Vorfahren stammte, der Kommandant der venezianischen Festung Durazzo gewesen war, die jetzt zu Albanien gehörte. Dieser Ahne hatte sich auf derart spektakuläre Weise auf die einheimischen Sitten eingelassen, daß der Rat der Zehn ihn nicht nur abberufen hatte, sondern auch noch im stillen erdrosseln ließ. Aber für Zen entsprang der geheimnisvolle Nimbus dieser Medizin der schlichten Tatsache, daß er sie als Kind nicht hatte einnehmen dürfen. *Seine* Erkältungen wurden mit Aspirin behandelt, das in einem Löffel Honig zermahlen wurde. Nur Erwachsene erhielten die volle, gnadenlose Behandlung: eine ganze geschälte Knoblauchknolle, die roh gegessen wurde, und dazu reichliche Mengen eines starken Rotweins.

Trotz der anerkannten und in der Tat fast ans Wunderbare grenzenden Wirkung dieses Mittels hatte es immer wieder ablehnende Kommentare von jenen gegeben, die gezwungen waren, anschließend mit den Patienten Umgang zu haben. Einer der Onkel hatte es kurz und bündig auf den Punkt gebracht: »Die Symptome der Heilung sind schlimmer als die der Krankheit.« Aber in Zens Augen war genau das die Bestätigung der Wirksamkeit der Therapie, vergleichbar mit so rauhen und primitiven Heilmethoden wie der, Bleiche über eine offene Wunde zu gießen, oder mit den Diensten des ortsansässigen Zahnarztes, einem Autodidakten, dessen Schrank voll furchterregender Instrumente eine Verwendung derselben per se verbot. Schmerz konnte nur mit Schmerz bekämpft werden. Schlechte Kräfte riefen gute Kräfte auf den Plan, um zu siegen, und Kräfte jeglicher Art mußten weh tun.

Die frisch geschälten Knoblauchzehen schmerzten beim Kauen natürlich im ersten Moment, und ihre knackige faserige

Konsistenz offenbarte ein erstaunliches Aroma von öliger, brennender Intensität, das sich über Mund und Rachen legte, um sich unter dem gnädigen Einfluß des Weins in eine milde, aber anhaltend kribbelnde Wärme zu verwandeln, die in kürzester Zeit jeden Fremdkörper zu vertreiben versprach. Er hatte fast den ganzen Liter Rotwein ausgetrunken und biß gerade in die letzte, besonders fette, elfenbeinfarbene Zehe, als es an der Tür klopfte.

»Ja?« murmelte er, den Mund voller halbzerkauter Knoblauchzehen. Wahrscheinlich die Putzfrau, die das Zimmer saubermachen wollte. Der Zimmerservice kam nie, wenn man ihn brauchte, aber wehe, man wollte einmal seine Ruhe haben...

Die Tür öffnete sich vorsichtig, und ein stämmiger, gepflegter, gut angezogener Mann ungefähr in Zens Alter erschien, einen großen Umschlag in der Hand. Er erfaßte die Situation und hustete verlegen.

»Oh! Entschuldigen Sie die Störung, *dottore*. Ich komme später noch mal, wenn Sie sich...«

Zen nahm noch einen geruhsamen Schluck Wein.

»Sind Sie der Manager?« fragte er. »Wird auch langsam Zeit. Ich habe mich schon zweimal wegen der Heizung beschwert, und dieser Haufen Schrott da drüben ist immer noch so warm wie das Badewasser von gestern.«

Sein Besucher musterte die ramponierte, unrasierte Gestalt, die in ihrem Morgenmantel auf dem zerwühlten Bett kauerte, Wein aus der Flasche trank und rohen Knoblauch kaute.

»Es muß sich um einen Irrtum handeln«, sagte er.

»Das hoffe ich doch!« erwiderte Zen scharf. »Die Prinzipien der Zentralheizung sind diesem Land bekannt, seit Julius Cäsar sich in die Windeln machte, aber Ihr Etablissement ist offenbar unfähig...«

Der Neuankömmling schloß die Tür. Er schlenderte zum Telefon, legte den Umschlag auf den Tisch und wählte.

»Rezeption? Zimmer 314, Vize-Questore Tullio Legna vom *Commissariato di Polizia* am Apparat. Ich mache gerade einem sehr wichtigen Besucher aus Rom meine Aufwartung, der sich in Ihrem Haus als Gast aufhält. Wie ich höre, hat er sich wegen der unzureichenden Heizung in seinem Zimmer beschwert, aber offenbar ohne die gewünschte Wirkung. Ich schlage vor, daß Sie diese Situation unverzüglich bereinigen, sonst sehe ich mich gezwungen, das gesamte Hotel schließen zu lassen, bis eine umfassende Untersuchung abgeschlossen ist, ein Vorgang, der vermutlich eine beträchtliche Zeit in Anspruch nehmen wird.« Er legte auf und wandte sich wieder an Zen.

»Bitte verzeihen Sie, *dottore*. Außerhalb der Saison kommen nicht viele Gäste hierher. Man hat wahrscheinlich versucht zu sparen und die Heizung abgestellt.«

Zen wickelte einen Streifen Klopapier von der Ersatzrolle ab, die er sich aus dem Badezimmer geholt hatte, und putzte sich laut die Nase.

»Ich fühle mich grauenvoll«, sagte er, erhob sich gequält vom Bett, eine Hand weit von sich gestreckt. Er bemerkte zu spät, daß er immer noch das aufgeweichte Klopapier in der Hand hielt, und sah sich zerstreut nach dem Abfallkorb um.

»Sie sind krank«, stellte Tullio Legna fest.

»Nein, nein. Ich meine, ja. Das bin ich wohl. Aber das ist nicht so... Schrecklich, Sie so zu empfangen, meine ich. Was müssen Sie jetzt von mir denken?«

»Ich denke, Sie haben eine ordentliche Erkältung.«

Zen deutete auf die offene Weinflasche und die verbliebene Knoblauchzehe.

»Ein altes Familienrezept. Ich hatte nicht mit Besuch gerechnet.«

Er winkte Legna zum einzigen Sessel im Zimmer und ließ sich schwer aufs Bett fallen, wo er den Morgenmantel um seine Beine raffte.

»Ich habe versucht, Sie anzurufen, aber niemand hat abgenommen«, erwiderte der Polizeichef des Ortes und setzte sich.

»Da ich sowieso hier vorbeikam, dachte ich, ich schau selbst mal rein.«

Zen hustete, schniefte und zündete sich eine Zigarette an.

»Und finden mich vor wie in einer Absteige für obdachlose Alkoholiker«, sagte er und schob die letzte Knoblauchzehe über den Nachttisch wie einen Weisheitszahn, mit dem man auf die sprichwörtliche Fee wartet. »Aber es wirkt. Zumindest hat man mir das erzählt.«

»Die Heilkräfte des Knoblauchs sind zweifelsfrei nachgewiesen«, erwiderte Tullio Legna großspurig. »Aber hier in Alba haben wir um diese Jahreszeit vermutlich noch etwas Besseres zu bieten. Erlauben Sie mir, Ihnen etwas zum Mittagessen zu bestellen? Nicht aus der Hotelküche, Gott bewahre. Es gibt ein paar Straßen weiter ein gutes Restaurant. Ich lasse Ihnen etwas schicken. Was trinken Sie?«

Zen reichte ihm die Flasche. Sein Besucher betrachtete das Etikett, roch am Inhalt und gab sie ihm wieder.

»Nein«, sagte er entschieden.

»Nicht gut?« fragte Zen zweifelnd.

»Noch nicht einmal schlecht.«

Tullio Legna rieb die Hände gegeneinander, als wollte er einen Virus, der ihn zu verseuchen drohte, eliminieren.

»Überlassen Sie das mir«, sagte er. »Sollen wir sagen, in einer Stunde? Je eher wir anfangen, desto schneller sind Sie auch wieder auf den Beinen. Was mich an den Grund meines Kommens erinnert, abgesehen von dem Vergnügen, Ihre Bekanntschaft zu machen.«

Er spitzte die Lippen und betrachtete Zen nachdenklich, der zum ersten Mal das ganze Ausmaß seiner unvorteilhaften Lage verspürte.

»Als bekanntgegeben wurde, daß ein Beamter der Kriminalpolizei hierherversetzt werden würde, um Ermittlungen im Fall Vincenzo aufzunehmen, hat diese Nachricht verständlicherweise eine Menge Gerede nach sich gezogen«, fuhr Legna in bewußt neutralem Ton fort. »Dieser Fall war meinen Kollegen von den Carabinieri übertragen worden – wir hatten damit nichts zu tun –, und es gab eine Verhaftung. Deshalb kursieren natürlich eine Menge Spekulationen darüber, warum das Ministerium plötzlich beschlossen hat einzugreifen, und dann auch noch auf höchster Ebene.«

»Natürlich«, erwiderte Zen ebenso konziliant. Tullio Legna lächelte wohlwollend.

»Ich will Sie nicht mit Fragen belästigen, wenn es Ihnen nicht gutgeht, *dottore*. Aber es würde meine Position beträchtlich erleichtern, wenn Sie, und sei es auch nur knapp, die Ihre offenlegen könnten.«

Zen dachte: nicht mehr ganz aufrecht, ziemlich betrunken und in einer penetranten Knoblauchwolke gefangen, vermutlich einer halbaufgetauten Leiche nicht unähnlich.

»Meine Position?« wiederholte er.

»Oder sagen wir, Ihre Interessen.«

»Im Fall Vincenzo?«

»Genau.«

Zen drückte seine Zigarette im Bodensatz seines Weinglases aus.

»Ich habe kein Interesse an diesem Fall.«

»Aha.«

»Aber es gibt jemanden, der sich dafür interessiert.«

»Und worin besteht das Interesse dieses anderen?«

»Er will sichergehen, daß der Vincenzo-Wein gemacht wird.«

Legna forschte einen Augenblick lang in Zens Gesicht und lächelte dann ironisch.

»Und wer um Himmels willen ist dieser *intenditore*, welcher Weinkenner hat derart gute Beziehungen?«

Zen zündete sich noch eine Nazionale an. Als klar wurde, daß er nicht zu antworten gedachte, nickte Tullio Legna ernst.

»Ach so ist das? Verzeihen Sie meine Indiskretion, *dottore*. Wir hier in der Langhe sind nur einfache Leute vom Land. Mit der römischen Art, die Dinge anzupacken, bin ich nicht vertraut.«

Zen machte eine matte Handbewegung.

»Ich sollte mich entschuldigen. Sie waren sehr freundlich, und ich will keine Spielchen mit Ihnen spielen. Ich versichere Ihnen, daß die Identität der Person, die dafür gesorgt hat, daß ich hierhergeschickt wurde, überhaupt keine Bedeutung für diesen Fall oder für meinen Auftrag hat.«

»Der darin besteht, Manlio Vincenzo aus dem Gefängnis zu holen«, erwiderte Legna ausdruckslos.

Zen zuckte die Achseln.

»Soweit ich weiß, verspricht der Wein in diesem Jahr ganz außergewöhnlich gut zu werden.«

Der Polizeichef von Alba erhob sich und ging zum Fenster. Er zog die Vorhänge auf und kurbelte die äußeren Aluminiumjalousien hoch. Ein düsteres, fahles Licht breitete sich zögernd im Zimmer aus. Vom Bett aus konnte Zen lediglich einen vom Regen aufgeweichten Ausschnitt der Fassade des gegenüberliegenden Gebäudes sehen.

»Nicht, wenn das so weitergeht«, bemerkte Lena. »Bis vor ein paar Tagen sah es so aus, als könnte es einer der besten Jahrgänge dieses Jahrzehnts werden, vielleicht sogar der beste seit

1990. Also haben die Winzer beschlossen, mit der Lese noch zu warten, um in die Trauben noch ein kleines bißchen mehr Geschmack zu pressen. Jetzt sind sie draußen, schneiden das Blattwerk und die Reben aus und beten, der Regen möge rechtzeitig wieder aufhören, damit die Ernte gerettet wird.«

Er drehte sich um und sah Zen an.

»Aber ich will Sie nicht länger ermüden, *dottore*. Sie müssen wieder ganz gesund werden, wenn Sie sich irgendwelche Hoffnungen machen wollen, daß Manlio früh genug aus dem Gefängnis kommt, um die Weinernte zu beaufsichtigen. Meiner bescheidenen Meinung nach sind Sie da vor eine wirklich gewaltige Aufgabe gestellt.«

»Dann glauben Sie, daß er schuldig ist?«

Schweigend tauschten die beiden Männer einen Blick. Tullio Legna trat wieder ans Bett.

»Das eigentliche Problem ist, daß es keine anderen Verdächtigen gibt. Wenn kein anderer auftaucht und ein Geständnis ablegt, dann sehe ich nicht, wie man ihn da rausholen könnte.«

Er hielt inne, als ob er gehen wolle, und fuhr dann leise fort. »Und selbst wenn Sie's schaffen, macht das die Dinge vielleicht auch nicht leichter.«

Zen starrte ihn durch eine blaugraue Dunstwolke an.

»Was soll das heißen?«

Legna sah ihn eindringlich an.

»Dies ist eine kleine, verschworene Gemeinschaft, *dottore*. Aldo Vincenzo war vielleicht nicht ihr beliebtestes Mitglied, um es milde auszudrücken, aber so zu sterben ... Es ist eine Art Bestialität, die die Leute noch aus dem Krieg kennen, von der sie aber nie geglaubt hätten, daß sie sie noch einmal erleben müßten. Die Gefühle der Menschen sind sehr aufgewühlt.«

Er legte den Umschlag, den er mitgebracht hatte, auf den Nachttisch.

»Hier finden Sie alle Informationen, die wir über den Fall haben, außerdem eine Karte des Bezirks. Aber wie Sie zweifelsohne wissen, hatten Manlio und sein Vater am fraglichen Abend in aller Öffentlichkeit einen Streit auf der *fiesta* im Dorf. Später an jenem Abend wurden sie gesehen, wie sie gemeinsam das Haus der Familie verließen, und soweit wir wissen, ist Aldo nicht mehr zurückgekehrt. Wenn Manlio frei herumläuft, ohne einen eindeutigen Beweis für seine Unschuld, dann fürchte ich, ist es nur eine Frage der Zeit, bis er ... einen Unfall hat, um es einmal vorsichtig auszudrücken.«

Die beiden Männer standen sich einen Augenblick lang schweigend gegenüber.

»Und jetzt werde ich gehen und Ihnen etwas zu essen bestellen«, rief Tullio Legna schließlich mit lauter, herzlicher Stimme. »Essen Sie alles auf und versuchen Sie, sich ordentlich auszuschlafen. Sie werden es nötig haben.«

Als die Hündin das erste Mal auftauchte und an seiner Tür schnüffelte und kratzte, wurde Bruno Scorrone einen Augenblick lang schwach. Zwischen dreißig und vierzig Millionen Lire starrten ihm da gerade ins Gesicht und scharrten mit der Pfote an seinem Knie, winselten konfus und inspizierten seinen Flur, als nähmen sie unsichtbare Wesen wahr.

Irgendwo in sicherer Entfernung von Alba – nördlich von Asti beispielsweise, oben im Monferrat – hätte Bruno einen abgerichteten *tabui* wie diesen sofort loswerden können, gegen Bargeld und ohne große Fragen. Aber er hatte bereits genug Ärger mit dem Gesetz und wußte genau, wieviel diese Hündin ihrem Besitzer bedeutete. Insofern war es mehr als merkwürdig, daß sie frei herumlief und ihre Leine hinter sich herzog, auf Gedeih und Verderb den Dorfbewohnern ausgeliefert, die weniger Skrupel und Verantwortungsbewußtsein hatten als Bruno und an denen in dieser Gegend kein Mangel herrschte. Schließlich verfrachtete er die unwillige, hysterische Anna in seinen Wagen und fuhr die zwei Meilen über Feldwege und Schotterstraßen zu Beppe Gallizios Haus. Es hatte endlich aufgehört zu regnen, jedenfalls für den Moment. Die Luft war kühl und ein wenig diesig, das Licht nur schwach und diffus.

Als er das Haus am Rande des Dorfes erreichte, war von Beppe nichts zu sehen. Sein Wagen stand da, aber die Haustür war abgeschlossen, und selbst auf Bruno Scorrones immer heftigeres Klopfen folgte keine Antwort. Auch Anna benahm sich merkwürdig. Sie kreiste unermüdlich durch den Vorgarten, schnüffelte und suchte, rannte wieder zu Bruno, legte die Nase auf seine Schuhe und scharrte mit der Pfote in der Erde, dann jagte sie seitwärts davon, zu dem Pfad, der den Hügel hinabführte. Brunos Interesse an den Hunden beschränkte sich darauf, daß sie Eindringlinge und verdeckte Steuerermittler verschreckten, und wieviel Geld sie als Trüffeljäger wert waren. Er hatte keine Zeit, irgendwelche albernen Spielchen mit der Hündin zu spielen. Er holte ein Stück Tau aus der Scheune, band ein Ende an die Leine, die von ihrem Halsband hing, das andere Ende an einen Nagel an der Hauswand und fuhr dann wieder weg.

Mehrere Stunden vergingen. Kein Mensch weiß, was eine solche Zeitspanne für einen Hund bedeutet, geschweige denn für einen, der verzweifelt versucht, auf eine dringende, schreckliche Nachricht aufmerksam zu machen. Soviel wie ein Tag im Leben eines Menschen? Ein Jahr? Als Lamberto Latini schließlich auftauchte, hatte sich Anna jedenfalls den Hals bis aufs Fleisch aufgescheuert, wild entschlossen, sich aus ihrer Fessel zu befreien. Entsetzt über ihren Zustand band er den Hund los, der augenblicklich dieselbe Fährte wiederaufnahm wie im Beisein Bruno Scorrones und zwischen Latini und dem Pfad hin- und herrannte, der sich zwischen Beppes Gemüsegarten und dem gepflügten Acker eines Nachbarn den Hügel hinunterwand.

Wie der Besucher vor ihm klopfte Lamberto ungeduldig an die Tür und versuchte dann die Klinke zu drücken. Er sah auf die Uhr. Kurz nach zehn. Das war die Zeit, für die sie sich verabredet hatten. Spätestens um elf mußte er wieder in seinem Restaurant sein, da zum Mittagessen Tagungsgäste aus Asti erwartet wurden, denen laut Reservierung ein »Traditionelles rustikales Langhe-Menü« serviert werden sollte. Aber wo zum

Teufel steckte Beppe? Wenn er nicht aufkreuzte, steckte Lamberto tief in der Bredouille. Das Feilschen um preiswerte Trüffeln in den Nebenstraßen von Alba war um diese Uhrzeit bereits gelaufen, und wenn er den offiziellen Preis zahlen müßte, inklusive Provision und Steuer, würde er an diesem Tag kaum auf seine Kosten kommen.

Lamberto stand da und sah sich mit wachsender Verärgerung um. Beppe hatte ihn noch nie hängenlassen. Sie hatten eine für beide Seiten sehr gute Vereinbarung: Trüffeln gegen Bargeld, ohne irgendwelche Abzüge für einen Zwischenhändler oder den *fisco*. Da Anna da war, mußte Beppe von seiner nächtlichen Jagd auf das begehrte Sammelobjekt zurückgekehrt sein. Auch der zerbeulte, schlammbespritzte alte Fiat 500 stand vor dem Haus, den Beppe schlauerweise nicht gegen einen bequemeren und repräsentativeren Wagen eingetauscht hatte, obwohl die Summe, die ihm Lamberto vor ein paar Monaten für ein besonders feines Exemplar gezahlt hatte, allein schon für ein neues Auto gereicht hätte. Was auch immer Beppe mit seinem Geld anstellte, er vermied es, Aufmerksamkeit zu erregen.

Der Hund wimmerte noch immer und zerrte an Lambertos Schuhen, deutete ein paar Sätze zum Pfad hin an, der den Hügel hinabführte, und kehrte dann jaulend wieder zurück. Das alles machte Beppes Abwesenheit noch rätselhafter. Selbst wenn er unerwartet weggerufen oder plötzlich krank geworden wäre, hätte er niemals seinen unersetzlichen Trüffelhund angebunden vor dem Haus zurückgelassen wie einen von Annas armen Cousins, allesamt halbverhungerte Wachhunde in der Gegend.

Anders als Bruno Scorrone mochte Lamberto Latini Hunde immerhin so sehr, daß er sich – was im Dorf als exzentrisch, wenn nicht sogar als pervers galt – einen Spaniel als Haustier hielt. Als er daher Anna, die immer mehr außer sich geriet, um die eine Hausseite folgte, war das ein rein auf Gewohnheit beruhender Reflex. Als sie aber auf der Rückseite des Hauses angelangt waren und die Hündin, ermutigt von diesem ersten Schimmer von Verständnis seitens der beschränkten, aber dominanten Gattung, mit der sie sich zu arrangieren hatte, den Pfad hinunterraste, folgte ihr Lamberto nicht. Er hatte keine klare Vorstellung davon, wie er mit dem Problem von Brunos Pflichtvergessenheit umgehen sollte, aber gewiß würde er es nicht lösen, indem er seinen Hund Gassi führte.

Ratlos und auch ein bißchen beschämt ging er zur Hintertür des Hauses und veranstaltete ein höllisches Spektakel, als er an die Tür hämmerte und Beppes Namen rief. Er erhielt keine Antwort, aber die Tür öffnete sich einen Spalt weit, als hätte sie sich selbst dazu entschlossen. Lamberto starrte sie einen Moment lang an. Dann trat er über die Schwelle, wobei er Anna ausschloß, deren verzweifeltes Winseln er ignorierte.

»Beppe! Beppe? Ich bin's, Lamberto!«

Er wußte von vornherein, daß er keine Antwort erhalten würde. Die Stille war so eintönig, wie sie nur in Häusern spürbar ist, die leer sind. Vorsichtig betrat Lamberto die große Küche mit dem Dielenfußboden und den kahlen Wänden, von denen der Verputz abbröckelte und stellenweise bereits das Mauerwerk sichtbar wurde. Die Luft war kalt, das Zimmer leer. Lamberto setzte seine Suche im Flur fort, wobei er gelegentlich Beppes Namen rief, wenn auch nicht mehr ganz so laut. Von draußen konnte er Annas beharrliches Heulen hören, als wollte sie ihm antworten, aber drinnen wurde die dichte, selbstgefällige Stille durch nichts gestört. Es war eindeutig niemand im Haus.

Lamberto kehrte in die Küche zurück und sah sich um, war nach wie vor nur widerwillig bereit, sich das Scheitern seines

Handels einzugestehen. Auf dem Tisch standen ein schmutziger Teller, auf dem die Sauce schon eingetrocknet und verkrustet war, ein leeres Weinglas und ein Kanten Brot. Der Kamin war kalt, nicht ein Fünkchen bewegte sich in der Asche. Lamberto nahm das Brot und drückte es prüfend. Von gestern. Beppe hatte also gegessen, wahrscheinlich kurz bevor er losgefahren war, schien aber seither nicht wieder zurückgekehrt zu sein. Jedoch waren sowohl sein Hund als auch sein Wagen da.

Dann bemerkte Lamberto noch etwas auf dem Tisch. Auf den ersten Blick ähnelte es einem Allzweckmesser, wie man es benutzt, um Salami oder Käse zu schneiden. Klinge und Griff wiesen jedoch Flecken einer dunklen, braunen Substanz auf, die an getrocknetes Blut erinnerte. Noch bevor er anfangen konnte, darüber nachzudenken, was das wohl zu bedeuten hätte, wurde er abgelenkt vom Geräusch eines Schlüssels, der in die Eingangstür gesteckt wurde.

Lamberto wollte das Messer schon wieder auf den Tisch legen, besann sich dann aber eines Besseren. Die Stille hatte plötzlich bösartige Züge angenommen, war nicht länger friedlich und dicht, sondern angespannt und starr, geladen wie eine Waffe. Er packte das Messer fest am Griff, machte einen Schritt nach rechts und verbarg sich, so gut er konnte, im Schutz einer riesigen *credenza*, in der unbenutzte Schüsseln und Teller – alles Erbstücke – als Staubfänger dienten. Stahlbeschlagene Absätze klackten gleichmäßig durch die Diele. Lamberto fiel niemand ein, der solche Stiefel trug, Beppe auf jeden Fall nicht. Aber wer es auch sein mochte, er hatte einen Schlüssel. Lamberto, der seine Lage so lächerlich wie beängstigend empfand, umklammerte das Messer noch etwas fester.

Am Eingang zur Küche legten die Absätze eine Pause ein. Einen Moment lang herrschte absolute Stille, die nur von einem verzagten Jaulen Annas unterbrochen wurde. Schließlich machte der Eindringling ein paar Schritte vorwärts in den Raum und gab sich zu erkennen als ein korpulenter Mann in schwarzer Uniform und einer Kappe mit roter Borte und goldener Plakette, einer brennenden Fackel. Als er Lamberto entdeckte, zuckte er leicht zusammen.

»Signor Latini.«

»*Buon giorno, maresciallo*«, erwiderte Lamberto automatisch.

Die beiden Männer sahen sich einen Augenblick lang an. Dann nickte der Beamte der Carabinieri zum Fenster hin.

»Sieht so aus, als würde es endlich doch noch aufklaren.«

»Ich war mit Beppe verabredet«, platzte Lamberto heraus.

»Sein Wagen steht draußen, und seine Hündin Anna ist da. Er aber nicht.«

Enrico Pascal nickte langsam.

»Nein, er ist nicht hier.«

Lamberto wurde schließlich klar, was er da in der Hand hielt.

»Das hier habe ich auf dem Tisch gefunden«, sagte er und hielt ihm das Messer hin. »Da ist Blut dran.«

Wieder nickte Pascal, als wäre das die normalste Sache der Welt.

»Dann legen Sie es doch da wieder hin, wo Sie es herhaben«, schlug er vor.

Latini folgte seinem Rat.

»Ich dachte, Beppe könnte etwas zugestoßen sein«, murmelte er stockend. »Und als ich hörte, daß jemand reinkam ... Wie haben Sie die Haustür aufgekriegt?«

»Mit einem Schlüssel.«

»Mit einem Schlüssel? Wo haben Sie den denn her?«

Der Carabiniere antwortete nicht sofort.

»Warum setzen Sie sich nicht, Signor Latini«, sagte er schließlich.

»Nein, auf diesen Stuhl bitte, weg vom Tisch.«

Und wieder befolgte Latini seinen Vorschlag.

»Sie haben gefragt, woher ich den Schlüssel habe. Den habe ich von Beppe. Aber wie sind *Sie* hereingekommen?«

Lamberto deutete hinter sich.

»Durch die Hintertür. Sie war offen.«

»Offen oder nur nicht abgeschlossen?«

»Sie war nicht verriegelt. Sie scheint leicht zu klemmen. Sie ging auf, als ich klopfte.«

Der *maresciallo* zog die Augenbraue hoch.

»Und das haben Sie also ausgenutzt, um ins Haus einzudringen. Warum?«

»Ich wollte bloß sicher sein, daß Beppe nichts passiert ist.«

»Warum sollte ihm etwas passieren?«

»Wir waren um zehn Uhr hier verabredet. Er hat mich noch nie versetzt.«

»Wann haben Sie diese Verabredung getroffen?«

Der amtliche Ton des Carabiniere wurde herrischer. Lamberto Latini schien zu überlegen.

»Lassen Sie mich nachdenken. Das muß gestern gewesen sein. Nein, vorgestern. Ich habe angerufen und vorgeschlagen, wir sollten uns mal treffen, um ein bißchen zu plaudern...«

»Da haben Sie aber einen weiten Weg gemacht, nur um zu plaudern, Signor Latini, noch dazu an einem Arbeitstag.«

Lamberto wollte etwas sagen, sah dann auf seine Uhr und stand auf.

»Dabei fällt mir ein, ich muß wieder los.«

»Ich fürchte, das ist nicht möglich.«

Lamberto Latini runzelte die Stirn.

»Ich habe eine Tagungsgesellschaft zum Mittagessen, alles Geschäftsleute. Sie haben das ganze Restaurant gebucht.«

Enrico Pascal seufzte tief.

»Niemand weiß die Bedeutung von gutem Essen mehr zu schätzen als ich, Signor Latini, und Ihr Etablissement ist ohne Zweifel eines der besten in dieser Gegend – obwohl mir beim letzten Mal, als ich dort gegessen habe, das Lamm ein wenig versalzen schien. Aber es gibt Dinge, die wichtiger sind als eine feine Küche. Mord zum Beispiel.«

Lamberto Latini runzelte irritiert die Stirn.

»Mord? Was hat denn die Vincenzo-Affäre damit zu tun?«

»Wo waren Sie heute morgen um fünf Uhr, Signor Latini?«

Die Frage schien an Lamberto Latinis Gesicht abzuprallen und auf verschiedene Flächen im Raum zu treffen, bevor sie schließlich zu ihm zurückkehrte, um eine verspätete Antwort einzufordern.

»Im Bett natürlich!«

»Zu Hause?«

»Was glauben Sie denn, wo ich schlafe?«

»Allein?«

Latini machte nun aus seinem Ärger keinen Hehl mehr.

»Was zum Teufel soll das alles?«

Der *maresciallo* schien ungerührt.

»Ich frage Sie, ob Sie irgendwelche Zeugen benennen können, die Ihre Behauptung, heute morgen um fünf Uhr zu Hause gewesen zu sein und geschlafen zu haben, bestätigen können.«

Nun zeigte sich erstmals offene Feindseligkeit in Lamberto Latinis Gesichtsausdruck.

»Meine Frau ist tot. Das wissen Sie.«

Enrico Pascal senkte den Kopf.

»Und als Sie schließlich aufgewacht sind, haben Sie Ihren Wagen genommen und sind mehr als zwanzig Kilometer gefahren, um mit Beppe Gallizio zu ›plaudern‹. An einem Tag, an dem Ihr ganzes Restaurant für ein wichtiges Geschäftsessen reserviert worden ist.«

»Fragen Sie Beppe! Er wird Ihnen alles bestätigen.«

Enrico Pascal starrte ihn eine Weile schweigend an. Dann ging er zum Tisch, beugte sich vor und musterte das Messer, das Lamberto in der Hand gehalten hatte. Er berührte es nicht, aber er trommelte mit seinen dicken, kurzen, fast weibischen Fingern auf die Tischplatte. Lamberto Latini rümpfte abfällig die Nase und erhob sich.

»Jetzt habe ich aber genug davon!« erklärte er und wandte sich zur Tür.

Mit einer geschmeidigen Bewegung öffnete der *maresciallo* die Lasche vom Halfter seiner Dienstpistole.

»Tun Sie nichts Unüberlegtes, Signor Latini«, sagte er ruhig. »Sie haben jetzt schon ziemliche Probleme.«

Latini drehte sich um und starrte ihn ungläubig an.

»Ich kann nicht den ganzen Tag hier rumstehen und Spielchen spielen, Pascal! Ich muß mich um mein Restaurant kümmern.«

»Das wird ohne Sie auskommen müssen.«

Lamberto Latini stellte sich unmittelbar vor seinem Gegner auf.

»Wollen Sie mir damit sagen, daß ich verhaftet bin?«

»Ich nehme Sie vorläufig fest, bis die weiteren Ermittlungen abgeschlossen sind. Wenn Sie mir Ihre Autoschlüssel aushändigen wollen, kann ich mir die Handschellen sparen.«

»Sie sind doch völlig durchgedreht! In der Nacht, als Aldo Vincenzo umgebracht wurde, war ich...«

»Wer hat denn irgend etwas von Vincenzo gesagt? Wir haben in dieser Sache schon jemanden verhaftet, und der Fall liegt nun in den Händen der Justiz. Mir geht es hier um Beppe Gallizio.« Latini seufzte theatralisch und breitete gleichermaßen übertrieben die Hände als Geste der Kapitulation aus.

»Also gut, ich gebe es zu! Ich bin heute hierhergekommen,

um von Beppe ein paar Trüffeln für dieses Mittagessen zu kaufen, das dank Ihnen nun ebenso ruiniert ist wie mein guter Ruf. Ich weiß, daß dies dem Gesetz nach ein illegales Geschäft ist, und Sie wissen, daß das hier alle tun. Ich dachte, Ihre Sorge um den guten Ruf der Langhe ginge immerhin soweit, daß Sie Bagatellen wie diese hier übersehen könnten. Offensichtlich habe ich mich geirrt. Bitte schön.«

Er zog ein klimperndes Metallbündel aus seiner Tasche und warf es auf den Tisch.

»Hier sind meine Schlüssel, *maresciallo*«, sagte er mit sarkastischer Unterwürfigkeit. »Wenn ich verspreche, nicht wegzulaufen, würden Sie bitte versuchen, mich nicht zu erschießen?«

Enrico Pascal verfolgte diesen Auftritt mit kühlem, leicht verschleiertem Blick.

»Aber was ist nun mit Beppe?« murmelte er.

»Was kümmert mich Beppe? Er soll auf sich selbst aufpassen!«

Der Carabiniere sah Latini einen Moment lang an.

»Das kann er nicht. Er ist tot.«

Langes Schweigen.

»Tot?«

»Erschossen. Unten in einem Wäldchen am Fluß. Sein Gesicht und der halbe Kopf ist weggeblasen.«

Lamberto Latini taumelte, als hätte der Carabiniere ihn geschlagen. Er sagte nichts.

»Dann komme ich hierher in sein Haus und finde Sie mit einer Waffe in der Hand, versteckt hinterm Küchenbüffet«, fuhr Pascal fort. »Sie haben keinen nachweisbaren Grund für Ihr Hiersein, kein Alibi für die Tatzeit. Unter den gegebenen Umständen, Signor Latini, werden Sie verstehen, daß ich keine andere Wahl habe, als Sie festzunehmen, bis die Ermittlungen abgeschlossen sind.«

Er erwachte nackt und mit Blut befleckt. Eine ganze Reihe von Spiegeln zeigte dieses Bild aus einem immer neuen Winkel. Es war eine faszinierende Täuschung der Sinne, ein Hauch von *trompe l'œil,* daß außerdem echtes Blut auf dem Glas war, dessen dunkle Verkrustungen das Blut, das sich spiegelte, stellenweise befleckte. Was kein Wunder war. Das Zeug war überall: auf den Wänden, den glänzenden Wassserhähnen, den flauschigen weißen Handtüchern. Ein wenig war sogar ins Klo getropft und hatte das Wasser blaßrosa gefärbt. Vor allem aber war sein Körper voll davon, es rann über sein Gesicht, bahnte sich in ungleichmäßigen Bächen einen Weg über seine Brust, seinen Bauch und die Beine und tropfte schließlich auf den Boden, um das Muster der purpurroten Kleckse, Spritzer und Flecken auf den Fliesen noch komplizierter zu machen.

Eine klassische Mordszene, wie Bilder von Blutbädern aus dem Lehrbuch, nur war diese hier gestochen scharf und sehr kräftig in den Farben anstelle des verwaschenen Schwarzweiß. Es gab sogar die obligatorische Spur, wie um den Lehrsatz zu bestätigen, daß der Täter sich immer selbst verrät. Als er hinter sich in den Spiegel sah, entdeckte er den schmierigen Abdruck einer Hand auf der Wand neben dem Lichtschalter. Damit würden sie ihn kriegen, damit und mit den Blutspuren, die in den Rissen und Spalten zurückbleiben würden, ganz gleich, wie sehr er auch versuchen würde, sie wegzuwischen.

Aber war er nun Täter oder Opfer? Er unterzog sein Gesicht

in den Spiegeln um das blutgetränkte Waschbecken einer genauen Prüfung. Über seinem linken Auge, dicht am Haaransatz, schien eine Wunde zu klaffen. Das mußte die Stelle sein, wo ihn der harte, brutale Schlag getroffen hatte, der aus dem Nichts gekommen war und ihn aus seinen Träumen aufgeschreckt hatte, um ihn in diesen hellwachen Alptraum zu versetzen.

Er öffnete seine verkrampften, blutverklebten Hände, drehte den Wasserhahn auf, nahm sich ein Handtuch, machte es naß und begann, sich zu waschen. Die Wunde auf seiner Stirn sah, nachdem sie gesäubert war, noch schlimmer aus als vorher, ein feuchtes Maul, aus dem eine erschreckende Menge hellrotes Erbrochenes zu sickern schien. Es kostete erstaunlich viel Zeit und Kraft, seinen Körper, den Fußboden und die Wände auch nur oberflächlich von den halbeingetrockneten Flecken zu säubern. Wieder und wieder wrang er das Handtuch aus, aus dem sich kleine Sturzbäche rosafarbenen Wassers ins Waschbecken ergossen, spülte es aus und begann wieder von vorn.

Als er kein Blut mehr entdecken konnte, warf er das schmutzige Handtuch in die Badewanne und ging ins Nebenzimmer. Abgesehen von dem diffusen Licht, das durch die zugezogenen Vorhänge schimmerte, lag es im Dunkeln. Die Luft war stickig und muffig, und es roch merkwürdig und durchdringend nach etwas, was dem Geruch von Schweiß zwar nahekam, sich aber doch – kaum merklich – davon unterschied. Er fand den Schalter und knipste das Licht an. Seine Stirn begann stark zu schmerzen, und der Finger, mit dem er vorsichtig die Wunde abtastete, war hellrot, als er ihn wieder wegzog. Er holte sich noch ein Handtuch aus dem Badezimmer, preßte es sich aufs Gesicht und streckte sich auf dem Bett aus.

Ein Briefumschlag war gegen die Lampe auf dem Tisch neben ihm gelehnt. Auf dem Umschlag standen mit schwarzem Filzstift die Worte »Vize-Questore Aurelio Zen« geschrieben. Der Name wirkte vertraut. Er war noch nicht völlig davon überzeugt, daß es sein eigener war, aber es war eine brauchbare Arbeitsgrundlage. Blieb die Frage, wo er war. Nach einiger vehementer Gedankenarbeit, die aber zu keinem Ergebnis führte, zog er die Schublade des Nachttisches auf und wühlte darin herum, bis er eine Broschüre mit der Gebrauchsanweisung für das Telefon fand. Auf den Umschlag war das stilisierte Bild eines großen Gebäudes geprägt, und in Goldlettern stand »Alba Palast-Hotel« gedruckt.

Alba, dachte er. Sein Gedächtnis, dem offenbar grundlegende Fakten verlorengegangen waren, das aber gerammelt voll zu sein schien mit obskuren Nebensächlichkeiten, lieferte ihm auf der Stelle die Information, daß dies eine Form des lateinischen Wortes für »weiß« war. So wie in »Albino«, fügte es pedantisch hinzu, bevor es eine Liste weiterer Gegenstände freigab, die mit diesem Wort assoziiert wurden: Handtücher, Wein, Trüffeln...

Tartufi bianchi d'Alba! Jetzt dämmerte ihm allmächlich etwas. Das war der Ursprung dieses süßen, stechenden Geruchs – stärker noch als der von Blut –, der das ganze Zimmer verpestet hatte, die Bettlaken und selbst seine Haut. Sie waren über das Gericht gerieben gewesen, das er am Tag zuvor gegessen hatte: hauchdünne gehobelte Späne der feuchten, duftenden Knolle von der Farbe feinsten Marmors, von der Konsistenz roher Pilze und einem Geschmack, der jede einzelne Zelle des Körpers durchdrang, bis dieser im Dunkeln zu leuchten schien. Und darunter ein Ei mit einem Dotter, der so leuchtendorange war wie die sinkende Sonne und eine aromatische Käse*fonduta* krönte...

Das feine Lächeln, das mit dieser flüchtigen Erinnerung auf seinen Lippen erschienen war, verschwand abrupt, als seine kurzfristig verdrängte Panik wiederkehrte. Was hatte es mit all dem Blut auf sich? Was mit der Wunde auf seiner Stirn? Was war denn um Himmes willen geschehen? Er konnte sich noch daran erinnern, daß er bei Regen am Bahnhof angekommen war und seinen Koffer zum Hotel geschleppt hatte. Das alles war eindeutig in seinem Langzeitgedächtnis dokumentiert und abgelegt. Von da an wurden die Aufzeichnungen widersprüchlicher, basierten nur noch auf den üblichen Indizien, unbestätigten Hypothesen und Denunziantenberichten.

Er war krank gewesen, das war für den Moment sein Ausgangspunkt: Er hatte Fieber gehabt, Schmerzen am ganzen Körper und sich in unruhigem Schlaf hin und her gewälzt. Das zerwühlte und durchnäßte Bett vor ihm war der Beweis. Nun mußte er dieses Essen noch irgendwie unterbringen und einen liebenswürdigen Fremden im Anzug, der ihm zugesehen hatte, wie er sich betrunken und Knoblauch gegessen hatte. Dieses Bild erschien nur sehr unscharf und verworren vor seinem geistigen Auge, hatte Lücken, war aber grundsätzlich in sich stimmig.

Doch was war danach geschehen? Alles, was er rekonstruieren konnte, war ein riesiges Durcheinander konfuser, beklemmender Träume, wie ein Film, der aus Ausschuß und Abfällen zusammengestückelt wird, der aber den Anschein einer zusammenhängenden Erzählung erwecken will. Die einzige Szene, die ihm von diesen Fieberphantasien im Gedächtnis geblieben war – ein Kind stand vor ihm, die Hand ausgestreckt wie ein Bettler –, schien ihm rückblickend ohne Sinn, und doch wußte er, daß diese Situation in jenem Augenblick Besitz von ihm ergriffen und eine schier unerschöpfliche Macht besessen hatte, ihn zu quälen und zurechtzuweisen.

Aber nichts davon konnte auch nur ansatzweise seine schwere Kopfverletzung erklären, die sowohl ihn als auch das gesamte Badezimmer derart blutüberströmt zurückgelassen hatte. Er war also im Bett gelegen, noch fiebrig vermutlich, von lebhaften und dramatischen Träumen geplagt. Davon konnte man unter den gegebenen Umständen ausgehen. Das nächste, woran er sich erinnern konnte, war, daß er im blutverschmierten Badezimmer stand und eine brennende Wunde auf seiner Stirn klaffte. Wie war er dorthin gekommen? Was war dazwischen passiert? Die Geschichte war unvollständig, hatte eine Lücke, die durch nichts zu erklären war.

Das Telefon riß ihn aus seinen Spekulationen. Es klang fröhlich, normal und kam ihm sehr gelegen.

»Tullio Legna, *dottore*. Geht es Ihnen etwas besser?«

»Mir geht's, äh... Ja, vielen Dank.«

Erst in diesem Augenblick wurde ihm bewußt, daß es ihm, seinem unsanften Erwachen und den damit verbundenen Problemen zum Trotz, *tatsächlich* besserging. Wie durch Zauberei war seine Erkältung verschwunden. Seine Glieder schmerzten nicht länger, seine Temperatur schien normal, er zitterte nicht mehr und mußte auch nicht niesen.

»Gut«, sagte der Polizeichef des Ortes, »es hat nämlich eine neue Entwicklung gegeben.«

»Ich weiß. Sie muß, glaube ich, genäht werden.«

In der Leitung herrschte Schweigen.

»Genäht?« wiederholte Tullio Legna.

»Entschuldigen Sie, wenn ich Sie mit meinen gesundheitlichen Problemen noch einmal belaste, aber können Sie mir einen Arzt empfehlen?«

Wieder kurzes Schweigen.

»Am Samstag ist das immer schwierig. Lassen Sie mich ein paar Telefonate führen, ich werde mich dann wieder bei Ihnen melden. Aber was ist denn passiert, *dottore?*«

»Ich bin in der Dusche ausgerutscht.«

Tullio Legna gab ein paar mitfühlende Laute von sich und legte auf.

Zen ging, das Handtuch noch immer aufs Gesicht gepreßt, zum Fenster, zog die Vorhänge auf und atmete tief durch. Die Regenfront war weitergezogen, und die Wolken hatten sich in einen blendenden Dunstschleier verwandelt, durch den das Sonnenlicht theatralisch auf die Piazza fiel, auf der Buchhändler unter den Pinien ihre Buden aufbauten.

Dreißig Minuten später war er draußen, mittendrin in dem geschäftigen Treiben, und ging – schlecht rasiert und nachlässig gekleidet – mit Tullio Legna die Via Maestra entlang. Der hatte nicht nur einen Termin mit einem gewissen Doktor Lucchese für ihn vereinbart, den er Zen als »einen der besten, aber auch als einen der faulsten« Ärzte Italiens beschrieb, sondern er hatte außerdem eine Auswahl an Pflastern mitgebracht, von denen eines bereits Zens Stirn zierte.

»Und Ihre Erkältung?« fragte der Polizeichef, als sie sich durch die Menschen schlängelten, die den Samstagmorgen zum Einkaufen nutzen.

»Es ist wirklich erstaunlich! Die Knoblauch-Wein-Kur braucht normalerweise ein paar Tage, um zu wirken, aber das grenzt an ein Wunder. Als wäre ich überhaupt nie krank gewesen. Selbst nach diesem dummen Unfall fühle ich mich so gut wie seit Jahren nicht mehr!«

»*Bella, no?*« erwiderte Legna, als er dem Blick Zens folgte, der auf einer von der Natur recht üppig ausgestatteten Frau ruhte, die ihnen entgegenkam. »Ja, diese Wirkung haben sie auch.«

»Wer hat was?« fragte Zen, während er sich umdrehte, um auch einen Blick auf die Rückansicht zu werfen.

»*Tuberi di Afrodite,* wie wir sie hier nennen. Ich nehme an, das Essen, das ich Ihnen gestern aufs Zimmer bringen ließ, hat Ihnen geschmeckt?«

»Es war köstlich.«

»Dabei handelt es sich hierbei nicht einmal um ein ausschließlich kulinarisches Vergnügen! Ich habe veranlaßt, die übliche Trüffelmenge zu verdoppeln, um die heilende Wirkung zu verstärken. Einige Leute hier werden Ihnen erzählen, daß man – bis auf den Tod – wirklich alles damit kurieren kann.«

Er bog nach links in die Kutscheneinfahrt eines alten, dreistöckigen *palazzo* ein, dessen nüchterne Fassade von kunstvollen, gußeisernen Balkons und einem prächtigen Stuckgesims aufgelockert wurde. Nach einem kurzen Wortwechsel mit dem Pförtner wurden sie zu Doktor Luccheses Wohnung im ersten Stock vorgelassen. Das Zimmer, in das man sie führte, ließ nicht erkennen, daß dort ärztliche Konsultationen stattfinden könnten. Mit seinen Büchern, Landkarten und den Drucken an den Wänden, den Ledersesseln, antiken Tischen und Sekretären wirkte es eher wie das Allerheiligste eines Gelehrten als das Sprechzimmer eines Arztes.

Auch die physische Erscheinung des Arztes selbst flößte nur wenig Vertrauen ein. Er war hager, hatte das lange silbergraue Haar zusammengebunden, trug einen seidenen Morgenmantel und rauchte eine Zigarre. Er legte das zerschlissene Buch, in dem er gelesen hatte, auf einen Tisch und begrüßte seine Gäste mit einer leicht unwilligen, weltverdrossenen Liebenswürdigkeit, die, was seine ärztlichen Fähigkeiten betraf, auch nicht viel Gutes ahnen ließ.

»Michele Gazzano«, sagte er zu Zen und deutete auf das Buch, nachdem sie sich bekannt gemacht hatten. »Aus Alba, achtzehntes Jahrhundert. Ich habe gerade sein Kapitel über die Blutfehde aus Sardinien überflogen. Er hat dort fünfzehn Jahre als Richter verbracht. Natürlich haben wir Piemontesen damals dort regiert. Wenn man dem, was er sagt, Glauben schenken kann, dann hat sich in den vergangenen zweihundert Jahren wenig verändet. Sollen wir das nun deprimierend oder ermutigend finden?«

Zen zuckte mit den Achseln.

»Beides vielleicht.«

Lucchese starrte ihn durchdringend an.

»Kennen Sie Sardinien?«

»Zweifelsohne nicht so gut wie Ihr Autor. Aber wir – damit meine ich die Italiener – regieren dort immer noch. Vor ein paar Jahren schickte man mich dorthin, um im Burolo-Mord zu ermitteln. Vielleicht erinnern Sie sich daran.«

Doktor Lucchese schüttelte den Kopf.

»Es fällt mir schwer, irgend etwas, das sich seit meiner Geburt ereignet hat, allzu ernst zu nehmen«, sagte er. »Aber wie dem auch sei – was kann ich für Sie tun?«

Der Elan, mit dem sich Tullio Legna jetzt in das Gespräch einmischte, indem er einen Bericht von den verschiedenen Mißgeschicken ablegte, die Doktor Zen seit seiner Ankunft ereilt hatten, ließ erkennen, daß ihm seine Rolle als Außenstehender nicht sehr behagt hatte.

»Er muß sich die Erkältung in Rom geholt haben«, schloß er, »sobald ich seinem Organismus jedoch ein paar *trifola* zugeführt hatte, akzeptierte sie ihre Niederlage und zog ab. Aber jetzt haben wir dieses neue Problem.«

Lucchese entfernte das Pflaster und untersuchte die Verletzung.

»Fast identisch mit dem Schlag, der Aldo Vincenzo niedergestreckt hat«, murmelte er. »Sind Sie auch überfallen worden?«

»Nein, das war ich selbst.«

Wieder richtete der Arzt seinen beunruhigend illusionslosen Blick auf Zen.

»Ich verstehe. Nun, wir sollten Sie besser wieder zusammenflicken. Bitte folgen Sie mir.«

Der Raum, in den er Zen führte, war eine trostlose, gekachelte Kammer auf der Rückseite des Gebäudes, offensichtlich ein umgebautes Badezimmer, klein, kühl und nicht allzu sauber. Lucchese kramte in verschiedenen Schränken und fragte sich selbst laut, ob die notwendigen Instrumente überhaupt vorhanden und, wenn ja, ob sie auch zu gebrauchen waren.

Die Situation entschärfte sich schlagartig in dem Moment, als Lucchese sich an die Arbeit machte. Zunächst spritzte er ein Mittel zur örtlichen Betäubung, und er tat dies so schmerzlos, daß Zen erst, als der Arzt begann, die Wunde auszuschaben, begriff, was geschehen war. Dann nähte er die Wunde mit sechs Stichen. Zen spürte nichts außer dem merkwürdigen Gefühl, daß ein zusätzlicher Muskel in sein Gesicht eingefügt worden war und nun versuchsweise zuckte.

»Wie ist denn das passiert?« fragte Lucchese beiläufig.

Zen schüttelte unklugerweise den Kopf und zuckte sofort zusammen.

»Ich habe nicht die geringste Ahnung. Ich kann mich nur daran erinnern, daß ich mich im Bett herumgewälzt und lebhaft geträumt habe. Dann spürte ich einen heftigen Schlag auf meine Stirn. Ich wußte nicht, wo ich war oder wie ich dort hingekommen bin. Als ich das Licht anmachte, merkte ich, daß ich im Badezimmer war, blutüberströmt.«

Lucchese zupfte am letzten Stich.

»Wie meinten Sie das vorhin mit der Vincenzo-Affäre?« fragte Zen. »Ich dachte, er sei erstochen worden.«

»Das geschah erst anschließend. Zunächst einmal hatte er einen Schlag gegen die Schläfe bekommen, mit einem kantigen, aber nicht scharfen Gegenstand. Wahrscheinlich eine Art Spaten, denn es gab auch Spuren von Erde.«

Er zog noch ein letztes Mal kräftig an und schnitt dann den Faden ab. »So, das war's! Benetzen Sie die Wunde regelmäßig mit einem in verdünntem Wasserstoffperoxid getränkten Wattebausch, dann kommen Sie in ein paar Tagen wieder, und ich ziehe die Fäden.«

»Für jemanden, der sich überhaupt nicht für die neuesten Nachrichten interessiert, scheinen Sie aber eine Menge über den Fall Vincenzo zu wissen«, bemerkte Zen ironisch, als er sein Jackett wieder anzog.

»Der Arzt, der die Leiche obduziert hat, ist wie ich Mitglied im Schachklub von Alba. Natürlich spielt da seit mehr als hundert Jahren niemand mehr Schach, aber wir, das heißt die Handvoll, die von uns noch übrig ist, treffen uns nach wie vor einmal in der Woche, um zu rauchen und zu plaudern. Ab und zu machen wir den halbherzigen Versuch, ein paar neue Mitglieder zu wählen, aber jedesmal, wenn jemand vorgeschlagen wird, findet einer von uns, derjenige würde nicht richtig zu uns passen.«

Lucchese legte das Besteck, das er benutzt hatte, ins Waschbecken und schälte sich die Gummihandschuhe von den Fingern.

»Was schulde ich Ihnen?« fragte Zen.

»Ich bin noch nicht fertig. Jeder fähige Assistenzarzt kann eine solche Wunde nähen. Ihr seelisches Leiden wird schwerer zu heilen sein.«

Zen warf ihm einen scharfen Blick zu.

»Ich gebe mich mit ersterem zufrieden, danke. Wieviel?«

»Nichts.«

»Ich bestehe darauf.«

Lucchese drehte sich zu ihm um und lächelte matt.

»Ich fürchte, Sie können mich nicht dazu zwingen, Ihr Geld zu nehmen, auch wenn es Ihnen dann leichter fällt, die eigentliche Ursache zu verdrängen.«

»Ich verdränge gar nichts!«

»Es gibt überhaupt keinen Grund zu schreien, *dottore*. Ich möchte nur darauf hinweisen, daß Sie heute morgen ärztlich versorgt werden mußten, weil Sie mit größter Wahrscheinlichkeit einen Anfall von Somnambulismus hatten, was man gemeinhin auch ›Schlafwandeln‹ nennt.«

Zen machte eine gereizte Handbewegung.

»Das ist doch lächerlich! Ich habe noch nie etwas dergleichen getan.«

»Sie werden noch vieles tun, was Sie noch nie getan haben, zuletzt schließlich sterben«, antwortete Lucchese. »Wenn ich davon ausgehe, was Sie mir erzählt haben, sehe ich gar keine andere Erklärung dafür. Aber ich kann Ihren Widerwillen, sie zu akzeptieren, gut verstehen. Somnambulismus ist ein extrem beunruhigendes Phänomen, weil es zwei Welten miteinander verbindet, die unser gesunder Menschenverstand und unsere Zivilisation auseinanderhalten müssen. Als Polizist können Sie es sich vielleicht vorstellen wie eine Form des Träumens, die Fußabdrücke in der Erde hinterläßt oder, wie in Ihrem Fall, Blutflecken im Waschbecken. Es ist ohne Ausnahme das Ergebnis eines tiefen psychischen Traumas, und das ist die Verletzung, die ich soeben leichthin als ›seelisch‹ bezeichnete. Wann immer Sie sich mit mir darüber unterhalten wollen, stehe ich zu Ihrer Verfügung.«

Er öffnete Zen die Tür.

»Und dann – und nur dann – werde ich Ihnen meine Rechnung präsentieren.«

Als sie wieder im Wohntrakt des Hauses waren, unterhielt sich Tullio Legna sehr angeregt mit einer jungen Frau, von der Zen annahm, es müsse sich um Luccheses Tochter handeln. Die beiden Polizisten verabschiedeten sich und gingen über die Außentreppe hinunter in den Hof.

»Also, was ist denn jetzt diese ›neue Entwicklung‹, von der Sie am Telefon gesprochen haben?« fragte Zen schroff. Sein Disput mit Lucchese hatte ihn aus der Fassung gebracht, als ob der Arzt ihn in irgendeiner Form ausgepunktet hätte.

Tullio Legna lächelte breit.

»Tja, *dottore*, trotz dieses kleinen Mißgeschicks scheinen Sie ein Glückspilz zu sein!«

»Was soll das denn heißen?«

»Kommen Sie und lassen Sie uns einen Kaffee trinken, dabei werde ich Ihnen alles erzählen.«

Legna führte ihn durch die Straße zur *Piazza del Duomo*, wo der Wochenmarkt in vollem Gange war. Die beiden Männer wichen den überfüllten, geschäftigen Gassen mit den Ständen aus und betraten schließlich ein ehrwürdiges Café in einer schmalen Nebenstraße an der Westseite der Kathedrale.

Zen stand da, schlürfte seinen Kaffee und lauschte mit halbem Ohr einer Geschichte über einen einheimischen Trüffeljäger namens Beppe Gallizio, der erschossen in einem Wäldchen in der Nähe von Palazzuole aufgefunden worden war. Die Stiche auf seiner Stirn begannen zu schmerzen, da die Betäubung langsam nachließ; was ihn jedoch weitaus mehr störte, waren die Worte des Arztes: »Ihr seelisches Leiden wird schwerer zu heilen sein.« Der Mann war eindeutig ein Scharlatan, irgendein Amateuranalytiker oder New-Age-Guru. Er würde sich die Fäden bei irgendeinem anderen Arzt ziehen lassen.

»... und er hatte ein blutverschmiertes Messer in der Hand«, hörte er Tullio Legna gerade sagen. »Er behauptete, er hätte es auf dem Tisch gefunden, aber dafür gibt es natürlich keinen Beweis. Nach den ersten vorläufigen Tests der Carabinieri ist die Wahrscheinlichkeit sehr groß, daß es sich um die Waffe handelt, mit der Aldo Vincenzo erstochen und verstümmelt wurde. Das wird Sie natürlich erfreuen.«

»Natürlich«, murmelte Zen undeutlich.

»Man wird Manlio Vincenzo freilassen.«

»Ja?«

»Selbstverständlich! Dieser Gallizio hat entweder Selbstmord begangen, oder er wurde ermordet. Wenn es Selbstmord war, dann war das Messer die ganze Zeit über in seinem Besitz, und in diesem Fall muß man davon ausgehen, daß er Aldo getötet hat. Wenn sich andererseits herausstellt, daß Gallizio ermordet wurde, dann muß der Mörder – der gleichzeitig auch Vincenzos Mörder ist – das Messer in sein Haus geschmuggelt haben, um den Verdacht im Falle des ersten Verbrechens auf einen toten Mann zu lenken.«

Zen runzelte die Stirn.

»Ja, ich verstehe«, sagte er.

Tullio Legna lachte.

»Es wird Ewigkeiten dauern, bis wir wissen, was nun wirklich passiert ist, aber das Schöne von Ihrem Standpunkt aus ist ja, daß das völlig egal ist. Ihr Auftrag lautete, Manlio Vinzencos Freilassung zu erwirken, nicht mehr. Nun, da er die ganze Zeit über im Gefängnis gewesen ist, kann er also nichts mit Gallizios Tod und dem belastenden Messer zu tun haben. Er ist aus dem Schneider, Sie auch! Der Schwerpunkt des Falls hat sich verlagert. Sie haben Ihre Aufgabe erfolgreich gelöst, und das, ohne das Bett auch nur einmal verlassen zu haben!«

Der Polizeichef von Alba bezahlte und ging voran nach draußen. Er drehte sich zu Zen um und schüttelte ihm kraftvoll die Hand.

»Es steht in krassem Widerspruch zu unserem Berufsethos, aber eigentlich tut es mir leid, daß alles so glatt gegangen ist, *dottore*. Es wäre schön gewesen, wenn Sie noch etwas länger hätten bleiben und ich Ihnen ein paar der wunderbaren Dinge hätte zeigen können, die unsere schöne Langhe zu bieten hat.

Aber Sie wollen sicher zu Ihrer Familie und Ihren Freunden zurück, und immerhin hatten Sie ja Gelegenheit, einmal unsere berühmten weißen Trüffeln zu probieren, nicht wahr? Es war mir ein Vergnügen, mit Ihnen zusammenzuarbeiten. Wenn ich noch irgend etwas für Sie tun kann, bevor Sie abreisen, zögern Sie nicht, mich anzurufen. *Arrivederci!*«

Mit diesen Worten ging Tullio Legna davon und war bald verschwunden in dem geschäftigen Durcheinander von Kunden und Händlern auf dem Markt. Zen sah ihm mit dem Gefühl nach, gerade vor die Tür gesetzt worden zu sein – sehr elegant, sehr schmerzlos, aber auch sehr endgültig.

Er ging zurück ins Café und bestellte einen *amaro*, der – als regional bedingte Variante des süßen, klebrigen Likörs – in diesem Fall mit Trüffeln aromatisiert war. Er kippte ihn runter, zündete sich eine Zigarette an und überdachte seine Situation. Nach den Worten des örtlichen Polizeichefs, der Zen im Hinblick auf die Darstellung nachprüfbarer Fakten absolut vertrauenswürdig schien, hatte sich der Fall, den aufzuklären man ihn hierhergeschickt hatte, von selbst und ohne sein Zutun gelöst. Es gab also nichts, was ihn daran hindern konnte, seine Sachen zu packen und mit dem erstbesten Zug nach Rom zurückzukehren. Er könnte allerdings auch gleich eine Fahrkarte bis nach Palermo lösen und sich die Mühe einer Unterbrechung seiner Reise sparen.

Abgesehen von dieser Überlegung waren die Aussichten, nach Hause zu kommen, derzeit nicht besonders einladend. Seine Dienstzeit in Neapel hatte mit beruflichem Erfolg und privaten Turbulenzen geendet. Die Nachricht, Tania Biacis, mit der er vor einiger Zeit eine flüchtige, zwanglose Affäre gehabt hatte, sei schwanger, war dabei der Aspekt, der ihn am meisten beunruhigte, zumal sie behauptete, er sei der Vater.

Er hatte kaum begonnen, sich mit diesem Mißgeschick abzufinden, als er ins Ministerium nach Rom, wo auch Tania angestellt war, zurückversetzt wurde. Als gerechte Belohnung dafür, daß er angeblich im Alleingang eine mörderische, terroristische Verschwörung zerschlagen hatte, war er außerdem wieder in die Elitetruppe der *Criminalpol* aufgenommen worden. Als er aber eines Tages Tania auf dem Flur zur Rede stellte und ein Treffen vorzuschlagen versuchte, um die Situation besprechen zu können, hatte sie ziemlich eisig reagiert.

»Es gibt nichts zu besprechen, Aurelio. Es ist alles erledigt.«

Er hatte tatsächlich keine Ahnung, wovon sie eigentlich sprach.

»Ich hatte eine Abtreibung«, erklärte sie eisig. »Einen Schwangerschaftsabbruch, ja?«

»Aber du ... ich meine, es ist tot?«

»Er, genauer gesagt. Ja, ziemlich tot.«

Ihr Ton war übertrieben brutal, wie eine ganz entschiedene Weigerung, irgendein Gefühl ihm wie auch sich selbst gegenüber zuzulassen.

»Falls es dich erleichtert«, fuhr sie fort, »ich war sowieso nicht hundertprozentig sicher, ob es von dir war. Aber nachdem ich dich wiedergesehen und gemerkt habe, daß du immer noch so überheblich, arrogant und selbstsüchtig bist, wußte ich, daß ich das Risiko nicht eingehen wollte. Also habe ich es wegmachen lassen. Schluß, aus, vorbei.«

Aber das war es nicht, jedenfalls nicht für Zen. Sein anfängliches Gefühl beschämter Erleichterung hatte sich sehr schnell als illusorisch entpuppt, als eine täuschend dünne Schicht über einem seelischen Morast, in dem er sich jetzt wand – wobei es, so hatte er manchmal den Eindruck, um seine geistige Gesundheit, wenn nicht um sein Leben ging. Sein Instinkt sagte ihm, daß er diesen Zwischenakt verdrängen mußte, daß er ihn so gründlich aus seinem Bewußtsein ausmerzen mußte, wie der Fötus offenbar aus dem Bauch seiner Mutter gekratzt worden war. Aber für diesen speziellen Eingriff schien es keine operative Methode zu geben.

Die Krönung des gesamten Dilemmas war die Tatsache, daß er Tania jeden Tag bei der Arbeit sehen mußte. Nicht einmal Zens damaliger Medienruhm verschaffte ihm irgendeinen Einfluß innerhalb der strengen Personalhierachie des Innenministeriums. Er konnte seine Ex-Geliebte genausowenig in eine andere Abteilung versetzen lassen, wie er das Gebäude vom Viminalis-Hügel auf den Aventin verschieben lassen konnte, nur weil dort die Luft gesünder und die Aussicht besser war.

Als würde sie sein Unbehagen spüren, wuchs Tania geradezu über sich hinaus in der Kunst, Gründe zu finden oder für welche zu sorgen, um ihm über den Weg zu laufen. Zen tappte völlig im dunkeln, was ihre Gefühle für das, was geschehen war, betraf. Sein einziger Versuch, das herauszufinden, war mit einer schweren rhetorischen Keule über das Recht der Frau, selbst zu wählen, abgewehrt worden, Ansichten, denen er vollständig zustimmte, die es ihm aber keinen Deut leichter machten, diesen besonderen Fall des allgemeinen Prinzips verstehen zu können.

Es gab nicht einmal jemanden, mit dem er darüber sprechen konnte. Mit seinem früheren Freund Gilberto Nieddu redete er nicht mehr, seit dieser ihn, wie Zen rückblickend bemerkte, in der Neapelsache betrogen hatte. Es ging dabei um ein Beweisstück, den Prototyp eines neuen Videospiels, das er Nieddu anvertraut hatte, das der prompt mit nach Rußland genommen und für eine Summe, die er aus purer Schadenfreude nicht nennen wollte, an die dortige Mafia verkauft hatte.

Die einzig verbliebene Zuflucht in einer so persönlichen

Frage war seine Mutter. Auch wenn sich ihr Zustand zwar nicht verschlechtert zu haben schien, so war sie doch in eine Ferne entrückt, aus der sie – wie ein gewissenhafter, aber unfähiger Spion – unverständliche oder irreführende Botschaften sandte, in denen sie alle Namen durcheinanderbrachte und Daten und Zeiten verwechselte. Sogar der unfehlbare, gesunde Menschenverstand von Maria Grazia, ihrer kalabrischen Haushälterin, war wohl schon so manches Mal an seine Grenzen gestoßen. Fragen, bei denen es um tote Babys und hypothetische Söhne ging, mit jemandem erörtern zu wollen, der erst kürzlich einige erschreckende Enthüllungen über Zens eigene Vaterschaft gemacht hatte – sie behauptete inzwischen, niemals etwas dergleichen geäußert zu haben –, hieße, sich nur noch mehr und noch größere Probleme einzuhandeln.

Aber wenn Zen schon gute Gründe hatte, nicht früher, als unbedingt nötig war, nach Rom zurückkehren zu wollen, so war die Vorstellung, wieder in sein Hotelzimmer zu gehen, wo er die letzten sechsunddreißig Stunden eingesperrt gewesen war – von einer sofortigen Versetzung auf einen Posten an die Front in Sizilien ganz zu schweigen –, auch nicht sehr verlockend. Ratlos bezahlte er seinen Likör und ging nach draußen.

Der Dunstschleier löste sich allmählich auf, die Sonne war durchgebrochen und schien matt, ihr dünnes Licht fast so substanzlos wie die Schatten, die von den Häusern am Ende der *piazza* geworfen wurden. Zen bahnte sich den Weg durch die Menge, wobei ihm nur allzu klar war, daß er immer noch nicht wußte, wohin er gehen oder was er unternehmen sollte. Die Käufer, zumeist mittleren Alters oder älter, immer gut angezogen und sichtlich wohlhabend, gingen ihren Geschäften ohne jeglichen Lärm oder Aufhebens nach. Fast jeder, den er seit seiner Ankunft kennengelernt hatte, war so: angenehm, geduldig, gutmütig, höflich. Nach seinen Erlebnissen in Neapel kam ihm das ein wenig unheimlich vor, wie ein sorgfältig ausgetüftelter Sketch. Niemand konnte andauernd *so* nett sein.

Und das waren sie auch nicht, soviel wußte Zen, seitdem er die Akte über den Fall Vincenzo überflogen hatte. Sie war ihm mit der üblichen Verzögerung vom Verteidigungsministerium in Rom zugestellt worden, und er hatte sie auf der Bahnfahrt nach Norden gelesen. Aldo Vincenzo war unglaublich grausam umgebracht worden – daher das starke Interesse der Medien, das allerdings nach Manlios Verhaftung nachgelassen hatte. Aber der Bericht eines ärztlichen Gutachters – vielleicht Luccheses Freund –, der zu den Unterlagen gehörte, die Tullio Legna ihm am Vortag ins Hotel gebracht hatte, war wesentlich anschaulicher.

»Der Körper war an Hand- und Fußgelenken an Stützdrähte gebunden, vorgesehen für schwere Weinreben, und von der Taille abwärts nackt. Das Hemd darüber war schwarz von Blut, das über Ober- und Unterschenkel in Rinnsalen heruntergetropft und geronnen war und eine Pfütze zwischen den Beinen bildete, die bereits die Aufmerksamkeit einiger Fliegen erregt hatte. Der Kopf war zurückgeworfen, die Augen geweitet wie bei einem aufgeschreckten Pferd. Er war wieder und wieder mit Messerstichen in den Bauch und unterhalb des Brustbeins in die Magengegend verletzt worden: insgesamt ungefähr vierzigmal. Der Penis und das Skrotum waren abgehackt und entfernt oder versteckt worden. Keine Spur dieser Teile wurde gefunden.«

Die Freundlichkeit war also nicht echt, war nur Pose, eine Form, Fremde auf Distanz zu halten und unbequeme Eindringlinge aus Rom abzuschieben. Das war ihm schon viele Male passiert, obwohl die Betreffenden normalerweise nicht so höflich vorgingen wie Tullio Legna. Das Prinzip aber blieb das gleiche: Man schlug ihm die Tür vor der Nase zu. Tja, schade eigentlich, dachte er. Er war nicht in der Stimmung, abgeschoben zu werden, ganz gleich, wie höflich das auch geschah. Er war ganz im Gegenteil in der Stimmung, sich zum kompletten Arschloch zu machen, so viele von diesen hinterhältigen und heuchlerischen Scheißkerlen zu beleidigen, wie er nur konnte, auch wenn das vom professionellen Standpunkt aus gesehen überhaupt nichts brachte. Aber dies hier war schließlich nicht Arbeit, sondern Vergnügen.

Am Marktplatz standen die Kleinbusse und Lkws der Händler in Reih und Glied nebeneinander, die Hecktüren zu den Holzständen hin geöffnet, auf denen sich die zum Verkauf feilgebotenen Waren stapelten. Zum größten Teil waren es Gebrauchsgegenstände für den Haushalt: Bettwäsche, Kleidung, Küchen- und andere Haushaltsgeräte, darunter einige der üblichen arbeitssparenden Wunderapparate, die die Verkäufer lautstark und enthusiastisch einem Publikum aus zerknitterten und gedrungenen Frauen einer bestimmten Altersgruppe demonstrierten, denen man die Skepsis gegenüber solchen Lobhudeleien zwar ansehen konnte, gleichzeitig aber auch die Begeisterung über die Aufmerksamkeit, die ihnen geschenkt wurde.

Neben dem Hauptportal der Kathedrale gab es einen separaten Bereich voller Kleinbusse, über deren offene Ladetüren Käse sowie frisches und geräuchertes Fleisch verkauft wurde, und Stände voller Gläser mit Marmelade, Honig aus den Bergen und natürlich Körbe mit Trüffeln und wilden Pilzen. Über der Hecktür eines roten Fiatlasters, der mit einer zeltähnlichen Plane abgedeckt war, stand auf einem handbemalten Schild in altmodischer Blockschrift *FRATELLI FAIGANO – VINI E PRODOTTI TIPICI*.

Zen starrte darauf und wurde dabei immer nachdenklicher. Wo hatte er diesen Namen schon einmal gelesen? Und fast augenblicklich fiel ihm die Antwort auch schon ein. Er hatte in dem Bericht gestanden, an den er gerade gedacht hatte, dem Bericht über den Fall Vincenzo, den Tullio Legna ihm am Vortrag zusammen mit einer Karte von der Gegend und dem trüffelhaltigen Heilmittel für Zen vorbeigebracht hatte. Die Faigano-Brüder, zumindest einer von ihnen, waren unter den Zeugen gewesen, die zu dem heftigen Streit ausgesagt hatten, den Manlio Vincenzo am Abend, bevor Aldo umgebracht wurde, bei der *festa* mit seinem Vater öffentlich ausgetragen hatte. Der Streit war offenbar durch wiederholte sarkastische Sticheleien Aldos über die angeblichen homosexuellen Neigungen seines Sohnes entstanden und hatte damit geendet, daß Aldo laut verkündete, er habe einen Brief von Manlios Liebhaber, einem jungen Mann namens Andrea, gelesen. An diesem Punkt war Manlio aus der Versammlung gestürmt und erst wieder gesehen worden, nachdem man die Leiche seines Vaters entdeckt hatte.

Der provisorische Stand der Faiganos wurde von einem jungen Mädchen versorgt, das auf einem Hocker kauerte und in einer Popzeitschrift las. Als Zen herantrat, sah es gelangweilt auf.

»Guten Morgen, *signorina*.«

Sie warf ihm ein strahlendes Lächeln zu, das ihre noch kindliche Schönheit erkennen ließ, die sehr bald zugunsten einer farblosen Pubertät verschwinden würde.

»Ist es möglich, einen der Brüder zu sprechen?« fragte Zen. »Es ist geschäftlich.«

Das Mädchen wies mit einer übertriebenen Geste, die sie

wohl unbewußt von einem ihrer Lehrer übernommen hatte, in eine Richtung.

»Sie sind in der Bar dort drüben. Gegenüber vom Rathaus.«

Zen bedankte sich und schlängelte sich durch die Menschenmengen bis zur Ecke der Via Vittorio Emanuele, die Tullio Legna als Via Maestra bezeichnet hatte. Ähnlich verwirrend wurde der Platz vor der Kathedrale offiziell Piazza Risorgimento genannt. Die ursprünglichen Namen hatte man in der Ära der Wiedervereinigung Italiens in einem Anfall patriotischer Inbrunst und Konformismus sicher offiziell geändert – Zen konnte sich die Zeremonie vorstellen, sogar die Kapelle, die Potpourris von Verdi spielte –, aber nun kamen die alten Namen unter dem bröckelnden Putz dieser diskreditierten Ideale wieder zum Vorschein.

Die Bar, in die das Mädchen Zen gewiesen hatte, war voll, fast nur ältere Männer, und ihre müden und argwöhnischen Gesichter hoben sich von denen der Stadtbewohner ebenso krass ab wie ihre schwere Arbeitskluft. Die Luft war schwer vom grollenden Dialekt und Zigarettenqualm. Zen sagte dem Barkeeper, daß er jemanden namens Faigano suche. Dieser wandte sich daraufhin an eine Gruppe von Männern, die am Tresen standen, und einer nickte stumm in Richtung eines Trios, das an einem Tisch in der Ecke Karten spielte. Zen bahnte sich den Weg durch das Gewühl.

»Signor Faigano?«

Zwei der Männer sahen gleichzeitig auf.

»Ja?« antwortete einer von ihnen mißtrauisch.

Zen nahm eine Karte aus seiner Brieftasche und legte sie auf den Tisch. Es war eine von denen, die er sich während seines Einsatzes in Neapel hatte drucken lassen und die ihn als einen gewissen Alfonso Zembla auswiesen.

»Entschuldigen Sie die Störung, aber vielleicht haben Sie

ein paar Minuten Zeit. Ich bin Reporter beim *Mattino*, der wichtigsten Zeitung in Neapel, und ich arbeite an einer Geschichte über den Fall Vincenzo. Die wesentlichen Fakten habe ich natürlich, aber ich brauche noch ein bißchen Lokalkolorit und Klatsch, um die Sache abzurunden...«

Der Mann, der direkt vor Zen saß, nahm die Karte in die Hand.

»Neapel, ja?« sagte er.

»Kennen Sie es?« fragte Zen.

Der Mann lachte kurz auf.

»Die südlichste Stadt, in der ich je gewesen bin, war Genua, und das war damals im Krieg...«

Der dritte Mann am Tisch, der auf Zens Begrüßung zunächst nicht reagiert hatte, begann, einen kurzen, melodischen Refrain zu pfeifen. Dann schob er seinen Stuhl zurück und stand auf.

»Zeit zu gehen«, meinte er, ohne jemanden direkt anzusprechen.

»In Ordnung, Minot«, sagte der andere Mann, der bisher noch nichts gesagt hatte.

Auch er stand auf und reckte sich träge.

»Ich geh' mal besser zurück und helfe Lisa am Stand«, gähnte er gezwungen.

»Mach's gut, Maurizio«, sagte der erste Mann.

»Du auch.«

»Darf ich?« fragte Zen und setzte sich auf einen der freigewordenen Stühle.

Der Mann hielt ihm die Hand hin.

»Gianni Faigano. Es ist mir eine Ehre, Sie kennenzulernen, *dottore* Zembla, aber wenn ich ehrlich sein soll, ich weiß gar nicht, ob ich Ihnen behilflich sein kann. Ich bin nur ein einfacher Mann, und ich lese keine Zeitung. Um Ihnen die Wahrheit zu sagen, ich kann fast gar nicht lesen. Mein Bruder Maurizio ist der schlauere von uns beiden. Er macht den ganzen Papierkram, aber er redet nicht gern. Tja, so sieht es aus! Wir sind ein gutes Team.«

»Das könnten wir auch sein«, schlug Zen vor und zwinkerte ihm fast unmerklich zu. »Sie reden, und ich kümmere mich um den Papierkram.«

Gianni Faigano zuckte mit den Achseln.

»Warum ich, *dottore*? Schauen Sie sich all die Leute hier drinnen und dort draußen auf dem Markt an. Jeder von ihnen hätte Ihnen erzählen können, was Sie wissen wollen. Dennoch sind Sie auf mich gekommen. Warum?«

»Ich hatte Ihren Namen gehört.«

»Wo?«

Die verschiedensten Möglichkeiten schossen Zen durch den Kopf, und er entschied sich instinktiv für die riskanteste. Was hatte er schließlich zu verlieren?

»Jemand hat mir erzählt, Sie und Ihr Bruder hätten es getan.«

Sie schwiegen – sehr lange, sehr angespannt.

»Hätten was getan?« fragte Gianni Faigano endlich.

»Aldo Vincenzo umgebracht.«

Faigano neigte den Kopf und lachte scheinbar ausgesprochen amüsiert.

»Wer hat Ihnen denn das erzählt, *dottore*?«

Zen runzelte die Stirn und tat so, als müßte er in seinem Notizbuch nachschlagen.

»Jemand namens... einen Augenblick. Ah, hier ist es! Beppe Gallizio. Und als ich Ihren Stand auf dem Markt sah, habe ich das Mädchen dort – Lisa, nicht wahr? – gefragt, wo ich Sie finden könnte.«

Gianni Faigano sah Zen aus trüben braunen Augen an.

»Ich hörte, Beppe hatte einen Unfall.«

»Das stimmt. Was den Verdacht auf Sie natürlich erklären würde, sollte ich der Polizei erzählen, was er mir gesagt hat. Aber ich habe gar nicht vor, das zu tun. Ich möchte nur wissen, was in der Nacht passiert ist, als Aldo Vincenzo umgebracht wurde.«

Ein kurzes Lachen von Faigano.

»Tja, das würden wir alle gerne wissen!«

»Dann sollte ich wohl besser fragen, was die Leute *meinen*, was passiert ist. Was sie darüber so sagen. Ein bißchen Hintergrund für meine Geschichte, je skandalöser und spektakulärer, um so besser.«

Gianni Faigano sah sich um, wie um sicherzugehen, daß niemand mithören konnte.

»Ich habe mehrere Geschichten gehört. Ich will damit aber nicht sagen, daß da irgend was dran ist, obwohl...«

»Keine Sorge, das bleibt alles unter uns.«

Der andere Mann sah ihn eindringlich an.

»Aber das geht auf... wie nennen Sie das?«

»Was?«

»Wenn die Leute, die Sie angestellt haben, alles bezahlen.«

»Auf Spesen? Natürlich.«

Gianni Faigano lächelte langsam.

»In dem Fall, meine ich, sollten wir das beim Mittagessen besprechen«, sagte er.

Das folgende Essen bot Aurelio Zen keineswegs zum ersten Mal die Gelegenheit, mit einem Mann zu speisen, dem es bei dieser Übung vor allem darauf ankam, einen guten Eindruck dadurch zu hinterlassen, indem er der Bedienung des Restaurants alle nur erdenklichen Schwierigkeiten bereitete. Der Service, das Essen, der Wein, die Karte: nichts konnte seinen Qualitätsansprüchen Genüge tun. Andere Gäste – leichtgläubig, dumm oder schwach – mochte man vielleicht übers Ohr hauen, möglicherweise waren sie auch zu eingeschüchtert, um zu protestieren: Aber nicht mit ihm!

Speisen und Wein gingen zurück in die Küche oder wurden erst nach einer ausführlichen, kritischen Erörterung ihrer vielfältigen Mängel unwillig akzeptiert. Die Mahlzeit wurde immer wieder unterbrochen durch lange Verhandlungen mit dem Ober, dem unterstellt wurde, daß das Etablissement zwar prinzipiell in der Lage sei, das authentische Gericht zu bereiten – man hätte es sonst auch nicht mit seinem Besuch beehrt –, daß es dies aber ebenso offensichtlich nicht für jeden tat, sondern nur für diejenigen, die sich mit allem Nachdruck als echte Connoisseurs ausgewiesen hatten, um nicht mit irgend etwas Zweitklassigem abgespeist zu werden.

Gianni Faigano hatte bei Zen ganz und gar nicht den Eindruck erweckt, der Typ zu sein, der solche Spielchen spielte – im Gegenteil. Er hätte ihn eher als jemanden eingestuft, der dankbar alles aß, was man ihm hinstellte. Diese Fehleinschätzung wurde bereits in dem Augenblick deutlich, als sie das Restaurant erreichten, das sein Gast vorgeschlagen hatte, in einer Seitenstraße ganz in der Nähe der *piazza*, wo der Wochenmarkt gerade zu Ende ging. Noch bevor man sie zu ihrem Platz führen konnte, hatte Faigano ostentativ den Tisch, der ihnen angeboten wurde, abgelehnt. Und nachdem das einmal richtiggestellt war, beanstandete er gleich noch die Tageskarte und, besonders lautstark, die Trüffeln, mit denen man die empfohlenen Gerichte krönen wollte.

»Mindestens eine Woche alt«, erklärte er, nachdem er einmal kurz und ablehnend daran geschnuppert hatte. »Und nicht mal aus der besten Gegend.«

Eine neue Auswahl an Knollen wurde an den Tisch gebracht, und eine konnte schließlich Giannis widerwillig gegebene Geste hochqualifizierter Zustimmung erringen – er seufzte, verzog das Gesicht und zuckte die Achseln als Ausdruck seiner Nichts-Aufregendes-aber-was-kann-man-an-so-einem-Ort-schon-erwarten-Haltung.

Als nächstes war der Weinkeller dran.

»Beim besten Willen nicht! Kaum eine Flasche, die ich davon trinken würde, selbst auf meinem Totenbett nicht, und die Preise sind für die schweizerischen und deutschen Touristen gedacht. Nein, nein, *dottore*! Einerseits bin zwar ich Ihr Gast, andererseits aber – und das ist weitaus wichtiger – sind Sie mein Gast. Ich kann nicht zulassen, daß Sie den ganzen Weg von Rom – ich meine von Neapel – hierherkommen und dann derart ausgenommen werden. Warten Sie.«

Er stand auf und polterte aus dem Restaurant. Zen saß niedergeschlagen da und trank Mineralwasser, knabberte an einem Grissini und war sich ziemlich sicher, daß Faigano dies bloß als Vorwand genutzt hatte, um sich davonzumachen, und daß er ihn nie wiedersehen würde. Aber er täuschte sich. Ein paar Minuten später kehrte sein Gast mit einer Flasche ohne Etikett zurück, die er dem Ober mit der Anweisung gab, sie »mit äußerster Sorgfalt« zu öffnen.

»Unser eigener«, erklärte er Zen. »Nicht einer der besten Jahrgänge, aber wir wissen wenigstens, was wir trinken.«

Doch war das längst nicht alles. Als das Essen aufgetragen wurde, ging Faigano dazu über, an der Qualität des *insalata di carne cruda* herumzumäkeln, kleingehacktes rohes Kalbfleisch, gewürzt mit Öl, Zitrone und Knoblauch, dann beschwerte er sich darüber, daß der *risotto* verkocht und trocken sei, und schließlich verhörte er den Kellner skeptisch bis ins Detail über die Herkunft des Hasen, der, in Wein und Eigenblut gedünstet, Grundlage für das Hauptgericht bildete. Nachdem diese Formalitäten erledigt waren, warf er Zen einen entnervten Blick von Mann zu Mann zu und fuhr fort, sich durch alle fünf Gänge zu essen, während seine Miene gleichzeitig auszudrücken vermochte, daß er dies eigentlich bloß den Restaurantbetreibern zuliebe tat, damit sie ihr Gesicht nicht vor einem wichtigen Gast von außerhalb verloren.

In der kurzen Zeit, die ihm neben dieser durchaus strapaziösen Tätigkeit noch verblieb, erläuterte er seine Ansichten und Meinungen zum Fall Aldo Vincenzo.

»Niemand in dieser Gegend glaubt, daß Manlio es getan hat. Mal von allem anderen abgesehen, ist er einfach ein Weichei, wenn Sie mir den Ausdruck gestatten.«

»Man hat mir aber erzählt, sein Vater und er hätten bei der *festa* am Abend vor Aldos Tod einen heftigen Streit gehabt«, antwortete Zen.

Gianni Faigano machte eine wegwerfende Handbewegung.

»Die haben sich immer über irgendwas gestritten. Der Junge kann nichts dafür. Aldos Fehler war, ihn ins Ausland zu schicken. Er hat sich fremde Sitten und Gebräuche angewöhnt und bekam plötzlich komische Ideen. Als er fortging, war er ein guter und gehorsamer Sohn, und als er zurückkam, hatte er sich verändert. Unsere kleine Welt hier in der Langhe kam ihm auf einmal provinziell vor. Aldo versuchte, ihn wieder an die Kandare zu nehmen, aber es war schon zu spät.«

Er aß seinen Risotto auf und sah sich dann kritisch nach dem Kellner um.

»Das ist aber eine scheußliche Schnittwunde, die Sie da haben, *dottore*«, bemerkte er, während er immer noch über seine Schulter blickte. »Und noch ganz frisch, wie es aussieht.«

»Ich bin in der Dusche ausgerutscht.«

Jetzt, wo die Betäubung allmählich nachließ, spürte er die Stiche – ein dumpfer, anhaltend ziehender Schmerz auf seiner Stirn.

»Wahrscheinlich eine Frau«, sagte Gianni Faigano und spielte damit auf eine vernachlässigte Geliebte an.

Zen starrte ihn an.

»Wie bitte?«

»In dieser Gegend hat man sie früher dafür verbrannt.«

»Sie haben mich nicht verstanden«, antwortete Zen, entrüstet und doch seltsam verstört über die Wendung, die ihr Gespräch genommen hatte. »Ich war völlig allein. Es war lediglich ein Unfall.«

Faigano lächelte.

»Es gibt keine Unfälle, *dottore*. Alles, was geschieht, hat seine Ursache. Und wenn ein gesunder Mann wie Sie sich derart schlimm verletzt, dann ist das beinahe mit Sicherheit das Werk einer Frau. Jemand hat Sie verhext. Vielleicht sogar, ohne es selbst zu merken. Aber man kann den Bann wieder brechen.«

»Und wie?« Zen rutschte die Frage wider besseres Wissen heraus.

Gianni Faigano beugte sich vor, als wolle er ein verbotenes Geheimnis preisgeben.

»Finden Sie eine andere Frau, eine, die Sie wirklich liebt. Dann kann die andere Ihnen nicht mehr schaden. Allem zum Trotz ist das Gute schließlich mächtiger als das Böse.«

Sie wurden aus ihren abstrusen Spekulationen herausgerissen, als man das *lepre al civet* auftrug, das Gianni Faigano nunmehr mit einem Lob verdammte, das so schwach war, das man es eigentlich nicht wahrnehmen konnte.

»Um auf unser Thema zurückzukommen«, unterbrach Zen ihn forsch. »Sie sagen, niemand hier würde glauben, daß Manlio seinen Vater umgebracht hat. Wer, glauben die Leute denn, *hat* es dann getan?«

»Das hängt ganz davon ab, wen Sie fragen. Jeder hat seine eigene Theorie.«

»Und welche haben Sie?«

Gianni Faigano schenkte noch etwas von dem dunklen ziegelroten Wein nach.

»Schmeckt er Ihnen?« fragte er und tippte an sein Glas. Die schrumplige Haut seiner Finger hob sich merkwürdig ab von der weichen rosa Fingerspitze, deren Nagel offenbar abgerissen worden war.

»Ausgezeichnet.«

»Wir panschen unseren Wein nicht«, sagte Gianni Faigano ernst. »Wir verdienen aber auch kein Geld damit. Manche Leute würden vielleicht sagen, daß da ein Zusammenhang besteht.«

»Aber eine Menge Leute hier verdienen Geld mit ihrem Wein«, stelle Zen fest. »Zum Beispiel Aldo Vincenzo. Hat er seinen Wein gepanscht?«

Faigano schüttelte entschieden den Kopf.

»Nein, nein. Die guten Winzer haben das nicht nötig. Sie gewinnen ihren Wein so, wie ich es tue, mit traditionellen Methoden und ohne das Verfahren abzukürzen, können dann aber jeden erdenklichen Preis dafür berechnen. Dieser Marktanteil ist jedoch sehr schmal und überfüllt. Der Rest muß sehen, wie er es weiter unten schafft. Die meisten kommen ganz gut über die Runden, aber es gibt eben Winzer, die verdienen wesentlich mehr. Sehr viel mehr, in einigen Fällen.«

»Und was hat das nun mit dem Fall Vincenzo zu tun?« Wieder lehnte sich Gianni Faigano verschwörerisch über den Tisch.

»Die Carabinieri verhören Lamberto Latini wegen des Todes von Beppe Gallizio«, flüsterte er. »Was sie nicht wissen, ist, daß an diesem Morgen nicht nur Latini in Beppes Haus war.«

Zen riß seine Augen weit auf.

»Wer war noch da?«

Faigano wandte sich wieder seinem Essen zu und wirkte plötzlich wie jemand, der glaubt, sich dieses auch verdient zu haben.

»Es ist noch nicht lange her«, sagte er im Plauderton, »da war Aldo Vincenzo in einen Fall verwickelt, bei dem es um falsch etikettierten Exportwein ging.«

»Damit kann man Geld verdienen?«

Faigano zuckte mit den Achseln.

»Wein ist nicht Heroin. Aber wenn man Nebbiolo für ein paar hundert Lire pro Liter einkauft und ihn dann als Barbaresco Riserva *Denominazione di Origine Controllata* verkauft, für fünfzig- bis hunderttausend pro Flasche? Ich würde sagen, damit kann man Geld verdienen.«

Zen hielt inne, um einen Bissen des saftigen Haseneintopfs herunterzuschlucken.

»Aber warum sollte Aldo Vincenzo seinen guten Ruf aufs Spiel setzen und sich auf so etwas einlassen?«

»Weil er gierig war!«

Zum ersten Mal zeigte Faigano eine Andeutung von Gefühl. Er beugte sich noch etwas näher zu Zen, selbst seine Stimme verriet nun ein wenig von der Leidenschaft dem Thema gegenüber, und er hämmerte mit seinen schwieligen Wurstfingern auf den Tisch, um seiner Argumentation Nachdruck zu verleihen.

»Er war einer der reichsten Männer dieser Gegend, und das wirklich gute Land gehörte zum Großteil ihm. Aber er wollte immer noch mehr. Mehr Geld, mehr Land, mehr Macht, mehr von allem! Und es war ihm völlig egal, was er tun mußte, um das zu bekommen. Er hat versucht, seinen Sohn dazu anzustiften, meine Nichte zu vergewaltigen, damit die Vincenzo-Familie Zugriff auf unser Land hätte, wenn Maurizio und ich einmal sterben! Was sagen Sie dazu?«

Zen trank einen Schluck Wein.

»Ich würde sagen, daß es Sie im Hinblick auf seinen Tod zu einem Verdächtigen macht, Signor Faigano.«

Gianni lachte.

»Ah, aber wenn ich es wirklich gewesen wäre, hätte ich Ihnen das doch wohl kaum erzählt, oder?«

Zen sagte nichts.

»Wie auch immer, die Behörden behaupten, Aldo und ein anderer Winzer aus der Gegend seien in dunkle Machenschaften verwickelt gewesen und hätten mehrere tausend Fässer falsch etikettierten Wein verkauft«, fuhr Faigano fort. »Sie konnten wohl die Ämter vor Ort bestechen, aber als eine Ladung gefälschten Barolos in Deutschland beschlagnahmt wurde, konnten sie nichts machen.«

Zen holte sein Notizbuch heraus.

»Wer war der andere Mann?«

Gianni Faigano stutze einen Moment lang.

»Es steht ja sowieso alles in den Akten, also macht es nichts, wenn ich es Ihnen erzähle. Er heißt Bruno Scorrone, und ihm gehört eine Weinkellerei in der Nähe von Palazzuole. Er kauft bei den Weinbauern aus der Gegend Trauben zum niedrigsten Kilopreis. Manchmal auch Wein, wenn es ein Überangebot gibt oder jemand dringend Geld braucht. Ich habe außerdem gehört, er würde angeblich Wein aus dem Süden zum Panschen hierherverladen, doch ist das vielleicht nur bösartiges Gerede.«

Er grinste Zen an.

»Davon gibt es hier reichlich.«

»Ich verstehe immer noch nicht, was Aldo Vincenzo damit zu tun hat.«

Gianni Faigano seufzte bedeutsam.

»Um Wein als Barbaresco zu verkaufen, muß man die Herkunft aus einem DOC-Gebiet nachweisen können. Scorrone hat kein entsprechendes Land, aber die Vincenzo-Familie.«

»Die das aber sicher nutzt, um eigenen Wein zu machen.«

»Ja, es gibt allerdings einen Trick! Bei kontrollierten Anbaugebieten gibt es eine Obergrenze für den Ertrag – eine bestimmte Menge auf ein genau festgelegtes Stück Land. Verstehen Sie?«

Zen nickte.

»Aber die besten Trauben sind immer die seltensten. Der Geschmack ist kräftiger und konzentrierter, entsprechend fällt der Wein aus. Lediglich Topwinzer können es sich leisten, ihre Reben so streng zu beschneiden, nur um den Ertrag zu begrenzen, und alle Trauben wegzuwerfen, die dem Qualitätsanspruch nicht genügen. Männer wie Aldo Vincenzo, dessen Weine die höchsten Preise erzielen. Es klafft aber eine Lücke zwischen dem, was tatsächlich erzeugt wird, und der zugelassenen Obergrenze – Wein, der nie gemacht wurde, der sich jedoch mit vollem Recht Barbaresco nennen dürfte, wenn es ihn gäbe. Ein solcher Geisterwein war es, den Bruno Scorrone ins Ausland verkauft hat.«

Zen schüttelte den Kopf.

»Also gut, nehmen wir an, Vincenzo und Scorrone waren in ein Gaunergeschäft mit geschmuggeltem Wein verwickelt. Warum hätte Scorrone ihn umbringen sollen?«

Faigano schob seinen Teller weg.

»Sie haben gefragt, was die Leute meinen, *dottore*. Und ich erzähle es Ihnen. Sie sagen, Aldo Vincenzo sei nur wenige Wochen vor seinem Gerichtstermin in Asti umgebracht worden, denn dort hätte er erklären müssen, warum eine Ladung des billigsten *vino sfuso* einen Herkunftsnachweis trug, der auf seinen Namen ausgestellt war. Sie sagen, es sei nun wesentlich leichter für Bruno Scorrone, zu behaupten, er hätte den Wein in gutem Glauben von einem anerkannten Winzer dieser Gegend gekauft. Woher sollte er wissen, daß es Schmuggelware war? Wenn Aldo Vincenzo ihm sagte, das sei Barbaresco, dann war das so in Ordnung für ihn!«

Er machte eine bedeutsame Pause und sah sich erneut um.

»Sie sagen auch, man hätte Scorrone an dem Morgen, als Beppe Gallizio umgebracht wurde, zu seinem Haus fahren sehen.«

Zen trank seinen Wein aus, während der Kellner ihre Teller abräumte.

»Also glauben Sie, daß es Scorrone war?«

Gianni Faigano lächelte seltsam.

»Ich glaube überhaupt nichts mehr, *dottore*. Was mich angeht, so hat die Welt vor langer Zeit aufgehört, einen Sinn zu haben. Aber die Menschen hier haben das Gedächtnis von Elefanten. Das ist alles, was wir überhaupt noch haben, jedenfalls einige von uns. Wer weiß? Vielleicht hat jemand jahrelang gewartet, um sich schließlich für etwas zu rächen, wovon Aldo geglaubt hat, es sei längst vergessen. Möglicherweise hatte er selbst es sogar vergessen?«

Er richtete sich auf, als der Kellner mit dem Käsebrett kam.

»Aber das muß Sie ja nicht kümmern!« bemerkte Faigano laut in scherzhaftem Ton. »Wenn Sie Polizist wären, dann würde ich Sie nicht um die Aufgabe beneiden, diesen Fall zu lösen. Aber so wie es aussieht, haben Sie ja jetzt Ihre Geschichte und können wieder nach Hause nach Neapel fahren, ohne sich weiter den Kopf darüber zerbrechen zu müssen. Hab' ich recht, *dottore*?«

MOMBARUZZO, BUBBIO COAZZOLO. Sommariva fello fontanile?«

Die Stimme kam von weit her, war aber dennoch laut und beharrlich, sie klang herrisch, obwohl der verzweifelte, flehentliche Unterton nicht zu überhören war. Er mußte die Nachricht um jeden Preis verstehen! Es ging, in ganz wörtlichem Sinn, um Leben und Tod.

»La morra cravanzana neviglie perletto bene vagienna. Serralunga doglani cossano il bric belbo moglia d'inverno!«

Aber sosehr er sich auch bemühte, er begriff nichts. Und die Tatsache, daß er so kurz vor dem Ziel stand, machte alles nur noch schlimmer, als wäre es sein Fehler. Wenn er näher an den Sprecher herankäme, könnte er ihn vielleicht besser verstehen und dann tun, was von ihm erwartet wurde. Er stolperte im Dunkeln vorwärts und bewegte sich in die Richtung, aus der die Stimme zu kommen schien.

»Barbaresco! Santa Maria Maddalena, trezzo tinella?«

Schließlich war es sein eigener Schmerzensschrei, von dem er erwachte und der ihn in eine Wirklichkeit ganz anderer Art zurückholte. Und – qualvoll, aber auch beruhigend – der Schmerz kam nicht schubweise oder unterdrückt wie durch eine dicke Watteschicht, sondern er stellte sich ganz plötzlich ein, was sehr anhaltende und absehbare Konsequenzen hatte. Ein Fuß war davon betroffen, ebenso das Schienbein unmittelbar darüber. Er schien nackt zu sein. Die Fläche unter seinen nackten Sohlen war so rauh und doch nachgiebig wie Sand, aber überall im Dunklen lauerten scharfe Kanten. Gegen eine davon mußte er mit seinem linken Bein gestoßen sein.

Es schien ihm endlos, daß er hilflos suchend durch die Dunkelheit tappte, bis er schließlich etwas zu fassen bekam, das er zu erkennen glaubte. Weitere Tastversuche schienen zu bestätigen, daß dies in der Tat die Bettkante war. Mit dieser Vorstellung im Kopf fühlte er sich weiter. Und tatsächlich, bald stieß er auf ein Tischbein. Nicht nur das, auch die Lampe war dort, wo sie sein sollte. Falls seine Erinnerungen an den vermuteten Ort ihn nicht trogen. Er fingerte kurz an dem Knopf auf dem Lampenfuß herum, und das Licht ging an. Jenseits der Phantasien, die sein Traum erzeugt hatte, wirkte das Zimmer absurd klein. Kein Wunder, daß er sich verletzt hatte, schien er doch nicht nur ein paar Details, sondern die gesamten Ausmaße des Raums falsch abgespeichert zu haben, fast so, als ob man einen Stadtplan mit der Karte für einen ganzen Kontinent verwechselt.

Aber warum hatte er überhaupt den sicheren Hafen seines Bettes verlassen? Er erinnerte sich, daß es dringende Gründe dafür gegeben hatte, die in Zusammenhang mit dieser klangvollen Stimme standen, deren Worte er irgendwo in seinem Inneren noch immer hören konnte. Sie hatte ihn beschworen, jemanden zu retten, solange noch Zeit dazu war. Ein Leben war in Gefahr gewesen, und er steckte plötzlich tief drin in der Sache und war die einzige Person, die diese Greueltat verhindern konnte. Doch konnte er die Sprache nicht verstehen, in der dieser schreckliche Appell an ihn gerichtet worden war, und deshalb war er schuldig. Ein Kind war gestorben, weil er nicht schnell genug gewesen war, weil er nicht in der Lage gewesen war, diesen Jungen zu retten.

Er spürte – mehr als er es hörte – ein schrilles Geräusch im

Zimmer. Ein anderer Aurelio Zen – einer, der in der Welt lebte, die man gemeinhin als real bezeichnete, und der, anders als das inkompetente Pendant aus seinen Träumen, deren Zeichen und Omen verstand – griff nach dem Hörer und antwortete.

»*Guten Morgen, Dottore Zen. Habe ich Sie geweckt? Bitte entschuldigen Sie, sagt man da wohl. Aber ich war zufällig schon wach, und so dachte ich, wir könnten ruhig schon mal anfangen.*«

Die Stimme klang metallisch, geschlechtslos, elektronisch.

»Wer sind Sie?«

»*Tja, das ist die Frage, nicht? Aber machen Sie sich keine Sorgen, Sie müssen sie nicht sofort beantworten. Ich gebe Ihnen sogar ein paar Hinweise, damit Sie loslegen können. Hier der erste. Via Strozzi, Nummer vierundzwanzig.*«

Zen packte den Hörer mit wachsender Verärgerung.

»Wer zum Teufel sind Sie? Wissen Sie, wie spät es ist?«

Ein blechernes Lachen.

»*Fragen, Fragen! Sie sind doch der Detektiv, wie ich höre. Warum spielen Sie nicht ein bißchen Ermittlung?*«

»Lassen Sie mich in Ruhe und verpissen Sie sich!«

Er knallte den Hörer auf und legte sich wieder ins Bett. Dann, während er sich hin und her wälzte wie ein verletztes Tier, machte er die Nachttischuhr ausfindig, rief die Rezeption an und verlangte eine Auskunft darüber, warum sie ihm um halb sechs Uhr morgens einen Anruf durchgestellt hätten. Der Portier, der so klang, als hätte er selbst noch geschlafen, protestierte und sagte, daß er keinen Anruf zu Doktor Zens Zimmer durchgestellt habe und daß es, seitdem er spät am gestrigen Abend seinen Dienst angetreten hätte, überhaupt keinen Anruf jedweder Art für irgend jemanden gegeben habe.

Auf dem Boden neben dem Bett lag die Landkarte, die Tullio Legna der Akte über den Fall Vincenzo beigefügt hatte und die Zen studiert hatte, um sich mit der Gegend ein wenig vertraut zu machen, bevor er am vergangenen Abend eingeschlafen war. Es war eine Standardausführung des Plans, der Alba, die Umgebung und die umliegenden Dörfer im Verhältnis 1:50 000 zeigte. Er hob sie auf und machte Paluzzuole ausfindig. Eine Bahnlinie führte in der Nähe vorbei, und es schien einen etwas außerhalb gelegenen Bahnhof zu geben, der die Stadt versorgte.

Sein Blick schweifte ab und folgte den Umrissen der Hügel und dem Verlauf der Flüsse, bis er bei den Worten Trezzo Tinella stutzte. Das hatte er doch schon mal gehört, und zwar erst vor kurzem. Dann, mit einem fast abergläubischen Schaudern, erinnerte er sich an den letzten Versuch der Stimme in seinem Schlafwandlertraum: *»Barbaresco! Santa Maria Maddalena, trezzo tinella?«*

Einen Augenblick lang schien ihm, als ob er, ohne es zu ahnen, einem kosmischen Schlüssel auf die Spur gekommen sei, einer bis dahin ungeahnten, geheimen Verknüpfung zweier Welten, die man bislang strikt getrennt hatte. Dann entdeckte er das Wort Barbaresco auf der Karte. Dies war, das begriff er jetzt, nicht nur der Name eines Weines, sondern auch der eines Dorfes, nicht weit von Palazzuole entfernt. Er suchte auf der Karte, bis er Santa Maria Maddalena, Fontanile, Fello, Serralunga und Sommariva fand. Kein Zweifel, da waren auch all die anderen. Er mußte die Namen am Vorabend unbewußt gelesen und sie dann im Schlaf neu kombiniert haben, um die Sätze zu bilden, die nur irritierende Andeutungen ihrer eigentlichen qualvollen und dringlichen Bedeutung waren.

Inzwischen war er wieder schlafgewandelt. Diesmal hatte sein Ausflug keine sichtbaren Narben hinterlassen, aber es war nicht auszudenken, wo er gelandet wäre, hätte er sich nicht die Zehen und das Schienbein am Kaffeetisch gestoßen. Was war los mit ihm? Sollte er Doktor Luccheses Theorie einer psychischen Störung Glauben schenken oder Gianni Faiganos frauenfeindlichem Gefasel über bösartigen weiblichen Einfluß? Oder hatten sie beide recht? Und was war mit dem Anruf? »Via Strozzi, Nummer vierundzwanzig.« Die Adresse, wenn es denn eine war, sagte ihm gar nichts.

Er duschte, um diesen Gemütszustand morbider Selbstbetrachtung wegzuspülen, ging dann zu seinem Koffer und fischte das ramponierte gelbbraune Kursbuch heraus, das er immer mit sich führte. Alba sah auf der Karte im Maßstab 1:50000 wie Rom aus, aber auf der Übersichtskarte der Staatlichen Eisenbahnen, die vor den Fahrplänen abgedruckt war, tauchte es überhaupt nicht auf. Zen sah im Register nach und suchte dann im Fahrplan nach der Linie, die nach Osten in die Berge führte. Der erste Zug an diesem Tag fuhr in etwas weniger als einer Viertelstunde. Aus einer Laune heraus beschloß er, den Versuch zu machen, ihn noch zu erwischen. Er hatte schon zuviel Zeit allein in seinem Zimmer verbracht und über seine Probleme und seinen Geisteszustand nachgedacht. Er mußte endlich mit der Arbeit anfangen.

Draußen vor dem Hotel deutete noch nichts auf die heraufziehende Morgendämmerung. Die Straßen lagen dunkel und schweigend, der Himmel war wie eine undurchdringliche Wand. Er ging eilig denselben Weg zurück, den er bei seiner Ankunft in Alba gekommen war, und sah im Licht einer Straßenlaterne auf seine Uhr. Irgendwo hinter ihm hallten ebenso einsame Schritte beruhigend auf dem Pflaster.

Als er den Bahnhof erreicht hatte, stellte sich heraus, daß es unnötig gewesen war, sich so zu beeilen. Ein Dieselzug, bestehend aus zwei Waggons, stand unbeleuchtet und still am Bahnsteig, aber der Schalter war geschlossen, und niemand war zu sehen. Zen zündete sich eine Zigarette an und marschierte auf dem Bahnsteig hin und her, während die Zeiger der Uhr sekundenweise von drei Minuten vor bis drei Minuten nach sechs weiterrückten. Wie auf ein Stichwort schlug eine Tür auf, und zwei Männer kamen heraus. Einer trug die graublaue Uniform der Staatlichen Eisenbahnen, der andere Jeans und eine zerlumpte grüne Skijacke. Zen ging zu ihnen.

»Nach Palazzuole?« fragt er und zeigte auf den Zug.

»Halt in Palazzuole!« rief der uniformierte Mann seinem ungepflegten Begleiter zu, der zur Fahrerkabine eilte.

»*Va bene.*«

Die Maschinen heulten auf, als sie angeworfen wurden, und dicker schwarzer Rauch stieg in Wolken auf. Außer ihm befand sich auf dem Bahnsteig nur noch eine junge Frau in einem langen Mantel und mit Hut, die sich nicht für diesen Zug zu interessieren schien. Zen stieg ein und nahm Platz, und nach wenigen Minuten setzte sich der *automotrice* rumpelnd in Bewegung, hinein in die Dunkelheit, wobei er zahlreiche Weichen überquerte. Allem Anschein nach war Zen der einzige Fahrgast.

Er lehnte sich in den harten Plastiksitz zurück und wandte sich der schwarzen Fensterscheibe zu. Sie zeigte ihm sein Gesicht: alt, müde, niedergeschlagen, möglicherweise sogar verrückt. »Wir hatten ja keine Ahnung! Er wirkte immer völlig normal.« Das sagten die Leute immer, wenn einer ausklinkte, als wollten sie sich selbst damit beruhigen, daß solche Umstände in jedem Fall offensichtlich und vorhersehbar waren und daß ihr eigener Mangel an entsprechenden Symptomen bedeutete, daß ihre zukünftige, geistige Gesundheit nicht in Frage stand.

Zen setzte sich auf und richtete den Blick wieder auf den Sitz ihm gegenüber. Einen Augenblick lang hatte es den Anschein gehabt, als hätte das Glas zwei Gesichter reflektiert:

sein eigenes und – schräg hinter ihm – das eines Jungen von etwa fünf Jahren. Nur dieses knabenhafte außerordentlich schöne Gesicht war zu sehen, die dunklen Augen auf Zen geheftet mit einem Blick, der liebevoll und vorwurfsvoll gleichermaßen war.

»Palazzuole!«

Zen wachte abrupt auf und drehte sich um. Der uniformierte Mann stand im Eingang am Ende des Waggons.

»Palazzuole«, wiederholte er, während die Bremsen unter ihnen quietschten.

Zen nickte schnell. Er wollte gerade sagen, daß er keine Fahrkarte hatte, aber der Kontrolleur war schon verschwunden. Der Zug kam mit einem Ruck zum Stehen, anscheinend mitten im Nichts. Zen hastete zum Ende des Waggons und kletterte hinaus. Der Zug fuhr wieder an, tuckerte davon und ließ ihn in der tiefschwarzen Nacht zurück. Doch als sich seine Augen erst an die Dunkelheit gewöhnt hatten, merkte er, daß er die Umgebung durch einen schwachen Lichtschein, der nun durch die dichte Nebelwand drang und den Himmel zu färben begann, schemenhaft erkennen konnte. Das Bahnhofsgebäude war verrammelt und stand offenbar schon lange leer. In verblichener schwarzer Farbe konnte er auf dem aufgeplatzten und bröckelnden Verputz schwach die Lettern PAL ZUO E ausmachen und die Information, daß er sich derzeit 243 Meter über dem Meeresspiegel befand.

Er ging an dem Gebäude vorbei auf den gekiesten Platz dahinter und eine kurze Auffahrt entlang, die zu einem Feldweg führte, der in einem leichten Winkel die Gleise kreuzte. Hier holte er die Karte und sein Feuerzeug heraus und stellte fest, daß das Dorf östlich vom Bahnhof lag. Er bog nach rechts auf den schmalen Weg und ging auf den fahlen Schimmer zu, der allmählich die Dunkelheit verdrängte.

Es war gerade genug Licht, um den zerstampften Kies und die glänzenden Pfützen der unbefestigten *strada bianca* von den Gräben zu beiden Seiten unterscheiden zu können. Zen zündete sich eine Zigarette an und marschierte weiter durch den feuchten, zähen Nebel, den leicht ansteigenden Weg hoch, der den Fluß und die Bahngleise überquerte. Als er aus dem Tal herauskam, wurde die Sicht immer besser. Jetzt konnte er erkennen, daß die Felder auf beiden Seiten frisch gepflügt waren und daß die aufgeworfene Erde silbrig vom Tau war. Die Bewegung und die frische Luft belebten ihn.

Irgendwo in der Ferne bellte ein Hund, aus einer anderen Richtung begann eine Kirchenglocke monoton zu läuten, rief die Gläubigen zur Frühmesse. Inzwischen hatte das Licht deutlich die Oberhand über den Nebel und die Dunkelheit gewonnen. Um ihn herum war alles mit glitzernder Feuchtigkeit überzogen, die die Natur aufleuchten ließ, als wäre sie gerade frisch erschaffen worden. So unmerklich wie die Dämmerung selbst stieg die Straße an, bis er feststellte, daß er dabei war, einen steilen Hügel zu erklimmen, der den Weg zu Windungen und Kurven zwang. Als er stehenblieb, um Luft zu holen, bemerkte er Scheinwerfer hinter sich und hörte das leise Grollen eines Motors.

Das Fahrzeug – ein roter Fiat-Pick-up – näherte sich schnell, als es den Feldweg, für den Zen so lange zu Fuß gebraucht hatte, heraufschlingerte. Er trat an den Wegrand, um den Pick-up passieren zu lassen, der aber hielt an. Ein Seitenfenster wurde heruntergekurbelt.

»*Buon giorno*«, sagte der Fahrer.

Zen erwiderte den Gruß.

»Steigen Sie ein.«

Der Ton ließ keine Widerrede zu. Nachdem er einen Augenblick gezögert hatte, ging Zen um den Laster herum und kletterte auf den Beifahrersitz, den er sich mit einem kleinen schwarzweißen Hund teilen mußte. Die Fahrerbank stank gewaltig nach etwas, das er noch vor ein paar Tagen nicht hätte zuordnen können, das er nun aber noch immer schwach auf seiner eigenen Haut riechen konnte.

»Auf dem Weg ins Dorf?« fragte der Fahrer und ließ den Lastwagen wieder an. Mit einem Blick auf den Hund, der nervös jaulte, sagte er barsch: »Ruhig, Anna!«

»Ich will nach Palazzuole«, sagte Zen.

»Hatten Sie eine Autopanne?«

»Nein, ich habe den Zug genommen.«

Der Fahrer lachte trocken.

»Wahrscheinlich waren Sie der erste Fahrgast in diesem Jahr.«

Zen musterte das Gesicht des Mannes, während der die Kurven auf der schmalen, steilen Straße nahm. Bis auf den dünnen, kümmerlichen Schnurrbart auf der Oberlippe erinnerte es ihn an Fotos jener Leiche aus der Eisenzeit, die man aus einem Gletscher irgendwo hoch oben in den Alpen ausgegraben hatte. Es erinnerte ihn auch noch an etwas anderes, etwas, was nicht allzuweit zurücklag, aber er wußte nicht mehr, was das gewesen war.

»Der Bahnhof ist weit weg vom Dorf«, meinte er beiläufig.

»Oh, das ist es nicht!« rief der Mann. »Aber die Leute hier erinnern sich noch daran, wie die Bahn uns damals behandelt hat, als alle noch auf sie angewiesen waren. Ich weiß noch, wie meine Mutter rennen mußte, um einen Zug zu erwischen, der in die Stadt fuhr – das war vor dem Krieg, ich kann erst ein paar Jahre alt gewesen sein. Sie war ein oder zwei Minuten zu spät, aber Leute wie wir hatten keine Uhr. Der Schaffner sah sie kommen, sie winkte und schrie, aber er schwenkte ungerührt die Fahne, und der Zug fuhr ab und ließ sie einfach stehen. Ihr Großvater starb in dieser Nacht, ohne daß sie die Chance gehabt hätte, ihn noch einmal zu sehen. Die Leute hier haben ein langes Gedächtnis, und mit der Bahn können sie nichts mehr anfangen.«

Sie erreichten jetzt das Dorf, aber bislang war nur die untere Reihe der Backsteinhäuser zu erkennen. Alles darüber war hinter einem dichten Nebelschleier verschwunden.

»Ich rieche Trüffeln«, sagte Zen.

Sein Fahrer blickte ihn scharf an, und Zen wußte plötzlich, wo er ihn schon einmal gesehen hatte: in der Bar in der Nähe des Marktes, als er mit den Faigano-Brüdern gesprochen hatte. Einer von ihnen hatte ihn Minot genannt.

»Ich hab ein paar. Sie sind leicht zu finden, wenn man weiß, wo man suchen muß. Vorausgesetzt natürlich, es war noch niemand vorher da!«

Er bellte wieder sein kurzes Lachen und fuhr langsamer, als sie in die Nebelbank eindrangen, welche die höheren Lagen des Dorfes verhüllte. Die Straße war plötzlich asphaltiert, und das Stoßen und Rumpeln unter ihnen ließ nach.

»Besuchen Sie Freunde?« fragte Zens Fahrer leise.

»Ich bin geschäftlich hier.«

»Was für ein Geschäft?«

Zen dachte schnell nach. Der Mann schien ihn nicht erkannt zu haben, und wenn er seine Geschichte vom Zeitungsreporter aus Neapel in diesem Zusammenhang wiederholte, dann wußte augenblicklich das ganze Dorf Bescheid, und so manche Informationsquelle würde versiegen.

»Wein«, sagte er.

Der Lastwagen schlängelte sich so vorsichtig durch die nebelverhangenen Straßen wie eine Schiff durch seichtes Wasser.

»Wein, ja?« antwortet der Mann namens Minot. »Ich dachte, Leute wie Sie würden bloß im Mercedes rumfahren.«

Der Motorlärm ließ nach, als sie auf die weitläufige Ebene einer *piazza* fuhren, die in den oberen Nebelschichten lag.

»Ich habe vor ein paar Monaten meinen Führerschein verloren«, antwortete Zen. »Alkohol am Steuer nannten sie das, obwohl ich wirklich alles im Griff hatte. Nur eines dieser Mittagessen mit Kunden, das ein bißchen zu lange gedauert hat.«

Der Fahrer fuhr an einem imposanten Gebäude mit Arkaden vor.

»Also, ich laß Sie hier aussteigen«, sagte er. »Das Haus der Vincenzos liegt etwa einen Kilometer in der anderen Richtung außerhalb des Ortes. Da wollen Sie doch wohl hin, oder?«

Zen stieg aus, der Hund nahm wieder seinen ursprünglichen Platz ein und rollte sich auf dem Sitz zusammen.

»Danke fürs Mitnehmen«, sagte er.

Der Mann namens Minot schenkte ihm ein höfliches Lächeln voller Ironie.

»War mir ein Vergnügen, *dottore*. Willkommen in Palazzuole!«

Als Aurelio Zen zwei Stunden später das Gut der Vincenzos erreichte, hatte die Sonne die letzten Spuren des Nebels aufgelöst, und die Luft war frisch und warm.

Er war in der Zwischenzeit in einem Café am Hauptplatz von Palazzuole gewesen, nachdem er herausgefunden hatte, daß es einen Bus gab, der dort kurz nach zehn Uhr halten und der ihn nicht nur bis vor die Tore der Vincenzos bringen würde, sondern den er auch auf der Rückfahrt nehmen konnte und der ihn sogar bis nach Alba zurückbringen würde.

Inzwischen trank er zuviel Kaffee, rauchte zu viele Zigaretten, las Zeitungen und gratulierte sich dazu, das Richtige getan zu haben. Er hatte das Gefühl, eine völlig andere Person zu sein als der noch vom Traum trunkene Neurotiker, der an diesem Morgen aufgewacht war. Kurz gesagt, er fühlte sich wieder wie er selbst. Es war sicher weit davon entfernt, ein perfektes Selbst zu sein, aber er beschloß, soweit wie möglich daran festzuhalten.

In der Bar in Palazzuole lagen zwei Zeitungen: die überregionale *La Stampa* aus Turin und ein Lokalblättchen, das klangvoll *Il Corriere delle Langhe* hieß. Abgesehen von einem Lückenfüller über eine partielle Sonnenfinsternis am folgenden Tag, enthielt erstere nichts von Interesse, berichtete lediglich über die neuesten Finten und Manöver bei verschiedenen politischen und juristischen Spielchen, die seit Monaten, wenn nicht seit Jahren liefen und für die sich Zen seit langem schon nicht mehr interessierte. Der Corriere allerdings hatte ein paar echte Neuigkeiten zu bieten.

»Verdächtiger im Gallizio-Mord freigelassen!« lautete die Schlagzeile. Der folgende Artikel erläuterte, daß Lamberto Latini, der Restaurantwirt, den die Carabinieri bei ihrer Ankunft im Haus von Beppe Gallizio angetroffen hatten, ein – wie sich herausstellte – absolut unumstößliches Alibi für den Zeitpunkt besaß, an dem sich der Mord ereignet hatte. Dieser konnte relativ genau auf kurz nach sechs Uhr morgens festgelegt werden. Drei Indizien sprachen dafür: der Untersuchungsbericht des Pathologen, die Zeit auf der Uhr des Opfers, die aufgrund der Druckwelle der Kugel, die ihn getötet hatte, stehengeblieben war, und die Aussage eines Nachbarn, der ungefähr zu diesem Zeitpunkt einen Schuß gehört hatte.

Dieser Zeuge hatte keine besondere Notiz davon genommen, weil er davon ausgegangen war, jemand sei auf der Jagd nach Wild oder Schädlingen. Die Leute auf dem Land standen alle früh auf, und alle hatten Waffen. Lamberto Latini aber, so ließ das Blatt durchsickern, war an diesem Morgen nicht früh aufgestanden. Als Beppe Gallizio in einem Lindenwäldchen im Tal unterhalb von Palazzuole seinen Tod fand, hatte Latini in den Armen von Nina Mandola geschlafen, der Frau des örtlichen Tabakhändlers. Noch delikater wurde die Situation dadurch, daß Signor Mandola zum selben Zeitpunkt im Zimmer nebenan geschlafen hatte, was gleichzeitig eine Erklärung dafür war, daß dieser Tatbestand erst jetzt aktenkundig geworden war.

Diese Affäre, wie jetzt bekannt wurde, dauerte schon lange an und war stabil. Jeder im Dorf wußte davon – Lamberto parkte seinen Wagen direkt vor dem Haus, wenn er zu Besuch kam –, aber es war eine rein private Angelegenheit, und niemand hätte im Traum daran gedacht, sie der Polizei gegenüber zu erwähnen. Auch Lamberto Latini nicht. Die Wahrheit war nur herausgekommen, als Pinot Mandola selbst Enrico Pascal, den *maresciallo di Carabinieri* am Ort, angerufen und ihm gesagt hatte, daß Latini auf gar keinen Fall den Mord begangen haben konnte, da er zur fraglichen Stunde mit der Frau des Anrufers geschlafen hätte.

Wenn es stimmte, was man sich erzählte, dann war das alles Enrico Pascal weitaus peinlicher als dem entgegenkommenden Ehemann, als es darum ging – so rücksichtsvoll wie möglich – die Gründe für diese ungewöhnliche Verbindung darzulegen. Mandola selbst war da ganz direkt. Auf Grund einer Drüsenkrankheit war er impotent geworden. Da er unglücklicherweise nicht mehr in der Lage war, die sexuellen Bedürfnisse seiner Frau zu befriedigen, war es selbstverständlich seine eheliche Pflicht gewesen, jemand anderen zu finden, der es konnte.

»Ich habe sofort an Lamberto gedacht. Er war seit langem ein enger Freund von uns, und ich hatte immer schon das Gefühl, er würde Nina anbeten. Seit dem Tod seiner Frau war er dauernd unterwegs, hatte Affären, ging zu Huren und vernachlässigte das Restaurant. Ich hatte das Gefühl, es sei an der Zeit, daß er wieder zur Ruhe kam.« Mit zwei derart intimen Zeugen, ganz zu schweigen von verschiedenen Dorfbewohnern, die sich nun, da die Wahrheit öffentlich war, gemeldet hatten, um zu bezeugen, daß sie Latinis Lancia bis nach acht Uhr morgens vor dem Haus der Mandolas gesehen hatten, blieb den Carabinieri gar nichts anderes übrig, als den Restaurantbesitzer wieder freizulassen.

»Und so quält das Geheimnis von Beppe Gallizios tragischem Tod erneut eine Gemeinde, die bereits von dem Grauen, das erst kürzlich die Familie Vincenzo heimgesucht hat, traumatisiert ist«, schloß der Artikel. »Besteht zwischen den beiden Fällen möglicherweise eine Verbindung? ›Wie denn?‹, fragen die Leute. Aber in ihren Herzen denken sie: ›Wie denn nicht?‹«

Der Barmann unterbrach Zen beim Lesen, um ihn auf die Ankunft des Busses aufmerksam zu machen, der ihn zehn Minuten später vor einem großen schmiedeeisernen Tor an einem einsamen Stück der Straße vorm Dorf absetzte. Eine tief gefurchte Kiesauffahrt führte in einer leichten Kurve den sanftgeschwungenen Hang hinunter, rechts und links ragten Pappeln in den Himmel, die in zwei gleichmäßigen Reihen aufrecht wie ein Garderegiment den Weg säumten. Zu beiden Seiten erstreckte sich das Land in sanften Kurven und Hügeln, die Umrisse wie auf einer Karte durch dichtbewachsene Weinberge festgelegt, deren Blätter bereits die Farbe verbrannten Ockers angenommen hatten.

Während Zen die Auffahrt hinunterschlenderte, tauchte inmitten der farbenprächtigen Landschaft allmählich das Haus auf. Es war ein wenig unterhalb des Hügels errichtet worden, so daß zunächst nur das Dach sichtbar wurde – beziehungsweise die Dächer: eine buntgescheckte Decke aus rotbraunen Ziegeln, wobei jedes dieser Vierecke einen anderen Trakt des Hauses überdachte und die einzelnen Teile immer ein wenig voneinander abwichen. Gedrungene Schornsteine aus Ziegel, überdacht von gebogenen Turmspitzen, unterbrachen dieses Mosaik wie kleine Glockentürme.

Es war bald offensichtlich, daß auch das Haus so komplex und verschachtelt war wie seine Dächer, weniger eine zusammenhängende Einheit als vielmehr ein Konglomerat von Gebäuden verschiedener Größe, Form und Alters, die an drei Seiten eines großen Innenhofes zusammengewürfelt waren, in dessen Mitte sich ein abgedeckter Brunnen befand. Manche Mauern waren zum Gebäude hin offen und bildeten so einen

Säulengang, einige hatten ein paar verriegelte Fensterreihen, wieder andere waren fensterlos.

Bislang war alles still gewesen, bis auf das entfernte Brummen eines Traktors, aber als Zen sich der Eingangstür näherte, begann ein Hund, aufgeschreckt durch ein Geräusch oder einen fremden Geruch, zu heulen. Wie es aussah, war dieser Eingang schon eine Weile nicht mehr benutzt worden, und so folgte Zen der Einfahrt um die Außengebäude herum und in den Hof hinein. Das Jaulen des Hundes wurde lauter und zorniger. Ein blauer Bauernkarren und ein grüner Volvo-Kombi standen Seite an Seite in der Nähe der Innentür, die von einem jungen Mann geöffnet wurde, der ein Gewehr in der rechten Hand hielt.

Er war Ende Zwanzig und makellos gekleidet, trug einen braunkarierten Anzug im englischen Stil, der aber unverkennbar italienisch geschnitten war, wobei das Dreieck des braunen Einstecktuches in der Brusttasche genau zum Seidenschlips mit seinen bronzenen und schwarzen Streifen paßte. Ein dunkler senfgelber Pullover mit V-Ausschnitt und ein Hemd mit angeknöpftem Kragen in dezentem Hellblau sowie ein paar hochglänzende Oxfordschuhe vervollständigten sein Outfit. Er trug sein glattes schwarzes Haar, das an den Schläfen etwas dünn wurde, im Nacken relativ lang, perfekt gewellt und gestylt. Eine große Brille machte aus dem freundlichen, offenen, jungenhaften Gesicht einen ganz eigenen Typ.

»Guten Morgen«, sagte er sehr bestimmt und sehr wohlerzogen.

Aurelio Zen, der sich sichtlich unwohl fühlte angesichts der Waffe – die zwar nicht direkt auf ihn gerichtet war, aber auch nicht ausdrücklich weg von ihm –, zeigte seinen Polizeiausweis und stellte sich vor, während der immer noch unsichtbare Hund weiter wütend bellte. Der junge Mann nickte und ließ die Waffe sinken.

»Ruhe!« schrie er laut.

Der Hund wurde sofort still.

»Bitte verzeihen Sie, daß ich hier eindringe«, bemerkte Zen. »Wenn ich gewußt hätte, daß jemand hier ist, hätte ich vorher angerufen.«

»Nun, jemand hat das schon für Sie erledigt«, erwiderte der Mann. »Es gab heute morgen schon zwei Anrufe für Sie.«

Zen sah ihn völlig erstaunt an.

»Das ist unmöglich! Niemand wußte, daß ich hierherkommen würde. Ich weiß es selbst erst seit ein paar Stunden.«

»Ich auch, was das betrifft. Ich bin heute morgen um sieben Uhr entlassen worden.«

»Entlassen?«

Der Mann starrte ihn herausfordernd an.

»Aus dem Gefängnis. Ich bin Manlio Vincenzo. Was kann ich für Sie tun, *dottore*? Die Erfahrungen, die ich kürzlich machen durfte, haben nicht unbedingt dazu geführt, daß ich die Hüter des Gesetzes besonders liebgewonnen hätte, aber ich bin mir meiner Bürgerpflichten sehr wohl bewußt, ebenso der besonders prekären Lage, in der ich mich derzeit befinde. Also, was kann ich nun für Sie tun?«

Zen lachte fast ein wenig verlegen.

»Um ehrlich zu sein, ich weiß es nicht genau. Ich denke, ich wollte mir den Schauplatz des Verbrechens einmal ansehen. Um selbst einen Blick darauf zu werfen, ich meine, ein Gefühl zu entwickeln für das...«

Manlio Vincenzo nickte.

»Ich hab' schon verstanden. Sie suchen, was wir in der Weinbranche den *goût de terroir* nennen. Nun, Sie haben Glück. Sowenig wir hier in der Langhe vielleicht sonst zu bieten haben, daran mangelt es jedenfalls nicht. Ich will nur schnell meine Stiefel anziehen.«

Er ging wieder hinein und nahm die Waffe mit. Zen wandte sich der Sonne zu, die den Hof nun in gleißendes Licht tauchte. Geschützt vor der leichten Brise, ganz zu schweigen von dem Lärm von der Straße weiter oben, wirkte hier alles unglaublich warm und still, eine Oase der Ruhe in einer rauhen Welt. Zen mußte sich richtiggehend anstrengen, um sich daran zu erinnern, daß der verstorbene Besitzer von hier aus einem scheußlichen Tod entgegengegangen war und daß immer noch niemand wußte, warum. Als Manlio Vincenzo wiederauftauchte, jetzt in grünen Gummistiefeln und Mantel, schien er Zens Gedanken erraten zu haben.

»Mein Vater ist an dem Morgen, an dem er starb, mit Sicherheit auch diesen Weg gegangen«, sagte er und führte Zen an dem weiter entfernten Ende ums Haus.

»An dem Abend, an dem er gestorben ist, meinen Sie.«

Manlio schüttelte den Kopf.

»Nein, *dottore*. Er hat seine letzte Nacht im Bett verbracht. Mein Vater hat sehr laut geschnarcht. Das war nicht das geringste von all den Übeln, die meine arme Mutter ertragen mußte. Ich bin nachts aufgestanden, um mir ein Glas Wasser zu holen, und das ganze obere Stockwerk des Hauses vibrierte von diesem unverkennbaren, röchelnden Rasseln. Wenn er viel getrunken hatte, war es immer besonders schlimm.«

Zen runzelte die Stirn.

»Davon stand nichts in dem Bericht, den ich gelesen habe.«

»Natürlich nicht«, knurrte Manlio bitter. »Das ist nur meine unbestätigte Zeugenaussage, und ich war schon verhaftet. Warum soll man sich seinen schönen Fall dadurch versauen lassen, daß man die Wahrheit mit reinzieht?«

»Um wieviel Uhr haben Sie ihn gehört?«

»Ungefähr um halb vier. Seit ich aus dem Ausland wieder zurück bin, wache ich immer um die Zeit auf. Bis zu diesem

Tag jedenfalls. Im Gefängnis habe ich geschlafen wie ein Toter, wie man so sagt.«

Sie waren aus dem Innenhof in die offene Landschaft getreten und hatten nun eine endlose Kette kleiner Hügel vor Augen, die alle mit Wein bewachsen waren. Auf jeder dieser Anhöhen stand eine Gruppe niedriger massiver Steinhäuser, ähnlich dem hinter ihnen. In dem verwaschenen blauen Himmel ballten sich Wolkenfetzen wie Schaum auf dem Wasser.

»Rosa, Ihre Haushälterin, hat den Carabinieri erzählt, Aldo sei aus dem Haus gegangen, nachdem er von der Dorf*festa* zurück war, und Sie seien ihm gefolgt«, bemerkte Zen.

»Ganz genau. Rosa ist lieber hiergeblieben und hat sich die Verkaufsshows angeguckt. Das ist ihr einziges Vergnügen, obwohl sie nie irgendwas bestellt. Ich hab das Fest jedenfalls frühzeitig verlassen, wie Sie ohne Zweifel wissen, nämlich nach dem hinlänglich bekannten Streit mit meinem Vater. Als er nach Hause kam, habe ich versucht, die ganze Sache mit ihm zu besprechen. Er ging nach draußen, und ich folgte ihm. Rosa, der die ganze Szene sichtlich peinlich war, ging ins Bett. Sie schlief, als ich zurückkehrte.«

»Warum ist Ihr Vater denn überhaupt zu dieser nachtschlafenden Zeit noch mal rausgegangen?«

»Kurz nachdem er wieder hier war, kam ein Anruf. Das hatte vielleicht etwas damit zu tun, aber als ich ihn fragte, wohin er denn noch ginge, sagte er nur, daß er wieder einen klaren Kopf bekommen wolle. Er hatte bei der *festa* reichlich getrunken. Ich sagte ihm, daß ich mitkommen würde, und er brüllte, er hätte für diesen Abend genug von mir. Ich bin trotzdem mitgegangen. Ich wollte nicht, daß er in diesem Zustand ins Bett geht. Außerdem hatte er die ganze Sache mißverstanden, und ich hatte das Bedürfnis, alles mit ihm zu besprechen.«

Vor ihnen erstreckten sich die schwer beladenen Rebstöcke

über den ganzen Hang. Manlio Vincenzo bog zwischen zwei Rebzeilen ab und begann, bergabwärts zu laufen.

»Diesen Weg sind wir gegangen«, sagte er. »Mein Vater ein oder zwei Schritte voraus, ich klebte ihm an den Fersen wie ein Hund.«

»Woher wissen Sie, daß es genau diese Rebzeile war? Es war stockdunkel, und Sie haben zugegeben, daß Sie betrunken waren...«

»*Dottore*, Sie können mir die Augen verbinden und mich irgendwo auf unserem Grundstück abstellen, und ich wüßte sofort, wo ich bin, auf den Meter genau. Glauben Sie mir, diesen Weg sind wir gekommen.«

Sie stapften eine ganze Weile schweigend nebeneinanderher.

»Worum ging es denn nun in dem Streit zwischen Ihnen und Ihrem Vater?« fragte Zen schließlich.

»Es gab zwei Gründe. Der eine, der – das muß ich nicht eigens betonen – die Presse und die Öffentlichkeit so fasziniert, ist, daß er einen privaten Brief einer Freundin an mich geöffnet und gelesen hatte, den Inhalt mißverstanden und dazu benutzt hat, mich in der Öffentlichkeit zu beschimpfen. Aber das war eigentlich nur oberflächlich. Der wahre Grund für seine Feindseligkeit liegt viel tiefer. Ich fürchte, einem Außenseiter wird das ziemlich unsinnig, wenn nicht absurd vorkommen.«

Zen zuckte mit den Achseln.

»Erzählen Sie's mir trotzdem. Deshalb bin ich ja hier.«

Manlio Vincenzo hielt inne, um die Büschel von Trauben zu inspizieren, die sich auf einer Seite zwischen die Blätter schmiegten.

»Es ging um Wein«, sagte er.

Zen sah ihn scharf an, weil er das für einen Witz hielt. Aber er hatte sich eindeutig getäuscht.

»Dieses Land gehört unserer Familie seit ungefähr hundert Jahren«, fuhr Manlio fort und schlenderte weiter. »Mein Urgroßvater wurde durch Baumwollhandel reich und kaufte sich das Landgut vor dem Dorf, aus dem sein Vater gekommen war. Er machte Wein für den eigenen Bedarf, aber das war alles. Als mein Vater das Gut nach dem Krieg erbte, hatten diese Trauben und die Weine, die aus ihnen gewonnen wurden, inzwischen einen erheblichen Marktwert erlangt, und als ich geboren wurde, hatte der Markt noch mal einen Sprung nach oben gemacht. Ich habe ihn überreden können, daß wir, wenn wir weiter konkurrenzfähig bleiben wollten, die neuesten Entwicklungen auf diesem Gebiet mitmachen müßten. Als ich an der Uni fertig war, schickte er mich für ein Jahr ins Ausland, um Weinbau zu studieren.«

»Wohin ins Ausland?«

»Zunächst nach Bordeaux und dann in die Vereinigten Staaten.«

Zen starrte ihn erstaunt an.

»Nach Amerika? Aber die trinken doch bloß Milch und Coca-Cola!«

Manlio Vincenzo lächelte.

»Genau das sagte mein Vater auch, als ich ihm den Vorschlag machte. Aber Sie haben beide unrecht. Die University of California in Davis war zu der Zeit, und ist es wahrscheinlich immer noch, einer der besten Orte in der Welt, um die Weinherstellung in all ihren Details zu studieren, ohne Vorurteile und ohne bornierte Überheblichkeit. Die Amerikaner haben vielleicht spät angefangen, aber sie haben schnell aufgeholt.«

»Das erklärt aber nicht, warum Sie und Ihr Vater an jenem Abend bei der *Festa della Vendemmia* beinahe handgreiflich geworden sind«, bemerkte Zen spitz.

»Ich komme noch darauf. Mein Vater schickte mich zum

Studium ins Ausland, weil er mit den anderen Topwinzern in dieser Gegend gleichziehen wollte. Er ärgerte sich über ihren wachsenden Ruhm, ganz zu schweigen von den Preisen, die sie erzielten, und wollte, daß ich herausfinde, wie wir uns mit ihnen messen könnten. Was mich betrifft, ich wollte reisen, neue Leute kennenlernen und die Welt sehen. Zu der Zeit wollte ich nicht einmal unbedingt Winzer werden. Ich habe ein Diplom als Ingenieur. Aber ich bin auf seine Idee eingegangen, weil es der einzige Weg für mich war, hier rauszukommen.«

»Und weg von ihm?« deutete Zen an.

Vincenzo machte eine unbestimmte Geste.

»Bis zu einem gewissen Grade, ja. Im Gegenzug hatte ich mir vorgenommen, Kurse zu belegen und mit einigen nützlichen Tips bezüglich Eichenfässern, Rebschnitt und Gärung zurückzukehren. Statt dessen konnte er mich nach meiner Rückkehr kaum noch wiedererkennen, so verstört war er von meinen neuen Ideen.«

»Was für Ideen?«

»Über die Variation von Rebsorten beispielweise. Es ist meinem Vater nicht einmal in den Sinn gekommen, überhaupt auch nur darüber zu diskutieren. Wie jeder andere hier haben wir nur eine Traube gezüchtet, Nebbiolo. Das war so selbstverständlich, als hätte Gott es selbst befohlen. Aldo wollte nur, daß ich lerne, wie ich sie noch profitabler anbauen und reifen lassen könnte. Aber nach meinen Erfahrungen im Ausland hatte ich andere Ideen, die er…«

Manlio Vincenzo musterte Zen kurz durch seine Brille, die ihn ein bißchen wie eine Eule aussehen ließ.

»An dieser Stelle hat er mir gesagt, ich solle doch abhauen und den Schwanz von meinem Freund lecken, wenn ich ihn einmal zitieren darf. Genau hier in dieser leichten Senke, wo sich das Wasser sammelt. Man spürt, wie schwammig der Boden ist, verglichen mit dem gut entwässerten Areal, über das wir gerade gegangen sind.«

Zen, der nichts davon spüren konnte, nickte. Manlio Vincenzo blieb stehen und sah in die Ferne.

»Dann drehte er sich um und ging ohne ein weiteres Wort weg. Ich wollte ihm folgen, aber dann sah ich ein, daß es keinen Sinn hatte. Ich lief zurück zum Haus und habe mich schlafen gelegt. Ich habe ihn nie wieder lebend gesehen.«

»Wann sind Sie am nächsten Morgen aufgestanden?« fragte Zen nach einer kurzen Pause.

»Ungefähr um sieben.«

»Doch Ihren Vater haben Sie nicht gesehen?«

»Nein, da war er schon weg. Die Tür zu seinem Zimmer stand offen, aber er war nicht da. Das überraschte mich nicht. Er ist immer früh aufgestanden, und um diese Jahreszeit konnte man ihn kaum loseisen von seinen Reben. Ich glaube tatsächlich, das war der wahre Grund, warum er am Abend vorher rausgegangen war, obwohl es zu dunkel war, um irgend etwas zu erkennen. Jedes Jahr, sobald die Weinlese näher rückte, verbrachte er Stunden um Stunden in den Weinbergen, schnitt Blätter und prüfte, wie reif die Trauben schon waren. Er war wie eine Mutter mit ihrem neugeborenen Baby.«

Er lief auf der anderen Seite der Senke voraus über einen Hügelkamm. Zwischen den Rebzeilen befand sich hier eine schmale Fahrspur, um maschinellen Zugang zu ermöglichen. Manlio eilte rasch den Hang hinauf und ließ Zen ein wenig hinter sich. Schließlich wandte er sich nach links auf einen umgepflügten Pfad zwischen zwei Rebzeilen, der zu einem verwilderten Eichenwäldchen am Rande des Feldes führte. Ein Lastwagen kam polternd näher und erinnerte an die Straße, auf der Zen gekommen war.

Plötzlich wurden Manlios Schritte langsamer, zögerlich und

verhalten, als pirsche er sich an ein scheues Wild heran. Er zeigte auf eine kahle Stelle, wo drei Rebstöcke knapp über dem Boden brutal abgehackt worden waren. Die Erde sah aus, als sei sie erst kürzlich umgegraben worden.

»Hier haben sie ihn gefunden«, sagte er kalt und scheinbar ungerührt.

»Den Toten?«

Ein kurzes Nicken.

»Ich habe natürlich die Rebstöcke abschneiden lassen. Es kommt überhaupt nicht in Frage, aus *diesen* Trauben Wein zu machen. Vorher war diese Stelle weder von der Straße noch vom Haus aus zu sehen. Mein Vater ist oft den ganzen Tag lang irgendwohin verschwunden, ohne es irgend jemandem zu sagen. Hätte ich Alarm geschlagen, um dann feststellen zu müssen, daß er bloß wegen einiger Privatangelegenheiten in die Stadt gefahren war, dann wäre ich erledigt gewesen. Es war so schon schlimm genug zwischen uns. Ich habe erst am nächsten Abend die Polizei angerufen, die am folgenden Morgen dann die Hunde gebracht hat.«

»Da ließ sich allerdings, laut Obduktionsbericht, der genaue Zeitpunkt des Todes nicht mehr eindeutig feststellen«, bemerkte Zen gewollt beiläufig.

Manlio lächelte und nickte.

»Ja, ich weiß. Der Untersuchungsrichter hat viel Tamtam um diesen speziellen Punkt gemacht. Dennoch steht fest, daß ich meinen Vater nicht umgebracht habe.«

»Aber irgend jemand hat es getan«, sagte Zen leise.

»Ja, irgend jemand hat es getan. Und ein anderer Jemand weiß, wer dieser Jemand ist, und noch eine weitere Person weiß, daß dieser Jemand es weiß. So ist das hier bei uns, *dottore.*«

In seinen Worten lag so viel Bitterkeit, daß Zen erstaunt war, als er ihn fragen hörte: »Haben Sie zufällig Zeit zum Mittagessen?«

»Mittagessen?« gab er unsicher zurück.

»Na ja, wir wollen nicht übertreiben. Seit ich verhaftet wurde, wohnt Rosa bei ihrer Tochter, also müssen wir improvisieren. Aber der Wein ist gut.«

Er sah Zen besorgt an.

»Das ist aber eine scheußliche Schnittwunde, die Sie da haben, *dottore*. Und noch ganz frisch, wie es aussieht.«

Nachdem Minot Aurelio Zen in Palazzuole abgesetzt hatte, fuhr er ein paar Kilometer aus der Stadt heraus, um einigen Privatkunden und einem Restaurantbesitzer, mit dem er gelegentlich Geschäfte machte, seinen Besuch abzustatten. Seine Ernte in dieser Nacht war nicht lohnend genug gewesen, um nach Alba zu fahren und direkt auf der Straße zu verkaufen.

Seine Kunden schreckten anfangs zurück, als sie hörten, daß die Preise über Nacht im Schnitt um zehn Prozent gestiegen waren.

»Beppe hat nie soviel verlangt!« sagten alle.

»Beppe ist tot, er ruhe in Frieden«, lautete die Antwort. »Wenn Sie die Marktpreise zahlen wollen, fahren Sie in die Stadt. Wenn Sie wollen, daß ich die Trüffeln zu Ihnen bringe, dann ist dies mein aktueller Preis.«

Sie zahlten alle, bis auf einen, und Minot fuhr nach Hause und war der Chance, Beppes Söhnen und Erben Anna abkaufen zu können, um hunderttausend Lire nähergekommen. Sie wohnten in der Stadt und waren weder daran interessiert, einen Trüffelhund zu besitzen, noch hatten sie – glücklicherweise – eine Vorstellung davon, wieviel das Tier wirklich wert war. In der Zwischenzeit hatte Minot freundlicherweise angeboten, sich um die Hündin zu kümmern, und, unschwer zu erraten, setzte er sie außerordentlich sinnvoll ein, auch wenn er sie wegen der Ratten in einem Verschlag vor dem Haus hielt.

Die Ratten waren schon vor ein paar Jahren aufgetaucht: ein kurzer Einbruch hier, ein nächtlicher Überfall dort, ständig fehlte Hühnerfutter, die Säcke mit Saatgut waren angenagt, und überall lagen viele harte, schwarze Köttel verstreut. Minot hatte schon einmal versucht, Anna auf sie anzusetzen, an jenem Abend, als Beppe zur Hochzeit seines jüngeren Sohnes nach Turin fahren mußte und Minot sich Anna – aufgrund ihres schon lange bestehenden Arrangements – ausleihen konnte. Aber Anna war gezüchtet worden, Trüffeln zu erschnüffeln, und zeigte keinerlei Interesse, es mit einer Armee von Nagern aufzunehmen.

Danach hatte Minot auf Gift und Fallen zurückgegriffen, außerdem hatte er ihnen eines Nachts aufgelauert und mindestens ein Dutzend von ihnen abgeknallt. Er hatte in seiner Wut sogar eine Jungratte mit der Schaufel zweigeteilt. Aber sie kamen immer wieder, bis er eines Tages – er wußte immer noch nicht, warum eigentlich – einen Teller mit trockenem Brot, das er nicht mehr gebrauchen konnte, rausgestellt hatte, diesmal ohne Gift. Am nächsten Morgen war es weg. Am Abend stellte er wieder etwas raus, zusammen mit einer Untertasse verdünnter Milch.

Von diesem Augenblick an hatten die Angriffe auf seine Samen- und Körnervorräte allmählich nachgelassen, bis sie dann ganz aufhörten. Es war, als ob er und die Ratten schließlich eine Art Abkommen getroffen hätten. Minot teilte dies natürlich niemand anderem mit. Die Leute hielten ihn ohnehin schon für ein bißchen exzentrisch. Wenn sie erfuhren, daß er Ratten fütterte, würde das ihre Vorurteile nur bestätigen. Aber Minot sah gar nicht ein, warum Ratten weniger Lebensrecht haben sollten als etwa eine Reihe von Menschen, an die er denken mußte, immer vorausgesetzt natürlich, daß sie ihn und sein Eigentum respektierten. Schließlich wollten sie doch bloß überleben, wie jeder und alles andere auch. War das zuviel verlangt?

Es dauerte noch einige Monate, bis seine Untertanen es wagten, persönlich vor ihrem Wohltäter zu erscheinen, und als sie es dann taten, erhaschte er sie anfangs nur flüchtig aus dem Augenwinkel, ein hektisches Gewusel im Dunkel der Zimmerecke, das leichte Schlagen eines langen, dünnen Schwanzes, der plötzlich wieder verschwunden war. Vielleicht existierte noch so etwas wie eine kollektive Erinnerung an die Gewehrschüsse, die das Rudel dezimiert hatten, oder an die Schreie des Jungtiers, das Minot mit seinem Spaten entzweigehackt hatte.

Aber auf die Dauer verblaßten auch sie, reine Mythen und Altweibergeschichten, die niemand mehr ernst nahm. Die jüngere Generation wußte nicht mehr von diesem Haus, als daß es ihnen Essen und Trinken bot, das sie jede Nacht vorfanden. Das war ihnen real genug, der Rest bloß Geschichten. Und so kamen sie heraus, mit zuckenden Schnauzen und wachsamen roten Augen, die Schwänze so beweglich, als ob sie ein eigenes Leben besäßen, Parasiten, die wiederum andere Parasiten bewohnten. Minot saß auf dem Sofa und beobachtete, wie sie das nächtliche Angebot annahmen, das er ihnen hingestellt hatte. Von Zeit zu Zeit sahen sie zu ihm auf in einer Haltung, die, wäre er sentimental genug, durchaus als Dankbarkeit hätte interpretiert werden können. Aber Minot war ein Realist, und er wußte genau, wie weit das Interesse der Ratten für ihn ging. Das gefiel ihm. Zweckfreundlichkeit war eine Art der Zuneigung, auf die man sich verlassen konnte.

Und so fütterte er nun seine Tierchen morgens und abends, und sie kannten ihn inzwischen so gut, daß sie sich auf das Sofa vorwagten, auf dem er saß, ja sich sogar auf seinen Beinen und Schultern niederließen. Er gestattete ihnen, neugierig herumzutrappeln, zu ihm hochzulinsen und zu schnüffeln, wobei ihre Barthärchen eifrig zitterten, bis er hörte, wie sich ein Auto näherte und dann draußen vorfuhr. Mit einem forschen Händeklatschen entließ er seine Vertrauten, stopfte das Geld, das ihm die Trüffeln eingebracht hatten, unter die Sofakissen und ging, um nachzusehen.

Das Fahrzeug, das vor dem Haus parkte, entpuppte sich als Carabinieri-Jeep. Ihm entstieg, in seine Uniform gestopft wie eine Wurst in die Pelle, Enrico Pascal.

»*Marescià*«, sagte Minot.

Pascal zuckte zusammen.

»Meine Hämorrhoiden bringen mich um«, verkündete er und wirkte dabei sehr zufrieden, wenn nicht stolz.

»Du sitzt zuviel am Schreibtisch!« erwiderte Minot. »Schau mich an. Ich bin den ganzen Tag und die halbe Nacht draußen unterwegs, und der alte Schließmuskel ist immer noch so fest wie eine Trommel.«

Pascal schüttelte den Kopf.

»Der Arzt sagt, das liegt in der Familie. Kann ich reinkommen?«

Minot wedelte lässig mit der Hand. Enrico Pascal ging an ihm vorbei, blieb stehen und musterte den Fußboden im Zimmer.

»Sieht aus, als ob du Ratten hättest«, bemerkte er und betrachtete die Köttel, die überall verstreut lagen.

»Tja, ist halt schwer, sie fernzuhalten! Möchtest du was trinken?«

Der *maresciallo* zog eine Grimasse.

»Vielleicht einen Tropfen, nur um meinen Pegel zu halten.«

Minot nickte. Die Sitten auf dem Lande schrieben den Verzehr eines gewissen Quantums Wein während des Tages vor,

»um seinen Pegel zu halten«. Man war – und davon darf man ausgehen – natürlich nie betrunken, man war aber auch nie wirklich nüchtern.

Mit seinem eigentümlich femininen Gang schritt Minot zum alten Kühlschrank in der Ecke und holte eine Flasche Weißwein ohne Etikett heraus, einen *Favorita*, gewonnen aus einer Traube, die seit jeher in dieser Gegend wuchs und von einigen Winzern immer noch zum privaten Verbrauch angebaut wurde.

»Noch schlimmer als in meinem«, war Enrico Pascals Kommentar, als er das Chaos im Kühlschrank musterte. »Ich dachte immer, meine Frau würde das absichtlich tun, damit ich abnehme. ›Du könntest einen Haufen Geld verdienen‹, hab' ich zu ihr gesagt, ›wenn du das als Wunderdiät verkaufst. Ein Blick, und der Appetit vergeht einem für Stunden.‹ Was ist das denn?«

Er zeigte auf ein Glas, das mit einer dunkelroten Flüssigkeit gefüllt war, in der Fleischstücke schwammen.

»Hase«, antwortete Minot und gab Pascal seinen Wein. Der stellte sich wieder in der Mitte des Raumes auf, und sah sich überheblich um. Minot nahm wieder seinen Platz auf dem Sofa ein. Eine Zeitlang herrschte Schweigen.

»Samstag morgen gegen sechs...«, begann Pascal schließlich und brach dann wieder ab.

»Ja?«

Enrico Pascal seufzte schwer.

»Wo warst du da?«

Minot dachte einen Moment lang nach.

»Draußen«, erwiderte er.

»Wo draußen?«

»Trüffeln suchen.«

Wieder stöhnte der *maresciallo* und sank in den Stuhl rechts von Minot, den Rücken dem trüben Licht zugewandt, das durch das einzige Fenster fiel.

»Ja, aber wo?«

Minot lächelte verschlagen.

»Na, du wirst doch nicht erwarten, daß ich das beantworte!«

»Ich ermittle im Mordfall von Beppe Gallizio«, erwiderte der Carabiniere. »Ich erwarte volle Kooperation von jedem Mitglied der Gemeinde.«

Die beiden Männer sahen sich an.

»Es war Richtung Neviglie. Eine Stelle, die vielversprechend aussah und die ich vor ein paar Wochen entdeckt hatte, als ich von einer Lieferung zurückkam.«

Pascal dachte einen Augenblick lang darüber nach.

»Aber Beppe hatte Anna in jener Nacht bei sich«, sagte er. »Und du besitzt keinen eigenen Hund, Minot.«

Statt zu antworten, stand Minot auf und ging in die Küche, wo er sich ein Glas Wein einschenkte.

»Was soll das alles?« fragte er, als er ins Zimmer zurückkehrte.

Enrico rutschte gequält von einer Hinterbacke auf die andere.

»Zuerst haben wir angenommen, Beppe hätte Selbstmord begangen, verstehst du«, holte er weit aus. »Möglicherweise wird das auch das endgültige Ergebnis sein. Zwischenzeitlich aber gibt es ein paar Dinge, die uns irritieren.«

Minot trank einen Schluck Wein und lehnte sich an den Sims über dem kalten Kamin.

»Was für Dinge?«

»Tja, also da ist die Waffe, zum Beispiel. Es ist die von Beppe, schon richtig, und sie lag neben der Leiche, und die einzigen Fingerabdrücke darauf stammen von ihm. Aber Anna war auch da, und Beppe hatte seine Hacke, Taschenlampe und die gesamte Trüffeljagdausrüstung dabei. Warum sollte er das mitschleppen, wenn er sich umbringen wollte? Und warum hatte er die Waffe dabei, wenn er es nicht wollte?«

Er seufzte abermals.

»Und dann haben die Leute aus dem Labor ein paar Probleme, mit denen sie mich belästigen.«

»Was denn?«

»Ich will dich nicht mit Einzelheiten langweilen. Eigentlich verstehe ich sie selbst nicht so ganz. Aber wenn man eine Waffe abfeuert, dann sondert sie Nitratspuren auf Ärmel und Hand ab. Es gab auch Nitratspuren auf Beppes Leiche und seiner Kleidung, aber sie waren anscheinend zu schwach und zu alt, um von diesem Tag zu stammen. Außerdem war da irgendwas mit dem ›Streuwinkel‹ oder so. Sie sagen, daß die Art, wie die Schrotkugeln, die Beppe getroffen haben, verstreut sind, darauf hinweist, daß das Ende des Laufes mindestens einen halben Meter entfernt gewesen sein muß, aber aus der Entfernung hätte er natürlich nicht abdrücken können.«

Minot kippte den Wein runter.

»Und was hat das mit mir zu tun?«

Sein Gast stand auf und schob die Daumen unter den schwarzen Gürtel seiner Uniform.

»Wir haben einen Zeugen, der aussagt, er hätte einen Lastwagen wie den deinen nicht weit von dem Wald, in dem Beppe gestorben ist, an der Straße parken sehen.«

Minot wirbelte zu ihm herum, sein Körper war angespannt, zum Sprung bereit.

»Wer war das? Bestimmt jemand, der wütend auf mich ist. Die hassen mich alle, Gott weiß warum. Ich hab ihnen nie etwas getan, aber sie behandeln mich wie einen Aussätzigen!«

Pascal verlor die Fassung nicht.

»In diesem Fall nicht, Minot. Der fragliche Zeuge war gestern frühmorgens auf dem Weg nach Alba, als er ein Fahrzeug im Wäldchen links von der Straße geparkt sah, einen roten Fiat-Pick-up. Er erkannte, daß es dein Wagen war, nahm an, daß du auf Trüffelsuche warst, und dachte sich nichts dabei. Dann hörte er die Nachricht von Beppes Selbstmord und rief mich an, um mir zu sagen, daß du vielleicht etwas gehört oder gesehen haben könntest.«

Er starrte seinen Gastgeber unverwandt an.

»Und jetzt würde ich gerne hören, was du dazu zu sagen hast.«

Minot setzte sich wieder hin. Es hatte keinen Sinn, der Situation mit den Fäusten beikommen zu wollen. *Minot chit* hatten sie ihn immer genannt, als er noch ein Kind war – ›Kleiner Guglielmo‹ –, um ihn von einem anderen Jungen mit demselben Namen zu unterscheiden, einem angeberischen, brutalen Rüpel, der *Minot gross* genannt wurde. Diese Differenzierung verlor jede Bedeutung, als der große Guglielmo sich den Hals brach, weil er glaubte, das Dach eines verlassenen Bauernhofes vor dem Dorf inspizieren zu müssen, aber irgendwie war der spöttische Spitzname an ihm kleben geblieben.

»Ich sagte schon, *ich* war nicht da«, erklärte Minot Pascal.

»Ich habe nichts über meinen Pick-up gesagt.«

Der *maresciallo* zog eine Augenbraue hoch und wartete.

»Ich war mit Freunden unterwegs an dem Abend«, sagte Minot nach einer Pause. »Sie hatten die Hunde mitgebracht, und ich bin bei ihnen im Wagen mitgefahren. Als ich wieder zurückkam, war mein Lastwagen zwar hier, aber er stand nicht da, wo ich ihn abgestellt hatte. Auf dem Lack war außerdem Lehm, frischer Lehm. Jemand muß den Wagen genommen haben, während ich unterwegs war. Der Zündschlüssel steckte. Ich zieh ihn nie raus. Niemand hier wird so eine alte Karre wie die meine klauen.«

Enrico Pascal dachte darüber nach.

»Und wer waren diese Freunde?« fragte er.

Minot schüttelte entschlossen den Kopf.

»Ich werde sie nicht in diese Scheiße mit reinziehen.«

Pascal zupfte am Hosenboden seiner Uniformhose. Er setzte sich wieder hin und trommelte mit den Fingern einer Hand auf seinem Knie.

»Du machst es mir sehr schwer, Minot«, sagte er milde.

Als Antwort lachte Minot nur.

»Du hast es mir auch nicht immer richtig leichtgemacht, *marescià*! Endlich kann ich mich mal revanchieren für...«

Er brach abrupt ab. Eine der Ratten war auf der Rückseite des Stuhls, in dem der Carabiniere saß, aufgetaucht und kauerte jetzt nur ein paar Zentimeter von dessen Ohr entfernt. Minot klatschte laut in die Hände. Das Tier erstarrte, drehte sich um und verschwand. Minot rieb sich die Hände, als wäre das Klatschen bloß eine untermalende Geste seiner Rhetorik gewesen.

»Ich werde folgendes tun«, schlug er in versöhnlichem Ton vor. »Ich rede erst mal mit meinen Freunden. Wenn es keine Probleme gibt, ruf ich dich an und geb dir ihre Namen.«

»Wieso meinst du, daß es Probleme geben könnte?«

Minot zuckte mit den Achseln.

»Man weiß ja nie, oder? Schau dir Lamberto Latini an. Auch er wollte nicht, daß irgend jemand weiß, wo er in jener Nacht gewesen war, nicht wahr?«

Enrico Pascal schüttelte den Kopf.

»Ich weiß nicht, Minot. Das ist schon ziemlich ungewöhnlich. Ich meine, du könntest genausogut zu deinen Freunden gehen, um dir mit ihnen eine Geschichte zusammenzubasteln, ein Alibi für dich zu konstruieren...«

Minot schnaubte verächtlich.

»Mach dich nicht lächerlich! Wer wird denn für jemanden wie mich so ein Risiko eingehen?«

Pascal schien nicht gehört zu haben.

»Ich sollte dich wirklich gleich festnehmen«, murmelte er, als würde er mit sich selbst reden.

»Aber du willst nicht noch einen Fehler machen, oder?« erwiderte Minot bösartig. »Erst Manlio Vincenzo, dann Latini. Wenn du ein drittes Mal danebenhaust, werden die Leute anfangen, Witze zu reißen. ›Um Zeit zu sparen, sollte er uns einfach gleich alle verhaften!‹ Das willst du sicher nicht, *marescià*. In der Stadt kommst du mit so was vielleicht durch, aber hier draußen auf dem Land bist du auf den Respekt und die Kooperation der Leute angewiesen. Wenn du das nicht hast, kannst du deine Arbeit ganz vergessen.«

Enrico Pascal erhob sich schwerfällig.

»Du siehst das alles ganz richtig, Minot. Ich kann mir nicht noch einen Fehler leisten, das ist wahr. Auf der anderen Seite kann ich mir auch keine zwei ungelösten Mordfälle in meinem Bezirk leisten.«

»Was ist denn mit diesem anderen Polizisten?« fragte ihn Minot. »Mit dem, der gerade aus Rom gekommen ist. Er schien zumindest ein paar Ideen zu der Vincenzo-Geschichte zu haben.«

Enrico Pascal starrte ihn streng an.

»Du hast ihn kennengelernt?«

»Gestern in Alba, am Markt. Die Faigano-Brüder und ich haben Karten gespielt. Er kam zu uns und stellte sich als Zeitungsreporter aus Neapel vor. Wir haben so getan, als würden wir ihm glauben.«

Der *maresciallo* schien vollkommen verblüfft zu sein.

»Aber woher wußtest du, wer er war?«

»Weil ich ihn schon vorher einmal mit Doktor Legna auf der Straße getroffen hatte, und der hat ihn mit allergrößtem Respekt behandelt. Da wußte ich, daß er dieser ›Superbulle‹ sein mußte, über den sie in der Zeitung geschrieben hatten. Als er in der Bar auftauchte, hab' ich ihn gleich erkannt.«

Er lachte.

»Also hab' ich angefangen, den Refrain unseres alten Faschistenliedes zu pfeifen! Das haben wir damals im Krieg immer gemacht, um uns gegenseitig zu warnen, wenn ein Spitzel in der Nähe war. Dagegen ist nichts einzuwenden, oder? Wir waren doch bloß patriotisch.«

Pascal schniefte laut.

»Er hat sich als Reporter ausgegeben, ja? Diese Typen von der *Criminalpol*, die werden sicher ausgebildet, um solche verdeckten Ermittlungen zu machen. Na ja, wenigstens hast du ihn schon mal gesehen und mit ihm gesprochen. Mit mir hat er sich noch nicht in Verbindung gesetzt. Aber warum sollte er das auch? Ich bin ja bloß irgend so ein Trampel vom Land, der hier im Dorf Ordnung halten will.«

Er nickte Minot zu.

»Na, dann will ich mal wieder.«

Sie gingen zusammen zur Haustür.

»Oh, beinahe hätte ich's vergessen«, sagte Pascal und drehte sich auf der Schwelle um.

Er holte etwas aus der Tasche.

»Ich glaube, das ist deines.«

Minot stand da und sah auf das Messer herab, das in Pascals ausgestreckter Hand lag.

»Wo hast du das her?« sagte er.

»Dann *ist* es also deines?«

»Ich hab's noch nie gesehen.«

Ihre Blicke trafen sich.

»Warum hast du mich dann gefragt, woher ich es habe?« fragte Pascal.

Minots Augen verengten sich unfreundlich.

»Ich meine, warum zeigst du mir das? Warum hast du das mitgebracht?«

Enrico Pascal untersuchte das Messer sorgfältig, als könnte es vielleicht Antwort auf diese Frage geben. Es war alt und abgenutzt, mit einem abgewetzten Holzgriff und einer langen stumpfen Klinge. Beides war völlig sauber.

»Es war in Beppes Haus«, erwiderte er schließlich.

»Und wie kommst du darauf, daß es mir gehören könnte?«

Der *maresciallo* dachte kurz nach, als versuchte er, sich zu erinnern.

»Dieser Zeuge, von dem ich dir erzählt habe«, sagte er schließlich. »Als ich ihm das Messer zeigte, meinte er, du hättest so eins.«

»Jetzt mach aber mal einen Punkt, Pascà!« rief Minot ärgerlich aus. »Hör auf, mich zu reizen! Wer ist denn nun dein angeblicher Zeuge?«

Jetzt war es an Enrico Pascal, zu lächeln.

»Wenn du hinter Gittern wärst, Minot, müßte ich dir diese Auskunft geben. So wie es steht, sehe ich keinen Grund dafür, ihn – wie hast du dich ausgedrückt? – ›in die Scheiße zu ziehen‹.«

Minots Gesicht glich einer harten, wütenden Maske.

»Spiel keine Spielchen mit mir, *marescià*! Leute, die so etwas tun...«

Er brach ab.

»Ja?« fragte Pascal.

Minot sah ihn an.

»Ich vergesse nicht, das ist alles. Ich vergesse nicht, und ich vergebe nicht. Behandle mich wie einen Menschen, und ich werde es auch tun. Behandle mich wie eine Ratte, und ich beiße zurück.«

Er ging ins Haus und schlug die Tür zu und ließ Enrico Pascal auf der Türschwelle stehen.

Als sie noch lebte, hat meine Mutter immer selbst gekocht, bis kurz vor ihrem Tod, als die Schmerzen zu stark wurden. Deshalb war die Zeit im Ausland die einzige Gelegenheit, wo ich mal für mich selbst sorgen konnte. Doch ich werd' mal sehen, was sich machen läßt. Ich habe dafür gesorgt, daß ein Nachbar vorbeikommt und die Hühner füttert, es sollten also wenigstens Eier da sein. Aber erst mal wollen wir eine Flasche köpfen.«

Manlio Vincenzo ging voraus, die Treppe hinunter in einen riesigen Weinkeller, der noch weitläufiger zu sein schien als das Haus darüber. Er schritt zielsicher zwischen all den Kisten mit Weinflaschen entlang, die für Zens ungeübte Augen alle gleich aussahen, und nahm, ohne zu zögern, drei Flaschen aus ihren jeweiligen Lagerplätzen. Als sie wieder in der kalten, kargen Küche waren, wickelte er das Drahtgehäuse vom Korken einer der Flaschen ab und goß goldfarbenen Schaum in zwei langstielige Gläser.

»Ein *moscato,* östlich von Asti gekeltert«, sagte er und bot Zen eines der Gläser an, »aber anders als alles, was Sie jemals getrunken haben. Ein absolut authentischer Wein, in kleinen Mengen nur für allerbeste Freunde hergestellt, von jemandem, der weiß, was er tut. Er ist kraftvoll und aromatisch, dabei doch sehr leicht und kaum süß.«

Er schnüffelte und nippte, starrte unverwandt auf die freigelegten Balken an der Decke, schluckte dann und nickte einmal.

»Noch besser als beim letzten Mal, als ich ihn probiert habe, und doch will keiner glauben, daß das Zeug immer besser wird. Die großen Winzer haben ein Vermögen dafür ausgegeben, die Leute davon zu überzeugen, daß die Weine durch Reifung nicht gewinnen, was im Fall ihrer Erzeugnisse auch stimmt, denn die sind biologisch tot.«

Er stellte sein Glas ab und wandte sich um, wobei er Zen mit einem Wink aufforderte, ihm zu folgen.

»Dann wollen wir uns mal auf Futtersuche begeben. Macht doch richtig Spaß, oder?«

Er fischte einen Korb aus dem Schrank neben der Hintertür und ging voraus in den Garten. Bald hatten sie ein Dutzend Eier aus dem Hühnerstall, Kartoffeln und eine Zwiebel aus einem Gemüsekasten sowie verschiedene Kräuter zusammengetragen. Wieder in der Küche, hackte Manlio das Gemüse klein und briet es in Öl an. Dann ging er in eine Kammer nebenan, wo ganze Schinkenschlegel und geräucherte Würste an Haken von der Decke hingen, und holte einige herunter, bevor er in eine weitere Speisekammer in einem anderen Teil des Hauses verschwand und mit ungefähr einem Viertellaib Parmesan zurückkehrte.

»Sie müssen sich doch nicht so viel Mühe machen«, bemerkte Zen verlegen, dem sein zwiespältiger Status durchaus bewußt war.

»Das macht mir keine Mühe«, erwiderte Manlio. »Im Gegenteil. Sie glauben gar nicht, wieviel Spaß mir das macht, ein ganz schlichtes Omelett zuzubereiten, ohne zweimal nachdenken zu müssen oder zu erklären, was ich tue oder wie ich es tue. Der eigentliche Grund für all dies ist aber, daß ich versuchen möchte, Ihnen die etwas trockene Materie, die ich vorhin angeschnitten habe, näherzubringen, diesmal allerdings in etwas *flüssigerer* Form.«

Er säbelte ein Stück von dem Parmesan ab und zerbröckelte ihn in eine Schüssel, fügte dann die geschlagenen Eier hinzu, kippte das in Öl gesottene Gemüse mit etwas Salz und Pfeffer dazu, verrührte das Ganze und goß die Mischung wieder in die Pfanne.

»Sie müssen den Wein probieren«, erklärte er, als würde er einen kategorischen Imperativ aussprechen. »Schließlich und endlich dreht sich alles darum.«

Mit der gleichen Energie begann er nun, Scheiben vom rohen Schinken und von der Salami abzuschneiden, die er auf angeschlagene handbemalte Teller legte. Dann öffnete er die beiden Flaschen Rotwein und goß Zen aus jeder Flasche ein Glas ein.

»Probieren Sie diesen zuerst«, befahl er.

Zen tat, wie ihm geheißen, und spuckte ihn beinahe aus. Für seinen Gaumen schmeckte der Wein wie Tinte: intensiv und bitter, *sincero*, aber äußerst unattraktiv.

»Jetzt den«, sagte sein Gastgeber.

Wieder hob Zen das Glas, diesmal etwas vorsichtiger. Doch war dieser Wein wesentlich entgegenkommender, war runder, voller und fruchtig im Geschmack. Erleichtert nahm Zen sofort noch einen zweiten Schluck.

»Nun?« erkundigte sich Manlio Vicenzo spitzbübisch.

Zen zeigte auf das zweite Glas.

»Ich bevorzuge den.«

Sein Gastgeber grinste.

»Sie wissen eindeutig nicht sehr viel über Wein, Doktor Zen.«

»Das weiß ich«, gab Zen verlegen zu.

»Das erste Glas, das ich Ihnen angeboten habe, ist unser 1982er *riserva*. Erst kürzlich hat eine Kiste davon fast zweitausend Dollar auf einer Auktion in New York erzielt.«

Zen sah entsprechend beeindruckt aus.

»Und wieviel kostet der falsche?«

Eine Pause und ein feines Lächeln.

»Das weiß keiner. Er ist noch nie auf den Markt gekommen, teilweise wohl, weil er auch in juristischem Sinne ›falsch‹ ist. Ich habe ihn selbst gemacht aus ein paar Strünken, die ich aus Frankreich mitgebracht und in einem Areal angepflanzt habe, das vor einigen Jahren bei einem Erdrutsch verwüstet worden war. Mein Vater führte einen Prozeß mit der Genossenschaft wegen Schadensersatz und den Kosten für eine neue Schutzmauer. Ich wußte, daß das mindestens zehn Jahre dauern konnte – mein Vater war extrem streitsüchtig –, und so habe ich in der Zwischenzeit meine eigenen Reben angepflanzt. Das Ergebnis trinken Sie gerade.«

»Herzlichen Glückwunsch.«

Manlio Vincenzo stand auf und ging zum Herd, um zu sehen, wie weit das Omelett war.

»So etwas könnte ich natürlich nicht in Spitzenlagen mit ausgereiften Trauben machen. Was Sie soeben verkosten, ist eine Mischung aus Merlot und Cabernet Sauvignon. Es wäre reizvoll, noch etwas Syrah hinzuzufügen und das vielleicht sogar noch mit Nebbiolo zu mischen. Das macht man in der Toskana inzwischen seit Jahren, weil man schließlich begriffen hat, daß die Sangiovese-Traube, wie ›traditionell‹ sie auch sein mag, auf die Dauer auch nicht wirklich spannend ist. Aber hier oben ist die Tradition immer noch das Wort Gottes, geschützt von der vollen Macht des Gesetzes – und Gott helfe jedem, der andere Ideen hat.«

Er kippte die *frittata* auf einen Teller, ließ sie zurück in die Pfanne gleiten, damit sie kurz auf der anderen Seite anbraten konnte, und stellte sie dann auf den Tisch.

»Denken Sie mal an den Weinberg, den ich Ihnen gerade gezeigt habe«, sagte er und gab Zen seinen Teller, »der, in dem mein Vater gestorben ist. Er hat guten Boden und eine ideale Lage. Wenn wir den Ertrag als Cru abfüllen und ihm einen Dialektnamen geben würden, könnten wir das gleiche dafür verlangen, was Gaja für seinen *Sorì Tildìn* oder seinen *San Lorenzo* nimmt. Aber das wäre kommerzieller Selbstmord. Wir haben kein so durchschlagendes Marketing wie Angelo, und wir brauchen die Qualität dieses und ein paar anderer Weinberge, um unseren Barbaresco riserva auf seinem Niveau zu halten. Und so holpern wir halt weiter und produzieren ein gutes, wenn auch nicht mehr absolut erstklassiges Erzeugnis auf der Basis von etwas, das meiner Meinung nach allerdings bereits zweitklassiger Abklatsch ist. Sagen Sie das aber niemandem hier weiter!«

Sie hatten gerade zu essen begonnen, als das Telefon klingelte.

»Verdammt!« sagte Manlio. »Wenn das wieder diese Reporter sind ...«

Aber sie waren es nicht. Nach ein paar einsilbigen Wortwechseln wandte er sich an Zen.

»Es ist für Sie.«

Zen starrte ihn an, ging dann hin und nahm den Hörer in Empfang.

»Ja?«

»Noch einmal: Hallo.«

Es war dieselbe metallische Stimme, die ihn bereits am Morgen im Hotel angerufen hatte, ein dünnes Knistern wie von einer Aluminiumdose, die man in der Hand zerquetscht.

»Zunächst einmal eine Warnung. Das letzte Mal haben Sie einfach aufgelegt. Das war ein Fehler, den Sie nicht noch mal begehen sollten, wenn Sie irgendeine Chance haben wollen, dieses Rätsel zu lösen, bevor die Lösung Ihnen, um es mal so auszudrücken, zustoßen wird.«

»Woher wußten Sie, daß ich hier bin?«

Er hatte geredet, ohne nachzudenken, und erhielt als Antwort ein dünnes Lachen.

»Sie scheinen immer noch nicht zu verstehen. Ich stelle die Fragen. Sie geben die Antworten. Für jemanden in Ihrer Position sicher eine kleine Veränderung, aber Sie werden sich daran gewöhnen. Also, haben Sie mit dem Hinweis, den ich Ihnen gestern nacht gegeben habe, inzwischen etwas anfangen können?«

Diesmal hielt Zen den Mund.

»Nein? Via Strozzi, Nummer vierundzwanzig, klingelt da nichts bei Ihnen? Wirklich seltsam, wenn ich bedenke, wie oft Sie da geklingelt haben. Ich frage mich, ob Sie dieser Sache wirklich Ihre volle Aufmerksamkeit schenken. Dann lassen Sie uns mal Schlüssel Numero zwei versuchen. Diesmal ein Name. Amalia. Das muß Ihnen doch sicher etwas sagen. Amalia. Denken Sie drüber nach. Ich melde mich bald wieder, und ich hoffe, nächstes Mal haben Sie was in eigener Sache zu sagen. Offen gesagt, diese einseitigen Gespräche werden allmählich langweilig.«

Die Verbindung brach ab. Zen ging an den Tisch zurück und widmete sich wieder seiner lauwarmen *frittata*.

»Arbeit?« fragte Manlio Vincenzo.

Zen nahm noch einen Schluck von dem Vincenzo Barbaresco.

»Der hier ist wirklich gar nicht schlecht«, sagte er, um das Thema zu wechseln. »Der wirkt nach, wenn Sie wissen, was ich meine. Manche Weine trinkt man, und das war's, aber dieser...«

»Der hat einen langen Abgang, ja.«

Manlio meißelte mit dem speziellen keilförmigen Messer, das man dafür gebrauchte, noch ein Stück Parmesan aus dem Käserad.

»Probieren Sie's mal zusammen damit.«

Zen biß in den scharfen, krümeligen Käse und trank noch etwas Wein dazu.

»Noch besser«, verkündete er. »›Ein langer Abgang‹, ja?«

Er sah seinen Gastgeber an und lächelte verschmitzt.

»Genau das brauchen wir beide in dem gegenwärtigen Fall auch, Signor Vincenzo.«

»Wollen Sie damit sagen, daß sich unsere Interessen überschneiden?«

»Wenn wir voraussetzen können, daß Sie nicht schuldig sind, natürlich.«

Manlio lachte zurückhaltend und zynisch.

»Nun, das wollen wir doch mal voraussetzen, oder? Rein theoretisch. Inwieweit stimmen unsere Interessen dann überein, und was meinen Sie mit einem ›langen Abgang‹?«

Aurelio Zen lehnte sich zurück und zündete sich eine Zigarette an.

»Soweit ich verstanden habe, Signor Vincenzo, sind Sie unter bestimmten Vorbehalten freigelassen worden, nämlich aufgrund der mutmaßlichen Verbindung zwischen dem Mord an diesem Beppe Gallizio, den Sie eindeutig nicht begangen haben können, und dem an Ihrem Vater.«

Manlio nickte zustimmend.

»Das ist natürlich eine gute Nachricht, aber das bringt in Ihrem Fall erst mal nur eine nicht nachgewiesene Schuldlosigkeit«, fuhr Zen fort.

»Es kann jederzeit irgendein Beweismittel auftauchen, durch das sich das Gleichgewicht sofort in die andere Richtung verschiebt, Sie wandern wieder ins Gefängnis und ich ab nach Sizilien.«

»Nach Sizilien?«

Zen beschrieb ihm kurz die Gründe, warum er nach Piemont geschickt worden war, wobei er diesmal – da der Hinweis niemandem zuzuschreiben war – den Namen des fraglichen berühmten Regisseurs erwähnte. Wie er gehofft hatte, war Manlio Vincenzo entsprechend beeindruckt, wenn auch in negativem Sinne.

»So funktioniert das System also!« rief er aus. »Kein Wunder, daß solche Zustände herrschen.«

Zen lächelte dünn.

»›Wen interessiert die Straße, wenn sie ins Paradies führt?‹ Ich werde herausfinden, wer Ihren Vater umgebracht hat, Signor Vincenzo. Aber ich brauche noch etwas Zeit, bis das erledigt ist und die Vorposten in Sizilien besetzt sind. Und Sie müssen Ihren Wein machen.«

Manlio Vincenzo nahm ein Stück Parmesan und knabberte daran herum.

»Und wie sollen wir das nun schaffen?«

»Ich brauche mehr Informationen, besonders auf einem Gebiet, über das zu reden vielleicht delikat oder peinlich für Sie sein mag. Sie sagten mir, der wahre Grund für Ihr schlechtes Verhältnis zu Ihrem Vater hätte mit technischen Fragen der Weinherstellung zu tun.«

»Nein, nein! Sie haben mich nicht verstanden. Das war bloß eines der Symptome. In Wirklichkeit hat ihn etwas ganz anderes zur Raserei gebracht. Er hatte mich ins Ausland geschickt, und damit stand ich außerhalb seines Einflußbereichs. Zurück kam ein – in seinen Augen – undankbares Monster, das sich weigerte, weiterhin nach der väterlichen Pfeife zu tanzen.«

Zen nickte.

»Mir wurde berichtet, daß er Ihnen bei der Dorf*festa* ausdrücklich homosexuelle Neigungen und die Verbindung mit jemandem namens Andrea vorgeworfen hat. Bitte verzeihen Sie mir, wenn ich in Ihren Privatangelegenheiten herumschnüffle, aber ist das wahr oder nicht?«

Zu Zens Überraschung lachte Manlio Vincenzo.

»Es stimmt natürlich, daß ich mit jemandem namens Andrea ein romantisches Verhältnis habe«, sagte er, durch und durch ironisch. »Aber der wahre Grund, warum mein Vater einen solchen Wind um meine angebliche Homosexualität gemacht hat, war der, daß eine solche Verfehlung Pläne gefährdet hätte, die er seit langem hegte, um das Gut der Faiganos an sich zu bringen.«

»Von Gianni und Maurizio Faigano?«

Manlio stand auf, füllte die *caffettiera* mit Kaffeepulver und Wasser, schraubte sie zusammen und stellte sie auf den Herd.

»Sie sind Nachbarn von uns. Es gibt nur eine Tochter – eine Nachzüglerin – und keinen anderen Erben, so daß sie, wenn die Brüder sterben, den gesamten Grundbesitz erben wird. Das Gut ist ziemlich groß, hat einige sehr gute Weinberge, die an unsere grenzen und die einen ausgezeichneten Wein abwerfen.«

»Ihr Vater wollte also, daß Sie Lisa Faigano heiraten.«

Manlio Vincenzo lachte.

»Das ist eine absurde Idee! Ich habe das Kind nur ein paarmal getroffen. Sie ist siebzehn, und ich bin fast dreißig. Von meinen eigenen Neigungen einmal ganz abgesehen, es gibt keinen einsichtigen Grund dafür, warum sie irgendein Interesse daran haben sollte, mich zu heiraten. So oder so, ihr Vater würde niemals seine Zustimmung geben. Maurizio und sein Bruder sind nicht gerade Freunde von uns. Eigentlich reden wir kaum miteinander.«

»Warum das?« fragte Zen.

Manlio zuckte mit den Schultern.

»Auch etwas, was so typisch für unsere Gegend ist. Von Zeit zu Zeit stößt man darauf, und bald fragt man nicht mehr. Niemand will darüber reden, niemand will eine Erklärung geben. Es ist einfach so, wie die Lage eines Grundstückes.«

»Haben Sie versucht, das Ihrem Vater klarzumachen?«
»Natürlich.«
»Was hat er gesagt?«
Manlio Vincenzo antwortete nicht sofort. Er kam wieder an den Tisch und trank andächtig einen Schluck Wein.
»Er sagte: ›Sorg dafür, daß sie schwanger wird, ich erledige den Rest.‹«
Daraufhin herrschte Schweigen.
»Ich erzählte ihm, daß sich die Zeiten geändert hätten, daß es nicht mehr so liefe. ›Überlaß das mir‹, sagte er. ›Sieh zu, daß sie in andere Umstände kommt, das ist alles, was ich von dir verlange.‹ Daraufhin hab' ich den Fehler gemacht zu erwähnen, daß ich bereits mit jemandem zusammen bin.«
Der Kaffee blubberte die Tülle hoch und zischte laut. Manlio nahm die Kanne vom Herd und goß zwei Tassen voll.
»Wie hat Ihr Vater reagiert?«
»Er sagte, es interessiere ihn einen Scheißdreck, wo ich ihn zu meinem Vergnügen reinstecken würde. Das hier wäre Geschäft, und es sei meine Pflicht der Familie gegenüber, Lisa Faigano zu heiraten, gegebenenfalls mit Gewalt.«
Er brach ab, den Kopf zur Seite geneigt wie ein Hund, der etwas wittert. Nun hörte auch Zen das Geräusch eines Motors, zunächst nur sehr leise, doch dann kam es sehr schnell immer näher.
»Was jetzt?« fragte Manlio.
Der Wagen – dem Geräusch nach ein Diesel – fuhr in den Hof. Manlio stand auf und war auf dem Weg zur Tür, als die schon aufgerissen wurde von einer jungen Frau Mitte Zwanzig, die einen langen beigen Mantel über Pullover und Jeans trug. Sie kreischte etwas auf englisch und eilte auf Manlio Vincenzo zu, um ihn zu umarmen, was von seiner Seite voller Leidenschaft erwidert wurde.

»Hast du vielleicht Geld?« fragte die Frau und wechselte ins Italienische. »Ich hab' vergessen, am Flughafen Geld umzutauschen, und ich muß das Taxi bezahlen. Es ist wundervoll, dich zu sehen, und du siehst so gut aus! Ich glaube, du hast sogar ein bißchen abgenommen. Es steht dir.«

Manlio Vincenzo wandte sich ein wenig verlegen wieder seinem Gast zu.

»Bitte verzeihen Sie uns, *dottore*!« sagte er. »Ich habe gestern abend angerufen, als mein Anwalt mir die gute Nachricht überbrachte, aber ich hatte keine Ahnung, daß...«

Zen stand auf und verbeugte sich höflich.

»Molto lieto, signorina.«

Die förmliche Anrede erinnerte Manlio Vincenzo an seine guten Manieren.

»Aber natürlich kennen Sie sich nicht! Dies ist Vize-Questore Aurelio Zen, mein Schatz. Doktor Zen, darf ich Ihnen meine Verlobte vorstellen, Andrea Rodriguez.«

Oh, nicht übel«, antwortete Minot auf die rhetorische Frage der Brüder, wie es ihm denn so ginge. »Ein bißchen viel Bullen, um die Wahrheit zu sagen. Einen habe ich heute morgen mitgenommen. Ihr erinnert euch doch noch an den Typ, der in die Bar kam und so tat, als sei er Reporter aus Neapel? Jetzt hat er versucht, sich als Weinhändler auszugeben. Und kaum war ich zu Hause, da tauchte Pascal auf.«

Gianni Faigano nickte.

»Danke für den Tip. Ich konnte diesen neugierigen Bastard ganz gut an der Nase herumführen und hab obendrein noch umsonst gegessen.«

»Ich wünschte, sie würden die ganze Sache endlich aufklären, wie auch immer«, sagte Maurizio mürrisch. »Bei all den Bullen, die bei uns rumhängen... da ist so was wie hier eigentlich viel zu heiß.«

Er deutete auf die Weinballons in dem Schuppen, neben dem Minot seinen Lastwagen geparkt hatte. Er sollte sie zur *cantina* von Bruno Scorrone bringen, der dann eine wundersame Vermehrung nach dem Vorbild »Brot und Fische« daran vollbringen sollte, um dann den Profit mit den Faigano-Brüdern zu teilen. Minot bekam eine Transportpauschale.

»Wo wir gerade davon sprechen«, bemerkte Minot beiläufig, »ihr müßt mir einen Gefallen tun.«

Die Brüder tauschten einen Blick aus.

»Was für einen Gefallen?« fragte Gianni.

»Laßt uns erst mal den Wein aufladen, dann reden wir.«

Die Arbeit dauerte fast zwanzig Minuten. Die hundert Liter-*damigiane* auf den Lastwagen zu laden war schon schwer genug, doch die eigentliche Schwierigkeit war die, aufzupassen, daß sie vorsichtig genug abgestellt wurden, damit sie nicht zerbrachen. Früher war das Glas mit einer Korbschicht oder Schnur umwickelt gewesen, aber jetzt gab es nur noch bunte Plastikummantelungen, die wenig oder auch gar nicht nachgaben.

Als der Lastwagen sicher beladen war, gingen die drei Männer ins Haus, um etwas zu trinken und zu rauchen.

»Also, zwei Polizisten an einem Tag, ja?« stellte Maurizio fest, als sie sich gesetzt hatten. »Wo soll denn das hinführen?«

Das war lediglich der Eröffnungszug in dem Spiel, das sie sich nun zu spielen anschickten, er war selbst jedoch ohne jegliche Bedeutung. Einer von ihnen mußte den ersten Zug machen. Entscheidend für das Ergebnis war erst, was danach passierte.

»So ist es«, sagte Minot. »Als ich nach einer Nacht in den Wäldern nach Hause fuhr, sah ich jemanden, der vom Bahnhof in Richtung Dorf ging. Ich habe natürlich angehalten und angeboten, ihn mitzunehmen, erst dann hab' ich gemerkt, daß es unser Freund, der Schnüffler, war. Ich glaube nicht, daß er mich erkannt hat, aber ich wußte gleich, wer er war, allein schon wegen dieser Stiche auf der Stirn.«

Daraufhin herrschte erst einmal Schweigen.

»Eine schlimme Sache, das mit Beppe«, bemerkte Gianni Faigano.

»Schlimm«, kam es wie ein Echo von Minot.

»Warum sollte er so etwas getan haben?« fragte sich Maurizio laut. »Ich hab' erst vor ein paar Tagen mit ihm gesprochen, und da wirkte er völlig normal.«

»Vielleicht hat er es gar nicht selbst getan«, schlug Minot leise vor.

Gianni sah ihn an.

»Was willst du damit sagen?«

Minot zündete seine selbstgedrehte Zigarette, die ausgegangen war, wieder an.

»Jemand hat mir erzählt, ihr wärt an jenem Morgen nach Alba gefahren, außerdem hat er einen Laster in der Nähe der Stelle parken gesehen, wo Beppe umgebracht wurde.«

»Das ist lächerlich«, fauchte Maurizio. »Wir waren den ganzen Tag damit beschäftigt, diese Ballonflaschen abzufüllen.«

»Dieser Jemand hat dort jedenfalls einen Laster gesehen«, sagte Minot. »Und hat dann den Carabinieri davon erzählt. So hab' ich überhaupt erst davon gehört. Von Pascal.«

Er trank seinen Wein aus und goß sich ein weiteres Glas ein.

»Jetzt laß mal gut sein«, riet ihm Maurizio.

Minot lachte bitter.

»Mach dir keine Sorgen! Wenn ich verhaftet werde, dann bestimmt nicht wegen Trunkenheit am Steuer.«

Wieder trat Schweigen ein, dicht und undurchdringlich wie der Morgennebel, für den diese Gegend berüchtigt war.

»Was habt ihr an dem Abend gemacht, als Beppe erschossen wurde?« fragte Minot, ohne sie anzusehen.

Gianni lachte ohne eine Spur von Heiterkeit.

»Mir scheint, du hast wirklich zuviel Zeit mit den Bullen verbracht, Minot. Du hörst dich ja selbst schon wie einer an!«

Minot lächelte.

»Na schön. Aber sagen wir mal, ein Bulle stellt euch die gleiche Frage, was würdet ihr ihm erzählen?«

»Die Wahrheit natürlich«, erwiderte Maurizio scharf und irritiert zugleich. »Wir haben den ganzen Abend vorm Fernseher gehockt und sind dann ins Bett gegangen.«

»War Lisa hier?«

»Was zum Teufel soll...«, setzte Gianni an.

»War sie nun hier?« wiederholte Minot beharrlich, wobei er sich jetzt an Maurizio wandte.

»Sie hat das Wochenende bei ihrer Tante in Alba verbracht.«

»Ihr habt also keinen Zeugen, der eure Geschichte bestätigen könnte«, schloß Minot. »Theoretisch hättet ihr an dem Abend das Haus verlassen, Beppe in den Wald folgen und ihn erschießen können.«

»Du bist wohl völlig durchgedreht?« schrie Gianni Faigano, schob seinen Stuhl zurück und stand auf.

Minot hob besänftigend die Hände.

»Reg dich ab, Gianni. Ich weiß, daß ihr Beppe nicht umgebracht habt. Ich war es auch nicht, aber das hat Pascal nicht davon abgehalten, bei mir aufzutauchen und mich auszufragen. Früher oder später seid ihr dran. Überlegt doch mal, wieviel einfacher es für uns wäre, wenn wir alle ein hübsches, niet- und nagelfestes Alibi hätten.«

»Tja, Pech gehabt«, sagte Maurizio barsch, »wir haben keins.«

»Ich aber«, entgegnete Minot mit seinem hämischen Lächeln.

»Wie schön für dich.«

»Ich war in der Nacht auf Trüffelsuche, Kilometer entfernt von der Stelle, wo Beppe erschossen wurde. Und ich war nicht allein.«

»Hoppla, was für ein Glücksfall. Mit wem warst du denn unterwegs?«

»Mit euch beiden.«

Die Brüder starrten ihn an.

»Wir haben uns um Mitternacht hier getroffen«, fuhr Minot in aller Seelenruhe fort, »und sind zu einer Stelle gefahren, die ich kenne, ganz in der Nähe von Neviglie. Ihr habt die Hunde mitgebracht, im Gegenzug habe ich euch ein mögliches Trüffelplätzchen verraten. Wie sich herausstellte, hatten wir nicht viel Glück, aber wir haben nicht aufgegeben und sind erst um sieben Uhr am nächsten Morgen wieder nach Hause gekommen. Eine Stunde, nachdem Beppe erschossen wurde.«

Gianni Faigano schüttelte den Kopf.

»Maurizio und ich sind seit einer Ewigkeit nicht mehr auf Trüffelsuche gegangen, Minot. Wir sind zu träge geworden, um noch die ganze Nacht den Wald abzugrasen.«

Minot sah ihn ruhig an.

»Das stimmt nicht ganz, Gianni. Ab und zu macht ihr eine Ausnahme. Dies war eine davon.«

Erneut sahen sich die Brüder schweigend an.

»Warum sollten wir das tun?« fragte Maurizio schließlich.

»Warum *nicht*? Es ist in unser aller Interesse, daß wir den Bullen eine stichhaltige Geschichte liefern, oder?«

Gianni schüttelte langsam den Kopf.

»Ich will damit nichts zu tun haben.«

»Aha, aber was ist, wenn du schon mittendrin steckst?«

»Was willst du damit sagen?«

Minot erzählte ihnen, was er damit sagen wollte.

Zwanzig Minuten später saß er wieder in seinem Lastwagen, die Ballonflaschen voller Wein mit einer Plane abgedeckt. Er nahm einen Umweg zur Scorrone-Kellerei und fuhr nur über Nebenstraßen. Es war in jedem Fall riskant. Zum einen, falls irgendwelche Straßensperren von der Polizei oder der *Guardia di Finanza* errichtet worden waren, dann standen sie ziemlich sicher auf der Hauptstraße, unten im Tal. Andererseits war der Umweg fast doppelt so weit, was auch das Risiko entsprechend erhöhte, daß er eine Panne oder einen Unfall haben könnte, was unausweichlich die Aufmerksamkeit der

Polizei darauf lenken würde, daß er zweitausend Liter Rotwein ohne Etikett transportierte, ohne Verkaufsdokumente, Herkunftsurkunden, Steuerformulare oder Lieferscheine.

Er hatte sehr knapp kalkuliert, und schließlich beschloß er, einen Kompromiß zu machen und ein kurzes Stück auf der *strada statale* zu fahren, was die Strecke um fünfzehn Minuten verkürzte. Die Chance, daß um diese Zeit Uniformierte unterwegs waren, war ziemlich klein. Bestimmt hatten sie ihr Quantum an Strafzetteln an diesem Nachmittag bereits geschrieben und lauerten jetzt an der Straße, um die Fahrer rauszuwinken, die nach einem langen Mittagessen und mehreren Grappas in allzu auffälligen Schlangenlinien nach Hause fuhren. Was die Steuerpolizei anbelangte, so hatten mit ziemlicher Sicherheit sie und auch ihre Opfer, die Lastwagenfahrer, am Sonntag frei.

Seine Vermutung erwies sich als richtig, und nicht einmal eine halbe Stunde, nachdem er das Haus der Faiganos verlassen hatte, fuhr Minot von der Bundesstraße ab und eine kurze Einfahrt hoch, die zur Hauptniederlassung der »Azienda Agricola Bruno Scorrone« führte. Hier sah es eher aus wie in einer Fabrik als in einer Kellerei: überall Ladebuchten aus Beton und aufeinandergestapelte Plastikkisten, Pumpen und Schläuche, Düsen und Stahlkessel. In einer Gegend, die für ihre peinlich gewissenhafte Einhaltung der traditionellen Methode innerhalb der Weinherstellung gerühmt wurde, beruhte Bruno Scorrones Reichtum, wenn nicht sogar Ruhm, hauptsächlich auf einem typischen *Barbera d'Alba*, der in großen Flaschen mit Schraubverschluß in einer Reihe landesweiter Supermarktketten erhältlich war.

Da die Barbera-Traube in dem meisten Jahren zu billig und zu ertragreich war, als daß es sich gelohnt hätte, sie zu fälschen, war dieses spezielle Produkt mehr oder weniger tatsächlich das, was es zu sein vorgab. Dennoch würden Puristen selbst ein so geringes Maß an Schönung, dem der Wein unterworfen worden war, vermutlich nicht akzeptieren und wären entrüstet angesichts des Anteils noch billigerer und noch ergiebigerer Trauben, der in der endgültigen Mischung enthalten war. Tatsächlich hatten sich die Behörden schon einmal für Bruno Scorrones Betrieb interessiert, nachdem man entdeckt hatte, daß eine Ladung Wein, die dort abgefüllt worden war, mit einer Reihe von Zusätzen angereichert worden war, deren Herkunft eindeutig nicht gekelterter Natur waren, vor allem mit Frostschutzmittel.

Aber Bruno hatte damals entschieden beteuert, dieser spezielle Posten sei en gros von einem anderen Winzer gekauft worden, der bereits festgenommen und in Verbindung mit einem ähnlichen Vergehen angeklagt worden war. Seine Kellerei hätte lediglich zum Abfüllen gedient. Es waren einige aufreibende Monate gewesen, aber schließlich war er freigesprochen worden, und sein Führungszeugnis blieb ebenso wie sein Ruf überhaupt makellos. Eine der großen Stärken von Brunos Betrieb war, daß er als eine Art Depot fungierte, das viele Produkte vieler verschiedener Herkunftsgebiete durchliefen. Bruno selbst pflanzte keine Trauben an, aber er kaufte die Reben anderer zur Weinkelterung und mischte das Ergebnis mit Weinen, die wiederum anderswo hergestellt worden waren, bis er manchmal selbst – so behauptete er jedenfalls – nicht mehr genau wußte, was in einem bestimmten Faß eigentlich war. Das galt nicht nur für den Billigmarkt, der seine Existenzgrundlage bildete, sondern auch in den Fällen, in denen er der Versuchung eines unwiderstehlichen Angebots nicht widerstehen konnte, in das profitablere Geschäft mit Topweinen einzusteigen. Und genau an dieser Stelle kamen die Faigano-Brüder ins Spiel.

Minot hatte schon fast eine halbe Stunde gewartet, als Bruno Scorrone schließlich in einem Toyota mit Vierradantrieb aufkreuzte. Gianni hatte recht gehabt, registrierte Minot, der brandneue Wagen war tatsächlich grün.

»War bei Lamberto zum Mittagessen«, sagte Bruno und rülpste laut. »Ich wollte nur sichergehen, daß er mir nichts nachträgt. Herrgott, da ißt man vielleicht gut. Ich hatte es ganz vergessen.«

Und ordentlich getrunken, dachte Minot, schob den Gedanken dann aber beiseite.

»Warum sollte er dir irgend etwas nachtragen?« fragte er.

Bruno Scorrone starrte ihn an. Wie alle anderen war er etwas größer als Minot, dabei aber schlaffer und dicker, und sein Gesicht war so kräftig rot- bis lilafarben und so aufgedunsen wie das eines Gewohnheitstrinkers.

»Tja, weißt du, Beppes Hund lief doch damals hier herum, als ich aus der Stadt zurückkam. Ich fand das etwas merkwürdig, und da hab ich den *maresciallo* angerufen, um ihm das zu erzählen. Es ist immer gut, wenn man mit der Polizei auf gutem Fuße steht, besonders in meinem Geschäft.«

Er deutete mit dem Daumen auf den beladenen Laster. Minot nickte.

»Ich verstehe.«

»Ich hab natürlich nichts von Lamberto gesagt«, fuhr Scorrone fort und zündete sich eine kleine Zigarre an. »Ich hatte zu dem Zeitpunkt noch überhaupt keine Ahnung, was eigentlich passiert war. Aber er hat vielleicht gehört, daß ich mit Pascal gesprochen habe, und dachte, ich hätte was über ihn gesagt. In so einer kleinen Gemeinde wie dieser kann man gar nicht vorsichtig genug sein.«

Minot blickte zur leeren Weite des Himmels hoch.

»Kann man sicherlich nicht«, sagte er.

Bruno Scorrone paffte ohne viel Erfolg an seiner Zigarre, dann warf er sie weg. Er zeigte wieder auf den Lastwagen.

»Tja, sollen wir?«

Minot fuhr den Lastwagen rückwärts vor eine der Ladebuchten, Bruno Scorrone ließ die Ladeklappe herunter, und gemeinsam begannen sie, die schweren, zerbrechlichen *damigiane* auf die Betonrampe zu hieven.

»Und was soll es diesmal werden?« fragte Minot, als sie eine Atempause machten.

Bruno schnaufte und keuchte ein wenig.

»Barbaresco!« rief er aus. »Ich habe gerade einen Handel mit einem Münchner Einkäufer perfekt gemacht, der mit fünfhundert Kisten dabei ist.«

Minot pfiff.

»Aber das sind über viertausend Liter! Das hier ist nur die Hälfte.«

»Ich muß ihn natürlich verschneiden. Das Zeug, das Gianni und Maurizio machen, könnte durchaus Barbaresco *sein*. Das ist sogar eine ganze Ecke besser als mancher, den ich getrunken habe. Viel zu gut für Ausländer, das ist sicher. Und da sie den echten sowieso nicht kennen, merken sie es eh nicht.«

Bruno war mit Sicherheit beschwipst, dachte Minot, sonst würde er sich nicht so verplappern.

»Woher weißt du, daß sie ihn nicht kennen?«

Bruno lächelte ihn an wie jemand, der sich auskennt in der Welt.

»Weil in Deutschland, mein Freund, der echte Barbaresco im Laden mindestens hunderttausend Lire die Flasche kostet.«

Minot pfiff wieder. Bruno nickte.

»Leute, die bereit sind, so viel Geld auszugeben, werden nicht zum halben Preis Wein von irgendeinem Winzer kaufen, von dem sie noch nie gehört haben. Auf der anderen Seite, die Leute, *die* das Zeug kaufen wollen, würden nicht im Traum daran denken, einen ganzen Tageslohn für eine Flasche Wein auszugeben, die sie erst in zehn Jahren trinken können. Sie wollen einen richtig guten Rotwein, den sie sofort trinken können, zum richtigen Preis und mit einem tollen Namen, mit dem sie sich selbst oder ihre Freunde beeindrucken können. Kurz gesagt, es gibt zwei ganz unterschiedliche Märkte, und jeder kriegt das, wofür er bezahlt hat. Auf die Art und Weise erzielen Gianni und Maurizio einen anständigen Preis für ihren ausgezeichneten Wein, ich mache einen ehrlichen Profit für Verschnitt und Vertrieb, und du kriegst auch deinen Anteil als Mittelsmann und Mädchen für alles. Es ist mir überhaupt ein Rätsel, warum das illegal sein soll!«

Als endlich die letzte der zwanzig *damigiane* an ihren Platz geschafft worden war, wandte sich Bruno, noch während er nach Luft schnappte, an Minot.

»Hast du Lust auf ein Gläschen?« fragte er.

»Siehst so aus, als hättest du schon ein paar intus.«

Bruno lächelte.

»Du weißt ja, wie es ist. Lamberto ist furchtbar stolz auf seine Grappasammlung, und nachdem ich ihm beteuert habe, wie leid mir das tut, die Geschichte mit Beppe und schließlich auch, daß die ganze Sache mit ihm und Nina Mandola rausgekommen ist, da hat er ein paar Flaschen vorgeholt und griffbereit auf dem Tisch stehenlassen!«

Er ging voraus zu einem Büro am Ende der Verladerampe, wo er die Weineinkäufer und ihre Vertreter während der Geschäftszeiten empfing. Hier hatte er auch einen kleinen, aber erlesenen Vorrat diverser Mittel zur Stärkung deponiert, die er einsetzte, um in bestimmten Fällen die Laune zu heben oder um Geschäfte in die entscheidende Richtung zu lenken.

»Probier das mal!« sagte er zu Minot und goß ihm eine Grappa ein, die ein Nachbar illegal in einem Schweinestall, der nicht mehr benutzt wurde, gebrannt hatte.

»Du hast also mit Pascal geredet?« bemerkte Minot und setzte sein Glas ab, nachdem er höflich davon genippt hatte. »Ich auch.«

Bruno, der immer noch der Grappa nachschmeckte, die er in einem Zug hinuntergespült hatte, schien nicht gehört zu haben.

»Er hat mir erzählt, du hättest behauptet, meinen Lastwagen gesehen zu haben, unten am Fluß, wo Beppe umgebracht worden ist.«

Bruno starrte ihn jetzt sehr aufmerksam an.

»Wie bitte? Ich habe nichts dergleichen getan. Wie schon gesagt, ich hab' ihn angerufen, um ihm zu sagen, daß ich Anna entdeckt hätte, die frei herumlief, daß ich sie nach Hause gebracht hätte und alles weitere. Ich wußte ja nicht einmal, daß Beppe da schon tot war! Pascal fragte, wo ich an jenem Morgen gewesen sei, und ich erzählte ihm, daß ich nach Alba gefahren war. Ich habe dort Leute getroffen, die das bestätigen können – abgesehen von meinem Kunden aus München, meine ich –, das schien mir das sicherste zu sein.«

Er goß sich noch ein Glas von dem öligen Schnaps ein.

»Aber warum hast du mich da mitreingezogen?« fragte Minot, nahm seine Grappa, trank aber nicht.

»Das habe ich nicht! Er fragte, ob ich irgend etwas Ungewöhnliches unten, wo die Straße den Fluß überquert, gesehen hätte. Ich sagte, daß ich glaubte, einen Laster im Gebüsch gesehen zu haben, daß ich mir aber nicht sicher wäre. Er fragte: ›Was für ein Lastwagen?‹ und ich sagte, ich wüßte es nicht, aber er hätte ein bißchen wie deiner ausgesehen. Ich habe nicht gesagt, daß es deiner *war*.«

Minot sah ihn schweigend an.

»Du hast also keine Aussage unter Eid gemacht oder irgend etwas unterschrieben?«

»Natürlich nicht! Das war nichts weiter als ein zwangloser Plausch am Telefon.«

Bruno schlürfte ein drittes Glas Grappa.

»Was ist mit dir?« fragte er Minot. »Du trinkst ja gar nichts.«

»Ich versuche, einen klaren Kopf zu behalten.«

Scorrone paffte zufrieden seine Zigarre.

»Na, ich bin jedenfalls froh, daß du's mir gesagt hast«, sagte er. »Das ist eins von diesen Dingen, die zu allen möglichen Mißverständnissen führen können, wenn sie nicht geklärt werden. Du bist doch nicht nachtragend, oder?«

Minot schüttelte den Kopf.

»Ich bin gar nichts.«

Sie gingen aus dem Büro und über die Betonrampe zum Lastwagen. Als sie an einem Stapel neuer Flaschen vorübergingen, legte Bruno plötzlich die Hand auf Minots Arm.

»Du warst nicht wirklich da, oder?« fragte er.

Minot sah ihn überrascht an.

»Wo?«

»Unten am Fluß, an dem Morgen, als Beppe umgebracht wurde.«

Minot sagte nichts.

»Es könnte ja durchaus sein, daß sie noch mal fragen, und diesmal unter Eid. Es wäre hilfreich, wenn ich die Wahrheit wüßte.«

Minot sah hinunter auf die schmutzige Betonrampe.

»Wenn es das ist, was du willst, Bruno.«

Er nahm eine der neuen grünen Flaschen vom Stapel und betrachtete sie nachdenklich, als hätte er so etwas noch nie gesehen.

»Die Wahrheit ist«, sagte er, »daß ich ihn umgebracht habe.«

Brunos Gesichtsausdruck wechselte in die verschiedensten Varianten. Dann lachte er gequält.

»Mach über so was keine Witze!«

Minot sah ihm in die Augen.

»Das ist kein Witz.«

Lange Zeit sprach keiner der beiden Männer ein Wort.

»Aber warum?« murmelte Scorrone.

Minot starrte auf die Flasche in seiner Hand und lächelte leicht.

»Weil er in meinem Revier war. Ich habe diese Fundorte für Trüffeln schon vor Jahren entdeckt, lange vor irgend jemand anderem. Aber Beppe hat sich ausgesprochen hinterhältig benommen. Ich habe mir immer wieder mal seine Hündin ausgeliehen, wenn er sie nicht brauchte. Er hat angefangen, ihre Pfoten in Anis zu tauchen, bevor ich sie abholte, und konnte dann am nächsten Tag meine Route aufspüren. Ich habe bald entdeckt, daß meine besten Stellen geplündert worden waren, bevor ich da war. Nur deshalb hat er mir Anna überhaupt ausgeliehen, damit sie ihn zu all meinen geheimen Plätzen führen konnte. Da habe ich beschlossen, es ihm heimzuzahlen.«

Bruno Scorrone hielt sich an einem der Betonpfeiler fest, die das Dach trugen.

»Aber das ist doch absurd!« schrie er mit bebender Stimme.

»Man bringt doch niemanden wegen Trüffeln um.«

Mit einem kräftigen Schwung zerschlug Minot die Flasche, die er in der Hand gehalten hatte, an dem Pfeiler und stieß das abgebrochene Ende in Scorrones Kehle, wand das zackige Glas in die offene Wunde. Pfeifend schoß ihm Blut entgegen, begleitet von einem gurgelnden Schrei, der schnell in dem pulsierenden Blut erstickte. Bruno Scorrone glitt an dem Pfeiler herunter, machte Geräusche, als ob die Luft aus ihm entweichen würde und zappelte noch schwach auf dem Betonboden.

Es ging alles viel schneller, als Minot gedacht hatte. Ganz abgesehen von seinem zweifachen Vorteil – zum einen der

Überraschungsangriff, zum anderen seine völlige Nüchternheit – war es letztlich eine Frage des Willens gewesen. Er wollte weitaus intensiver, daß Bruno tot war, als dieser leben wollte. Es war eine Riesenschweinerei, die aufgewischt werden mußte, aber dieser Ort war geradezu prädestiniert dafür, daß Sachen verschüttet und umgekippt wurden, insofern gab es überall Abflüsse sowie einen Hochdruckschlauch an der Wand. Niemand hatte gesehen oder gehört, was geschehen war, und die einzigen, die überhaupt wußten, daß er hier gewesen war, waren Gianni und Maurizio Faigano. Und mit denen würde er schon fertig werden.

Es war dunkel, als Aurelio Zen wieder in Alba ankam, mit einem Bus voller Fußballfans, die die ganze Fahrt über lautstark ihren Sieg über einen Ort im Nachbartal gefeiert hatten. Als er schließlich an der unvermeidlichen Piazza Garibaldi ausstieg, hatte Zen eine Reihe ausdrucksvoller Schimpfwörter in regionalem Dialekt gelernt und konnte sogar einen reißerischen Refrain mitsingen, in dem es hieß, die Spieler der Mannschaft aus Coazzolo kämen nur auf eine Art und Weise zum Schuß.

Er machte sich wieder auf den Weg ins Hotel, ohne sonderlich auf seine Umgebung zu achten, bis die Triumphgesänge der Fußballfans einen Polizeibeamten in Uniform aus einem der benachbarten Häuser trieben, der sie mit Nachdruck ermahnte, etwas mehr Respekt zu zeigen angesichts der Tatsache, daß Juventus gerade gegen Inter verloren hatte, und zwar durch einen umstrittenen Elfmeter in der letzten Minute. Dies war neu für die ortsansässigen *tifosi,* da der Radioempfang auf der Fahrt sehr schlecht gewesen war, abgesehen von den bereits erwähnten Feierlichkeiten. Die Information zog sofort eine lebhafte Diskussion darüber nach sich, was der jüngste Kauf eines ausländischen Spielers durch den Turiner Club letztlich gebracht hätte und wieviel die Mailänder dem römischen Schiedsrichter wohl bezahlt hätten, damit der den Elfmeter gab, nachdem der Mittelstürmer von Inter mit einer eindeutigen Schwalbe in den Strafraum gestürzt war.

Während all dieser aufgeregten Diskussionen schlich sich Zen um die Gruppe herum und betrat, ohne daß er beachtet wurde, die Polizeiwache. Da es Sonntag war, hatte er angenommen, daß niemand da sei, aber überraschenderweise waren fünf Männer in der Wache, ein Beamter in Zivil, der mitten in einem Telefonat steckte, und vier Polizisten in verschiedenen Uniformen, die ihm dabei zusahen.

»*Si, si, si*«, sagte der Mann am Telefon völlig gelangweilt. »*Va benissimo. D'accordo. Senz'altro. Non si preoccupi, dottore. Certo, certo. Non c'e problema, ci penso io. D'accordo. Si, si. Ci sentiamo fra poco. Arrivederla, dottore. Buona sera, buona sera.*«

Er legte den Hörer auf und blickte Zen, der abwartend im Eingang stand, ziemlich säuerlich an.

»Ja?«

»Entschuldigen Sie«, begann Zen unentschlossen. »Ich wollte Sie nicht stören, aber es geht darum...«

»Ja?«

Zen zögerte.

»Nun...«

»Nun sagen Sie schon! Wir haben zu tun hier.«

»Also die Sache ist die, ich würde gern ein Telefon abhören lassen.«

Lange Zeit sagte niemand etwas. Der Beamte in Zivil stand auf. Er lächelte, aber beileibe nicht freundlich.

»Sind Sie sicher, daß das alles ist? Sie wollen nicht zufällig noch, daß jemand verhaftet wird?«

»Im Augenblick nicht.«

Das Lächeln des Beamten wurde bedrohlicher.

»Nur ein Telefon abhören, ja? Und an welches Telefon haben Sie da gedacht?«

»Das Telefon in dem Hotel, in dem ich wohne«, antwortete Zen. »Es ist das Alba Palace.«

»Das ganze Hotel? Alle Anrufe, ja?«

»Nur die eingehenden.«

An dieser Stelle beschloß der Beamte offensichtlich, daß er alles aus diesem Scherz herausgeholt hatte.

»Was zum Teufel macht Dario unten an der Tür?« fragte er und wandte sich an seine Kollegen. »Läßt einfach so einen Verrückten durch! Es ist eine Schande.«

»Entschuldigen Sie«, antwortete Zen und holte seine Brieftasche heraus. »Ich hätte mich...«

Der Beamte drehte sich um.

»Und was Sie angeht – platzen hier einfach rein und wollen, daß das Telefon in einem unserer führenden Hotels abgehört wird! Haben Sie völlig den...«

Er schnappte sich den Ausweis, den Zen ihm hinhielt.

»...Verstand verloren? Haben Sie völlig...? Haben Sie...? Aaaaaach! Ha! Ja. Ja, ja, natürlich. Doktor Zen! Endlich lernen wir uns mal kennen.«

Mit einem starren Lächeln streckte er seine Hand aus.

»Nanni Morino. Verzeihen Sie, daß ich Sie nicht erkannt habe, *dottore*.«

»Ganz im Gegenteil, verzeihen Sie die Störung. Nichts Wichtiges hoffentlich.«

»Nein, nein, bloß ein Unfall in einer Weinkellerei am Ort. Aber das Opfer war ein ziemlich großer Name hier in der Gegend, und daher mußten wir unsere Pläne für Sonntagabend streichen und guten Willen zeigen. Aber jetzt wird's doppelt Zeit, was, Jungs?«

Mit einem falschen Lachen gab er seinen Untergebenen das Zeichen, sich dünn zu machen, was sie brav taten.

»Also was ist nun mit dem Abhören?« sagte Morino, als er und Zen allein waren. »Kein Problem, natürlich, aber es kann eine Weile dauern, bis das läuft.«

Er starrte Zen durchdringend an.

»Das ist aber eine scheußliche Schnittwunde, die Sie da haben, *dottore*.«

»Ja, und noch ganz frisch, wie es aussieht. Können wir bitte auf unser Thema zurückkommen? Ich habe kürzlich eine Reihe anonymer Anrufe bekommen. Den ersten im Hotel, den zweiten bei den Vincenzos.«

Nanni Morino zog eine Augenbraue hoch.

»Ich bin heute nach Palazzuole gefahren, um mir den Tatort anzusehen«, erklärte Zen. »Der Sohn, Manlio, war da und lud mich zum Mittagessen ein. Während wir aßen, klingelte das Telefon, und es war für mich. Mein anonymer Anrufer.«

Morinos Augen leuchteten auf.

»In diesem Fall kann ich Ihnen wohl sofort weiterhelfen.«

»Wie meinen Sie das?«

Er hob den Hörer von seinem Apparat ab und wählte eine Nummer.

»Seit dem Mord wird der Anschluß Vincenzos abgehört. Alle Anrufe von heute müßten aufgezeichnet sein. Sie sagten, es war in der Mittagszeit?«

Nanni Morino verwandte mehr als fünf Minuten darauf, mit verschiedenen Polizeibeamten in Asti zu sprechen und das ganze Repertoire seiner Phrasen abzuspulen, wie er es bei seinem vorherigen Telefonat auch getan hatte. Dann legte er auf und wandte sich an Zen.

»Das ist merkwürdig«, sagte er. »Um diese Zeit ist heute nur ein Anruf bei den Vincenzos aufgezeichnet worden. Er kam um zwölf Uhr zweiundfünfzig.«

»Das klingt passend. Woher kam der Anruf?«

»Das ist das Seltsame. Er kam aus dem Hotel, das Sie erwähnt haben, aus dem Hotel, in dem Sie wohnen. Dem Alba-Palace.«

Es gab eine lange Pause. Dann schlug sich Zen an die Stirn.

»Ich bin ein Idiot. Bitte entschuldigen Sie noch mal die Störung.«

»Nicht der Rede wert, *dottore*.«

An der Tür drehte sich Zen noch einmal um, weil ihm plötzlich Tullio Legnas Warnung über die Folgen von Manlio Vincenzos Freilassung einfiel.

»Der Unfall, den Sie erwähnten...«

»Ja?«

»Um wen handelt es sich da?«

»Um einen Mann namens Scorrone. Er hatte einen großen Betrieb in der Nähe von Palazzuole und wurde dort am frühen Abend tot aufgefunden.«

»Sind sie sicher, daß es ein Unfall war?«

»Gar keine Frage! So was kennen wir hier nur allzugut. Als er gefunden wurde, trieb er in einem Gärfaß. Offenbar war er in einem Restaurant im Dorf gewesen, hatte ziemlich lange und ziemlich feucht zu Mittag gegessen und war dann direkt zu seiner Kellerei gefahren, um einen Wein, den er am Tag davor zur Gärung angesetzt hatte, zu prüfen. Er muß sich zu weit vorgebeugt haben und ist reingefallen. Die Luft über diesen Fässern ist voller Kohlendioxid und Ethanol. Ein Ausrutscher und sie ertrinken oder ersticken – oder beides.«

Zen nickte geistesabwesend.

»Scorrone, sagten Sie?«

»Bruno Scorrone. Kennen Sie ihn?«

»Ich hab' den Namen schon mal gehört.«

Er wandte sich wieder zur Tür.

»Was ist jetzt mit dem Abhören...«, sagte Morino.

»Das ist nicht mehr nötig, danke. Gute Nacht.«

Unten, am Haupteingang, erklärte Dario gerade ziemlich autoritär den versammelten Fans, daß, wenn Del Piero bloß den weiten Paß von Conte am Ende der zweiten Halbzeit mit der *Innenseite* angenommen hätte und den Ball dann an Inzaghi weitergegeben hätte, der völlig freistand...

Zen glitt unbemerkt durch die Menge von Besserwissern und ging zurück zum Hotel.

Der diensthabende Nachtportier war derselbe, der schon bei Zens Ankunft aus Rom dagewesen war, ein kleiner Mann mit Glatze, auf dessen Gesicht sich Angst, Unterwürfigkeit und Wut vermischten, als würde er unentwegt von der Vorstellung geplagt, daß ihn jeder heimlich wegen seiner Schwäche und Inkompetenz verachtete, und der nun jeden herausforderte, es doch gleich offen zuzugeben.

Zen zeigte ihm seinen Ausweis.

»Geben Sie mir eine Liste von allen Gästen, die zur Zeit hier übernachten«, sagte er.

»Die hier *übernachten*?« fragte der Portier mit weit aufgerissenen Augen, als wäre die Vorstellung, daß irgend jemand in einem Hotel übernachten könnte, eine befremdliche und ziemlich abwegige Idee, die ihm noch nie gekommen war.

»Jeder, der zur Zeit hier registriert ist«, erklärte Zen.

»Im Moment?«

»Was glauben Sie denn? Am ersten April nächsten Jahres? Zeigen Sie mir einfach Ihr Gästebuch.«

Der Portier schüttelte heftig den Kopf.

»Es gibt keins! Niemand führt mehr ein Gästebuch! Gästebücher gibt's nicht mehr.«

Er wandte sich zur Seite und drückte auf eine Reihe von Tasten auf einer Computertastatur. Der Drucker auf dem Regal neben ihm warf rhythmisch sein Papier aus. Der Portier riß den Ausdruck ab und gab ihn Zen.

»Da! Alle, die im Moment hier sind! Alle, jeder einzelne!«

Er starrte Zen wie besessen an, als wolle er sagen, daß es in

Wirklichkeit noch eine Reihe von Gästen gab, die nicht auf der Liste standen, sondern deren Leichen im Keller versteckt waren. Zen ging durch einen Bogengang in die Bar und setzte sich an einen Ecktisch, um die Liste zu überfliegen. Es war mehr oder weniger das, was er erwartet hatte. Abgesehen von den zehn Ausländern – drei Schweizern, vier Deutschen, zwei Amerikanern und einem Franzosen – gab es außer ihm noch eine Frau, drei Paare und vier einzelne Männer. Keiner der Namen sagte ihm irgend etwas, aber morgen würde er noch einmal zum *Commissariato di Polizia* gehen und sie bitten, die Namen zu überprüfen.

»Haben Sie Feuer?«

Er sah auf, während seine rechte Hand schon automatisch nach dem Feuerzeug griff. Eine junge Frau in schwarzen Leggins und einem Lederblouson hatte ihn angesprochen. Zen konnte sich dunkel daran erinnern, daß er sie schon einmal gesehen hatte. Sie war aus dem Zimmer neben seinem gekommen, als er am vorigen Abend zurückgekehrt war. Jetzt zündete sie sich ihre Zigarette an und ließ sich dann in den Sessel ihm gegenüber plumpsen.

»Stört es Sie, wenn ich mich dazusetze?«

Zen blickte sie neugierig an. Die Bar war leer, und es herrschte kein Mangel an Stühlen.

»Bitte sehr.«

Die Frau paffte ein paarmal an ihrer Zigarette und drückte sie dann im Aschenbecher aus. Ihr Haar war stufig und kurz geschnitten, sie trug kein Make-up, und sie sah ihn mit ihren grünen Augen ganz direkt an.

»Normalerweise mache ich so was nicht«, sagte sie.

Zen lächelte höflich.

»Nein.«

»In Wahrheit drehe ich nur vor Langeweile allmählich durch.«

»Ach so.«

»Alba ist *wahnsinnig* langweilig, finden Sie nicht?«

»Ich glaube auch.«

Er kam zu dem Schluß, daß das keine Anmache sein konnte. Sie war zu direkt, um irgend etwas anderes zu sein als eine Professionelle, aber in diesem Falle wäre sie inzwischen schon auf den Punkt gekommen. Außerdem war so eine Aktion in der Bar des Alba Palace nur schwer vorstellbar.

»Sind Sie geschäftlich hier?«

Zen nickte.

»Und Sie?«

»Das schlimmste, was man sich vorstellen kann. Familienangelegenheiten.«

Sie schwiegen. Zen hatte beschlossen, keinen Versuch zu unternehmen, um das Gespräch in Gang zu halten. Die Frau war recht hübsch, dachte er, langgliedrig und mit ausgeprägten Zügen, aber er fühlte sich nicht zu ihr hingezogen. Für ihn war immer die Stimme das Entscheidende, und die hatte nicht diesen speziellen Klang.

»Sie sind Polizist«, sagte sie.

Er zögerte nur einen winzigen Augenblick.

»Ist das so offensichtlich?«

»Ich habe gehört, wie Sie mit dem Portier geredet haben. Daß Sie eine Liste der Hotelgäste haben wollten. Er wirkte ziemlich erstaunt, aber das tut er eigentlich immer.«

Sie zeigte auf die Papierrolle auf dem Tisch.

»Ist sie das?«

Zen sah sie mit ostentativem Schweigen an.

»Ich bin wohl ziemlich indiskret«, sagte sie. »Ich fand nur die Idee, irgend jemand in diesem Loch könne von irgendeinem Interesse für die Polizei sein, ziemlich unwiderstehlich... na ja, interessant.«

Zen erwog einen Augenblick, ihr zu sagen, daß sie sich um ihre eigenen Angelegenheiten kümmern sollte. Dann kam er auf die Idee, daß sie ihm vielleicht nützlich sein könnte. »Es ist nichts Offizielles. Zumindest noch nicht. Ich habe anonyme Anrufe von jemandem bekommen und habe gute Gründe anzunehmen, daß es jemand ist, der hier im Hotel wohnt.«

Er reichte ihr die Liste.

»Haben Sie irgendeinen dieser Männer kennengelernt, deren Namen ich angekreuzt habe?«

»Dieser hier hat gestern abend im Restaurant versucht, mit mir ins Gespräch zu kommen, und gab mir dann seine Karte. Er ist Handelsreisender in Sachen Wein und scheint eine Menge davon zu probieren. Und einer der anderen hat mir gestern im Fahrstuhl auf den Hintern geklopft. Ich weiß nicht, wie er heißt.«

Sie gab ihm die Liste zurück.

»Was will Ihr anonymer Anrufer denn?«

»Ich weiß es nicht. Aber er kennt meinen Namen und...«

»Wo wir gerade davon sprechen, wir sollten uns bekannt machen.«

Sie drehte die Liste um und zeigte auf den Namen »Carla Arduini«.

»Und Sie müssen Aurelio Zen sein.«

Er sah sie an und runzelte die Stirn.

»Woher wußten Sie das?«

»Es stand in den Lokalblättern, zusammen mit einer Fotografie«, antwortete sie lässig. »›Ministerium schickt Topmann aus Rom, um im Fall Vincenzo zu ermitteln‹, etwas in der Art. Vielleicht ist Ihr Anrufer auch so darauf gekommen.«

»Vielleicht.«

Zen war ein wenig ungehalten darüber, daß er nicht selbst auf diese Idee gekommen war.

»Aber warum belästigt er Sie am Telefon, wenn er hier wohnt? Wenn er zu ängstlich ist, um an Ihre Zimmertür zu kommen, könnte er Sie doch jederzeit in der Bar ansprechen. Das habe ich ja schließlich auch getan!«

»Ich habe nicht die leiseste Ahnung, *signorina*. Das macht das Ganze so beunruhigend. Aber genug davon. Was machen Sie denn nun hier? Oder ist das zu privat?«

Carla Arduini schien einen Augenblick über diese Frage nachzudenken.

»Ich versuche, einen Verwandten ausfindig zu machen.«

Zen schaute weg.

»Vor ein paar Jahren hat ein Verwandter mich ausfindig gemacht. Ohne es überhaupt versucht zu haben«, sagte er.

»Was für ein Verwandter?«

»Mein Vater.«

Er verbesserte sich mit einer Handbewegung.

»Der Mann meiner Mutter.«

»Ist das ein Unterschied?«

Zen antwortete nicht. Carla Arduini stand auf.

»Entschuldigen Sie«, sagte sie. »Ich bin taktlos und lästig. Ich glaube, das liegt an diesem Ort. Er macht mich offenbar ganz verrückt.«

Zen stand auf und lächelte.

»Ich weiß, was Sie meinen. Was denken Sie, vielleicht könnten wir mal zusammen essen gehen? Wann reisen Sie ab?«

Carla Arduini sah ihn aufmerksam an, als würde sie über diesen Vorschlag nachdenken.

»Seien Sie unbesorgt«, fuhr Zen fort. »Ich werde Ihnen nicht auf den Hintern klopfen. Das ist nicht mein Stil, außerdem sind Sie so jung, daß Sie meine Tochter sein könnten.«

Die Frau brach völlig unerwartet in Gelächter aus.

»Ja, das könnte ich!«

»Ich rufe Sie an. Welche Zimmernummer haben Sie?«
Er sah auf die Liste.
»Zimmer 312? Direkt neben meinem. Und wie lange bleiben Sie?«
Sie blickte ihn mit ihren beunruhigend offen, grünen Augen an.
»So lange wie nötig.«

Als er am nächsten Morgen das Hotel verließ, war der Himmel wieder grau und bewölkt und schien so tief zu hängen, als würde er die Dächer streifen. Nachdem er in einer Bar einen Zwischenstopp machte, um sich mittels Koffeinzufuhr die müden Augen zu öffnen, ging er die Via Maestra hinunter zu dem Haus, zu dem ihn Tullio Legna bereits geführt hatte, stieg in den ersten Stock hoch und klingelte.

Alles blieb still. Er klingelte noch zweimal, bis die Tür von einer jungen Frau geöffnet wurde, die den seidenen Morgenmantel trug, den der Arzt bei Zens erstem Besuch angehabt hatte. Er stellte sich vor und fragte entschuldigend, ob es wohl möglich wäre, Lucchese zu sprechen.

»Geht es um Motten, Medizin oder Musik?« fragte die Frau.

»Medizin. Ihr Vater hat mich behandelt wegen meiner...«

»Mein Vater ist tot und hat nichts damit zu tun.«

Sie öffnete die Tür und gähnte, der Morgenrock schien es ihr nachzutun, öffnete sich und gab die obere Wölbung ihrer Brüste frei.

»Warten Sie hier«, sagte sie und zeigte auf eine Tür am anderen Ende des Korridors. »Ich werde dem Prinz sagen, daß Sie da sind.«

Sie schritt davon, den Korridor entlang, und ihre bloßen Füße schwebten so lautlos über die Terrakottafliesen wie die eines Engels.

Das Zimmer, in das sie Zen geschickt hatte, um zu warten,

war offenbar eine Bibliothek. Er setzte sich auf den einzigen Stuhl, den er entdecken konnte, einen Hocker aus Holz, der vor einem Schreibtisch stand, und wartete.

Und wartete. Und wartete. Draußen blitzte für einen kurzen Moment die Sonne auf, warf ihre Strahlen ins Zimmer und verschwand wieder wie eine flüchtige Erinnerung. Zen, der nicht zu rauchen wagte, stand auf und begann, die Buchrücken in den Regalen zu studieren. Sie waren alt und zerschlissen vom Gebrauch und schienen allesamt von Musikinstrumenten zu handeln. Es gab Abbildungen von Klavieren und Orgeln, seltsam verformten Blasinstrumenten und von Streichinstrumenten, die aussahen wie schwangere Frauen.

»Verzeihen Sie, daß ich Sie habe warten lassen, *dottore*.«

Als er sich umdrehte, stand Lucchese in der Tür, makellos gekleidet in einem schwarzen Anzug mit Krawatte.

»Ich muß heute morgen zu einer Beerdigung. Einer meiner Verwandten hat es anscheinend geschafft, sich umzubringen, indem er in ein Weinfaß gefallen ist. Reichlich ungeschickt, sogar in einer Familie wie unserer, aber was soll man machen. Daher also die Verzögerung.«

Zen erhob sich.

»Bitte verzeihen Sie mir die Störung so früh am Morgen, *principe*.«

Lucchese seufzte laut.

»Ach du lieber Himmel, hat Irena versucht, Sie zu beeindrucken? Das ist eines der Probleme, wenn man Küken fickt, fürchte ich. Man wird natürlich auch reichlich dafür entschädigt. Nun, was kann ich für Sie tun? Geht's um Ihren Kopf, oder geht's um Ihren Kopf? Ich meine, Nähte oder Psychoanalyse? Rede ich Unsinn? Irena, die an der Musikakademie in Turin studiert, hat außerordentlich gutes Haschisch mitgebracht, und ich fürchte, wir haben's letzte Nacht etwas übertrieben – in mehr als nur einer Hinsicht, genaugenommen. Entschuldigen Sie, so was sagt man nicht zu einem Polizisten. Also, warum halte ich nicht einfach meinen Mund und lasse Sie zu Wort kommen?«

Zen lächelte nervös.

»Eigentlich habe ich mich gerade gefragt, ob es möglich ist, diese Fäden wieder zu ziehen. Ich sehe aus wie Frankensteins Monster und errege außerdem ständig eine Aufmerksamkeit, die ich nicht gebrauchen kann. Aber wenn Sie nicht können, *principe*...«

»Nicht können? Ich denke, was das betrifft, kann sich Irena für mich verbürgen.«

Er trat ans Fenster und faßte mit seinen blassen, gelenkigen Händen an beiden Seiten nach dem Rahmen. Wie als Antwort darauf kehrte das Sonnenlicht in voller Stärke zurück und machte den aufgewirbelten Staub sichtbar, dessen Partikelchen in der Luft tanzten wie Schwärme von Kaulquappen.

»Cembalos haben uns zusammengeführt«, fuhr der Prinz fort. »Ich besitze zufällig zwei besonders schöne Exemplare, beide aus dem siebzehnten Jahrhundert. Wir haben uns seitdem vorgearbeitet, ausgehend von dieser Form des Zupfinstruments. Nein, ich glaube, ich werde diesen Gedanken nicht zu Ende führen. Was Ihre Fäden angeht, so kommt es überhaupt nicht in Frage, sie jetzt zu ziehen. Die Wunde würde sich einfach wieder öffnen und noch schlimmer aussehen als im Moment.«

Zen nickte duldsam.

»Nun, dann danke ich Ihnen dafür, daß Sie mich empfangen haben, und bitte Sie noch einmal, die Störung zu entschuldigen.«

»Keine Ursache.«

Zen war bereits im Begriff zu gehen, drehte sich dann aber noch einmal um.

»Wäre es möglich, daß der Name des Verwandten, zu dessen Begräbnis Sie gehen wollen, zufällig Bruno Scorrone ist?« fragte er.

»Genau. Mein Cousin zweiten Grades, *da parte di madre*. Ich habe den Mann nie gemocht und ihn seit mehr als zehn Jahren nicht gesehen, aber bei solchen Anlässen wird von einem erwartet, daß man dabei ist.«

»Ich möchte Sie bitten, jetzt zu ihm zu gehen.«

Lucchese starrte ihn an.

»Er ist tot, *dottore*. Zumindest hat man mich zuverlässig dahingehend unterrichtet.«

»Das ist genau der Grund, warum ich möchte, daß Sie zu ihm gehen. Um wieviel Uhr ist die Beerdigung?«

»Um elf.«

»Hier in der Stadt?«

»In Palazzuole, in dem Dorf, in dem er gelebt hat. Aber warum interessiert Sie das? Der Herrgott weiß, daß es mich nicht kümmert, und ich gehöre immerhin zur Familie.«

Zen senkte die Stimme.

»Ich bin hierherversetzt worden, um im Todesfall von Aldo Vincenzo zu ermitteln. Seit meiner Ankunft sind zwei weitere Männer gewaltsam ums Leben gekommen. In einer ruhigen, ländlichen Gemeinde wie dieser ist es statistisch unwahrscheinlich, daß es drei solcher Vorfälle gibt, ohne daß zwischen ihnen eine Verbindung besteht. Daher sollte die Möglichkeit in Betracht gezogen werden, um es vorsichtig auszudrücken, daß der Tod Ihres Cousins unter Umständen nicht einfach ein Unfall gewesen ist. Meine einzige Chance, das zu beweisen, ist eine Obduktion der Leiche, bevor sie begraben oder verbrannt wird. Um die offiziell durchführen zu können, brauche ich die Erlaubnis der Familie, die mir mit ziemlicher Sicherheit nicht erteilt werden würde. Eine gerichtliche Anordnung dauert zu lange, also muß ich improvisieren. Sprechen denn von Ihrer Seite irgendwelche unüberwindlichen Bedenken dagegen, eine Untersuchung postmortem an einem Verwandten vorzunehmen?«

Luccheses Lippen öffneten sich zu einem bösartigen Lächeln.

»Nichts könnte mir größeres Vergnügen bereiten! Mir fallen in der Tat mindestens drei oder vier Angehörige ein, die ich nur zu gern ohne die Formalitäten eines Totenscheins ausweiden würde.«

Er runzelte die Stirn.

»Aber in diesem Fall ist das unmöglich. Die Leiche ist in Scorrones Haus aufgebahrt und wird von der angeblich trauernden Witwe und einer unbestimmten Anzahl von Nachkommen streng bewacht, die aus ihren Löchern in Mulin herbeizitiert wurden.«

»Woher?«

»Bitte verzeihen Sie. Mein Begriff für die Verschmelzung der beiden Millionenstädte, die uns von Norden aus beherrschen. Turin plus Mailand ergibt Mulin.«

Zen nickte traurig.

»Ich verstehe. Na ja, es war einen Versuch wert.«

»Und dennoch, dank einer alten Familientradition, die mir in diesem Augenblick wieder einfällt, dürfte es eigentlich keine Schwierigkeit sein.«

Lucchese schob eine große Leiter, die in einer Schiene lief, an den Regalen entlang, kletterte hoch und zog einen großen Pflock hervor, der aus einem matten Metall gefertigt war.

»Vorsicht!« rief er und warf ihn Zen zu, der ihn auffing. »Abgesehen von allem anderen ist er aus massivem Silber.«

Lucchese streckte sich noch weiter hinauf und fischte von einem Regalbrett darüber einen großen Gummihammer.

»Sie sind doch hoffentlich nicht empfindlich?« sagte er, als er die Leiter wieder herunterstieg.

»Warum?«

Lucchese lächelte rätselhaft.

»Herzen zu brechen ist eine blutige Angelegenheit. Ich hole noch eben meine Trickkiste, und dann können wir los.«

Aurelio Zens zweite Fahrt nach Palazzuole war entschieden angenehmer als seine erste. Sie reisten in einem Vorkriegs-Bugatti, den man in einem ehemaligen Stall im Hof des Palazzo Lucchese ausgegraben hatte und der von Irena gefahren wurde, die nun einen winzigen schwarzen Rock und ein Jackett trug. Zen machte es sich auf dem breiten Rücksitz neben dem Prinzen bequem, der ein Gespräch mit Irena fortsetzte, das sie anscheinend schon vorher begonnen hatten. Es ging um Federkieltechniken bei Cembalos aus dem frühen achtzehnten Jahrhundert, unter besonderer Berücksichtigung der Vorzüge von Raben- im Vergleich zu Krähenfedern.

Als sie den dunstigen Hügelkamm, in dem Alba eingebettet lag, überquerten, beugte Lucchese sich vor und drückte auf dem Armaturenbrett im Fond einen Knopf. Die Rosenholzverkleidung öffnete sich, und ein Getränkeschränkchen mit mehreren Karaffen aus dickem Glas kam zum Vorschein. Die meisten schienen leer zu sein oder nur noch einen wenig appetitlichen sirupähnlichen Rückstand zu enthalten. Lucchese schnüffelte an den beiden Karaffen, die am vielversprechendsten aussahen.

»Cognacgroßes Fragezeichen. Und etwas, das vielleicht einmal Whisky gewesen ist.«

Irene reichte ihm etwas nach hinten, das wie eine dicke Papierrolle aussah.

»Probier das mal.«

»Ist das wirklich klug?« fragte Lucchese. »Du bist dir vielleicht nicht im klaren, meine Liebe, daß Doktor Zen ein Vertreter des Gesetzes ist.«

Der gewaltige Wagen rollte majestätisch aus.

»Möchten Sie zu Fuß gehen?« fragte Irena spitz.

Zen blickte Lucchese verwirrt an.

»Der Prinz und ich beabsichtigen, etwas Hasch zu rauchen«, fuhr Irena fort, »und falls Sie dieser kriminellen Handlung lieber nicht beiwohnen wollen, dann steigen Sie jetzt besser aus.«

Zen warf ihr seinen einschüchterndsten Blick zu, allerdings ohne die geringste erkennbare Wirkung.

»Seien Sie so freundlich und fahren Sie weiter«, antwortete er. Lucchese zündete den Joint an, machte ein paar tiefe Züge und bot ihn dann höflich seinem Mitfahrer an, der den Kopf schüttelte.

»Und wer hat nun Aldo Vincenzo umgebracht?« fragte der Prinz und gab Irena den Joint zurück.

Zen sah ihn erstaunt an.

»Das weiß ich nicht!«

»Wirklich? Alle anderen scheinen es zu wissen.«

»Ja?«

Die Haschzigarette kam wieder zurück.

»Wer war es also?« fragte Zen.

Der Prinz war für einige Zeit anderweitig beschäftigt.

»Tja, aber wir verraten nichts«, sagte er, als er schließlich den Rauch ausstieß. »Hier in der Gegend hüten wir gern unsere kleinen Geheimnisse, verbergen sie gut, wie Trüffeln. Es ist das einzige, was wir haben, verstehen Sie.«

»*Cherchez la femme*«, steuerte Irena bei.

Der Wagen war inzwischen von duftendem, dunklen Rauch erfüllt. Zen versuchte, das Fenster zu öffnen, aber die Kurbel drehte sich ohne Wirkung.

»Alle wissen es also, ja?«

Der Prinz lachte fröhlich.

»Natürlich! Wenn sie es nicht täten, wäre es ja kein Wissen.«

»Wie meinen Sie das?«

»Stimmen Sie mir zu, daß man Dinge entweder wissen oder nicht wissen kann?«

»Es sieht so aus.«

»Wenn das so ist, weiß man entweder nichts über die Identität des Mörders, dann aber ist Ihre Frage sinnlos, oder man weiß etwas darüber, und dann weiß man es per definitionem. Ich kann Ihr Problem nicht erkennen, *dottore*. Für mich ist alles so klar wie der hellichte Tag.«

Er verfiel erneut in unsicheres Gekicher und gab den Joint zurück zu Irena, die den Wagen herumriß, um einem Lastwagen auszuweichen, der plötzlich vor ihnen aufgetaucht war.

»Denken Sie an das Gespräch, das mein Schützling und ich geführt haben, bevor Sie diese interessante philosophische Frage aufwarfen. Dank seiner Abhandlung *L'Art de Toucher le Clavecin* wissen wir sehr viel darüber, welche Federkiele Couperin bevorzugte oder ähnliches, aber wir haben nicht die geringste Ahnung davon, was Scarlatti von seinen Instrumenten erwartete – oder ob ihm das eine wie das andere nicht einfach scheißegal waren. Der Mann war eindeutig völlig degeneriert, wahrscheinlich spielsüchtig, womöglich auch noch drogenabhängig.«

Und wieder schüttelte ihn ein alberner Lachkrampf.

»Aber dennoch war er der Cembalolehrer der Infantin von Spanien, und die Molekularstruktur des Steins, mit dem mehrere Räume des Escorial erbaut wurden, muß durchdrungen sein von Tönen der Instrumente, die er benutzt hat, welche das auch immer gewesen sein mochten. Es ist wie die Sonnenfinsternis von heute morgen. *Wir* wissen, wie, warum und wann sie stattfindet, aber früher haben die Menschen gedacht, sie würde von einem Drachen verursacht, der die Sonne frißt.«

»Der was frißt?«

»*Die Sonne!*« antwortete Lucchese laut, als spräche er mit einem Gehörlosen.

»Welcher Sohn?«

Die Landschaft vor dem Fenster wurde hügeliger, verschwamm in sanften Wellen, die ineinander übergingen wie die langsam heranrollende Gischt adriatischer Stürme, die sich an einer Schlammbank in den Lagunen brach, dort, wo Zen zu Hause war. Aber der Himmel sah bedrohlich aus, das Licht war verschwunden, und jeden Moment konnte Wind aufkommen.

»Wo wir gerade von *L'Art de Toucher* sprechen«, sagte Irena und jagte den Bugatti um eine enge Kurve, »wie lange wird es wohl dauern, deinen Verwandten zu versenken? Oder können wir auf dem Friedhof vielleicht einen Quickie einlegen? Ich wollte es immer schon mal auf einem Grab tun.«

»*Was für ein Sohn?*« schrie Zen Lucchese an. »Ich hab' Ihnen nie erzählt, daß ich einen Sohn habe! Hab' ich nicht. Er ist tot. Sie hat ihn umgebracht, und ich war nicht mal da!«

Ewigkeiten verrannen während des Blinzelns eines himmlischen Auges.

»Bei der nächsten Abzweigung rechts, Irena«, sagte eine Stimme.

Alles stand plötzlich still. Da waren ein Haus und eine Menge Autos. Auch Menschen, die alle Schwarz trugen.

»Ich schlage vor, Sie lassen mich reden, *dottore*«, sagte Lucchese und kletterte aus dem Wagen. Zen folgte ihm und wischte sich hastig die Tränen aus dem Gesicht. Irena küßte ihn auf die Wange.

»Alles wird gut«, sagte sie freundlich. »Es ist nicht Ihre Schuld.«

Zen beobachtete sie eine Weile wie durch die Linse einer Kamera, als ob sie ein- und ausgeblendet würde.

»Was haben Sie noch gesagt? ›Cherchez la femme.‹ Glauben Sie, daß es eine Frau getan hat?«

Aber Irena hatte sich abgewandt, um sich zu ihrem Partner zu gesellen, der inmitten eines dichten Knäuels von Familienmitgliedern stand, die sich in langatmigen und lauten Beileidsbezeugungen ergingen. Die Stimme des Prinzen drang an Zens Ohr wie der Kommentar zu einem Fernsehprogramm, das er nicht sehen konnte.

»...aber bevor wir fortfahren, muß ich bedauerlicherweise einer unangenehmen, aber ebenso unvermeidlichen Pflicht Genüge tun. Ah, da bist du ja, meine Liebe. Dies ist meine Nichte, Irena Francavilla, die ich unter meine Fittiche genommen habe, nachdem sie in Turin in sehr schlechte Gesellschaft geraten war. Erfreulicherweise kann ich sagen, daß sie sich fast vollständig erholt hat, aber als Vorsichtsmaßnahme setze ich derzeit die Behandlung dreimal täglich fort, damit sie keinen Rückfall erleidet.«

»Wann bekomme ich meine nächste Spritze, *principe*?« stöhnte Irena.

»Bald, mein Kind, bald. Wo waren wir stehengeblieben? Ja, natürlich, die unangenehme Pflicht, die ich vorhin angedeutet habe. Wie euch vielleicht bewußt ist, ist es seit Urzeiten in der Familie Brauch, das Herz post mortem zu durchstoßen. Ich habe keinen Grund anzunehmen, daß mein lieber Cousin mit dieser Tradition zu brechen gewünscht hätte, obwohl es angesichts der tragischen Umstände, die zu seinem Ableben geführt haben, natürlich für ihn unmöglich war, das zu bestätigen.«

»Wovon sprichst du?« fragte eine der trauernden Frauen. »Was für eine Tradition?«

»Im Prinzip läßt sie sich mindestens dreihundert Jahre zurückverfolgen, in der Praxis aber wurde sie von meinem Urgroßvater Guido Andrea wieder eingeführt.«

Andrea, dachte Zen. *Cherchez la femme!* Plötzlich war alles ganz klar.

»Guidos krankhafte Angst davor, lebendig begraben zu werden, war in unserer Familie berüchtigt. Tatsächlich kann ich mich bis heute gut daran erinnern. Ich weiß auch noch, wie ich das bei irgendeiner Gelegenheit meinem Bruder gegenüber erwähnt habe, und ich höre noch heute seine Antwort, wir müßten lediglich sein Mobiltelefon mit ihm begraben! Aber Spaß beiseite, ich bin sicher, der arme, liebe Bruno hätte den Wunsch gehabt, daß mit ihm verfahren wird, wie es Brauch ist, und ich habe mich entsprechend vorbereitet. Es wird nicht lange dauern.«

»Was dauert nicht lange?«

»Eine einfache medizinische Prozedur, mein Liebes«, antwortete der Prinz, »aber du wirst dir die Details sicher ersparen wollen.«

»Medizinisch? Aber Bruno ist nicht... ich meine, er ist...«

»Tot. Ja, ich bin fest davon überzeugt, und alle Anzeichen deuten darauf hin. Aber diese Dinge sind nicht immer so sicher, wie sie erscheinen. Es hat mehrere Fälle gegeben, wo sogenannte ›Leichen‹ bei der eigenen Beerdigung plötzlich Lebenszeichen von sich gaben, was für alle Beteiligten – und ich muß das wohl nichts eigens erwähnen – außerordentlich peinlich ist. Noch betrüblicher sind die Fälle, bei denen die Verstorbenen erst ein bißchen später ins Leben zurückgekehrt sind – zu spät, in der Tat. Kaum ein Friedhof wird umgegraben, ohne daß nicht mindestens ein Skelett in knieender Position vorgefunden wurde, im vergeblichen Kampf darum, den Deckel vom Sarg zu heben, der unter mehreren Tonnen fester Erde begraben liegt.«

Die Frauen schnappten nach Luft und faßten sich an den Hals. Prinz Lucchese nickte ernst.

»Um die Wahrscheinlichkeit eines solchen Schicksals auszuschließen, gab mein Urgroßvater dem Familienarzt den Befehl, ihm vor seinem Begräbnis einen Pflock durchs Herz zu treiben. Ich glaube, man hat ursprünglich bloß einen schlichten Nagel benutzt, aber einige Zeit später wurde speziell für diesen Zweck ein Werkzeug aus solidem Silber von einem Schmied aus der Gegend angefertigt. Es befindet sich in meinem Besitz, und ich schlage nun vor, es in Anwendung zu bringen und meinem geliebten Cousin solchermaßen zu gestatten, auf jeden Fall in Frieden zu ruhen. Mein Kollege, Doktor Aurelio Zen, wird mir assistieren.«

Er winkte Zen zu sich, der ihm ins Haus folgte.

Hinterher war Aurelio Zen natürlich klar, daß er ein Opfer passiven Rauchens geworden war. Obwohl er die von Lucchese angebotene Haschischzigarette abgelehnt hatte, waren die Rauchschwaden in dem geschlossenen Wagen so stark gewesen, daß er ebenfalls unter Drogen stand. Rückblickend leuchtete ihm das alles durchaus ein, aber zu dem betreffenden Zeitpunkt konnte er nur dem folgen, was ihm seine Sinne sagten, und die erzählten ihm eine ganz andere Geschichte.

Da gab es zunächst schon einmal drei Versionen des Prinzen Lucchese. Einer bereitete gerade etwas vor, der nächste tat es, während ihm der dritte die Ergebnisse dessen mitteilte, was die beiden anderen getan hatten. Alles, was in diesem Raum vor sich ging, erschien ihm auf beunruhigende Weise undurchsichtig, war ein scheußliches Szenario, bestehend aus einem toten Körper, Operationsbesteck und einer ziemlich primitiven Schlächterei sowie einer vollkommen unschuldigen, ja höchst lobenswerten Aktivität, lebenswichtig aus Gründen, die dennoch in keinster Weise unmittelbar offensichtlich waren.

Unter diesen Umständen hatte Zen beschlossen, sich herauszuhalten – und zwar völlig. Es gab einen Korbstuhl in der Nähe der Tür, in dem er sich niederließ und dabei zusah, wie die drei Prinzen ihrer Arbeit nachgingen, wobei er so gut wie möglich auf ihre verwirrenden Bemerkungen reagierte. In der Mitte des Zimmers stand ein Eßtisch, auf dem eine prunkvolle, rechteckige Holzkiste ruhte. Der dreifache Lucchese öffnete die schwarze Tasche, die er mitgebracht hatte, und begann seine Arbeit an dem, was auch immer sich dort in der Kiste befinden mochte, wobei er die ganze Zeit über mit leiser und entschlossener Stimme redete.

»Keine sichtbaren Verwundungen außer einigen oberflächlichen Verletzungen am Thorax... Hat sich wahrscheinlich selbst durchbohrt an einer scharfen Kante beim Fall in den... Dennoch massiver Blutverlust premortem, sichtbare Wunden kommen keinesfalls als Auslöser solchen Ausmaßes... Jetzt wollen wir mal reinschauen... Mein Gott, ist da Fett drunter... Einfach den Knorpel durchhacken und raus mit dem... Vergessen, wie einfach all das ist... Das ist merkwürdig... Keine Spur von Wein in den Lungen. Aber er muß doch einiges geschluckt haben. Es sei denn... Herzanfall, bevor er aufgeschlagen ist, vielleicht... Dann wollen wir uns den Hals noch mal ansehen... Ach... Das ist ja interessant...«

Der Arzt und seine beiden Assistenten gingen aus dem Zimmer und kehrten zu gegebener Zeit als eine Person zurück. Angesichts dieses Wunders erwachte Zen aus seinem Tagtraum mit einem Gefühl von Panik.

»Was? Wo? Wann?« stotterte er und sprang auf die Füße.

»Wahrscheinlich Totschlag, Person oder Personen unbekannt, zur festgestellten Todeszeit oder jedenfalls ungefähr zu der Zeit«, erwiderte Lucchese kurz und bündig und wischte seine blutbefleckten Instrumente an einem schmutzigen Lappen ab.

»Sind Sie sicher?«

»Ich bin sicher, daß er schon tot war, als er in das Weinfaß fiel. Und ich bin beinahe sicher, daß es kein natürlicher Tod war. Die Verletzung an seinem Hals ist viel tiefer, als sie aussieht. Die Arterie ist durchtrennt, und in der Wunde stecken kleine Glassplitter.«

»Und das würden Sie auch bezeugen?«

Lucchese sah ihn hochnäsig an.

»Natürlich nicht. Man bat mich nicht, die Leiche zu obduzieren, und daher hat es eine solche Obduktion auch nicht gegeben. Ich verrichte lediglich die letzten weltlichen Riten an meinem Cousin, entsprechend einer alten Tradition unserer Familie. Wo wir gerade davon sprechen, ich sollte die verdammte Angelegenheit wohl besser hinter mich bringen, nur für den Fall, daß irgend jemand nachschaut.«

Er nahm den Silberpflock und setzte ihn auf die Brust des toten Mannes, dann hob er den Hammer. Es folgten einige dumpfe Schläge, der letzte begleitet von einem gepreßten Stöhnen Luccheses, mit dem sich seine Anspannung und Anstrengung entlud. Zen, dem allmählich schlecht wurde, ging nach draußen. Die Wolken waren weggebrannt, und die Sonne schien milde an einem makellosen azurblauen Himmel.

»Der Priester ist da!« sagte eine Frau aufgeregt. »Können wir anfangen?«

»Kommt nicht in Frage«, erklärte eine Stimme, die aus Zens Mund kam. »Ich habe die traurige Pflicht, Sie darüber zu informieren, daß die Leiche Ihres verstorbenen Angehörigen Beweismittel in einer Straftat ist.«

Ein Raunen ging durch die Menge. Die Haustür schlug zu, und Lucchese erschien, in der Hand seine schwarze Tasche.

»Dieser Mann«, fuhr Zen fort und zeigte auf ihn, »ist ertappt worden bei der Verstümmelung einer Leiche in direktem Verstoß gegen Paragraph 1092, Absatz 3 A des Strafgesetzbuches.

Er ist verhaftet, und besagte Leiche ist ein wichtiges Beweismittel in diesem Fall. Dieses Haus und sein Inhalt sind daher versiegelt und unterstehen meiner direkten und persönlichen Zuständigkeit. Bis auf weiteres darf niemand das Haus betreten, und nichts darf verändert werden.«

»Aber das Begräbnis!« rief eine ältere Frau aus. »Es ist alles vorbereitet!«

»Ich auch«, sagte eine Stimme hinter ihm.

Als er sich umdrehte, stand Zen einem dicken, schwerfälligen Mann in dunkelgrauem Anzug gegenüber.

»Enrico Pascal, *maresciallo di Carabinieri*«, sagte er. »Verzeihen Sie, *dottore*, aber der Paragraph des Strafgesetzbuches, den Sie eben zitierten, ist mir leider nicht bekannt.«

»Natürlich nicht. Ich hab ihn gerade erfunden.«

Der Beamte der Carabinieri starrte ihn an.

»Haben Sie den Verstand verloren?«

»Ja.«

Erst in diesem Augenblick wurde ihm das bewußt. Er mußte eindeutig den Verstand verloren haben, denn es schien auf einmal Nacht zu werden. Es war noch nicht dunkel, aber das Licht war fast erloschen, hatte sich aufgelöst in flüchtige Essenz, die nicht mehr Substanz besaß als das Mondlicht. Glücklicherweise beachtete ihn niemand. Alle sahen zum Himmel auf, viele hielten Plastikscheibchen hoch wie ein Priester, der eine Hostie präsentiert. Hin und wieder wurde die Stille von Schreien und Ausrufen unterbrochen. Zen versuchte, ebenfalls in die Sonne zu schauen, indem er seine Augen zu einem Schlitz verengte. Er konnte ihren verschwommenen Umriß kaum erkennen, aber sie wirkte beschädigt.

»Sehen Sie mal hier durch«, sagte eine Stimme, die er als die Irenas wiedererkannte.

Sie drückte ihm einen kleinen Streifen unbelichteten Fotonegativs in die Hand. Er hielt es vor die Augen und erschrak, als er erkannte, daß die fahle Scheibe der Sonne an der einen Seite wie von einem riesigen Flügel verdeckt wurde.

»Sie sind vom Licht geblendet worden«, sagte die Stimme. Zen, den das Spektakel, das sich am Himmel vollzog, gleichermaßen faszinierte wie entsetzte, starrte eine Weile wie gebannt nach oben, ohne sich umzublicken. Als er es schließlich tat, war Irena nirgends mehr zu sehen. Die Landschaft war noch immer in geisterhafte Blässe getaucht, aber die Sonnenfinsternis hatte ihren Höhepunkt überschritten, und das Licht nahm allmählich seine frühere Intensität wieder an. An Zens Seite baute sich der Carabiniere auf.

»Das ist aber eine scheußliche Schnittwunde, die Sie da haben, *dottore*«, sagte er. »Und offenbar noch ganz frisch.«

Er zeigte den Hügel hinunter, wo man gerade noch sehen konnte, wie ein Bugatti in die Straße nach Alba einbog. »Sieht so aus, als sei Ihr Verdächtiger in diesem vermeintlichen Verbrechen entkommen.«

Zen sah Pascal in die Augen.

»Sie müssen mich für verrückt halten.«

Der *maresciallo* schnaubte, und er schien mit seinem ganzen Körper die Achseln zu zucken, womit er wohl zum Ausdruck bringen wollte, daß er einem Kollegen etwas so Harmloses wie Wahnsinn nie vorwerfen würde.

»Aber es gibt tatsächlich einen guten Grund für diese Farce«, fuhr Zen fort. »Ich habe vorläufige Beweise dafür gefunden, daß Bruno Scorrone ermordet worden ist. Eine vollständige Autopsie wird das bestätigen, was Grund genug dafür ist, sie anzuordnen. Könnten Sie bitte einen Ihrer Männer hierherbeordern, um die Leiche zu bewachen, bis die Ambulanz kommt? In der Zwischenzeit würde ich gerne ein paar persönliche Worte mit Ihnen wechseln.«

Pascal starrte ihn wiederum an.

»Die Leute werden sich das Maul zerreißen!« sagte er. »Aber gut, ich spiele mit. Ich hoffe nur sehr, daß Sie recht haben, *dottore*. Sollte sich herausstellen, daß dies wirklich bloß eine Farce ist, dann kann ich mich in der Öffentlichkeit nicht mehr sehen lassen.«

Während der *maresciallo* davoneilte, um ein Telefon zu suchen, nahm Zen eine erste Schadensschätzung vor. Inzwischen war das Licht fast wieder so stark wie vorher und damit auch sein Durchblick. Ängstlich ging er in Gedanken durch, was er, soweit er sich erinnern konnte, während seiner eigenen partiellen Umnachtung gesagt und getan hatte. Das meiste schien unter den gegebenen Umständen akzeptabel, obwohl es zweifellos jenen beunruhigend rätselhaft erscheinen mußte, die nicht unter dem Einfluß der fraglichen Substanz gestanden hatten. Aber etwas gab es, worüber er sich nicht sicher war, etwas, das er vergessen hatte, von dem er aber spürte, daß es am Rande seines Bewußtseins lauerte, wie der Bösewicht im Theater, der sich hinter einem Vorhang versteckt.

»Buon giorno, dottore.«

Andrea Rodriguez trug ein schwarzes Kostüm, dessen Schnitt und Material eher an eine Aufsichtsratssitzung denken ließen als an ein Begräbnis.

»Manlio hat darauf bestanden, daß ich zu Ihnen gehe und Ihnen guten Tag sage«, fuhr sie in ihrem schwerfälligen, aber korrekten Italienisch fort. »Das hier ist seine Entlassungsparty, verstehen Sie, und er ist unsicher, wie sie ihn wohl wieder aufnehmen. ›Sie werden mir nie verzeihen, wenn ich nicht komme‹, sagte er, ›wenn ich aber komme, werden sie mich schneiden, als wäre ich aussätzig.‹«

Sie deutete mit einem Kopfnicken auf ein Knäuel von Männern in der Mitte des Innenhofes.

»Ich bin froh, daß er unrecht hatte. Aber er dachte, wenn sie dann auch noch sehen würden, daß er sich mit Ihnen verbrüdert, dann triebe er es zu weit, deshalb hat er mich geschickt. Die meisten dieser Leute haben all ihre Pläne über Bord geworfen, um hierherzukommen, verstehen Sie, und dann platzen Sie herein und blasen die ganze Sache unter irgendeinem fadenscheinigen Vorwand ab. Ich fürchte, im Moment sind Sie bei den Einheimischen nicht sehr beliebt.«

Zen stimmte ihr mit einem Kopfnicken zu.

»Ich bin auch nicht beliebt«, fuhr Andrea Rodriguez fort. »Es ist hier nicht gerade leicht, Ausländerin zu sein, besonders, wenn jeder geglaubt hat, man wäre ein Mann.«

Die Ironie der Situation war Zen am Vortag zu Bewußtsein gekommen, als man sie im Haus der Vincenzos einander vorgestellt hatte. In Italien ist Andrea ein Männername; im Englischen, wurde ihm erklärt, der einer Frau. Als Aldo Vincenzo einen Brief gelesen hatte, der an seinen Sohn gerichtet und mit »Andrea« unterschrieben war, hatte er den scheinbar offensichtlichen Schluß gezogen: Der wahre Grund, warum Manlio sich weigerte, auf seinen Vorschlag einzugehen und eine Heirat mit Lisa Faigano zu erzwingen, war, daß er sich während seines Aufenthaltes in Kalifornien zu seiner wahren Leidenschaft bekannt hatte.

Andrea war unbestritten Kalifornierin und daher weibliche Trägerin dieses Namens, und doch hatte sie mütterlicherseits italienische Vorfahren, während ihr Vater aus einer der alteingesessenen spanischen Familien stammte. Manlio war über die unnachgiebige Haltung seines Vaters so empört gewesen, daß er sich geweigert hatte, das alles zu erklären.

»Warum sollte ich mich so sehr erniedrigen, jemanden zu korrigieren, der meint, er hätte schon alles kapiert?« hatte er rhetorisch gefragt. »Ich dachte, irgendwann würde die Wahrheit an den Tag kommen und ich wäre rehabilitiert. Statt dessen ist mein Vater so gestorben, wie er gelebt hat – ignorant.«

All dies hätte Zen und Andrea zu natürlichen Verbündeten machen müssen, als Außenseiter und Verstoßene dieser Gemeinschaft. Aber er sah die Dinge anders. Vielleicht war es der letzte Hauch des Rauschgifts, der vom Grund seines Schädels wie Meergras vom Meeresboden hochwallte, vielleicht aber auch nur ganz gewöhnliche Borniertheit. Aber anstatt den Olivenzweig, der ihm gereicht wurde, anzunehmen, wandte sich Zen der Amerikanerin nun mit bürokratischem Funkeln in den Augen zu.

»Ich glaube, Sie haben mir erzählt, die Familie Ihrer Mutter käme aus Sizilien, *signorina*«, sagte er und betonte herablassend ihre Herkunft, als ob sie das Aussehen der Frau mindern würde.

»Das ist richtig.«

»Und von wo genau?«

»Aus einem Dorf namens Corleone, in den Bergen hinter Palermo. Mein Großvater ist 1905 ausgewandert und ...«

Zen wurde noch bestimmter.

»Corleone, ja? Eine berüchtigte Brutstätte der Mafia. Sie haben sicher noch Verbindungen dahin. Ein Wort ins richtige Ohr, ein Vorschuß plus die Zusage, daß noch mehr kommt, wenn das Gut der Vincenzos erst mal verkauft ist ... Nach der Dorf*festa* lockt Manlio seinen betrunkenen Vater nach draußen in den Weinberg, wo Ihre angeheuerten Mörder bereits warten. Sie tun, was zu tun ist, und verstümmeln dann die Leiche, damit das Ganze so aussieht wie der Ergebnis irgendeiner finsteren Blutrache hier aus der Gegend.«

»Haben Sie den Verstand verloren?«

Zen sah sie ernsthaft an.

»Sie sind schon der zweite, die mich das fragt.«

»Dann sollten Sie vielleicht mal darüber nachdenken!« schnauzte Andrea Rodriguez ihn an. »Sie haben es sich schon mit allen anderen hier verscherzt, und soeben haben Sie sich einen weiteren Feind gemacht.«

»Ich habe Ihre Anweisungen ausgeführt, *dottore!*«

Enrico Pascal war noch gut zwanzig Meter entfernt, aber seine Stimme drang deutlich bis zu Zen – und zu jedem anderen im Innenhof. Auch die unterschwellige Botschaft war sofort allen klar, während Andrea Rodriguez Zen ostentativ den Rücken kehrte und ihn stehenließ, um sich zu den anderen zu gesellen.

»Der Krankenwagen wird in Kürze hier sein, in der Zwischenzeit hat mein Offizier vom Dienst das Gelände gesichert«, fuhr der Beamte der Carabinieri im gleichen Exerzierplatzton fort. »Haben Sie noch weitere Anweisungen?«

»Im Augenblick nicht!« brüllte Zen zurück. Mit gedämpfter Stimme fügte er hinzu: »Wo ist der Weinkeller?«

»Da drüben, den Hügel hinunter«, flüsterte Pascal und nickte in eine Richtung. »Folgen Sie einfach dem Weg.«

»Wir treffen uns dort in einer Viertelstunde.«

Zen drehte sich um. Pascal salutierte demonstrativ und marschierte zum Haus zurück, als ob er wegtreten würde.

Als sie begriffen, daß die Beerdigung tatsächlich nicht stattfinden würde, eilten die Trauergäste zu ihren Wagen und fuhren davon. Zen ging an ihnen vorbei und spazierte gemächlich den asphaltierten Weg entlang, der das Haus der Scorrones mit den angebauten Geschäftsräumen verband, die diskret außer Sichtweite hinter dem Hügel verborgen lagen. Enrico Pascal erschien fünfzehn Minuten später, wobei er denselben Weg entlangfuhr, den Zen zu Fuß gegangen war.

»Machen Sie es kurz«, warnte er ihn, als er aus dem Jeep stieg.

»Die Leute sind ganz schön aufgebracht, das kann ich Ihnen sagen. Sie sind gegenwärtig die wohl unpopulärste Person in der Langhe, und wenn man sieht, daß ich mit Ihnen verkehre...«

Zen lachte.

»Unpopulärste Person? Das freut mich zu hören. Nach dem Geschwafel, mit dem mich hier alle abgefertigt haben, ist es eine Wohltat, wieder gehaßt und gefürchtet zu werden. Ich brauche gewisse Kanten, um meine Arbeit anständig tun zu können.«

Enrico Pascal würdigte dies keiner Antwort. Zen seufzte.

»Also gut, ich mache es kurz. Meine erste Frage ist, was Bruno Scorrone gestern nachmittag überhaupt hier zu tun hatte. Ich habe mir diese Anlage mal ein bißchen angesehen. Ich weiß nicht viel über Weinkellerei, aber ich erkenne HighTech, wenn ich sie sehe. Ist erst einmal alles richtig eingestellt, dann laufen diese Maschinen von alleine. Na ja, egal, Scorrone hat jedenfalls nicht gerade Topweine gemacht. Warum sollte er also sein sonntägliches Mittagessen vorzeitig abbrechen und herkommen, um seinen Billigwein zu kontrollieren, den er ohnehin mischen und für fast nichts verkaufen wollte?«

Pascal zuckte mit den Achseln.

»Laut Aussagen seiner Frau hat er gesagt, er müsse eine Lieferung in Empfang nehmen.«

»Am Sonntag?«

Pascal zuckte noch einmal verlegen mit den Achseln.

»Wir konnten es noch nicht nachprüfen, aber das ist nicht verwunderlich. Bruno zog es vor, so wenig wie möglich schriftlich abzuwickeln.«

»Sie meinen, er hat illegal gearbeitet?«

Der *maresciallo* machte eine gequälte Geste, um die Unmöglichkeit zum Ausdruck zu bringen, einem Außenstehenden eine derart komplexe Situation klarzumachen.

»Sagen wir mal so, er hat in einer Grauzone gearbeitet – nicht unbedingt krumme Geschäfte, strenggenommen aber auch nicht ganz legal. Das machen hier viele so. Auf der einen Seite gibt es die berechtigten Ansprüche des Marktes, auf der anderen Seite die oft unsinnigen Auflagen unzähliger Bürokratismen zwischen hier und Brüssel. Ein Mann muß sein Geld verdienen. Bruno hat seinen Wein nicht gepanscht, zumindest nicht regelmäßig, aber manchmal war er – wie soll ich es ausdrücken? –, was dessen Herkunft betraf, sehr einfallsreich.«

Zen ließ den Blick über die betonierten Anlagen der Kellerei schweifen. Die Angestellten hatten den Tag frei bekommen, und in seiner lähmenden Trostlosigkeit hätte dieser Ort genausogut auch irgendeine der anderen häßlichen Leichtindustrie-Fabriken sein können, die überall in dieser Gegend an der Autobahn lagen. Das einzige Indiz für seine eigentliche Funktion bestand aus einer Anzahl von *Demijohns* mit Plastiküberzug, die auf einer der Laderampen gestapelt waren. Zen wies Pascal darauf hin.

»Glauben Sie, das könnte der Wein sein, der an dem Nachmittag, als er starb, geliefert wurde?«

Der *maresciallo* zuckte mit den Achseln.

»Wer weiß. Bruno hat eine Menge kleinerer Geschäfte gemacht. Manchmal sah man hier auch Tankwagen aus Apulien oder Kalabrien vorfahren, aber hauptsächlich hat er Wein aus dieser Gegend verarbeitet. Alles gute Ware, aber wie gesagt, phantasievoll etikettiert.«

Zen ging voraus zu dem Flaschenstoß. Sie waren nicht gekennzeichnet, und auch sonst wies nichts auf ihre Herkunft hin.

»Die können doch von sonstwo her sein.«

»Oh, also von *sonstwo* glaube ich nicht.«

Pascal lief zurück zum Büro am Ende der Ladebuchten und kam einige Augenblicke später mit einer Pipette und einem Glas wieder. Er drückte beides Zen in die Hand, dann zog er den Gummizapfen heraus, der die Öffnung einer dieser *damigiane* verschloß, verlangte die Pipette zurück und stieß sie durch die Schicht von Olivenöl, die auf der Oberfläche des Weins schwamm, um die Luft abzuhalten. Er drückte den Gummiballon ein paarmal, um Wein anzusaugen, und wiederholte den Vorgang dann, um ihn ins Glas laufen zu lassen. Er schwenkte den Wein und sog den Geruch tief ein.

»Aha!«

Er nahm einen großen Schluck, ließ ihn im Mund kreisen, als würde er gurgeln, und trank ihn schließlich.

»Ja«, sagte er.

Er wiederholte die Prozedur.

»Ganz sicher«, erklärte Enrico Pascal.

Zen starrte ihn verwirrt an.

»Was ist ganz sicher?«

Pascal schüttete den Rest des Weins auf den Boden und verschloß den Ballon wieder.

»Ich würde um einen erheblichen Betrag wetten, daß dieser Wein von den Faigano-Brüdern stammt.«

»Das können Sie durch bloßes Verkosten feststellen?«

Ein Achselzucken.

»Ich trinke ziemlich viel von Giannis und Maurizios Weinen, und ich könnte schwören, daß das einer von ihnen ist.«

Als er Zens Blick bemerkte, fügte er schnell hinzu: »Rein inoffiziell, natürlich. Ansonsten gibt es keinen Beweis dafür, daß dies die Lieferung ist, wegen der Bruno gekommen war.«

Zen seufzte theatralisch.

»Das scheint der Tenor dieses ganzen Falls zu sein. Haufenweise Hinweise und Indizien, aber keine Beweise. Was soll ich denn nun tun?«

»Tja, also, *dottore,* das müssen Sie selbst entscheiden.«

Zen kehrte an jenem Nachmittag erst spät in sein Hotel zurück, nachdem er einen Fahrer aus dem Dorf angeheuert hatte, ihn nach Alba zu bringen. Der Himmel über der verschwommenen Silhouette der immer dunkler werdenden Hügel war wie flüssiger Glanz, dessen Spektrum von einem cremigen Pfirsichton bis zu einem zartglühenden Rosé reichte, wie Sonnenlicht, das durch ein Babyohr scheint. Das Taxi ließ Zen an der Piazza Savona aussteigen, und eine Weile lief er einfach ziellos durch die Gegend, glücklich wie ein Kind über sein entschlossenes, wenn auch rätselhaftes Handeln während des kurzen Ausflugs ins bäuerliche Hinterland. Seine Gene sagten ihm, daß die Natur weder gut noch böse war. Wie zurechtgestutzt, parzelliert oder besiedelt sie auch war, sie blieb immer ambivalent. Darin lag ihre Faszination, aber auch ihr Schrecken. Ein paar Stunden davon waren genug.

Er ging hinüber zur Allee in der Mitte des Platzes und verbrachte einige Zeit damit, die remittierten Bücher durchzusehen, die von den *bancari* zum Verkauf angeboten wurden. Das östliche Ende der Promenade wurde durch einen abstrakten Brunnen im Stil der städtischen Moderne der frühen sechziger Jahre verunstaltet, daneben stand eine Säule, auf der die ersten Sätze aus Beppe Fenoglios Buch über die heroisch-tragischen »dreiundzwanzig Tage von Alba« eingemeißelt waren. Partisanen aus der Gegend hatten die Kontrolle über die Stadt völlig unvorbereitet von den fliehenden Faschisten zurückerobert: *Zweitausend von ihnen nahmen Alba am 10. Oktober 1944 ein, zweihundert verloren es wieder am 2. November.*

Als Zen langsam auf den Eingang des Hotels zuging, war er in Gedanken bei den achtzehnhundert jungen Männern, deren Tod Fenoglio durch die sprachliche Auslassung ehrte, und bei den zweihundert, die überlebt hatten. Wenn sie noch lebten, wären sie jetzt in ihren Siebzigern. Wie mochten sie das nun wohl alles sehen, in der Rückschau? War es das Leid wert gewesen, das Blutvergießen, die Toten? Waren sie verbittert, weil sie gekämpft und bei der verzweifelten Schlacht um ihre Ideale alles riskiert hatten, die fast sofort wieder verraten und eingeschränkt worden waren? Oder war es einfach das Aufregendste, das ihnen je passiert war, ein Erlebnis, das sie niemals vergessen konnten, unantastbar auch durch jedes Urteil und jede Reue, vergleichbar mit dem Abenteuer, eine Frau zu verführen?

Sein Zimmer erschien ihm wie eine Zuflucht, still und sicher vor diesen und anderen Fragen und Zweifeln. Zen zog sein Jackett und die Schuhe aus, ließ sich aufs Bett fallen und schloß die Augen, um nach den Mühen dieses Tages sein – wie er meinte – wohlverdientes »Nickerchen« zu machen. Er erwachte, als das Telefon klingelte. Völlig desorientiert und gereizt schnappte er sich den Hörer.

»Ja?«

»*Guten Tag, dottore. Ich störe Sie doch hoffentlich nicht.*«

Zen stöhnte.

»Wer sind Sie?« schrie er ins Telefon. »Warum können Sie mich nicht in Ruhe lassen? Was wollen sie denn um Himmels willen überhaupt?«

»*Ich wollte Sie, wenn Sie nichts anderes vorhaben, heute abend zum Essen einladen. Sieben Uhr im Maddalena in der Via Gioberti.*«

Die Verbindung wurde unterbrochen. Zen blickte auf die

Uhr. Es war kurz nach halb sieben. Mindestens acht Stunden waren vergangen, seitdem er mit freundlicher Empfehlung des Prinzen und seiner Gefährtin Haschisch inhaliert hatte, aber das Zimmer schien sich leicht um ihn zu drehen wie ein Karussell, das abgeschaltet wurde, aber immer noch so schnell kreist, daß das Absteigen riskant bleibt. Und doch war es genau das, was er jetzt zu tun hatte. Die Verabredung, die ihm gerade angeboten worden war, konnte er nicht ausschlagen, was auch immer sie bezwecken sollte. Wenn er jetzt nicht aufkreuzte, würde es einfach auf einen anderen Zeitpunkt verlegt werden.

Er dachte wieder an die Burolo-Affaire auf Sardinien, von der er Lucchese erzählt hatte. Er war damals von einem Gangster, den er irgendwann ins Gefängnis gebracht hatte und der nun Rache nehmen wollte, unerbittlich gejagt und in die Enge getrieben worden. Die Angelegenheit hier war wohl sehr ähnlich, dachte er voller Überdruß. Ein Polizist macht sich unweigerlich viele Feinde. Er griff wieder nach dem Telefon und rief das *Commissariato* des Ortes an.

»Polizei!« bellte eine Stimme, die er wiedererkannte, barsch ins Telefon.

»Ciao, Dario.«

Eine kurze, beleidigte Pause.

»Dies ist die Polizeiwache von Alba! Was wollen Sie?«

»War Pech mit diesem Elfmeter«, fuhr Zen sanft fort. »Aber Juve hat immer noch gute Chancen auf die Meisterschaft.«

»Wer zum…«

»Aurelio Zen, Vizepolizeidirektor, Criminalpol, Rom. Ich habe gerade einen Anruf erhalten, der mich zu einem Restaurant in der Via Gioberti bestellt hat, ins *Maddalena*. Ich soll um sieben dort sein, und ich muß davon ausgehen, daß die Person, die ich treffe, bewaffnet und gefährlich ist. Abgesehen von meiner eigenen Sicherheit möchte ich nicht das Leben der anderen Gäste des fraglichen Lokals gefährden.«

Dario brauchte einen Moment, um diese Information zu verdauen.

»Angesichts dieser Umstände«, fuhr Zen fort, »schlage ich vor, daß mich ein uniformierter Beamter in fünfzehn Minuten hier im Hotel abholt und zum Restaurant begleitet.«

»Ich kümmere mich persönlich darum, *dottore*!«

»Wunderbar.«

»Ehrlich gesagt ist außer mir sowieso niemand im Dienst.«

Zehn Minuten später marschierte Aurelio Zen, in einen Mantel gehüllt und mit dem Hut in der Hand, in der überdimensionalen Lobby auf und ab, wobei er darauf bedacht war, sich von Fenstern und Türen fernzuhalten, hinter denen er von der Straße aus gut zu sehen war.

»Guten Abend!« sagte eine weibliche Stimme.

Aufgeschreckt aus seinen Gedanken, die inzwischen durchaus als paranoid zu bezeichnen waren, drehte er sich um und sah sich der jungen Frau gegenüber, die sich ihm schon als Carla Arduini vorgestellt hatte. Sie sah ebenfalls ausgehfertig aus.

»*Buona sera, signorina.*«

Einen Augenblick lang schien sie geneigt, bei ihm stehenzubleiben, um noch etwas zu sagen, aber zu Zens Erleichterung ging sie weiter und verschwand durch die Drehtür. Das letzte, was er jetzt gebrauchen konnte, waren weitere Komplikationen, wie etwa, daß sie auf seine Einladung zum Abendessen zurückkam, die er am Abend vorher gedankenlos und aus Gründen, an die er sich nicht mehr erinnern konnte, ausgesprochen hatte. In diesem Moment traf ein Mann in Uniform und mit Maschinenpistole ein, dem anzusehen war, daß er nicht nur wußte, wie man die Waffe benutzte, sondern daß er regelrecht scharf darauf war.

»*Dottore!*« sagte er mit heiserer Stimme, als er Zen erblickte.

»Guten Abend, Dario.«

Der junge Polizist ließ den Blick schnell durch die Lobby schweifen, als könnten sich irgendwo bewaffnete Feinde versteckt halten. Als er niemanden entdeckte, schaute er auf die Uhr.

»Sollen wir gehen?«

»Noch nicht gleich.«

»Aber es ist Zeit.«

»Merk dir eines, du darfst nie pünktlich zum vereinbarten Zeitpunkt erscheinen«, erklärte Zen ernst. »Laß sie warten. Wenn die Nerven mit ihnen durchgehen, machen sie eher Fehler.«

Dario nickte, als würde er das alles völlig verstehen.

»Laß uns hier noch einen trinken, und wir kommen zehn Minuten später«, schlug Zen vor.

An der Bar bestellte Dario eine Cola, Zen einen *spumante*.

»Kommen Sie hier aus der Gegend?« fragte Zen den Polizisten und schob die Mündung der Maschinenpistole zur Seite.

»Ja, Sir.«

»Woher?«

»Barolo.«

»Wissen Sie irgend etwas über eine Frau namens Chiara Vincenzo? Die Witwe des verstorbenen, beklagenswerten Aldo.«

»Sie war meine Großtante.«

Zen starrte ihn an.

»Sind hier alle miteinander verwandt?«

»Nein, nicht *alle*. Nicht die Zugereisten.«

Zen sah ihn noch schärfer an.

»Anwesende natürlich ausgenommen!« antwortete Dario.

»Ich habe gehört, daß Ihre Tante erst kürzlich gestorben ist«, sagte Zen und nutzte seinen Vorteil aus.

»Das kam nicht überraschend. Sie war schon länger an Krebs erkrankt.«

»Wie alt war sie?«

»Einundsechzig.«

Er drückte mit einer Geste sein Bedauern aus.

»Frauen werden normalerweise mindestens siebzig, manchmal neunzig. Aber Tante Chiara schien ihren Lebenswillen schon vor langer Zeit verloren zu haben. Es gab da eine Geschichte von irgendeiner Tragödie in ihrer Jugend, über die sie wohl nie hinweggekommen ist, aber ich kann mich an die Details nicht mehr erinnern.«

»Dann ist sie kurz vor ihrem Mann gestorben?« fragte Zen.

»Ja, das stimmt. Gerade ein paar Wochen.«

»*Cherchez la femme*«, betete Zen mit überlegenem Gesichtsausdruck nach.

»Wie bitte?«

»Nichts.«

Er sah auf die Uhr.

»Dann wollen wir mal.«

Draußen waren die Straßen dunkel und fast menschenleer. Es nieselte, und ein starker, aber träger Wind blies, dessen Böen herumtorkelten wie ein betrunkener Angeber an den Straßenecken. Die wenigen Fußgänger, die unterwegs waren, blickten den hochgewachsenen Mann und seinen bewaffneten Begleiter nervös an und eilten weiter.

Als sie in die Via Gioberto einbogen, begann Zen ernsthaft, an dem Sinn seines Plans zu zweifeln. Wenn jemand auf ihn schießen wollte, aus purem Haß, dann würde er genau hier auf ihn warten, in einem Eingang oder einem Fenster gegenüber dem Restaurant. Er würde erst den jungen Dario umlegen und dann den schutzlosen Zen. Aber jetzt war es zu spät, um noch einen Rückzieher zu machen.

Es gab keine Schüsse. Als sie das *Maddalena* erreichten, stürzte Dario als erster hinein und fuchtelte mit seiner Maschinenpistole herum. Das Restaurant war vollbesetzt, aber als Zen eintrat, war kein Laut zu hören. Jeder stockte mitten in seiner Bewegung, die Kellner erstarrten beim Austragen oder Wegräumen der Speisen, die Gäste, die Gabel auf halbem Weg zum Mund, saßen bewegunglos.

»Aurelio Zen«, hörte er sich selbst sagen. »Ich bin mit jemandem zum Essen verabredet. Ist er schon da?«

Ein ehrerbietiger älterer Mann in Anzug und Schlips kam hinter einer Kasse hervor.

»*Si, certo*«, sagte er unerschrocken, als sei das Erscheinen bewaffneter Männer in Uniform etwas ganz Alltägliches. »Hier entlang, bitte.«

Von dem überaus wachsamen Dario begleitet, durchquerten Zen und der Oberkellner den überfüllten Raum, danach einen weiteren, um bei einem Tisch ganz am Ende des Etablissements anzukommen. An diesem Tisch saß Carla Arduini. Sie und Zen starrten sich eine lange Zeit schweigend an. Dann hüstelte der Oberkellner auffällig.

»Sie können gehen«, sagte Dario zu ihm. »Sie auch, Dario.«

Der Polizist zog ihn beiseite.

»Das könnte eine Falle sein, Boss! Sie schicken die junge Frau vor, damit Sie beruhigt sind und nicht mehr aufpassen, während der Mörder auf seine Chance wartet...«

»Nein, ich glaube nicht.«

Dario schien ausgesprochen enttäuscht darüber zu sein, daß sich die erhofften Aufregungen und Risiken dieses Abends in Wohlgefallen aufgelöst hatten, woraufhin ihm nichts weiter übrigblieb, als zu seinem Routinejob in der Polizeiwache zurückzukehren.

»Glauben Sie nicht, ich sollte mich an einen der Tische

da drüben setzen und ein bißchen aufpassen, nur für alle Fälle?«

Zen ließ den Blick durch den Raum schweifen.

»Diese Tische scheinen reserviert zu sein.«

Dario lächelte und tätschelte seine Maschinenpistole.

»Glauben Sie mir, ich kriege bestimmt einen Platz.«

Zen seufzte und nickte.

»Also gut. Ich bestelle Ihnen etwas zu essen. Aber wedeln Sie nicht zu sehr mit dem Ding da herum. Sie erschrecken die Gäste.«

Dario grinst schelmisch.

»Aber wir werden richtig gut bedient werden!«

Tatsächlich erschienen die Kellner bemerkenswert schnell und brachten derart umfangreiche Speise- und Getränkekarten, daß Zen schließlich mit den Achseln zuckte und sagte: »Bringen Sie mir einfach etwas Gutes zu essen. Eine warme Vorspeise und ein Hauptgericht. Mir ist egal, was es ist, Hauptsache, sie raspeln ordentlich Trüffeln drüber.«

Er blickte Carla Arduini an, die nickte.

»Für mich das gleiche.«

»Und bringen Sie dem Jungen mit der Waffe dort drüben in der Ecke auch etwas«, fügte Zen hinzu »Er wird nervös, wenn er nichts Anständiges zu essen kriegt.«

Als die Hektik ein wenig abgeklungen war, sah er seine Tischgefährtin an.

»Sie waren das also?«

Sie nickte. Zen zündete sich eine Zigarette an und musterte sie.

»Und mit wem arbeiten Sie zusammen? Ich meine, wer war der Mann am Telefon?«

»Ich arbeite mit niemandem zusammen.«

»Aber diese Stimme...«

»Das ist ein elektronisches Gerät, mit dem Sie Ihre Stimme in jede beliebige Höhe und Klangfarbe verändern können«, erklärte Carla Arduini. »Ich habe eines gekauft und an mein Telefon im Hotel angeschlossen. Sie können wie ein Mann klingen oder eine Frau, wie ein Kind, sogar wie ein Opernsänger. Für meine Zwecke schien mir eine leicht metallische Männerstimme am besten geeignet.«

Zen paffte vor sich hin und musterte die ganze Zeit über genau ihr Gesicht.

»Und welche Zwecke wären das?«

Sie lächelte matt.

»Ich wollte Sie zunächst mit meinen Anrufen nur erschrecken, Ihnen aber jedesmal auch einen vagen Hinweis auf des Rätsels Lösung geben. Damit alleingelassen sollten Sie sich langsam im Kreise drehen, gequält von Angst. Ich weiß nicht genau, was ich vorhatte, danach zu tun. Ich hatte nie die Absicht, Ihnen etwas anzutun, trotz der Drohungen. Ich wollte Ihnen nur ein bißchen Angst einjagen.«

Sie zeigte auf den Tisch, an dem Dario saß.

»Es sieht so aus, als hätte ich tatsächlich Erfolg gehabt.«

Der Ober brachte eine Flasche Wein. Zen schenkte sich selbst und der Frau ein und trank sein Glas in einem Schluck aus.

»Aber warum ich? Oder haben Sie es auf die Polizei ganz allgemein abgesehen, und ich war ein Zufallstreffer, ein Beamter, den Sie sich aus dem ganzen Apparat willkürlich herausgegriffen haben?«

»Nein, das war schon persönlich gemeint.«

Der erste Gang kam so prompt wie die Speisekarten, ein Berg hausgemachter Pasta, begraben unter der exquisiten Schneedecke aus weißen Trüffelspänen, so dick, daß sie fast über den Schüsselrand quoll.

»Persönlich? Wir haben uns vor zwei Tagen gerade erst kennengelernt, *signorina*.«

»Ja, aber ich wußte bereits viel früher, wer Sie waren, verstehen Sie? Und als ich in den Nachrichten sah, daß man Sie hierhergeschickt hatte, um im Mordfall Vincenzo zu ermitteln, habe ich mich entschieden zu handeln.«

Sie hielt kurz inne.

»Nein, ›entschieden‹ ist das falsche Wort. Irgend etwas hat für mich entschieden. Und ich weiß noch genau, daß ich mich damals schon gefragt habe, was ich damit eigentlich erreichen wollte. Aber ich konnte einfach nicht widerstehen. Also habe ich mir im Hotel ein Zimmer neben dem Ihren genommen, und – hier bin ich.«

Zen wickelte eine Portion nach Trüffeln duftender Nudeln um die Gabel und begann zu essen. Wenigstens das Essen machte Sinn.

»Amalia hat Ihren Namen nur einmal erwähnt«, fuhr Carla Arduini fort, die ihren Teller noch nicht angerührt hatte. »Wir hatten einen fürchterlichen Streit wegen gar nichts, eine dieser Auseinandersetzungen, die vorkommen, wenn ein pubertierendes Mädchen und ihre Mutter zu eng zusammenleben. Ich weiß jetzt, daß ich mich bloß über ihre ständige Bevormundung geärgert habe. Ich wollte mir mein eigenes Nest schaffen, meinen eigenen Weg gehen. Das ist ein Urinstinkt.«

Sie schob ihre Pasta beiseite.

»Ich kann das nicht essen.«

»Sie mögen es nicht?«

»Ich kann es einfach nicht essen. Ich kann gar nichts essen.«

Zen schnippte mit den Fingern. Sofort tauchte ein Kellner auf.

»Die *signorina* fühlt sich nicht wohl. Bitte streichen Sie Ihr Hauptgericht und geben Sie dies meinem Kollegen da drüben.« Er zeigte auf Dario, der seinen Teller bereits leergeputzt hatte. Der Kellner sah sich unsicher um.

»Der mit dem ...«

»Genau.«

Der Kellner verschwand.

»Also Sie und Ihre Mutter hatten einen Streit«, fuhr Zen fort und goß sich noch etwas Wein nach. »Ich verstehe immer noch nicht, was das mit mir zu tun hat.«

Carla Arduini schob einen Brotkrümel auf der Tischdecke hin und her.

»Ich mußte schwören, daß ich es niemandem sagen und es niemals erwähnen würde, am wenigsten Ihnen gegenüber. Ich glaube, sie hatte beschlossen, mir nie etwas davon zu erzählen, aber die Wahrheit kam an dem Abend ans Licht, als wir diesen blöden Streit hatten. Ich habe irgend etwas Gemeines und Grausames gesagt, habe sie damit gequält, daß sie keinen Mann hatte, daß sie nicht in der Lage gewesen war, den Vater ihres Kindes zu halten. Ich habe ihr sogar vorgeworfen, sie sei eifersüchtig auf mich. Eine Reihe von Jungs haben sich damals für mich interessiert, und ihr schien das nicht zu passen. Jetzt verstehe ich, daß sie nur vorsichtig war. Sie wollte nicht, daß mir dasselbe passiert wie ihr.«

Die Kellner traten an den Tisch, um den nächsten Gang zu servieren. Zen schickte sie weg.

»Und dann hat sie es Ihnen erzählt?«

Ein Nicken.

»Sie hat mir von der Via Strozzi Nummer vierundzwanzig in Mailand erzählt, wo sie früher gewohnt hat. Und schließlich hat sie all den Schmerz und die Scham herausgelassen, die sie die ganzen Jahre über verbergen mußte, ohne daß jemand sie getröstet, unterstützt oder auch nur einmal nachts gehalten hätte ...«

Zen hustete verlegen und zündete sich eine Zigarette an.

»Und sie sagte mir damals...«, begann Carla Arduini, brach wieder ab und verbarg ihren Kopf in den Armen.

»Ja?« fragte Zen mit einem Ausdruck der Verzweiflung. »Was hat sie Ihnen gesagt?«

Das Gesicht der jungen Frau tauchte zwischen ihren Armen auf wie die Sonne aus der Finsternis, die Zen an diesem Morgen erblickt hatte: riesig, düster und schrecklich.

»Sie sagte mir den Namen meines Vaters.«

Und so fing ohne Vorwarnung alles wieder von vorne an. Er hatte es immer schon gewußt, das wurde ihm jetzt klar, und zwar seit jenem Morgen draußen auf den Sandbänken des *Palude Maggiore* in der nördlichen Lagune. Für den Ausflug, den längsten, den er und sein Freund Tommaso jemals unternommen hatten, mußten sie einen ganzen Tag lang angestrengt rudern, um hin- und wieder zurückzukommen, also klauten sie ein paar Decken und ein altes Militärzelt und zelteten eine Nacht auf einer Insel, deren Namen er, falls sie überhaupt einen hatte, niemals herausgefunden hatte.

In der Morgendämmerung des nächsten Tages, als das trübe, matte Licht darum kämpfte, die undurchdringliche Dunkelheit aus der Lagune zu hieven wie eine alte Hure, die unter einem betrunkenen Kunden hervorzukriechen versucht, war er zum Ufer gelaufen. Tommaso schlief noch und stieß schwache, rauhe Schnarchlaute aus, die Zen fast die ganze Nacht lang wachgehalten hatten. Wo das gelblichgrüne Wasser auf den feuchten Schlamm traf, trippelten Sumpfvögel umher wie aufziehbare Spielzeugtiere, ihre Augen immer auf der Suche nach Futter. Hoch über ihren Köpfen schwebte ein Flugzeug vorüber, dessen ferne Präsenz ihm seine Einsamkeit nur noch deutlicher machte. Abgesehen von einem unregelmäßigen Plätschern irgendwo in der Nähe, wie von einem Fisch, der aus dem Wasser sprang, oder von einem Vogel, der eintauchte, herrschte absolute Stille.

Der Fluß machte keinen besonderen Eindruck auf ihn, als er ihn zum ersten Mal sah. Das sanft dahinfließende Wasser, das von der nur wenig höher gelegenen Inseloberfläche hinablief, hatte sich eine Schneise durch den Uferschlamm gegraben, den die zurückweichende Flut hinterlassen hatte, und eine Reihe kleiner Biegungen, Schluchten und toter Flußarme herausgemeißelt, und er hatte das Gefühl, als sähe er die ganze Landschaft von dem Flugzeug aus, das gerade über ihn hinweggeflogen war. Dabei hatte er noch nie ein Flugzeug betreten.

Er ließ sich nieder, um seinen ganz persönlichen Fluß – er stellte sich vor, es sei die Etsch – zu beobachten, besiedelte nach und nach die Ufer und das Hochland, sah über Städte und Dörfer und verband sie mit Straßen und Bahngleisen, bis ein ziemlich großes Stück seines Phantasielandes – ein ganzer Abhang mit der halben, dazugehörigen Hochebene – sich löste und mit einer furchtbaren, trägen Unausweichlichkeit und einem lauten Aufprall in den Fluß stürzte. Die so freigelegte, aufgebrochene Oberfläche, zerklüftet und kompakt wie ein zerbrochener Parmesankäse, war von Hunderten winziger roter Würmer durchlöchert, die wild hin- und herzuckten.

Schließlich war er so lange dort geblieben, daß Tommaso nach ihm zu rufen begann, um ihn zu ermahnen, daß sie zurückmußten, und ihn an die unvermeidlichen Verhöre und Bestrafungen erinnerte, die auf sie zukamen. Zen hatte nicht lange gebraucht, um herauszufinden, daß diese Erdrutsche das Resultat von Erosionen durch den Fluß waren, der die Klippen, die er geschaffen hatte, wieder untergrub, aber er konnte nie genau vorhersagen, wo oder wann es zum nächsten Einbruch kommen würde. Felsnasen, die rissig, ausgelaugt und zerbrechlich wirkten, schienen ewig zu halten, während ein dicker Brocken des Bodens, über den man gerade in vollstem

Vertrauen hinweggegangen war, plötzlich den verräterischen Haarriß aufwies, sich dann langsam ablöste, in den Fluß klatschte und ihn kurz eindämmte, bevor er weggeschwemmt wurde.

Eine ganze Weile hatte er versucht, das Ergebnis zu beeinflussen, hatte eine Fläche mit Schilfklümpchen und Treibholzstückchen gestützt und eine andere mit einem Stock untergraben. Erst, als er beinahe selbst in den Fluß gefallen war, als die Böschung, auf der er stand, plötzlich unter ihm nachgab, verstand er, daß dieser Prozeß seinen eigenen Regeln folgte, die er nicht besser verstehen oder steuern konnte als die scharlachroten Würmer, die sich hilflos in den freigelegten Eingeweiden des Uferschlamms wanden.

Und so fühlte er sich auch jetzt, Hunderte von Kilometern und erst recht Hunderte von Jahren – so kam es ihm jedenfalls vor – von jener kindlichen Erfahrung entfernt. *Etwas war geschehen*, soviel war klar, aber er wußte nicht, was es eigentlich war, und noch weniger, was es bedeutete oder was es für die Zukunft heißen könnte. Alles, was er tun konnte, als er sich um acht Minuten nach zehn am nächsten Morgen erhob, um vor dem Sonderkommando der Polizei von Alba im zentralen *Commissariato* der Stadt zu sprechen, war zu versuchen, dieser Einsicht treu zu bleiben.

»Ich habe Sie hier versammelt, um die jüngste Entwicklung im Fall Vincenzo noch einmal durchzugehen«, sagte er in betont zuversichtlichem Tonfall, »um meine derzeitigen Überlegungen zu erläutern und die Maßnahmen zu skizzieren, die zu diesem Zeitpunkt ergriffen werden sollen.«

Er ließ seinen Blick über den schmalen Tisch schweifen, sah jedem in die Augen und versuchte, deren Ausdruck zu deuten. Anwesend waren außer ihm Vize-Questore Tullio Legna, Inspektor Nanni Morino und die einzige Frau, die in die höheren Ränge der Dienststelle aufgestiegen war, eine gewisse Caterina Frascana.

»Seit meiner Ankunft hier«, fuhr Zen fort, »tappen wir im dunkeln, stolpern über unerwartete Hindernisse und reden letztlich stets mit uns selbst. Es gibt bislang keine sichere Grundlage, auf die wir aufbauen können, keine Indizien, die sich nicht als zweideutig erwiesen haben, nichts als vage Theorien und irritierende Gerüchte, die wir nicht überprüfen konnten. Es ist, als hätten wir kollektiv geträumt, ja sogar halluziniert.«

Seine Zuhörer saßen da und schwiegen verlegen, als wären sie in einem Konzert mit moderner Musik und unsicher, wann das Stück zu Ende sei und sie klatschen mußten.

»Aber das alles ist jetzt Vergangenheit!« rief Zen aus. »Wir können nicht einfach so weitermachen mit all diesen Zweifeln, mit all dieser Unsicherheit. Die Zeit ist gekommen zu handeln, diese undurchsichtigen Vermutungen zu überprüfen und ein für allemal die Wahrheit herauszufinden.«

Die drei Polizeibeamten warfen ihm verwunderte Blicke zu, wozu sie auch jedes Recht hatten, da seine Ansprache im Grunde nicht an sie gerichtet war, sondern an eine junge Frau, die sie überhaupt nicht kannten. Zen hatte soviel Zeit damit verbracht, sich zu überlegen, was er Carla Arduini bei ihrer Verabredung später an diesem Morgen eigentlich sagen sollte, daß er es völlig versäumt hatte, sich auf sein Gespräch mit den Kollegen vorzubereiten, die er zu diesem Treffen bestellt hatte.

»Jemand hat einmal gesagt, daß Fruchtfliegen, die es scheinbar kaum erwarten können, in dem Wein, den man trinkt, zu ersaufen, andererseits nie ein Interesse an dem Bodensatz zeigen, den man weggießt«, fuhr er mit dem Ausdruck leichter Verzweiflung fort. »Vielleicht ist Ihnen in Ihrem Leben das gleiche aufgefallen. Mir jedenfalls schon.«

Die zwei Männer nickten weise, Caterina Frascana aber runzelte befremdet die Stirn.

»Fruchtfliegen?« wiederholte sie.

Zen warf ihr einen hochmütigen Blick zu.

»Ich habe metaphorisch gesprochen, *signora*.«

»Oh.«

Die Frascana wird mit Sicherheit ein Problem werden, dachte Zen. Die zwei Männer würden jeden noch so großen Haufen Mist aussitzen, den er ihnen erzählte, eingeschüchtert und unterwürfig wegen Zens Position und hohem Ansehen, aber die Augen der Frau waren lebendig, und ihr scharf geschnittenes, waches Gesicht schien jeden Augenblick bereit, ein höhnisches Lächeln zu zeigen. Solange sie dabei war, mußte er sich etwas mehr anstrengen.

»Als Folge privater Ermittlungen, die ich unternommen habe, gibt es jetzt einen vielversprechenden Anknüpfungspunkt, den ich mit Ihrer Unterstützung voll auszuschöpfen gedenke. Ich beziehe mich natürlich auf den Tod von Bruno Scorrone. Die Autopsie und die forensische Untersuchung, die ich angeordnet habe, wird, wie ich glaube, zu dem Ergebnis kommen, daß Scorrone nicht durch einen Unfall gestorben ist, wie alle angenommen haben, sondern daß er in Wirklichkeit ermordet wurde.

Enrico Pascal zufolge ging Scorrone an jenem Nachmittag in die Weinkellerei, um eine Lieferung in Empfang zu nehmen. Er hat nicht gesagt, woher sie kam oder wer sie gebracht hat. Als ich aber den Ort inspiziert habe, sind mir eine ganze Menge Weinflaschen auf einer der Verladerampen aufgefallen. Sie sind nicht näher gekennzeichnet, aber Pascal hat den Wein probiert und ist der Meinung, daß er von den Faigano-Brüdern stammt.«

Caterina Frascana, die sich anscheinend zusammengerissen hatte, lachte schließlich doch los.

»Ich möchte mal sehen, wie man mit so einer Aussage vor Gericht durchkommt!«

Ihr Lachen erstarb in peinlichem Schweigen.

»Ich meine, auf der Basis können Sie doch gegen niemanden einen Prozeß anstrengen, *dottore*«, fügte sie übertrieben respektvoll hinzu.

Zen blickte sie scheinbar erstaunt an.

»Ich will hier nicht den Mörder von Bruno Scorrone anklagen. Meine Aufgabe ist es, den Mord an Aldo Vincenzo aufzuklären. Ich dachte, das sei allgemein bekannt.«

Tullio Legna schlug umständlich ein Bein über das andere.

»Aber welche Bedeutung hat denn diese Scorrone-Geschichte für Aldos Tod?« fragte er.

Verschanzt hinter einem selbsicheren Lächeln, überlegte Zen fieberhaft. Worin *bestand* denn nun diese Verbindung? Er wußte, daß es eine gegeben haben mußte, zumindest am Abend vorher, als er in seinem Zimmer gesessen war, noch ganz erschüttert von Carla Arduinis Enthüllungen, und versucht hatte, wieder Boden unter den Füßen zu gewinnen, indem er seine Arbeit in den Griff bekam.

»Ich habe vor kurzem in der Zeitung gelesen, daß der Flügelschlag eines Schmetterlings in einem südamerikanischen Dschungel, Tausende von Kilometern entfernt, einen Hurrikan auslösen kann«, begann er.

Caterina Frascana mußte wieder ein Lachen unterdrücken.

»Wie gut, daß wir hier keine so riesigen Schmetterlinge haben!«

»Die Fruchtfliegen sind schlimm genug«, murmelte Nanni Morino.

Zen ließ sich nicht dazu herab, sie anzusehen.

»Dasselbe gilt auch für diese Situation. Es hat keinen Sinn, hier herumzusitzen und zu versuchen, alles vorschriftsmäßig abzuwickeln. Das wäre so, als wollte eine Gruppe von Philosophen des achtzehnten Jahrhunderts eine Welt verstehen, die man nur noch in Begriffen der Chaostheorie erläutern kann.«

Diesmal warfen sich die drei Beamten einen bedeutungsvollen Blick zu.

»Ich werde mir das merken, *dottore*«, sagte Tullio Legna mit einer eleganten, kleinen Verbeugung. »Aber was genau meinen Sie denn nun?«

Allein am Kopfende des Tisches seufzte Zen enttäuscht.

»Ich dachte, das sei auch für die Minderbemittelten unter Ihnen offenkundig. Nun gut, ich will es Ihnen im einzelnen erklären. Drei Männer sind tot. Ich interessiere mich nur für den ersten, aber die beiden anderen scheinen – jeder auf seine Weise – damit in Verbindung zu stehen. Das Messer, das in Beppe Gallizios Haus gefunden wurde, könnte das sein, das beim Mord an Aldo Vincenzo benutzt wurde. Bruno Scorrone dagegen war ein wichtiger Zeuge im Fall Gallizio.«

»Die forensischen Untersuchungen des Messers sind noch nicht abgeschlossen«, hielt Tullio Legna dagegen. »Was Scorrone betrifft, so hat er lediglich gesagt, er hätte in der Nähe des Tatorts einen Lastwagen gesehen. Er hat keine Aussage unter Eid gemacht, und die Person, um die es geht, hat ein Alibi. Bei allem gebotenen Respekt, *dottore*, ich sehe immer noch nicht, was wir nach Lage der Dinge tun können.«

Zen schlug derart heftig auf den Tisch, daß sogar er selbst erschrak. »Wir können ein bißchen Unruhe verbreiten! Wenn wir schon nicht verstehen, wie diese drei Verbrechen miteinander in Verbindung stehen, dann kann es auch kein anderer. Und genau das können wir ausnutzen, um diese Verschwörung zu zerschlagen.«

»Eine Verschwörung?« fragte Nanni Morino mit ungläubigem Grinsen.

»Genau das! Es handelt sich hier nicht um eine heimliche, stille Verschwörung, sondern um eine, die von Tratsch aufrechterhalten wird. Wenn man unten im Süden die Leute dazu bringen will, mit der Polizei zusammenzuarbeiten, dann schauen sie einen nur mißmutig an und sagen kein Wort. Hier lächeln sie, laden zu einem Glas Wein ein und sind nicht mehr zum Schweigen zu bringen. Der Effekt ist der gleiche. Jeder hier weiß, wer Aldo Vincenzo umgebracht hat, genauso, wie sie wußten, daß Lamberto Latini mit der Frau des Tabakhändlers schläft. Als Reaktion darauf flüchten sie sich in Geschwätzigkeit. Sie erzählen alles mögliche, was man natürlich auch wissen will, zudem vieles, was man nicht wissen will, aber niemals das Wesentliche. Na ja, wir werden es trotzdem aus ihnen herausbringen, und Scorrones Tod ist der Hebel, den wir ansetzen werden. Irgendwelche Fragen?«

Dieses Mal wagte keiner zu sprechen.

»Sehr gut! Und nun zu den Einzelheiten. Ich möchte, daß Gianni und Maurizio Faigano zur Vernehmung hergebracht werden. Sie werden getrennt transportiert, in Haft gehalten und ständig bewacht.«

»Und wie lautet die Anklage?« fragte Tullio Legna.

»Verdacht auf illegalen Handel mit Wein ohne entsprechende Genehmigung und Papiere.«

»Aber das können wir nicht beweisen.«

»Darum kümmere ich mich schon. Sobald wir die Brüder abgeführt haben, werde ich vorschlagen, eine Hausdurchsuchung durchzuführen. Den Durchsuchungsbefehl habe ich schon angefordert, bevor ich hierhergekommen bin. Ich werde entweder etwas finden oder einen Beweis vortäuschen.«

Tullio Legna runzelte die Stirn und lächelte dann nervös.

»Ist das die Art, wie man in Rom arbeitet?«

»*Ich* arbeite so – ganz gleich, wo ich bin –, wenn die Situation ungewöhnliche Maßnahmen erfordert. Ich übernehme die volle Verantwortung für die eingesetzten Mittel und das mögliche Resultat. Das einzige, worum ich bitte, ist die prompte und reibungslose Ausführung meiner Befehle. Kann ich mich darauf verlassen?«

»Natürlich, *dottore*!« versicherten ihm seine eingeschüchterten Untergebenen.

»Gut. Dann wollen wir mal. Ich will einen eindrucksvollen Auftritt, die Staatsgewalt in Aktion. Holen Sie sich, falls erforderlich, ein paar Leute aus Asti. Jagen Sie allen Beteiligten einen ordentlichen Schrecken ein, und sorgen Sie dafür, daß die Nachbarn Gesprächsstoff bekommen. Ich komme, sobald der Hausdurchsuchungsbefehl unterzeichnet ist, wieder hierher, und dann brauche ich einen Wagen und einen Fahrer, über den ich verfügen kann. Über weitere Schritte werde ich entscheiden, wenn ich die Faigano-Brüder vernommen habe.«

Er ließ den Blick über die Anwesenden schweifen.

»Irgendwelche Fragen?«

Es gab keine. Zen nahm seinen Mantel vom Haken in der Nähe der Tür und ging. Ganz im Gegensatz zu dem schockierten Schweigen, das er in dem Zimmer oben bewirkt hatte, herrschte auf der Straße reges Leben und Lärm. Der Verkehr hatte sich hinter dem Lkw eines Bauunternehmens gestaut, der rückwärts in die Einfahrt eines Hauses fahren wollte, das gerade renoviert wurde, was beinahe unmöglich war, und Dutzende verschiedener Hupen gellten abwechselnd wie ein Orchester beim Einspielen. Es war frisch und sonnig draußen, aber es war auch deutlich kälter geworden – das erste Anzeichen eines strengen Winters, der vor der Tür stand.

Zen lief die Straße entlang zur *Piazza centrale*, sehr zufrieden mit seiner improvisierten Vorstellung. Er war seinen Einsichten treu geblieben. Es war etwas geschehen. Der psychische Lähmungszustand, unter dem er so lange gelitten hatte, war aufgebrochen. Das Leben war zurückgekehrt, und die Dinge waren wieder ins Rollen gekommen. Was wollte man mehr?

Die Piazza endete in der schlichten und nüchternen Fassade der Kathedrale, einer einfachen, wuchtigen Backsteinfront, deren einzige Abwechslung ein Rosettenfenster und ein paar Heilige in deren Nischen darstellte. Zen suchte den Portalbogen nach Carla Arduini ab, aber sie war nirgends zu sehen. Sie hatten sich für zehn Uhr hier verabredet, und jetzt war es beinahe Viertel nach. Zen fühlte, daß seine frühere Blockade wiederkehrte, wie eine Wolke, die sich vor die Sonne schiebt. Er konnte das Sonderkommando der Polizei von Alba soviel herumkommandieren, wie er wollte, aber wenn Carla beschloß, die Sache doch nicht zu Ende zu bringen, dann konnte er gar nichts machen.

Er wollte gerade weitergehen, als sie aus einem nahe gelegenen Café kam, winkte und nach ihm rief. Sie war noch ein ganzes Stück entfernt, da blieb sie stehen und forderte ihn heraus.

»Glaubst du immer noch, daß das eine gute Idee ist?«

Zen nickte entschieden, und das Gefühl von Entschlossenheit strömte wieder in ihn zurück.

»Auf jeden Fall! Das ist die einzige Möglichkeit!«

Er führte sie um die Ecke, in den abgeschirmten, verfallenen Hof des Palazzo Lucchese. Wie schon beim letzten Mal erschien Irena auf sein Klingeln hin. Diesmal war sie vollständig angekleidet, wirkte aber nervös.

»Der Prinz spielt gerade«, verkündete sie.

Der süße Lärm eines Saiteninstrumentes störte die schwermütige Stille des weiten Korridors.

»Wie bezaubernd!« rief Carla Arduini aus und schob sich

mühelos an Irena vorbei. »Ich liebe Musik. Ist er wirklich ein Prinz, Ihr Freund?«

Sie eilte durch den Flur davon und auf eine offene Tür am anderen Ende zu. Irena sah ihr mit einem panischen Ausdruck nach.

»Warten Sie! Sie können da jetzt nicht reingehen!«

Doch Carla konnte sehr wohl, und sie tat es auch, unmittelbar gefolgt von Zen und einer verzweifelten Irena. Es war ein Eckzimmer, riesig in seinen Ausmaßen und völlig leer bis auf ein Instrument, einem Klavier ähnlich, mit bemaltem Deckel und lateinischer Inschrift auf dem Rumpf. Aber der Klang, den Lucchese dem Instrument entlockte, ähnelte mehr einer Band von Zigeunergitarristen: exakt, verführerisch und drängend, mit stechenden Akkorden und schnellen Übergängen innerhalb der hohen Töne und einem dunklen, volltönenden Baß, der von den Wänden und dem Fußboden abprallte wie Gewehrschüsse. An der Tastatur wirkte Lucchese herrschaftlich und dominant, und all seine anachronistischen Attitüden und Umgangsformen waren von der Intensität der Musik wie weggeblasen. Da gab es eine Menge falscher Töne, oder jedenfalls klang es so für Zen, aber sie verloren sich im bloßen Sog des Spiels, das, ungerührt aller Holprigkeiten und Fehler, einzig seinen vorherbestimmten Kurs vollenden wollte. Schließlich hatten auch die hartnäckig wiederholten Kaskaden von Tönen ein Ende. Zu Zens Schrecken begann Carla Arduini zu klatschen.

»Wunderbar, einfach wunderbar! Ich wünschte, ich könnte das auch.«

Lucchese schob seinen Hocker zurück, stand auf und betrachtete die Eindringlinge mit einem Blick, dessen Ahnentafel Generationen von Arroganz und Herablassung erkennen ließ.

»Sie könnten was?« fragte er nach einem schrecklichen Schweigen.

Zen wollte gerade einschreiten und versuchen, die Situation zu retten, aber es war zu spät.

»So wie Sie Scarlatti spielen natürlich!« plapperte Carla weiter. »Und was für ein großartiges Instrument! Ist es ein Ruckers?«

Die eisige Hochmütigkeit des Prinzen wich auf der Stelle einer fast kindlichen Freude.

»Ganz genau! Das heißt ursprünglich. Es wurde natürlich ein Jahrhundert später entweder von Blanchet oder Taskin umgebaut.«

»Natürlich«, nickte Carla.

Es entstand eine Pause.

»Und mit wem habe ich die Ehre...?« begann Lucchese.

»Mein Name ist Carla Arduini, und dies ist...«

Der Prinz warf Zen einen mißmutigen Blick zu.

»Ich weiß, wer das ist.«

»...mein Vater«, schloß Carla.

»Ihr Vater?«

»Das vermuten wir«, warf Zen ein. »Jetzt wollen wir es herausfinden.«

Ein Sonnenstrahl trennte das Zimmer zwischen ihnen in zwei Hälften. Auf der anderen Seite kam Luccheses undeutliche Gestalt hinter dem Cembalo hervor und trat in den hellen Schein.

»Zunächst lassen Sie uns über diesen absurden Vorwurf sprechen, der über meinem Haupt schwebt, ich hätte Scorrones Leiche verstümmelt.«

Zen machte eine schwache Handbewegung.

»Kein Problem. Ich habe anschließend festgestellt, daß Sie nur eine anerkannte medizinische Prozedur auf Wunsch Ihres verstorbenen Cousins ausgeführt haben. Alle Anklagepunkte wurden fallengelassen.«

Lucchese blickte ihn an.

»Sehr gut. Ich glaube, der Baß muß gestimmt werden, Irena.«

»Das glaube ich auch!« erwiderte sie und stolzierte aus dem Zimmer.

Lucchese schüttelte traurig den Kopf.

»Diese nervösen modernen Instrumente sind so schwer bei Laune zu halten. Sie wollten also einen Bluttest, habe ich recht?«

»Wenn das nötig ist«, antwortete Carla.

»Oh, und ich möchte, daß Sie diese Fäden ziehen«, fügte Zen hinzu. »Wenn noch einmal jemand zu mir sagt, daß das aber eine scheußliche Schnittwunde sei, die ich da hätte, und noch ziemlich frisch, wie es aussähe, dann kann ich für mein Handeln nicht mehr garantieren. Anschließend geben Sie mir Ihre Rechnung, und ich verspreche Ihnen, Sie nie wieder zu belästigen.«

Lucchese führte sie zur Tür.

»Ah, aber ich werde Sie vielleicht doch noch einmal stören müssen, *dottore*. Erinnern Sie sich an unsere Vereinbarung? Bis die Sache erledigt ist, stelle ich meine Forderungen zurück.«

»Was ist, wenn ich einfach abhaue, ohne zu bezahlen?«

Lucchese wandte sich ihm zu.

»Das machen Sie doch schon Ihr ganzes Leben«, sagte er, und seine zarten Finger untersuchten die Narbe auf Zens Stirn. »Und nun sehen Sie mal, wohin Sie das gebracht hat.«

Minot lag unter seinem Lastwagen und war gerade mit einem Ölwechsel fertig, als Anna anfing zu bellen. Er lauschte aufmerksam auf das Geräusch des näher kommenden Fahrzeuges, dann nickte er befriedigt. Er hatte diesen Besuch schon den ganzen Tag erwartet.

»*Basta!*« schrie er dem Hund zu, der daraufhin nur noch ein unterdrücktes Jaulen von sich gab.

Minot kroch unter dem Laster hervor, als der Jeep des Carabiniere neben ihm hielt. Die Tür öffnete sich, und Enrico Pascal kletterte schwerfällig heraus.

»Minot«, sagte er.

»*Marescià.*«

Die beiden Männer standen da, sahen sich an und versuchten, die genaue Natur des Schweigens zu erahnen, die Form und das Gewicht ihrer unausgesprochenen Gedanken.

»Gut, daß du vorbeigekommen bist«, begann Minot. »Ich wollte dich sowieso anrufen.«

»Wolltest du?«

»Ich habe mit den Freunden gesprochen, mit denen ich in der Nacht, über die wir gesprochen haben, draußen auf Trüffelsuche war.«

Enrico Pascal schien nachzudenken.

»Ach ja. Und?«

»Und sie sagen, es sei in Ordnung.«

»Sagen sie das?«

»Ja, das sagen sie.«

Enrico Pascal ließ den Blick von oben nach unten über Minots verschlissenes Karohemd und seine Kordhosen wandern.

»Du hast ein paar scheußliche Flecken.«

Minot zeigte auf den Lastwagen.

»Ich habe einen Ölwechsel gemacht.«

»Sieht mir mehr nach Wein aus. Dir ist nicht zufällig eine *Demijohn* zerbrochen?«

Minot zögerte nur einen Augenblick.

»Doch, genau das ist mir passiert.«

Pascal schüttelte den Kopf.

»Launische Mistdinger. Manchmal schleudert man sie durch die Gegend und nichts passiert, und das nächste Mal zerbrechen sie schon, wenn man sie nur falsch anguckt.«

Er schniefte heftig.

»Drüben bei Bruno war das?«

Ein schockierter Ausdruck huschte über Minots Gesicht.

»Bruno ist tot!«

Der *maresciallo* nickte mürrisch.

»Schlimm, die Sache mit der Beerdigung. Das ist dieser Unruhestifter aus Rom, den wir jetzt hier haben, verstehst du, wegen der Vincenzo-Ermittlungen. Der wollte jetzt mal zeigen, wer das Sagen hat, und da konnte ich nichts machen.«

»Warum hast du dann Bruno erwähnt?«

Pascal sah zum kalten, blauen Himmel hoch.

»Na ja, kurz bevor er starb, hat Bruno eine Ladung Wein in Empfang genommen. Wir glauben, daß sie von den Faigano-Brüdern kam, und ich habe natürlich vermutet, du hättest den Transport für sie erledigt. Das machst du doch normalerweise?«

»Diesmal nicht. Ich wußte nicht einmal von so einer Lieferung. Dann geht ihr wahrscheinlich vom falschen Lieferanten aus. Bruno hat überall Wein eingekauft.«

»Das stimmt.«

Schweigen trat ein.

»Na ja, ich denke mir, ich kann ja immer noch Gianni und Maurizio selbst fragen«, bemerkte Pascal mehr zu sich selbst. »Ich weiß nur nicht, wann ich die Zeit dafür finden soll. Dieser Mann aus Rom hat wirklich einiges durcheinandergebracht, das kann ich dir sagen; beschlagnahmt Brunos Leiche und ordnet eine Autopsie an...«

»Was?«

Pascal lächelte und schüttelte den Kopf.

»Absurd, nicht wahr? Und natürlich ist die Familie außer sich bei der Vorstellung, daß ihr geliebter Verwandter komplett aufgeschnitten wird, nur weil dieser Zen behauptet, in seinem Hals einen Glassplitter gefunden zu haben.«

Wieder herrschte langes Schweigen. Und Pascal seufzte lange.

»Wer waren denn nun die Freunde, mit denen du in der Nacht unterwegs warst, als Beppe starb?«

Minot antwortete eine Weile nicht, und als er es schließlich tat, hatte er eine merkwürdige, stockende Simme, als lernte er eine neue Sprechtechnik, die er aber noch nicht ganz im Griff hatte.

»Gianni und Maurizio.«

Enrico Pascal riß die Augen weit auf.

»Was für ein Zufall!«

Der *maresciallo* schob die Fingernägel unter seinen gestärkten Kragen und kratzte sich am Hals.

»Na, dann will ich mal wieder«, sagte er.

Minot sah zu, wie der Jeep davonfuhr. An der Kreuzung vor dem Dorf bog er links ab, weg vom Grundstück der Faiganos. Er atmete all die Luft aus, die er die ganze Zeit über angehalten hatte, sprang in den Lastwagen und ließ den Motor aufheulen. Warum so viele Probleme auf einmal? Hatte er die Lage nicht im Griff, verlor er sein instinktives Gefühl dafür, was ging und was nicht? Wie auch immer, der Schlüssel für die ganze Angelegenheit waren in jedem Fall die Faigano-Brüder, dachte er und jagte den Lastwagen so schell, wie seine Fahrkünste es zuließen, die kurvige Straße entlang. Solange sie ihm die Stange hielten, war er vor jedem Verdacht gefeit. Seine Sorge war, daß er nicht wußte, was sie tun würden.

Das war das Problem. Bei Menschen konnte man nie genau wissen, wie sie reagieren würden. Wären sie bloß wie Ratten, die nur im Rudel auftraten und deren scheinbare Individualität reine Illusion war und ihr Verhalten insofern vollkommen vorhersehbar. Aber Menschen waren nicht so. Sie konnten die verrücktesten Dinge tun, wie beispielsweise Camillo damals, als ihn die Faschisten erwischt hatten. Anstatt den Mund zu halten und kein Risiko einzugehen, hatte er vor denen, die ihn gefangengenommen hatten, getanzt – *getanzt* – und ihnen erzählt, daß er, ja, daß er ein Partisan sei und stolz darauf, und daß sie von der Geschichte zum Scheitern verurteilt wären.

Natürlich hatten sie ihn erschossen, aber nicht bevor er sie ein letztes Mal verhöhnt hatte, als der republikanische Rekrut nämlich, der zur Erschießung abgeordnet war, Schiß bekam und anfing zu zittern. Einer der anderen Gefangenen, der die ganze Szene beobachtet hatte, berichtete später, was dann geschehen war. »Camillo sah also den Jungen an und lächelte. ›Schieß ruhig‹, sagte er. ›Du tötest nur einen Mann. Nichts wird sich ändern.‹«

Menschen machten andauernd solche Sachen. Vielleicht würden Gianni und Maurizio das auch tun. Wie könnte er sie dazu bewegen, mehr als die üblichen Floskeln über beidseitige Interessen und so weiter aufzusagen? Und was, wenn sie beschlossen hätten, ihm einfach nicht zuzuhören? Was, wenn sie sich einfach, wie Camillo, nicht darum kümmern würden? Seit Chiaras Tod schien Gianni sich für so gut wie gar nichts mehr zu interessieren.

Das ließ ihm nicht allzuviel Handlungsspielraum. Vielleicht sollte er eine andere Strategie wählen. Unberechenbarkeit war schließlich ein Spiel, das auch zwei spielen konnten. Der Gedanke an Chiara Vincenzo erinnerte ihn als Aldos Tod. Das war es, was die Bullen wirklich interessierte. Beppe und Bruno waren bloß Ablenkung, obwohl sie mit dem entscheidenden Ereignis untrennbar verknüpft waren. Und sollten die Faigano-Brüder sich weigern, Minot zu helfen, warum sollte er sie noch länger schützen?

Er wußte nicht nur genau, warum und wie Aldo ermordet worden war, sondern er konnte auch die grotesken und grausamen Verstümmelungen der Leiche erklären. Käme die Wahrheit über dieses Verbrechen erst einmal an den Tag, so wäre der Täter unweigerlich auch einziger und wichtigster Verdächtiger in den Mordfällen Gallizio und Scorrone. Eine Gemeinde wie diese konnte sich nicht zwei Mörder leisten, genausowenig wie zwei Rechtsanwälte oder zwei Zeitungshändler. Einer war ebenso notwendig wie ausreichend, und wäre er erst einmal identifiziert, würde niemand mehr daran denken, noch weitere Nachforschungen anzustellen.

Minot fuhr in den Hof vor dem Haus der Brüder, eilte zur Tür und klopfte mehrere Male kräftig an. Er hatte sich entschieden und war nicht in der Stimmung zu warten. Drinnen waren Schritte zu hören, dann öffnete sich die Tür, aber die Person, die erschien, war nicht Gianni oder Maurizio, sondern der berühmte »Unruhestifter« aus Rom, über dessen Aktivitäten sich Enrico Pascal so bitter beklagt hatte.

»Ich suche die Faigano-Brüder«, sagte Minot zögernd.

»Kommen Sie rein.«

Überrascht gehorchte Minot.

»Und Gianni und Maurizio?«

»Sie sind nicht da.«

»Draußen bei den Reben, was? Die Winzer haben jetzt reichlich zu tun.«

Der andere hielt ihm die Hand hin.

»Ich denke, wir kennen uns schon. Ich bin Aurelio Zen. Sie haben mich neulich freundlicherweise mitgenommen. Minot, richtig?«

Minot ergriff die angebotene Hand und atmete laut durch. Er wandte sich ab und versuchte, den plötzlichen Einfall einzuordnen, den er soeben gehabt hatte und der so klar und mächtig gewesen war, seine Verkrampfung zu lösen. Er brauchte Zeit, um alles genau zu überdenken, aber Zeit war genau das, was er jetzt nicht hatte. Gianni und Maurizio konnten jeden Augenblick zurückkommen, doch bis dahin war er mit dem Polizisten, der die ganze Untersuchung leitete, allein – und niemand würde jemals erfahren, daß er dort gewesen war!

»Kommen Sie in die Küche«, sagte der Beamte zu ihm und ging voraus. »Ich möchte Ihnen etwas zeigen.«

In der Küche bewahrte Gianni seine Schlachtermesser auf, die auf dem Hackholz neben dem Spülbecken lagen. Ein schneller Stoß würde reichen, ein Handtuch um den Griff gewickelt, um Fingerabdrücke zu vermeiden und das Blut zu stillen. »Mach es!« sagten die Stimmen in seinem Kopf. Wie lautete die Redensart noch, die ihm der Priester einmal, vor langer Zeit, erläutert hatte? *Nihil obstat.*

»Wer ist das?« fragte der Polizist und zeigte auf eine gerahmte Fotografie, die ganz allein auf einem Bord der Anrichte stand. Es war eine Studioaufnahme, offenbar ziemlich alt, die ein junges Mädchen ganz in Weiß, mit einem Spitzenkopftuch, zeigte.

Minot zögerte. Die Frage hatte für sein Pläne keine Bedeutung, aber er war in einer Welt aufgewachsen, in der Repräsentanten der Macht – Lehrer, Priester, befehlshabende Offiziere, Polizisten – die Erlaubnis hatten, Fragen zu stellen, die man zu beantworten hatte, wollte man nicht mit unangenehmen Folgen rechnen.

»Chiara Cravioli«, sagte er und musterte die Sammlung schimmernder Messer.

»Cravioli?«

»Aldo Vincenzos Frau.«

»Was hat das Foto hier zu suchen?«

Bevor Minot antworten konnte, öffnete sich die Tür, und ein junges Mädchen, sicher noch unter Zwanzig, kam herein, den Arm voller Schulbücher. Sie starrte die beiden Männer an.

»Was machen Sie hier?«

Aurelio Zen neigte leicht den Kopf.

»Wir haben uns letztes Wochenende auf dem Markt in Alba kennengelernt. Ich bin Polizist.«

»Wo ist mein Vater?« fragte Lisa Faigano. »Was ist passiert?«

»Ich fürchte, Ihr Vater und Ihr Onkel mußten nach Alba, um einige Routinefragen zu beantworten.«

Das Mädchen ließ ihre Bücher auf den Tisch fallen.

»Und was ist mit dir, Minot?« fragte sie, über seine Anwesenheit sichtlich mehr verärgert als über die des Polizisten.

»Ich habe gehofft, mit Gianni und Maurizio sprechen zu können. Niemand hat mir gesagt, daß sie verhaftet worden sind.«

»Das sind sie auch nicht«, warf Zen schnell ein. »Wir nehmen nur die Aussagen einiger Leute auf, darunter eben auch ihre. Kein Grund zur Beunruhigung.«

Minot hustete.

»Gut, dann komme ich später wieder.«

Er verdrückte sich in Richtung Tür, als erwarte er, jeden Augenblick gestoppt zu werden. Aber niemand hielt ihn auf, und einen Moment später donnerte sein Lastwagen davon.

Allein miteinander, musterten sich Lisa Faigano und Aurelio Zen argwöhnisch.

»Möchten Sie einen Kaffee?« fragte das Mädchen schließlich, als ob sie ein wenig verzweifelt versuchen würde, an den Ritualen der Gastfreundschaft festzuhalten.

»Danke.«

Zen wollte eigentlich gar keinen Kaffee, aber es verschaffte ihm einen Vorwand, länger dazubleiben, ohne seinen Durchsuchungsbefehl präsentieren zu müssen. Das unerwartete Auftauchen Lisa Faiganos hatte ihn aus dem Konzept gebracht. Nachdem sich Gianni und Maurizio in sicherer Verwahrung befanden, hatte sich Zen das Haus vorgenommen, hatte den wachhabenden Polizisten und seinen Fahrer weggeschickt und ihnen gesagt, sie sollten in einer Stunde wiederkommen. Er wollte mit dem Haus allein sein, wollte darin beliebig herumstreifen und -schnüffeln, wollte dessen verlassene Stille in seine Seele sinken lassen, damit es ihm seine Geheimnisse offenbarte.

Die Ankunft Minots und schließlich des Mädchens hatte das alle zunichte gemacht, doch so einfach es gewesen wäre, ersteren wieder wegzuschicken, konnte er Lisa Faigano wohl kaum aus ihrem eigenen Haus werfen. Auch ein bürokratisches Vorgehen schien ihm nicht sonderlich vielversprechend. Die schonungslosen offiziellen Fragen, die er leicht hätte stellen können, hörten sich falsch und unangenehm an, als er sie im Geiste vor sich hin sagte. Wenn er etwas aus ihr herauskriegen wollte, dann mußte er sie irgendwie für sich gewinnen. Aber wie sollte er das bloß anstellen?

»Sie sind der, den man aus Rom geschickt hat, wegen der

Geschichte mit Vincenzo«, stellte das Mädchen fest, während sie die Kaffeemaschine füllte.

»Das stimmt, *signorina*.«

»Was hat das mit meinem Vater und meinem Onkel zu tun?«

Zen zögerte. Es war schwer einzuschätzen, mit wem er es hier zu tun hatte. Das Mädchen war in einer Phase, wo sie in einem Augenblick wie dreizehn aussehen konnte und im nächsten wie dreißig. Noch unausgereifte Züge und verlegene, unbeholfene Bewegungen ließen zwar eher den pubertierenden Teenager vermuten, aber ihre braunen Augen waren klug und mißtrauisch und machten nicht den Eindruck, als könne ihnen viel entgehen.

»Soweit uns bekannt ist, nichts. Aber es scheint da eine Verbindung zu einem anderen Verbrechen zu geben, das kürzlich geschehen ist und für das sie vielleicht wichtige Zeugen sind. Natürlich müssen wir sie dazu befragen, schon um diese Möglichkeit auszuschließen, und sie sind daher in die Hauptwache vorgeladen worden, um ihre Aussage zu machen. Und ich kann glücklicherweise sagen, daß sie gern dazu bereit waren.«

Das war eine Lüge. Den Beamten zufolge, die Zens Befehle ausgeführt hatten, hatten sich die Faigano-Brüder alles andere als gern mit vorgehaltener Waffe in gepanzerte Transporter, auf denen POLIZIA prangte, verfrachten lassen, während die Nachbarn den ganzen Einsatz schadenfroh verfolgt hatten. Sie waren besonders unglücklich darüber, zu einem Zeitpunkt, wo das Wetter endlich beständiger zu werden schien, einen ganzen Arbeitstag für die Weinlese zu verlieren. Aber ihr Glück oder Unglück interessierte Zen nicht.

»Wann werden sie wieder hiersein?« fragte Lisa und stellte Zen den Kaffee hin.

Er zuckte hilflos mit den Achseln.

»Das kommt drauf an.«

»Was soll ich nun also tun?«

»Inwiefern?«

»Wegen des Abendessens natürlich! Die machen mir die Hölle heiß, wenn es nicht jeden Abend Punkt sieben auf dem Tisch steht, aber wenn sie dann noch nicht da sind...«

Zen hustete.

»Ich glaube, Sie können davon ausgehen, daß sie zum Abendessen nicht zu Hause sein werden, *signorina*.«

»Heute abend gar nicht mehr, meinen Sie?«

»Haben Sie Angst, alleine zu sein?«

Sie lachte.

»Im Gegenteil! Dann kann ich endlich ein ganzes Spiel zu Ende spielen, ohne dauernd unterbrochen zu werden.«

Zen starrte sie an.

»Ich spiele Schach mit einem Freund, wissen Sie«, erzählte Lisa ihm und wischte sich mit einem Finger eine Haarsträhne aus dem Gesicht. »Aber irgendwann brauchen entweder Papa oder Gianni das Telefon, und dann ist alles hin.«

Zen trank seinen Kaffe und versuchte, interessiert auszusehen.

»Vielleicht können einfach Sie Ihren Freund besuchen?«

Wieder Gelächter.

»Schwer zu machen! Er wohnt in Lima.«

Zen sah sie an und lächelte entschlossen.

»Lima«, wiederholte er.

»In Peru. Gianni hat letztes Jahr einen Computer angeschafft, für die Buchhaltung, und als Tante Chiara gestorben ist, hat sie mir etwas Geld hinterlassen, und ich habe mir einen Internetanschluß besorgt. Aber wir haben nach wie vor nur ein Telefon, wenn sie telefonieren wollen, muß ich mich ausklinken.«

Zen nickte freundlich, wie ein Onkel. Dieses arme Mädchen lebte eindeutig in einer Phantasiewelt, wenn sie sich vorstellte, mit Peruanern am Telefon Schach zu spielen! Allein in diesem kalten, unbequemen Haus mit zwei mürrischen, anspruchsvollen, alten Knackern leben zu müssen, hatte sie bestimmt um ihren Verstand gebracht.

»Das letzte Mal, als ich einen ganzen Abend für mich allein hatte, war, als Papa und Gianni zur *Festa della Vendemmia* gegangen sind«, plapperte das Mädchen weiter, und ihr Gesicht strahlte zum ersten Mal vor echter Begeisterung. »Es sah so aus, als hätten wir endlich die Gelegenheit, eine ganze Partie ohne Unterbrechung spielen zu können. Ich hatte Tomàs gerade soweit, einen Springer zu opfern, wodurch er in eine ziemlich schwache Position geriet, da kommt Gianni rein und sagt mir, daß ich aus der Leitung soll! Und was passierte? Tomàs hatte vierundzwanzig Stunden Zeit, die Lage zu analysieren und in seinen Schachbüchern nachzulesen, dann war er wieder dran und besiegte mich.«

Sie seufzte frustriert.

»Ich frage mich, wen Ihr Onkel zu so nächtlicher Stunde wohl noch angerufen hat«, murmelte Zen beiläufig.

Er bekam keine Antwort und dachte einen Moment lang, das Mädchen würde nach einer passenden Lüge suchen. Dann wurde ihm klar, daß sie sich immer noch über ihre verschenkte Chance, Tomàs zu besiegen, ärgerte.

»Was? Oh, das war Aldo Vincenzo. Ich habe zufällig mit angehört, als er Papa später davon erzählt hat.«

Zen trank seinen Kaffee und stellte die Tasse ab.

»Was hat er gesagt?«

»Ich weiß es nicht, ich habe bloß den Namen gehört. Sie haben keinen Ton mehr gesagt, als ich reinkam – wie immer. Ich bin ja noch ein Kind, wissen Sie, und man muß mich vor der harten Realität des Lebens schützen.«

Zen lächelte sie verständnisvoll an.

»Und dann sind sie ins Bett gegangen, nehme ich an.«

»Nur Papa. Gianni ist in den Weinkeller gegangen, um irgendwas nachzusehen oder so.«

»Und Sie? Sind Sie nicht aufgeblieben, um Ihr Spiel mit Tomàs zu beenden?«

»Nein, ich bin ins Bett gegangen. Ich mußte am nächten Morgen in die Schule. Tomàs hätte dann sowieso schon ein anderes Spiel gespielt. Er hat immer sechs oder sieben Spiele gleichzeitig laufen, mit Leuten in der ganzen Welt.«

Draußen fuhr ein Wagen vor. Zen lief ans Fenster, ging dann zur Tür und rief dem uniformierten Beamten, der aus dem Polizeiwagen stieg, zu:

»Warte dort! Ich bin gleich draußen.«

Er kam wieder ins Zimmer.

»Wie kommt man in den Keller?« frage er Lisa.

»Dort.«

Sie zeigte auf eine Tür in der Ecke.

»Aber es gibt doch sicher noch einen anderen Eingang, nehme ich an. Für Lieferungen und so.«

»Am anderen Ende des Hauses«, bestätigte sie. »Vom Garten aus führt eine Treppe hinunter. Warum fragen Sie das alles?«

»Ich versuche nur, alles auf die Reihe zu kriegen. Nur noch zwei Fragen, dann lasse ich Sie mit Ihren Hausaufgaben allein.«

»Ich werde wahrscheinlich fernsehen!«

Zen nickte und zwinkerte verschwörerisch.

»Ich versuche, es kurz zu machen. Sie haben gerade erwähnt, Sie hätten von Ihrer Tante Chiara etwas Geld geerbt. Ist sie das auf dem Foto?«

Er zeigte auf die Fotografie in dem Rahmen. Sie nickte.

»Es ist vom Tag ihrer Konfirmation. Ist das nicht ein sagenhaftes Kleid? Was wohl daraus geworden ist.«

»Dann war Chiara Vincenzo Ihre Tante?«
Lisa lachte.
»Nein, nein, nicht wirklich. Ich hab sie bloß so genannt. Und wir haben sie nie Vincenzo genannt. Hier war sie immer nur Signora Cravioli.«
»War sie oft hier?«
»Einmal im Monat oder so. Sie kam über die Felder hierher und blieb ungefähr eine Stunde. Sie hat das Autofahren nie gelernt, wissen Sie.«
»Warum ist sie gekommen?«
Lisa dachte darüber nach, als täte sie das zum ersten Mal.
»Das weiß ich nicht genau. Sie saß immer vorn im Zimmer, mit Gianni, und... ich weiß nicht, was sie gemacht haben, wirklich. Sie haben wohl nicht viel geredet. Es war merkwürdig, glaube ich. Aber sie war immer sehr lieb zu mir, hat mir kleine Geschenke mitgebracht, Obst oder Kuchen, den sie gebacken hatte. Für mich war das alles völlig selbstverständlich.«
Zen schwieg so lange, daß das Mädchen schließlich hinzufügte: »Ihre zweite Frage?«
»Ach. Ich fürchte, die ist ein bißchen delikater, *signorina*.«
Lisa Fiagano lachte peinlich berührt.
»Fragen Sie nur.«
Zen blickte auf seine Schuhe.
»Hat Manlio Vincenzo je um Ihre Hand angehalten?«
»Manlio? Natürlich nicht!«
»Er hat nie etwas davon erwähnt?!«
Lisa errötete charmant.
»Er hat einmal erzählt, daß sein Vater ganz besessen von der Idee sei. Aber damit wollte er mich nur warnen, für den Fall, daß ich von anderen etwas hören würde. Es hätte peinlich werden können.«

»Dann hat keiner von ihnen beiden diese Idee ernst genommen?«

»Natürlich nicht!«

Zen ging zur Anrichte und betrachtete noch einmal die Fotografie.

»Haben Sie Ihrem Vater oder Gianni davon erzählt?« fragte er, ohne sich umzudrehen.

Lisa zögerte.

»Ich wollte es nicht, aber irgend jemand hat wohl rumgeklatscht. Wir haben uns im Dorf getroffen, und viele Leute kamen und gingen. Einer von denen muß Papa berichtet haben, weil er beim Abendessen das Gespräch darauf brachte.«

Wieder eine Pause.

»Ich war mal eine Zeitlang in Manlio verliebt, wissen Sie«, sagte sie in einem Atemzug. »Nur so albernes pubertäres Getue, nichts Ernstes. Er hat das nie erfahren, und ich wäre gestorben, wenn er darauf gekommen wäre. Aber ich habe damals Tagebuch geführt, und mein Vater hat gelesen, was ich über Manlio geschrieben habe. Er hat sich wahnsinnig aufgeregt und hat mich auf das Grab von Mama schwören lassen, ihn nie zu treffen oder zu sprechen.«

Schließlich drehte sich Zen zu ihr um.

»Hat er erklärt, warum?«

»Nein. Er hat bloß gesagt, es gäbe einen guten Grund dafür, den er mir mitteilen würde, wenn ich älter wäre. Aber ich hatte Angst. Ich hatte Papa noch nie so gesehen, so ernst und wütend. Natürlich habe ich mir alles mögliche eingebildet. Ich dachte, vielleicht sind wir verwandt, Manlio und ich. Ich wollte immer einen Bruder oder eine Schwester haben, und hier in der Gegend ist das gar nicht so abwegig. Man hört alle möglichen merkwürdigen Geschichten. Zum Beispiel über den Mann, der gerade hier war.«

»Minot?«

Die Wangen des Mädchens leuchteten stärker.

»Man sagt, sein Vater sei gleichzeitig sein Großvater, wenn Sie verstehen, was ich meine.«

Zen verstand eindeutig gar nichts.

»Seine Mutter wurde wohl von ihrem eigenen Vater mißbraucht, und Minot war das Ergebnis«, sagte Lisa schnell. »Ich weiß nicht, ob das stimmt. Er ist ein Sonderling, immer allein, und aus irgendeinem Grund haben die Leute ein bißchen Angst vor ihm. Vielleicht hat sich das nur irgend jemand ausgedacht, aber ich habe ähnliche Dinge auch schon über andere gehört, aus alten Zeiten. Es gab nicht viel anderes zu tun, nehme ich an, und diese Gegend war so abgeschnitten von der Außenwelt. Das halbe Dorf war noch nicht einmal in Alba gewesen.«

Zen kritzelte etwas in sein Notizbuch.

»Wann haben Sie Manlio in Palazzuole getroffen?«

»Oh, viel später, nachdem er von seinem Jahr im Ausland wieder zurück war. Er rief an und sagte, er hätte etwas Wichtiges mit mir zu besprechen und ob ich ihn in der Bar im Dorf treffen könne. Ich hab' nicht eingesehen, warum ich das nicht tun sollte. Ich war achtzehn, und ich hatte Manlio völlig vergessen. Außerdem hatte ich gehört, daß er in Amerika jemanden kennengelernt hatte. Jedenfalls hat er mir damals von Aldos Plänen erzählt. Er wollte nur nett sein und versuchen mich zu schützen, falls die ganze Sache einmal rauskäme.«

»Und wie hat Ihr Vater reagiert, als er hörte, daß Sie ihm nicht gehorcht haben?«

Lisa sah weg, aus dem Fenster.

»Es war noch schlimmer. Er wurde nicht wütend. Er zwang mich lediglich, zum Telefon zu gehen, um Manlio anzurufen, und stand dann daneben, als ich Manlio sagte, daß er nie wieder anrufen solle und noch mehr grausames Zeug, das ich nicht wiederholen möchte.«

»Was hat Manlio gesagt?«

»Er sagte ›Sehr gut‹ und legte auf.«

Jetzt hatte sie Tränen in ihren Augen.

»Warum muß das alles so schrecklich sein? Ich verstehe es nicht! Ich verstehe das einfach nicht!«

Zen wollte schon zu ihr gehen und sie trösten, überlegte es sich dann aber noch mal.

»Vielen Dank, *signorina*«, sagte er schließlich und steckte sein Notizbuch weg. »Es tut mir leid, daß ich Sie an schmerzhafte Erlebnisse erinnern mußte, aber Sie waren sehr hilfreich. Ich sage Ihnen natürlich noch Bescheid, wann Sie wieder mit Ihrem Vater und Ihrem Onkel rechnen können. Aber sollte es länger dauern, als angenommen, können Sie irgendwohin?«

»Meine Tante wohnt in Alba, meine richtige Tante. Aber Papa ist doch nicht wirklich in Schwierigkeiten, oder?«

»Soweit ich weiß, nicht. Und glauben Sie mir, ich bin genauso darauf aus wie Sie, das Ganze hier so zügig wie möglich zu Ende zu bringe. Um die Wahrheit zu sagen, ich möchte, so schnell es geht, wieder weg von hier.«

Das Mädchen verzog das Gesicht.

»Da sind Sie nicht der einzige.«

»Wo wollen Sie denn hin?«

»Nach Mailand, Mathematik studieren.«

»Wann?«

»Nächstes Jahr. Genauer gesagt in zehn Monaten, zwei Wochen und sechs Tagen. Kennen Sie Mailand?«

»Ich hab' da mal gearbeitet.«

Lisa sah ihn neugierig an.

»Ist es so schrecklich, wie alle sagen?«

Zen lächelte.

»Noch schlimmer. Überfüllt, laut, dreckig und gefährlich. Sie werden sich da ganz großartig amüsieren, *signorina*. Sollten wir uns nicht wiedersehen, so wünsche ich Ihnen viel Glück.«

Er öffnete die Tür, ging hinaus und ließ das Mädchen allein in dem großen, leeren Haus zurück.

Wir wollen einen Anwalt«, sagte Gianni Faigano.

»So ist es«, fügte sein Bruder hinzu. »Wir haben das Recht auf juristischen Beistand.«

Es war zwanzig nach fünf nachmittags. Der Himmel wurde trüber und verschwand in Richtung Westen, verjagt von der heraufziehenden, langen Nacht. Aurelio Zen zog seinen Mantel aus, nahm den Hut ab und legte beides auf den Tisch mitten im Zimmer.

»Einen Anwalt?« sagte er. »Wofür denn?«

»Um unsere Rechte zu schützen«, antwortete Gianni.

»Im Hinblick worauf?«

»Auf das, worum es hier geht.«

Zen setzte sich hinter den Tisch und musterte die beiden Männer, die ihm gegenüberstanden. Vor dem Tisch gab es zwar einen harten, hölzernen Hocker, aber auf dem einzigen anderen Stuhl saß Nanni Morino, der mit Tweedjackett, kanariengelbem Pullover, himmelblauem Hemd und rotem Schlips glänzte. Ein Notizblock vom Gericht lag aufgeschlagen auf seinen Knien, um das Verfahren kurzschriftlich zu protokollieren, während er sich in den entstehenden Pausen darauf konzentrierte, sich die Zähne mit der Klinge seines Schweizer Armeemessers zu reinigen.

»Und was glauben Sie, *worum* es hier geht?« fragte Zen die Faigano-Brüder.

»Woher zum Teufel sollen wir das wissen?« sagte Gianni

barsch. »Das letzte Mal, als ich Sie gesehen habe, haben Sie behauptet, Reporter irgendeiner Zeitung aus Neapel zu sein!«

»Sie sind derjenige, der uns zu sagen hat, was das hier alles soll«, drängte Maurizio stur weiter.

»Oder unser Anwalt«, fügte Gianni hinzu.

Zen musterte sie erstaunt.

»Es geht natürlich um *Wein*.«

Ohne ein Wort sprachen sich die beiden Brüder kurz ab.

»Wein?« wiederholte Gianni.

»Richtig«, sagte Zen. »Genauer gesagt: um die Lieferung an Bruno Scorrone, die Sie kürzlich ohne entsprechende Papiere ausgeführt haben.«

Die folgende Stille wurde von einem Klicken unterbrochen, verursacht von Nanni Morinos dentalem Hilfsmittel, das sich wieder zu seinen zahlreichen Verwandten gesellte, und dem anschließenden Quietschen seines Kugelschreibers.

»Das ist alles?« platzte Gianni Faigano heraus.

Zen runzelte die Stirn.

»Was sollte denn sonst noch sein?«

Maurizio machte seiner offensichtlichen Erleichterung Luft, indem er laut lachte.

»Na ja, wissen Sie, wir haben ja nun gehört, daß Sie aus Rom hierhergeschickt worden sind, um den Mord an Aldo Vincenzo aufzuklären. Dann haben Sie versucht, Gianni beim Mittagessen darüber auszuhorchen, und als Ihre Leute dann gekommen sind, um uns abzuholen, haben wir natürlich gedacht...«

Ort des Geschehens war ein Büroraum der Polizeiwache von Alba im zweiten Stock. Er war klein und schmuddelig und offensichtlich seit einiger Zeit nicht mehr benutzt worden. Eine dicke Staubschicht überzog jede waagrechte Fläche, als handelte es sich dabei um ein ganz natürliches Sekret.

Zen erhob sich vom Schreibtisch und öffnete das Fenster,

was ihn einige Mühe kostete. Es war offensichtlich seit Jahren das erste Mal, daß das jemand tat, und der muffige, abgestandene Geruch, der in der Luft hing, vermischte sich mit dem kühlen Luftzug der hereinbrechenden Dunkelheit draußen und den Geräuschen heiterer Geselligkeit, die von der Straße heraufdrangen.

»Scorrone?« bemerkte Gianni Faigano mit übertriebener Beiläufigkeit. »Klar, wir haben ihm ab und zu Wein geschickt. Wenn wir einen schlechten Weinstock hatten, den wir nicht loswurden, oder sofort Bargeld brauchten. Bruno konnte immer was Gutes gebrauchen, um seinen Verschnitt aufzubessern.«

Er hielt inne und sah Zen durchdringend an. »Aber ich verstehe nicht, warum jemand wie Sie sich für so etwas interessieren sollte, *dottore*. Wir haben vielleicht formal irgendein Gesetz verletzt, aber das macht hier jeder unentwegt. Das ist so, wie wenn man beim Nachbarn ein bißchen Öl borgt oder ein paar Eier. Es besteht kein Grund dafür, daß Sie uns wegen so etwas mit vorgehaltener Waffe abführen lassen.«

»Wir wollen doch bei der Sache bleiben, oder nicht? Je schneller wir das hier klären können, desto eher sind Sie wieder zu Hause. Scorrones Witwe hat bezeugt, daß er nach dem Mittagessen zur Weinkellerei gegangen ist, um eine Lieferung in Empfang zu nehmen. Und wir wissen, daß der Wein von Ihnen stammt...«

»Das haben wir nicht bestätigt«, warf Gianni scharf ein.

»Das brauchen Sie auch nicht, obwohl Sie Ihre Position verbessert hätten, wenn Sie es getan hätten. Scorrone hatte ein Notizbuch, in dem er alle Lieferungen und den Empfang notierte, den Namen des Produzenten, die Menge und den Preis. Sie sind eindeutig als Hersteller der zweitausend Liter Rotwein, die an jenem Nachmittag geliefert werden sollten, identifiziert.«

Er gab den Brüdern einen Augenblick Zeit, um diese Täuschung zu verdauen.

»Und was wollen Sie dann von uns?« fragte Maurizio.

»Den Namen der Person, die den Wein ausgeliefert hat.«

Maurizio Faigano sah weg. Zen blickte seinen Bruder an, der nur wie ein Fisch einen zerbeulten Aktenschrank in der Ecke anglotzte. Von der Straße wehten ein paar Geräusche hoch wie Partikelchen vom Wind vertragenen Samens.

»Es war Minot«, sagte Gianni.

Zen nickte.

»Ich weiß.«

Gianni Faigano starrte Zen voller Zorn an, als hätte er die Fassung verloren, weil ihm irgendein Schachzug mißglückt war.

»Was sollen wir dann hier, wenn Sie das schon wissen? Erst sagen Sie, daß sei alles, was Sie wissen wollen, und jetzt behaupten Sie, Sie hätten es sowieso schon gewußt!«

Zen fixierte sie mit einem einschüchternden Blick.

»Die Ergebnisse der Autopsie, die heute durchgeführt worden ist, bestätigen, daß Bruno Scorrone an Verletzungen gestorben ist, die man ihm bei einem Angriff mit einer zerbrochenen Flasche zugefügt hat, wobei die Leiche erst anschließend in das Weinfaß gesteckt wurde, in dem man sie entdeckt hat. Ihr Freund Minot ist daher zu diesem Zeitpunkt unser Hauptverdächtiger. Ich brauche von Ihnen die Bestätigung, daß er tatsächlich zu dem Zeitpunkt zur Kellerei gefahren ist, als Scorrone umgebracht wurde.«

Er sah wieder zum Fenster, beiden Brüdern den Rücken zugekehrt, und beobachtete ihr Spiegelbild im Glas.

»Und jetzt kommen wir zur Frage des Motivs«, sagte er. »Nachdem ich Ihr Haus aufgrund eines entsprechenden Befehls, den ich heute morgen angefordert habe, durchsucht habe, traf ich Enrico Pascal, den Beamten der ortsansässigen Carabinieri. Er machte mir eine Reihe interessanter Mitteilungen, vor allem die, daß Bruno Scorrone offenbar Anspielungen dahingehend gemacht hat, dieser Minot sei irgendwie verwickelt in den Todesfall Beppe Gallizio.«

»Und was hat das mit uns zu tun?« fragte Maurizio Faigano.

Zen drehte sich um.

»Der *maresciallo* sagt, Minot würde Sie beide als Alibi im Fall Gallizio anführen.«

Wieder ein schneller, stummer, brüderlicher Blick.

»Offenbar behauptet Minot, Sie seien alle drei in der Nacht auf Trüffelsuche gewesen. Ist das richtig?«

Schweigen.

»Nun?«

»Ich will einen Anwalt«, sagte Gianni.

»Ich auch«, sagte Maurizio.

Zen starrte sie lange an. Dann wandte er sich an Nanni Morino, der gerade eine neue Seite mit Hieroglyphen gefüllt hatte.

»Wie viele Zellen haben wir frei?«

Morino sah scheinbar um Rat suchend zur Decke.

»Im Augenblick alle. Es ist zur Zeit ziemlich ruhig hier.«

»Wieviel sind alle?«

»Sechs. Sie befinden sich unten im Keller, drei auf der einen und drei auf der anderen Seite.«

Zen nickte kummervoll.

»Mögen Sie Musik, Morino?«

»Musik? Wieso, was meinen Sie?«

»Ich meine, daß zumindest drei der Zellen heute nacht belegt werden«, bemerkte Zen verträumt, »und ich möchte, daß die Insassen auf keinen Fall miteinander reden können.«

Morino brauchte noch einen Moment, bis er kapiert hatte. Sein Gesicht hellte sich auf.

»Ich habe gerade eine neu Sony-Anlage bekommen. Achtzig Watt und ein Baßverstärker, daß die Wände wackeln!«

»Und was haben Sie für Musik?«

»Im Moment stehe ich auf Salsa. Das ist diese lateinamerikanische Tanzmusik mit...«

»Ist das laut?«

Morinos Lächeln wurde breiter.

»Das ist laut.«

Zen gähnte ausführlich.

»Ausgezeichnet. In diesem Fall können wir unseren Hausgästen einen nächtlichen Crashkurs über die Wunder der lateinamerikanischen Kultur anbieten.«

Er griff zum Telefon.

»Dario? Wer hat außerdem noch Dienst? In Ordnung, sag ihm, er soll die Wache übernehmen, und du kommst sofort in Zimmer 201.«

»Haben Sie vor, uns über Nacht hier festzuhalten?« fragte Gianni Faigano.

»Genau das.«

»Und wie lautet die Anklage?«

»Illegaler Handel mit Wein und Verdacht auf Steuerhinterziehung. Sie haben ausgesagt, daß Sie ohne einen Anwalt nicht auf meine Fragen antworten wollen. Um diese Zeit ist es zu spät, die Dienste eines *avvocato* in Anspruch zu nehmen, so daß ich verpflichtet bin, Sie bis morgen hier festzuhalten.«

Es klopfte an die Tür, und Dario erschien.

»Führ die beiden in den Keller«, ordnete Zen an. »Bring sie in verschiedene Zellen, die möglichst weit voneinander entfernt sind, und bleib da unten, bis du abgelöst wirst. Ich will sichergehen, daß sie sich nicht verständigen können, bevor oder nachdem sie hinter Schloß und Riegel sind. Verstanden?«

Dario nickte.

»Kein Problem. Mitkommen, ihr zwei.«

»Und unser dritter Gast?« fragte Nanni Morino, als die Tür zu war. »Dieser Minot, richtig?«

»Na, Sie sind aber einer von der ganz fixen Sorte!« murmelte Zen mit ironischem Unterton. »Ja, ich fürchte, Sie müssen heute noch nach Palazzuole rausfahren und diesen Typ herbringen.«

Morino stand auf.

»Es war mir ein Vergnügen, Ihnen bei der Arbeit zuzusehen, *dottore*! Hier in der Gegend gibt es natürlich nicht viele Gelegenheiten, solche Tricks anzuwenden, aber ich fühle mich geehrt, einen solchen Virtuosen in Aktion erleben zu dürfen.«

Zen machte eine verlegene Geste.

»Das war doch kinderleicht, wirklich.«

»Kinderleicht? Im Gegenteil! Die Art, wie Sie die beiden dazu gebracht haben, entscheidend gegen ihren Freund auszusagen, und wie Sie sie dann wegen eines Alibis festgenagelt haben, von dem sowohl Sie als auch wir beide wissen, daß es falsch ist... Das war meisterhaft! Und Ihre Strategie war genial. Während hier jedermann eine Frontalattacke auf den Fall Vincenzo erwartet, greifen Sie über die Flanke mit Gallizio und Scorrone an. Alle drei Morde sind natürlich verknüpft, und wenn Sie diesen Minot wegen einem der Morde festnageln, dann ist es nur noch eine Frage der Zeit, bis wir ihn auch wegen der anderen beiden drankriegen.«

Er ging auf die Tür zu.

»Einen Moment noch!«

Nanni Morino drehte sich erwartungsvoll um. Zen hustete und zündete sich, vermutlich eine Assoziation, eine Zigarette an.

»Danke für die Komplimente.«

»Ich hab' jedes Wort so gemeint, wie ich es gesagt habe«, versicherte ihm Morino. »Es war Inspiration und Privileg zugleich, Ihnen...«

»Aber wir haben, glaube ich, aneinander vorbeigeredet. Ich will, daß dieser Minot hierhergebracht wird, um ihn uns mal vornehmen zu können. Aber ich glaube nicht, daß er es getan hat.«

Morino starrte ihn erstaunt an.

»Nicht?«

»Nein.«

»Wer war es dann?«

Zen deutete mit dem Zeigefinger auf den Fußboden.

»Unsere Freunde unten. Zumindest einer von ihnen.«

Nanni Morino sah zu Boden und kratzte sich an der Augenbraue, als ob er die Fakten gedanklich noch einmal sortieren würde. Das ging eindeutig nicht auf.

»Ich verstehe nicht ganz...«, begann er.

»Setzen Sie sich«, sagte Zen zu ihm.

Morino gehorchte. Zen zog seinen Stuhl hinter dem Schreibtisch hervor und setzte sich vor den jungen Inspektor.

»Also gut«, sagte er, »lassen Sie uns das noch mal Punkt für Punkt durchgehen. Wenn wir diesen Fall zusammen lösen wollen, dann sollte unsere Marschrichtung klar sein.«

Das Telefon weckte ihn, eine Rettungsaktion, so grausam wie eine Harpune, die durch unergründliche Tiefen hinabstößt, um einen ertrinkenden Mann aufzuspießen und ihn, durchbohrt, aber lebend, wieder an die Oberfläche zu ziehen. Es folgte ein blindes Gefummel an der Lampe, dann eine brutale Lichtattacke, die einen Krug Wasser ausleuchtete, der eine glitzernde Spur über den Glastisch gezogen hatte, bevor er über die Kante rollte und auf dem eingewachsenen Nagel seines großen Zehs landete. Und als er endlich den Hörer am Ohr hatte...

»*Was ist los? Ich habe Schreie gehört. Ist bei dir alles in Ordnung?*«

Er antwortete nicht.

»*Hallo? Bist du dran? Ist alles in Ordnung?*«

»Ja«, sagte er schließlich. »Ja, alles in Ordnung.«

»*Es tut mir leid, wenn ich dich geweckt habe*«, fuhr die roboterhafte Stimme fort, »*aber ich habe etwas gehört, was so klang, als würde jemand schreien, und da habe ich mir Sorgen gemacht. Ich dachte, du hättest vielleicht dein Bett in Brand gesetzt oder so etwas.*«

Zen atmete ein paarmal schnell, kurz und flach durch.

»Bist du das, Carla?«

»*Natürlich!*«

»Du hörst dich komisch an.«

»*Komisch? Ach, Scheiße! Warte mal...*«

Es schepperte und krachte in der Leitung.

»Entschuldige bitte!« nahm Carla Arduini das Gespräch mit ihrer richtigen Stimme wieder auf. »Ich habe vergessen, das Zusatzgerät wieder abzustöpseln. Kein Wunder, daß der Mann vom Zimmerservice mich so komisch angeguckt hat.«

Zen sah auf die Uhr, die wie eine Insel in der Pfütze lag. Es war zwanzig nach fünf Uhr morgens.

»Entschuldige, wenn ich dich gestört habe«, sagte er. »Ich muß einen Alptraum gehabt haben.«

»Worum ging's?«

»Ich weiß es nicht mehr. Außerdem hasse ich es, über Träume zu reden. Damit gesteht man ihnen eine Glaubwürdigkeit zu, die sie gar nicht verdienen, findest du nicht? Das passiert einem manchmal mit Menschen, die irgendwo vor sich hin murmeln, was man nicht ganz versteht, und wenn man sie dann bittet, lauter zu sprechen, sehen sie einen ganz verständnislos an und sagen: ›Ist egal, war sowieso nicht wichtig.‹«

»Oder diese Werke moderner Kunst, unter denen ›ohne Titel‹ steht.«

»Genau«, sagte Zen, obwohl er diese gedankliche Verbindung nicht wirklich nachvollziehen konnte.

Einen Moment lang war es still in der Leitung.

»Na dann, gute Nacht«, sagte Carla.

»Gute Nacht.«

Zen legte mit einem Gefühl der Enttäuschung und Einsamkeit wieder auf. Schlaf kam nicht mehr in Frage, jedenfalls nicht im Moment. Seine alberne Spöttelei über die Bedeutungslosigkeit von Träumen war bloße Angeberei gewesen. Es war zwar richtig, daß er sich an den genauen Inhalt seines Alptraums nicht mehr erinnern konnte, aus dem er geweckt worden war, aber seine unheilvolle Stimmung legte sich über seine Gedanken wie die Erinnerung an eine grauenvolle Untat, die Urzeiten zurücklag, in die er aber irgendwie verwickelt gewesen sein mußte.

Sein Blick fiel auf die Unterlagen, die er am Vorabend von der Polizeiwache mitgenommen hatte. Wirre Erinnerungen an den Fall, mit dem er beschäftigt war, tauchten auf wie Episoden aus seinem Traum, und die Ereignisse waren ihm noch irgendwie schwach gegenwärtig, aber ihr Sinn war ihm völlig abhanden gekommen. Als er Nanni Morino die Angelegenheit erläutert hatte, war alles völlig klar gewesen, aber jetzt hatte er den roten Faden verloren.

Dann fiel es ihm wieder ein. Die Faigano-Brüder! Das war die Erleuchtung gewesen, die er ganz plötzlich, deshalb aber nicht weniger deutlich, am Vortag gehabt hatte, das Gefühl, daß die Fertigstellung des Bildes unmittelbar bevorstand, was die bis dahin unzusammenhängenden Teile des Puzzles mit einem Male wie von selbst zusammenwandern ließ. Vor langer Zeit, nach dem Krieg, war Gianni Faigano in Chiara Cravioli verliebt gewesen, aber Aldo Vincenzo hatte sie vergewaltigt und auf diese Art eine Heirat erzwungen, um das Land der Familie an sich zu bringen. Das war ein hinreichendes Motiv, um ihn zu töten, und es erklärte auch die anschließende Verstümmelung. Die Leiche des Schänders war geschändet worden, die anstößigen Körperteile abgetrennt und vernichtet.

Lisa Faiganos Aussage bewies, daß Gianni an jenem Abend bei den Vincenzos angerufen hatte und anschließend in den Weinkeller gegangen war, von wo aus er das Haus leicht verlassen konnte, ohne von irgend jemandem gesehen zu werden. Manlio Vincenzo hatte ausgesagt, sein Vater hätte ungefähr zur gleichen Zeit einen Anruf erhalten und sei dann nach draußen gegangen, angeblich um etwas Luft zu schnappen. Zudem wollte er seinen Sohn davon abhalten, ihn zu begleiten, und hatte ihn schließlich – ebenso merkwürdig wie grundlos – mit brutaler Unverschämtheit dazu gebracht, allein zurückzukehren.

»Nehmen wir mal an«, hatte Zen zu Morino gesagt, »Gianni Faigano hätte seinen verhaßten Rivalen unter irgendeinem fadenscheinigen Vorwand in die Weinberge gelockt und erstochen. Manlio Vincenzo wird wegen des Mordes verhaftet, und es sieht alles gut aus für Gianni, bis er davon erfährt, daß man Zen aus Rom hierhergeschickt hat, um die Ermittlungen wiederaufzunehmen. Früher oder später, das weiß er, muß die Liebesaffäre zwischen ihm und Chiara Cravioli, *spätere Vincenzo,* ans Tageslicht kommen. Nun ist es an der Zeit zu handeln, aber er braucht dazu einen passenden Sündenbock.

Er sucht sich Minot aus, dessen Ruf als sonderlicher und potentiell gewalttätiger Einsiedler mit dunklen Geheimnissen im Familienkästchen ihn zu einer perfekten Wahl macht. Minot ist außerdem ein Gefährte der Faigano-Brüder, so daß seine Handlungen relativ leicht vorauszusagen sind. Eines Nachts, als beide, Minot und Beppe Gallizio, auf Trüffelsuche sind, dringt Gianni durch die Hintertür, die leicht klemmt und nie abgeschlossen ist, in Beppes Haus ein. Er trägt Handschuhe, um keine Fingerabdrücke zu hinterlassen, nimmt Beppes Gewehr mit und läßt das Messer, mit dem er Aldo Vincenzo getötet hat, auf dem Küchentisch zurück. Dann legt er sich auf die Lauer, um Gallizio...«

»Aber was ist mit Minots Lkw, der da unten gesehen wurde?« hatte Nanni Morino ihn unterbrochen.

»Ich komme noch darauf«, hatte Zen mit einem zufriedenen Lächeln geantwortet.

»Da Gallizio tot ist, möglicherweise durch Selbstmord, und die Vincenzo-Mordwaffe in seinem Haus gefunden wurde, sind entweder er oder sein Mörder die Hauptverdächtigen im früheren Fall. Aber jetzt taucht etwas Unvorhergesehenes auf. Bruno Scorrone hat einen roten Fiat-Lkw in der Senke bemerkt, dort, wo Gallizio erschossen wurde. Möglicherweise war es der Wagen von Minot, der daraufhin von den Carabinieri verhört wird. Um sich zu schützen, geht er zu den Faigano-Brüdern und verlangt ein Alibi für die fragliche Nacht. Etwas weniger schlaue Verschwörer hätten sich vielleicht geweigert, aber Gianni und Maurizio begreifen, daß das gleiche Alibi auch sie schützt und daß sie es jederzeit wieder zurückziehen können. Also stimmen sie zu.«

»Was den Lkw betrifft«, fuhr Zen fort, »Minot ist nicht der einzige mit einem roten Fiat-Pick-up hier in der Gegend. Es ist ein ziemlich weitverbreitetes Modell, und zufällig besitzen die Faigano-Brüder auch einen. Ich hab' sie letzten Samstag auf dem Markt in Alba damit gesehen.«

Nanni Morino nickte stumm.

»Aha«, sagte er dann.

»Als Bruno Scorrone also den hiesigen *maresciallo* anrief und das Fahrzeug, das er gesehen hatte, erwähnte, begriff Gianni Faigano, daß er mit einem weiteren Mord seinen großartigen Plan vollenden konnte. Scorrone hatte nicht unter Eid ausgesagt, so daß seine früheren Angaben vor Gericht nicht zulässig wären, hätte man ihn erst einmal zum Schweigen gebracht. Ja, sein Tod könnte sogar die Schlinge um Minots Hals noch enger ziehen. Die Faigano-Brüder – ich weiß immer noch nicht, wie sehr Maurizio daran beteiligt war – arrangieren den Verkauf einer Ladung Wein an Scorrone und lassen ihn von Minot anliefern. Dann töten sie Scorrone, werfen seine Leiche in das Weinfaß und hinterlassen dabei gezielt Spuren, die alle drei Morde in Verbindung bringen und direkt auf Minot deuten, dessen ganzes Alibi ausschließlich durch sie gestützt wird.«

Es sah den jüngeren Mann triumphierend an.

»Na, was denken Sie?«

Nanni Morino zuckte mit den Achseln.

»Es ist genial«, gab er zu. »Und es paßt alles zusammen. Aber was ist mit Manlios Aussage? Er hat den Richtern gesagt, daß sein Vater in der Nacht noch lebte, daß er ihn schnarchen hörte. Wenn das stimmt, dann kann Gianni Faigano ihn nicht getötet haben, nachdem er sich angeblich telefonisch mit ihm verabredet hat.«

»*Wenn* das stimmt«, betonte Zen. »Aber als er das den Richtern erzählte, hat Manlio nur versucht, seinen eigenen Hals zu retten. Er hat die Geschichte auch mir erzählt, aber er ist immer noch ein Verdächtiger, vergessen Sie das nicht. Es gibt keine unabhängige Zeugenaussage, die seine Behauptung unterstützen könnte. Es kann gut sein, daß er lügt.«

Morino nickte zweifelnd.

»Vielleicht. Aber da ist noch etwas.«

»Was denn?« fragte Zen gereizt.

»Wenn dies ein Verbrechen aus Leidenschaft war, ein vorsätzlicher Akt der Rache für irgendein angebliches Vergehen, das vierzig oder mehr Jahre zurückliegt, warum hat Faigano so lange damit gewartet? Warum war er so geduldig? Nach so langer Zeit würde man doch annehmen, daß er sich mit der Situation abgefunden hat. Warum hat er Vincenzo nicht schon vor Jahren getötet?«

Noch am Abend vorher hatte Zen keine Antwort darauf gewußt, und er wußte jetzt auch keine, aber er war sich sicher, daß er endlich auf der richtigen Spur war. Die Einzelheiten würden sich von selbst ins Bild fügen. Er mußte jetzt vor allem an der Erkenntnis, die er gewonnen hatte, festhalten und diesen Minot in die Finger kriegen. Er war der Schlüssel zu dieser ganzen Geschichte, da war sich Zen sicher.

Hinter der Wand zum Nebenzimmer war leises Rumoren und Poltern zu hören, dann das Geräusch von fließendem Wasser. Offensichtlich konnte Carla auch nicht schlafen. Er sank aufs Bett zurück und schloß die Augen. Er wünschte, er könnte sich besser an Amalia Arduini erinnern, aber sie war zu einer spärlichen Sammlung statischer Bilder verblaßt, wie zerfledderte Schnappschüsse, die immer wieder neu gemischt werden.

Was blieb? Eine Vision von ihr, wie sie nackt auf dem Rücken liegt, während ihre großen Brüste eine Beweglichkeit an den Tag legen, die ihn an halbabgerichtete Hündchen erinnert, die ihren eigenen Kopf haben. Er dachte daran, daß sie einmal wegen irgend etwas, das er gesagt hatte, und worüber sie sich fürchterlich aufregen mußte – er hatte längst vergessen, was –, in einem Restaurant geweint hatte, und ihm fiel die Freude wieder ein, mit der sie ihn an ihrer Wohnungstür in der Via Strozzi empfangen hatte, als wäre sie immer wieder erstaunt darüber, daß er überhaupt gekommen war. Ebenso im Gedächtnis geblieben waren ihm jene Augenblicke, wenn sie sich von ihm entfernte, wenn sein Zauber nicht mehr wirkte und sie wieder in persönliche und familiäre Labyrinthe, von denen er ausgeschlossen war, hineingesogen wurde.

Er setzte sich auf und griff nach dem Telefon.

»Carla?«

»Bist du auch noch wach?«

»Scheint so.«

»Was sollen wir jetzt machen?«

Es blieb still am anderen Ende.

»Ich dachte, ob du vielleicht rüberkommen möchtest«, fuhr Zen fort. »Oder ob ich zu dir kommen könnte. Ich meine, weißt du, nur um...«

»Nur um nicht allein zu sein?«

»Ja, genau deshalb. Um nicht allein zu sein.«

Wieder eine Pause.

»Ich bin gleich da.«

Er legte auf und erhob sich, um sich seinen Bademantel anzuziehen. Im Flur hörte man eine Tür ins Schloß fallen, dann klopfte es an seiner Zimmertür. Carla Arduini trug einen modischen orangefarbenen Jogginganzug und Turnschuhe. Ihr Haar war nach hinten gekämmt und wurde von einem Schweißband zurückgehalten. Zen winkte sie ins Zimmer.

»Na«, sagte er, »*ist* es nicht merkwürdig?«

»Ziemlich.«

Sie trat ein und sah sich um, als würde sie nach einer Sitzgelegenheit suchen, blieb dann aber schließlich doch stehen.

»Ich mußte gerade an deine Mutter denken«, sagte Zen und verfluchte im selben Moment seine Gedankenlosigkeit.

Carla schnaubte kurz und heftig.

»Solange sie lebte, hast du nie an sie gedacht. Warum jetzt, wo sie tot ist?«

Zen starrte sie schockiert an.

»Tot?«

Sie warf ihren Kopf zurück.

»Aber natürlich! Warum glaubst du, bin ich erst *jetzt* aufgetaucht, obwohl ich seit zehn Jahren oder mehr davon wußte? Ich hätte doch leicht nach Rom kommen und dich dort aufspüren können. Aber sie hat es mir verboten. Sie war arm und stolz. Stolz war alles, was sie noch hatte, nachdem ihre Schönheit verblaßt und ihr Aussehen nicht mehr so wichtig war. Sie hätte dir diese Genugtuung niemals gegönnt, daß du jemals erfahren würdest, wie sehr du sie verletzt hast. Also mußte ich warten, bis sie gestorben war, um etwas unternehmen zu können.«

Zen starrte sie jetzt geradezu an, mit dem wirren Blick verzweifelter Belustigung.

»Bis sie gestorben war«, wiederholte er.

Ein kurzes Nicken.

»Erst vor kurzem?«

»Im Frühling. Ein Schlaganfall.«

Zen sah weg, seine Augen verengten sich.

»Dann hatte Irena recht. Natürlich!«

»Die Freundin des Arztes?«

»*Cherchez la femme*«, erwiderte Zen. »Jetzt verstehe ich alles. Er mußte warten, bis sie gestorben war!«

»Ich weiß nicht, wovon du sprichst, geschweige denn, was diese zickige Irena damit zu tun hat.«

Carla lachte hämisch.

»Sie kam gar nicht darüber hinweg, daß ich sagen konnte, was Lucchese da spielte, und daß ich dann auch noch die Marke des Cembalos erkannt habe! Sie hält offensichtlich nicht viel von Konkurrenz.«

Zen sah sie an und runzelte die Stirn.

»Woher *mußtest* du das überhaupt?«

»Ich hatte einen Freund, der viel klassische Musik hörte. Scarlatti war einer seiner Lieblingskomponisten, und wenn man eines dieser klappernden Stücke gehört hat, die zudem fast ausschließlich aus Wiederholungen bestehen, dann kennt man sie alle.«

»Und das Instrument?«

»Noch leichter! Es stand direkt über der Tastatur. *Andreas Ruckers me fecit*. Latein war eines meiner besten Fächer in der Schule. Aber du hast mir immer noch nicht gesagt, womit Irena recht hatte.«

Zen tat das Thema mit einer Handbewegung ab.

»Nicht so wichtig. Beachte mich einfach gar nicht, ich bin noch im Halbschlaf.«

Carla sah auf ihre Uhr.

»Warum gehen wir nicht einfach raus, einen Kaffee trinken. Ich kenne ein Café, das schon offen sein müßte, unten am

Bahnhof. Es ist mir an dem Morgen, als du nach Palazzuole gefahren bist, aufgefallen.«

»Du warst das also?« rief Zen aus. »Ich erinnere mich daran, daß ich im Dunkeln eine Frau stehen sah.«

»Ich hörte dich hier rumstöbern, und als du rausgegangen bist, habe ich beschlossen, dir zu folgen.«

»Und dann hast du mich bei den Vincenzos angerufen. Aber woher wußtest du, daß ich da war?«

Sie zuckte mit den Achseln.

»Ich wußte es nicht. Aber ich hörte, wie du den Schaffner gefragt hast, ob der Zug in Palazzuole halten würde. Ich dachte, daß du vermutlich zum Haus der Vincenzos wolltest, deshalb habe ich dort angerufen und so getan, als ob ich Journalistin wäre. Ich war überrascht, als der Sohn selbst am Apparat war, ziemlich schroff war er außerdem, muß ich sagen. Das hat meine Vermutungen bestätigt, und so habe ich es immer wieder versucht, bis du endlich da warst. Es war ein blinder Versuch, aber er hat ins Schwarze getroffen. Gott, du hast dich sicher furchtbar erschreckt.« Sie lächelte ironisch.

»Wie lange all das jetzt schon wieder her zu sein scheint! Als wären es Jahre, nicht Tage. Wenn ich daran denke, daß ich fest entschlossen war, dich mit meinen anonymen Anrufen in den Wahnsinn zu treiben. Aber damals hat mir das alles so viel bedeutet.«

Zen blickte sie ausdruckslos an.

»Und jetzt?«

Wieder ein Achselzucken, kurz, fast gereizt. Zen sah weg.

»Ich ziehe mich an«, murmelte er. »Dann laß uns gehen und dein Café ausprobieren.«

Als sie kamen, um ihn zu holen, schlief er, wenn man das Schlaf nennen konnte. Wieder waren sie zu zweit: einer in Zivil, der andere ein Rekrut in Uniform mit Maschinengewehr.

Beim ersten Mal, am Abend vorher, hatte Minot gerade seinen Teller Linsensuppe aufgegessen, die er sich jeden Sonntag kochte und die dann für den Rest der Woche in einem Topf auf dem Herd stand. Linsen essen macht reich, hatte sein Vater ihm erzählt; jede einzelne, die man runterschluckte, würde eines Tages als Goldmünze wiederkehren. Minot glaubte insgeheim noch immer dunkel daran, obwohl er wußte, daß Goldmünzen nicht einmal mehr geprägt wurden.

Er hatte ein wenig Karotten und Zwiebeln in die aufgewärmte Suppe geraspelt, hatte sie mit einer dicken Schicht Olivenöl überzogen und sie dann ausgelöffelt, wobei er einen uralten Brotkanten, den er seit Tagen in einer zerbeulten Dose aufbewahrte – nur hier war er vor seinen Mitbewohnern geschützt –, in die Suppe tunkte. Der Deckel der Blechschachtel war mit dem verblaßten Bild einer lächelnden Frau und dem Namen einer einst berühmten Süßigkeitenmarke verziert.

Als er fertig gewesen war, hatte Minot den Suppenteller unterm Wasserhahn abgespült und ihn zum Trocknen abgestellt. Dann war er ins Nebenzimmer gegangen und hatte sich vor den Fernseher gesetzt, ein altes Schwarzweißgerät, das ihm ein Nachbar geschenkt hatte, der sich einen Farbfernseher geleistet hatte. Er konnte nur zwei Programme empfangen, und oft waren entweder Bild oder Ton nicht zu entziffern, aber Minot kümmerte das nicht. Ihn interessierten die Sendungen grundsätzlich nicht. Er hatte einfach nur gern den Fernseher laufen. Das Zimmer wirkte dann lebendiger.

Er hatte sich gerade einen Film angesehen, als die Polizei gekommen war. Das Fernsehbild war stark verzerrt, geisterhafte Doubles schwebten umher, und das Bild zuckte immer wieder, wie dieser nervöse Gesichtstic, der Angelin immer heimgesucht hatte, wenn die Lage sich zuspitzte. Aber der Ton war gut zu empfangen, und zunächst hatte Minot gedacht, das Geräusch des Jeeps, der vorfuhr, und das herrische Klopfen an der Tür seien Teil des Films. Erst als die Ratte, die oben auf dem Gerät kauerte, sich zur Tür drehte und mit zuckenden Nasenlöchern hinabsprang und verschwand, hatte er seinen Irrtum begriffen.

Auch beim zweiten Mal war er nicht vorbereitet gewesen, wenn auch aus einem anderen Grund. Seit er am Abend vorher in seine Zelle gesperrt worden war, hatte laute Musik aus einem Radio gedröhnt, das irgend jemand in der Nähe angelassen hatte. Sowohl sein Rufen als auch sein Hämmern an die Tür, man solle es abstellen, waren vergeblich gewesen. Schließlich hatte er sich auf sein Lager gelegt und versucht, etwas Schlaf zu finden.

Die Pritsche war ein ziemlich primitives Bett, aber Minot war in dieser Hinsicht nicht wählerisch. Die Liege, auf der er zu Hause schlief, war nicht breiter und auch kaum weicher, und dennoch hatte er nur einmal nicht schlafen können, als die bei ihm ansässigen Nager über seine Decke gehuscht waren und sein Gesicht mit ihren Füßen oder Schnurrbarthärchen gekitzelt hatten. Er löste das Problem, indem er runde Holzkapseln am Rahmen anbrachte, jeweils oben an den Pfosten, so daß das Bett auf vier riesigen Pilzen aufzuliegen schien. Die

Ratten waren nicht in der Lage, die Kapseln zu überwinden, und danach konnte Minot wieder friedlich schlafen.

Das hätte er auch in dieser Nacht getan, wenn nicht die verdammte Musik gewesen wäre! Er hatte keinerlei Theater gemacht, als die Bullen ihm sagten, sie würden ihn festnehmen. Er hatte eigentlich sowieso irgend etwas in der Art erwartet, seit der *maresciallo* vorbeigekommen war – mit Andeutungen, die nicht zu überhören waren. Aber Minot war ganz bestimmt nicht der Typ, der ihnen den Gefallen tat, sich aufzuregen.

Nachdem er jedoch mehrere Stunden lang mit diesem hämmernden, monotonen und unmelodiösen Sperrfeuer bombardiert worden war, das diese Jugendlichen in ihren Autos oder im Café hörten, konnte er sich nur noch mühsam an sein Lebensmotto erinnern: bleib cool, sag nichts, laß erst die anderen ihre Karten auf den Tisch legen. Schließlich war er in einen Zustand abgedriftet, der weder Schlaf noch Wachen war, der aber die Nachteile von beiden zu vereinen schien. Während er sich in dieser ebenso angespannten wie orientierungslosen Lage befand, lösten sich einige Geräuschfetzen aus der höllischen Kakophonie, mit der er gefoltert wurde, das Licht in seiner Zelle wurde angeknipst, und als er erwachte, sah er sich den beiden Polizisten gegenüber. Der bewaffnete und uniformierte Beamte bewachte die Zellentür, der andere kam herein.

»Zeit zu gehen«, sagte er knapp.

Minot stand auf. Zeit zu gehen, hatte der Mann gesagt, aber wie spät war es eigentlich? Minot trug nie eine Uhr, sondern verließ sich auf sein Wissen über die Jahres- und Tagesabläufe, hin und wieder unterstützt durch eine entfernte Kirchenglocke, deren Klang mit dem Wind herübergetragen wurde. Jetzt hatte er das panische Gefühl, völlig verloren zu sein. Es konnte Mitternacht oder Mittag sein. Beides hätte Sinn gemacht, und doch konnte beides ebensogut falsch sein.

Die Polizisten scheuchten ihn aus der Zelle und brachten ihn nach oben. Als das Hämmern der Musik allmählich leiser wurde, je weiter sie sich entfernten, begann Minot, sich besser zu fühlen. Als er auf der Treppe an einem Fenster vorbeikam, konnte er sehen, daß die Dunkelheit, obwohl sie immer noch undurchdringlich schien, bereits ihr Selbstbewußtsein verloren hatte und die unvermeidlich heraufziehende Niederlage ahnte. Zwischen halb sechs und sieben, dachte er automatisch, eher sieben. Als der uniformierte Polizist an eine Tür im zweiten Stock klopfte, hatte er die Situation schon wieder im Griff.

Sein wiedergewonnenes Selbstvertrauen wurde beinahe wieder zunichte gemacht, als er entdeckte, daß der Beamte, der drinnen am Schreibtisch saß, der Mann aus Rom war, den er am Vortag im Haus der Faiganos angetroffen hatte. Das war eine unangenehme Überraschung, denn es bedeutete, daß es hier auch um den Fall Vincenzo ging. Der Mann in Uniform führte Minot zu einem Hocker auf der anderen Seite des Tisches und ging dann wieder zur Tür, um dort, die Waffe im Anschlag, Wache zu stehen, während der Bulle in Zivil seinen üppigen Hintern auf einen Stuhl neben dem Schreibtisch plumpsen ließ und einen Notizblock aufschlug.

»Ich nehme an, Sie wollen einen Anwalt«, stellte Zen fest. Minot deutete ein Kopfschütteln an, so wie es vor vielen Jahren jeder andere in einer solchen Situation getan hätte.

»Einen Anwalt?« sagte er erstaunt. »Aber nein, *dottore*! Einen Anwalt? Er würde bloß Ihre Zeit und mein Geld verschwenden.«

Aurelio Zen sah ihn mit ungeheucheltem Interesse an.

»Na, das ist wenigstens mal ein origineller Ansatz.«

Er zog ein paar Formulare zu sich heran.

»Also gut, wie lautet Ihr richtiger Name? Die Leute nennen

Sie Minot, aber für unsere Unterlagen reicht das nicht. Offizielle Formulare mit Kästchen zum Ausfüllen, Sie verstehen.«

Minot nickte kurz.

»Piumatti Guglielmo, *dottore*.«

Zen notierte es und erhob sich dann.

»Nun gut!«, sagte er. »Sie haben das Angebot, sich juristischen Beistand zu Hilfe zu nehmen, abgelehnt, Signor Piumatti. Demnach kann ich direkt zur Vernehmung kommen. Anwesend sind Inspektor Nanni Morino und Polizist Dario ...«

Er blickte den uniformierten Mann an, der daraufhin »Tamburino, *dottore*« ergänzte.

»Datum der soundsovielte«, fuhr Zen fort, »Uhrzeit dann und dann, Ort, et cetera, et cetera.«

Während er redete, war er um den Tisch herumgegangen und stand nun direkt vor Minot. Plötzlich beugte er sich vor, packte den Gefangenen am Kinn und zog ihm an einem Büschel Haare den Kopf in den Nacken.

»Wir wissen, daß du es getan hast, du Hurensohn. Irgendwann wirst du es doch gestehen. Warum willst du dir diese schmerzvolle Prozedur nicht ersparen.«

Er sah zu Nanni Morino hinüber.

»Streichen Sie das.«

Zen lächelte Minot an und zuckte mit den Achseln.

»Verzeihen Sie. Es ist nicht persönlich gemeint, und danke, daß Sie mich neulich mitgenommen haben. Aber ich habe jetzt genug von dieser schläfrigen, freundlichen, unschuldigen Gemeinde, wo jeder mich, seit ich hier bin, unentwegt verarscht hat. Jetzt habe *ich* Lust, ein bißchen Ärger zu machen, und es ist Ihr Pech, daß ich ausgerechnet heute morgen in dieser Stimmung bin.«

Minot sah ihm direkt in die Augen.

»Machen Sie nur!« sagte er achselzuckend. »Verprügeln Sie mich, wenn Sie das unbedingt wollen. Aber wenn Sie glauben, daß Sie damit irgend etwas aus mir rauskriegen, dann sind Sie noch dümmer, als ich dachte. Ich habe schlimmere Typen erlebt als Sie!«

Aurelio Zen schüttelte langsam den Kopf und hielt dabei die ganze Zeit Minots Blick stand.

»Nein«, sagte er entschieden. »Sie haben noch nie jemanden gesehen, der schlimmer war als ich, Minot. Ich bin so übel, wie man nur sein kann.«

Minot lachte verächtlich.

»Ich habe mich mit der Gestapo und den republikanischen Todesschwadronen herumgeschlagen, als Sie noch am Busen Ihrer Mutter nuckelten. Was können Sie, was die nicht konnten?«

Zen sah ihm weiter in die Augen.

»Ich kann Sie zerstören, Minot. Und wenn Sie nicht kooperieren, *werde* ich Sie zerstören.«

Und wieder lachte Minot.

»Machen Sie nur!«

Zen beugte sich so weit vor, daß sein Gesicht nur noch einen Atemzug von dem des anderen Mannes entfernt war.

»Dann wollen wir mal über Ihren Vater reden, Minot.«

Die Augen des Gefangenen blitzten kurz auf, dann wurden sie wieder stumpf.

»Mein Vater? Was hat der damit zu tun?«

»Er hatte eine Menge mit Ihrer Mutter zu tun, hat man mir erzählt«, sagte Zen gleichmütig. »Und zwar auf eine ganz andere Art und Weise, wie es eigentlich üblich ist. Ich hörte, daß sie – wie soll ich es ausdrücken – schon lange vorher in Verbindung standen.«

Minot erstarrte verkrampft, aufs höchste angespannt.

»Das heißt«, fuhr Zen fort, »sie waren sich nicht nur im Bett sehr nahe, sondern auch durch ihr Blut. Das heißt, Ihr Vater war auch *ihr* Vater.«

Er richtete sich auf und trat einen Schritt zurück.

»Das heißt, er hat seine eigene Tochter gefickt, und Sie sind das Ergebnis. Das heißt, Sie sind nicht einfach nur ein Bastard, sondern zudem auch noch ein inzestuöser Bastard, Minot! Eine Erbmasse, so sumpfig, daß dort nichts mehr leben kann, ein Klonexperiment, das verdammt mißglückt ist, eine Abtreibung auf zwei Beinen…«

Minot sprang auf wie eine seiner Ratten, den Hocker hoch erhoben in der Hand. Aber sein anvisiertes Opfer war nicht mehr dort, wo es noch eine Sekunde vorher gewesen war. Und plötzlich erschütterte ein ungeheurer Schmerz seinen Körper – ein beispielloser Schmerz, unvorstellbar und entsetzlich in seinem Ausmaß.

»Gut gemacht, Nanni«, sagte Zen.

»Kein Problem, *capo*.«

Minot starrte wie durch eine Nebelwand aus höllischen Qualen zu der Bestie in Zivil auf, die ihm von hinten in die Eier getreten hatte.

»Du mieses Schwein! Das ist Körperverletzung! Ich bring dich um, du Drecksau!«

»Sie geben also Ihre mörderischen Neigungen zu«, bemerkte Zen. »Notieren sie das, Morino. Und was die Körperverletzung betrifft, so haben *Sie mich* angegriffen. Das allein ist bereits eine kriminelle Handlung, und somit klage ich sie hiermit des Angriffs auf einen Polizeibeamten bei der Ausübung seiner Pflichten an, und Sie verbleiben bis auf weiteres in Haft.«

Minot kam mühsam auf die Knie und hievte sich qualvoll unter größten Schmerzen zurück auf den Hocker.

»Das war sehr dumm von Ihnen«, sagte Zen überheblich.

»Sie stehen nicht nur unter Anklage, sondern meine Kollegen werden, so fürchte ich, auch versucht sein, sich, während Sie in Haft sind, auf Ihre Kosten ein bißchen zu amüsieren, besonders da wir jetzt wissen, wie sensibel Sie auf Fragen nach Ihrer Herkunft reagieren. Es ist außerordentlich unprofessionell, ich weiß, aber ich habe das Gefühl, daß manche von ihnen es sich nicht verkneifen werden können, Sie deswegen ab und zu mal ein wenig zu ärgern.«

»Glauben Sie, ich habe mir meine beschissene Familie ausgesucht?« fragte Minot, und sein Gesicht war verzerrt vor Wut.

Zen setzte sich wieder und klopfte mit dem Ende seines Kugelschreibers auf den Schreibtisch.

»Natürlich nicht«, sagte er mit leiser, besänftigender Stimme. »Und doch ist mir das völlig egal. Ich muß meinen Job tun, Minot, und einen Fall lösen. Und im Augenblick sind Sie der Hauptverdächtige. Wir haben Zeugen, die Sie mit dem Mord an Gallizio und mit dem an Scorrone in Verbindung bringen. Das Messer, mit dem Vincenzo erstochen und verstümmelt wurde, hat man im Haus von Gallizio gefunden, nachdem der erschossen worden war. Scorrone hat den Carabinieri erzählt, er hätte Ihren Lastwagen in der Nähe der Stelle gesehen, an der Gallizios Leiche gefunden wurde, ein paar Tage später starb auch er, und ungefähr zur gleichen Zeit haben Sie Wein an seine *azienda* geliefert. Es gibt, mit anderen Worten, ein Raster, und das deutet auf Sie.«

Er hielt inne und sah Minot in die Augen.

»Es sei denn, Sie hätten einen besseren Vorschlag.«

»Ich habe ein Alibi für Gallizios Tod«, keuchte Minot. »Ich war auf Trüffelsuche mit Gianni und Maurizio Faigano. Sie werden das bezeugen.«

Zen nickte.

»Ja, aber werden Sie auch das Alibi der beiden bezeugen?«

Minot sah ihn scharf an und riß dabei seine Augen auf, als versuchte er, eine optische Täuschung zu entlarven.

»Aber sie sind nicht... Ich meine, Sie sagten...«

Zen schenkte ihm ein geradezu vernichtend schelmisches Lächeln.

»Vielleicht sollten Sie nicht *alles* glauben, was ich sage«, schlug er vor.

GEGENSTAND: Vernehmung von Faigano, Gianni Edoardo
ANWESEND: siehe oben
ORT UND DATUM: siehe oben
ZEIT: 08:11 Uhr

Z: Nicht vor zehn? Aber ich habe einen wichtigen Fall, den ich... Wissen Sie eigentlich, mit wem Sie sprechen? Der besagte Verdächtige hat die Anwesenheit eines Anwaltes verlangt, was ihm von Rechts wegen zusteht, und jetzt erzählen Sie mir hier... Ich dachte, ich wäre in Piemont und nicht in Sardinien. Nun gut. In Ordnung. Ich rufe dann noch mal an. Dario, bring ihn wieder runter.

G: Warten Sie mal. Worum ging's da eben?

Z: Sie haben mir gestern abend gesagt, Sie würden keine weiteren Aussagen ohne rechtlichen Beistand machen, Signor Faigano. Ich habe gerade Kontakt mit der Gemeinschaft bei Gericht zugelassener Anwälte aufgenommen – ich nehme an, daß Sie keinen eigenen Anwalt haben? – und höre zu meinem Erstaunen, daß diese Bastarde... Ersetzen Sie »Bastarde« durch »Anwälte«, Morino... daß sie erst um zehn anfangen zu arbeiten. Entschuldigen Sie, daß ich Sie gestört habe. Haben Sie geschlafen?

G: Was denken Sie denn?

Z: Zum Denken ist es zu früh. Ich mache hier bloß meinen Job, das ist alles. Immerhin bin ich wach, im Gegensatz zu diesen Anwälten. Vielleicht wäre ein Kaffee ganz hilfreich. Wenn um diese Zeit schon irgendwas aufhat. Es gibt da einen Laden, unten am Bahnhof, wo ich schon mal war, aber ...

G: Alberto, an der Ecke, wo wir uns neulich getroffen haben. Er macht auf, sobald es hell wird. Er verdient bis zum Vormittag praktisch nichts, aber so ist Alberto eben. Wenn er nicht arbeitet, regt er sich nur auf.

Z: Verstanden, Dario? Ich nehme ihn stark und schwarz, am besten nehmen sie gleich einen doppelten. Und Sie?

G: Auch so. Warum macht er sich Notizen?

Z: Das ist sein Job. O.K. Dario, zieh ab. Nein, laß die Waffe hier. Wenn Signor Faigano recht hat, wirst du keine Probleme haben, bedient zu werden. Oh, Herrgott noch mal, Morino, Sie schreiben das doch nicht alles auf, oder? Dies ist doch nicht Teil der Vernehmung, Sie Idiot.

Z: Herrgott noch mal, Morino, warum schreiben Sie das nicht auf? Das ist Ihr Job, Sie Idiot. Reizen Sie mich nicht, Morino, ich habe eine harte Nacht hinter mir, genau wie Signor Faigano. Nebenbei gefragt – hat Ihnen die Musik gefallen, die wir aufgelegt haben?

G: War schon in Ordnung. Aber kein Vergleich zu dem, was wir zu Hause hören. Meine Nichte Lisa kennt jemanden in Südamerika, der ihr manchmal Kassetten schickt – original lateinamerikanische Musik, nicht diese lahmen, kommerziellen Gruppen.

Z: Ihre Nichte hat wirklich gute Sachen, das stimmt.

G: Was soll das heißen?

Z: Wo wir gerade von ihrem Freund in Peru sprechen – sie hat mir erzählt, daß sie am Abend der *festa* eine Partie Schach, die sie gerade mit ihm spielte, unterbrechen mußte, weil Sie unbedingt Aldo Vincenzo anrufen mußten. Oh, Sie wollen nicht darüber reden ohne Ihren ... Ich verstehe schon. Kein Problem.

Z: Ich habe mit Minot gesprochen.

G: Mit wem?

Z: Wie zum Teufel war noch sein richtiger Name? Danke, Morino. Signor Piumatti, allgemein bekannt als Minot, schien überzeugt, Sie und Ihr Bruder würden ihm das Alibi geben, das er im Fall Gallizio so dringend braucht. Was für mich allerdings ein Problem wäre.

G: Ein Problem? Warum?

Z: Weil dieser Minot mein Hauptverdächtiger im Fall Vincenzo ist. Das Problem dabei ist, daß ich keinen stichhaltigen Beweis habe. Nichts als Indizien – eine Kette von Verbindungen und Schlußfolgerungen. Und wie jede Kette ist auch diese nur so stark wie ihr schwächstes Glied.

G: Das heißt?

Z: Das Alibi, das ich gerade erwähnt habe. Wenn Minot in der Nacht, als Beppe Gallizio umgebracht wurde, mit Ihnen beiden auf Trüffelsuche war, dann kann er weder Gallizio umgebracht noch das Messer, das mit Aldo Vincenzos Blut beschmiert war, im Haus deponiert haben, verstehen Sie? In diesem Fall gibt es auch keinen Beweis dafür, daß er Vincenzo umgebracht hat, und ich stehe wieder auf Feld eins.

G: Dieser Anruf.

Z: Ja?

G: Ich habe ihn wirklich angerufen.

Z: Aldo Vincenzo.

G: Ja.

Z: Ein paar Stunden, bevor er umgebracht wurde.

G: Ich wußte nicht, daß er umgebracht werden würde.

Z: Natürlich nicht. Aber es war schon sehr spät, und Sie beide waren vorher auf der *festa* gewesen. Warum haben Sie ihm das, was Sie ihm zu sagen hatten, nicht dort gesagt?

G: Haben Sie Kinder, *dottore*?

Z: Zwei, wie der Zufall es so will.

G: Einen Jungen und ein Mädchen?

Z: Woher wußten Sie das? Und Sie, Signor Faigano?

G: Ich hatte nie eine derart große Verantwortung. Aber mein Bruder ... Für mich ist Lisa irgendwie der Geist des Kindes, das ich nie hatte. Entschuldigen Sie, das hört sich verrückt an.

Z: Überhaupt nicht. Ich verstehe genau, was Sie meinen. Ungeborene Kinder sind schließlich so real wie die toten. Oder so irreal.

G: Und als ich von Vincenzos Wunsch hörte, sein Sohn solle Lisa heiraten, habe ich ... Maurizio war wesentlich ruhiger als ich – merkwürdig! Er sagte, da sei nichts dran, es wäre nicht mehr wie früher, wo ein Mann einfach ... Wenn er die Macht hatte, um ...

Z: Aber Sie waren sich nicht so sicher.

G: Natürlich hatte er recht. Ich wußte das. Aber als Vincenzo an dem Abend anfing, seinen Sohn über den ganzen Tisch hinweg anzuschreien, ihn impotent nannte und ich weiß nicht mehr was noch alles, und als er dann auch noch Lisas Namen da mit reinzog ...

Z: Was hat er gesagt?

G: Wenn es Sie so sehr interessiert, können Sie ja andere fragen. Es waren etliche Leute da, das ganze Dorf. Es ging darum, daß man eine Frau zureiten müsse wie ein Pferd. Ich habe damals gar nichts gesagt. Das hätte nur noch mehr Aufmerksamkeit auf seine Beleidigungen gelenkt, und er hätte sie noch lauter wiederholt. Aber als ich wieder zu Hause war, habe ich ihn angerufen und ihm gesagt, daß ich, wenn er je den Namen meiner Nichte in einem solchen Zusammenhang noch einmal erwähnen würde …

Z: Daß Sie ihn umbringen würden. Das spricht für Sie. Ich hätte das gleiche getan.

G: Das habe ich nicht gesagt.

Z: Das ist egal. Und jetzt das Alibi. Sind Sie bereit, vor Gericht zu beschwören, daß Sie in der Nacht, als Beppe Gallizio starb, mit Minot zusammen waren? Ich muß das wissen, verstehen Sie, erst dann kann ich darüber entscheiden, was als nächstes zu tun ist. Himmel, dieser Kaffee haut aber mächtig rein. Paß auf die Waffe auf, Dario. Sie sollten noch etwas wissen, bevor Sie antworten, Signor Faigano. Wenn ich mit Ihnen fertig bin, werde ich Ihren Bruder hier hochholen und ihm genau die gleichen Fragen stellen. Wenn Ihre Versionen nicht übereinstimmen, dann ist natürlich erst mal Schluß. Sie beide werden als Zeugen völlig diskreditiert sein und nicht mehr den geringsten Einfluß auf die weitere Entwicklung haben. Nur so ein Gedanke.

G: Es gibt da ein Problem.

Z: (stöhnt)

G: Ich muß mit Maurizio reden.

Z: Erst wollen Sie einen Anwalt, jetzt wollen Sie Ihren Bruder. Vielleicht sollte ich einfach Dario bitten, daß er Sie runterbringt und Ihnen die Scheiße aus dem Hirn prügelt. Streichen Sie das, Morino. Dario, bleib wo du bist. Also gut, Signor Faigano, worüber müssen Sie denn mit Ihrem geliebten Bruder sprechen?

G: Das ist doch nur recht und billig. Er hat damit genauso wenig zu tun wie ich.

Z: Womit?

G: Das kann ich Ihnen erst sagen, wenn ich mit Maurizio gesprochen habe.

Z: Vielleicht kümmere ich mich aber auch selbst darum. Warum soll immer nur Dario seinen Spaß haben? Haben wir eigentlich Gummiknüppel, Morino? Also, dann hol den kleinen Bastard mal hoch zu uns. Mein Gott, ich kann mich gut daran erinnern, wie das war, als die Verhöre noch vom diensthabenden Polizeioffizier durchgeführt wurden. Jetzt ist das doch wie Zimmerservice. Geben Sie mir dies, holen Sie mir das, und wo ist der Drink, den ich bestellt habe?

Anwesende wie oben, außerdem Faigano, Maurizio Ernesto

Z: Nimm ihm die Handschellen ab und setz ihn hierhin. In Ordnung, Signor Gianni, hier haben Sie ihn.

G: Es geht um Minot.

M: (Handbewegung)

G: Und das Alibi für die Nacht von Gallizios Tod. Der *dottore* will wissen, ob wir das vor Gericht bekräftigen werden. Er glaubt, daß Minot für diesen Mord und auch für die beiden anderen verantwortlich ist, aber er kann ihn nicht verhaften, wenn wir sagen, daß wir mit ihm auf Trüffelsuche waren, als Bruno erschossen wurde.

M: (Handbewegung)

G: (Achselzucken)

M: (Achselzucken)

G: Wir sind bereit, Ihre Frage zu beantworten, *dottore*. Aber es gibt da eine Schwierigkeit, von der Sie wissen sollten. Minot hatte in vielerlei Hinsicht ein hartes Leben. Er ist nie richtig akzeptiert worden, verstehen Sie, was ich meine? Daher ist er gelegentlich extrem nachtragend. Das könnte auch hier der Fall sein.

Z: Machen Sie sich keine Sorgen, ich kann gut auf mich aufpassen.

M: Aber was ist mit uns?

G: Wenn wir die Bestätigung seines Alibis zurückziehen, wird er uns hassen. Er wird Ihnen, um uns das heimzuzahlen, wahrscheinlich einen Haufen Lügen über Maurizio und mich erzählen. Das ist der einzige Grund, warum wir gezögert haben, mit Ihnen zu kooperieren.

Z: Ich bin es gewohnt, daß man mir Lügen erzählt. Aber

warum haben Sie denn überhaupt zugestimmt, einen Meineid zu leisten?

M: Das haben wir nicht.

G: Wir haben nie unter Eid ausgesagt, daß dies wahr ist. Wir haben auch nie mit der Polizei zu tun gehabt, bis Sie aufgetaucht sind. Wir haben lediglich einem Nachbarn einen Dienst erwiesen, das war alles.

Z: Sie riskieren, vor Gericht zu kommen, und das alles aus lauter Herzensgüte? Ein ziemlich kostbarer Dienst.

G: Na ja, er hat uns auch irgendwie gedroht.

M: Nicht wirklich gedroht, aber ...

Z: Was hat er gesagt?

G: Er sagte, er hätte ein Beweismittel im Zusammenhang mit dem Fall Vincenzo gefunden, das mich belasten könnte, und daß wir als alte Partisanen alle zusammenhalten sollten.

Z: Sie haben zusammen gekämpft?

M: Das ist lange her.

G: Nicht für Minot. Das war die einzige Zeit, in der er wirklich akzeptiert wurde, verstehen Sie.

Z: Hat er Ihnen verraten, was sein angebliches Beweismittel war?

G: Ein Knopf.

Z: Das ist alles?

G: Von einem meiner Jacketts.

Z: Was ist damit?

M: Er sagte, er hätte ihn in der Nähe der Stelle gefunden, wo Vincenzo umgebracht wurde.

Z: Und was hatte er da zu suchen?

G: Das hat er nicht gesagt.

Z: Hat er Ihnen den Knopf gezeigt?

G: Nein. Er hat ihn nur so im Vorbeigehen erwähnt, als sei es nicht wichtig. Es war lediglich ein Wink, keine echte Drohung.

Z: Haben Sie kürzlich einen Knopf verloren?

G: Wir haben keine Frau mehr, die für uns sorgt, außer der jungen Lisa, und die ist zu modern, um nähen zu können. Mir fehlen viele Knöpfe. Was beweist das?

Z: Nichts. Selbst wenn Minot mir einen Knopf zeigen kann und wir nachweisen könnten, daß er zu einem Ihrer Jacketts paßt, so ist das längst noch kein Beweis. Minot erledigt für Sie regelmäßig Lieferungen und andere Arbeiten, wurde mir gesagt. Er hätte einfach einen Ihrer herumliegenden Knöpfe aufsammeln oder sogar einen abreißen können. So was kann man nicht mit dem Mord an Vincenzo in Verbindung bringen.

M: Das habe ich auch gedacht. Aber Gianni sagte: »Wenn die Polizei uns mit reinzieht, kommen wir da nie wieder raus, und die Leute werden sagen, ohne Feuer kein Rauch. Wir sollten lieber tun, was Minot will.« Und ich hab' verstanden, was er meinte. Wir wußten ja nicht, daß wir mit einem Mann wie Ihnen zu tun haben würden. Die meisten Bullen hier in der Gegend sind ignorante Arschlöcher.

Z: Streichen Sie diese Bemerkung, Morino. Verstehe ich Sie also richtig, daß Sie die Geschichte uneingeschränkt zurückziehen, nach der Sie in der Nacht, als Beppe Gallizio starb, mit Minot unterwegs gewesen wären.

G: (Nicken)

Z: Bitte sagen Sie es.

M: Ja, das tun wir.

G: Richtig, das tun wir.

Z: Und was *haben* Sie dann getan?

M: Wir haben ferngesehen.

Z: War Ihre Tochter da?

M: Sie war bei ihrer Tante. Sie geht hier in Alba zur Schule, und so kann sie am Freitag direkt zu ihr gehen, uns am Samstag auf dem Markt aushelfen und am Montag nach der Schule wieder nach Hause kommen. Ich würde sie übrigens gern anrufen, um ihr zu sagen, daß alles in Ordnung ist.

Z: Das läßt sich arrangieren. Nun, ich glaube, langsam kommen wir ein wenig weiter. Ich fürchte, ich muß sie noch ein bißchen hierbehalten, bis ich Minot noch einmal befragen kann. Danach sollte sich die Situation sehr schnell klären lassen. Bring sie runter, Dario. Oh, und stell die Musik ab. Offenbar machen wir bloß schlechten Eindruck damit. Das genügt, Morino. Bewahren Sie sich Ihre Schreibfertigkeit für unseren nächsten Kunden auf.

Aurelio Zens nächster Kunde saß in diesem Augenblick auf der Kante der Holzpritsche, die ihm als Bett gedient hatte. Im großen und ganzen war Minot in guter Form. Die Musik, die ihn die ganze Nacht gequält hatte, war abrupt abgestellt worden, und mit allem anderen konnte er gut leben. Es war sogar ganz nach seinem Geschmack: karg, spartanisch, schmucklos und unpersönlich.

Selbst die räumliche Begrenztheit seiner momentanen Unterkunft kam ihm entgegen. Das Haus, das er von seiner Mutter geerbt hatte, war viel zu groß für seine Bedürfnisse, und er empfand seine Ausmaße nicht als Bewegungsfreiheit oder als eine Möglichkeit, etwas daraus zu machen, sondern als Mangel – Mangel an Sicherheit, Mangel an kontrollierbarem Raum. Er hatte versucht, diesen Mißstand auszugleichen, indem er nur zwei Zimmer benutzte, die Küche und die *sala* nebenan, aber er lebte in dem ständigen Bewußtsein, daß der Rest des Hauses seine Flügel über ihn breitete wie der Nachthimmel: kalt, dunkel und unbeherrschbar.

Im Gegensatz dazu war die Zelle, in die sie ihn gesteckt hatten, perfekt. Sie hatte bereits den beruhigenden Geruch seines Körpers angenommen, so maßgeschneidert und gemütlich wie ein paar Kleider mehr. Minots Abneigung, sich selbst oder seine Kleidung zu waschen, war ein weitverbreiteter Witz im Dorf, aber selbst wenn ihm derlei Bemerkungen zu Ohren kamen – was selten geschah, denn die Leute hatten gelernt, sich in seiner Gegenwart zurückzuhalten –, fühlte er sich nicht beleidigt. Seine Gewohnheiten, was die persönliche Hygiene anbelangte, hatte nichts mit Schlampigkeit oder Gleichgültigkeit zu tun. Im Gegenteil, er vernachlässigte sich absichtlich. Ohne diesen ganz eigenen Geruch, der ihm immer wieder auf die Sprünge half, hätte er nicht mehr gewußt, wer er war.

Und wer war er? Ein »inzestuöser Bastard«, hatte der Bulle aus Rom ihn genannt. Minot war auf ihn losgegangen, in einem plötzlichen Anfall von Energie, der manchmal über ihn kam und ihm dabei so etwas wie einen Halo von *corpo santo* verlieh, dem sagenumwobenen Elmsfeuer, das manchmal auf dem Meer gesichtet wurde, wenn gewaltige Stürme ihren Höhepunkt erreichten. Sein eigenes Aufbrausen dauerte nicht länger als das der Natur, obwohl es ebenso heftig war. Jetzt, da er in seiner gemütlichen Zelle saß, konnte er in aller Ruhe überdenken, was geschehen war, und entsprechend seine Pläne schmieden.

Während seines Wutanfalls hatte er versucht, einen Polizisten mit einem Hocker anzugreifen, und das vor zwei Zeugen, beide ebenfalls Polizisten. Sie konnten ihn für Monate hinter Gitter bringen, noch bevor der Fall überhaupt vor Gericht kam, und danach für mindestens weitere ein oder zwei Jahre. Noch entscheidender aber war, daß er keine Chance mehr hätte, vorher noch einmal nach Hause zurückzukehren und das Beweisstück in seinem Kühlschrank entweder zu verstecken oder zu zerstören. Wenn das ans Licht käme, wäre alles vorbei.

Und sollte er ins Gefängnis gehen, dann käme es unweigerlich ans Licht. Seit Jahren schon spekulierten die Leute im Dorf über Minots Wesen, seine Ansichten und seine Herkunft, und nie hatten sie ihn richtig einordnen können. Irgendwo im Haus, so würden sie argumentieren, müßte der Schlüssel zu seinem Geheimnis verborgen liegen: eine Reihe von Unterlagen, ein Fotoalbum, ein Bündel Briefe. Die Mutigeren unter ihnen würden schließlich in sein Haus eindringen und alles durchwühlen. Sie würden nicht das finden, wonach sie suchten, aber sie würden das entdecken, was wirklich da war.

Der behagliche Schutz seiner Zelle war insofern nur eine Illusion. Oberste Priorität war nun für ihn, seine Entlassung zu erwirken, und um dies zu erreichen, mußte er sich auf einen Handel einlassen. Das Problem war, daß dieser Aurelio Zen für Minot eine so unbekannte und vielleicht undurchschaubare Größe war, wie er selbst es für seine Nachbarn war. So gesehen paßten sie gut zusammen.

Minot grinste und hielt sich dabei instinktiv die Hand vor den Mund, obwohl er allein und unbeobachtet war. Das war der Weg, den er gehen mußte, dachte er. Dieser Zen hatte kein Interesse am Tod von Gallizio oder Scorrone. Er hatte klargestellt, daß das einzige, worum es ihm ging, der Fall Vincenzo war. Um den zu lösen, hatte man ihn aus Rom hierhergeschickt. Sobald er das erledigt hätte, könnte er nach Hause gehen und es den Behörden vor Ort überlassen, hinter ihm den Boden aufzuwischen. Mit denen käme Minot klar, da war er sich sicher. Es ging also nur darum, diesen unberechenbaren Außenseiter behutsam aus der Sache herauszumanövrieren.

Als schließlich der Polizist namens Dario erschien, um ihn nach oben zu bringen, fühlte sich Minot einigermaßen sicher. Sein Selbstbewußtsein bekam noch starken Aufwind, als er in das Zimmer geführt wurde. Ein Blick genügte, um zu erkennen, daß Aurelio Zen müde war – nicht allein wegen des fehlenden Schlafes, wie Minot selbst; er war erschöpft, weil der Fall ihn ermüdete, seine Kollegen, die Stadt und vielleicht sogar das Leben selbst. Er hat anderes im Kopf, dachte Minot, wichtigeres. Alles, was er möchte, ist eine schnelle und saubere Lösung für diesen Schlamassel, in den er geraten war, und die kann ich ihm besorgen.

Sein Gefühl der Ruhe und Gelassenheit wurde allerdings sehr schnell auf die Probe gestellt.

»Die Faigano-Brüder haben es sich anders überlegt«, verkündete Zen, als Minot auf dem Hocker für die Angeklagten Platz genommen hatte.

»Inwiefern?«

»In bezug auf Ihr Alibi für den Gallizio-Mord.«

Minot gelang ein verblüfftes Lächeln.

»Auf *ihres*, meinen Sie.«

Zen zuckte schwach mit den Achseln.

»Natürlich gilt das Alibi für beide Seiten. Aber sie behaupten, Sie wären es gewesen, der sie gebeten hätte, es Ihnen zu verschaffen. Und Sie hätten sie deswegen sogar bedroht.«

Das war ein Schock. Minot hatte erwartet, Gianni und Maurizio würden bei der Geschichte bleiben, schließlich war das Alibi zu ihrem gegenseitigen Nutzen zurechtgebastelt worden, um eine unnötige Einmischung durch die Behörden zu vermeiden. Statt dessen hatten sie genau das getan, was er nicht im geringsten erwartet hätte, etwas, das der Kodex, den er ihnen bei der Besprechung der ganzen Sache nahezubringen versucht hatte, ausdrücklich verbot. Sie hatten ihrem gemeinsamen Feind die Wahrheit gesagt.

Zumindest hatten sie ihm erzählt, was sie für die Wahrheit hielten. Es gab da nämlich einen Unterschied, und einen Augenblick später begriff Minot, daß genau das seine Chance war, daß auch er jetzt nicht mehr an den Kodex gebunden war und eben diese Tatsache ausnutzen konnte, da die Faigano-Brüder durch ihren eigenen Verrat dem Geheimbund der früheren *partigiani* abgeschworen hatten.

»Drohungen?« lachte er. »Was könnte ich denn gegen zwei von ihnen unternehmen, ein jeder von ihnen größer als ich?«

Aurelio Zen antwortete nicht sofort. Er musterte Minot auf eine Weise, die der wiederum als äußerst beunruhigend empfand. Dann wandte Zen den Blick ab und sah zum Fenster. Die Dunkelheit draußen war einem schwachen, ungesunden Licht gewichen, das sich über alles legte wie ein schmieriger Film, der durch ein Stück dreckigen Musselins gepreßt worden war.

»Sie sagten, Sie hätten sie mit irgendeiner Geschichte erpreßt, bei der es scheinbar um einen Knopf ging«, antwortete Aurelio unter demonstrativem Gähnen.

»Was soll das denn heißen?«

»Ein Knopf, den Sie angeblich gefunden hätten, angeblich am Tatort, angeblich von einem Jackett, das angeblich Gianni Faigano gehört.«

»Das ist völliger Quatsch.«

»Ich weiß«, sagte Zen. »Das habe ich ihnen auch gesagt. Das ist doch alles bloßes Gerede, zudem von Leuten – und das wollen Sie mir bitte nachsehen –, die in dieser Gemeinde nicht gerade großes Ansehen genießen.«

Das war der springende Punkt. Minot lauschte seiner inneren Stimme.

»Tu es!« sagte sie. Wie immer gehorchte er.

»Und was, wenn es kein Knopf war?«

Aurelio Zen gähnte noch einmal kräftig.

»Es interessiert mich im Grunde einen Scheißdreck, was Sie ihnen erzählt haben, Minot. Mich interessiert viel mehr, warum Sie sich unbedingt ein Alibi in der Gallizio-Affäre erpressen wollten.«

»Aber das wollte ich gar nicht. Gianni und Maurizio waren diejenigen, die mich gebeten haben, ihnen eins zu verschaffen.«

»Die sagen aber etwas ganz anderes aus. Und wie Sie gerade so deutlich betont haben, sind sie zu zweit. Wie sollten sie außerdem auf eine solche Geschichte kommen, wenn Sie nicht versucht hätten, sie unter Druck zu setzen?«

»Das ist doch offensichtlich. Sie haben vermutet, ich hätte irgendeinen Beweis gegen sie in der Hand, wußten aber nicht, was es war. Und um sich zu schützen, haben sie sich diese Geschichte mit dem Knopf ausgedacht. Ich fürchte, Sie sind in die Irre geführt worden, *dottore*. Das hat nichts mit dem Fall, in dem Sie ermitteln, zu tun. Es ist eine persönliche Angelegenheit zwischen mir und den Faigano-Brüdern.«

»Sie meinen, ich sollte mich gar nicht darum kümmern?« murmelte Zen. Minot sah ihn mit einem beinahe besorgten Gesichtsausdruck an.

»Aber natürlich, *dottore*! Ohne Sie kann ich nichts machen.« Er warf Zen einen listigen Blick zu.

»Aber ohne mich können Sie es auch nicht.«

Zen, der bemerkte, daß ihn der Beamte, der Protokoll führte, fassungslos anstarrte, stand schnell auf, als wollte er dadurch seine Autorität bekräftigen.

»Gestatten Sie mir, Sie daran zu erinnern, daß Sie vorläufig in Haft sind, weil Sie unter Anklage stehen, einen Polizisten angegriffen zu haben, Minot.«

»Ich habe Ihnen kein Haar gekrümmt, *dottore*. Sie waren viel zu schnell für mich.«

»Es ist der Vorsatz, der zählt.«

»Aber was ist, wenn sich mein Vorsatz geändert hat? Nehmen wir an, daß ich innerhalb Ihrer Ermittlungen im Mordfall Aldo Vincenzo vollständig mit Ihnen kooperieren möchte und daß ich die einzige Person bin, die einen Beweis liefern kann, der auch vor Gericht standhält. Würde das ausreichen, um die Anklage gegen mich zurückzuziehen?«

Aurelio Zen musterte ihn erstaunt.

»Sie hatten recht, Sie brauchen keinen Anwalt.«

Minot hatte alle Mühe, sein Gefühl des Triumphs zu verbergen.

»Sie sind also einverstanden?«

»Womit soll ich einverstanden sein?«

Minot blickte ihn ungerührt an.

»Ich verschaffe Ihnen den eindeutigen und schlüssigen Beweis für die Identität des Mörders. Im Gegenzug dazu werden alle Anklagepunkte fallengelassen, und Sie sprechen mich vorbehaltlos frei.«

Zen schnaubte.

»Man braucht schon mehr als einen abgerissenen Knopf, um jemanden zu verurteilen, Minot. Und um ihn freizulassen.«

»Es *gibt* mehr.«

»Was denn?«

Minot lächelte verschwörerisch.

»Tja, nun müßte ich ja wohl alles erzählen, oder? Und das tu' ich nur ungern, solange ich nicht weiß, ob auch Sie sich an die Abmachung halten werden.«

Der Bulle in Zivil rutschte verlegen auf seinem Stuhl hin und her.

»Hören Sie, *capo*«, sagte er, »ich glaube nicht, daß Sie...«

»Das genügt, Morino.«

Er wandte sich an Minot.

»In Ordnung, was schlagen Sie also vor? Sie können nicht erwarten, daß ich Sie ohne weitere Bedingungen entlasse, wenn ich nicht umgekehrt auch Ihr Angebot einschätzen kann. Und Sie sind offenbar nicht bereit, Ihre Karten auf den Tisch zu legen, bevor Sie nicht Ihre Papiere von mir bekommen haben, unterschrieben und besiegelt. Kurz gesagt, Sie trauen mir nicht, und ich traue Ihnen nicht.«

Minot nickte verschlagen.

»Dann müssen wir eben einen Dritten finden. Das machen wir im Trüffelgeschäft auch so, wenn wir es mit Fremden zu tun haben – wir suchen uns einen Vermittler, dem wir beide vertrauen.«

»Sie meinen einen Anwalt?«

Minot lachte.

»Ich sagte, jemanden, dem wir vertrauen!«

»Kennen Sie jemanden?«

»Viele Leute, *dottore*, aber Sie kennen sie nicht. Also lassen Sie uns die Sache andersrum angehen. Fällt Ihnen jemand hier ein, dem Sie trauen können? Es ist wahrscheinlicher, daß ich denjenigen auch kenne, und vielleicht kommen wir so ins Geschäft.«

Zen überlegte kurz.

»Da wäre zum Beispiel Lucchese …«

Minot blickte ihn überrascht an.

»Sie kennen ihn? Perfekt.«

»Das ist absolut gegen die Vorschriften, *capo*!« protestierte Morino.

»Halten Sie den Mund«, schnauzte Zen ihn an und griff nach dem Telefonhörer. »Und streichen Sie alles, was sich auf diese Abmachung bezieht, aus dem Protokoll. Hallo? Ah, guten Morgen, *principe*. Hier ist Aurelio Zen.«

Minot gab sich keine Mühe, dem anschließenden einseitigen Gespräch zu folgen, so sehr war er damit beschäftigt, seine eigene Position zu überdenken. Wie immer hatte er instinktiv gehandelt. Das war seine große Stärke. Pläne, die gar nicht erst geschmiedet wurden, konnten später auch nicht aufgedeckt werden. Es kam nur darauf an, sicherzugehen, daß seine spontanen Äußerungen und Handlungen mit den offensichtlichen Tatsachen dieses Falles übereinstimmten. Er ging im Geiste noch einmal alles durch und kam zu dem Schluß, daß ihm kein Fehler unterlaufen war.

»... bestätigen Sie den Empfang des Gegenstandes und der Formulare, die ich Ihnen übergeben werde«, sprach Zen ins Telefon. »Ich werde dann ersteren in Augenschein nehmen und Sie, sollte alles zu meiner Zufriedenheit ausfallen, autorisieren, letztere an besagten Vermittler zu übergeben. Einverstanden? Sehr gut.«

Er legte auf und sah Minot an.

»Lucchese ist einverstanden. Wo befindet sich der fragliche Beweis?«

»Bei mir zu Hause.«

Minot wies mit dem Daumen in Richtung Tür, wo der bewaffnete Polizist noch immer Wache stand.

»Vertrau ihm nicht, *capo*!« platzte Morino heraus. »Ich nehme mir ein paar Männer mit, und wir kämmen das Haus systematisch durch. Was auch immer da sein soll, wir werden es finden!«

Minot war sich durchaus bewußt, was jetzt auf dem Spiel stand, und es kostete ihn seine ganze Konzentration, so geringschätzig zu lächeln, wie er nur konnte.

»Ich könnte es in diesem Augenblick an mir tragen, und Sie würden es nicht finden«, erwiderte er nüchtern.

Zen warf ihm einen scharfen Blick zu.

»Es ist also so klein, daß es sich ohne weiteres verstecken läßt?«

Minot schmunzelte.

»Man könnte es unter einem Finger verstecken. Beziehungsweise auf einem.«

»Ein Ring?« fragte Zen barsch. »Ohne weitere Beweismittel ist das nicht mehr wert als Ihr berühmter Knopf!«

Minot stand auf und reckte sich träge.

»Was haben Sie denn zu verlieren, *dottore*? Wenn Sie das Ding nicht mögen, müssen Sie die Abmachung mit mir nicht einhalten. Aber das werden Sie, ich verspreche es Ihnen. Lassen Sie schon mal meine Entlassungspapiere fertig machen. Wir haben genug Zeit verschwendet.«

Als es zehn Uhr schlug – in vielerlei Intervallen und Tonhöhen von den Glockentürmen der ganzen Stadt –, stieg Aurelio Zen die Treppe zum Palazzo Lucchese hoch und drückte die in die Wand versenkte Messingklingel neben der Tür im ersten Stock. Er klingelte fünfmal, jedesmal ein wenig länger, setzte sich dann auf eine der niedrigen Steinstufen, die zum nächsten Stockwerk führten, und zündete sich eine Zigarette an.

Die Glocken verklangen, und Stille trat ein. Irgendwo im Haus konnte Zen jetzt ein schwaches Klirren ausmachen, und es erinnerte ihn an den Klang der Weingläser im Spülbecken seiner Wohnung damals in Rom, die sich berührten, sobald der Kühlschrank in der Nachbarwohnung zu vibrieren begann. Schließlich kam ein weiteres Geräusch dazu: ein dumpfes, regelmäßiges Trampeln, das klang, als ob jemand mit einem Hammer auf etwas einschlagen würde. Es kam, wie er schließlich bemerkte, von der Treppe unter ihm. Einige Augenblicke später erschien, beängstigend atemlos, eine ältere Frau auf dem Absatz. Sie wandte Zen ein so faltenreiches und zerklüftetes Gesicht zu, daß man es ohne weiteres zur Ausgrabungsstätte hätte erklären können. Dann holte sie einen großen Schlüssel aus ihrer entmutigend geräumigen Handtasche und begann, die Eingangstür aufzuschließen.

»Guten Morgen«, sagte Zen.

Zu seiner großen Überraschung reagierte die Alte mit

einem selbstzufriedenen Lächeln. Gott im Himmel, dachte er, sie muß einmal eine Schönheit gewesen sein.

»Ich bin mit Prinz Lucchese verabredet«, fuhr er fort und erhob sich. »Ich heiße Aurelio Zen. Er erwartet mich.«

Die Frau seufzte und machte eine ausladende Handbewegung, mit der sie wohl zum Ausdruck bringen wollte, daß der Prinz ein sehr beschäftigter Mann war, ein wenig exzentrisch auf seine Art, den man aber auf alle Fälle lieber nicht auf früher getroffene Verabredungen oder Vereinbarungen festlegen sollte; daß sie selbst schon länger, als sie gewillt war, sich daran zu erinnern, mit dieser Situation zu kämpfen hatte und daß Zen, wenn er gerade erst eingetroffen war, sich einfach nur in die Schlange einreihen sollte.

»Warten Sie hier«, sagte sie zu ihm. »Ich sehe, was ich tun kann.«

Damit schloß sich die Tür hinter ihr. Zen nahm seinen Platz wieder ein und rauchte eine Weile still vor sich hin. Schließlich öffnete sich die Tür wieder, und eine welke Hand winkte ihn ungeduldig herein.

»Der Prinz kann Sie jetzt empfangen.«

Drinnen herrschte unverändert der Eindruck endloser Düsternis und schäbiger Noblesse, der Raum wirkte wie ein Museumsstück unter einer Glashaube. Die alte Frau wies auf eine Tür am linken Ende der Eingangshalle.

»Dort hinein.«

So kam er wieder in ein anderes Zimmer als bei seinen früheren Besuchen, als hätte der Prinz beschlossen, Zen nach und nach eine komplette Führung durch den Palast zu geben. Dieser Raum war eine Art Vorzimmer, so lang und schmal wie ein Korridor, aber mit einem sechseckigen Erker am entgegengesetzten Ende. Die Wände waren kahl, die Decke hoch. Die einzigen Möbelstücke waren ein kleiner Teakholztisch, ein besticktes Sofa und ein dunkel gebeizter Rohrstuhl, in dem Lucchese saß, prächtig und lässig zugleich in seinem gewohnten seidenen Bademantel.

»Ah, da sind Sie ja endlich!« rief Lucchese leicht gereizt. »Ich habe es mir, nachdem wir miteinander telefoniert haben, beinahe noch einmal anders überlegt. Meine Erziehung gestattet es mir nicht, spontan Gefühle zu zeigen, aber als Sie vorhin anriefen, habe ich gerade die Allemande aus Bachs D-Dur-Partita geübt. Kennen Sie Wanda Landowskas berühmtes *mot* zu diesem Thema? Sie hatte Streit mit einem anderen Musiker, es ging dabei um stilistische Feinheiten. ›Also gut‹, lautete ihr abschließendes Argument, ›Sie spielen Bach, wie Sie wollen, und ich spiele Bach, wie er es wollte!‹ Und just heute morgen hatte ich zum ersten Mal das Gefühl, Bach so zu spielen, wie er es wollte, und prompt klingelt das Telefon ...«

Eine großzügige Geste.

»Was halten Sie von Arianna?«

»Der Putzfrau?«

»Eigentlich ist sie meine Mutter.«

Zen schluckte.

»Mir war nicht klar ...«

»Der wahre Grund, warum ich bereit war, Sie zu empfangen«, fuhr der Prinz ungerührt fort, »hat nichts mit dieser Übergabe zu tun, wegen der Sie angerufen haben. Aus verschiedenen Gründen, nicht zuletzt wegen einer Rechnung, die ich heute morgen von den Elektrizitätswerken erhalten habe, bin ich zu dem Schluß gekommen, dies sei der richtige Moment, Ihnen meine Rechnung zu präsentieren. Vorher aber müssen wir noch zwei ungeklärte Angelegenheiten zum Abschluß bringen. Die erste betrifft Ihre jüngste Neigung zum Somnambulismus. Wann soll dieser Minot denn auftauchen mit diesem ›Teil‹, über das ich mein Urteil abgeben soll?«

Zen spreizte die Finger, um seine Unkenntnis einzugestehen.

»Eine Stunde? Vielleicht früher.«

»In diesem Fall werden wir entschiedener vorgehen müssen, als ich es mir idealerweise gewünscht habe«, antwortete der Prinz, der seine Finger mit einem lauten Knacken der Glieder dehnte, was ihm keinerlei Unbehagen zu bereiten schien. »Meine vorläufige Analyse läßt mich zu dem Schluß kommen, daß Sie kürzlich den Verlust – oder, was eigentlich noch gravierender ist, das unerwartete Wiederauftauchen – eines Kindes, eines Geschwister- oder Elternteiles erlitten haben. Ist dies tatsächlich der Fall?«

Zen nickte.

»Und was genau davon ist Ihnen passiert?« fragte Lucchese.

»Alles.«

Der Prinz starrte ihn ungläubig an.

»Ich habe kürzlich herausgefunden, daß der Mann meiner Mutter in Wirklichkeit nicht mein Vater ist«, erklärte Zen.

»Und daß ich eine Halbschwester in Neapel habe.«

»Das macht zwei«, soufflierte ihm Lucchese in absichtlich mitleidlosem Ton.

Draußen verschwand die Sonne hinter der Wolkendecke, und Zen schien es, als würde das Licht im Zimmer immer schmutziger werden und sich als Pfütze langsam über die Dielen ausbreiten.

»Eine frühere Freundin hat mir außerdem mitgeteilt, sie sei schwanger und ich wäre der Vater. Des weiteren ließ sie mich wissen, daß eine Abtreibung bereits vorgenommen worden sei. Insofern habe ich auch noch ein Kind verloren.«

Luccheses Maske professioneller Gleichgültigkeit welkte dahin und zerfiel wie ein Brief, den man ins Feuer wirft. Er erhob sich, umarmte Zen herzlich und klopfte ihm auf den Rücken.

»In einem Fall wie diesem, *caro dottore*, fragt man sich nicht mehr, warum Sie schlafwandeln, sondern warum Sie sich nicht schon vom nächsten Hochhaus gestürzt haben! Sie müssen die Konstitution eines Felsen haben.«

Ohne daß der Prinz es bemerkt hätte, lächelte Zen matt.

»So manches Mal habe ich schon gedacht, ich könnte vielleicht verrückt werden.«

»Ein sicheres Zeichen dafür, daß Sie es nicht sind.«

Lucchese ließ ihn los und holte einige Unterlagen aus seiner Tasche, mit denen er nervös raschelte.

»Ich mußte das klären, verstehen Sie, wegen der zweiten Angelegenheit, die ich erwähnt habe. Ich meine natürlich die Resultate des Gentests, den Sie machen ließen. Sie sind heute morgen gekommen.«

Zen starrte ihn an wie vom Donner gerührt.

»So schnell? Aber ich dachte…«

»Mein Bruder leitet das Labor in Turin, das diese Tests durchführt. Ich habe dafür gesorgt, daß Ihre Proben ganz oben auf die Liste kamen.«

»Und was…? Heißt das also, daß wir…?«

Lucchese antwortete nicht. Zen seufzte.

»Negativ also.«

»Das kommt darauf an. Auf alle Fälle endgültig. Ich habe heute morgen persönlich mit meinem Bruder darüber gesprochen, und er hat das nochmals deutlich betont. Also wollte ich sichergehen, daß Sie sich der möglichen Konsequenzen bewußt sind, in psychologischer wie in allgemeiner Hinsicht, und ich wollte mich vergewissern, ob Sie stark genug sind, auch damit fertig zu werden.«

Zen sah ihn traurig an.

»Ich kann mit allem fertig werden. Das ist meine Spezialität.«

Der Prinz nahm seinen Platz wieder ein und sah die Papiere in seinen Händen durch.

»Ich möchte trotzdem die Hintergründe noch einmal kurz mit Ihnen durchsprechen. Sie sagten, diese Carla hätte Sie in Ihrem Hotel angesprochen und behauptet, sie sei Ihre Tochter. Haben Sie irgendeinen Grund, ihr zu glauben?«

»Ich hatte vor langer Zeit eine Affäre mit ihrer Mutter. In Mailand«, fügte er hinzu, als ob dies alles erklären würde.

»Sie wissen, daß Sie verschiedenen gesetzlichen und finanziellen Verpflichtungen von nicht unerheblichem Ausmaß nachzukommen hätten, sollte sich herausstellen, daß sie tatsächlich Ihre Tochter ist?«

Zen zuckte mit den Achseln.

»Ich möchte nur die Wahrheit erfahren.«

Lucchese schenkte ihm ein Lächeln, gewürzt mit dem feinen Hauch der Verachtung.

»Theoretisch könnte Sie also jeder, der sich ein bißchen über Ihr früheres Liebesleben und die entsprechenden Frauen schlaugemacht hat, irgendwo an einem öffentlichen Ort ansprechen und behaupten, er sei das Ergebnis einer Ihrer Affären?«

Zen wandte sich ab und stellte sich ans Fenster. Unten auf der Via Maestra eilten die Menschen entweder geschäftig hin und her oder sie ließen sich einfach in der Menge treiben.

»Ich bin nicht leichtgläubiger als andere«, sagte er. »Ich vermute aber, wo ich doch gerade Carlo verloren habe ...«

»Wen?«

»Ich habe beschlossen, dem Kind, mit dem Tania schwanger war, einen Namen zu geben. Und ich habe beschlossen, daß es ein Junge war, und nannte ihn Carlo. Als dann schließlich eine junge Frau namens Carla auftauchte und behauptete, meine Tochter zu sein ...«

Er drehte sich herum und sah Lucchese an.

»Aber meine Gefühle sind nicht wichtig, *principe*. Falls Carla Arduini meine Tochter ist, werde ich meinen Verpflichtungen ihr gegenüber nachkommen, was immer mich das auch kosten mag.«

Lucchese stand auf und machte eine leicht ironische Verbeugung.

»Ihre Worte ehren Sie, *dottore*. Aber wie das Leben so spielt, dürfen Sie sich ganz entspannt zurücklehnen. Die Tests, die mein Bruder durchgeführt hat, zeigen eindeutig, daß diese Arduini in keinster Weise mit Ihnen verwandt ist.«

Zen blickte ihn schweigend an.

»Sind Sie sicher?«

»Absolut.«

Er hielt Zen die Unterlagen hin.

»Hier steht alles, obwohl Sie wahrscheinlich überhaupt nichts verstehen – ich übrigens auch nicht. Aber mein Bruder hat mir versichert, daß kein Zweifel möglich ist. Trotz ihrer eindrucksvollen musikalischen Sachkenntnis ist diese Arduini ganz offensichtlich eine gewöhnliche Goldgräberin, die nimmt, was sie kriegen kann. Glücklicherweise haben Sie die Macht der Wissenschaft auf Ihrer Seite, *dottore*. Sagen Sie ihr, sie solle ihr Glück woanders versuchen, oder verklagen Sie sie wegen Verleumdung. Die Gerichte werden Sie darin hundertprozentig unterstützen.«

Zen nahm die Unterlagen und musterte sie geistesabwesend.

»Danke«, murmelte er.

Lucchese runzelte die Stirn.

»Freuen Sie sich gar nicht?«

»Ich glaube schon. Es ist bloß der Schock, das ist alles. Ich hatte gedacht...«

»In der Vergangenheit sind viele Männer auf diese Weise in die Falle geraten. Aber dank der Wunder moderner Technik können wir jetzt die Wahrheit herausfinden, die sich in diesem Falle als Lüge entpuppt.«

Die Türklingel schrillte. Lucchese stand auf und verließ das Zimmer. Zen ließ sich auf dem Sofa nieder und sah sich die Ergebnisse des Gentests an. Schließlich erschien der Prinz wieder.

»Minot ist zurück«, verkündete er. »Dies also ist der Gegenstand, von dem er gesprochen hat. Sie haben fünf Minuten Zeit, ihn zu untersuchen, danach können Sie ihm diesbezüglich Fragen stellen, falls Sie das wünschen. Der Gegenstand selbst wird in der Zwischenzeit in meinem Gewahrsam bleiben. Könnte ich im Gegenzug dazu die Papiere haben, die Sie angeboten haben?«

Zen holte einen langen, braunen Umschlag aus seiner Manteltasche und übergab ihn. Lucchese prüfte kurz den Inhalt und händigte Zen dann ein zerknülltes Stück billigen Papiers aus, das sich leer anfühlte. Zen entfaltete es vorsichtig und legte einen Splitter frei, der aussah, als sei er aus Plastik, und der durchsichtig war, abgesehen von einem braunen Fleck auf einer Seite.

»Was ist das?« fragte er.

»Ein Fingernagel wie es scheint«, bemerkte der Prinz und untersuchte das fragliche Objekt. »Von einem männlichen Erwachsenen, mindestens fünfzig, an körperliche Arbeit gewöhnt, und, was Sauberkeit betrifft, nicht allzu pingelig. Oh, und er benutzt eher eine Schere als einen Clip, um seine Fingernägel zu schneiden, aber das haben Sie natürlich schon bemerkt.«

Zen gab das angebliche Beweisstück an Lucchese zurück.

»Schicken Sie Minot herein«, sagte er.

Zen bediente sich der Taktik Mussolinis, die dieser in der

ehemals venezianischen Botschaft Roms angewandt hatte, und zwang damit Minot, den ganzen Weg von der Tür mit dem Hut in der Hand zurückzulegen, bevor er geruhte, ihn mit gebieterischem Blick wahrzunehmen.

»*E allora?*« bellte er, als Minot vor ihm stehenblieb. »Ein Fingernagel. Ja und wenn schon?«

Minot lächelte.

»Ja und wem gehört der, wollten Sie wohl sagen.«

Zen starrte aus dem Rohrstuhl, in dem vorher Lucchese gesessen hatte, zu ihm hoch.

»Schauen Sie, Minot, ich weiß, Sie sind ein unkomplizierter Mensch, aber ein Beweis ist vor Gericht nur zulässig, wenn man ihn lückenlos auf den Tatort zurückführen kann – und jedes Glied der Beweiskette muß bezeugt und notariell beglaubigt werden. Irgendein eingerissener Fingernagel, wo auch immer der herstammt, ist nicht hilfreicher als der Knopf, über den wir schon gesprochen haben.«

Minot klopfte flüchtig seinen Hosenboden ab, hockte sich dann auf die Kante des bestickten Sofas und neigte sich nach vorne. Trotz der symbolischen Geste, was die Möbel des Prinzen anging, schien ihn das Ambiente nicht einzuschüchtern, geschweige denn Zens Anwesenheit.

»Lassen Sie mich ein Geständnis machen, *dottore*«, flüsterte er kaum hörbar für Zen.

»Dann legen Sie mal los!«

Minot ließ den Blick durch den Raum schweifen, als wolle er sichergehen, daß sie allein waren. Zufrieden beugte er sich noch weiter zu Zen vor.

»Aldos Leiche wurde nicht, wie jeder glaubt, von diesem Polizeihund entdeckt.«

Zen blickte ihn erstaunt an.

»Ich habe sie gefunden«, fuhr Minot fort. »Ich bin an dem

Morgen nach der *festa* auf das Gut der Vincenzos eingedrungen, ich war hinter Trüffeln her, die ich in einer Böschung am Ende des Weinbergs vermutete. Statt dessen fand ich Aldo.«

Er machte eine ausladende Geste.

»Stellen Sie sich vor, was das für ein Gefühl ist, wenn man ohne jede Vorwarnung auf so etwas stößt, und das bei so dichtem Nebel, daß man kaum sieht, wohin man tritt! In diesem Augenblick wurde ich wieder zum Kind.«

»Wie meinen Sie das?«

Minot sah ihn an.

»Kinder registrieren, was in ihrer Nähe ist, was nah genug ist, um es anfassen, umklammern und festhalten zu können. Ich habe nichts anderes getan. Ich habe auf den Boden zu meinen Füßen gesehen, um nicht diese obszöne Erscheinung anschauen zu müssen! Im Licht der Taschenlampe sah ich etwas schimmern. Ich hob es auf und steckte es als Talisman gegen den Schrecken in die Tasche.«

Er lehnte sich zurück und sprach jetzt in normaler Lautstärke. »Ein paar Tage später war ich drüben bei den Faiganos und half ihnen ein bißchen bei der Arbeit aus, und da merkte ich, daß Gianni ein Fingernagel des rechten Zeigefingers fehlte. Ich habe damals nicht weiter darüber nachgedacht, aber später fiel mir das Ding, das ich neben Aldos Leiche gefunden hatte, wieder ein und mir wurde klar, daß es sich um einen Fingernagel handelte. Einen Fingernagel voller Blut.«

Zen zuckte mit den Achseln.

»Wenn man sich einen Nagel abreißt, dann blutet es.«

»Aber das Blut auf diesem Nagel ist auch auf der Außenseite, *dottore*. Was, wenn es nicht das von Gianni ist?«

Die beiden Männer sahen sich schweigend an.

»Mit bloßen Vermutungen kommen wir nicht weiter, Minot.«

»Natürlich nicht. Aber Sie können so etwas überprüfen lassen. Das haben Sie auch mit dem Messer getan, das Sie in Beppes Haus gefunden haben. Also können Sie das auch mit dem Beweis tun, den ich Ihnen anbiete. Ich sage Ihnen bereits jetzt, daß Sie feststellen werden, daß es sich hier zwar um Giannis Fingernagel handelt, aber um Aldos Blut.«

Zen betrachtete ihn mit neugierigem, glasigem Blick.

»Dann haben die beiden es getan?« fragte er.

Minot lachte entschuldigend, als wolle er den Außenseiter nicht kränken, der eben erst die so offensichtliche Wahrheit begriffen hatte.

»Natürlich! Das weiß doch jeder.«

Aurelio Zen war schon in der Drehtür des Alba-Palast-Hotels, als er Carla Arduini entdeckte, die im selben Moment auf der Seite in eines der Türsegmente schlüpfte, um das Hotel zu verlassen. Er blickte sie an und sie ihn, daraufhin gestikulierte er wild und schob die Drehtür so heftig an, daß er wieder draußen auf der Straße landete, noch bevor er die Tür anhalten konnte. Carla hatte die volle Umdrehung ebenfalls mitgemacht, da sie sicher war, er sei schon aus der Tür, und so endete die Situation, wie sie begonnen hatte – sie drinnen, er draußen, und die Tür immer noch zwischen ihnen. Zen hob die Hand und bedeutete ihr damit, zu bleiben, wo sie war, ehe er sich wieder ins Karussell stürzte.

»Carla!« rief er verlegen aus, als sie schließlich einander gegenüberstanden.

»Ich wollte gerade in die Messe gehen. Ich war seit Jahren nicht mehr da, aber die Kathedrale soll sehr schön sein, und...«

»Komm in die Bar gleich links neben der Kirche, wenn du fertig bist«, instruierte Zen sie, als würde er einem Untergebenen Anweisungen erteilen. »Ich muß dir etwas sagen.«

Carla blickte ihn einen Augenblick lang forschend an, aber nichts an ihr verriet, welche Schlüsse sie aus seinem Gesichtsausdruck zog.

»Sehr gut. Dann also in etwa einer Stunde.«

Sie entfernte sich mit schnellen Schritten und verschwand

in der munteren, anonymen Betriebsamkeit der Straße, während Zen in sein Zimmer hochging. Er wollte sich ein wenig ausruhen, bevor er das Verhör der Faigano-Brüder wiederaufnahm, aber er hatte nicht im geringsten damit gerechnet, daß er Carla Arduini treffen könnte. Die Neuigkeiten, die er ihr mitzuteilen hatte, verursachten ihm Schmerzen in der Brust wie der silberne Pflock, den Lucchese seinem verstorbenen Cousin durchs Herz getrieben hatte.

Zen duschte, rasierte sich und zog frische Sachen an, bevor er hastig wieder nach draußen eilte. Das schwache Sonnenlicht hatte sich schließlich durch die Wolken gekämpft, und obwohl die Luft frisch und kühl war, erweckte dieses Bild den Eindruck eines lauen Sommertages, wären da nicht die dunklen Schatten gewesen, die die Straße wie Gräben durchzogen und den trügerischen Schein entlarvten. Zen schob sich durch die geschäftige Menge, wobei er sich in die emsige Regsamkeit, die sie ausstrahlte, fügte. Alle schienen genau zu wissen, wohin sie gingen und was sie tun würden, wenn sie dort angelangt wären. Im Gegensatz dazu fühlte sich Zen so wesenlos wie ein Schlafwandler.

Als er die Bar erreichte, waren es immer noch ungefähr fünfzehn Minuten, bis Carla aus der Kathedrale kommen würde. Fünfzehn Minuten, in denen er sich darüber klarwerden mußte, wie er es ihr mitteilen, wie er die Aussage, die all ihren Hoffnungen ein Ende bereitete, formulieren sollte. »Ich fürchte, ich habe schlechte Neuigkeiten...« Nein, das klang wie ein Polizist, der sich an den nächsten, liebsten Angehörigen des Verstorbenen wendet. »Die Ergebnisse der Blutprobe, die wir gestern vorgenommen haben, zeigen ohne jeden Zweifel, daß...« Zu bürokratisch. »Ich wäre stolz gewesen, dich zur Tochter zu haben, aber unglücklicherweise...« Gönnerhaftes Arschloch!

Sein *cappuccino* wurde kalt und sank unberührt zu einer unappetitlichen, beigen Pfütze auf dem Tresen vor ihm zusammen. Sichtlich verärgert fragte der Barmann, ob etwas damit nicht in Ordnung sei. Zen schüttelte nur den Kopf. Als nächstes registrierte er, daß die Glocken der Kathedrale mit ihrem heidnischen Lärm begonnen hatten und daß die Gläubigen herausströmten und blinzelten, als sie auf die *piazza* traten, die in gleißendem Sonnenlicht lag. Carla, einen Kopf größer als die übrigen, vermutlich vornehmlich in der Menopause befindlichen Kirchgängerinnen, war leicht zwischen ihnen auszumachen.

»Wie war es?« fragte er gedankenlos, als sie sich neben ihm an die Bar setzte.

»Es war die Messe«, antwortete sie. »Was hast du erwartet?«

Sie bestellte beim Barmann eine Orangenlimonade und wandte sich dann ziemlich desinteressiert an Zen.

»Also?« fragte sie spitz.

»Was? Oh, na ja, eigentlich ist gar nichts. Es ist bloß…«

Er brach ab.

»Verstehst du, ich ermittle im Fall Vincenzo, wie du weißt, und… Na ja, es sieht allmählich so aus, als würde eine Verhaftung unmittelbar bevorstehen. Wahrscheinlich sogar zwei. Sie sind aus dem Ort und haben eine Tochter, ziemlich jung, noch keine zwanzig, die bei ihnen lebt. Die Presse hat in letzter Zeit nichts mehr über den Fall gebracht, weil es keine Neuigkeiten gab, aber wenn das bekannt wird, werden sie wieder mit Volldampf dabeisein. Ich möchte nicht, daß sie Jagd auf das Mädchen machen, aber offiziell kann ich nichts dagegen tun. Also habe ich mich gefragt, ob du nicht zufällig jemanden in Turin kennst, der ein Zimmer frei hat, wo sie untertauchen könnte.«

»Wie lange?«

»Bloß ein paar Tage, höchstens eine Woche. Bis die Medien das Interesse wieder verlieren. Erfahrungsgemäß geht das recht schnell.«

Carla Arduini trank aus und setzte ihr Glas sehr entschieden und mit entsprechendem Klirren ab.

»Sie kann bei mir wohnen. Ich fahre heute sowieso zurück.«

Zen packte sie am Arm.

»Du fährst wieder?«

Sie zuckte abweisend mit den Achseln.

»Warum nicht? Es bringt doch nicht viel, wenn ich hierbleibe, oder? Ich habe getan, weswegen ich hergekommen bin, beziehungsweise habe ich es nicht getan. Es war sowieso eine alberne Idee. Es wird Zeit, daß ich das wieder vergesse und mein Leben weiterlebe.«

Sie vermied es nun, ihn anzusehen, blickte angestrengt aus dem Fenster und beobachtete die Passanten auf der *piazza*. Zen holte tief Luft.

»Wegen dieser Blutprobe…«

Carla lachte kurz auf.

»Ach das! Schick mir das Ergebnis, wenn du es bekommen hast. Es wird wahrscheinlich noch Monate dauern. Egal – ist ja nicht so wichtig.«

Zen ließ ihren Arm los.

»Nicht so wichtig? Aber ich dachte…«

»Was hast du gedacht?«

»Ich dachte…« Er stockte müde und erschöpft. »Ich dachte, es wäre wichtig.«

»Das dachte ich bisher auch, aber ich habe meine Meinung geändert. Jetzt kommt mir das alles nur noch absurd vor. Ich meine, ich bin hier, gebe ein Vermögen dafür aus, um eine Woche lang in einem Hotel in einem trüben Provinznest wohnen zu können, und wofür das alles? Bloß weil meine Mutter mir eine Geschichte über einen Polizisten erzählt hat, mit dem sie in dem Jahr vor meiner Geburt geschlafen hat!«

Sie schnaubte höhnisch.

»Ich wollte dir das gar nicht erzählen, aber als ich anfing, mich mit dieser Sache zu beschäftigen, stieß ich andauernd auf Namen von Männern, mit denen meine Mutter in den Jahren vor meiner Geburt zusammen war – und später eigentlich auch. Nicht, daß ich ihr das zum Vorwurf machen würde! Sie hatte ansonsten weiß Gott nicht sehr viel Spaß in ihrem Leben. Aber die Chance, daß Sie, Doktor Zen, mein wirklicher Vater sind, ist gleich Null. Sie hat die Geschichte zum Schluß nicht einmal mehr selbst richtig hingekriegt. Manchmal warst du es, dann war es wieder Paolo oder Piero oder Pietro. Doch konnte ich die nie ausfindig machen, und als du plötzlich aufgetaucht bist...«

Sie holte einen Zweitausendlireschein aus ihrer Handtasche und legte ihn auf den Tresen.

»Schick diese Lisa ins Hotel. Ich passe gern für dich auf sie auf. Nimm es einfach als meine Art, dich für den Ärger, den ich dir bereitet habe, um Verzeihung zu bitten. Und mach dir keine Sorgen, ich werde dich nie wieder belästigen.«

Mit einem kaum merklichen, verlegenen Lächeln drehte sie sich um und ging hinaus.

»Carla! Warte!«

Er holte sie an der *piazza* ein.

»Hör mal, ich...«

»Also, *dottore*, ich möchte nicht unhöflich sein, aber lassen Sie mich bitte in Ruhe. Jedesmal, wenn ich Sie sehe, fällt mir ein, wie lächerlich ich mich gemacht habe. In ein paar Stunden bin ich weg, und ich verspreche Ihnen, daß Sie nie wieder von mir hören werden. In Ordnung?«

»Nein! Nein, das ist nicht in Ordnung!«

Sie sah ihn erstaunt an.

»Und was soll das jetzt wieder heißen?« fragte sie wütend.

Sie sprachen so erregt, daß bereits ein paar Leute um sie herum stehengeblieben waren, aber Zen hatte nur Augen für Carla Arduini.

»Du hast dich nicht lächerlich gemacht«, sagte er.

Sie lächelte höhnisch.

»Sehr nett, ich weiß das zu schätzen. Nur zufällig bin ich nicht derselben Meinung.«

»Diese Tests, die du erwähnt hast – sie liegen schon vor.«

»Das ist unmöglich.«

»Luccheses Bruder leitet die Klinik, in der sie ausgewertet werden. Er hat unsere Proben nach ganz oben gelegt und die Ergebnisse heute morgen durchgefaxt. Ich habe sie gesehen, Carla. Ich kann sie dir zeigen, wenn du möchtest, auch wenn du nicht das geringste davon verstehen wirst – mir ist es, nebenbei gesagt, nicht anders gegangen. Aber der Prinz hat mir alles erklärt, und das Ergebnis ist ganz eindeutig.«

Ohne ein Wort zu sagen, blickten sie sich sehr lange und sehr intensiv an.

»Und?« platzte Carla schließlich heraus.

»Ich fürchte, es sind schlechte Nachrichten. Aber ich kann nichts daran ändern.«

»Sag's mir!«

Zen seufzte und schaute weg.

»Die Tests beweisen ohne jeden Zweifel, daß du tatsächlich meine Tochter bist.«

Carla Arduini taumelte einen Schritt zurück.

»Du machst Witze.«

»Glaubst du, ich würde über derart wichtige Angelegenheit Witze machen?«

Er schüttelte traurig den Kopf.

»Du wirst mich nicht mehr los, Carla. Ich bin vielleicht kein toller Vater, aber du wirst das Beste draus machen müssen, denn ich bin der einzige Vater, den du je haben wirst.«

Ihr Schweigen, das folgte, schien endlos. Dann rannte Carla Arduini auf Zen zu und schlang ihre Arme um seinen Hals.

»Papa!«

»Es war nicht umsonst!« raunte er ihr ins Ohr. »Alles, was deine Mutter durchgemacht hat, alles, was du durchgemacht hast. Nichts war umsonst.«

Sie löste sich aus der Umarmung und machte einen Schritt zurück, biß sich auf die Lippe.

»Ich hatte die Hoffnung schon aufgegeben.«

»Ich auch.«

Schütterer, höflicher Applaus brachte sie wieder in die Wirklichkeit zurück und machte ihnen ihre Situation bewußt. Die um sie versammelten Zuschauer gratulierten, sprachen Glückwünsche aus und gingen dann taktvoll weiter.

»Nun denn!« sagte Zen entschlossen. »Ich habe zwar noch zu arbeiten, aber das müssen wir mit einem Glas *spumante* begießen, meinst du nicht?«

Das wird nicht klappen«, sagte Tullio Legna und fuhr energisch mit der rechten Hand durch die Luft, als wollte er diese abartige Idee ein für allemal aus der Welt schaffen.

Zen zuckte mit den Achseln.

»Vielleicht doch. Und wenn es wirklich nicht klappt, haben wir immer noch das Beweisstück, auf das wir zurückkommen können. Aber das wird länger dauern. Ich glaube, wir sollten aufs Ganze gehen.«

»Sie glauben wirklich, daß wir damit durchkommen?«

»Warum nicht? Minot ist vielleicht ein merkwürdiger Typ, aber er ist nicht blöd. Er weiß, wir können seine Behauptungen belegen oder widerlegen, und er weiß, daß wir alles nachprüfen. Er gewinnt nichts, wenn er lügt, aber er kann alles verlieren.«

Der Polizeichef von Alba zog die Augenbrauen hoch und seufzte vielsagend.

»Er ist nicht der einzige, *dottore*!«

Zen runzelte die Stirn.

»Was meinen Sie?«

»Nanni Morino hat Bericht erstattet, wie Sie bisher vorgegangen sind«, fuhr Legna in bürokratischem Ton fort. »Ich muß sagen, daß ich Ihre Methoden höchst ungewöhnlich finde, um mich vorsichtig auszudrücken. Ich will Ihnen nicht vorschreiben, wie Sie Ihre Arbeit tun sollen, Doktor Zen. Vielleicht ist Ihr Vorgehen bei der Kriminalpolizei ganz alltägliche

Praxis. Davon weiß ich nichts. Ich weiß nur, daß Sie Personen verhört haben, ohne Beisein eines Anwalts, und daß sie jedem eine andere Geschichte erzählt haben, um dann mit einem von ihnen eine Vereinbarung zu treffen im Gegenzug für ein angebliches Beweismittel, dessen Glaubhaftigkeit und Echtheit wir bislang nicht überprüfen konnten. Und jetzt erzählen Sie mir, daß Sie einen Haufen Lügen erfinden und dazu benutzen wollen, jemandem ein Geständnis zu entlocken, der bislang noch nicht einmal verdächtig war!«

»Er war es nicht, oder? Was doch reichlich überraschend ist, wenn man bedenkt, daß er ein echtes Motiv und die perfekte Gelegenheit hatte.«

»Das war mir nicht bewußt!« sagte Tullio Legna nachdrücklich und ganz unverkennbar wütend.

»Vielleicht ist das der Grund, warum ich diesen Fall bearbeite und nicht Sie, Doktor Legna«, bemerkte Zen süßlich.

Er wandte sich an Dario.

»Geh und such Morino, dann hol die Faigano-Brüder hoch.«

Dario blickte Tullio Legna an, der aus dem Zimmer schlich. Der Polizist folgte ihm. Als er allein war, ging Zen ans Fenster und sammelte seine Gedanken für die kommende Vorstellung. Er hatte keinerlei Zweifel an dem Kurs, den er nun einschlug. Die Begegnung mit Carla und seine unerwartete, aber vollkommen logische Reaktion schienen seinen Kopf geklärt zu haben wie eine Brise, die den Nebel vertreibt. Er war zu lange schlafgewandelt. Jetzt war er wieder wach, verantwortlich für sein Handeln und zuversichtlich, was das Ergebnis betraf.

Ihm war trotz der mutigen Antwort, die er Tullio Legna gegeben hatte, völlig bewußt, daß alles schiefgehen könnte. Er fühlte sich wie ein Bildhauer, der sich vor die Aufgabe gestellt sieht, einen wertvollen, allem Anschein nach makellosen Marmorblock zu bearbeiten, der jedoch einen winzigen Fehler in der Struktur aufweist. Wenn er ein Werkzeug in der richtigen Größe und Form auswählte und es mit präzise berechneter Kraft am exakt ausgeloteten Punkt ansetzte, würde sich ihm das Gestein öffnen und ihm seine innere Beschaffenheit offenbaren, und er könnte sein Werk mit Leichtigkeit beenden. Wenn er sich aber verkalkulierte, würde er auf einem verpfuschten Klumpen Steinmetzarbeit sitzenbleiben, den keine noch so aufwendige Reparatur jemals wieder würde retten können.

Er drehte sich erwartungsvoll um, als sich die Tür öffnete, aber es war bloß Nanni Morino, der mit seinem Notizblock und einem verlegenen Gesichtsausdruck hereinschlurfte.

»Ach, Sie sind es!« bemerkte Zen nur sehr kühl. »Sie haben mich also beim Chef angeschwärzt.«

»Ich habe ihn lediglich über die Entwicklung des Falles auf dem laufenden gehalten«, erwiderte Morino und war offensichtlich ehrlich verlegen. »Er hat das Recht zu wissen, was in der Abteilung, die er leitet, los ist.«

»Das ist ganz richtig. Ich hätte in Ihrer Situation wahrscheinlich genauso gehandelt. Es gibt keinen Grund, Ihre Karriere aufs Spiel zu setzen, bloß um mir zu folgen.«

»Im Gegenteil, *dottore*«, protestierte Morino, während Dario die Faigano-Brüder ins Zimmer geleitete, »ich würde Ihnen überallhin folgen!«

Und mit gedämpfter, kaum hörbarer Stimme fügte er hinzu: »Und sei es nur aus krankhafter Neugierde.«

»Ah, da sind Sie ja!« rief Aurelio Zen aus und ging um den Schreibtisch herum, um die Neuankömmlinge zu begrüßen, wobei er die rechte Hand ausstreckte. Die Brüder machten einen leicht verstörten Eindruck, als sie automatisch den Händedruck erwiderten. Zen schüttelte Maurizios Hand nur flüchtig, aber dann packte er die Hand von Gianni und hielt sie sich zur genaueren Untersuchung vors Gesicht.

»Einer Ihrer Fingernägel fehlt«, stellte er fest.

Gianni entzog ihm die Hand.

»Na und?«

»Wie ist das passiert?«

»Landwirtschaft ist keine Schreibtischarbeit«, erwiderte Gianni mit einem Hauch von Verachtung.

»Wissen Sie noch, wann und wobei das passiert ist?«

Gianni sah seinen Bruder stirnrunzelnd an.

»Das war, als wir den Wein vom letzten Jahr abgefüllt haben«, half ihm Maurizio weiter. »Weißt du das nicht mehr?«

»O ja, stimmt! Ich hatte das völlig vergessen.«

»Das ist hier sehr verbreitet«, erklärte Maurizio. »Den Krieg noch gar nicht miteingerechnet. Das war eine Spezialität der Faschisten, wenn ihnen sonst nichts mehr einfiel. Sie haben es sehr ordentlich gemacht, mit Zangen. Und schön langsam. Der Hälfte der Männer hier fehlen immer noch ein paar. Ist die Wurzel erst mitausgerissen, wächst der Nagel nie wieder nach.«

Er blickte Zen scharf an, als würde ihm die Situation plötzlich wieder bewußt werden.

»Aber warum fragen Sie das?«

Einen Moment lang sah Aurelio Zen verblüfft aus. Dann winkte er Nanni Morino zu, der alles gewissenhaft aufzeichnete.

»Nichts weiter als ›krankhafte Neugierde‹, um meinen Kollegen zu zitieren. Ich muß Sie nur noch einen kurzen Moment bemühen, dann wird Dario Sie nach unten bringen und das Nötige für Ihre Entlassung vorbereiten.«

Die Brüder sahen sich an.

»Entlassung?« fragte Gianni.

»Ja, es ist alles vorbei. Jetzt, wo ich das Geständnis habe, natürlich...«

»Minot hat gestanden?«

Zen nickte knapp.

»Und deshalb brauche ich Ihre Hilfe. Es war inoffiziell, verstehen Sie. Kein Anwalt, keine Zeugen, kein Protokoll. Der gerissene Scheißkerl hat gewartet, bis alle weg waren, dann hat er alles gestanden!«

Zen lachte lauthals auf.

»Ich hab' so was noch nicht gesehen!« rief er und klang gleichermaßen gekränkt als auch voller Bewunderung. »Dieser Minot ist vielleicht ein Typ. Er hat mir sogar erzählt, warum er es getan hat, nur um mich zu provozieren. ›Und jetzt versuchen Sie mal, mir das nachzuweisen!‹ sagte er. ›Das schaffen Sie gar nicht. Es gibt nicht die geringste Spur eines Beweises. Sie bringen mich im Leben nicht vor Gericht, geschweige denn hinter Gitter.‹«

»Das hört sich nach Minot an. Aber was haben wir damit zu tun?«

»Ich habe seine Herausforderung angenommen, und um zu gewinnen, brauche ich ein paar Hintergrundinformationen.«

»Worüber?« fragte Maurizio.

Zen seufzte pathetisch.

»Als ich gestern nach Ihrer Verhaftung Ihr Haus durchsucht habe, ist mir eine alte Fotografie, die Sie dort stehen haben, aufgefallen. Es war ein Bild von Chiara Cravioli, der späteren Signora Vincenzo.«

Das Schweigen, das folgte, veränderte die Stimmung schlagartig, es war auf gewisse Weise ein neues Element innerhalb ihrer Beziehung, wie ein frisches Blatt Schleifpapier, das ein abgenütztes ersetzt.

»Was hat denn das damit zu tun?« fragte Gianni barsch.

»Nun, Minot behauptet, sie sei der Grund dafür, warum er Aldo ermordet hat, verstehen Sie.«

»Das ist doch absurd! Er hat Chiara überhaupt nicht gekannt!«

Zen machte eine beschwichtigende Handbewegung.

»Eins nach dem anderen, Signor Faigano, wenn es Ihnen recht ist. Es war mein Fehler, entschuldigen Sie. Ich habe das Pferd von hinten aufgezäumt. Auch für mich war es eine lange Nacht, und allmählich bringe ich alles durcheinander. Lassen Sie uns mit dem Anfang beginnen.«

Er setzte sich, sah ein paar Notizen durch, die er hastig auf die Rückseite einiger Umschläge und Aktenvermerke aus der Abteilung gekritzelt hatte.

»Ja, hier haben wir es. Minot zufolge haben er und diese Chiara Cravioli sich vor langer Zeit geliebt ...«

Gianni Faigano machte einen Schritt nach vorne.

»Das ist doch totaler Quatsch!«

»Heh!« schrie Dario von der Tür her.

Seine Waffe war erhoben und auf Gianni gerichtet. Maurizio packte seinen Bruder am Arm und zog ihn an seinen Platz zurück.

»Wie ich schon sagte«, fuhr Zen gelangweilt fort, »Minot behauptet, daß er und Chiara Geliebte waren. Das ist an sich noch nicht besonders interessant. Aber er hat mir zudem versichert, die Beziehung sei auch nicht beendet worden, als *La Cravioli* Aldo Vincenzo heiratete. Er fügte außerdem hinzu, Manlio Vincenzo sei überhaupt nicht Aldos Sohn, sondern die Frucht seiner eigenen Lenden.«

Gianni Faigano, der sich nicht beherrschen konnte, machte wieder einen Schritt in seine Richtung.

»Das ist eine verdammte Lüge! Nichts weiter als schmutzige Blasphemie!«

Zen machte eine hilflose Handbewegung, als wollte er sich für einen unbeabsichtigten Fauxpas entschuldigen.

»Ich erzähle ihnen nur, was Minot gesagt hat. Der Grund, warum ich es überhaupt erwähne, ist, weil ich hoffe, Sie könnten seine Geschichte vielleicht bestätigen. Es würde mir ein Motiv verschaffen, verstehen Sie, das ist nämlich alles, was mir im Moment noch fehlt. Sobald ich das habe, rufe ich einen Anwalt und klage Minot des Mordes an.«

Er erhob sich und schüttelte den Kopf.

»Aber erst mal brauche ich einen glaubwürdigen Grund, warum er Aldo getötet haben soll. Falls das Opfer ihm zuerst die Freundin ausgespannt und dann Minots einzigen Sohn als seinen eigenen ausgegeben hat, leuchtet mir das alles ein. Sogar zeitlich käme das hin. Minot hat erklärt, daß er schon jahrelang mit Aldo abrechnen wollte, aber Chiara hätte es ihm verboten. Sie war offenbar eine sehr traditionsbewußte Person, zumindest, was dies betraf, und obwohl Vincenzo sie angeblich vergewaltigt hat, um die Heirat zu erzwingen...«

Maurizio packte seinen Bruder an der Schulter und hielt ihn fest.

»... vertrat Chiara die Ansicht, daß sie mit ihm verheiratet und ihm verpflichtet war, im Guten wie im Bösen, und ließ Minot bei der Asche ihrer Jugendliebe schwören, daß er Aldo nichts antun würde. Und so konnte er erst, nachdem sie gestorben war, seinen langgeplanten Racheakt ausführen.«

Zen klatschte in die Hände.

»Das ist doch eine schöne Geschichte, und natürlich werden die Zeitungen sie fressen. ›Ex-Partisan begeht Mord, um Jugendliebe zu rächen! Der Triumph einer Liebe über den Tod.‹ Aber ich brauche eine unabhängige Bestätigung für diese angebliche Liebesaffäre zwischen Minot und Chiara Cravioli. Und dabei hatte ich auf Ihre Hilfe gehofft.«

Er schenkte den Faigano-Brüdern ein dämliches Lächeln. Maurizio blickte seinen Bruder zögernd an.

»Ich habe noch nie davon gehört«, sagte er.

»Und Sie, Signor Gianni?« fragte Zen.

Gianni Faigano gab keine Antwort. Er wirkte nicht mehr aufgebracht oder erregt. Er stand ganz ruhig da und blickte in beinahe seliger Ruhe auf den gefliesten Boden, seine Züge waren entspannt, sein Betragen normal und natürlich.

»Vermutlich kannte einer von Ihnen diese Cravioli?« fuhr Zen fort. »Wenn Sie schon ihr Foto im Wohnzimmer stehen haben, meine ich. Andere Fotos habe ich nicht gesehen.«

»Ich kannte sie«, sagte Gianni Faigano schließlich.

»Und war sie in Minot verliebt?«

»Natürlich nicht! Allein die Vorstellung ist ein Scherz. Ein übler Scherz.«

Zen zuckte mit den Achseln.

»Minot ist sicher nicht das, was man einen Adonis nennen würde, ganz sicher nicht, aber Frauen sind da manchmal seltsam. Es ist nicht so sehr das Aussehen, auf das sie fliegen, sage ich immer, sondern die Stärke einer Persönlichkeit. Und davon hat Minot eine ganze Menge, sogar jetzt noch. Ich sehe ihn direkt vor mir, vor vierzig Jahren – ein junges Ding, nicht schwer zu beeindrucken, und Minot, der Schwerenöter...«

»Das ist nichts als ein Haufen obszöner Lügen«, stellte Gianni Faigano mit leiser, eiskalter Stimme fest. »Der blanke Hohn auf die Gerechtigkeit.«

Zen runzelte die Stirn.

»Ich verstehe nicht, was das mit Gerechtigkeit zu tun hat. Minot ist noch nicht einmal verhaftet. Aber da Sie beide mir offenbar nicht helfen können, muß ich es also woanders versuchen. Irgend jemand muß ja was wissen. Warum sollte Minot sich eine solche Geschichte ausdenken?«

»Weil er ein dreckiges, intrigantes, verschlagenes Stück Scheiße ist!« erwiderte Maurizio Faigano.

»Möglich, aber ich verstehe immer noch nicht, was er sich von solchen Lügen versprechen sollte. Aber egal, die Lokalzeitung versucht, ein Interview mit mir zu bekommen, seit ich hier bin. Jetzt scheint der Augenblick gekommen zu sein, sich einer dieser undichten Stellen zu bedienen. Ich werde dafür sorgen, daß Minots Geschichte über Signora Cravioli und ihn ganz groß rauskommt, und hoffe, daß das etwas bewirkt.«

»Das dürfen Sie nicht tun«, sagte Gianni Faigano mit aller Entschiedenheit.

Zen sah ihn erstaunt an.

»Das darf ich nicht?« wiederholte er mit einem boshaften Grinsen. »Und warum nicht, wenn ich fragen darf?«

Einen Augenblick lang schien es so, als würde Gianni die Frage nicht beantworten. Doch dann schob er die Schultern zurück und blickte Zen erneut sehr entschlossen und offen ins Gesicht.

»Weil es ein Hohn wäre – auf alles.«

»Ich weiß nicht, was das heißen soll«, sagte Zen ungeduldig.

»Ich habe aber sowieso keine andere Wahl. Ein Mord muß aufgeklärt werden, und dies ist der einzige Weg dazu.«

»Es ist nicht der einzige Weg«, erwiderte Gianni Faigano.

Zen starrte ihn schweigend an.

»Was brauchen Sie, um ein echtes Geständnis zu erhalten?« fragte Gianni. »Und ich spreche hier nicht von einem so lächerlichen Meineid, mit dem Minot nur versucht, Sie reinzulegen. Ich meine etwas, das vor Gericht standhalten und das niemand in Frage stellen könnte?«

»Tja, wir bräuchten einen Anwalt, der den Zeugen vertritt und bestätigt, daß bei der Erlangung der Zeugenaussage keine unlauteren Mittel verwendet werden...«

Er wedelte hilflos mit den Händen.

»Aber da ist nutzlos! Minot wird unter diesen Umständen seine Aussage niemals wiederholen!«

»Ich rede nicht von Minot«, erwiderte Gianni Faigano, als hätte Zen diese offensichtliche Tatsache längst begreifen müssen.

»Von wem dann?«

Wieder packte Maurizio seinen Bruder, diesmal jedoch mit einer Vehemenz, die erkennen ließ, daß er bereits wußte, daß all seine Versuche, ihn abzuhalten, vergeblich waren. Gianni Faigano schüttelte ihn ab und wandte sich völlig heiter und gelassen an Aurelio Zen.

»Ich habe Aldo Vincenzo umgebracht. Besorgen Sie einen Anwalt, und ich erzähle Ihnen die ganze Geschichte.«

Wie manche Kinder kam der folgende Tag mild und sonnig gelaunt zur Welt, und je älter er wurde, um so deutlicher und stärker zeigte sich diese Stimmung. Die Luft war still und klar, der Winter war nur ganz entfernt zu spüren, wie um einen willkommenen Reiz hinzuzufügen, und der Himmel war von makellosem, bleichem Blau, dessen zaghafte Diesigkeit ihn unendlich fern und begehrenswert erscheinen ließ.

Zen hatte das Gefühl, es wäre ein Sakrileg, an einem solchen Tag in Alba eingesperrt zu bleiben, vor allem nach dem spektakulären Durchbruch, der seine Mühe gekrönt und seine Mission zu einem triumphalen Abschluß gebracht hatte. Er sorgte deshalb dafür, daß ihn ein Wagen an seinem Hotel abholte, und schickte sich an, eine Aufgabe persönlich zu erledigen, die er auch telefonisch hätte ausführen, delegieren oder sogar unterlassen können.

Bevor er sich auf den Weg machte, rief er Carla Arduini an. Nach Zens Offenbarung auf der *piazza* vor der Kathedrale hatte sie ihre geplante Rückkehr nach Turin um vierundzwanzig Stunden verschoben – auf seine Kosten. Wenn alles so weiterlief, erklärte er und stellte in groben Zügen den erfolgreichen Abschluß seiner Ermittlungen dar, könnten sie womöglich gemeinsam abreisen – mit oder ohne Lisa Faigano. Die hatte Zens Asylangebot als Vorsichtsmaßnahme gegen die Attacken der Presse wütend zurückgewiesen, nachdem sie erfahren hatte, daß ihr Onkel und ihr Vater aufgrund der Verschwörung, Aldo

Vincenzo zu ermorden, verhaftet worden waren. In der Zwischenzeit aber hatte er unter allen Umständen auf dem Land in der Nähe von Palazzuole einen Auftrag auszuführen. Ob Carla ihn vielleicht begleiten wollte?

Zwanzig Minuten später saßen die beiden nebeneinander auf dem Rücksitz eines zivilen Polizeiwagens, der ihnen auf Anordnung von Tullio Legna zur Verfügung gestellt worden war. Das einzige, was Zens Vergnügen an dieser Situation trübte, war, daß der Polizeichef von Alba selbst am Steuer saß. Äußerlich war Legna so liebenswürdig wie immer, aber Zen entging der leicht pikierte, um nicht zu sagen feindselige Unterton nicht, mit dem er immer wieder sein Erstaunen über die Vorgehensweise zum Ausdruck brachte, mit der Zen so erfolgreich war, wo andere versagt hatten, und das auch noch in so kurzer Zeit, wo er doch weder Leute noch Hintergründe kannte.

Seiner Überzeugung zum Trotz, daß Legna deshalb darauf bestanden hatte, ihnen als Chauffeur zu dienen, um Zens letzte Stunde in seinem Revier überwachen und vielleicht aus einer beiläufigen Indiskretion schließlich doch noch eine allerletzte Genugtuung schöpfen zu können, schien Zen alles gutgelaunt hinzunehmen. Er hätte einfach bloß Glück gehabt, behauptete er, und früher oder später wäre die Wahrheit ohnehin ans Licht gekommen. Aber als sie das Tor zum Gut der Vincenzos erreichten, sagte er Legna, er solle den Wagen anhalten und sie aussteigen lassen. »Meine Tochter und ich werden den Rest des Weges zu Fuß gehen.«

»Aber wollen Sie denn nicht, daß ich bleibe und Sie zurück in die Stadt bringe?« protestierte Tullio Legna.

Zen schüttelte höflich lächelnd den Kopf.

»Es ist ein privater Besuch, der eine Weile dauern könnte, und ich bin sicher, daß ein so beschäftigter Mann wie Sie eine Menge zu tun hat. Besonders in der jetzigen Situation.«

»Was meinen Sie damit?«

»Die Fälle Gallizio und Scorrone warten noch immer darauf, gelöst zu werden«, erinnerte ihn Zen. »Gianni Faigano hat ausdrücklich jede Beteiligung an diesen Morden geleugnet, und es gibt keinen stichhaltigen Beweis, der ihn mit einem davon in Verbindung bringen könnte. Ich glaube, jetzt, wo der Fall Vincenzo geklärt ist, wird sich der Druck auf Sie verschärfen, um bei den zwei ungeklärten Morden eine Verhaftung zu erreichen.«

Er hielt Legna seine Hand hin.

»Es steht in krassem Gegensatz zu unserem Berufsethos, aber eigentlich tut es mir leid, daß alles so glatt gegangen ist«, sagte er mit einem salbungsvollen Lächeln. »Es wäre schön gewesen, wenn ich noch etwas länger hätte bleiben und ein paar der wunderbaren Dinge hätte sehen können, die die Langhe zu bieten hat. Aber ich möchte nun zu meiner Familie und meinen Freunden zurück, und immerhin hatte ich ja Gelegenheit, einmal die berühmten weißen Trüffeln und guten Wein zu probieren. Es war mir ein Vergnügen, mit Ihnen zusammenzuarbeiten. Sollte ich irgend etwas für Sie tun können, wenn ich wieder in Rom bin, zögern Sie nicht, mich anzurufen. *Arrivederci!*«

Er nahm Carlas Arm, machte sich auf den Weg, der zum Gut der Vincenzos führte, und ließ Tullio Legna keine andere Wahl, als umzukehren.

»Du hast mir immer noch nicht erklärt, warum wir hier sind«, wies Carla ihn milde zurecht.

»Offiziell, weil ich ein paar lose Fäden zusammenknüpfen muß. Was aber eigentlich bloß ein Vorwand ist. Tatsächlich wollte ich meinen letzten Tag mit dir hier auf dem Land verbringen.«

Er hoffte, daß dies die richtige Antwort war. Carla schien einverstanden oder wenigstens das Gefühl zu haben, sie sollte es sein, und drückte seinen Arm liebevoll. Das Verhältnis zwischen ihnen war unvermeidlicherweise etwas angespannt, da jeder das Gefühl hatte, den anderen beruhigen zu müssen, und ihm dies gleichzeitig ein wenig übelnahm.

Soweit herrschte Übereinstimmung zwischen ihnen, aber Zen betrachtete die Situation unweigerlich aus einer anderen Perspektive als Carla. Sie fragten sich wahrscheinlich beide, wie oder ob ihre Beziehung funktionieren würde, aber er allein wußte, daß es nicht Schicksal, sondern Entscheidung war, und zwar eine, die er getroffen hatte; eine Lüge, die er um einer größeren und wichtigeren Wahrheit willen aufrechterhielt.

Und so mußte sich Zen, abgesehen von den Zweifeln, die Carla Arduini vielleicht wegen der dramatischen Wendung der Dinge hegen mochte, mit einer Reihe quälender Fragen herumschlagen, ob er wohl das Richtige getan hatte. In dem Augenblick schien es wohl richtig gewesen zu sein, aber so war es ihm auch bei all den anderen mißlungenen Unternehmungen gegangen, die seine Lebensgeschichte verschandelten und die er jetzt ganz deutlich als die Katastrophen erkannte, die sie auch wirklich waren. Warum sollte es jetzt anders sein?

Diese Logik aber würde einen Zustand der Lähmung herbeiführen. Das Leben war kein Zuschauersport, sagte er zu sich selbst. Man konnte nicht einfach aussteigen, und man konnte nie sicher sein, ob man das Richtige tat. Alles, was man sich vielleicht erhoffen konnte, war, das Falsche besser zu machen, oder wenigstens interessanter. Sich eine Tochter, die bereits über zwanzig war, zuzulegen, von der er kaum etwas wußte, das versprach immerhin, interessant zu werden – und sollte das alles tatsächlich entgleisen, beruhigte ihn eine etwas schmierige, innere Stimme, dann kannst du ihr immer noch die Wahrheit sagen.

Sie gingen schweigend in der milden Luft durch das Sonnenlicht, das in Streifen auf den Boden fiel, den Weg hinunter, während das Haus der Vincenzos hinter seinem Schutzwall aus Erde und Vegetation allmählich auftauchte. Von irgendwoher waren Motorengeräusche von Maschinen zu hören und das verzweifelte Bellen eines Hundes in der Ferne, aber das Haus selbst schien verlassen. Zen ließ Carlas Arm los und schritt durch den Innenhof zur Eingangstür, die weit offenstand. Er klopfte, doch kein Laut war zu hören.

»Hallo?« rief er nach drinnen.

Die Stille wölbte sich ein wenig vor, wie ein Seidenvorhang, der sich durch einen feinen Luftzug bauschte. Zen klopfte wieder, diesmal lauter.

»Irgend jemand zu Hause?«

Er wollte gerade wieder kehrtmachen, als plötzlich eine ältere Frau an einem Fenster im zweiten Stock erschien.

»*Si?*«

»Signora Rosa?« fragte Zen.

»Ja?«

»Wir sind gekommen, um Doktor Manlio zu sprechen.«

Die Frau musterte sie einen Augenblick lang scharf, dann zeigte sie auf eine Reihe von Gebäuden am anderen Ende des Innenhofs.

»Sie machen gerade den Wein«, antwortete sie und verschwand nach drinnen.

Zen dankte dem leeren Fenster und ging dann mit Carla über den Innenhof auf die Zeile nebeneinanderliegender Schuppen zu, von denen keiner dem anderen glich und die anscheinend zu verschiedenen Zeiten je nach Bedarf an das Hauptgebäude angebaut worden waren. Die ersten Anbauten ähnelten dem Haupthaus und den anderen angrenzenden Nebengebäuden, aber zum Ende der Reihe hin hatte sich der Baustil zugunsten der brutalen Funktionalität moderner Architektur verändert.

Durch die offenen Stahltüren in der Betonwand dieses Trakts konnte man ausmachen, daß drinnen geschäftiges Treiben herrschte. Das mechanische Rumpeln wurde lauter, als sie näherkamen, und wurde dann von dem noch lauteren Lärm eines Traktors mit einem Anhänger voller schreiend bunter Plastikeimer übertönt, in denen mattblaue Trauben, deren Farbe an blaue Flecken denken ließ, transportiert wurden. Eine Gruppe junger Leute kam aus dem Schuppen und begann, zusammen mit dem Fahrer des Traktors die Eimer hineinzutragen. Zen und Carla folgten ihnen.

Der Anblick, der sich ihnen bot, erinnerte mehr an eine Fabrik der Leichtindustrie als an den malerischen Schmutz, den Zen immer mit der Herstellung von Wein assoziiert hatte. Der Boden war eine kahle Fläche aus Gußbeton mit Rinnen, das Dach eine offene Konstruktion aus Metallträgern und Wellblech, die Beleuchtung bestand aus grell fluoreszierenden Streifen, die von den Balken hingen.

Durch die Mitte des Schuppens zog sich auf einem Podest eine riesige Wanne aus rostfreiem Stahl, an dessen beiden Seiten Frauen jeder Altersklasse standen. Ein breites Fließband aus Gummi – wie in einem Supermarkt – lief daran entlang, auf das die frisch gelieferten Trauben entladen und langsam an der Schlange wartender Frauen vorbeitransportiert wurden, die mit flinken Fingern zwischen die Büschel fuhren und die verdorbenen oder unreifen Trauben aussortierten. Die Früchte, die diesen Test bestanden, fielen in eine weitere schimmernde Maschine am Ende des Bandes, an die ein breites Metallrohr angeschlossen war, das in einer Schräge direkt in die hintere Wand führte.

Es herrschte ein solches Kommen und Gehen im Schuppen, daß es eine Weile dauerte, bis Zen Manlio Vincenzo bemerkte, der an einem Ende des Fließbandes stand, die Arbeit der Frauen auf beiden Seiten prüfend musterte und sich gelegentlich vorbeugte, um ein Büschel Trauben genauer zu betrachten. Es verging noch eine ganze Weile, bis er aufsah und die Anwesenheit der beiden Eindringlinge bemerkte.

»Nun?« sagte er scharf. »Was wollen Sie?«

Zen machte eine vage Handbewegung, als wisse er nicht weiter.

»Nur auf ein Wort mit Ihnen, Signor Vincenzo. Aber wie ich sehe, sind Sie beschäftigt. Vielleicht kann ich Sie später noch anrufen.«

Manlio Vincenzo duckte sich unter dem gebogenen Metallrohr durch und kam mit gerunzelter Stirn auf sie zu.

»Ach, Sie sind es, Doktor Zen!« rief er, und sein Gesichtsausdruck zeigte so etwas wie verhaltene Freude. »Ich hoffe, Sie sind nicht gekommen, um mich zu verhaften.«

Sie schüttelten sich die Hände.

»Im Gegenteil«, sagte Zen. »Ich habe nämlich gute Nachrichten.«

Manlio lächelte müde.

»Die sind mir stets willkommen. Ich habe gestern die Entscheidung getroffen, mit der Weinlese zu beginnen. Ich traue diesem Wetter nicht. Zu beständig, zu ruhig. Jetzt fehlt bloß noch ein Hagelsturm, und die gesamte Ernte wäre vernichtet.«

Er schaute prüfend auf seine Uhr.

»Wir sind für heute morgen sowieso beinahe fertig. Können Sie zum Mittagessen bleiben, *dottore*? Und natürlich...«

Er sah Zens Begleiterin an.

»Meine Tochter, Carla Arduini«, sagte Zen.

»Es freut mich, Sie kennenzulernen, *signorina*, obwohl es jetzt ganz sicher nicht der ideale Moment ist. Wer war es noch, der gesagt hat, daß niemand dabei zusehen sollte, wie Gesetze oder Würste gemacht werden? Er hat den Wein vergessen.«

Er winkte zum Fließband hinüber.

»Dies ist natürlich nur die erste Phase, aber ich sortiere den Ausschuß sehr viel strenger aus, als wir das in der Vergangenheit getan haben. Da dies die erste und letzte Weinlese ist, die ich leite, wollte ich vorbildliche Arbeit leisten.«

Er warf Zen einen raschen Blick zu.

»Sagen Sie Ihrem römischen Freund, daß er hier ruhig investieren kann. Das wird ein außergewöhnlicher Wein werden. Zu einem außergewöhnlichen Preis natürlich.«

»Ich glaube nicht, daß der Preis ein Problem ist.«

»Es sei denn, man setzt ihn zu niedrig an! Der Markt ist inzwischen so heiß, daß man praktisch alles verkaufen kann, solange es nur teuer genug ist. Wenn man keine astronomischen Preise verlangt, wird man von den ernsthaften Sammlern verspottet. ›Warum sollten wir kaufen, wo es sich doch jeder leisten kann‹, so denken die.«

Er zeigte auf eine Tür in der Wand.

»Lassen Sie uns nach Andrea schauen.«

Manlio Vincenzo ging voraus in den benachbarten Schuppen und schloß vorsichtig die Tür hinter sich. In der Entrapphalle, die Zen und Carla zuerst betreten hatten, hatte kaum etwas – außer den Trauben selbst – darauf hingedeutet, daß dort Wein und nicht etwa Strickwaren oder Keramik gemacht wurde. Der Raum, in dem sie sich jetzt befanden, erfüllte diesen Zweck hingegen eindeutig und offensichtlich, verstärkt durch einen durchdringenden Gestank, der so berauschend wie Petroleum und so modrig und schwer wie abhängendes Fleisch oder faulende Blätter war.

Dieser Teil der Fabrik wurde fast vollständig von riesigen Gärfässern aus dunkel gebeizter Eiche mit Faßbändern eingenommen. Das Rohr, das nebenan in der Wand verschwunden war, tauchte hier in dem gleichen schrägen Winkel wieder auf und führte zu einer flachen Wanne oberhalb der Fässer, in die es in einem Strahl den schweren, roten Saft ergoß. Manlio winkte einer Frau zu, die auf einer Leiter an der Seite des Fasses stand, das gerade gefüllt wurde. Er stieg zu ihr hoch und sah in den schwarzen Hohlraum des Fasses hinunter. Sie tauschten ein paar knappe Sätze aus und kletterten dann hinunter, um sich zu ihren Überraschungsgästen zu gesellen.

Nachdem Carla und Andrea einander vorgestellt worden waren, führte Manlio sie nach draußen in die paradiesisch frische Luft.

»Sie müssen Rosa entschuldigen«, warnte er Zen vor. »Sie ist manchmal etwas exzentrisch, aber eine wundervolle Haushälterin. Ich werde sie vermissen.«

»Geht sie fort?« fragte Carla.

»Nein, aber wir«, antwortete Andrea.

»Ich hoffe, wir kommen Ihnen nicht ungelegen«, sagte Zen.

Manlio lachte.

»Zur Weinlese kocht Rosa für alle, auch für die Studenten, die sich hier als Pflücker verdingen, und die Frauen, die beim Traubenlesen und Sortieren helfen. Es ist eine Art improvisierter *festa*, und es gibt immer viel zuviel zu essen. Rosa ist auf einem großen Hof aufgewachsen, aber jetzt wohnt sie allein in einer Wohnung im Dorf, wo sie nur für sich selbst zu sorgen hat, was sie ganz und gar nicht tut. Und daher ist es um diese Zeit das Jahres für sie so, als hätte die Welt plötzlich wieder einen Sinn. Eine Menge Leute um sie herum, richtig viel zu essen, ein Bild des Chaos und der Entschlossenheit. Ich schwöre Ihnen, sie sieht zehn Jahre jünger aus!«

Wie versprochen war das Essen reichlich, einfach und gut: hausgemachte *pasta* mit einer Wildpilzsauce, Brathähnchen und Obst. Mehrere der Nachbarn Manlios, die ihm bei der Weinlese aushalfen, saßen mit am Tisch, so daß das Thema, das Zen eigentlich hergeführt hatte, erst angeschnitten werden konnte, als die Mahlzeit vorüber war und die Nachbarn wieder an die Arbeit gegangen waren, zusammen mit Andrea, die die Situation sofort verstanden und Carla gebeten hatte, ihr zu folgen.

Als Zen und Manlio Vincenzo allein waren, goß der jüngere Mann ihnen beiden noch ein Glas von dem Wein ein, den sie schon beim Essen getrunken hatten, und betrachtete Zen auf eine Art und Weise, die der inzwischen als Ermunterung zu deuten wußte, sich zum kompletten Idioten zu machen, indem er den fraglichen Wein jetzt kommentieren sollte.

»Interessant«, bemerkte er locker und wählte damit ein Adjektiv, das ihm vielsprechend vage zu sein schien.

Der Blick, mit dem Manlio Vincenzo ihn bedachte, drückte aus, daß ihm dies noch nicht ganz genügte.

»Ein sehr langer Abgang«, fügte Zen hinzu. »Was mich an den Grund erinnert, warum ich Sie heute belästigen muß, Signor Vincenzo. Wie ich schon gesagt habe, gibt es gute Neuigkeiten. Wir haben im Zusammenhang mit der Ermordung Ihres Vaters jemanden verhaftet. Diese Verhaftung ist definitiv gesichert durch ein volles und freiwilliges Geständnis, abgesehen von verschiedenen materiellen Beweisen. Es besteht kein Zweifel, daß die zuständigen Richter in wenigen Tagen ihre bedingungslose Freilassung bestätigen werden. Kurz gesagt, es liegt nichts mehr gegen Sie vor.«

Manlio Vincenzo nickte kühl.

»Und wer war es nun?«

Zen zündete sich eine Nazionale an, so selbstbewußt, als wäre es ihm völlig egal, daß das Bouquet des Weins durch das Rauchen erheblich beeinträchtigt wurde.

»Mein Bericht für das zuständige Gericht wird zu dem Schluß kommen, daß das Verbrechen auf eine Verschwörung von Gianni und Maurizio Faigano zurückgeht, obwohl ersterer versucht hat, die Schuld vollständig auf sich zu nehmen.«

Manlio schoß so abrupt nach vorne, daß er sein Wasserglas umstieß.

»Die Faigano-Brüder? Aber das ist absurd!«

Er stellte sein umgestürztes Glas mechanisch wieder hin und runzelte die Stirn.

»Da war diese dumme Sache, daß mein Vater mich überreden wollte, die Tochter zu heiraten, aber ich habe ihr die ganze Sache unter vier Augen erklärt, und natürlich kam es nicht zu der Hochzeit. Aus welchem Grund zum Teufel hätten die Faiganos meinen Vater töten sollen?«

Zen goß sich erneut Wein in sein Glas und blinzelte, da ihm Rauch in die Augen gestiegen war.

»Laut dem Geständnis, das Gianni Faigano gestern in meinem Büro vor mir und einem vom Gericht bestellten Anwalt abgelegt hat, liegt das Motiv für die Tat mehr als vier Jahrzehnte zurück. Signor Faigano behauptet, er und ihre verstorbene Mutter, eine geborene Chiara Cravioli, seien damals ein Liebespaar gewesen. Sie wollten heiraten, aber da Gianni arbeitslos war, hatte Chiaras Vater der Hochzeit nicht zugestimmt. An diesem Punkt erschien Ihr Vater auf der Bildfläche.

Was dann passierte, basiert auf Faiganos Bericht darüber, was Ihre Mutter ihm erzählt hat, um zu erklären, warum sie die inoffizielle Verlobung mit ihm wieder lösen wollte. Es gibt keinen Beweis dafür, daß er die Wahrheit sagt, und nun, wo alles schon lange vergangen ist, wird es nicht mehr möglich sein, die Geschichte zu überprüfen. Angeblich aber ging Ihr Vater zu Signor Cravioli und bat um Erlaubnis, seiner Tochter den Hof machen zu dürfen. Die wurde ihm bereitwillig gewährt, da Aldo Vincenzo vermögend war und damit eine glänzende Partie.

Was Chiara anging, so stimmte sie der Verlobung zu, teils aus Furcht vor ihrem Vater und teils, um sich eine Tarnung zu verschaffen, mit der sie Gianni weiterhin, wenn auch unregelmäßig, treffen konnte. Wann immer Aldo ein Datum für die Hochzeit festlegen wollte, bat sie um mehr Zeit, in der Hoffnung, er würde schließlich das Interesse verlieren. Was er natürlich nicht tat, da sein Interesse gar nicht ihr, sondern dem Grundstück der Craviolis galt, das nach dem Tod ihrer Eltern Chiara zufallen würde.

Und eines Tages dann – ich möchte nochmals betonen, daß ich hier ausschließlich die Aussagen von Gianni Faigano wiedergebe – machte Aldo einen Ausflug aufs Land mit ihr und vergewaltigte sie in einem Wald unten am Fluß. Mehrfach. Dann sah er sie an und sagte: ›Von nun an werde ich dich nicht mehr belästigen. Die Natur soll ihren Lauf nehmen. Wenn du ein Kind bekommst, heirate ich dich und legitimiere meinen Nachkommen. Wenn nicht, werde ich in Umlauf bringen, daß ich dich hatte, und du wirst ruiniert sein, wenn du mich dann verschmähst. Du hast die Wahl, *signorina*.‹«

Manlio Vincenzo starrte still und angespannt wie ein Spieler, der das rotierende Rouletterad verfolgt, auf den feuchten Fleck auf der Tischdecke, der sich langsam ausbreitete. Die Tür öffnete sich und Rosa erschien, ein Wesen aus einer anderen Welt, fröhlich und unbesorgt.

»*Vattene!*« fuhr Manlio sie grob an.

Die alte Frau sah ihn an, als hätte er sie geschlagen, dann schlurfte sie wieder hinaus und schlug die Tür hinter sich zu.

Manlio sah zu Zen auf.

»Fahren Sie fort.«

Zen drückte seine Zigarette aus.

»Nun, es stellte sich heraus, daß Chiara tatsächlich schwanger *war*. Sie ging zu Gianni, erklärte ihm, was geschehen war und was sie demzufolge zu tun hatte, nämlich Aldo zu heiraten. Ihr Kind sei wichtiger als ihre Gefühle, und es wäre ihre Pflicht, ihm eine Zukunft zu geben, indem sie seinen Vater heiratete. Gianni brach gestern zusammen und weinte, als er mit seinem Geständnis an diesem Punkt angelangt war. Er sagte, dieser Tag sei der schwärzeste in seinem ganzen Leben gewesen, denn er hätte ihr, da er einsah, daß sie gar keine andere Wahl hatte, als so zu handeln, nicht einmal einen Vorwurf machen können, außer dem, daß sie ihnen beiden damit jede Chance nahm, jemals glücklich werden zu können.

Chiara heiratete also pflichtbewußt Ihren Vater, nur um im achten Monat eine Fehlgeburt zu erleiden. Gianni behauptet, Ihr Vater hätte sie bei einem Streit geschlagen, aber das kann ebensogut nur boshaftes Gerede sein. Es vergingen jedenfalls beinahe zehn Jahre, bis Sie geboren wurden. Und die ganze Zeit, bis heute, hat Gianni dieses schreckliche Geheimnis mit sich herumgetragen. Bei ihrem letzten Treffen vor der Hochzeit hat Chiara ihm ausdrücklich verboten, den Mann, der sie vergewaltigt hatte und den zu heiraten sie gezwungen war, zu denunzieren oder anzugreifen. Deshalb waren ihm die Hände gebunden, bis sie starb.«

Lange Zeit herrschte Schweigen. Dann sah Manlio zu Zen auf. »Aber ist das auch die Wahrheit?«

Zen starrte ihn kalt an.

»Ich kritisiere Ihren Wein nicht, Signor Vincenzo. Bitte gewähren Sie mir die gleiche professionelle Höflichkeit. Es ist natürlich Sache des Gerichts, darüber zu entscheiden, ob diese Geschichte wahr ist, aber lassen Sie mich Ihnen eines sagen: Wären Sie dabei gewesen, als Gianni Faigano seine Aussage machte, schluchzend und verzweifelt, dann würden Sie seine Aufrichtigkeit nicht in Zweifel ziehen.«

Er zündete sich noch eine Zigarette an.

»Und wer würde, abgesehen davon, ohne auch nur im geringsten unter Druck gesetzt worden zu sein, einen Mord gestehen, den er nicht begangen hat?«

»Vermutlich haben Sie recht. Nur kann ich mir Gianni beim besten Willen nicht als Mörder vorstellen. Er *wäre* vielleicht ab und an gerne einer gewesen – da ist er keine Ausnahme –, aber ich wäre bei ihm nie auf die Idee gekommen, daß er das wirklich fertigbringen könnte.«

»Wenn man soviel Erfahrung hat wie ich, Signor Vincenzo, dann begreift man, daß Mörder weder gespaltene Schwänze haben noch Hörner auf dem Kopf.«

»Sicherlich haben Sie auch damit recht, *dottore*. Das sind, was mich betrifft, auf jeden Fall gute Neuigkeiten. Und nicht nur das. Sie haben mir außerdem geholfen, eine Entscheidung zu treffen, die mir seit Tagen Kopfzerbrechen bereitet. Oder besser gesagt, Sie haben mir geholfen zu begreifen, daß ich sie bereits getroffen habe.«

»Was für eine Entscheidung?«

Manlio lächelte.

»Andrea und ich haben mit dem Gedanken gespielt, das alles hier zu verkaufen und nach Chile zu gehen. Heutzutage ist das eine aufregende Gegend, um Wein anzubauen, und sie kennt eine Menge Leute dort. Wir haben das Vorkaufsrecht für ein Stück Land im Tal des Rio Maipo, das sozusagen das chilenische Gegenstück zu Napa Valley darstellt. Meine Idee ist, ein paar Felder hier in Piemont, die nicht als DOC ausgewiesen sind, zu behalten und sie mit Cabernet, Merlot und Syrah zu bepflanzen, um dann einen inoffiziellen ›Exklusiv‹-Wein zu machen, den ich für ein Vermögen an Sammler verkaufen könnte, die etwas weniger festgelegt sind als Ihr *intenditore* aus Rom.«

Er hob den rechten Zeigefinger.

»Und weil Chile auf der anderen Halbkugel liegt, findet die Weinernte dort im Januar und Februar statt. Andrea und ich könnten unseren Wein dort machen, dann rüberfliegen, um hier nach dem Rechten zu schauen. Zwei Ernten im Jahr und ewiger Sommer! Was will man mehr?«

»Das hört sich wunderbar an.«

»Ja, aber irgend etwas hat mich immer noch zurückgehalten. Nach dem, was Sie mir gerade erzählt haben, bin ich endgültig raus aus dem Dilemma. Das Land, das sich mein Vater auf die Art, wie Sie es eben beschrieben haben, verschafft hat, wird diesen Makel tragen, solange es im Besitz der Vincenzo-Familie ist. Ich wußte nichts von dieser schrecklichen Geschichte, aber mein Gefühl hat mich nicht getäuscht. Ich werde ein letztes Mal den Vincenzo Barbaresco machen und dann meinen Grund und Boden zum Verkauf anbieten. Dank Ihnen, *dottore*, ist mir endlich einiges klargeworden!«

Er schaute Zen an und machte eine Handbewegung in Richtung Türe.

»Sollen wir mal gehen und nachsehen, was die Frauen machen?«

Minot genoß den Zustand, den er am liebsten hatte: Er war allein. Seine letzten Ausflüge in die Welt hinaus waren ein voller Erfolg gewesen. Deshalb konnte er auch so gut allein sein. Das war Erfolg: alles so arrangieren zu können, daß man ihn allein ließ.

Der Morgen dämmerte bereits, als er nach Hause kam. Ein durchdringendes, penetrantes Schimmern hatte begonnen, die Dunkelheit zu infizieren, und enthüllte das ganze Ausmaß der Verwüstung durch die Stürme, von der die Gegend während der letzten Wochen heimgesucht worden war. Kahle Äste ragten in den Himmel wie Spalierdrähte ohne ihre Halterung. Ihrer Früchte beraubt, boten die Weinstöcke das Bild einer geschlagenen Armee, deren enggeschlossene Ordnung in Reih und Glied wie blanker Hohn wirkte.

Noch schlimmer sahen die Felder aus – die Bauern hatten damit gerechnet, daß das gute Wetter noch ein paar kostbare Tage anhalten würde. Jetzt war ihre Ernte rettungslos und unwiederbringlich dahin, die Äcker waren aufgeweicht und schon im Begriff, zu verwesen. Wie Eindringlinge – und nichts anderes waren sie –, hatten Wind und Regen von Norden her ohne Vorwarnung das Land eingenommen und alles verwüstet, was vom Sommer übriggeblieben war; unaufhaltsam und absolut hatten sie Existenzen rücksichtslos ausgelöscht.

Aber was schlecht für den Wein war, war gut für die Trüffeln, so lautete eine alte Volksweisheit, und Minots Tascheninhalt bestätigte dieses Sprichwort in jener Nacht. Er war mehr als acht Stunden mit Anna durch Eichen- und Lindenwäldchen geschlichen und hatte während der ganzen Zeit die Hündin mit seinem leisen Singsang »*Péila cà jé! Péila cà jé!*« ermuntert, die kostbare Beute aufzuspüren. Sobald sie anschlug, höhlte er den schweren Lehm mit seiner Breithacke an den Stellen aus, die ihm Anna anzeigte, legte das jeweilige Knollennest frei, grub mit seinen Fingern schließlich die gelbbraunen Klumpen heraus und ließ sie sicher in seiner Tasche verschwinden. Anna war inzwischen mit einem Hundekeks bestochen worden als Zeichen der Anerkennung von ihrem Herrchen.

Er mußte mehr als ein Dutzend Trüffeln gesammelt haben, einige davon so groß wie neue Kartoffeln, und gut die Hälfte war weiblich, also von bester Qualität. Je nachdem, wo er sie anbot, konnte er mit seiner Arbeit dieser einen Nacht fast eine Million Lire machen. Beziehungsweise mit Annas Arbeit, aber sie verlangte dafür nicht mehr als die Ratten. Die Kekse und eine Dose für ein paar hundert Lire reichten aus, um sie bei Laune zu halten. Anerkennung war es, wonach sie sich sehnte und was sie verlangte. Für sie zählte nicht die Belohnung als solche, sondern der Gedanke, der dahinter stand. Sie und Minot verstanden sich perfekt.

Ihre Beziehung bestand schon sehr lange und hatte weit vor dem Tod ihres rechtmäßigen Eigentümers begonnen. Angefangen hatte alles, als Minot eines Tages bei Beppe, der nicht zu Hause war, ein paar handgeschriebene Quittungen gefunden hatte, die bewiesen, daß Gallizio mit dem Verkauf von Trüffeln sehr viel Geld verdient hatte, indem er vortäuschte, sie würden aus der hochgeschätzten Gegend von Alba stammen, die in Wirklichkeit aber aus so entlegenen und wenig begehrten Gegenden kamen wie der Lombardei, dem Veneto, Emilia-Romagna und sogar Umbrien.

Es erstaunte Minot, daß in Beppe ein derart unternehmerischer Geist steckte, noch mehr aber, daß er dann so dumm war, die Beweise wie ein Bündel Liebesbriefe in einer unverschlossenen Schublade zu verwahren! Und doch lagen sie offen herum; nachdem er Beppe daraufhin die möglichen Konsequenzen erläutert hatte, was nämlich passieren würde, falls solche Dokumente in die Hände des *fisc* fielen – Steuerhinterziehung plus Betrug war eine tödliche Kombination –, war es relativ leicht gewesen, sich auf einen Kompromiß zu einigen, der Minot gestattete, sich Anna für seine nächtlichen Streifzüge auszuleihen, wenn Beppe anderweitig beschäftigt war.

Unglücklicherweise – und das war nicht sein Fehler – sollte dieses Arrangement zu Beppes vorzeitigem Ableben führen. Alles hatte damit begonnen, daß einer der Faigano-Brüder erzählt hatte, er habe Anna am Morgen von Aldos Tod auf dem benachbarten Vincenzo-Grundstück bellen hören. Diese zufällige Bemerkung hatte sie alle fest miteinander verknüpft wie eines dieser Seile, die es früher in den Eisenbahnen gab und die von der Lokomotive bis zum Wagen des Schaffners liefen, für den Notfall. Zog man daran, kam der ganze Zug zum Stehen, während es dort, wo es in einem der Abteile durchhing, den Schuldigen verriet.

Also mußte Beppe verschwinden. Die Aussicht, Anna uneingeschränkt zur Verfügung zu haben, hatte Minot in seinem Entschluß bestärkt, aber es hatte ihn trotzdem einige Überwindung gekostet. Er hatte noch nie jemanden auf diese Weise umgebracht, kalt, kalkuliert, böswillig und vorsätzlich, und das machte ihm zu schaffen. Die eigentliche Tat war ganz einfach gewesen. Er hatte sich einen Tag vorher Anna »ausgeliehen« und hatte ihre Pfoten mit einer verdünnten Anislösung bestrichen, für den menschlichen Geruchssinn nicht wahrnehmbar, für einen anderen Hund aber eine krasse olfaktorische Überdosis, in diesem Fall ein halbwildes Hündchen, das Minot davor bewahrt hatte, mit dem Rest des Wurfes ertränkt zu werden, und das er sich als Wachhund gehalten hatte. Ein Crashkurs mit unverdünntem Anis und ein paar Stückchen Schinken und Käse war von Erfolg gekrönt, als das schnüffelnde Hündchen Minot den ganzen Weg von Gallizios Haus in den Wald führte, den Beppe sich in jener Nacht zum Arbeiten ausgesucht hatte. Danach hatte er nichts weiter zu tun, als nach Hause zu fahren, die Leiche seines erdrosselten Führers in ein Dickicht am Wegrand zu schmeißen, um dann in aller Ruhe mit dem Lkw zurückzukehren, um Beppe mit seinem eigenen Gewehr zu überraschen. Er schien über das Ergebnis seiner Tat ebenso bestürzt zu sein wie das Hündchen kurz vorher – hilflos und verletzt.

Erst in letzter Minute war er auf die Idee gekommen, das blutverschmierte Messer in Beppes Haus zu deponieren, und Minot mußte sich eingestehen, daß das nicht so aufgefaßt worden war, wie er gehofft hatte. Annas Bellen, Beppes Tod und die Mordwaffe waren eigentlich wie geschaffen dafür, eines jener Dreiecke zu bilden, mit denen man ihn in der Schule gequält hatte, eine absolute und unwiderlegbare Demonstration von Fakten eines Falles, der keinen Spielraum für irgendwelche Zweifel läßt. *Quod erat demonstrandum*, würde die Polizei schlußfolgern, und das wäre es dann.

Doch hatte er nicht mit der Ankunft dieses Außenseiters gerechnet und der Wirkung, die seine Ahnungslosigkeit und seine Unwissenheit auf die nachfolgenden Ereignisse haben würde. Aurelio Zen wußte nicht einmal, daß Anna an jenem Morgen im Weinberg des Vincenzo-Anwesens gehört worden war, und noch weniger, daß Beppe wegen seiner Trüffelgeschäfte in Schwierigkeiten steckte. Er konnte die Schönheit der Lösung gar nicht erkennen, die Minot sich für ihn ausgedacht hatte, er war völlig unzugänglich für deren Klarheit und Eleganz. Anstatt das schlichte Resultat, das sich ihm darbot, anzunehmen, war er wie ein Kurzsichtiger, der seine Brille verloren hatte, herumgestolpert, hatte alle wohlüberlegten Indizien Minots ignoriert und seinen sorgfältig geschmiedeten Plan übersehen. Dennoch hatte sich letztlich alles zum Guten gewandt, dachte er, als er sein Haus erreichte und Anna an dem Ringbolzen in der Wand anleinte, bevor er seinen Schlüssel herausholte; anders als der arme Beppe schloß er immer sehr sorgfältig ab. Ein scharrendes Rascheln kündete davon, daß die Ratten immer noch auf den Beinen waren. Minot zog seinen Mantel aus und öffnete das Gefäß, in dem er seine »weißen Diamanten«, wohl verpackt in eine Serviette, aufbewahrte.

Sofort erfüllte eine erstaunliche Geruchslawine das Zimmer, breitete sich in immer neuen Wellen aus, jede von ihnen noch kräftiger als die vorangegangene, bis schließlich jeder andere Duft unter den zahllosen Schichten des unendlich intensiven, aber ebenso flüchtigen *profumo di tartufo* begraben war. Sogar die Ratten hielten in ihrem verschwörerischen Gewimmel kurz inne und wurden ganz starr, als würden sie diese überwältigende neue Präsenz in ihrer Mitte anerkennen. Minot stellte das Glas auf die Küchenanrichte. Später würde er seine Beute sortieren und wiegen, dann nach Alba fahren und schauen, was er dafür bekommen konnte. Aber erst mußte er etwas essen. Es war eine lange Nacht gewesen.

Bereits beim Öffnen des Kühlschranks bemerkte er, daß er schon wieder kaputt war. Das Licht ging nicht an, und die gelagerten Sachen hatten alle Zimmertemperatur, kühl, aber nicht kalt. Das überraschte ihn nicht. Er hatte das Ding aus der Schlucht am Rande von Palazzuole gefischt, wo die Dorfbewohner seit jeher ihren Müll deponierten, und es hatte seitdem immer nur phasenweise funktioniert. Er benutzte ihn hauptsächlich als sicheren Aufbewahrungsort, als einzigen Platz, den selbst das mutigste Nagetier nicht erreichen konnte.

Dann fiel sein Blick auf das Weckglas, das im obersten Fach stand, und ihm stieg ein Geruch in die Nase, der noch stärker als das Aroma der Trüffeln war: der Gestank von schlechtem Blut. Hase, hatte er Enrico Pascal erklärt! Das war knapp gewesen, obwohl es sich zu guter Letzt doch noch ausgezahlt hatte, daß er das Glas und seinen Inhalt behalten hatte. Und dennoch – genug war genug. Selbst Minot hatte seine Grenzen, wie seine plötzliche Übelkeit ihm deutlich machte. Er hatte immer noch Hunger, aber der Gedanke an Essen löste jetzt Ekel in ihm aus.

Er nahm das Glas mit dem geronnenen Blut und den Fleischstücken und stellte es auf das Büfett neben das andere, in dem er die Beute dieser Nacht zurückgebracht hatte. Sie waren identisch, bis hin zu den Resten des gelben Etiketts, die noch am Glas klebten, und den weißen Deckeln, auf denen der Name einer bekannten Marmeladenmarke stand. Trotz seiner leichten Übelkeit konnte Minot ein zufriedenes Lächeln nicht unterdrücken. Ja, alles hatte sich zum Guten gewandt, und das auf eine Art und Weise, die er sich nicht hätte träumen lassen, geschweige denn planen können!

Als er zum Beispiel mit dieser Trophäe zurückgekommen war, hatte er keine Ahnung gehabt, wie wichtig sie einmal sein würde. Damals war es ihm wie eine bloße Laune erschienen, eine Eingebung des Augenblicks, die ihn überwältigt hatte. Auch sein absonderliches Verhalten, sich den Fingernagel aufzuheben, den sich Gianni beim Abfüllen abgerissen hatte, war nichts weiter als ein plötzlicher Einfall gewesen, eine vage Vorsichtsmaßnahme gegen eine unbestimmte Drohung. Fügte man nun aber diese beiden Teile zusammen – wie die ganz banalen und an sich reaktionsträgen Chemikalien, die im Krieg zur Bombenherstellung benutzt worden waren –, so war das Resultat explosiv, im wahrsten Sinne des Wortes.

Und genauso wirkungsvoll, dachte er, und ging ins Wohnzimmer. Wie leicht war es für ihn gewesen, die Ereignisse zu manipulieren, aus dem Bild zu verschwinden, das er selbst gemalt hatte, wie einer jener anonymen Schmierfinken alter Kirchenfreskos, der es seinen leichtgläubigen ungebildeten Bewunderern überließ, die farbigen Szenen anzuglotzen, die er geschaffen hatte, ihnen aber keinen Hinweis darauf gab, wer der Maler war.

Es gab eine Ausnahme, und die war gefälscht. Deshalb wurmte ihn Giannis Geständnis immer noch. Es war eine Sache, sein Werk absichtlich anonym zu lassen, und eine andere, wenn sich jemand darüber hinwegsetzte, seine Signatur auf die trocknenden Farben kritzelte und es als sein eigenes ausgab. Das war schlimmer als Betrug. Es war... Wie hieß das Wort noch, das in der Zeitung gestanden hatte, als es um den Weinskandal ging, in den Bruno Scorrone verwickelt gewesen war? Etwas wie »Spagat«. Niemand hatte es verstanden, bis der Dorfapotheker ihnen am nächsten Tag beim Kartenspiel erklärt hatte, daß es bedeutete, daß man die Arbeit eines anderen für die eigene ausgibt.

Genau das war jetzt passiert, und es schmerzte genauso wie ein verrenktes Bein. Er war es gewesen, *Minot chit*, der die Arbeit getan und das Risiko auf sich genommen hatte, und da kam ein Gianni Faigano daher und funkte frech dazwischen, um das Verdienst für sich in Anspruch zu nehmen! Natürlich war das Ergebnis in gewisser Weise dasselbe, aber es fühlte sich anders an. Minot hatte erwartet, die Faigano-Brüder würden beleidigt alles abstreiten, wie es sich für unschuldige Menschen, wie sie es waren, geziemte. Wenn dann schließlich die Testergebnisse zurückkommen würden, die Laboranalyse von

Giannis Fingernagel, den Minot in das Glas gesteckt hatte, das mit Aldos Blut gefüllt war – sie hätten es nie geschafft, sich *da* wieder herauszureden!

Aber zu seiner Bestürzung hatten sie es nicht einmal versucht. Statt dessen hatte Gianni Faigano bereitwillig gestanden, Aldo Vincenzo aus Rache für den Frevel, den er vor so langer Zeit an Chiara Cravioli begangen hatte, umgebracht zu haben. Was für ein Haufen Scheiße! Gianni hatte nie den Mut gehabt, es mit Aldo aufzunehmen, und er wußte das verdammt genau. Er wußte auch, was alle anderen im Dorf wußten oder zumindest vermuteten: daß die junge Chiara vielleicht geglaubt hatte, auf eine unbedarfte, schwärmerische und pubertäre Art in Gianni verliebt zu sein, daß sie aber in Wirklichkeit völlig hingerissen von Aldo war, dem Gianni in keinster Weise hatte das Wasser reichen können.

In Wahrheit war das, was sie für Gianni fühlte, nicht Liebe, sondern Mitleid oder bestenfalls eine sentimentale Form kumpelhafter Freundschaft. »Gianni ist die beste Freundin, die Chiara je hatte«, war alles, was Aldo sarkastisch zu den heimlichen Besuchen seiner Frau im Hause der Faiganos zu sagen hatte. Doch jetzt hatte Gianni tatsächlich Rache genommen, nicht an Aldo, sondern an der ganzen Gemeinde. Mit einem geschickten Handstreich hatte er die Geschichte umgeschrieben und sich selbst als romantischen Helden entworfen, der jahrelang geduldig auf den rechten Augenblick gewartet hatte, getreu dem Wunsch seiner Geliebten, um in dem Moment, wo sie unter der Erde war, seinen schrecklichen Preis zu verlangen. Nun plötzlich machte er eine großartige Figur! Sicher, man würde ihn verurteilen zu lebenslänglich, aber jeder würde heimlich murmeln: »Was für ein Mann!« Frauen würden ihm ins Gefängnis schreiben, und die Medien würden den Mord offiziell zwar mißbilligen, gleichzeitig aber auch munter die

Tatsache breittreten, die großen Tage der Ritterlichkeit seien noch nicht vorbei.

Selbst wenn Minot vortreten und gestehen sollte – nicht daß er das ernsthaft vorhatte! –, würde man ihm nicht glauben. Die Leute wollten eine Geschichte, und im Gegensatz zu Gianni konnte er nicht damit dienen. Sie würden die Wahrheit sowieso nicht hören wollen, daß er nämlich bei seiner jährlichen Pilgerfahrt, »um Blumen auf Angelins Grab zu legen« und das Trüffelbeet abzuernten, das er unvermutet entdeckt hatte, von Aldo Vincenzo überrascht worden war, der nicht schlafen konnte und rausgegangen war, um nach seinen Trauben zu sehen, deren Ernte kurz bevorstand.

Bereits das würde ihm natürlich keiner glauben, und deshalb würde Minot niemals erklären können, warum diese zufällige Begegnung zum Tod geführt hatte. Beppes Mord zu planen und auszuführen war eine neue Erfahrung für Minot gewesen, die Ausnahme von seiner bewährten Regel, seinen Instinkten zu folgen. Er hatte das bei Angelin getan, und vorher schon bei *Minot gross* oben auf dem Dach, schließlich bei Bruno Scorrone, an jenem Nachmittag in der Weinkellerei, und – bei Aldo. Irgend etwas in Vincenzos angeberischer, verächtlicher Art war der Auslöser gewesen. Ohne auch nur im geringsten nachzudenken, hatte Minot mit einem einzigen Schlag des *zappetto*, das er bei sich trug, um Trüffeln auszugraben, reagiert. Unter diesem fürchterlichen Hieb, mit dem er ihn oben an der Stirn getroffen hatte, war Vincenzo zu Boden gegangen, auf allen vieren gekrochen, benommen und blutig.

Selbst zu diesem Zeitpunkt hätte er das Gemetzel noch beenden können. Aber es schien ihm, als hätte es weit schlimmere Folgen aufzuhören als weiterzumachen, und so hatte er sein Messer aus der Tasche gezogen. Als Aldo das sah, spuckte er ein Wort aus, das sein letztes sein sollte, einen Dialektausdruck, der so widerlich beleidigend und gemein war, daß alles, was anschließend geschah, eine Stoßkraft entwickelte, wie ein Felsbrocken, der bergabwärts rollt. Als er endlich zum Stillstand gekommen war, rastete Minots Verstand wieder ein. In der Regel zog er es vor, seine Morde wie Unfälle aussehen zu lassen, aber das war hier nicht möglich. Also beschloß er, ins andere Extrem zu gehen.

Er hatte an den wütenden Streit zwischen Aldo und seinem Sohn in der Nacht vorher auf dem Dorffest gedacht, hatte die ausgeweidete, blutüberströmte Leiche zu den Weinstöcken geschleift und die Handgelenke an die Spalierdrähte gebunden. Dann hatte er sich gebückt und ein letztes Mal Hand angelegt, um etwas zu tun, das so makaber war, daß niemand je glauben würde, es könnte etwas anderes gewesen sein als ein kalt und vorsätzlich geplanter Akt persönlicher Rache.

Sein erster Gedanke war gewesen, Aldo seine abgeschnittenen Genitalien in den Mund zu stopfen, so wie man es mit Verrätern im Krieg gemacht hatte. Aber irgend etwas hielt ihn zurück, ein sechster Sinn, der Besitz dieser unübersehbar fehlenden Teile könnte ihm irgendwann in der Zukunft gestatten, das Gleichgewicht zu seinen Gunsten zu verändern, sollte er je in Verdacht geraten. So hatte er das Glas hervorgeholt, das er mitgebracht hatte, um die Trüffeln darin aufzubewahren, und statt dessen das schlüpfrige, schleimige Zeug darin aufgehoben.

Und wieder hatte ihn sein Instinkt nicht getrogen. Er war davongekommen, war so über jeden Zweifel erhaben, wie er es sich nie hätte träumen lassen. Seine Wut über Giannis Geständnis war vollkommen idiotisch gewesen. Was bedeutete es im Endeffekt schon? Wenn Faigano so wild darauf war, als großer Liebhaber dazustehen, daß er dafür sogar eine Verurteilung für einen Mord in Kauf nahm, den er nicht begangen hatte, dann sollte er doch im Gefängnis verrotten.

Die Ratten waren überall, huschten schnell und verstohlen im Dunkel der Zimmerecken hin und her, wobei gelegentlich ein etwas mutigeres Exemplar von seinem sicheren Standort quer durchs Zimmer zu einem anderen flitzte. Natürlich gab es keine Sicherheit. Mit ein paar Schüssen aus seinem Gewehr hätte Minot das Zimmer in ein Blutbad verwandeln können. Doch konnte er das jederzeit tun, und deshalb interessierte es ihn nicht. Minot stand in der Rangordnung der Dinge über den Ratten. Nichts, was sie taten, konnte ihm gefährlich werden, und seine Großzügigkeit oder sein gönnerhafter Schutz lagen ganz allein in seinem eigenen Ermessen. Er konnte sie jederzeit auslöschen, also ließ er sie leben.

Das erinnerte ihn daran, daß es Zeit war, zumindest sie zu füttern, wenn er schon selbst nichts zu sich nehmen konnte. Dann wollte er schnell nach Alba, vielleicht einen kurzen Stopp bei Lamberto Latinis Restaurant einlegen, um zu sehen, welchen Preis er dort bekommen könnte. Er stand auf, sorgte damit für ein kurzes Gerangel unter den leichter zu beeindruckenden Mitgliedern der Meute und ging wieder in die Küche, um etwas Brot zu holen.

Als er zurückkehrte, hatten die Ratten den gesamten Fußboden übernommen, sausten aufgeregt durcheinander und sahen so erwartungsvoll zu ihm auf wie Hunde. Minot brach das Brot in ungleichmäßige Brocken und schleuderte sie weg wie Feuerwerkskörper. Die Ratten drehten durch. Es gab erbitterte Kämpfe, Blut floß, und ein Chor aus schrillem Quieken durchschnitt die Stille, als würde jemand mit Fingernägeln über eine Tafel kratzen. Minot lachte, schnitt noch mehr Brot ab und warf jedes Stück in eine andere Zimmerecke, so daß die Ratten in einem dichten Rudel auf sie losstürmten wie eine heranrollende Woge, die sich über dem jeweiligen Brocken brach, der sofort im Rachen des Tieres verschwand, das schneller oder aggressiver war als der Rest. Mit genügend Zeit und noch mehr Geduld könnte man alles zähmen, dachte Minot mit einem Anflug von Verachtung. Alles, außer ihm natürlich. Ihn konnte man nicht zähmen, und diejenigen, die gewagt hatten, es zu versuchen, hatten den Preis dafür bezahlt.

Es war Zeit zu gehen. Minot zog seinen Mantel an und nahm das Glas mit den Trüffeln. Dann fiel sein Blick auf das andere, identische Glas. Gott sei Dank war er nicht einfach losgefahren und hatte es auf der Küchenanrichte stehenlassen, wo es jeder sofort entdecken würde. Bei seinem Ruf für zwielichtige Weingeschäfte wäre es sogar ein Risiko, es mitzunehmen und irgendwo in der freien Natur wegzuwerfen. Angenommen, irgendein übereifriger Polizist würde ihn anhalten und darauf bestehen, den Lastwagen zu durchsuchen?

Vielleicht wäre es das beste, das Zeug einfach in seinem Gemüsegarten zu begraben. Er könnte das ganz unauffällig tun, dann die Flasche ausspülen und sie anschließend wieder benutzen. Spare in der Zeit, dann hast du in der Not. Es war nur die Frage, wie weit der Inhalt schon verwest war. Hatte er bereits angefangen, sich ernstlich zu zersetzen, wären sofort alle Dorfhunde da und würden herumscharren und schnüffeln. Die Nachbarn könnten neugierig werden.

Minot schraubte vorsichtig den Deckel ab. Der Geruch war ziemlich heftig, aber noch nicht unerträglich. An der Oberfläche trieb ein kleines, graues Fleischtäschchen, das er schockiert als Aldo Vincenzos Penis erkannte. Er lächelte ironisch und dachte an die Macht, die dieses Organ einst ausgeübt hatte, an den Schmerz und die Zerstörung, die es angerichtet hatte. Es hatte das Gut der Craviolis an die Vincenzo-Familie übertragen und aus Gianni Faiganos Leben eine hohle, selbstmitleidige Farce gemacht. Und wenn man es jetzt sah!

In diesem Moment spürte Minot einen feinen Schauer an seinem Handgelenk. Er blickte an sich herab und bemerkte eine Ratte, die an dem offenen Glas schnüffelte. Sofort legte sich bei ihm jener Schalter um, der ein menschliches Prinzip – seit Urzeiten dazu erhoben – steuerte. Die Ratten durften gern an sein Brot, sogar gelegentlich an etwas alten Käse oder Schinken. Aber bei menschlichem Fleisch war alles anders. Ohne auch nur eine Sekunde nachzudenken, schlug Minot mit seiner linken Hand nach dem Tier, so daß es auf dem Rücken landete. Da lag es, zeigte seinen blassen, pelzigen Bauch und wackelte mit den Füßen, als wäre es erstaunt über eine solche ungewohnte Aggression. Grimmig schnaubend wollte Minot seine Faust in das Tier schlagen.

Aber die Ratte war nicht mehr da. Mit einem bemerkenswerten Spiralsprung hatte sie sich hochgeschraubt, sich herumgedreht und ihre Schneidezähne in Minots Hand geschlagen. Er schrie und holte mit der anderen Hand nach ihr aus, wobei er das Glas umstieß, das auf dem Fußboden zerschellte. Doch die Ratte war schon verschwunden, zusammen mit all ihren Kumpanen.

Minot inspizierte die Wunde. Sie sah unscheinbar aus, bloß ein paar Pünktchen unterhalb des Daumens. Das wahre Problem war die verräterische Schweinerei auf dem Fußboden. Mit einem tiefen Seufzer begann er sauberzumachen, schaufelte die festen Teile auf eine alte Zeitung, holte einen Eimer und wischte das Blut auf. Er reinigte alles, so gut er konnte, aber im Endeffekt war es nicht gut genug, um der Entdeckung durch ein forensisches Team zu entgehen, das eine Woche später eintraf. Aldos Blut hatte sich nicht nur über die Fliesen ausgebreitet, sondern war auch in die Risse und Spalten in den Fugen dazwischen gesickert, aus denen es mühevoll entfernt, analysiert und identifiziert wurde. Bald danach entdeckten Polizeihunde die kleine Grube, in die Minot in aller Eile das ganze Zeug geworfen hatte. Die Anklage gegen Gianni Faigano brach zusammen, und er wurde freigelassen, obwohl er bis zuletzt seine Schuld beteuerte.

Aber das alles geschah erst später. Nachdem er geputzt hatte, fuhr Minot los, um seine Trüffeln loszuwerden, was ihm zu einem Preis gelang, der ihn selbst erstaunte. Was den Biß anging, so dachte er nicht mehr daran. Eine kleine rötliche Schwellung trat auf, und er verspürte ein irritierendes Jucken, aber das verging allmählich wieder.

Erst am folgenden Tag kamen andere Symptome hinzu, eine Art fiebriger Trägheit, die sich anfühlte, als hätte er sich mit einem Virus angesteckt, ein leichter Anflug von Grippe vielleicht. Noch am selben Abend, als er sich gerade Suppe aufwärmte, brach Minot dann plötzlich zusammen. Zu seinem Erstaunen war er nicht in der Lage, wieder aufzustehen. Tatsächlich konnte er sich kaum noch bewegen, abgesehen von einem gelegentlichen krampfartigen Zucken seiner Glieder. Er versuchte, um Hilfe zu rufen, aber aus seiner Kehle kam nur ein schwaches Krächzen.

Minot war ein notorischer Einsiedler, und es vergingen noch ein paar Tage, bevor sein Verschwinden bemerkt wurde. Schließlich war es Lamberto Latini, der ihn fand, als er wie verabredet vorbeikam, um die Trüffeln abzuholen, die er bei Minots letztem Besuch bestellt hatte. Aber inzwischen war schon fast eine Woche vergangen, und die Leiche war kaum noch identifizierbar. Da ihnen ihr normales Futter versagt worden war, hatten die Ratten mit dem auskommen müssen, was sie finden konnten.

Danksagung

Die Zeiten sind vorbei, in denen ein Poe damit durchkommen konnte, eine Figur durch die Behauptung, sein Rivale könne »Sherry nicht von Amontillado unterscheiden«, als Weinkenner zu charakterisieren (ich spreche hier von *Das Faß Amontillado,* an das man sich möglicherweise im zweiten Kapitel verschiedentlich erinnert fühlen mag). Um mich vor ähnlichen oder schlimmeren Pannen zu schützen, habe ich mich an die unvergleichliche Jancis Robinson gewandt, die freundlicherweise das Manuskript gelesen und zahlreiche Vorschläge gemacht hat, von denen viele in die endgültige Fassung aufgenommen wurden. Die Verantwortung für die Ansichten und Äußerungen meiner Figuren liegt ebenso wie sich daraus ergebende Irrtümer selbstverständlich ganz allein bei mir.

MASTERS OF CRIME

Packende Action und messerscharfe Spannung
sind bei diesen Autoren garantiert.

42608

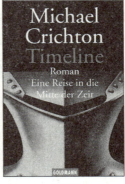
45122

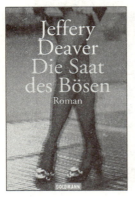
43715

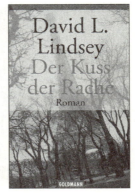
45121

GOLDMANN

DONNA TARTT

Fünf College-Studenten begehen einen Mord. Ihre Tat bleibt unentdeckt, doch das wahre Grauen steht ihnen erst noch bevor ...
»Hervorragend geschrieben, meisterhaft komponiert, nervenzerreißend spannend!
Stern

42943

GOLDMANN

TERRY PRATCHETT

»Schlicht und einfach der beste komische Schriftsteller unserer Zeit!«
Oxford Times

»Ein Ende der Erfolgsstory Scheibenwelt ist nicht in Sicht.«
Der Spiegel

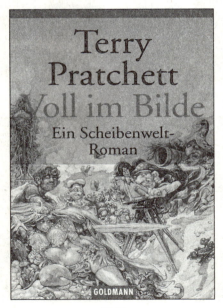

42129

NOBLE LADIES OF CRIME

Sie wissen alles über die dunklen Labyrinthe der menschlichen Seele...

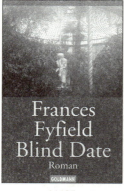

44425

43552

42597

44091

GOLDMANN

GOLDMANN

*Das Gesamtverzeichnis aller lieferbaren Titel erhalten Sie
im Buchhandel oder direkt beim Verlag.
Nähere Informationen über unser Programm erhalten Sie auch im Internet unter:*
www.goldmann-verlag.de

★

Taschenbuch-Bestseller zu Taschenbuchpreisen
– Monat für Monat interessante und fesselnde Titel –

★

Literatur deutschsprachiger und internationaler Autoren

★

Unterhaltung, Kriminalromane, Thriller
und Historische Romane

★

Aktuelle Sachbücher, Ratgeber, Handbücher und
Nachschlagewerke

★

Bücher zu Politik, Gesellschaft, Naturwissenschaft und Umwelt

★

Das Neueste aus den Bereichen
Esoterik, Persönliches Wachstum und Ganzheitliches Heilen

★

Klassiker mit Anmerkungen, Anthologien und Lesebücher

★

Kalender und Popbiographien

★

Die ganze Welt des Taschenbuchs

★

Goldmann Verlag • Neumarkter Str. 28 • 81673 München

Bitte senden Sie mir das neue kostenlose Gesamtverzeichnis

Name: _____

Straße: _____

PLZ / Ort: _____